AF177807

Krimi Bergisches Land

Bergischer Verlag

Daniela Schwaner

Geboren 1971, im Wuppertaler Stadtteil Barmen aufgewachsen und zur Schule gegangen. Ab 1991 Studium der Anglistik/Amerikanistik/ Germanistik an der BUGH Wuppertal. Während der Studienzeit war sie Mitglied einer Theatergruppe, mit der sie Auftritte in Wuppertal und London hatte.

Schon immer liebte sie es zu schreiben und schloss sich an der Uni dem »After Twelve Crime Fiction Club« an, wo sie kriminalistische Kurzgeschichten in englischer Sprache verfasste.

Nachdem sie einige Jahre im benachbarten Hessen verbracht hat, lebt Daniela Schwaner heute mit ihrem Mann in Wuppertal.

Daniela Schwaner

Der Tote in der Buchhandlung

Kriminalroman

Bergischer Verlag

Daniela Schwaner – Der Tote in der Buchhandlung
Reihe: Krimi Bergisches Land

ISBN 978-3-945763-31-5

2. Auflage 10/2018
© Bergischer Verlag © Daniela Schwaner

Bergischer Verlag
RS Gesellschaft für Informationstechnik mbH & Co. KG
Verleger Arndt Halbach, Martin Czialla
Auf dem Knapp 35 / 42855 Remscheid
E-Mail: info@BergischerVerlag.de / www.BergischerVerlag.de

Lektorat: Katrin Adam
Covergestaltung: E.W. Bruchhaus (Foto: fotolia.de)
Gesamtherstellung: Bergischer Verlag, Ernst-Wilhelm Bruchhaus
Druck: in Deutschland

Zu Beginn noch ein paar Bemerkungen in eigener Sache. Ich bin immer darum bemüht, Schauplätze zu wählen, die tatsächlich existieren. An der einen oder anderen Stelle muss ich sie ein wenig den Bedürfnissen der Geschichte anpassen oder den Wuppertaler Horizont ein wenig erweitern. Natürlich sind die beschriebenen Ereignisse und Figuren reine Produkte meiner Fantasie, auch wenn ich mich gern von der Realität inspirieren lasse.

Ich bin auch nicht notwendigerweise immer einer Meinung mit meinen Charakteren; sie sind durchaus in der Lage, sich selbst ein Bild ihrer fiktiven Welt zu machen und zu eigenen Ansichten zu gelangen. Manchmal treiben sie mich damit in den Wahnsinn, aber am Ende finden wir meist eine Lösung, mit der wir alle leben können. Ansonsten wird gemacht, was ich sage bzw. schreibe. Ich muss nur fest dran glauben.

Einsichten eines Kauzes

Juli 2004

Es war ein ungewöhnlich heißer Tag gewesen. Der erste in diesem Jahr. Die Temperatur war sprunghaft angestiegen, zu schnell, um es genießen zu können. Die Hitze traf einen völlig unvorbereitet. Nicht wenige klagten über Kopfschmerzen, andere hatten Kreislaufprobleme. Er spürte nichts dergleichen, er hatte den ganzen Tag vor sich hin gedöst. Seine Lebensgeister erwachten erst, wenn andere erschöpft in den Schlaf sanken. Er blinzelte einige Male, um sich zu vergewissern, dass die Nacht hereingebrochen war. Die Luft war immer noch warm und drückend schwül, der Himmel wolkenverhangen. Ein Gewitter kündigte sich an. Noch war davon weder etwas zu sehen noch zu hören, doch er spürte es bis in die letzte Faser seiner Glieder. Er mochte Gewitter nicht sonderlich. Nicht aus Angst, das musste an dieser Stelle ausdrücklich betont werden. Doch wenn der Regen auf den Boden prasselte, es blitzte und donnerte, verkrochen sich sämtliche Nagetiere in den Schutz ihrer Bauten. Und das war ziemlich ärgerlich für ihn. Es bedeutete, dass er keine Beute machen würde.

Der alte Kauz plusterte sich auf und schüttelte den Rest Schlaf aus seinen Federn. Er breitete die Flügel aus und stieß sich vom Ast ab, um sich in die Lüfte zu erheben und sein Revier auf der Suche nach ein paar vorwitzigen Mäusen abzusuchen. Im Gebüsch links neben der großen Eiche raschelte es vernehmlich. Zu laut für eine Maus, vielleicht ein Kaninchen mit Albträumen. Doch es war kein Kaninchen. Es handelte sich nicht einmal um ein Tier, das diese Geräusche verursachte. Eigentlich logisch, denn Tiere waren nicht derart unvorsichtig, mit solch einem Radau Feinde auf sich aufmerksam zu machen. Insbesondere nicht in der Stille der Nacht. Der alte Kauz beobachtete drei Gestalten, die geduckt durch das Dickicht liefen. Ihm entfuhr ein verärgertes ›Schuhu‹, und er landete auf einem der unteren Äste der dicken Eiche, um die Lage näher in Augenschein zu nehmen.

Normalerweise verirrten sich um diese Zeit keine menschlichen Wesen in seinen Wald. Bis auf diejenigen, die neuerdings mit kleinen Geräten in der Hand irgendwelchen blinkenden Dingern folgten und nach verborgenen Schätzen gruben, die ein anderer für sie versteckt hatte. Und natürlich die Jäger mit ihren Knallstangen, aber die hielten sich um diese Jahreszeit zurück. Diese drei jedoch schienen etwas anderem nachzujagen, denn sie waren nicht zum ersten Mal hier. Schon seit einigen Tagen drückten sie sich in seinem Wald herum. Immer spätabends oder nachts. Na ja, vielleicht auch tagsüber, aber das bekam er nicht mit. Ihr Interesse galt dem halb verfallenen Holzverschlag, der die meiste Zeit über verwaist dalag. Ab und an tauchte ein Mann auf, der in der Hütte übernachtete. Weshalb auch immer. Den Kauz hätten keine zehn Pferde dazu bewegen können, in dem Unterschlupf sein Lager aufzuschlagen, modrig und muffig wie es dort roch. Manchmal verstand er die Menschen nicht. Präzise gesagt verstand er sie nie.

Wenn der Mann da war, wurde es im Wald unruhig. Nicht nur wegen seines hyperaktiven Dackels, der ihn stets begleitete. Nein, der Mann war überdies im Besitz einer dieser Knallstangen, wie sie die Jäger benutzten. Diese Dinger, aus denen metallene Kugeln wie ein Blitz mit gleichzeitigem Donnerhall herausschossen. Wurde man von ihnen getroffen, fiel man tot um. Im Fall dieses Mannes jedoch war der

Begriff Jäger zu hochgestochen gewählt, denn er durchstreifte mit seiner Knallstange zwar den Wald und knallte tatsächlich auch damit, nur traf er nie etwas. Außer vielleicht einen armen Baum, der nicht schnell genug ausweichen konnte. Bäume waren dahingehend eher schwerfällig. Ärgerlich war das Geballer trotzdem. Dem Kauz klingelten jedes Mal die Gehörgänge. Die Wildkaninchen, ansonsten eher scheue Zeitgenossen, lachten sich hinter dem Rücken des Menschenmannes kaputt. Einige übermütige Rammler machten sich gar einen Spaß daraus, ihm vor die Knallstange zu laufen, um im letzten Moment beiseite zu springen. Das schien in Kaninchenkreisen eine Art Mutprobe zu sein. Der zappelige, übereifrige Dackel trug auch nicht dazu bei, Beute zu machen. Das Tier war so dämlich, das erschnüffelte nicht mal seinen eigenen Schwanz. Eher noch verscheuchte es die anderen Tiere mit seinem permanenten Gekläff, als sie in die Enge zu treiben. Alles in allem waren die beiden lästig, aber ungefährlich.

Aus welchem Grund diese drei Jungen sich nun ebenfalls ermuntert fühlten, hier herumzutrampeln, stand indes auf einem anderen Eichenblatt. Irgendetwas schienen sie auszuhecken. Sie schlichen auf die Hütte zu, blickten sich immer wieder nach allen Seiten um und lauschten in die Dunkelheit. Der alte Kauz hätte ihnen gern gesagt, dass der Lärm, den sie dabei machten, selbst einen Bären aus dem Winterschlaf reißen würde, doch leider beherrschte er weder die menschliche Sprache, noch gab es in dieser Gegend Bären. Bären kannte er lediglich aus den Erzählungen seiner Mutter, die sie wiederum von ihrer Mutter hatte. Und die hatte sie … Das führte jetzt zu weit. Er hoffte, die Jungen würden sich bald wieder davonmachen, denn mit ihrem Geraschel verschreckten sie sein Futter. Er flatterte einige Male über ihre Köpfe hinweg, in der Hoffnung, sie mit seinen gefährlichen Tiefflügen zu vertreiben. Natürlich interessierten sie sich nicht die Bohne für ihn. Einer von ihnen, ein dicker, pausbäckiger Lockenkopf, schaute nur kurz in seine Richtung und ignorierte ihn dann. Der Kauz war niemand, der den Menschen Angst einflößte.

Die Jungen waren mittlerweile bei der Hütte angelangt. Sie duckten sich unter dem kleinen Fenster und versuchten, einen Blick ins Innere zu erhaschen. Der alte Kauz ließ sich auf dem Ast eines nahegelegenen Baums nieder, neugierig geworden, was die drei vorhatten. Sie versuchten gar nicht erst, durch die Tür ins Innere zu gelangen. Der größte von ihnen hebelte das Fenster auf und kletterte hindurch. Der Pausbäckige folgte ihm, stellte sich allerdings weitaus weniger geschickt an als sein Freund. Es krachte, als fiele ein Baum tot um. Der Kleine mit dem bleichen Gesicht blieb draußen stehen und zitterte. Ob er vor Kälte oder vor Angst so laut mit den Zähnen klapperte, vermochte der Kauz nicht zu sagen. Obwohl es die Kälte nicht sein konnte, bei den Temperaturen. Also Angst. Memme!

Der Kauz schnalzte tadelnd mit der Zunge und umflog das Haus bis zu einem weiteren Fenster an einer Seitenwand. Er ließ sich auf dem Sims nieder und lugte hinein, um zu ergründen, was die beiden anderen drinnen trieben. Jagten sie verborgenen Schätzen nach? Eher nicht, es gab in der Hütte nichts, das sich zu stehlen lohnte. Mit langen Stäben, an deren Enden eine Art kleine Sonne schien, fuchtelten sie herum, um Licht im Raum zu verbreiten. Seltsame Dinge besaßen die Menschen. Vielleicht waren es gefangene Glühwürmchen, die da leuchteten, das war eine Möglichkeit. Eine, die dem Kauz einleuchten wollte. Während der größere der Jungen das windschiefe Regal inspizierte, nahm der

Dicke sich die Feuerstelle vor. Darauf bereitete der Mann sich seine mitgebrachte Beute zu. Auch etwas, das der alte Kauz so gar nicht begreifen mochte. Nicht allein, dass die Menschen verwesendes Fleisch aßen, das taten einige Tiere auch. Aasfresser, die zu faul waren selbst zu jagen, und sich an dem gütlich taten, was andere übrig ließen. Aber die Menschen verbrannten das Fleisch obendrein über einem Feuer oder warfen es in kochendes Wasser. Als sei das Tier nicht schon tot genug. Allein der Gedanke an den Geruch von brennendem Fleisch ließ den Kauz würgen. Er schüttelte sich angewidert, bevor er sich wieder den beiden Menschen in der Hütte widmete.

Der dicke Junge sagte etwas zu seinem Freund, der mit den Schultern zuckte. Der alte Kauz verstand zwar nicht, was die beiden sprachen, konnte aber ihre Ratlosigkeit an den Gesichtern ablesen. Ratlosigkeit und Frustration. Was auch immer sie suchten, sie schienen es nicht zu finden. Weil es dort eben nichts zu finden gab. So langsam sollte es ihnen doch mal wirklich dämmern. Er beschloss, die Jungen ihrem seltsamen Treiben zu überlassen und endlich etwas gegen das Knurren in seinem Magen zu unternehmen.

Der Kleine hatte sich inzwischen auf die Rückseite des Hauses zurückgezogen und starrte angestrengt in die Nacht. Wenn er als Beobachtungsposten zurückgelassen worden war, machte er einen verdammt schlechten Job. Der Kauz jedenfalls hatte die Schritte, die sich der Behausung durch das hoch gewucherte Gras näherten, längst vernommen. Bei dem Geklapper seiner Zähne war es jedoch kein Wunder, dass der Menschenjunge sie nicht hörte. Oder er rechnete einfach nicht damit, dass jemand zu dieser späten Stunde auftauchen würde. Der Kauz war selbst überrascht. Doch genauso war es.

Der Mann war inzwischen nahe genug bei seiner Unterkunft angelangt, um den Jungen, der da bei seiner Hütte stand und Löcher in den Wald stierte, zu bemerken. Er zog langsam die Knallstange von seiner Schulter und gab seinem dämlichen Dackel ein Zeichen, still zu sein. Das Vieh ließ die Zunge heraushängen und wedelte eifrig mit dem Schwanz. Überraschenderweise hielt es tatsächlich die Schnauze. Der alte Kauz fühlte sich aus einem Grund, den er selbst nicht verstand, verpflichtet, den Jungen, der immer noch nichts von dem Ungemach ahnte, das sich ihm von hinten näherte, zu warnen. Mit einem eindringlichen ›Schuhu‹ umflatterte er das zitternde Knäblein, das sofort erschrocken loskreischte und nach dem Vogel schlug, als sei er die drohende Gefahr. Dämliches Menschenkind.

Der Mann hatte die momentane Verwirrung für sich genutzt und stupste den Jungen mit seiner Knallstange von hinten in den Rücken. Der Knabe fuhr herum und hob augenblicklich die Arme in die Höhe, die Augen vor Angst geweitet. Der Mann machte mit seiner Knallstange eine undefinierbare Bewegung, doch der Knabe begriff, drehte sich um und ging langsam, die Hände immer noch in die Luft gestreckt, um die Hütte herum in Richtung Tür. Offenbar hatte es ihm die Sprache verschlagen, denn er gab keinen Mucks von sich. Der Mann zog mit einer Hand einen kleinen silbernen Gegenstand aus der Jackentasche, während er mit der anderen die Knallstange auf den Jungen gerichtet hielt. Er reichte dem bibbernden Bündel Mensch den Gegenstand und deutete auf das kleine Loch in der Mitte der Tür. Dann legte er einen Zeigefinger an die Lippen. Mit zitternden Fingern schob der Junge den Gegenstand in das Loch und drehte ihn.

Da er nichts weiter tun konnte, hockte der Kauz sich wieder auf seinen Beobachtungsposten, während die beiden Menschen die Hütte betraten. Die Jungen im Inneren schraken zusammen und hoben ebenfalls die Arme. Warum taten sie das? War das eine Art geheimes Zeichen? Der Kauz saß auf dem Sims des Fensters und wartete gespannt, ob der Mann die Knallstange benutzen würde. Gegen seine eigene Spezies? Menschen war alles zuzutrauen. Plötzlich vernahm er hinter sich empörtes Bellen. Der Dackel – den hatte er völlig vergessen – stand, wie aus dem Boden gewachsen, hinter ihm und nahm ihn ins Visier, statt sich um die Eindringlinge zu kümmern. Der Hund war in der Tat das dümmste Tier, das ihm je untergekommen war. Hunde eben. Was konnte man schon von Tieren erwarten, die sich einem Menschen bedingungslos unterordneten und alles taten, um ihrem Herrn zu gefallen? Genau – nichts.

Der Kauz warf ihm einen mitleidigen Blick zu und flatterte davon. Der Hund folgte ihm einige Meter, gab aber auf, als ihm klarwurde, dass er keine Chance hatte, den Vogel zu erwischen. Der alte Kauz flog einigermaßen frustriert zurück zu seinem Bau. Die Hoffnung, in dieser Nacht noch etwas Essbares zu ergattern, konnte er getrost begraben. Wenigstens war es hier ruhig.

Ein Donnerhall zerriss die Stille der Nacht, und der Kauz fiel vom Ast.

1

Wann genau sein Leben angefangen hatte, diese beschissene Wendung zu nehmen, vermochte Freddie im Nachhinein nicht mehr zu sagen. War es der Tag gewesen, an dem er Kretsche zum ersten Mal begegnet war? Oder hatte es schon früher begonnen? Er wusste es nicht. Irgendwann hatte er an einer Abzweigung den falschen Weg eingeschlagen. Anstatt rechts abzubiegen, war er nach links gegangen und immer weiter gelaufen, selbst als er erkannte, dass dieser Weg nirgendwohin führte außer geradewegs in den Abgrund. Und nun gab es nur noch diese eine Richtung, eine rettende Abzweigung kam nicht in Sicht. Sich umzudrehen und zurückzugehen war keine Option, die er in Betracht zog, er war bereits zu weit gegangen. Da erschien ihm der Abgrund beinahe verlockender.

Mittlerweile hatte er sich mit dem derzeitigen Zustand arrangiert. Was blieb ihm anderes übrig? Hin und wieder schluckte er ein paar Pillen, um sich in jenen nebulösen Traumzustand zu versetzen, der einem vorgaukelte, das Leben könne schöner nicht sein. Freddie lächelte bitter. Aus dem Hin und Wieder war eher ein Dauerzustand geworden. Eigentlich lebte er ausschließlich dafür, sich die nächste Dosis einwerfen zu können. Für die kurze Zeit des Rausches. Das anschließende Erwachen war umso schlimmer. Davon stand natürlich nichts auf dem Beipackzettel. Da stand eigentlich gar nichts, denn zu den Pillen, die inzwischen die Herrschaft über seinen Körper und vor allem seinen Geist übernommen hatten, gab es keinen Beipackzettel. Kein: Zu Risiken und Nebenwirkungen … Das musste man schon selbst herausfinden. Doch wenn man es herausgefunden hatte, war es zu spät. Dann gab es kein

Zurück mehr. Die falsche Abzweigung …

Der alte Mann, den alle nur Professor riefen, musste ebenfalls vom rechten Weg abgekommen sein, auch wenn er den Eindruck erweckte, als habe er sein Schicksal freiwillig gewählt. Er mochte es sich erfolgreich eingeredet haben, um sich ein letztes bisschen Würde zu bewahren. Freddie hingegen glaubte nicht daran, dass jemand aus freien Stücken auf der Straße lebte. Das Gefühl von Freiheit und Unabhängigkeit hielt genau so lange an, bis der erste Nachtfrost einsetzte. Aber der Alte schien ein Meister darin zu sein, sich das Leben schönzureden. Sich nun aber zu erdreisten, Einfluss auf Freddies Leben nehmen zu wollen, ging entschieden zu weit. Freddie brauchte keinen Vater, der ihm vorschrieb, was er zu tun und zu lassen hatte. Hatte nie einen gebraucht. Nie einen gehabt, um genau zu sein. Er empfand kaum etwas anderes als Wut auf seinen Erzeuger, der sich einen Dreck um seinen Sohn scherte. Genau wie alle anderen. Die sollten sich ihre wohlgemeinten Ratschläge sonst wohin stecken. Insbesondere, wenn sie selbst nicht mehr als eine gescheiterte Existenz vorweisen konnten.

Freddie hatte früh lernen müssen, auf eigenen Beinen zu stehen. Seine Mutter war zu beschäftigt mit ihren diversen Jobs, mit denen sie versuchte, sich und ihren unerwünschten Sohn über Wasser zu halten, als dass sie sich um ihn hätte kümmern können. Oder wollen. Denn selbst wenn sie nicht arbeitete, tendierte ihr Interesse an Freddie gegen Null. Lieber zog sie mit ihren zahlreichen Männerbekanntschaften um die Häuser, immer in der Hoffnung, den einzig Wahren zu finden. Den Prinzen auf dem weißen Ross, der sie aus ihrem elenden Dasein erlöste und in sein Schloss mitnahm. Doch das geschah nicht. Sie taugte schlicht nicht zur Prinzessin. Den Schuldigen an diesem Schlamassel hatte sie schnell ausgemacht. Ihr Sohn hing wie ein Mühlstein um ihren Hals, ein Fluch, der ihr ein glückliches Märchenende verwehrte und den sie, trotz aller Anstrengung, nicht loswurde. Dabei war Freddie redlich bemüht, sich in Gegenwart seiner Mutter möglichst unsichtbar zu machen. Offenbar reichte es nicht aus.

Er kannte also das Gefühl, unwillkommen zu sein. Doch dass ein selbsternannter Wächter für Recht und Ordnung beschlossen hatte, ihn aus dem Luisenviertel zu vertreiben, wenn er nicht lernte, sich an die Regeln zu halten, brachte das ohnehin fragile Fass, in dem Freddie saß, zum Überlaufen. Was berechtigte den Alten, darüber bestimmen zu dürfen, wer auf diesen heiligen Straßen wandeln durfte und wer nicht? Es waren nicht seine Straßen. Das würde Freddie ihm heute unmissverständlich klarmachen. Für ihn galten andere Regeln.

Er wusste, wo der Penner sein Lager aufgeschlagen hatte. In einer stillen Ecke im Deweerthschen Garten, der grünen Oase des Luisenviertels. Doch als Freddie dort ankam, sah er gerade noch, wie der Professor im Durchgang zur Friedrich-Ebert-Straße verschwand. Machte die Knalltüte sich etwa wieder auf einen seiner sogenannten Patrouillengänge, um den nächsten unliebsamen ›Mitbewohner‹ zu verjagen? Da hatte Freddie endlich genug Mut angesammelt, sich seinen Widersacher vorzuknöpfen, und nun schickte der sich an, ihm einfach so durch die Lappen gehen zu wollen. Ehe sich die Wirkung der Tabletten und damit auch seine mühselig zusammengekratzte Courage wieder ins Nirgendwo verabschieden konnten, folgte Freddie dem Mann, der die Straße in Richtung Innenstadt entlanglief. Offenbar hatte er es ziemlich eilig. Hatte er ein Rendezvous?, fragte sich Freddie. Unwahrscheinlich.

Die Schritte des alten Mannes wurden schneller, jetzt hob er den Arm und wedelte mit einem Stück Papier in seiner Hand. Im Schatten der Häuser hastete Freddie ihm hinterher. Der Alte kraxelte ein paar Stufen zu einem Hauseingang empor. Freddie hörte ihn irgendetwas rufen, dann verschwand der Professor in einem Laden. Seit wann hatten die Geschäfte sonntagabends geöffnet? Freddie näherte sich dem Haus und lugte neugierig durch das Schaufenster, die Hände auf die Scheiben gelegt. Eine Buchhandlung. Und sie war voller Menschen. Was war denn hier los? Gab es hier was umsonst? Freddie ging zur Tür, die soeben von einer blonden Frau geschlossen wurde. Vor seiner Nase. Man sperrte ihn aus. Er war nicht willkommen. Wieder einmal. Er donnerte frustriert mit der Faust gegen die Tür und erntete einen wütenden Blick der Blonden, die tadelnd den Kopf schüttelte. Blöde Kuh!

Ruhig bleiben, mahnte er sich selbst. Nur nicht auffallen. Irgendwann musste der Alte ja wieder rauskommen. Freddie hatte alle Zeit der Welt. Auf ihn wartete niemand.

* * *

»Da bin ich ja gerade noch rechtzeitig gekommen«, keuchte der alte Mann, den im Luisenviertel alle nur Professor nannten, und grinste Cordula Siebert an.

Cordula nahm die Eintrittskarte, die er ihr entgegenhielt, und ließ den Professor passieren, der sich mit eingezogenem Bauch durch die letzte Reihe quetschte, um den einzig verbliebenen freien Platz zu ergattern. Dabei fegte er mit seinem großen Rucksack fast einen anderen Gast vom Stuhl.

»Verzeihen Sie, junger Mann«, meinte der Professor, drehte sich umständlich um die eigene Achse und tastete mit beiden Händen die Schultern des Mannes ab, um

17

sicherzugehen, dass dieser unverletzt geblieben war.

Der Mann lächelte gequält und rückte mit seinem Stuhl ein Stück nach hinten, um den alten Herrn inklusive Rucksack vorbeizulassen. Cordula lächelte ihm entschuldigend zu, während sie die Tür schloss, doch der Mann bemerkte es nicht. Er war damit beschäftigt, dem Professor unauffällig hinterherzublicken. Draußen schlug jemand gegen das Glas der Eingangstür. Cordula wandte sich um und warf dem Jungen kopfschüttelnd einen strengen Blick zu. Der junge Mann bedachte sie mit einem wütenden Funkeln in den Augen, trat jedoch den Rückzug an. Sie hätte ihn ohnehin nicht hereingelassen. Randalierer hatten hier nichts verloren. Der kleine Verkaufsraum der Krimibuchhandlung mit dem schönen Namen ›Mördergrube‹ war bis auf den letzten Platz besetzt und platzte aus allen Nähten.

Unterdessen hatte Sophie Liebermann, stolze Mitinhaberin der Mördergrube, die improvisierte Bühne betreten, um die Gäste willkommen zu heißen. Sie als nervös zu bezeichnen, wäre die Untertreibung des noch jungen Jahres. Dabei war dies bei Weitem nicht die erste Lesung, die hier stattfand. Doch normalerweise überließ Sophie die Vorstellung des jeweiligen Autors ihrem Partner Robert Werbeck. Zu ihrem Entsetzen war er ausgerechnet heute von einer schlimmen Erkältung heimgesucht worden, die ihm das Reden nahezu unmöglich machte. Wesentlich mehr als ein heiseres Krächzen brachte er nicht zustande.

Cordula hielt beide Daumen hoch, um ihre beste Freundin aufzumuntern. Sie wusste nur zu gut, wie sehr Sophie es hasste, vor Publikum sprechen zu müssen. Schon in der Schule hatte sie Blut und Wasser geschwitzt, wenn sie gezwungen war, ein Referat zu halten. Völlig unvorbereitet ins kalte Wasser geworfen zu werden, ließ Sophie vor Angst gewiss beinahe in die Hose pinkeln, selbst wenn die meisten der Anwesenden Stammkunden waren, mit denen sie an normalen Tagen munter schwatzte.

»Meine Damen und Herren, ich freue mich, Sie heute Abend hier begrüßen zu dürfen. Sicherlich sind Sie ebenso gespannt wie ich auf Martin Jäger, der uns aus seinem neuen Werk ›Das letzte Opfer‹ vorlesen wird«, begann die Buchhändlerin mit zitterndem Stimmchen.

Cordulas Blick schweifte in Richtung des kleinen Aufenthaltsraums der Buchhandlung, wo Martin Jäger hinter dem Vorhang stand und durch einen Spalt lugte, um seinen großen Auftritt nicht zu verpassen. Bei ihm war keine Spur von Lampenfieber zu erkennen. Im Gegenteil, er schien es kaum erwarten zu können, sich im Licht der nicht vorhandenen Scheinwerfer zu sonnen.

Sophie räusperte sich, um dann mit ihrer improvisierten Rede fortzufahren.

»Ich will Sie nicht mit langen Ansprachen auf die Folter spannen.« Prima Idee, um dieser peinlichen Situation möglichst schnell zu entkommen. »Bitte begrüßen Sie mit einem herzlichen Applaus den erfolgreichen Krimiautor und gebürtigen Wuppertaler Martin Jäger.«

Unter tosendem Beifall schob Martin Jäger den roten Vorhang beiseite und betrat die improvisierte Bühne, die Hände aneinandergelegt und sich bescheiden verbeugend. Eine Bescheidenheit, die, so wusste Cordula, genauso falsch war wie sein Lächeln. Er bedachte Sophie mit einem Kuss auf die Wange, winkte freundlich ins Publikum und ließ sich in dem Rattansessel nieder, der neben einem kleinen Tisch stand, auf dem sein Manuskript schon bereitlag.

* * *

Der Schnee fällt in dichten Flocken zu Boden. Der Winter ist eingekehrt, eben noch rechtzeitig, um den Menschen die ersehnte weiße Weihnacht zu bescheren. Ringsum ist die Landschaft in einen Berg aus Zuckerwatte getaucht. Es ist ungewöhnlich still, selbst für diese späte Stunde. Normalerweise hört man den Lärm der Großstadt bis hier draußen. Doch heute verschluckt der Schnee sämtliche Geräusche. Und bei diesem Wetter bleiben die Leute lieber daheim, um das heftige Treiben vom Fenster in der warmen Stube aus zu beobachten, anstatt einen Fuß vor die Tür zu setzen. Morgen früh wird sich das ändern, wenn die weiße Pracht die Kinder aus dem Haus lockt. Sie werden Schlitten fahren, eine Schneeballschlacht veranstalten und Schneemänner bauen.

Ich mache mir nichts aus Schnee. Ich mache mir auch nichts aus Weihnachten. Das ganze Jahr über wird gestritten und am Ende sitzt man mit Tränen der Rührung in den Augen unterm Weihnachtsbaum, hält sich an den Händen und singt kitschige Lieder zur Blockflöte. Als sei nie ein böses Wort gefallen. Nur um im nächsten Jahr wieder von vorn anzufangen.

Im Schutz der großen Tanne stehend, beobachte ich das Haus. Hinter dem hell erleuchteten Küchenfenster kann ich die Frau sehen, die damit beschäftigt ist, Plätzchen zu backen. Zimtsterne, Vanillekipferl und Spritzgebäck wie in jedem Jahr. Beinahe bedaure ich es, dass sie das Weihnachtsfest nicht mehr erleben wird. Oder besser formuliert: Ich würde es bedauern, wenn ich zu so etwas wie Mitgefühl fähig wäre. Doch das bin ich nicht. Emotionen dieser Art sind mir fremd.

Sicher, ich habe es mit den Jahren perfektioniert, Empfindungen vorzutäuschen. Ich habe die Mimik und Gestik normaler Menschen akribisch studiert und begonnen, sie nachzuahmen, bevor irgendjemandem auffallen kann, dass ich ganz und gar nicht normal bin. Ich bin anders als andere, das habe ich schon früh gemerkt. Habe ich am Anfang noch versucht zu sein wie sie, erkannte ich eines Tages die Sinnlosigkeit meiner Bemühungen. Ich bin eben nicht wie die anderen; ich bin besser. Und weil das so ist, gilt es, nicht jeden hinter die Fassade meiner Andersartigkeit blicken zu lassen. Es gibt genügend Kleingeister, die mein geniales Talent nicht akzeptieren würden. Die mich verurteilen würden, wüssten sie um die einzigartige Gabe, mit der ich gesegnet bin. Mittlerweile beherrsche ich die Kunst der Maskerade nahezu perfekt. Nahezu.

Die Frau, die gerade so fleißig Kekse backt, ist die einzige, der ein Blick hinter die Fassade meines Lebens gelungen ist. Mir ist ihr entsetzter Blick an jenem Abend nicht entgangen, als ihr klarwurde, wer ich tatsächlich bin. Was ich tatsächlich bin. Sie hat versucht, den Schock durch aufgesetzte Fröhlichkeit zu überspielen, doch ist sie nicht annähernd so gut im So-tun-als-Ob wie ich. Seither verfolgt sie mich mit ihren argwöhnischen Blicken, darauf lauernd, etwas zu finden, das ihre Vermutung untermauert. Denn mehr als das ist es bislang nicht, nur eine Vermutung. Was ihr fehlt, ist ein Beweis, der es ihr ermöglicht, mich der Gerichtsbarkeit auszuliefern. Ich gedenke nicht, es so weit kommen zu lassen.

Eigentlich fällt sie nicht in mein Beuteschema, doch in diesem Fall werde ich eine Ausnahme machen. Machen müssen, wenn ich am Ende nicht doch noch auffliegen will, denn sie lässt einfach nicht locker in ihren Bestrebungen, mich zu überführen.

Es ist denkbar einfach gewesen, an den Schlüssel zu ihrem Haus zu gelangen. Schließlich bin ich der beste Freund

ihres Sohns. Eine Kopie des Schlüssels zu dessen Woh-
nungstür habe ich schon vor langer Zeit anfertigen lassen.
Wer weiß, wozu so etwas nützlich werden kann. Nun weiß
ich es. Um unbemerkt eindringen und dem Bewohner ein
nicht nachweisbares Betäubungsmittel in die Flasche Korn
kippen zu können. Ich weiß, wie sehr mein Freund seit der
Trennung von seiner Frau mit seinem Alkoholproblem zu
kämpfen hat, schließlich muss ich mir dessen besoffenes
Gejammer tagein, tagaus anhören. Doch auch das lasse ich
mit stoischer Gelassenheit über mich ergehen, in der Ge-
wissheit, irgendwann meinen Nutzen daraus zu ziehen.
Die Schwächen der Menschen sind einfach wunderbar. Sie
eröffnen mir immer wieder ungeahnte Möglichkeiten. Nun
liegt mein Freund arglos in seinem Bett und schläft seinen
Rausch und die Wirkung des Betäubungsmittels aus. Das
Erwachen wird kein fröhliches sein.

Martin Jäger senkte die Stimme zu einem diabolischen
Flüstern. Die Zuhörer hingen an seinen Lippen. Der Autor
genoss die Aufmerksamkeit, die ihm zuteil wurde, sichtlich. Cordula ließ den Blick durch die Menge schweifen
und musste zugeben, dass er es verstand, die Leute in seinen Bann zu ziehen. Im Erfinden von Geschichten war er
schon immer ein Meister gewesen, und auch darin, Lügen
als Wahrheit zu verkaufen. Der Typ, dem der Professor seinen Rucksack um die Ohren gehauen hatte, saß da mit un-
gläubigem Erstaunen auf dem Gesicht, als könne er nicht
fassen, was er da hörte. Na ja, so gut war die Geschichte
nun auch wieder nicht. Der Professor lächelte ihr zu und
schüttelte unauffällig den Kopf. Offenbar war er derselben
Meinung wie sie. Sie lächelte zurück und zuckte mit den
Schultern.

Ich warte eine halbe Stunde, um sicherzugehen, dass die Bewohnerin des Hauses auch wirklich zu Bett gegangen ist. Die Sicht ist nach wie vor schlecht, aber ich kann immerhin erkennen, dass alles dunkel bleibt. Also verlasse ich meine Deckung und mache mich auf den Weg. Sorgen um etwaige Spuren, die ich hinterlasse, mache ich mir nicht. Es schneit noch immer heftig, und es sieht nicht so aus, als würde sich daran in den nächsten Stunden etwas ändern. Da werden kaum Spuren zurückbleiben. Außerdem nutzen Schuhabdrücke nur dann etwas, wenn man eine Vergleichsmöglichkeit hat.

Vorsichtig schleiche ich um das Gebäude herum und werfe einen Blick auf die Straße. Keine Menschenseele ist zu sehen. Alle haben sich in ihren warmen Häusern verkrochen. Es ist dunkel, abgesehen von den Straßenlaternen, und selbst die haben Mühe, ihr Licht durch die dicht an dicht fallenden Flocken zu verbreiten. Ich nähere mich dem Hauseingang und ziehe den Schlüssel aus der Tasche meiner schwarzen Daunenjacke. Meine Hände zittern. Erst jetzt bemerke ich, wie durchgefroren ich bin. So leise wie möglich schließe ich die schwere Eingangstür auf. Sie quietscht ein wenig. Ich halte den Atem an und lausche mit klopfendem Herzen, ob das Geräusch die Bewohnerin geweckt hat. Doch es bleibt ruhig. Rasch schlüpfe ich hinein und drücke behutsam die Tür ins Schloss. Ich ziehe meine Stiefel aus, nicht aus Höflichkeit, sondern um jedes noch so kleine Geräusch zu vermeiden. Auf Socken schleicht es sich einfach leiser die Treppe hinauf. Ich muss unbedingt daran denken, dass die vorletzte Stufe knarzt. Das war schon früher so, als ich mit meinem Freund durch das Haus tobte und sämtliche Räume von unserem hellen Kinderlachen erfüllt waren. Es ist lange her, seit ich so gelacht habe, und schon damals war es aufgesetzt. Eine Tarnung, um meine Umgebung nichts von der Finsternis in meiner Seele erahnen zu lassen.

Ich ziehe das Jagdmesser aus der Scheide, die an meinem Gürtel befestigt ist. Nicht meine bevorzugte Waffe, aber eine alternde Frau gehört auch nicht zu meinen bevorzugten Opfern. Außerdem ist es meine Aufgabe, eine unliebsame Mitwisserin auszulöschen und nicht, die Polizei darauf hinzuweisen, dass der Serienmörder, den sie seit Jahren verzweifelt sucht, im Bekanntenkreis des jüngsten Opfers zu finden ist. Ich habe darüber nachgedacht, einen Revolver zu verwenden, doch erstens fürchte ich, man könne die Waffe, selbst wenn ich sie auf dem Schwarzmarkt erwerbe, zu mir zurückverfolgen, und zweitens ergibt sich das Problem mit den Schmauchspuren. Selbst wenn es mir gelingt, die Fingerabdrücke meines Freundes auf dem Revolver zu platzieren, würde die Polizei feststellen, dass er nicht geschossen haben kann, weil die verdammten Schmauchspuren fehlen. Nein, ein Messer ist die beste aller Lösungen. Zumal ich es im Schrank meines Freundes entdeckt habe. Ebenso wie das Nachtsichtgerät, das nun die obere Hälfte meines Gesichts verdeckt. Ich habe nicht die leiseste Ahnung, wofür mein Freund ein Nachtsichtgerät benötigt, aber in diesem Fall kann es sich als hilfreich erweisen.

Auf Zehenspitzen erklimme ich Stufe um Stufe ins Obergeschoss. Ich spüre das leise Kribbeln der Vorfreude, wie jedes Mal, wenn ich kurz davorstehe, dem Leben eines Menschen ein Ende zu setzen. Dieses Gefühl der Allmacht ist unvergleichlich. Und es ist das einzige Gefühl, zu dem ich fähig bin.

2

Martin Jäger saß an dem kleinen Tisch in der Leseecke und signierte seine Bücher, während Robert Werbeck hinter der Ladentheke eifrig einen Kunden nach dem anderen bediente. Wenn er schon nicht sprechen konnte, dann konnte er wenigstens die Kasse klingeln lassen. Der Abend hatte sich vollauf gelohnt. Fast jeder Besucher kaufte ein Exemplar von ›Das letzte Opfer‹, um sich anschließend ein Autogramm beim Autor persönlich abzuholen. Da konnte man durchaus selbst ein Opfer bringen, auch wenn man kurz vor dem Ableben stand. Ein letztes Opfer sozusagen, um beim Thema des Abends zu bleiben.

Sophie Liebermann schüttelte einigen ihrer Stammkunden, die ihr zu diesem gelungenen Abend gratulieren wollten, die Hände. Cordula Siebert stand mit Ben, Sophies Ehemann, hinter einer improvisierten Bar und schenkte Sekt und andere Getränke aus.

»Meine Güte, ich hab das Gefühl hier sind mindestens tausend Leute«, stöhnte Ben und wischte sich rasch mit einem Taschentuch den Schweiß von der Stirn.

»Warum ist Carsten eigentlich nicht gekommen?«, wollte Cordula wissen.

Sie hatte insgeheim gehofft, Sophies Bruder heute Abend hier zu sehen. Schon als Teenager hatte sie für ihn geschwärmt und Ende letzten Jahres hatte es heftig zwischen ihnen geknistert. Doch irgendwie war das Knistern im Sande versickert, was nicht zuletzt an Sophie lag, die, ob der drohenden Liaison zwischen ihrer besten Freundin und ihrem Bruder, nicht eben euphorisch gestimmt war. Dennoch schlug Cordulas Herz jedes Mal höher, wenn sie nur an Carsten Kantner dachte. Gefühle ließen sich nicht so einfach abstellen. Wenn es knisterte, dann knisterte es.

»Er interessiert sich nicht für Krimis«, erklärte Ben die Abwesenheit seines Schwagers. »Liegt wohl an seinem Beruf.«

»Na ja, er war nie sonderlich begeistert von Martin«, fiel ihr ein.

»Wieso das?«, wollte Ben wissen, obwohl er die Antwort bereits ahnte. Auch er war nicht aus dem Häuschen gewesen, als seine Frau den Kontakt zu ihrer ersten großen Liebe Martin Jäger wieder hatte aufleben lassen, Krimiautor hin oder her.

»Martin war nicht gerade das, was man einen guten Fang nennt«, erklärte Cordula. »Er ist bei Pflegeeltern aufgewachsen, weil seine eigenen nicht mit ihm fertigwurden, und war ziemlich schräg drauf. Ein Bad Boy, wie er im Buche stand. In einem schlechten Buch allerdings. Lange hat es nicht gedauert, bis er Sophie wegen einer anderen filmreif in den Wind schoss. Und da war Carsten dann erst recht sauer.«

Ben musste wider Willen grinsen. Seinem Schwager konnte man es nie recht machen. Er erinnerte sich, wie kritisch Carsten ihn selbst zunächst beäugt hatte. Sein Beschützerinstinkt war, wenn es um seine kleine Schwester ging, extrem ausgeprägt. Und das war maßlos untertrieben. Dieser Martin Jäger hatte sich mit Sicherheit Carstens ewigen Hass zugezogen, als er es wagte, sich erst ungefragt in Sophie zu verlieben, um sie dann binnen kürzester Zeit zu verlassen. Sollte der Schriftsteller jetzt erneut einen Platz in Sophies Leben einnehmen, stimmte das ihren Bruder gewiss alles andere als fröhlich. Genau wie Ben. Da konnte seine Frau ihm noch so treuherzig versichern, es handele sich ausschließlich um eine Geschäftsbeziehung. Die erste Liebe vergaß eine Frau nicht, hatte er mal gelesen. Und auch eine Geschäftsbeziehung war am Ende eine Beziehung.

Sophie trippelte in diesem Moment auf ihren hohen Absätzen ihrer ersten Liebe entgegen. Ein ungutes Gefühl ergriff Besitz von Ben. Hoffentlich erstreckte sich die Vorliebe seiner Gattin für Verbrechen jeglicher Art nicht auch auf Krimischriftsteller.

* * *

Sophie tippte Martin auf die Schulter. Der Autor war in ein Gespräch mit einem jungen Mann vertieft. Er wandte sich zu ihr um und lächelte sie erfreut an.

»Sophie, darf ich bekannt machen: Mein guter Freund, Thomas Hilbert«, stellte er den Mann vor, der in seiner abgewetzten Jeans und dem löchrigen Strickpulli ein wenig fehl am Platz wirkte. Unterhalb seines rechten Auges verlief eine etwa drei Zentimeter lange Narbe, die ihm das verwegene Aussehen eines Piraten verlieh.

»Freut mich«, meinte Sophie und schüttelte ihm die Hand. »Gehen Sie häufiger zu Martins Lesungen?«

»Wenn ich es einrichten kann«, erwiderte Thomas Hilbert höflich. »Ich bin normalerweise viel auf Reisen.«

»Klingt spannend.«

»Ach, geht so«, meinte er ausweichend und schien nach einem Fluchtweg Ausschau zu halten. Er war wohl kein großer Freund von Smalltalk.

»Also, ich muss sagen, der Abend war ein voller Erfolg. Aber das war ja nicht anders zu erwarten«, unterbrach Martin das aufkeimende Gespräch, das drohte, sich nicht ausschließlich um ihn zu drehen. »Schön, wenn ich dir und deinem Laden ein bisschen auf die Sprünge helfen konnte.«

Er klopfte Sophie ein paar Mal wie einem braven Pony auf die Schulter. Sie glaubte kurz, sich verhört zu haben, aber Martins selbstgefälliges Grinsen zeigte ihr, dass er tatsächlich der Überzeugung anheimgefallen war, die Mördergrube durch seinen Auftritt gerade so vor der Pleite gerettet zu haben. Ein Hauch von Zornesröte bahnte sich seinen Weg in ihr Gesicht. Sie setzte zu einer bissigen Antwort an, als ihr eine Duftwolke billigen Deos, das fatal an penetrantes Raumspray erinnerte, in die Nase stieg.

»Sophiechen, wenn du ein paar Minütchen erübrigen könntest. Ich hätte eine Frage an dich.«

»Ach, Professor!«

Sophie hatte den älteren Herrn in dem speckigen Anzug, der hinter sie getreten war, gar nicht bemerkt. Obwohl, eigentlich schon, denn der Raumspray-Duft, der in der Luft lag, ging von ihm aus. In Anbetracht der Obdachlosigkeit des Mannes war dies vermutlich das Beste, was er an Odeur anbieten konnte. Er hatte sich richtiggehend in Schale geworfen mit seinem nicht ganz einwandfrei sitzenden Anzug, der karierten Weste und der roten Fliege mit den weißen Punkten. Jedenfalls sah er wesentlich schicker aus als Martins Freund, der die Gunst der Stunde offenbar zum Rückzug genutzt hatte. Von ihm war weit und breit nichts mehr zu sehen.

Der Professor geisterte schon seit ewigen Zeiten durch das Luisenviertel, lange bevor Sophie und Robert vor drei Jahren ihre Buchhandlung eröffnet hatten. Er war damals quasi das Begrüßungskomitee gewesen und hatte die beiden kurzzeitig in Angst und Schrecken versetzt. Doch sie merkten schnell, welch liebenswerter Kauz der alte Herr war. Und so war er in der Mördergrube ein gern gesehener Gast, auch wenn er um seine Herkunft und seine Vergangenheit ein großes Geheimnis machte. Niemand kannte seinen wahren Namen. Sein Spitzname, Professor, rührte wohl von seiner Vorliebe, über Gott und die Welt zu dozieren. Tatsächlich könnte er in Wahrheit ein lang gesuchter Serienmörder sein, wie der Typ in ›Das letzte Opfer‹, was ihn für Sophie umso interessanter machte. Sie liebte Geheimnisse jedweder Art, hing jedoch nicht der Serienmörder-Theorie nach, sondern war der festen Überzeugung, beim Professor handele es sich um einen ehemaligen Geheimagenten, der sich vor seinen Feinden verbarg, indem er den arglosen Obdachlosen mimte. Über einen Mangel an Fantasie konnte man bei Sophie nicht klagen.

Kurzentschlossen stellte sie ihn Martin Jäger vor. Der Autor zögerte kurz, erinnerte sich dann aber doch an seine mehr oder weniger gute Kinderstube und schüttelte dem reichlich seltsam wirkenden Mann die Hand.

»Freut mich, Sie kennenzulernen, Herr Professor … äh … wie war gleich Ihr Name?«, fragte er.

»Professor reicht, Jungchen, so nennt mich hier jeder.« Er schlug dem Schriftsteller kameradschaftlich auf die Schulter. »Gratuliere Ihnen übrigens, Sie haben ganz wunderbar gelesen. Ich war hin und weg. Wenn Sie Sophiechen für einen kurzen Augenblick entbehren könnten, wäre ich Ihnen sehr dankbar.«

»Aber sicher«, meinte Martin, legte den Arm um Sophies Hüfte und schob sie gönnerhaft in Richtung des Obdachlosen.

Der Professor zog Sophie in eine ruhige Ecke der Mördergrube und gab Robert Werbeck ein Zeichen, sich zu ihnen zu gesellen. Robert überließ Ben die Kasse und kam neugierig näher, um zu erfahren, was der Professor nun schon wieder ausheckte. Auch er mochte den alten Mann, war aber von weitaus misstrauischerer Natur als seine Freundin. Er war eher ein Verfechter der Serienmörder-Theorie.

»Ich wollte euch fragen«, begann der alte Herr ungewohnt

schüchtern und scharrte mit einem Fuß über das Parkett, »weil's draußen doch so kalt ist und so, ich mein, ist ja auch Februar, also, da wollte ich fragen, ob ich hier vielleicht pennen kann.«

»Hier? Im Laden?« Robert hob skeptisch die Augenbrauen in Richtung des kaum vorhandenen Haaransatzes.

»Mhm«, meinte der Professor nur.

»Wie soll das denn gehen? Wir können Sie ja schlecht hier einschließen. Wenn da was passiert. Und außerdem … nee, das geht nicht.« Roberts heftiges Kopfschütteln ging in einen Hustenanfall über.

»Ach, Robert, lass ihn doch«, sagte Sophie.

»Wie stellst du dir das vor?« krächzte ihr Kompagnon, dem schon der Umstand, dass Sophie den alten Herrn überhaupt zur Lesung eingeladen hatte, nicht behagte. Liebenswerter Kauz hin oder her.

»Du könntest ihm deinen Schlüssel geben, dann kann er raus, wenn die Bude brennt oder so. Es ist wirklich saukalt draußen. Komm, Robert, es ist doch der Professor. Wenn wir ihm nicht vertrauen können, wem dann? Bitte, bitte …« Sie klimperte heftig mit den langen Wimpern, griff den Arm ihres Freundes und hüpfte wie ein kleines Mädchen auf und ab.

Robert, Aktionen dieser Art seit Jahren gewöhnt, ließ sich wie üblich nach kurzem Zögern erweichen. Irgendwie verstand es Sophie einfach, ihn um den Finger zu wickeln und zu bekommen, was sie wollte. Meistens wollte er sich im Nachhinein in den Hintern beißen für seine Nachgiebigkeit, denn Sophies Ideen waren nicht immer die besten.

»Also schön«, sagte er und seufzte innerlich, »auf deine Verantwortung. Ich meine, wenn was passiert, zahlt uns das keine Versicherung, das ist dir hoffentlich klar.«

»Was soll denn passieren? Meinst du, der Professor macht hier ein Lagerfeuerchen oder was? Und wenn einer einbricht, kann er sofort Alarm schlagen. Du weißt, er ist ziemlich gut darin. Damit hat er mir schon mal das Leben gerettet.« Klimper, klimper.

»Ist ja schon gut. Kannst aufhören, mit den Augen zu klimpern.« Robert griff in seine Hosentasche und holte einen Schlüssel hervor, den er dem Alten reichte. Er deutete auf eine kleine Scheibe. »Dieses Plättchen ist für die Alarmanlage, die müssen Sie an den Apparat draußen neben der Tür halten. Vergessen Sie nicht, sie einzuschalten, wenn Sie den Laden verlassen.«

»Alles klar, Chef, mach dir keine Sorgen, ich werde die Mördergrube hüten wie meinen Augapfel.« Der Professor schlug die Hacken zusammen und salutierte kurz. »Und damit ihr nachher schön in euer Heia-Bettchen fallen könnt, mach ich hier für euch den Großputz. Ist das ein Angebot?«

Robert bereute seine Zusage jetzt schon. Das Ganze konnte nur in einer mittelschweren Katastrophe enden. Wahrscheinlich würde er heute Nacht kein Auge zumachen. Hauptsache, Sophie bekam mal wieder ihren Willen. Sie strahlte mit dem Professor um die Wette. Keiner der drei bemerkte den jungen Mann, der ihrem Gespräch die ganze Zeit über aufmerksam gelauscht hatte und sich nun unauffällig in die Teeküche zurückzog.

3

Kurz vor Mitternacht waren die letzten Gäste endlich gegangen. Es erstaunte den Professor immer wieder, wie viel Sitzfleisch manche Menschen entwickelten. Und wie dickfellig sie waren, nicht zu bemerken, wenn ihre Gastgeber vor Müdigkeit kaum noch aus den Augen gucken konnten. Robert, der arme Kerl, hatte ausgesehen, als würde er jeden Moment tot umfallen. Den hatte die Grippe wirklich schlimm erwischt. Sophie hatte ihn vor einer halben Stunde unter Androhung körperlicher Gewalt nach Hause geschickt. Der Junge gehörte schnellstmöglich ins Bett.

»Ich hoffe, es wird keine allzu ungemütliche Nacht«, meinte Sophie, die selbst ziemlich erschöpft wirkte.

Er drückte liebevoll ihre Hand. »Bestimmt nicht so ungemütlich, wie es draußen wäre«, beruhigte er sie. »Danke noch mal, dass ich hier schlafen darf.«

»Kein Problem«, versicherte sie erneut.

»Bist du so weit?«, rief ihr Mann, der es offensichtlich nicht erwarten konnte, endlich nach Hause zu kommen.

Der Professor knuffte sie in die Seite. »Nun mach, dass du rauskommst, Mädchen. Sonst kippst du mir vor Müdigkeit noch aus den Latschen.«

Er begleitete die Liebermanns und Sophies Freundin nach draußen und winkte ihnen hinterher, bis sie aus seinem Blickfeld verschwunden waren. Dann ging er wieder hinein und verschloss sorgfältig die Ladentür. Er wollte sich von Robert nicht vorwerfen lassen, nicht alles ordnungsgemäß verriegelt und verrammelt zu haben. Erst jetzt merkte er, dass die Müdigkeit auch von ihm selbst längst Besitz ergriffen hatte. Er gähnte laut und streckte sich. Kurz überlegte er, das Aufräumen auf den nächsten Tag zu verschieben, verwarf den Gedanken jedoch wieder. Es gab einiges zu tun, und selbst wenn er sich seinen kleinen Reisewecker stellte, war er nicht sicher, ob er es schaffen würde, so früh aus seinem Schlafsack zu kriechen, um rechtzeitig um neun Uhr mit allem fertig zu sein. Lieber erledigte er es sofort, dann hatte er es hinter sich und konnte es sich ruhigen

Gewissens gemütlich machen. So feudal hatte er schon viele Jahre nicht mehr genächtigt.

Er griff sich ein paar Gläser, trug sie in die kleine Küche und stellte sie auf der Spüle ab. Sein Blick fiel auf die halbvolle Flasche Sekt, die dort stand. Vielleicht sollte er sich einen kleinen Schluck genehmigen, ehe er loslegte.

Er hatte die Hand bereits nach der Flasche ausgestreckt, als er energisch den Kopf schüttelte. Das Trinken hatte er schon vor einer Ewigkeit aufgegeben, er musste nicht ausgerechnet hier und heute wieder damit anfangen. Dazu gab es keinerlei Anlass. Die Zeiten, in denen er glaubte, Trost in einer Flasche Schnaps zu finden, waren vorbei, und er trauerte der Vergangenheit nicht nach. Nicht mehr. Er hatte sich in seinem neuen Leben arrangiert. Auch wenn die meisten Leute dachten, es könne einen kaum schlimmer treffen, als auf der Straße leben zu müssen, wusste der Professor es besser. Es ging immer schlimmer, aber sich die Welt schön trinken zu wollen, war keine Lösung. Es machte die Lage höchstens erträglicher, wenn auch nur in geringem Maße. Das böse Erwachen folgte auf dem Fuße. Die Sauferei hatte ihn alles gekostet, was ihm einmal wertvoll erschienen war. Doch er wollte nicht jammern. Es hatte ihn niemand zum Trinken gezwungen. Und der Umstand, alles verloren zu haben, hatte ihn dazu gebracht, das Kostbarste zu retten, das er noch besaß: sein Leben. Der unvermeidliche Absturz wäre ohnehin gekommen, nur wäre es dann vielleicht zu spät gewesen. Also sollte er dankbar sein für das, was er hatte, und es nicht leichtfertig wieder fortwerfen.

Er ließ die Flasche stehen, zog sein fadenscheiniges Jackett aus und krempelte die Ärmel seines Hemds auf. Er ging ins Ladenlokal, wo er sich daranmachte, die Stühle in einer Ecke übereinanderzustapeln. Anschließend kehrte er in die kleine Küche zurück. Sollte er zuerst die Gläser spülen oder den Boden fegen und feucht wischen? Er blieb einige Sekunden unschlüssig stehen und entschied dann, dass die Gläser zur Not bis morgen warten konnten. Also marschierte er zum Abstellraum, um Besen und Eimer zu holen. Schwungvoll riss er die Tür auf.

»Was zur Hölle machst du denn hier?«, rief er und griff sich erschrocken an die Brust. »Ich hätte fast'n Herzinfarkt gekriegt. Wolltest du dir hier noch für umsonst einen hinter die Binde gießen, Jungchen?«

4

Friedrich Mai erwachte am frühen Morgen von einem dumpfen Pochen hinter seiner rechten Schläfe. Ein weiterer Tag mit Kopfschmerzen kündigte sich an. Er grunzte unwillig und massierte seinen Nacken. Es half nicht. Das tat es nie. Es musste am Wetter liegen, dass ihn schon wieder ein Brummschädel plagte. Er verzog das Gesicht zu einer Grimasse. Es lag immer am Wetter. An den anderthalb Flaschen Rotwein, die er gestern Abend geleert hatte, konnte es auf keinen Fall liegen. Nein, nein, das böse Wetter war schuld, nicht der Wein.

Er quälte sich mühsam aus dem Bett und wankte leicht benommen ins Badezimmer. Im Spiegelschrank über dem Waschbecken wühlte er nach den Kopfschmerztabletten. Er drückte gleich zwei Kapseln aus der Verpackung und schluckte sie trocken hinunter. Anschließend hielt er seinen Mund unter den Wasserhahn, um nachzuspülen. Der alte Mann, der ihm im Spiegel entgegenblickte, kam ihm nur vage bekannt vor. *Bin das wirklich ich?*, fragte er sich. Er musste es wohl sein, denn wer sonst würde sich in aller Herrgottsfrühe in seinem Badezimmer aufhalten und in den Spiegel starren?

Noch drei Jahre bis zur Pensionierung, dann hatte er es endlich geschafft. Die Zeit würde er auch herumkriegen. Es war lange her, seit ihm sein Job Spaß gemacht hatte. Es war lange her, seit ihm überhaupt irgendetwas Spaß gemacht hatte. Die Freude war an jenem Tag gegangen, an dem seine Frau gestorben war. Gemeinsam mit ihr verzog sich seine gesamte Lebensenergie ins Jenseits. Seither vegetierte er antriebslos vor sich hin. Ein Umstand, der ihn selbst am meisten überraschte, hatte er seiner Frau doch zu ihren Lebzeiten kaum Beachtung geschenkt. Erst als sie nicht mehr da war, erkannte er, wie sehr er sie brauchte und vermisste. Eine späte Einsicht, die nichts als Kummer und Schmerz mit sich brachte.

Andere Menschen stürzten sich nach einem solchen Schicksalsschlag in die Arbeit, um ihre Trauer auf diese Weise wenigstens für einige Stunden in den Hintergrund zu drängen. Bei ihm verhielt es sich genau umgekehrt. Die Arbeit hinderte ihn daran, an seine geliebte Frau zu denken, und er wollte sich in jeder Sekunde, die ihm blieb, an sie erinnern. Früher hatte er viel zu selten an sie gedacht, und diese Tatsache hoffte er wieder wettzumachen, indem er ihr Andenken äußerst lebendig hielt. Vielleicht sah sie ihm von irgendwo zu und merkte, dass er nicht durch und durch schlecht war und sie ihm alles bedeutete. Auch wenn er es ihr auf denkbar schlechte Weise gezeigt hatte.

Seine ohnehin nicht zahlreichen Freunde gaben es irgendwann auf, ihn ins Leben zurückholen zu wollen. Er zog die Einsamkeit vor, baute sich eine Scheinwelt auf, in der er Zwiesprache mit seiner verstorbenen Frau halten konnte, ohne dass sich jemand über den verrückten alten Kauz beschweren konnte. Doch seit einiger Zeit reichten ihm die einseitigen Unterhaltungen mit einer Toten nicht mehr. Er sträubte sich zunächst mit Händen und Füßen dagegen, aber er konnte die Tatsache nicht leugnen. Es zog ihn langsam wieder zurück ins reale Leben. Dumm war nur, dass er beinahe alle Brücken, die dorthin führten, hinter sich abgerissen hatte. Viele Kontakte waren ihm nicht geblieben. Eigentlich nur die zu seinen Kollegen, und auch die waren brüchig. Zu brüchig, um darauf etwas Solides aufzubauen.

Friedrich hatte mit dem Gedanken gespielt, eine Kontaktanzeige aufzugeben: Gut situierter Jurist Anfang sechzig, ohne Anhang, sucht selbigen zwecks ... ja, zwecks was? Geistreicher Abende zu zweit? Tiefschürfender Gespräche? Wenn er von einem arbeitsreichen Tag bei Gericht nach Hause kam, war ihm nur selten nach Tiefgründigkeit zumute. Dann genügte es ihm, ein oder zwei Stunden stupide vor dem Fernseher zu hocken und ein Gläschen Wein zu schlürfen. Oder zwei. Wilder Sex? Schon beim Gedanken daran schmerzten ihm sämtliche Knochen im Leib. Außerdem hatte ihn die ungezügelte Leidenschaft schon einmal beinahe ins Verderben gestürzt. Aus dem Alter war er definitiv raus. Die Midlifecrisis lag lange hinter ihm. Und trotzdem war da diese Sehnsucht nach einem Menschen, mit dem er die ihm verbleibenden Jahre teilen konnte. Einem realen Menschen. Nicht die Erinnerung an eine Person, der er erst im Tode die Aufmerksamkeit schenkte, die sie zu Lebzeiten verdient hätte. Wenn er sich nur aufraffen könnte, nach diesem Menschen zu suchen.

Er seufzte und stieg in die Badewanne, die gleichzeitig als Dusche fungierte. Das hatte er schon lange umbauen lassen wollen, denn es fiel ihm mit zunehmendem Alter – und Alkoholpegel – immer schwerer, unfallfrei über den Wannenrand zu klettern. Aber wie so oft fehlten ihm die Zeit und vor allem die Energie, sich mit der Umsetzung eines solchen Projekts zu befassen. Früher hatte seine Frau sich um diese Belange gekümmert. Wie sie sich um alles gekümmert hatte, was außerhalb seiner Arbeitswelt lag, ohne je ein Wort der Klage darüber zu verlieren. Er teilte ihr mit, was er brauchte, und sie besorgte es. Seit er allein lebte, musste er erkennen, wie unbeholfen er in sämtlichen Alltagsdingen war. Er wusste anfangs nicht einmal, in welchem der verdammten Küchenschränke sich die Filtertüten befanden.

Oder der Kaffee. Und wie viele Löffel Kaffeepulver man in die Maschine füllen musste, damit das Gesöff genießbar war. Nach einigen gescheiterten Experimenten fand er sich in seinem Alltag inzwischen einigermaßen zurecht, vor allem dank der Zugehfrau, die er sich leistete. Gefallen musste ihm dieser Zustand deswegen noch lange nicht.

Nachdem er ausgiebig heiß und kalt geduscht, sich die Zähne geputzt und sein morgendliches Geschäft erledigt hatte, ging Friedrich in den Raum neben seinem Schlafzimmer, der einst als Kinderzimmer geplant war, ihm aber schon seit Jahren als Ankleideraum diente. Der erhoffte Kindersegen hatte sich nie eingestellt. Er wählte einen dunkelblauen Anzug, ein helles Hemd und eine passende Krawatte und zog sich widerstrebend an. Er verspürte nicht die geringste Lust, zur Arbeit zu fahren. Ein Gerichtstermin stand nicht an, nur die tägliche langweilige Routine. Vielleicht sollte er einfach schwänzen und den Tag zu Hause verbringen. Ein paar schlechte Fernsehserien gucken. Oder rausgehen und Schlitten fahren. Wider Willen musste er lächeln. Natürlich würde er weder Schlitten fahren noch sonst etwas Unsinniges tun, sondern brav ins Büro gehen und alles abarbeiten, was auf seinem Schreibtisch lag. Etwas anderes als seine Arbeit hatte er nicht. Nicht mehr.

* * *

Sophie stapfte müde durch die verschneite Friedrich-Ebert-Straße. In der Nacht hatte es offenbar Nachschub an Schnee gegeben. Als sei der bisher gefallene nicht schon ausreichend. Sie unterdrückte ein Gähnen. Sophie hatte nicht erwartet, dass die Lesung sowie der anschließende Empfang gestern Abend sich so lange hinziehen würden. Erfahrungsgemäß löste sich die Gesellschaft schnell auf, nachdem die Bücher vom Autor signiert waren. Doch diesmal wollte die Veranstaltung einfach kein Ende nehmen, was nicht zuletzt an Martin lag, der glaubte, endlose Gespräche mit seinen Fans führen zu müssen. Oder mit denen, die er dafür hielt. Sie hatte sogar das Gefühl, die Zahl der Gäste sei nach dem Ende der Lesung noch größer geworden, doch das konnte ja nicht sein.

Irgendwann war Martin plötzlich verschwunden, ohne sich verabschiedet zu haben. Wahrscheinlich hatte er irgendeinen weiblichen Gast, der ihm halbwegs ansehnlich erschien, abgeschleppt. Das wäre ihm glatt zuzutrauen. Was sie jemals an diesem selbstverliebten Idioten gefunden hatte, war ihr ein Rätsel. Na ja, sie war jung gewesen und unerfahren und … einfach nur dämlich. Sie war der romantischen Vorstellung zum Opfer gefallen, die Eine zu sein, der es gelingen würde, ihn zu zähmen. War nicht gut gelaufen. Von der Romantik hatte sie sich anschließend verabschiedet, was ihr Mann manchmal bedauerlich fand.

Ben und sie waren erst weit nach Mitternacht ins Bett gefallen. Der Ärmste musste sogar noch eine Stunde vor ihr aufstehen, um rechtzeitig zur ersten Stunde an der Beyenburger Grundschule zu sein, wo er auch nach den schrecklichen Ereignissen des letzten Jahres als Konrektor arbeitete. Das Amtszimmer, in dem er im November die Leiche seines Chefs gefunden hatte, war inzwischen natürlich gereinigt und renoviert, nichts erinnerte mehr an das Grauen, das sich dort abgespielt hatte. Nichts, das sichtbar war, zumindest. Trotzdem hatte er nach wie vor Probleme, den Raum zu betreten, und erst recht, dort zu arbeiten. Sophie konnte es ihm nicht verdenken.

Bei der Mördergrube angelangt, warf sie zunächst einen Blick durch das Schaufenster. Hoffentlich hatte sich der

Professor an sein Versprechen erinnert, hier Klarschiff zu machen. Montags war zwar erfahrungsgemäß nie viel los, aber sie hatte nicht unbedingt Lust um ihre meckernde Stammkundin, Frau Hamacher, herum zu putzen, die ihr vermutlich noch Ratschläge gab, wie man einen Feudel am sinnvollsten schwang. Robert hatte sie heute freigegeben; seine Erkältung war im Laufe des Abends nicht besser geworden. Er sollte sich lieber auskurieren, ehe er am Ende länger ausfiel. Außerdem wollte Cordula später noch vorbeischauen; sollte also wider Erwarten ein Reisebus voller Kunden einfallen, könnte ihre Freundin ihr notfalls zur Hand gehen.

Auf den ersten Blick sah alles ordentlich aus. Wenigstens waren die Stühle zusammengestellt und die Gläser vom Tisch geräumt. Sie hatte leise Zweifel gehabt, was den Putzeifer des Professors anging, doch offenbar hatte er Wort gehalten. Zufrieden stieg sie die Stufen zur Ladentür empor und steckte den Schlüssel ins Schloss. Das Lämpchen der Alarmanlage blinkte grün. Der Professor war also entweder noch da, oder er hatte beim Weggehen vergessen, den Alarm zu aktivieren. Gott sei Dank war Robert nicht hier. Sie drehte den Schlüssel und stellte fest, dass nicht abgeschlossen war. Ihr Herz schlug höher und eine Welle der Wut kroch von irgendwo aus ihrer Magengegend weiter nach oben. Für ein bisschen zuverlässiger hätte sie den Professor schon gehalten, zumal er auf der Flucht vor feindlichen Spionen war. Wenigstens hatte sie sich diese Geschichte für ihn zurechtgelegt. Gott sei Dank war Robert nicht hier.

Sophie betrat ihr Geschäft und blickte sich missmutig um. Der alte Mann hatte zwar die Stühle und die Gläser weggeräumt, ansonsten aber alles belassen, wie es war. Na toll, dann würde sie also doch um Frau Hamacher herum putzen dürfen. Aus der Welle wurde eine Sturmflut. Vom Professor war weit und breit nichts zu sehen, nur sein abgewetzter Rucksack stand in der Ecke bei der Kassentheke. Darin schleppte er seine wenigen Habseligkeiten mit sich herum. Gott sei Dank war Robert nicht hier. Der würde ihr wahrscheinlich wieder einen Vortrag aus der Reihe ›Hab ich's doch gewusst‹ halten. Davon hatte er gleich mehrere parat, und sie kannte jeden auswendig.

»Professor?«, rief sie in den Raum hinein.

Keine Antwort. Entweder war er bereits gegangen und hatte Rucksack und Tür vergessen, oder er hatte in der Teeküche sein Lager aufgeschlagen und schlief immer noch tief und fest. Na, dem würde sie Beine machen. Entschlossen stapfte sie auf den Durchgang zum Hinterzimmer zu und schob den roten Vorhang beiseite. Tatsächlich, da lag er, zusammengekauert in der Ecke unter dem Fenster, zugedeckt mit einer ihrer Tischdecken. Na super. Das wurde ja immer besser. Aus der Sturmflut wurde ein Tsunami. Gott sei Dank war Robert ...

Sie durchquerte den Raum und zog dem Professor mit einem Ruck die Decke vom Körper.

»So, Sie Faulpelz, nun aber mal aufgestanden!«, rief sie und erstarrte.

Erst jetzt bemerkte sie die Blutlache, in der sie stand. Der Tsunami rollte über sie hinweg und riss sie mit sich. Oh Gott, warum war Robert nicht hier?

5

Ben saß im Amtszimmer der Beyenburger Grundschule, die er seit einigen Monaten kommissarisch leitete. Kurz nach dem Tod des Rektors, Karl Goebel, war die frei gewordene Stelle zwar ausgeschrieben worden, aber es dauerte

Wochen, bis die Bewerbungsfrist abgelaufen war, und dann noch einmal Monate, bis sich die Kandidaten durch das Einstellungsverfahren gekämpft hatten. Wenn sich denn jemand beworben hätte, was bislang nicht geschehen war. Niemand war scharf darauf, einer Schule vorzustehen, an der man als Rektor seines Lebens nicht sicher war, auch wenn der Fall längst aufgeklärt war.

Die Schulrätin und seine Kolleginnen hatten Ben gedrängt, sich zu bewerben. Auch wenn er den Gedanken, Schulleiter zu werden, durchaus reizvoll fand, wäre diese Schule die letzte gewesen, die er sich ausgesucht hätte. Nicht, weil er um sein Leben fürchtete, sondern weil das Klima unter den Lehrerinnen ziemlich dürftig war, und das nicht erst seit dem Mord. Nicht eine seiner Kolleginnen lag ihm am Herzen. Wie sie mit der Sache damals umgegangen waren, hatte ihn ziemlich ernüchtert. Ehe er deren Chef wurde, würde er lieber Brathähnchen auf dem Elberfelder Neumarkt verkaufen.

Er starrte auf den leeren Schreibtisch, der seinem eigenen gegenüberstand. Übelkeit überkam ihn, als er an den Morgen dachte, an dem er Karl hier gefunden hatte. Der Anblick hing ihm immer noch nach, auch wenn er es mit keiner Silbe mehr erwähnte. Sophie würde sich nur Sorgen um seinen Gemütszustand machen. Das wollte er nicht. Sie sorgte sich ohnehin um alles und jeden. Gott sei Dank war ihr das Schicksal, eine Leiche zu finden, erspart geblieben.

Seine Gedanken wanderten zu der Lesung am gestrigen Abend. Dieser Martin Jäger war ihm mehr als nur ein Dorn im Auge. Ben hatte durchaus bemerkt, welche Blicke der Autor Sophie zugeworfen hatte. Sie hatte es auch bemerkt, da war er sicher. Er mochte sich zwar kaum vorstellen, dass seine Frau ihn jemals betrügen würde, aber war sie wirklich imstande, den Avancen dieses Lackaffen zu widerstehen? Ben musste dem Knaben widerwillig eine gewisse Wirkung auf Frauen zugestehen. Eine Wirkung, von der er selbst glaubte, sie nie besessen zu haben. Manchmal fragte er sich heute noch, was Sophie eigentlich an ihm fand. Waren es vielleicht seine widerspenstigen Haare, die nie da lagen, wohin er sie gekämmt hatte? Oder sein kleiner Waschbärbauch? Obwohl, der war ja erst mit den Jahren hinzugekommen. Umso schlimmer. Womöglich fand sie ihn schon seit Jahren zu dick und sagte nur aus Rücksichtnahme nichts.

Auch wenn er es sich nicht eingestehen mochte, war er eifersüchtig auf Martin Jäger. Sophies erste große Liebe. Die eine Frau nicht vergisst, schenkte man den einschlägigen Zeitschriften, die er auf dem Klo las, Glauben. Vielleicht war er nur zweite Wahl, weil Jäger für sie unerreichbar war. Wenn der jetzt wieder in ihrem Leben herumstolzierte, ergriff sie vielleicht die Gelegenheit beim Schopfe. Ein Leben an der Seite eines erfolgreichen Krimiautors war sicherlich aufregender, als die Frau eines Konrektors zu sein. Vielleicht sollte er sich doch auf die Schulleiterstelle bewerben. Als wäre die aufregender …

Ben rollte seinen Schreibtischstuhl zurück und stand abrupt auf. Irgendetwas stimmte nicht mit diesem Raum. Sobald er das Amtszimmer betrat, verfiel er in Depressionen. Wahrscheinlich waberte der Geist von Karl hier herum und sog einem jegliche Freude aus dem Leib. Das hatte ja schon der lebendige Karl sehr gut hinbekommen. Ein rachsüchtiger Geist war in dieser Hinsicht gewiss noch eine Spur niederträchtiger. Er machte sich auf den Weg ins Lehrerzimmer, ehe seine Stimmung noch trübsinniger werden konnte.

* * *

»Ist alles in Ordnung?« Kriminalkommissarin Aylin Öner blickte besorgt von ihrem Computerbildschirm auf und betrachtete ihren Kollegen Carsten Kantner, der soeben den Telefonhörer sinken ließ. Sein Gesicht war kreidebleich.

»Im Laden meiner Schwester liegt ein Toter«, erwiderte der Hauptkommissar und verstummte, als sei damit alles gesagt.

Aylin riss entsetzt die Augen auf. »Ihre Schwester?«, wisperte sie.

»Was?« Carsten erwachte aus seiner Lethargie und schüttelte den Kopf. »Nein, die hat ja gerade angerufen. Sie hat die Leiche gefunden.«

»Oh je, die Ärmste. Was ist denn passiert?«

Carsten zuckte mit den Schultern. »Ich weiß nicht genau. Sie hat nur unzusammenhängendes Zeug gefaselt. Wenn ich es richtig verstanden habe, kam sie vorhin in den Laden, und da lag er in einer riesigen Blutlache.«

»Wer? Und wie ist er in den Laden gekommen? Ein Einbrecher?«

»Ja, bin ich Jesus oder was?«, fuhr Carsten seine neue Kollegin an.

Erst wenige Wochen arbeiteten sie zusammen und schon ging sie ihm auf die Nerven mit ihrer ständigen Fragerei. Dann riss er sich zusammen; Kollegin Öner konnte nichts dafür, wenn in Sophies Laden ein Toter auftauchte. Aber die Frage, wie der überhaupt dahin gekommen war, und um wen es sich handelte, interessierte ihn ebenfalls brennend. Leider war Sophie nicht in der Lage gewesen, auch nur die Frage nach ihrem eigenen Namen richtig zu beantworten.

Er entschuldigte sich bei Aylin und bat sie, die notwendigen Maßnahmen in die Wege zu leiten. Die Kommissarin verstand und griff rasch zum Telefon. Er selbst stemmte sich schwerfällig aus seinem Schreibtischstuhl und verließ das Büro. Er brauchte ein paar Minuten für sich. Ihm war, als hätte ihm jemand eine Keule über den Schädel gezogen. Er massierte sich den Nacken, der, von der imaginären Keule getroffen, in dem Augenblick zu schmerzen begonnen hatte, als seine kleine Schwester herzerweichend in den Hörer schluchzte. Eine Sekunde hatte Carsten befürchtet, etwas sei mit Ben oder ihren Eltern passiert. Die Kantners waren zum ersten Mal in ihrem Leben im Skiurlaub und gehörten nicht zu den sportlichsten Menschen unter der Sonne. Die Jüngsten waren sie auch nicht mehr. Da war ein Skiunfall geradezu vorprogrammiert. Sein Mund war von einer Sekunde zur anderen trocken geworden, seine Hände hingegen feucht. Das hatte sich auch nicht gelegt, als er glaubte, aus Sophies Gestammel herausgehört zu haben, dass alle Familienmitglieder wohlauf waren und es sich bei dem Toten offenbar um einen Fremden handelte.

Die arme Sophie. Sie tat zwar immer, als ob nichts sie umwerfen könnte, doch im Grunde war sie ein ziemlich weichherziges Geschöpf. Wie groß musste der Schock gewesen sein, als sie so unvermittelt über eine Leiche gestolpert war. Aber wieso war sie überhaupt darüber gestolpert? Was zum Teufel machte ein Toter in einer Buchhandlung? Auch wenn es sich, wie in diesem Fall, um eine Krimibuchhandlung handelte, dort sein Leben auszuhauchen, war eine Unverfrorenheit. Als sein Schwager im letzten Jahr eine Leiche im Amtszimmer gefunden hatte, war es wenigstens der Schulleiter gewesen, der die Berechtigung besaß, in seinem eigenen Büro zu sterben. Aber ein Fremder in Sophies Laden? Carsten fuhr der Schreck in die Glieder.

Wieso eigentlich ein Fremder? Vielleicht handelte es sich um Robert, Sophies Kompagnon.

Die Tür zu seinem Büro wurde von innen aufgerissen und Aylin Öner stürzte heraus. Beinahe wäre sie mit Carsten zusammengeprallt, der gerade ins Zimmer zurückkehren wollte.

»Ach, hier sind Sie«, stellte sie fest. »Was machen wir jetzt?«

»Tja, ich würde mal sagen, auf zur Mördergrube.«

»Ach, steht denn fest, dass es ein Mord war?«

»Nein, so heißt der Laden meiner Schwester.«

Carsten riss seinen Mantel vom Garderobenständer und stürmte zur Treppe. Aylin, die mit der Marotte ihres Kollegen, alles im Laufschritt zu erledigen, noch nicht vertraut war, beeilte sich, ihm zu folgen.

6

Thomas hatte sich unter die Schaulustigen gemischt. Nicht ganz freiwillig, denn eigentlich hatte er nur in Ruhe irgendwo frühstücken wollen. Er hatte sich einen Platz in der Bäckerei auf der Friedrich-Ebert-Straße gesucht und war eben dabei, in sein Käsebrötchen zu beißen, als gleich mehrere Sirenen ertönten und die dazugehörigen Polizeiwagen mit Blaulicht am Schaufenster vorbeirauschten. Innerhalb kürzester Zeit hatte sich die Bäckerei inklusive Fachverkäuferin geleert. Die Menschen standen neugierig auf dem Bürgersteig und reckten die Hälse nach den Einsatzfahrzeugen, die einige Meter weiter zum Stehen gekommen waren.

Eigentlich gehörte er nicht zu der Sorte Mensch, die nach jeder Sensation geiferte, im Gegenteil: Er vermied solche Versammlungen. Doch aus einem Grund, der ihm nicht einmal selbst einleuchten mochte, kam er sich pietätlos vor, wie er einfach stoisch sein Brötchen weiter mümmelte, während sich ein paar Schritte von ihm entfernt offenbar Grausiges ereignete. Es hatte selten etwas Gutes zu bedeuten, wenn sich die Polizisten häuften. Er trank hastig seinen Kaffee aus, warf einen bedauernden Blick auf sein nicht mal zur Hälfte gegessenes Frühstück und folgte den anderen nach draußen.

Viel gab es dort nicht zu sehen. Die Polizeiautos blockierten Straße und Bürgersteig und nahmen den Neugierigen die Sicht. Das Fußvolk, das sich zu morgendlichen Einkäufen im Luisenviertel eingefunden hatte, strebte dem aufregenden Treiben ohne Rücksicht auf Verluste entgegen, die Handykameras für Schnappschüsse und Filmaufnahmen gezückt. Wer auf dem Bürgersteig nicht weiterkam, wich kurzerhand auf die Straße aus, was einige entnervte Autofahrer veranlasste, in ein wildes Hupkonzert zu verfallen. Verbale Freundlichkeiten und ausgestreckte Mittelfinger wurden ausgetauscht, bis sich zwei uniformierte Beamte dazu hinreißen ließen, das von ihnen unbeabsichtigt hervorgerufene Verkehrschaos zu entwirren.

»Wat is denn da los bei euch?«, rief ein älterer Herr und knipste gleichzeitig ein Foto.

Der Polizist warf ihm einen finsteren Blick zu und wies den Mann und seine Mitstreiter im Kampf um die aussichtsreichsten Plätze mit einer Geste an, sich schleunigst vom Acker zu machen. Die Meute blieb davon unbeeindruckt und schob sich weiter voran.

»Warum muss man für euch Gaffer immer noch zusätzlich eine Hundertschaft anfordern?«, schimpfte der Polizist – nicht ganz zu Unrecht. »Als hätten wir nicht so schon alle Hände voll zu tun.«

Thomas beschloss, dem Beamten einen Gefallen zu tun, und sich zurückzuziehen. Er würde spätestens in den Nachrichten erfahren, was es mit dem Polizeiaufgebot auf sich hatte. Als er sich umwandte, prallte er beinahe mit einem anderen Passanten zusammen.

»Entschuldigung«, murmelte er und sah dem Mann ins Gesicht. Er zuckte kurz zusammen, senkte den Kopf und wollte weitergehen.

»Das macht doch … Thomas?«

Thomas legte unwillkürlich zwei Finger an die Narbe auf seiner Wange. Nach so langer Zeit stand er dem Menschen gegenüber, dem er in seinem Leben als allerletztes wieder begegnen wollte. Jahrelang war es ihm gelungen, ihm aus dem Weg zu gehen, und ausgerechnet jetzt mussten sich ihre Pfade erneut kreuzen.

»Patrick«, seufzte er ergeben.

»Meine Güte, dass wir uns mal wiedersehen«, meinte Patrick.

Thomas konnte nicht sagen, ob sein alter Freund erfreut oder vorwurfsvoll klang. Vielleicht eine Mischung aus beidem.

»Ja«, erwiderte er lediglich.

»Du hast dich ziemlich verändert. Ich hätte dich fast nicht erkannt. Dünn bist du geworden. Was hast du all die Jahre getrieben?«

»Dies und das«, meinte Thomas ausweichend. »Und du?«

Die Antwort auf diese Frage interessierte ihn nicht wirklich, doch er wollte nicht unhöflich erscheinen. Als ob es darauf ankäme. Das Einzige, das er wirklich wollte, war, dieser peinlichen Situation so schnell wie möglich zu entkommen.

»Dasselbe wie immer«, sagte Patrick, ebenfalls in vage Floskeln verfallend. »Weißt du, was dahinten los ist?«

Thomas zuckte mit den Achseln. Auch etwas, das ihn nicht interessierte. »Nö.«

»Na ja, wir werden es bestimmt bald erfahren. Ich muss jetzt los. Bleibst du länger in der alten Heimat?«

»Ich weiß noch nicht. Wieso?«

»Vielleicht könnten wir uns heute Nachmittag auf einen Kaffee treffen.«

Thomas wollte auf die Schnelle keine passende Ausrede einfallen. Außerdem hatte er das Gefühl, es seinem alten Freund schuldig zu sein. Einen Kaffee zu trinken, brachte einen nicht um. Aber nicht unbedingt heute. Erst musste er sich wappnen. »Äh, können wir das auf morgen verschieben?«

»Ja, sicher, kein Problem.« Patrick klang etwas enttäuscht.

»Schön«, log Thomas. »Wo?«

»Kannst du bei mir vorbeikommen? Ich finde Kneipen und Cafés so unpersönlich«, meinte Patrick.

»Sicher«, sagte Thomas. »Wo wohnst du denn?«

»Nach wie vor im Haus meiner Oma.«

»Oh. Schön.«

Thomas war mit einem Mal noch unbehaglicher zumute. Falls das überhaupt möglich war, denn er hatte für seinen Geschmack den Zenit des Unbehagens bereits erreicht. Dass das Haus, in dem er vor vielen Jahren mit Patrick und dessen Bruder gewohnt hatte, überhaupt noch existierte, schien ihm nahezu unmöglich. Einst hatte er sich geschworen, es nie wieder zu betreten. Doch es wäre nicht der erste Schwur, den er brach.

* * *

Als Carsten und Aylin im Luisenviertel eintrafen, hatte sich in der Nähe der Mördergrube bereits die bei Polizisten allseits beliebte Menschentraube gebildet. Die uniformierten Beamten hatten alle Hände voll zu tun, die Schaulustigen davon abzuhalten, einen kurzen Blick in die Buchhandlung zu werfen. Der WDR, dessen Lokalzeitstudio seit etwas mehr als einem halben Jahr im ehemaligen Pasche-Haus, nur einen Steinwurf entfernt von der Mördergrube, beheimatet war, hatte einen Reporter losgeschickt, der herausfinden sollte, was es mit dem ungewöhnlichen Menschenandrang auf sich hatte. Der fehlte Carsten gerade noch. Er wedelte abwehrend mit der Hand, als der Mann mit einem Mikrofon auf ihn zusteuerte, und bahnte sich einen Weg zur Buchhandlung seiner Schwester. Die Tür stand weit offen, bewacht von zwei finster dreinblickenden Polizisten.

»Das Mädchen sitzt im Lindwurm und heult«, informierte einer der beiden den Hauptkommissar und deutete mit dem Daumen auf das Spielwarengeschäft ein Haus weiter.

Das Mädchen ist mittlerweile auch schon Mitte dreißig, dachte Carsten. Doch er konnte es seinem Kollegen nicht verübeln. Bei ihrem Mangel an Größe wirkte Sophie auf den ersten Blick jünger, als sie tatsächlich war.

Er gab Aylin Öner ein Zeichen, ihm zu folgen, und betrat den Lindwurm. Sophie hockte zusammengesunken auf einem Stuhl, inmitten einer Horde Stofftiere, die sie, so erschien es Carsten beinahe, mit ihren Glasaugen besorgt anstarrten. Sie erweckte diesen Beschützerinstinkt bei Lebewesen jedweder Art – und offenbar auch bei solchen, die nur vorgaben, Lebewesen zu sein. Das Gesicht hatte sie in den Händen vergraben. Ihr kleiner Körper bebte. Vor ihr kauerte eine blonde Frau und streichelte ihr über die Knie. Carstens Herz machte einen Satz, und das Blut schoss ihm in die Lendengegend. Cordula Siebert! Die Frau, die verantwortlich war für zahlreiche seiner schlaflosen Nächte. Er wünschte, sie wären schlaflos, weil sie neben ihm lag. Oder auf ihm. Oder unter ihm. Hauptsache, bei ihm. Aber leider war dem nicht so. Bislang hatte er sich damit brüsten können, jede Frau, die er wollte, herumzukriegen, aber an ihr biss er sich schon seit Monaten die Zähne aus. Und das brachte selbige zum Knirschen.

Er seufzte sehnsüchtig, worauf ihn ein erstaunter Seitenblick seiner Kollegin streifte. Peinlich berührt räusperte er sich. Aylin Öner hatte recht, er war nicht zum Süßholzraspeln hier; seine Schwester brauchte ihn.

Er ging zu den beiden Frauen und legte Cordula vorsichtig eine Hand auf die Schulter. Sie wandte den Kopf und sah zu ihm auf.

»Carsten«, hauchte sie und hielt ihm ihre Hand hin, damit er sie hochziehen konnte. »Söphchen, guck mal, dein Bruder ist da.«

Söphchen schüttelte den Kopf in ihren Händen und schluchzte weiter. Offensichtlich glaubte sie, der Anblick ihres Bruders könne ihr keinen Trost spenden. Carsten nahm es, leicht beleidigt, zur Kenntnis. Cordula, deren Hand er partout nicht loslassen konnte, zuckte ratlos mit den Achseln.

»Was ist eigentlich passiert?«, fragte Carsten.

»Als Sophie vorhin in die Mördergrube kam, ist sie über die Leiche des Professors gestolpert«, erklärte sie.

»Welcher Professor? Und was macht der um diese Zeit allein in ihrem Laden?«

»Na, der Obdachlose. Du weißt schon.«

»Ach der!« Carsten erinnerte sich an den alten Mann. Er hatte ihn an jenem verhängnisvollen Abend kennengelernt, als ein skrupelloser Mörder seine Schwester überfallen hatte. »Und was ist ihm zugestoßen?«

»Na ja, dem Blut und den zahlreichen Stichwunden nach zu urteilen, hat er keinen Herzinfarkt erlitten.«

»Du hast ihn untersucht?«

Es klang vorwurfsvoller, als es gemeint war. Cordula wich einen Schritt zurück und entzog ihm ihre Hand, die er immer noch umklammert hielt. Sie war zwar im Moment arbeitslos, hatte aber einige Jahre als Ärztin in der Praxis ihres Exmannes gearbeitet, und war somit natürlich verpflichtet, einem offenkundig Verletzten erste Hilfe zu leisten. Oder dessen Tod festzustellen.

»Keine Sorge, ich habe mich bemüht, alles weitgehend unberührt zu lassen. Also, wie gesagt, der Leichnam wies zahlreiche Stichwunden auf.«

»Wieso war der ... äh ... Professor denn nun um diese Zeit im Laden?«, fragte Carsten, dem dieser Umstand Kopfschmerzen bereitete.

»Er hat da übernachtet«, informierte ihn Cordula leise.

»Weil es draußen doch so kalt war«, fügte Sophie hinzu und zog geräuschvoll die Nase hoch. Scheinbar war sie wieder ansprechbar. »Und heute Morgen, als ich kam, war die Tür nicht abgeschlossen. Ich war total sauer und wollte ihn wecken, und da lag er ... im Hinterzimmer ... alles war voller Blut, aber das hab ich erst hinterher bemerkt.«

7

Als Carsten nach einer wenig ergiebigen Befragung von Sophie wieder auf die Straße hinaustrat, stieß er auf seinen Kollegen, Kriminalhauptkommissar Paul Mattuschek.

»Was machst du denn hier?«, wollte er wissen.

»Deine neue Partnerin hat mich informiert«, erwiderte

Mattuschek mit Blick auf Aylin Öner, die inzwischen mit der Vernehmung der Anwohner und der neugierigen Zuschauer begonnen hatte. »Ist ein schlaues Mädchen; sie hat sich gefragt, ob du überhaupt in diesem Fall ermitteln darfst.« Er deutete mit dem Daumen auf die Mördergrube hinter sich. »Immerhin wurde die Leiche im Laden deiner Schwester gefunden.«

»Na und? Willst du etwa andeuten, Sophie wäre verdächtig?«, fuhr Carsten seinen Kollegen an.

Der schüttelte den Kopf und legte eine Hand auf Carstens Schulter. »Quatsch! Jetzt komm mal wieder runter, du Hitzkopf. Denk doch mal nach. Jeder Verteidiger könnte uns einen Strick draus drehen, wenn du die Ermittlungen leitest. Man würde behaupten, du hättest Beweise manipuliert, um deiner Schwester zu helfen.«

Carsten wischte mit einer Hand über sein Gesicht und seufzte dann. »Hast ja recht«, gab er widerwillig zu. »Ich würde trotzdem gern mitmischen. Inoffiziell sozusagen.«

»Dagegen ist nichts einzuwenden. Ich wollte gerade einen Blick auf den Tatort werfen.«

Die beiden Männer gingen die wenigen Schritte bis zum Eingang der Mördergrube, wo ihnen von einem Mitarbeiter der Spurensicherung Einwegoveralls, Latexhandschuhe und Plastiküberzieher für die Schuhe gereicht wurden.

»Du bleibst am besten im Türrahmen stehen«, bestimmte Mattuschek. Die Schaulustigen und die Vertreter der Presse standen noch immer mit gezückten Handys hinter dem Absperrband, in der Hoffnung, einen geeigneten Schnappschuss für die Medien oder das Familienalbum zu ergattern. »Sonst kursiert am Ende im Fernsehen oder im Internet ein nettes Filmchen darüber, wie du im Laden herumschnüffelst.«

Carsten fügte sich notgedrungen und postierte sich brav im Eingangsbereich, während sein Kollege vorsichtig über die von der KTU ausgelegten Metallplatten durch die Mördergrube in Richtung Teeküche wanderte und hinter dem Vorhang verschwand.

»Und?«, rief Carsten und reckte neugierig den Hals, um einen Blick auf den Tatort zu erhaschen. Doch selbst bei seiner Größe von knapp zwei Metern war er nicht in der Lage, um Ecken zu gucken. Oder durch Vorhänge.

»Jui«, rief Mattuschek zurück.

»Wie jui? Drück dich mal ein bisschen klarer aus, Mattes.«

»Der ist hinüber«, stellte sein Kollege fest. »Sieht mir nach mehreren Stichwunden aus. Alles Weitere wird der Rechtsmediziner klären. Hoffentlich kommt Amelie Brandt.«

Carsten rollte mit den Augen. Mattes hatte seit Jahren eine Schwäche für Dr. Brandt, was ihm selbst schon genauso lange Rätsel aufgab. Ihm war die Leiterin des rechtsmedizinischen Instituts in Düsseldorf viel zu forsch und vorlaut. Er hatte den Eindruck, sie schaute zu viele Serien, in denen ihr Berufsstand die Mordfälle aufklärte. Das Einzige, das noch fehlte, war, dass Amelie Brandt hinter ihm her trabte, um ihn mit ihren weisen Ratschlägen zu beglücken. Diese Marotte hatte er bereits seiner Schwester austreiben müssen, die sich für eine Art zweite Miss Marple hielt. Die guckte auch entschieden zu viele Krimis.

Apropos Sophie, vielleicht sollte er lieber wieder zu ihr gehen. Selbst wenn sein Anblick sie nicht tröstete, was nach wie vor an seinem Bruderherz nagte. Hier konnte er nichts weiter tun. Den Laden durfte er nicht betreten, geschweige denn das Hinterzimmer, und ehe Amelie Brandt tatsächlich auftauchte, wäre es besser, nicht in der Nähe zu sein. Abgesehen von ihrem penetranten Auftreten versuchte sie ständig, ihn anzubaggern. Sollte sie das mal schön bei Mattes machen, der war wenigstens empfänglich für ihren seltsamen Charme.

»Ich bin im Lindwurm«, rief er Mattes zu und trottete langsam zurück.

»Hey, Carsten, alte Socke. Huhu!«

Der Hauptkommissar sah sich irritiert um. Hinter der Absperrung stand ein dunkelhaariger Mann Mitte dreißig, der sich beim Winken beinahe den Arm auskugelte. Was wollte er? Und wer war das? Irgendwoher musste er ihn wohl kennen, denn Carsten konnte sich kaum vorstellen, dass ein völlig Fremder ihn ›alte Socke‹ rufen würde. Nicht, wenn er an seinem Leben hing.

»Ja, dich meine ich«, brüllte der Mann und gab Carsten ein Zeichen, sich zu ihm zu gesellen.

Endlich fiel beim Hauptkommissar der Groschen. War das nicht seine Pestilenz Martin Jäger? Richtig, er hatte ja gestern in der Mördergrube aus seinem Machwerk vorgelesen. Carsten hatte gehofft, der Kelch, diesen Schwachkopf jemals wiedersehen zu müssen, wäre an ihm vorübergegangen. Diese Hoffnung konnte er nun getrost begraben. Er verzog das Gesicht und gab Geräusche von sich, die entfernt an das Knurren eines Tigers erinnerten, kurz bevor der sich anschickte, seine Beute zu reißen. Er presste die Lippen zusammen und marschierte strammen Schrittes auf den Schriftsteller zu.

»Was willst du?«, fragte er, ohne sich die Mühe zu machen, seinen Mund weiter zu öffnen, als unbedingt notwendig oder sich gar in verlogenen Höflichkeitsfloskeln zu verlieren.

»Was ist denn hier los?«, wollte Jäger im Gegenzug wissen.

»Geht dich das irgendwas an?«

»Ist was mit Sophie?«, erkundigte sich Jäger besorgt und deutete auf die Mördergrube.

»Nein«, antwortete Carsten einsilbig.

»Jetzt lass dir nicht alles aus der Nase ziehen, Mann. Ich bin doch vom Fach. Sozusagen ein Kollege.«

Carsten prustete los. Sonst ging es dem Knilch aber gut. Kollege! So weit kam es noch. Sophie war auch der Meinung, nur weil sie Krimis las und eine Buchhandlung voller Kriminalromane besaß, machte sie das zur Expertin im Aufklären von Mordfällen.

»Das hättest du wohl gern«, meinte er und drehte sich um.

»Ah, Kantner, mein Lieblingsermittler«, dröhnte eine bekannte Stimme in sein Ohr.

Ja danke, dachte er, *die hat mir jetzt auch noch zu meinem Glück gefehlt.* Es gab so Tage, die nun wahrlich nicht nötig waren. Heute schien einer dieser Tag zu werden.

»Dr. Brandt«, seufzte er und bemühte sich, ein Lächeln aufzusetzen.

Es geriet, der verlogenen Höflichkeit geschuldet, ein wenig schief, aber das schien die Rechtsmedizinerin nicht weiter zu stören. Hauptsache, er lächelte überhaupt. Sie schlüpfte unter der Absperrung hindurch und schüttelte dem Hauptkommissar kräftig die Hand. Dabei strahlte sie, als wäre sie soeben zu Deutschlands neuem Superstar gekürt worden. Sie war ziemlich klein und, wenn man es freundlich formulieren wollte, recht pummelig. Quadratisch, praktisch, gut. Ihr langes Haar hatte sie wohl kürzlich einem praktischen Bob geopfert, der ihr Gesicht runder erscheinen ließ, als es ohnehin war. Platzbuttergesicht wäre Omma Lottes Begriff dafür gewesen. Sie schüttelte weiter Carstens Hand, wobei ihr Blick auf den Mann fiel, der auf der anderen Seite des rot-weißen Flatterbands stand und sie begierig anstarrte.

»Sind Sie nicht …«, stammelte sie und ließ Carstens Hand augenblicklich los. »Tatsächlich, Sie sind es.«

Ihr Grinsen wurde breiter, als sie Martin Jäger erkannte. Martin deutete eine gar nicht bescheidene Verbeugung an und ließ sich nun ebenfalls die Hand schütteln. Dr. Brandts Interesse an Carsten war augenblicklich verpufft, und der Hauptkommissar konnte sich nicht entscheiden, ob er darüber froh oder verärgert sein sollte.

»Ich habe gestern eine Lesung gehalten, in der Buchhandlung«, informierte Martin die Rechtsmedizinerin eifrig.

»Ach wie schade, das habe ich gar nicht mitgekriegt«, bedauerte sie und warf Carsten einen tadelnden Blick zu, als wäre es seine Pflicht gewesen, sie darüber zu informieren. »Sonst wäre ich doch gekommen. Mit dem Mord da drin haben Sie aber nix zu tun?«

Sie kicherte affektiert und versuchte, sich kokett eine Haarsträhne hinters Ohr zu streichen. Nach drei Versuchen gab sie auf. An den Kurzhaarschnitt musste sie sich erst gewöhnen. Carsten stand stumm dabei und überlegte, wen von den beiden er als erstes erwürgen sollte. Bevor er zu einem Entschluss kommen konnte, hob Amelie Brandt das Absperrband an und ließ Martin Jäger die Seiten wechseln.

»Moment mal«, protestierte Carsten.

»Ach, kommen Sie, Kantner«, meinte die Rechtsmedizinerin und knuffte ihn mit dem Ellbogen in die Rippen. »Was ist denn dabei? Machen die im Fernsehen doch auch immer. Schriftsteller brauchen nun mal Input.«

Der Hauptkommissar schluckte die giftige Bemerkung, die ihm auf der Zunge lag, hinunter und ließ Dr. Brandt gewähren. Es war nicht sein Fall, da konnte es ihm egal sein, wenn alles drunter und drüber ging. Sollte Mattes sich mit den beiden Herzchen herumschlagen, die gerade fröhlich miteinander schwatzend in Richtung Mördergrube marschierten.

* * *

Aylin Öner stand im Deweerthschen Garten, wo der ermordete Professor laut ihrem Gesprächspartner sozusagen seine Zelte aufgeschlagen hatte. Der Obdachlose, der sie hierher geführt hatte, sah zu, wie sie die wenigen Habseligkeiten einer ersten Prüfung unterzog. Die wertvolleren Dinge hatte das Opfer in einem Rucksack mit sich geführt, der in der Mördergrube bereits sichergestellt worden war. Hier lag lediglich eine fleckige, feuchte Matratze, abgedeckt mit einer Plastikplane. Sie schoss einige Fotos, um den Rest würden sich die Kollegen der Spurensicherung kümmern.

»Sind Sie vonne Türkei?«, fragte der Mann nun und musterte sie ungeniert.

Er schob sich eine fettige Haarsträhne aus dem Gesicht. Aylin merkte, dass sie ihren Standort ungünstig gewählt hatte, denn der Wind blies ihr seine Ausdünstungen in die Nase. Und die waren nicht von der angenehmen Sorte. Daran war nun auch nichts mehr zu ändern. Und angenehmer als eine drei Tage alte Leiche im Hochsommer roch er allemal. Er zog mit schmutzigen Fingern ein zerknautschtes Päckchen Tabak aus seiner Jackentasche und hielt es ihr entgegen.

»Auch eine?«, fragte er höflich.

»Nein danke. Ich rauche nicht«, erwiderte sie nicht unfreundlich. Es war ja nett gemeint von ihm.

Er zuckte gleichgültig mit den Schultern, nahm mit zittrigen Fingern ein Blättchen aus der Verpackung, legte ein wenig Tabak darauf und rollte beides ordnungsgemäß zu etwas zusammen, das man rauchen konnte.

»Irgend'n Laster muss man haben.« Er klemmte sich die arg dünn geratene Zigarette zwischen die Lippen. »Sind Sie getz vonne Türkei oder nich?«, nuschelte er, während er mit seinem widerspenstigen Feuerzeug kämpfte, dessen Flamme vom Wind immer wieder ausgeblasen wurde.

»Nein«, antwortete Aylin knapp.

»Sie sehen abber so aus.« Inzwischen war es ihm gelungen, Papier und Tabak zum Glühen zu bringen, und er nahm ein paar hastige Züge.

»Danke«, meinte sie, als habe er ihr ein Kompliment gemacht, während sie sich fragte, wie man wohl aussah, wenn man so aussah, als sei man ›vonne‹ Türkei. Aber sie hatte keine Lust, ihren Migrationshintergrund mit dem Mann zu besprechen.

»Von wo sind Se denn?«

Aylin schloss die Augen und atmete einmal tief durch. Keine gute Idee angesichts des unangenehmen Geruchs, den ihr Gesprächspartner verströmte. »Von Wichlinghausen«, erwiderte sie und nahm ihm damit den Wind aus den Segeln.

Es interessierte ihn wahrscheinlich nicht, in welchem Stadtteil Wuppertals sie aufgewachsen war, sondern wo ihre ethnischen Wurzeln lagen. Aber das ging ihn nichts an, und er fragte auch nicht weiter. Ein wenig hatte es den Anschein, als überlegte er, wo auf der Welt dieses Wichlinghausen wohl liegen mochte.

»Der Professor, wie er genannt wurde«, kam sie auf ihr Anliegen zu sprechen.

Der Mann nickte jetzt und kratzte sich am Kopf, wobei er seine Haare fast mit der Glut der Zigarette anzündete.

»Jau, dat is'n ganz schönes Dingen, dat man den kaltgemacht hat«, stellte er fest. »War'n feiner Kerl, ehrlich.«

Da wäre sie bei seiner Wortwahl eher nicht drauf gekommen. Aber vielleicht ließ das Leben auf der Straße einen Menschen sprachlich abstumpfen.

»Keine Streitereien mit einem seiner, äh, Kumpels?«, wollte die Kommissarin wissen.

Er starrte sie überrascht an. »Wat, mit ein von uns? Nee, da war der nich der Typ für. Ich sach doch, dat war'n ganz feiner Kerl. Hat immer geteilt un so. Von uns war dat keiner, wenn Se dat meinen.«

Aylin meinte eigentlich gar nichts. Sie war stolz darauf, jedem Menschen zunächst einmal unvoreingenommen zu begegnen. Das lag zum Teil in ihrer eigenen Geschichte begründet. Zu oft hatte man sie aufgrund ihrer Herkunft unterschätzt. Als sei man grundsätzlich dumm, wenn man aus der Türkei kam. Menschen mit Vorurteilen konnte sie nicht leiden. Sie war, wie schon ihre Eltern, in Deutschland geboren, besaß die deutsche Staatsangehörigkeit und kannte die Türkei nur aus dem Urlaub. Ihr Türkisch war weit davon entfernt, perfekt zu sein, weswegen man sie im Heimatland ihrer Großeltern als Deutsche betrachtete. Was war sie denn nun? Jedenfalls nicht ›vonne‹ Türkei.

»Sie kennen nicht zufällig den richtigen Namen Ihres verstorbenen Freundes?«, fragte sie den Obdachlosen, der gerade seine Zigarette in eine Pfütze Schneematsch fallen ließ.

Der Angesprochene kratzte mit dem Zeigefinger an einer schorfigen Wunde auf seiner Stirn und machte ein nachdenkliches Gesicht.

»Wenn Se mich so fragen, nee. Seinen Namen hadder nie verraten. 'n richtiges Geheimnis hadder draus gemacht. Vielleicht war er ja aufe Flucht vor jemand. Vor de Polizei«, schlug er vor. »Oder seiner Ollen.«

Er lachte und entblößte ein paar schlecht gepflegte Zähne. Aylin fühlte eine Welle der Frustration in sich aufsteigen. Und das schon in diesem frühen Stadium der Ermittlungen. Das konnte ja heiter werden. Wie sollten sie, bitte schön, einen Mörder fassen, wenn sie rein gar nichts über das Opfer wussten? Nicht einmal dessen Namen. Sollten seine DNA oder seine Fingerabdrücke nicht wie durch ein Wunder in einer Datenbank gespeichert sein, konnten sie sich dumm und dusselig ermitteln. Die Obdachlosen würden auf jeden Fall zusammenhalten. Die bissen sich eher die Zunge ab, als ihre Kumpel an die Polizei zu verpfeifen.

Überdies war sie unschlüssig, ob einer von ihnen etwas mit dem Mord zu tun hatte. Wenn es so gewesen war, hätte der alte Mann seinen Mörder in der Nacht hereinlassen müssen. Das war zwar nicht auszuschließen, doch auf den ersten Blick waren im Laden keine Spuren eines Streits oder Kampfs zu finden gewesen. Und dass der Professor vorsätzlich von einem der anderen Obdachlosen getötet worden war, hielt sie für äußerst unwahrscheinlich. Wenn die sich gegenseitig umbrachten, dann, weil sie in Harnisch miteinander gerieten. Die planten keine Morde. Weswegen auch? Der Professor hatte nichts am Leib getragen, das einen Mord wert gewesen wäre. Keinen warmen Mantel, keine dicken Stiefel. Und ihr Gesprächspartner hatte gerade eben erst bestätigt, dass der alte Mann gern mit ihnen geteilt hatte.

Der Obdachlose begann, unbehaglich von einem Bein aufs andere zu treten. Entweder war ihm kalt, oder ihm war etwas eingefallen, was sich möglicherweise als wichtig herausstellen könnte, und er überlegte, ob er es ihr erzählen oder lieber die Klappe halten sollte. Da ihm in seiner dünnen Jacke vermutlich schon die ganze Zeit über kalt gewesen war, hoffte Aylin auf letztere Möglichkeit. Ihr Herz machte einen

Satz. Sie durfte den Mann jetzt nicht vergraulen.

»Ist Ihnen doch noch etwas eingefallen, Herr ... äh?« Sie setzte eine Miene auf, von der sie hoffte, sie wäre vertrauenerweckend genug, um ihn zu ermutigen, ihr mehr zu erzählen.

»Gernot reicht«, erwiderte er gedankenverloren.

»Gernot.« Sie legte so viel Wärme wie nur irgend möglich in dieses eine Wort.

»So schön hat schon lange niemand mehr meinen Namen gesagt«, meinte er dann auch. »Also, äh, ich will hier keinem eins reinwürgen oder so.«

»Natürlich nicht«, versicherte Aylin. »Aber ich meine, wenn der Professor so ein feiner Mensch war, sind Sie es ihm schuldig zu helfen, seinen Mörder zu finden.«

Er nickte nachdenklich. »Ja, da haben Se wohl recht. Und ich kenn ... kannte den ja auch schon ewich. Den Professor. War immer nett zu mir. Also gut, ich erzähl Ihnen getz wat. Sie dürfen abber nich sagen, dat Se dat von mir haben. Sonz bin ich dran.«

Aylin hob feierlich die Hand wie zum Schwur. »Ich verspreche, ich werde Ihren Namen aus der Sache heraushalten.« Sie wusste ja ohnehin nicht mehr als seinen Vornamen, und sie würde bei seinen Kumpeln gewiss nicht damit hausieren gehen, dass Gernot ihr Informationen zuspielte.

Er sah sich verstohlen nach allen Seiten um und senkte die Stimme zu einem Flüstern. »Also, die Sache is die ...«

8

»Hallo, hallo ...«, brüllte es von irgendwoher über die Straße.

Mattes, der gerade aus der Mördergrube heraustrat, sah sich suchend um.

»Hier oben«, brüllte es erneut. Eine genervt klingende Alt-männer-Stimme.

Der Hauptkommissar hob gehorsam den Kopf und blick-te an der Häuserfassade auf der anderen Straßenseite em-por. In einem der Fenster im dritten Stock des Hauses, das der Mördergrube direkt gegenüberlag, hing ein Mann und winkte heftig.

»Sind Se an Informationen interessiert, Herr Wachtmeis-ter?«, rief er laut genug, um die Aufmerksamkeit einiger anderer Passanten zu erregen. Unter anderem die des Re-porters der Lokalzeit, der immer noch seine Runden durch die Menschenmenge drehte und auf brauchbare Auskünfte hoffte. Der alte Mann im Fenster genoss die Beachtung, die ihm zuteil wurde, sichtlich. Sein kahler Schädel wackelte vor und zurück, als hüpfte das ungeteilte Wissen wie ein Flummi darin herum, im Bestreben, möglichst schnell den Weg nach draußen zu finden.

»Ich komme rauf«, rief Mattes hastig, ehe der Alte auf die Idee kam, seine Informationen quer über die Straße zu plärren.

Aus den Augenwinkeln bemerkte er, wie der Reporter et-was in seinen Notizblock kritzelte. Wahrscheinlich konnte der Pressefutzi es kaum erwarten, dem alten Herrn eben-falls seine Aufwartung zu machen. Nun, da würde er sich noch ein Weilchen gedulden müssen. Mattes hoffte, dem Anwohner deutlich machen zu können, wie wenig ratsam es wäre, mit den Medien zu sprechen, doch er glaubte in dieser Hinsicht nicht wirklich an einen Erfolg. Dazu war das Mitteilungsbedürfnis alter Männer viel zu ausgeprägt. Wenn in ihrem ansonsten ereignislosen Leben endlich et-was Aufregendes geschah, musste es unbedingt mit der ganzen Welt geteilt werden. Und was bot sich da mehr an als ein Auftritt im Fernsehen? Die oft zitierte Viertelstunde Berühmtheit, die jedem Menschen nach kosmischem Dafürhalten ordnungsgemäß zustand. Zumindest aber wollte Mattes der Erste sein, der die bahnbrechenden Neuigkeiten erfuhr, die der Alte zu haben glaubte. Rasch entledigte er sich seines Einwegoveralls und überquerte die Straße.

Er hatte das Haus kaum erreicht, als er schon den Summer hörte. Er drückte die Tür auf und wartete im Flur, bis sie wieder ins Schloss gefallen war, um den Reporter daran zu hindern, sich an seine Fersen zu heften. Er wuchtete sein nicht unerhebliches Übergewicht die drei Stockwerke zur Wohnung des alten Mannes hinauf. Oben angekommen, keuchte er wie eine alte Dampflok und musste sich erst mal am Geländer festhalten. Der Alte, der erstaunlich lang und dürr war, erwartete ihn bereits. Der Anblick des aus der Puste geratenen Polizisten entlockte ihm ein gehässiges Lachen.

»'n bissken außer Form, wa?«, kicherte er.

Mattes grunzte nur ungehalten, zu mehr fehlte ihm der Atem.

»Wenn Se widder Luft kriegen, können Se ja reinkommen.«

Der Mann ließ Mattes im Hausflur stehen und ging mit betont federnden Schritten in seine Wohnung zurück. Er hatte ja auch keinen Stufen-Marathon hinter sich. Ein Fitnesswettbewerb mit einem Achtzigjährigen hatte Mattes gerade noch gefehlt. Trotzdem straffte er die Schultern und folgte seinem Gastgeber ins Wohnzimmer, so lässig, wie es sein derzeitiger Zustand erlaubte. Was, den Umständen geschuldet, nicht allzu lässig war. Er war immer noch nicht so recht zu Atem gekommen. Das verhieß nichts Gutes für den dienstlich angeordneten Sporttest, der demnächst turnusmäßig bei ihm anstand. Na ja, Innendienst war auch schön.

Mattes holte einmal tief Luft, bereute dies aber sofort, als er den Geruch von ungewaschenem alten Mann, vermischt mit schalem Essen und muffigen Möbeln einatmete. Der Staub mehrerer Jahrhunderte hatte sich auf sämtliche Schränke gelegt, und der Hauptkommissar bekam einen Hustenanfall.

»Haben Se 'ne Erkältung?«, fragte der Alte mit dünner, heiserer Stimme besorgt. »Kein Wunder, dat Se so schlecht beieinander sind, junger Mann.« Er betonte das Wort ›junger‹ besonders, wohl um abermals auf den bestehenden Altersunterschied zu verweisen, denn auch Mattes war von ›jung‹ schon etliche Jahre entfernt. »Passen Se nur auf, sonst holen Se sich 'ne Lungenentzündung.«

Wohl eher eine Staublunge, dachte Mattes und sah sich interessiert um, fasziniert und abgestoßen zugleich. Der kleine Raum war vollgestopft mit Möbeln der Marke Eiche rustikal, die ihre besten Tage schon etliche Jahrzehnte hinter sich hatten. Ansonsten glotzten einem aus jedem erdenklichen Winkel ausgestopfte Tiere entgegen. Einige von ihnen fielen dieser Tage gewiss unter Artenschutz, aber wer vermochte zu sagen, wie lange sie hier schon herumstanden. Die Decke war mit dunklen Holzplatten vertäfelt und die Wände zierte eine mindestens dreißig Jahre alte, vergilbte Tapete. Selbst bei strahlendem Sonnenschein wirkte der Raum wahrscheinlich dunkel wie ein Hühnerpopo. So ähnlich stellte Mattes sich den Vorhof zur Hölle vor. Etwas anderes als Atemnot konnte man hier nicht kriegen. Er beging jedoch nicht den Fehler, erneut tief Luft zu holen, sondern ließ sich widerwillig in den fadenscheinigen Sessel sinken, den der alte Mann – A. Franzen, wie ein rascher Blick auf das Klingelschild an der Wohnungstür ihm verraten hatte –

ihm als Sitzgelegenheit anbot. Eine Staubwolke hüllte ihn ein und brachte ihn schon wieder zum Husten. Wie konnte man hier nur überleben? Wahrscheinlich Gewohnheitssache.

Herr Franzen lächelte selig und wackelte stolz mit dem kahlen Schädel. »Ja, schauen Se sich ruhich um. Die Babys hat mein Vatter noch eigenhändich ausgestopft. Der war Tierpräparator.«

Er blickte Mattes mit seinen dunklen Knopfaugen an. Sie wirkten in etwa so lebendig wie die Glasaugen seiner ausgestopften Mitbewohner. Irgendwie sahen sie auch so aus. Vielleicht waren es ja Glasaugen. Vielleicht war der alte Kerl genauso ausgestopft wie seine Hausgenossen. Aber nein, er bewegte sich ja und redete. Ein eingebauter Mechanismus? Aber wer schaltete ihn ein und aus? Mattes schüttelte kurz den Kopf, um seine wirren Gedanken loszuwerden, und zwang sich zur Konzentration. Er zog seinen Dienstausweis aus der Jackentasche und reichte ihn an Herrn Franzen weiter. Der alte Mann setzte die Brille auf, die an einer Kette vor seiner Brust baumelte, und studierte ausgiebig, was darauf geschrieben stand.

»Kriminalhauptkommissar Paul Mattuschek, so so«, meinte er. »Ich kannte mal einen Paul. Dat war abber noch im Kriech.«

Jetzt bitte keine Anekdoten aus dem Schützengraben, flehte Mattes innerlich. »Sie haben Informationen für mich?«, fragte er hastig, in der Hoffnung, dem Panoptikum zu entrinnen, bevor es zu spät war und er von einem Höllenschlund verschlungen wurde.

Franzen wackelte wieder mit dem Kopf, diesmal unschlüssig. »Ich weiß ja gar nich, wat da unten überhaupt passiert is«, gab er sich mit einem Mal zugeknöpft. Ehe er

sein Wissen preisgab, wollte er selbst gern etwas Lohnens-
wertes erfahren. »Is inne Buchhandlung eingebrochen worden?«

»So was in der Art«, erwiderte Mattes ausweichend. »Haben Sie etwas in der Richtung bemerkt?«

Kopfwackeln. »Jein«, druckste er herum und Mattes gab
die Hoffnung auf ein rasches Entkommen oder gar einen
brauchbaren Hinweis auf. »Ich war gestern Nacht'n paar
Mal aufm Klo. Prostata, wissen Se. Da haben Se Spaß mit,
kann ich Ihnen sagen, da laufen Se sich'n Wolf, und unten
läuft nix, wenn Se verstehen, wat ich mein.«

Mattes verstand lieber gar nichts, nickte aber wissend. Die
dunklen Knopfaugen blickten abschätzig an ihm herab.

»Sie sind ja noch'n bissken jung dafür, aber warten Se mal
ab. Dat is kein Zuckerschlecken, sach ich Ihnen.«

Hatte der Alte ihn hierher zitiert, um mit ihm seine Pin-
kelprobleme zu erörtern? Kannte er keinen Urologen, mit
dem er das diskutieren konnte? »Also, Sie waren ein paar
Mal auf der Toilette«, half Mattes ihm auf die Sprünge.

»Ja, habbich doch grad gesacht«, bestätigte Franzen
beleidigt. »Senil bin ich noch nich.«

Nein, aber nervtötend. »Und wie soll mir das jetzt weiterhelfen?«

Franzen sah den Hauptkommissar verwundert an. »Gar
nich«, stellte er dann nüchtern fest. »Da wollt ich ja auch
nich drauf hinaus.«

Ach so, dachte Mattes und seufzte.

»Waddich eigentlich sagen wollte: Ich bin irgendwann
mal am Fenster, 'n bissken frische Luft schnappen.«

Half das bei Prostata? Mattes wusste es nicht.

»Wie ich da so am Rausgucken bin, seh ich, wie einer auße
Buchhandlung kommt. Die mit dem komischen Namen. Da

habbich mich doch'n bissken gewundert, weil et war ja mitten inne Nacht.«

»Wann war das etwa?«, hakte Mattes nach.

Franzens Blick wanderte zur Holzplatten-Decke. »Also, ich war dat dritte Mal auf Klo, dann wird dat so gegen drei gewesen sein.«

Mattes stellte sich vor, wie der alte Mann diese Aussage vor Gericht wiederholte und musste ein Kichern unterdrücken. »Okay, also um drei.«

»Ja, sach ich doch.«

»Ja. Konnten Sie den Mann erkennen?«

»Habbich gesacht, dat et'n Mann war?«

»Also eine Frau?«

»Nein, et war'n Mann. Sie sollen nur keine voreiligen Schlüsse ziehen.«

Ja, Papa. »Und? Haben Sie ihn erkannt?«

Franzen hob triumphierend eine Augenbraue. »Der Kerl hatte zwar 'ne Kapuze auf un hatte den Kopp gesenkt. Aber ich bin mir ganz sicher, dat dat der Mann war, der da am Arbeiten is. Dat Mädchen is ja 'ne ganz Liebe, aber der Typ ... Der kann ziemlich patzige Antwochten geben, sach ich Ihnen.«

Mattes lag eine ebensolche auf der Zunge, doch er schluckte sie hinunter. »Und Sie sind sich wirklich ganz sicher?«, fragte er mit leisem Zweifel in der Stimme.

Franzen schlug sich, empört über die Frage, die Hand auf den Oberschenkel. »Ja sicher bin ich sicher. Dat war der. Hundertprozentich. Hatte genau die gleiche Statur. Raubt seine eigene Buchhandlung aus, wo gibbet denn so wat. Dat aame Mädchen.«

»Hatte er denn etwas bei sich, worin er sein ... Diebesgut verstauen konnte?«

Franzen nickte eifrig. »'n Rucksack hatte der dabei.«

»Tragen Sie für gewöhnlich eine Brille?«, fragte Mattes.

Der alte Mann zog ein beleidigtes Schnütchen. »Nur zum Lesen. Ansonsten habbich Augen wie ein Adler.«

Wie der, der oben auf dem Schrank stand, vermutlich. Glasauge sei wachsam. Aber wenigstens wusste Mattes nun, wofür das A in A. Franzen stand – Adlerauge. »In welche Richtung ist der Mann verschwunden?«

Adlerauge Franzen deutete mit dem Daumen hinter sich. »Richtung Robert-Daum-Platz. Ganz hastich is der gelaufen, so als hätter grad wat Schlimmes verbrochen.«

Sollte es sich bei der Person tatsächlich um den Mörder des Obdachlosen gehandelt haben, konnte Mattes dem nicht widersprechen.

9

Carsten hatte sich mit Sophie und Cordula ins Katzengold zurückgezogen. Für diese Tageszeit war die Kneipe in der Luisenstraße ungewöhnlich voll. Viele Schaulustige hatten beschlossen, ihren aufregenden Morgen bei einem gemütlichen Mittagessen ausklingen zu lassen. Carsten und die beiden Frauen hatten einen einigermaßen ruhigen Tisch in einer Ecke des Nichtraucherbereichs ergattert. Auf seinem Schreibtisch im Präsidium wartete eigentlich ein Berg Arbeit auf ihn, aber er brachte es einfach nicht über sich, seine Schwester in ihrem Elend alleinzulassen. Auch wenn sein Anblick sie nicht trösten konnte. Darüber war er nach wie vor leicht verstimmt, obwohl sie sich inzwischen einigermaßen gefangen hatte. Wenigstens heulte sie nicht mehr, das war ja schon mal ein Fortschritt.

Die Tür öffnete sich und ein sichtlich geschaffter Paul Mattuschek polterte herein. Carsten hatte ihn per Handy über ihren Aufenthaltsort informiert, denn sein Kollege wollte als leitender Ermittler sicherlich mit Sophie und Cordula sprechen. Mattes blickte sich kurz suchend um und wankte dann zu ihrem Tisch, wo er sich schwer schnaufend auf den verbliebenen freien Stuhl fallen ließ. Meine Güte, dachte Carsten, die Ermittlungen waren gerade mal einen halben Tag alt und Mattes machte ein Gewese, als hätte er eine Woche rund um die Uhr geschuftet. Er war halt nicht mehr der Jüngste.

»Und, wie sieht es aus?«, fragte er seinen Kollegen, nachdem er ihm einige Sekunden zum Verschnaufen gegönnt hatte.

»Schwer zu sagen«, meinte Mattes und warf einen besorgten Blick auf die verheult aussehende Sophie.

»Keine Sorge«, versicherte sie, als sie es bemerkte. »Es geht mir schon wieder besser.«

Mattes wirkte nicht überzeugt. »Na schön«, sagte er schließlich. »Du erwähntest, der ... äh ... Professor habe in deinem Laden übernachtet.«

Sophie nickte.

»Vielleicht nicht besonders klug, aber auch nicht verboten. Gestern Abend fand in der Mördergrube eine Lesung statt. Wie viele Gäste waren denn da?«

Sie überlegte kurz. »So um die zwanzig würde ich sagen. Ich müsste nachsehen, wie viele Karten wir verkauft haben. Die meisten waren Stammkunden. Dann waren da natürlich noch Martin Jäger, Cordula, Robert, Ben und ich. Und der Professor, den hatte ich eingeladen.«

»Okay. Erinnerst du dich, wann ihr den Laden verlassen habt?«

»Gegen halb zwölf?« Sophie warf Cordula einen fragenden Blick zu, die bestätigend nickte.

Mattes wusste nicht, wie er seine nächste Frage vorsichtig formulieren sollte, damit Sophie keine falschen Schlussfolgerungen zog. Obwohl ›falsch‹ in diesem Zusammenhang nicht das richtige Wort war, denn er wollte ja tatsächlich wissen, ob Robert Werbeck als Täter infrage kam. Also am besten gleich mit der Tür ins Haus fallen. »Seid ihr alle gemeinsam gegangen? Oder ist dein Kompagnon geblieben?«

Sophie schien überraschenderweise keinen Verdacht zu schöpfen, denn sie zog lediglich die Brauen zusammen und dachte einige Sekunden nach. Offenbar hatte der Fund heute Morgen ihre Spürnase vorübergehend außer Gefecht gesetzt. »Nein, Robert ist etwa eine halbe Stunde vor uns gegangen.« Wieder ein bestätigendes Nicken seitens ihrer Freundin. »Er war ziemlich erkältet.«

»Könnte er noch einmal zurückgekehrt sein? Vielleicht, weil er etwas vergessen hatte?«, forschte Mattes weiter.

Nun wurde Sophie doch argwöhnisch. »Wieso sollte er? Außerdem hatte er keinen Schlüssel, den hat er dem Professor gegeben.«

Was nicht unbedingt etwas zu bedeuten hatte, denn der Obdachlose hätte den Ladenbesitzer vermutlich arglos hereingelassen, wenn der an die Tür geklopft hätte. Nur ein Motiv mochte Mattes nicht so recht einfallen. Sollte der Buchhändler dem Obdachlosen gegenüber irgendwelche Ressentiments gehegt haben, hätte er ihm schlicht und einfach Ladenverbot erteilen können. Stattdessen hatte er ihn dort sogar übernachten lassen. Von Sophie würde er in dieser Richtung gewiss nichts erfahren, sie würde einen Teufel tun und ihren Freund in die Pfanne hauen. Vielleicht konnte Carsten ihm später mehr berichten. Der musterte seinen Kollegen gerade erstaunt und schüttelte unauffällig den Kopf. Hieß das, er solle Sophie damit in Ruhe lassen oder Werbeck war unschuldig und Mattes befand sich auf dem Holzweg? Schwer zu sagen. Er beschloss, das Thema vorerst beiseitezuschieben.

»Hat der Professor sich anders verhalten als sonst? Wirkte er nervös oder ängstlich?«, fragte Mattes.

Sie hob die Schultern. »Nein, er war wie immer. Oder meinst du, er wollte im Laden bleiben, weil er draußen um sein Leben fürchtete?«

»Keine schlechte Idee«, lobte Mattes. Das war in der Tat eine nicht auszuschließende Möglichkeit. »Hatte er denn einen Grund dazu?«

Sophie kratzte sich an der Spürnase. »Ich weiß nicht. Ich dachte immer, er wäre so eine Art Spion, der sich vor seinen Feinden versteckt. Aber das ist natürlich nur eine Schnaps-idee von mir«, schob sie eilig hinterher, als sie Carstens amüsiertes Schnauben vernahm. »Ansonsten kenne ich niemanden, der ihn nicht mag. Mochte. Eher im Gegenteil. Er war im Luisenviertel außerordentlich beliebt. Nicht nur bei den Obdachlosen.«

Mattes schürzte zweifelnd die Lippen. »Das muss nichts heißen. Vielleicht hat er einen seiner Tippelbrüder herein-gelassen. Die beiden bekamen Streit, und der andere hat den Professor dann im Affekt niedergestochen.«

Sophie schüttelte energisch den Kopf. »Das hätte der Pro-fessor nicht gemacht. Jemanden hereingelassen, meine ich. Er wusste, dass Robert und ich damit nicht einverstanden gewesen wären.«

Diese Argumentation fand Mattes wenig überzeugend, zog man in Betracht, wie wenig selbst Sophie über das Op-fer wusste. Warum hatte der Mann so ein Staatsgeheimnis aus seiner Identität gemacht?

»Vielleicht hatte er Mitleid mit einem armen Tropf, der an der Tür gekratzt hat?«, schlug er vor.

Sophie gab sich geschlagen. »Okay, gehen wir davon aus, es war so – obwohl ich es mir wirklich nicht vorstellen kann. Was soll denjenigen dazu bewogen haben, den Professor zu erstechen?«

»Vielleicht wollte der andere sich am Sektvorrat gütlich tun«, überlegte Mattes, dem eine volle Kiste in der Ecke des Hinterzimmers aufgefallen war. »Oder sich Geld aus der Kasse leihen.«

Sophie zog nachdenklich ein Schnütchen. »In der Kasse war kein Geld. Das haben wir natürlich mitgenommen. Wir sind ja nicht völlig verblödet. Und jemanden wegen einer Flasche Sekt erstechen? Noch dazu den Professor? Die Obdachlosen hielten wirklich große Stücke auf ihn. Was er sagte, das galt auch.«

»Hast du eine Ahnung«, erwiderte Mattes, dem an menschlichen Abgründen nur wenig fremd war.

Sophie seufzte ergeben. Der Abgrund, in den sie erst vor wenigen Monaten geblickt hatte, war ihr noch allzu präsent. »Kann schon sein. Aber wie gesagt, das Wort des Professors zählte viel bei den anderen. Wenn er gesagt hätte: ›Lass die Finger von den Flaschen‹, dann hätte derjenige die Finger davon gelassen. Und einen Fremden hätte er auf keinen Fall reingelassen. Ich sag dir, Mattes, der Mord muss irgendetwas mit seiner Vergangenheit zu tun haben.« Sie nickte nachdrücklich. Ihre Spürnase konnte nicht irren, auch wenn sie zur Zeit etwas in Mitleidenschaft gezogen war.

»Tja, aber solange wir nicht wissen, wer dieser Professor tatsächlich war und was er verbrochen haben mag oder auch nicht, werden wir uns schwertun, etwas aus seiner

Vergangenheit in Erfahrung zu bringen«, konstatierte Mattes. »Und du weißt wirklich nichts weiter über ihn?«

Sophie zuckte bedauernd mit den Achseln. »Nicht das Geringste. Er ist Fragen nach seiner Vergangenheit oder seinem Namen immer ausgewichen. Ich erinnere mich aber, dass die Lokalzeit vor einigen Wochen einen Bericht über ihn gebracht hat. Die hatten so eine Themenwoche, in der sie jeden Tag eine skurrile lokale Persönlichkeit vorgestellt haben. Möglicherweise weiß man dort ja mehr über ihn.«

Mattuschek zog sich eine Serviette heran und kritzelte etwas darauf. »Zurück zu gestern Abend«, meinte er dann und sah Sophie und Cordula auffordernd an. »Ist euch was Ungewöhnliches aufgefallen?«

»Also mir nicht«, erwiderte Sophie. »Ich war allerdings ziemlich aufgeregt. Hab so gut wie nichts mitgekriegt.«

»Ich stand beim Sekt«, erläuterte Cordula. »Der Laden war gerammelt voll. Ich kam gar nicht so schnell mit dem Ausschänken nach. Ben hat mir eine Zeit lang geholfen.« Sie dachte einen Moment nach. »Doch, jetzt fällt mir was ein. Das war, kurz bevor die Lesung begann. Der Professor war ziemlich spät dran und ist eben so in den Laden gehuscht, ehe ich die Tür geschlossen habe. Kurz danach hat jemand von außen gegen die Scheibe geschlagen.«

»Weil er auch rein wollte?«

Sie zog die Stirn kraus. »Vielleicht. Aber alle Plätze waren belegt, also war die Veranstaltung ausverkauft. Außerdem hat man nicht so gegen die Tür zu bollern. Ich hab ihn böse angeguckt, da ist er dann abgezockelt.«

»Können Sie ihn beschreiben?«, fragte Mattes.

Cordula dachte einen Moment nach. »Nicht richtig. Er sah etwas heruntergekommen aus. Jeans, ein graues Kapuzenshirt, schwarze Lederjacke. Etwas längere, fettige Haare, die ihm ins Gesicht hingen. Dunkelbraun oder schwarz. Recht jung wirkte er, höchstens Mitte zwanzig. Circa eins achtzig groß. Sein Gesicht konnte ich nicht richtig erkennen, wegen der Haare und der Kapuze.«

»Na, das ist doch schon mal was«, meinte Mattes zufrieden, dem zurzeit jeder Strohhalm wie ein Rettungsanker vorkam. »Kommt dir die Beschreibung bekannt vor, Sophie?«

Sophie schüttelte ratlos den Kopf. »Aber so jemanden hätte der Professor gewiss nicht hereingelassen, falls du darauf hinauswillst«, beharrte sie. »Obdachloser Kumpel hin oder her.«

»Ist ja gut«, erwiderte der Hauptkommissar. Das arme Mädchen wollte sich seine Erinnerungen an den Professor durch nichts auf der Welt zerstören lassen. »Aber vielleicht hat er sich nach der Lesung hineingeschlichen?«

»Nur, wenn er sich vorher umgezogen hat«, meinte Cordula. »Ansonsten wäre er mir aufgefallen.«

Vielleicht hatte er sich tatsächlich vorzeigbarer hergerichtet, um sich unauffällig unter die Leute zu mischen. Vielleicht hatte er den Professor am frühen Abend verfolgt und war frustriert, als der ihm durch die Lappen gegangen war. Vielleicht wollte der Professor im Laden übernachten, weil er sich vor dem Burschen fürchtete. Zu viele Vielleichts ... Mattes fiel noch etwas ein. Er wandte sich an Sophie. »Die Spurensicherung hat in der Besenkammer ein leeres Sektglas gefunden. Weißt du, wie es dahin kam?«

»In der Besenkammer? Ich wüsste nicht, was ein Glas dort zu suchen hätte. Ich war gestern Abend nicht mehr drin. Der Professor«, an dieser Stelle wurden Sophies Augen wieder feucht, »hatte versprochen, den Laden aufzuräumen, als Dankeschön fürs Übernachten.«

»Meinst du, er hat sich einen gezwitschert, bevor er ans Werk gehen wollte?«, hakte Mattes nach.

Sophie schüttelte entschieden den Kopf. »Nein! Auch wenn man es kaum glauben mag, aber er hat keinen einzigen Schluck Alkohol getrunken.«

»Vielleicht hat sich dein Star-Autor einen hinter die Binde gegossen, bevor er seinen großen Auftritt hatte«, warf Carsten, der dem Gespräch bislang stumm gelauscht hatte, gehässig ein.

»In der Besenkammer? Wohl kaum«, entgegnete Sophie.

»Wir werden das Glas auf Fingerabdrücke und DNA überprüfen«, meinte Mattes. »Vielleicht war es ja auch der Bursche, den Frau Dr. Siebert gesehen hat.«

»Cordula«, meinte Cordula.

»Cordula«, sagte Mattes.

»Wo ist der tolle Martin Jäger überhaupt?«, wollte Carsten wissen.

Mattes zog eine Grimasse. »Mit der Brandt nach Düsseldorf zur Autopsie.«

»Ist nicht wahr! Die lässt den allen Ernstes bei der Obduktion zugucken?«

»Die war ganz hin und weg, die doofe Kuh. Hätte ihm fast die Füße geküsst. Weiber! Entschuldigung«, sagte er mit Blick auf die beiden anwesenden Damen.

Cordula winkte ab. »Hauptsache, er ist nicht hier, um Sophie Trost zu spenden«, erklärte sie. »Der würde jede Gelegenheit nutzen, sie anzubaggern. So wie gestern Abend.«

Carsten hob fragend eine Braue und Sophie erklärte hastig, es sei gar nicht so schlimm gewesen. Ihr Bruder schnalzte verächtlich mit der Zunge, schließlich kannte er Martin nur zu gut. Ein Glück für den Autor, dass er sich bereits in den fähigen Händen der Rechtsmedizinerin befand. Wenn der

Kerl seine Finger nicht von Sophie ließ, wäre die nächste Autopsie, an der der Knabe teilnahm, seine eigene. Dafür würde Carsten höchstpersönlich sorgen.

* * *

»Waren Sie schon mal bei einer Obduktion?«, fragte Amelie Brandt, während sie sich in einen grünen Kittel zwängte. »Im Zuge Ihrer Recherchen?«

Martin deutete eine Verbeugung an und verneinte. »Das ist meine Premiere«, erklärte er feierlich. »Ich werde Sie als Dankeschön in meinem nächsten Roman lobend erwähnen.«

Dr. Brandt lächelte vordergründig geschmeichelt. Doch eine Danksagung war nicht das, was sie als Gegenleistung dafür erwartete, dass sie Jäger bei der Leichenöffnung des Obdachlosen zusehen ließ. So billig war eine Amelie Brandt nicht zu kriegen. Das würde der Autor früh genug herausfinden.

»Na, dann lassen Sie uns mal loslegen«, meinte sie gutgelaunt und reichte Martin einen Kittel, den er artig überstreifte. Bei der OP-Haube zögerte er kurz. »Haben Sie Angst um Ihre Frisur?« Sie warf einen amüsierten Blick auf seine Lockenpracht.

Martin wollte nicht eitel erscheinen und setzte die Haube rasch auf. Einen Blick in den Spiegel vermied er vorsichtshalber. Aus den Augenwinkeln sah er, wie Dr. Brandt ihr Handy zückte und ein Foto von ihm schoss.

»Knuffig«, sagte sie verzückt und hielt ihm das Display hin. »Darf ich das auf meiner Facebook-Seite veröffentlichen?«

Martin zog eine Grimasse. »Können wir dann jetzt?«, fragte er und klang beleidigt.

»Aber sicher. Folgen Sie mir in meine Gemächer.«

Sie durchquerte den Vorbereitungsraum und schob unter einiger Anstrengung die Edelstahltür zur Seite. Auf dem Obduktionstisch lag ihr Patient, vom Hals abwärts pietätvoll mit einem weißen Tuch verhüllt, und wartete in stummer Ergebenheit auf die Dinge, die in den nächsten Stunden auf ihn zukamen. Widersprechen konnte er auch schlecht, und darüber war die Rechtsmedizinerin ganz froh. Nicht umsonst hatte sie sich für diesen Zweig der Medizin entschieden. Ursprünglich wollte sie Kinderärztin werden, doch nachdem ihr ein schwer misshandelter Säugling unter den Händen weggestorben war, änderte sie ihre Meinung. Beinahe hätte sie die Medizin komplett an den Nagel gehängt, so sehr hatten sie der Tod des kleinen Würmchens und die Umstände, die dazu geführt hatten, mitgenommen. Dann beschloss sie, fortan den Toten eine Stimme zu geben. Sicher, es war nicht immer schön, was sie zu sehen bekam. Genau betrachtet war es nie schön. Aber es verschaffte ihr ein tiefes Gefühl der Befriedigung, herauszufinden, woran ein Mensch gestorben war und bestenfalls ihren Anteil daran zu haben, einen Mörder hinter Gitter zu bringen. Amelie war längst nicht so kaltschnäuzig, wie ihr berufliches Umfeld vermutete. Sie nahm das Leben eben von der positiven Seite. Elend gab es genug auf der Welt, sie wusste es am besten. Man durfte es nur nicht zu nah an sich heranlassen.

»Frau Doktor Brandt?«, riss Lars, ihr Sektionsassistent, sie aus ihren Gedanken.

»Bei der Arbeit«, rief sie betont fröhlich und näherte sich dem Edelstahltisch. Schwungvoll entfernte sie das Tuch. »Ist er schon vermessen und gewogen?«

Lars räusperte sich und schaute auf das Klemmbrett in

seiner Hand. »Das Opfer ist ein Meter achtundsiebzig groß und wiegt fünfundachtzig Kilo.«

»Ziemlich wohlgenährt für jemanden, der auf der Straße lebte«, fiel Amelie auf. »Die Kleidung haben Sie sich schon vorgenommen?«

Der Assistent nickte. »Fotografiert, Proben genommen und eingetütet«, zählte er auf. »Ist alles auf dem Weg ins Labor.«

»Bislang irgendwelche Rückschlüsse?«

»Keine.«

»Schön. Dann sehen wir uns das Opfer mal an.«

Sie rückte ihre Brille zurecht und betrachtete die Stichwunden am Oberkörper ihres Patienten.

»Es sind sieben«, informierte Lars seine Chefin. »Auf den ersten Blick von unterschiedlicher Tiefe.«

»Hat der Täter mehrere Waffen benutzt?«, fragte Martin im Hintergrund und kam sich wahnsinnig intelligent vor.

»Eher unterschiedlich heftig zugestochen«, erwiderte der Assistent höflich. »Sind Sie neu bei der Kripo?«

»Das ist Martin Jäger, der Kriminalschriftsteller«, erklärte Amelie Brandt.

Lars blickte sich im Raum um, auf der Suche nach einer versteckten Kamera. Als er keine entdeckte, zuckte er mit den Schultern. Er war einiges von seiner Chefin gewohnt. Das Einhalten von Regeln gehörte nicht zu ihren hervorstechenden Eigenschaften. Ihm sollte es egal sein, wenn sie sich Ärger einhandelte. Da sie jedoch eine der besten Gerichtsmediziner des Landes war, konnte sie sich ziemlich viel erlauben, ohne Konsequenzen fürchten zu müssen, und das nutzte sie weidlich aus. Wie sie auch die Männer weidlich ausnutzte. Jäger, der arme Tropf, ahnte vermutlich nicht, worauf er sich einließ. Der bildete sich wahrscheinlich sogar ein, Herr der Lage zu sein. Die gute Amelie würde ihn mit Haut und Haaren verspeisen und anschließend die Knochen ausspucken. Sie war bekannt für ihren Männerverschleiß. Lars hatte es zwar noch nicht am eigenen Leib erfahren, aber die Gerüchteküche brodelte beinahe über vor Geschichten über Dr. Brandt und ihre Gespielen, die stets etliche Jahre jünger waren als sie. Nur an Hauptkommissar Kantner biss sie sich zu Lars' großem Vergnügen seit Jahren die Zähne aus.

Die drei beugten sich mit interessiertem Blick über den Leichnam.

»Ob die Anzahl der Stichwunden wohl eine besondere Bedeutung hat?«, fragte Martin.

Lars runzelte die Stirn. »Als eine Art Symbolik oder was?«, maulte er, verstimmt über die erneute Einmischung des Autors.

Martin nickte eifrig. »Die Sieben ist in der Symbolik in der Tat sehr bedeutsam. Denken Sie nur an die sieben Todsünden.«

»Oder es waren sieben Täter. Wie in ›Mord im Orientexpress‹«, gab Lars zurück und konnte sich gerade noch zurückhalten, dem Autor einen Vogel zu zeigen.

»Da waren es zwölf Täter«, verbesserte Martin den Sektionsassistenten. »Aber auch eine Art Symbolik. Die zwölf Geschworenen.«

»Kinder, hört auf euch zu streiten«, ging Amelie Brandt dazwischen. Sie und das Opfer waren hier die Hauptfiguren, nicht diese beiden Spaßvögel, die sich um die Position des Alpha-Männchens balgten. Hier gab es nur ein Alphamännchen, und das war sie. »Lars, machen Sie ein Foto. Wir sind dazu da, den Zustand der Leiche zu beschreiben und die Todesursache festzustellen. Die richtigen Schlüsse muss die Polizei daraus ziehen. Wir sind hier nicht bei ›CSI‹.«

Diese Erkenntnis war Lars neu. Die Brandt mischte sich doch sonst immer in alles ein. Das war schlimm genug. Noch schlimmer wurde es, wenn dieser Möchtegern-Schnüffler sich jetzt ebenfalls aufgefordert fühlte, seinen Senf dazuzugeben. Lars war Wissenschaftler, und in der Wissenschaft war kein Platz für Fantasie und Spekulationen. Da zählten Fakten. Symbolik! Sie befanden sich hier nicht in einem Roman von Dan Brown. Vielleicht sollte er sich an oberer Stelle über Dr. Brandt und ihre merkwürdigen Gepflogenheiten beschweren. Ein Großteil der Polizisten würde es ihm danken.

»Lars! Foto!«, rief Dr. Brandt mit scharfem Unterton.

Lars murrte und zückte die Kamera. Irgendwann. Vielleicht.

10

»Haben Sie schon vom Mord in der Buchhandlung gehört?«, fragte ein junger Staatsanwalt, als handle es sich um einen neuen Kinostreifen.

Friedrich Mai schüttelte den Kopf. Er hatte es sich gerade mit einem Teller Spaghetti Bolognese an einem Tisch in der hintersten Ecke der Kantine bequem gemacht und gehofft, dem Flurfunk für heute entgehen zu können. Leider schien sich sein Wunsch nicht zu erfüllen. Sein Kollege, ein bleicher Jüngling, der noch nicht lange dabei und dementsprechend aufgeregt über jeden spektakulären Fall war, setzte sich unaufgefordert auf den Platz ihm gegenüber.

»Man hat einen Penner tot in einer Buchhandlung gefunden«, berichtete er und schob sich mit wichtiger Miene eine Gabel voll Erbsen in den Mund.

Beifallheischend blickte er Friedrich an. Der ältere Mann wusste nicht so recht, was der Bursche von ihm erwartete. Ein bewunderndes Raunen oder gar Applaus? Seit wann wurden überhaupt Obdachlose in Buchläden ermordet? Komische Zeiten waren das. Er wurde langsam wirklich zu alt für diesen Beruf.

»Hoffentlich krieg ich den Fall«, meinte sein Kollege nun und rieb sich in freudiger Erwartung die Hände.

Friedrich empfand eine Mischung aus Mitleid und Resignation. So enthusiastisch war er früher auch gewesen. Die kompliziertesten Fälle hatte er sich aufhalsen lassen, immer in der Hoffnung auf etwas Spannung in seinem Leben. Was hatte ihm die ganze Aufregung eingebracht? Zu wenig Zeit für seine Frau und ein Magengeschwür. Von Ruhm und Ehre war weit und breit nichts zu sehen. Einst hatte er gehofft, eines Tages zum Richter berufen zu werden, diese Hoffnung aber schon vor langer Zeit begraben. Inzwischen war er froh, dass es nicht dazu gekommen war. Ob man ihnen auf die Finger klopfte oder nicht, die Angeklagten lernten ohnehin nichts dazu und machten nach verbüßter Strafe dort weiter, wo sie aufgehört hatten. Er hatte es in den dreißig Jahren in diesem Beruf zu oft erlebt, um sich diesbezüglich noch irgendwelchen Illusionen hinzugeben.

»Sie haben doch früher mal Mordfälle bearbeitet, oder nicht?«, riss ihn der Jüngling aus seinen Gedanken. Sein Name wollte Friedrich partout nicht einfallen.

Er nickte stumm und sah demonstrativ auf seinen Teller. Hoffentlich fiel dem Bleichgesicht endlich auf, wie wenig Interesse er an dieser Unterhaltung hatte. Den schien das einseitig verlaufende Gespräch nicht im Mindesten zu stören, er plapperte munter weiter. Er hörte sich wohl selbst gern reden. Berufskrankheit, dachte Friedrich. Ihm selbst hatte das ganze Geschwafel vor Gericht gereicht. Seine Frau hatte sich irgendwann damit abgefunden, ihr Dasein an der Seite eines wortkargen Mannes fristen zu müssen, und ebenfalls den Mund gehalten. Sein Gegenüber war da entschieden dickfelliger.

»Also, das ist echt ein Ding. Ob der Knabe seinen Mörder hereingelassen hat?«, sinnierte der Jüngling mit vollem Mund. »Und das Dollste ist: Niemand kennt die Identität des Opfers.«

Friedrich rang sich nun doch ein Grinsen ab. Wenn sich die Sachlage so verhielt, wurde der Fall noch komplizierter, als er ohnehin schon schien. Ein unbekannter Täter war schlimm genug, ein unbekanntes Opfer hingegen der Tod einer jeden Ermittlung. Daran konnte sich der Jüngling mal so richtig die Zähne ausbeißen. Danach war er bestimmt nicht mehr mit solchem Feuereifer bei der Sache.

Er schaufelte in Windeseile die Nudeln in sich hinein, um sich so schnell wie möglich wieder in sein Büro zurückziehen zu können. Dort ließ man ihn hoffentlich für den Rest des Tages in Ruhe. Die Gefahr, dass man ihm den Mord an dem geheimnisvollen Penner aufs Auge drücken würde, tendierte gegen Null. Seine glorreichen Zeiten als knallharter Staatsanwalt waren vorbei, und das war gut so.

»Sorry, muss wieder an die Arbeit«, murmelte er, schnappte sich sein Tablett und ließ seinen Kollegen allein am Tisch zurück.

* * *

Edgar Bräutigam hatte den Vormittag damit verbracht, gemeinsam mit den Schaulustigen herauszufinden, was im Luisenviertel passiert war. Irgendwann jedoch hatte er die Lust an der Sensation verloren und war in sein Immobilienbüro zurückgekehrt. Er würde früh genug erfahren, worum es bei dem Polizeiaufgebot ging, ohne sich in der Kälte den Hintern abzufrieren. Gerade stand er am Schaufenster und überlegte, ob er für die Sensationsgierigen draußen einen Stehtisch aufbauen und Kaffee und Kuchen anbieten sollte. Aber erstens war es zu kalt und zweitens hatte die Bäckerei gegenüber schon die gleiche Idee gehabt. Eine vor Kälte schnatternde Bedienung in Bluse und Rock stand auf dem Bürgersteig und nahm Bestellungen entgegen, damit die Leute sich nicht selbst hineinbemühen mussten. Dabei könnte ihnen ja etwas entgehen. Man musste jede sich bietende Gelegenheit gewinnbringend nutzen, das wusste er aus eigener Erfahrung. Heute war hier in etwa so viel los wie sonst auf dem Luisenfest. Aber das fand im Sommer statt, da war das Wetter naturgemäß wesentlich angenehmer. Ebenso wie der Anlass. Was auch immer der Anlass heute sein mochte.

Er wusste zwar nicht, was geschehen war, dass es aber kein freudiges Ereignis sein konnte, leuchtete selbst dem Dümmsten ein. Irgendein älterer Herr hatte behauptet, der Besitzer der Buchhandlung sei ums Leben gekommen. Bräutigam zuckte mit den Achseln. Das kam davon, wenn man sein Geschäft Mördergrube nannte. Hoffentlich handelte es sich um den Mann, diesen Werbeck, der immer so schnippische Antworten gab, und nicht um seine Partnerin. Um die wäre es wirklich schade. Mit ihr würde er gern mal das ein oder andere Schlafzimmer besichtigen.

Wenn er sie allein im Laden sah, ging er immer auf einen Sprung hinein, um ein wenig mit ihr zu flirten. Nun ja, flirten war vielleicht zu viel gesagt; zwar war sie stets freundlich, verhielt sich aber eher zurückhaltend denn erfreut ob seiner Aufmerksamkeit. Wahrscheinlich war sie zu schüchtern, um auf seine Annäherungsversuche zu reagieren. Ja, sicher lag es daran. Oder an dem Ring am Ringfinger seiner rechten Hand. Manche Frauen hielten sich von verheirateten Männern lieber fern. Vielleicht sollte er beim nächsten Mal behaupten, in Scheidung zu leben, auch wenn es nicht stimmte. Falls es ein nächstes Mal gab, denn wenn die süße Frau Liebermann tot in ihrem Laden lag, wurde natürlich nichts aus dem ersehnten Schäferstündchen.

Bräutigam seufzte bei dem Gedanken, ging zu seinem Schreibtisch und schaltete den Computer an. Wenn er Glück hatte, gab es inzwischen eine Meldung bei Facebook oder Twitter. Die sozialen Netzwerke waren in dieser Hinsicht durchaus nützlich. Nicht nur in dieser Hinsicht. Man konnte dort günstig Werbung für sein Geschäft betreiben oder auch Kontakte zu paarungswilligen Damen knüpfen, ohne dass die liebende Ehefrau etwas davon mitbekam.

Er tummelte sich eine Zeit lang auf den einschlägigen Wuppertaler Seiten, ohne fündig zu werden. Scheinbar hatte die Polizei das Gebiet großräumig genug abgesperrt, so dass bislang niemand etwas Genaueres eruieren konnte. Er öffnete die Seite der Lokalzeit Bergisches Land. Schließlich hatten die einen ihrer Reporter auf die Jagd geschickt. Dem hatte er auch schon ein Haus verkauft.

Die Internetseite des lokalen Fernsehsenders wusste leider auch nicht mehr zu berichten, als er ohnehin schon wusste, und so begann er schweren Herzens mit seiner Arbeit. Drei Besichtigungen standen heute Nachmittag auf dem Programm und wollten vorbereitet werden. Nicht schlecht für einen Montag. Dennoch kreisten seine Gedanken immer wieder um das Unglück, das sich quasi vor seiner Bürotür abgespielt hatte. Er hasste diese Ungewissheit, auch wenn er persönlich nicht betroffen war. Unbefriedigte Neugier war fast so schlimm wie eine unbefriedigte Libido.

Er stellte halbherzig die Exposés der Objekte zusammen. Die Besichtigungen würde seine Mitarbeiterin durchführen, die konnte gut mit alten Geldsäcken umgehen. Wo blieb sie eigentlich? Sie hätte schon längst hier sein sollen. Er warf einen Blick auf seine Armbanduhr. Das passierte in schöner Regelmäßigkeit wie ein Reflex, denn er gab gern mit der Rolex an, die seine Frau ihm zum fünfzigsten Geburtstag geschenkt hatte. Von seinem Geld zwar, denn sie arbeitete nicht, aber das war egal. Solange sie es für ihn ausgab ... Es war durchaus lukrativ gewesen, seinen alten Beruf an den Nagel zu hängen, um Luxushäuser und -wohnungen an den betuchten Mann oder die Frau zu bringen, daran hatte auch die Wirtschaftskrise nichts geändert. Reiche blieben eben reich, wie auch immer sie das anstellten. Und brauchten Prestige-Objekte, um ihren Reichtum zur Schau zu stellen. Er verhalf ihnen nur allzu gern dazu, so wie sie ihm dabei halfen, sein eigenes Bankkonto zu füllen. Eine Hand wusch die andere.

Vielleicht sollte er in nächster Zeit in einem seiner Häuser einen Mord inszenieren, dann kämen sie scharenweise angelaufen, schoss es ihm durch den Kopf, doch er verwarf den Gedanken gleich wieder. Häuser, in denen jemand ermordet worden war, lagen erfahrungsgemäß wie Blei in den Regalen.

11

Aylin hatte sich eine Weile im Luisenviertel herumgetrieben, in der Hoffnung, den Mann aufzutreiben, den Gernot ihr beschrieben hatte. Jeans, graues Kapuzenshirt, schwarze Lederjacke, fettige Haare, etwa eins achtzig groß. Doch inmitten der Menschenmenge, die immer noch die Straße bevölkerte, im Glauben daran, etwas Aufregendes zu erleben, gestaltete sich die Suche als nahezu unmöglich. Sie gab die Beschreibung an die uniformierten Kollegen durch, mit der Bitte, die Augen offenzuhalten, und machte sich auf den Weg, die Anwohner weiter zu befragen. Sie betrat einen Laden unweit der Mördergrube und fand sich in einem Katalog-Traum von Büro wieder. *Ich hätte Immobilienmaklerin werden sollen*, ging es ihr durch den Kopf. Das Büro wirkte, als sei sein Besitzer einer dieser Fernsehmakler, denen ihre Provision wichtiger war als die Zufriedenheit ihrer Kunden. Hauptsache, die Kohle stimmte. Hier hatte jemand einiges an Geld in die Hand genommen. Der Makler vermittelte bestimmt keine Sozialwohnungen.

Im ganzen Raum standen große Kübel mit Pflanzen geschickt arrangiert, so dass sie nicht im Weg standen, aber dennoch eine grüne Barriere zwischen dem Kunden- und dem Bürobereich, den sie hinter den Pflanzen vermutete, bildeten. Der dunkle Holzboden verlieh dem Raum eine heimelige Atmosphäre. Die lange Wand zu ihrer Rechten zierte eine Fototapete, die dem Betrachter eine Flucht von Holzregalen voller Bücher vorgaukelte. Es handelte sich dabei um die Bibliothek des Trinity Colleges in Dublin, wenn sie nicht irrte. Zumindest einen geringen Teil davon. Die hervorgerufene optische Täuschung verlieh dem Raum, der ihr ohnehin schon größer erschien als ihre gesamte Wohnung, zusätzliche Tiefe. Vor der vorgetäuschten Bibliothek stand eine einladend wirkende Sitzgruppe. Ein großes Sofa in Moosgrün, ihm gegenüber zwei dazu passende gestreifte Sessel, in der Mitte ein Glastisch, auf dem einige Prospekte lagen. Sie wirkten wie achtlos hingeworfen, doch die darauf abgebildeten Luxusobjekte sprangen einem sofort ins Auge.

Aylin bemerkte den Mann, der effektvoll mit ausgebreiteten Armen hinter einer der Pflanzen hervorkam.

»Einen wunderschönen guten Tag!«, rief er überschwänglich. »Was kann ich Gutes für Sie tun?«

Er deutete auf die Sitzgruppe und griff mit der freien Hand nach Aylins Arm, um sie dorthin zu geleiten. Die Kommissarin verzog das Gesicht zu einer Grimasse. Sie mochte es gar nicht, wenn man sie ungefragt anfasste und dazu nötigte, eine Richtung einzuschlagen, die sie sich nicht ausgesucht hatte. Mit einer abrupten Seitwärtsbewegung entriss sie dem Mann ihren Arm und zog ihren Dienstausweis aus der Jackentasche.

»Kommissarin Öner, Kriminalpolizei Wuppertal«, stellte sie sich kurz angebunden vor und hielt dem Mann den Ausweis unter die Nase.

Er studierte ihn interessiert und legte ihr dabei wie beiläufig eine Hand auf den Rücken. Aylin war versucht, ihre Dienstwaffe zu ziehen und ihn einfach über den Haufen zu schießen, aber das wäre wohl unhöflich gewesen. Stattdessen trat sie einen Schritt zur Seite.

»Setzen Sie sich doch«, bot der Mann an und zeigte wieder einladend auf die Sitzgruppe.

Zu seinem Glück verzichtete er diesmal darauf, sie zu betatschen, sonst hätte sie sich das mit der Dienstwaffe noch mal überlegt.

»Ich habe nur einige kurze Fragen«, meinte sie abwehrend, doch so leicht gab ihr Gesprächspartner nicht auf.

»Sicher, sicher«, erwiderte er. »Nehmen Sie Platz. Kann ich Ihnen vielleicht eine Tasse Kaffee anbieten?«

Auf ein Kaffeekränzchen mit diesem unangenehmen Typen hatte sie eigentlich keine Lust, aber sie war ziemlich durchgefroren und durstig, also nickte sie zustimmend und nahm nicht auf der Couch, sondern in einem der Sessel Platz. So konnte der Mann wenigstens nicht auf den Gedanken verfallen, sich neben sie zu setzen und ihr weiter auf die Pelle zu rücken. Der Sessel sah bequemer aus, als er tatsächlich war, und Aylin knuffelte das Kissen so lange zurecht, bis sie zumindest halbwegs aufrecht saß. Der Mann war inzwischen aus ihrem Blickfeld verschwunden.

Während sie wartete, nahm sie einen der Prospekte zur Hand und blätterte darin herum. Schöne Häuser, das musste sie zugeben, aber preislich sicherlich weit über dem, was sie sich leisten konnte. Einen Kaufpreis suchte man auf den Seiten jedoch vergeblich. Entweder verkehrten die Kunden des Maklers in Kreisen, in denen Geld keine Rolle spielte oder es handelte sich um eine geschickt ausgeklügelte Strategie. Wenn man sich erst mal in ein Haus verliebt hatte, war es am Ende egal, was es kostete. Selbst wenn es außerhalb der finanziellen Möglichkeiten lag, man wollte es unbedingt haben. Aus der Ferne hörte sie das Mahlen von Kaffeebohnen und anschließend die typischen Geräusche eines Kaffeevollautomaten.

Kurz darauf kehrte der Mann mit einem Tablett zurück. Darauf standen zwei Tassen und eine Schale mit Keksen. Zu Aylins Missfallen begann ihr Magen augenblicklich freudig zu knurren.

»Sie sehen mir aus wie der Cappuccino-Typ«, erklärte der Mann und stellte eine Tasse mit einer Krone aufgeschäumter Milch vor sie hin. Zu allem Überfluss hatte er auch noch Kakaopulver darüber gestreut. In Herzform!

Aylin trank ihren Kaffee am liebsten schwarz. Besser noch war ein extra starker Mokka, wie ihn ihre Mutter zubereitete, aber sie wollte nicht zickiger wirken als ohnehin schon, also lächelte sie und bedankte sich artig.

»Geht es um den Toten in der Buchhandlung?«, erkundigte sich der Mann und nahm zu ihrer Erleichterung ihr gegenüber auf der Couch Platz.

Die Buschtrommler hatten also schon ihren Dienst aufgenommen, stellte Aylin ein wenig verärgert fest. Kein Wunder bei dem Aufruhr, der draußen herrschte. Irgendjemand schnappte immer etwas auf. Und scheute sich nicht, sein Wissen umgehend zu teilen, ohne den Wahrheitsgehalt des Gerüchts zu überprüfen. Um sich die bissige Bemerkung, die ihr auf der Zunge lag, zu verkneifen, nahm sie einen Schluck von ihrem Cappuccino und hoffte, weder Milchbart noch Kakaolippen zu haben.

»Richtig«, bestätigte sie. »Entschuldigung, ich habe Ihren Namen vorhin nicht verstanden.«

»Oh, wie unhöflich von mir. Ich habe versäumt, mich vorzustellen. Edgar Bräutigam, der Makler Ihres Vertrauens.« Er erhob sich, der Höflichkeit geschuldet, halb von der Couch und fischte bei dieser Gelegenheit elegant einen Keks aus der Schale, die er auf den Glastisch gestellt hatte. »Was ist denn passiert?«, fragte er und sank zurück in die Polster. »Ich hoffe, der netten Frau Liebermann ist nichts geschehen?«

Als er den Namen von Kantners Schwester aussprach, bekamen seine Augen einen lüsternen Glanz, und er leckte lasziv über die Schokoladenglasur seines Kekses. Aylin betrachtete den Mann eingehender. Er hatte die fünfzig schätzungsweise schon überschritten, wirkte aber auf eine verstörende Weise jung geblieben. Genau genommen konnte man ihn als ziemlich attraktiv bezeichnen, wenn man auf Lackaffen mit gegelten Haaren und manikürten Händen stand. Er trug kein Jackett und sein Hemd war auf Figur geschnitten, was offenbarte, dass Herr Bräutigam viel Zeit im Fitnessstudio verbrachte. Und sich maßgeschneiderte Hemden leisten konnte. Er warf einen auffällig unauffälligen Blick auf seine Armbanduhr. Entweder wollte er sie darauf aufmerksam machen, dass er noch einen dringenden Termin hatte und sie sich mit ihren Fragen ein bisschen beeilen sollte, oder, und das schien ihr wahrscheinlicher, er wollte sie dezent darauf hinweisen, eine durchaus lohnenswerte Partie zu sein. Wenigstens nahm sie aufgrund seiner Geste an, dass er den klobigen Klotz an seinem Handgelenk für eine Rolex hielt. Oder er hoffte, sie würde den Unterschied zwischen einer echten Rolex und einer Fälschung nicht erkennen. Aber drei Jahre im Betrugsdezernat mit dem Schwerpunkt Markenfälschung hatten sie zu einer Expertin auf diesem Gebiet gemacht. Außerdem war sie vonne Türkei. Dort war man ja ganz versessen auf alles, was golden funkelte, um das Vorurteil zu bedienen. Sie musste ein Kichern unterdrücken.

Aylin versicherte Bräutigam, die nette Frau Liebermann sei wohlauf. »Bei dem Toten handelt es sich um einen Obdachlosen, der in der Gegend unter dem Namen Professor bekannt war. Kannten Sie ihn?«

Sie warf ihm über ihre Tasse hinweg einen koketten Blick zu. Mit Charme kam man bei diesem Typen bedauerlicherweise weiter als mit einer Waffe in der Hand.

Bräutigam lehnte sich zurück und überlegte einige Sekunden. »Flüchtig«, meinte er dann. »Er turnt seit ein paar Jahren hier rum. Die anderen Penner, Verzeihung, Wohnungssuchenden kommen und gehen. Aber er ist geblieben.«

»Haben Sie mal versucht, ihm eine Wohnung zu vermitteln?«, fragte Aylin. Allein die Vorstellung amüsierte sie.

Ihn offensichtlich auch, denn er lachte laut auf. »Wohl eher nicht. Nette Idee eigentlich. Nein, im Ernst, er war nie hier im Laden. Immobilien lagen, glaube ich, außerhalb seines Interessenbereichs. Er klapperte eher die Geschäfte ab, in denen er etwas Essbares schnorren konnte. Wenigstens habe ich ihn häufig beim Bäcker gegenüber oder der Metzgerei Kaufmann gesehen. Die haben ihm immer was zugesteckt. Was hatte er denn in der Buchhandlung zu suchen? Und wie ist er da umgekommen?«

»Dazu darf ich aus ermittlungstaktischen Gründen nichts sagen«, erwiderte die Kommissarin und Bräutigam nickte verständnisvoll. »Gestern Abend hat in der Mördergrube eine Lesung stattgefunden. Sie waren nicht zufällig da?«

Er schüttelte den Kopf. »Nein. Ich interessiere mich nicht besonders für Kriminalromane.«

Aber für die Verkäuferin von Kriminalromanen, dachte Aylin, sagte aber nichts.

»Kennen Sie vielleicht den richtigen Namen des Professors?«, fragte sie ohne viel Hoffnung.

»Ich kenne überhaupt keinen dieser Leute mit Namen«, erwiderte Bräutigam dann auch. »Ich weiß nicht mal, wie die Ladenbesitzer ringsum heißen.«

Bei der zuckersüßen Frau Liebermann hatte er wohl großzügig eine Ausnahme gemacht. Sie war es durchaus wert, einen zweiten Blick zu riskieren. Aylin stellte ihre Tasse vorsichtig auf dem Tisch ab und erhob sich, stolz darauf, die Kekse nicht angerührt zu haben. Ihr Magen nahm dies mit einem erzürnten Grummeln zur Kenntnis. Ihr nächster Weg würde sie definitiv in die Bäckerei gegenüber führen. Das Angenehme mit dem Nützlichen verbinden. Von Bräutigam würde sie nichts Wesentliches mehr erfahren, und wenn sie noch länger blieb, würde er vermutlich versuchen, ihr eine Wohnung zu verkaufen, die sie sich nicht leisten konnte. Oder, und das erschien ihr noch schlimmer, er würde sie zum Essen einladen. Hungrig wie sie war, würde sie ein solches Angebot glatt in Versuchung führen, und das musste unbedingt verhindert werden.

»Ich danke Ihnen für Ihre Zeit«, meinte sie und verzichtete darauf, ihm zum Abschied die Hand zu reichen.

»Aber ich bitte Sie!«

Er stand ebenfalls auf und begleitete sie zur Tür, wobei er ihr selbstverständlich wieder eine Hand auf den Rücken legte. Wie gern würde sie ihm einfach eine scheuern.

»Falls Sie weitere Fragen haben, wissen Sie, wo Sie mich finden«, sagte er zum Abschied und öffnete ihr mit einer galanten Geste die Tür.

Aylin sparte sich einen Kommentar und trat nach draußen. Der junge Mann mit dem grauen Kapuzenpulli und der schwarzen Lederjacke, dessen flackernder Blick unsicher durch die Menge schweifte, stach ihr sofort ins Auge. *Na sieh mal einer an*, dachte sie, und ein kaum merkliches Lächeln huschte über ihr Gesicht. Betont unauffällig schlenderte sie ihm entgegen. Der junge Mann bemerkte sie dennoch, fuhr auf dem Absatz herum und rannte los. Na toll. Offensichtlich sah man ihr nicht nur ihre türkische Herkunft an, sondern auch, dass sie ›vonne‹ Polizei war. Seufzend nahm sie die Verfolgung auf.

Es war ein etwas unfairer Kampf, denn Aylin besaß im Gegensatz zu dem Jungen so viel Anstand, die im Weg stehenden Passanten nicht einfach rücksichtslos beiseite zu stoßen. Bereits nach wenigen Metern lag sie aussichtslos zurück.

»Polizei! Bleiben Sie stehen, Freddie«, rief sie.

Als er seinen Namen hörte, zuckte er kurz zusammen, tat aber einen Teufel, ihrer Aufforderung Folge zu leisten. Ihr Ruf war auch mehr als Appell an die Umstehenden gedacht, helfend einzugreifen und den Jungen festzuhalten. Doch die fühlten sich dazu in keinster Weise ermuntert. Vielmehr hatte es den Anschein, als hielten sie die Aktion für ein lustiges Spiel zwischen einer Mutter und ihrem dreijährigen Trotzkopf. Nur war der Junge leider kein Dreijähriger, sondern ein potentieller Verdächtiger in einem Mordfall. Er rannte eine Seitenstraße entlang, um an deren Ende links in die Luisenstraße abzubiegen. Aylin spurtete hinterher, vorbei am Katzengold, einer ehemaligen Kunstgalerie, an die nur noch der goldene Schriftzug ›Art G‹ über den Schaufenstern erinnerte, und der Sophienkirche. Im Laufen zerrte sie ihr Handy aus der Jackentasche, um Verstärkung anzufordern. Ihre Lunge brannte und das Seitenstechen bereitete ihr langsam Probleme. Sie hielt sich für durchaus sportlich, aber Verfolgungsjagden hatten in ihrem bisherigen Betätigungsfeld nur bedingt zu ihren täglichen Aufgaben gehört.

Dafür, dass der Obdachlose Gernot behauptet hatte, der Junge sei schwer drogenabhängig, besaß er eine erstaunlich gute Kondition. Eine bessere als sie zumindest, und sie wusste nicht, ob das für ihn oder gegen sie sprach. Außerdem schlug er Haken wie ein irres Kaninchen. Inzwischen waren sie beim Deweerthschen Garten angelangt. Er hetzte auf eine der vielen Wuppertaler Treppen zu. *Bitte nicht*, stöhnte sie innerlich, aber er sprang die Stufen hinauf, immer zwei auf einmal nehmend. Aylins körperlicher Zustand hatte bedrohliche Formen angenommen, doch sie riss sich zusammen und erklomm ebenfalls die Treppe, wenn auch bedeutend weniger enthusiastisch als der Junge. Wer ständig vor der Polizei davonlaufen musste, lernte eben, wieselflink zu sein. Als Aylin endlich oben ankam, war er verschwunden.

12

Freddie hockte im Schutz der Container und wagte kaum zu atmen, obwohl seine Lunge heftig nach Sauerstoff verlangte. Sein Herz flatterte wie ein Kolibri in seiner Brust. Er hatte bislang nicht gewusst, dass er so schnell und ausdauernd rennen konnte. Nicht nur dieses pappsüße rote Zeug verlieh einem Flügel. Das Gefühl der Angst machte aus einem einen Düsenjet. Seine Verfolgerin war ganz eindeutig ein Bulle. Ihr war die Freude über seinen Anblick zu deutlich anzusehen gewesen, als dass es ihm nicht verdächtig vorgekommen wäre. Er war nicht so dumm zu glauben, eine hübsche Frau geriete spontan in Verzückung, wenn sie seiner zum ersten Mal ansichtig wurde. Oder zum zweiten Mal. Einen zweiten Blick riskierten sie ohnehin nicht. Mit seinen zu langen Haaren, die immer fettig wirkten, egal wie oft er sie wusch, dem von Ekzemen entstellten Gesicht und seiner klapperdürren Gestalt zählte er nicht zur optischen Elite. Seine vorstehenden Zähne und die leichten Glubschaugen werteten den Gesamteindruck auch nicht auf. Sie hatten ihm lediglich seinen Spitznamen beschert. Freddie, das Frettchen. Seine Haare zu waschen hatte er längst aufgegeben. War zwecklos. Waschen wurde im Allgemeinen überbewertet. Die Mühe konnte man sich getrost sparen. Man wurde ohnehin wieder schmutzig und begann zu müffeln. Insbesondere, wenn man sich in seiner Situation befand. Die war nicht eben rosig zu nennen. Daran änderte sich auch nichts, wenn er duftete wie eine Rose.

Er wartete noch einige Zeit, bevor er aus seinem Versteck hervorkroch. Vorsichtig blickte er sich um, doch von der Frau oder anderen Polizisten war weit und breit nichts zu sehen. Offenbar hatte sie aufgegeben. Er zog seine Lederjacke aus und setzte die Kapuze seines Sweatshirts ab. Dann hastete er, so schnell es ging, den Berg hinauf zu seinem Unterschlupf in der Elberfelder Nordstadt.

Dort angekommen, schob er das lose Brett nach oben und kroch ins Innere des verlassenen Hauses, in das er vor einigen Wochen eingebrochen war. Nachdem seine Mutter ihn aus der gemeinsamen Wohnung geschmissen hatte.

»Lass dich erst wieder blicken, wenn du clean bist«, hatte sie ihm zum Abschied hinterher gebrüllt. Blöde Kuh! Als wäre es weniger bedenklich, sich jeden Abend die Birne mit Alkohol wegzuknallen.

Einige Tage hatte er schnatternd vor Kälte unter einer Eisenbahnbrücke zugebracht, bis er bei einem seiner Streifzüge diese sogenannte Schrottimmobilie entdeckt hatte. Der Besitzer kümmerte sich offenbar seit Jahren nicht mehr um das Haus; die Fassade war von Graffiti verschmiert, die meisten Fenster waren Vandalismus zum Opfer gefallen. Im Erdgeschoss hatte sich einst ein Ladenlokal befunden; der Name des Geschäfts prangte immer noch über dem ehemaligen Schaufenster, der Schriftzug war im Laufe der Zeit jedoch unleserlich geworden. Das Schaufenster war mangels einer Glasscheibe inzwischen mit Brettern vernagelt.

Freddie war es mit einiger Mühe gelungen, das unterste Brett aus seiner Verankerung zu lösen und hineinzuschlüpfen. Drinnen machte das Haus keinen besseren Eindruck als von außen. An den Wänden hatte sich Schimmel breitgemacht, auf dem Boden rollten die Wollmäuse, die man schon eher als Wollelefanten bezeichnen konnte, um die Wette. Es roch modrig, und in einer Ecke verweste eine Taube. Freddie hatte den Raum durchquert und war durch die Tür am anderen Ende, die nur noch pro forma in den Angeln hing, gegangen. Dahinter befand sich der Hausflur. Das Holz der Stufen und des Geländers hatte vor der Feuchtigkeit kapituliert und war morsch geworden. Vorsichtig hatte er die Treppe zur ersten Etage erklommen, immer damit rechnend, dass eine der Stufen unter ihm nachgeben würde. Doch er hatte Glück und war wohlbehalten oben angekommen. Er hatte die rechte der beiden Wohnungen betreten und sich interessiert umgesehen. Die Wohnung bestand aus zwei kleinen Räumen, einer Küche und einem winzigen Badezimmer ohne Fenster. Im ersten Zimmer, das zur Straßenseite zeigte, konnte von einem Fenster auch keine Rede mehr sein, die Glasscherben lagen auf dem schmutzigen Teppich verteilt. Die Tapete hatte sich von der Wand gelöst und hing in Fetzen herunter, der Boden starrte vor Vogeldreck. Offenbar nutzten einige gefiederte Wesen das Haus als Winterdomizil. Im Zimmer zur Hofseite war das Fenster noch intakt. Zwar war es ohne Heizung auch hier kalt, aber man konnte es aushalten. Erstaunlich, dass niemand vor ihm dieses Juwel für Obdachlose entdeckt und für sich in Anspruch genommen hatte. Hier konnte er fürs Erste bleiben.

Inzwischen wieder zu Atem gekommen, schlurfte Freddie in ›seine‹ Wohnung, in die er in einer Nacht- und Nebelaktion eine fleckige Matratze vom Sperrmüll geschleppt hatte. Den klapprigen Tisch und einen nicht minder in die Jahre gekommenen Stuhl hatte der Vormieter zurückgelassen. Der Junge lebte nun schon seit einigen Wochen hier und war bislang unentdeckt geblieben. Sollte er nun aber auf dem Radar der Bullen auftauchen, war es nur eine Frage der Zeit, bis sie ihn aufspürten. Er musste dieses Juwel für Obdachlose wohl oder übel verlassen und untertauchen. Leider hatte er nicht den Hauch einer Ahnung davon, wie man so etwas am geschicktesten anstellte. Überhaupt war er hier gerade erst ein bisschen heimisch geworden. Und nun sollte er wieder verschwinden?

Wieso hatte die Bullenkuh sich überhaupt an seine Fersen geheftet? Er dachte scharf nach. Sie war aus dem Immobilienbüro gekommen. Hatte Immo-Eddie, der Arsch, ihn etwa verpfiffen? Doch weshalb hätte er das tun sollen? Er wusste, was ihm blühte, wenn er Freddie ans Messer lieferte. Oder hatte einer der Penner geplaudert? Die hielten zwar normalerweise zusammen, wenn es darum ging, einen der ihren vor der Polizei zu schützen, doch war er eben keiner von ihnen. Nicht richtig. Das hatte der alte Knabe mit den klugen Sprüchen ihm neulich mehr als deutlich zu verstehen gegeben. Jetzt war er hinüber, der Herr Professor. War wohl ein kluger Spruch zu viel gewesen. Schon seit er von dem Mord erfahren hatte, versuchte Freddie sich zu erinnern, was gestern Abend geschehen war. Doch alles war in einem dichten Nebel verborgen, den er nicht zu durchdringen vermochte. Er hatte einen absoluten Filmriss. Da half es erfahrungsgemäß wenig, sich das Hirn zu zermartern, von dem ohnehin nicht mehr viel übrig war. Manchmal kamen die Erinnerungen zurück, immer dann, wenn er sie am wenigsten brauchen konnte. Meistens erinnerte er sich gar nicht mehr. War wahrscheinlich besser so.

Freddie ging ins Bad und schaltete das Licht ein. Nachdem er die ersten Tage im Dunkeln herumgetappt war, hatte er durch Zufall festgestellt, dass die Stadtwerke offenbar vergessen hatten, den Strom im Haus abzuschalten. Pech für sie, Glück für ihn. Er betrachtete sein Gesicht im fleckigen Spiegel über dem Waschbecken. Seine Augen waren blutunterlaufen und starrten ihm müde entgegen. Seine Haut war aschfahl und nicht weniger fleckig als der Spiegel. Ein neues Ekzem machte sich auf seiner Stirn breit. Überhaupt sah er wesentlich älter aus als seine siebzehneinhalb Jahre.

Wie ein Wrack. Crystal Meth hatte diesen Effekt auf Menschen. Am Anfang versetzte es einen in Hochstimmung, man hielt sich für unbesiegbar. Der Abstieg ließ nicht lange auf sich warten. Ebenso wenig wie der körperliche Verfall. Man konnte sich beinahe beim Verwesen zusehen. Wenn er so weitermachte, musste er sich keine Gedanken machen, wie und wo er seinen Lebensabend verbringen würde. Der war wahrscheinlich schon längst gekommen. Doch er kam nicht los von dem Teufelszeug. Er hatte es versucht – mehr als einmal. Kalter Entzug. Hatte nicht funktioniert. Nicht mal im Ansatz. Keine vierundzwanzig Stunden hatte er durchgehalten.

Dabei hatte alles ganz harmlos begonnen. Hin und wieder mal ein bisschen, um wacher zu sein, die Wochenenden durchtanzen zu können, ohne den üblichen Durchhänger am Montagmorgen. Crystal war nicht teuer. Zumindest nicht im Vergleich zu Koks. Und es wirkte schneller. Leider konnte man, wenn man erst damit angefangen hatte, nicht wieder aufhören. Man brauchte immer mehr in immer kürzeren Abständen. Das ging natürlich enorm ins Geld. Geld, das Freddie nicht besaß. Fast wäre er so weit gegangen, seinen Körper an alte Männer zu verkaufen, die sonst nichts mehr abbekamen. Doch Kretsche, von dem er das Zeug bezog, machte ihm den Vorschlag, es selbst zu verhökern und sich seinen eigenen Kundenstamm aufzubauen. Natürlich in einem anderen Gebiet als dem seinen. Der Boss sei immer auf der Suche nach neuen Verkaufstalenten.

Freddie hatte anfangs gezögert. Drogen zu konsumieren war eine Sache, selbst zu dealen stand auf einem anderen Blatt. Dafür konnte man einige Jahre in den Bau wandern. Und für ein Verkaufstalent hielt Freddie sich schon gar nicht. Man musste ihn doch nur ansehen, um zu wissen, was einem bevorstand, wenn man sich das Zeug einwarf. Letzten Endes hatte er zugestimmt. Immerhin besser, als sich von alten Säcken in den Arsch ficken zu lassen.

Das Luisenviertel als Standort erwies sich als gar nicht übel. Die Konsumenten glühten in den Kneipen vor, ehe sie in die Clubs weiterzogen. Die Clubs waren für Freddie tabu, das war ihm schnell klargemacht worden. Hier hatten sich längst andere Dealer breitgemacht. Dort konnte man das richtig große Geld machen. Trotzdem liefen die Geschäfte für ihn ganz gut. Mit dem, was er einnahm, könnte er sich sogar eine eigene Wohnung leisten, eine, die nicht so heruntergekommen war wie diese. Wäre er nicht selbst sein bester Kunde. Darüber hinaus war sein Äußeres nicht eben dazu geeignet, bei potentiellen Vermietern Vertrauen in seine Person zu wecken. Vielleicht sollte er sich an Immo-Eddie wenden, schließlich schuldete der ihm mehr als nur eine Empfehlung bei einem Wohnungseigentümer. Und wenn er ihn tatsächlich bei der Bullentante verpfiffen hatte, war sein Schuldenkonto sogar noch um einiges angewachsen. Doch Immo-Eddie handelte ausschließlich mit Luxusbuden und nicht mit Sozialwohnungen für abgewrackte Junkies. Einen Versuch war es trotzdem wert. Allein, um Eddies blödes Gesicht zu sehen.

* * *

Mattes musste dreimal läuten, ehe sich hinter der Wohnungstür etwas tat. Der Hauptkommissar vernahm wütend stampfende Schritte. Der Bewohner schien nicht erfreut über die Störung zu sein. Der Türspion verdunkelte sich kurz, anschließend wurde ein Schlüssel im Schloss gedreht. Die Tür wurde aufgerissen, jedoch von einer Kette im Zaum gehalten. Ein zerknittertes Gesicht mit geschwollener Nase und geröteten Augen kam zum Vorschein.

»Was klingeln Sie denn hier wie ein Verrückter?«, fragte der Mann, der zu dem Gesicht gehörte, empört. Die weitere Schimpftirade ging in einem kombinierten Nies- und Hustenanfall unter.

Auweia, den hats aber schlimm erwischt, dachte Mattes. Ob er da gestern Nacht überhaupt in der Lage gewesen war, irgendwelche Mordgelüste in die Tat umzusetzen? Er lächelte Robert Werbeck, Sophies Geschäftspartner, gewinnend an und zückte seinen Dienstausweis.

»Kriminalhauptkommissar Paul Mattuschek«, stellte er sich vor. »Ich hätte da ein paar Fragen.«

Roberts Gesicht nahm einen lauernden Ausdruck an. »Worüber?«, wollte er wissen und studierte den Ausweis des Polizisten.

Mattes wusste nicht, ob er dankbar sein sollte, weil Sophie Liebermann ihren Kompagnon offenbar nicht über die Ereignisse in der Mördergrube in Kenntnis gesetzt hatte, oder ob ihm dieser Umstand Unbehagen bereitete. Der Mann war bereits wütend genug, ohne zu wissen, weshalb die Polizei vor seiner Tür stand. Andererseits sah Werbeck nicht aus, als sei er im Moment in der Lage, dem Überbringer schlechter Botschaften gegenüber handgreiflich zu werden. Er sah überdies auch nicht aus, als sei er so dumm, einen Polizeibeamten tätlich anzugreifen. Also beschloss Mattes, froh darüber zu sein, die ungeschönte Reaktion des Mannes auf die nun folgenden Worte zu erleben.

»Es tut mir leid, Ihnen das mitteilen zu müssen, aber es ist in Ihrer Buchhandlung zu einem Zwischenfall gekommen«, zögerte er den wahren Grund für sein Auftauchen hinaus.

Robert stöhnte auf und griff sich an den beinahe kahlen Schädel. Im Gegensatz zu Herrn Adlerauge Franzen, dem mitteilungsfreudigen Nachbarn, stand ihm die Glatze jedoch ausnehmend gut. »Ich habs geahnt«, krächzte er. »Was ist passiert?«

»Es gab einen Angriff mit tödlichem Ausgang«, informierte Mattes und genoss den Anblick, wie Werbecks Augen nur von der Nickelbrille daran gehindert wurden, aus dem Kopf des Buchhändlers zu fallen.

Robert schwankte und hielt sich am Türrahmen fest. »Sophie?«, murmelte er.

Ach je, Mattes hatte nun wirklich nicht beabsichtigt, dem Knaben einen derartigen Schock zu versetzen. »Nein«, sagte er und tätschelte beruhigend Roberts Hand, die noch immer den Türrahmen umklammerte. »Ihrer Partnerin geht es gut.« *So gut, wie es jemandem gehen kann, der ein Mordopfer gefunden hat,* fügte er in Gedanken hinzu. »Der, äh, Professor wurde erstochen.«

»Der Professor?«, krächzte Robert. »Wann? Wie? Ich meine, von wem?«

»Das versuche ich herauszufinden. Darf ich einen Moment hereinkommen?«

»Ja, sicher.« Robert war sichtlich aus dem Konzept gebracht, jedenfalls fügte er sich ohne weiteren Widerstand in sein Schicksal. Er schloss die Tür, um sie von ihrer Kette zu befreien, und ließ den Hauptkommissar anschließend eintreten.

Der Buchhändler war in einen blau-weiß gestreiften Frotteebademantel gehüllt, trug grüne Pyjamahosen und hatte sich einen dicken Wollschal um den Hals geschlungen. Seine Füße steckten in knallroten Socken mit Nikolausmotiv. Er bot einen wahrhaft erbarmungswürdigen Anblick, als er Mattes den Flur entlang in sein Wohnzimmer führte. Er schleppte sich nur mühsam zum Sofa, auf das er sich mit einem leisen Stöhnen fallenließ. Mattes blieb unschlüssig stehen.

An zwei Wänden des Raums standen Regale, die bis zur Decke reichten, vollgepackt mit Büchern, CDs und DVDs, in der Mitte befanden sich das Sofa, das seinem Besitzer wohl auch als Bett diente, und ein in die Jahre gekommener Couchtisch, auf dem sich Papiertaschentücher türmten. Die Wand neben der Tür wurde von einem riesigen Flachbildfernseher eingenommen, davor lag eine Spielekonsole. Eine Junggesellenbude, wie sie im Buche stand, jedoch verbreitete sie ein wesentlich angenehmeres Ambiente als die dunkle Höhle von Herrn Franzen und seinen ausgestopften Mitbewohnern. Aufgrund der Nähe zur Universität vermutete Mattes, dass Werbeck nach dem Studium der Bequemlichkeit halber in seiner Studentenbude wohnen geblieben war. Warum auch nicht. Schlecht war die Wohnung nicht und gewiss auch nicht allzu teuer. Solange man allein lebte …

Robert, der kraftlos auf seiner Couch hing, sah sich etwas hilflos um, nicht wissend, welchen Platz er dem Kommissar anbieten sollte. Auf der Couch konnte man sicherlich romantische Abende verbringen, aber kein Gespräch mit einem dicklichen Polizeibeamten führen.

»Gehen wir lieber in die Küche«, schlug er daher vor und wälzte sich schwerfällig auf, um zurück in den Flur zu taumeln.

Mattes folgte ihm und fand sich in einer Wohnküche wieder, die trotz des zusammengewürfelten Mobiliars außerordentlich behaglich wirkte. Vielleicht gerade deswegen. An der Wand gegenüber der Tür stand ein alter rot gestrichener Büfett-Schrank. Das Spülbecken wirkte, als sei es einem anderen Jahrhundert entsprungen. Was es vermutlich auch war. In der Mitte des Raums stand ein wuchtiger antiker Holztisch mit bunt zusammengewürfelten Stühlen. Einzig der gigantische, chromblitzende Herd war hochmodern. Offenbar kochte Robert Werbeck gern, wenn man es ihm auch nicht ansah, hager wie er war. Mattes warf einen bedauernden Blick auf seinen eigenen Bauch, der in den letzten Jahren immer weiter angewachsen war. Dabei kochte er so gut wie nie. Dafür aß er umso lieber. Jeden Tag Pommesbude forderte eben seinen Tribut.

Robert bot seinem Besucher den roten Stuhl an, wohl der einzige, von dem er annahm, er könnte das Gewicht des Hauptkommissars tragen.

»Möchten Sie einen Tee?«, fragte er, mehr aus Höflichkeit.

Ein Kaffee wäre Mattes lieber gewesen, doch er konnte nirgendwo eine Kaffeemaschine entdecken. Werbeck war ganz offensichtlich Teetrinker. Mattes hingegen hasste Tee. Und ehe der Buchhändler ihm eine Instantbrühe als Kaffee kredenzte, verzichtete er lieber ganz. Außerdem hatte er vorhin im Katzengold einen ausgezeichneten Milchkaffee genossen. Zu viel Koffein war ungesund, das wusste er aus leidvoller Erfahrung. Da bekam er vor lauter Herzrasen kein Auge zu.

»Nein danke.«

Robert zuckte mit den Achseln und stellte einen Edelstahlkessel auf seinen kostbaren Herd, um das Wasser zu erhitzen. Mattes wartete geduldig, bis sein Gastgeber mit der Teezeremonie fertig war und sich zu ihm an den Tisch setzte. Behutsam führte Robert die Tasse zum Mund und pustete sanft hinein, bevor er daran nippte.

»Was ist denn eigentlich passiert?«, wollte er wissen, als der Hauptkommissar, des Geduldens langsam leid, unruhig zu zappeln begann.

Mattes berichtete ihm, was sich in der vergangenen Nacht zugetragen hatte. »Ein Zeuge behauptet, gesehen zu haben, wie Sie gegen drei Uhr aus Ihrem Laden kamen und davongegangen sind. Sie hätten es sehr eilig gehabt«, schloss er seine Erläuterungen. Werbeck blieb, trotz des Vorwurfs, den diese Aussage beinhaltete, erstaunlich ruhig und trank nachdenklich seinen Tee.

»Das kann aber nicht sein«, meinte er schließlich. »Um drei Uhr habe ich im Bett gelegen und wie ein Toter – entschuldigen Sie das Wort – geschlafen. Genau genommen habe ich tatsächlich kurzzeitig geglaubt, ich müsste sterben. Männerschnupfen, Sie verstehen?«

Mattes verstand. Auch er litt hin und wieder an dieser meist tödlich endenden Krankheit, für die keine Frau der Welt Verständnis aufbrachte. Am Ende überlebte man(n) überraschenderweise doch immer, was die mitleidlosen Damen mit einem triumphierenden ›Siehste!‹ kommentierten. Die hatten keine Ahnung, was ein Mann bei so einem Männerschnupfen durchmachte. Und der arme Robert Werbeck bot einen wirklich jämmerlichen Anblick, nicht nur wegen seines Altopa-Bademantels und der albernen Socken. Der Hauptkommissar konnte sich einiges vorstellen, nicht aber, wie der Bursche in diesem Zustand losgezogen war, um einen unliebsamen Obdachlosen aus dem Weg zu räumen, obendrein noch in seinem eigenen Laden. Dazu schien er weder gesund noch dämlich genug.

»Außerdem hatte ich keinen Schlüssel«, fuhr Werbeck fort. »Den hab ich ja dem Professor geliehen. Hätte ich es mal lieber gelassen.«

»Sie hätten ja auch klopfen können, und der Professor hat Sie hereingelassen«, merkte Mattes an.

»Hätte ich, hab ich aber nicht. Wieso sollte ich? Ich hatte

gar nichts gegen den Mann. Er war vielleicht ein bisschen sehr anhänglich, aber das betraf eher Sophie als mich. Und ihr hat es nichts ausgemacht. Im Gegenteil.«

»Aber Sie waren nicht erbaut von seinem Wunsch, in Ihrem Geschäft zu übernachten«, konstatierte Mattes, dem dieser Umstand anstelle des Buchhändlers auch Unbehagen bereitet hätte.

»Zu Recht, wie sich ja nun zeigt. Wobei ich mit so etwas aber eher nicht gerechnet hätte.«

»Womit haben Sie denn gerechnet?«, wollte Mattes wissen.

Werbeck zuckte mit den Schultern. »Ach, mit gar nichts, eigentlich. Ich mag es nur nicht, wenn ich nicht alles unter Kontrolle habe, verstehen Sie?«

»Sie haben dem Professor also grundsätzlich vertraut?«

»Grundsätzlich ja. Obwohl ich so gut wie nichts von ihm weiß. Aber er machte einen verlässlichen Eindruck. Trotzdem fand ich den Gedanken, ihn allein im Laden zurückzulassen, nicht besonders berauschend. Nicht, weil ich befürchtete, er könne etwas anstellen, sondern einfach weil … ach, ich weiß auch nicht. Wie geht es eigentlich Sophie?«

»Den Umständen entsprechend«, sagte Mattes. »Sie wissen ja, Unkraut vergeht nicht.«

Robert schien sich da nicht so sicher zu sein. »Sie hing ziemlich an dem alten Herrn«, sinnierte er und starrte in seine mittlerweile leere Tasse.

»Das ist mir auch aufgefallen«, erwiderte der Hauptkommissar. »Ich will Ihnen mal glauben, dass Sie die gestrige Nacht in dem Bemühen verbracht haben, nicht zu sterben. Trotzdem hätte ich gern in den nächsten Tagen Ihre Fingerabdrücke und eine DNA-Probe.«

»Ja ja, um mich als Täter auszuschließen. Blabla. Ich kenne das Prozedere.«

»Schon mal mitgemacht?«

Robert lächelte milde. »Nein, nur zu viele Krimis gelesen. Berufskrankheit. Meine DNA-Probe könnte aber im Moment ziemlich verheerende Auswirkungen haben. Umher schwirrende Viren und so.«

»Das Risiko gehen wir ein.«

»Sagen Sie hinterher nicht, ich hätte Sie nicht gewarnt, wenn das halbe Präsidium im Koma liegt.«

»Wir haben ja noch die andere Hälfte. Die weibliche.«

Mattes dachte vor allem an Aylin Öner. Dienstbeflissen wie sie war, würde sie vermutlich selbst ohne Arme und Beine zur Arbeit kommen. Sie war ein Riesengewinn für die Abteilung. Nicht nur optisch. Sie hatte nicht nur ein hübsches, sondern auch ein ausgesprochen helles Köpfchen. Hoffentlich würde Carstens liebenswürdige Art sie nicht vergraulen. Der konnte manchmal ein ziemlicher Bollerkopp sein. Doch eigentlich wirkte Kollegin Öner nicht, als würde sie sich schnell ins Bockshorn jagen lassen.

»Gut zu wissen. Dass meine Fingerabdrücke und DNA vermutlich im ganzen Laden verteilt sind, ist Ihnen aber schon klar, vermute ich mal?«

»Solange sie nicht an der Leiche sind«, erwiderte Mattes gutmütig.

»Das mag ich jetzt auch nicht ausschließen, dass ich den Professor im Laufe des Abends mal angefasst habe.«

»Wir werden es berücksichtigen.«

»Na hoffentlich.« Werbeck klang eher skeptisch. Zu viele Krimis …

»Ist Ihnen eigentlich während der Lesung irgendetwas aufgefallen?«, fragte Mattes.

»Ehrlich gesagt, war ich zu beschäftigt damit, nicht zu sterben, wie Sie es vorhin so nett formuliert haben«, gab Robert zu. »Martin Jäger, der Autor, ist ein arrogantes Arschloch, wenn Sie meine Wortwahl erlauben. Und Sophies Ex, was auch immer sie an ihm gefunden hat. Geistige Umnachtung einer Pubertierenden, nehme ich an. Sieht es denn so aus, als ob der Mörder bei der Lesung war?«

»Wir können es zumindest nicht ausschließen. Oder halten Sie es für wahrscheinlicher, dass der Professor ihm die Tür geöffnet hat?«

»Oder ihr«, warf Robert der Form halber ein. »Nein, eigentlich nicht. Das war nicht seine Art. Er wirkte immer sehr rechtschaffen und zuverlässig, sonst hätte ich mich nicht darauf eingelassen, ihn im Laden übernachten zu lassen. Allerdings finde ich die Möglichkeit, den Abend mit einem Mörder verbracht zu haben, im Nachgang auch nicht sehr verlockend.«

»Das glaube ich Ihnen gern. Kannten Sie alle Gäste?«

Robert heftete die Augen nachdenklich an die Decke. »Die meisten. Aber nicht alle. Soll ich Ihnen eine Liste machen, mit den Namen, die mir einfallen?«

»Das wäre nett. Hat der Professor sich mit jemandem länger unterhalten?« Martin Jäger zum Beispiel; den würde er nur zu gern hinter Gitter bringen, allein schon wegen Amelie Brandt.

Robert zögerte einen Moment. »Er hat ein bisschen mit Cordula geschäkert. Cordula Siebert, Sophies Freundin. Verstehe ich gut, die ist sehr hübsch.« Sein Blick wanderte wieder an die Decke. »Dann hat er noch mit Ben geplappert. Und natürlich mit Sophie und mir. Ich glaube, er hat Jäger kurz die Hand geschüttelt, als Sophie die beiden miteinander bekannt gemacht hat.«

Hah, jetzt hatte er den Autor am Wickel. Das war ein wirklich handfestes Motiv. Wenn auch nicht für einen Mord. »Es ist also nichts Ungewöhnliches vorgefallen?«, hakte er nach.

»Ungewöhnlicher als die Bitte eines Obdachlosen, in unserem Laden übernachten zu dürfen? Nein, wirklich nicht.«

Mattes beließ es dabei. »Haben Sie eine Idee, wer dem Professor nach dem Leben getrachtet haben könnte?«

»Er strolchte schon seit Jahren durchs Luisenviertel. Ich kenne eigentlich niemanden, der ihn nicht mochte. Was nicht bedeutet, dass es nicht doch jemanden gibt. Aber ich kenne ihn oder sie nicht. Ich werde mir aber dahingehend gern Gedanken machen. Nur jetzt würde ich lieber wieder ins Bett. Sonst haben Sie am Ende des Tages einen weiteren Toten zu verzeichnen.«

Das wollte Mattes natürlich nicht verantworten. Auch wenn man den heimtückischen Männerschnupfen gerichtlich nicht für seine Opfer belangen konnte. Er erhob sich von seinem Stuhl, bedankte sich artig für Robert Werbecks Zeit und verabschiedete sich. Auf das obligatorische Händeschütteln verzichtete er sicherheitshalber, sonst hatte er früher ein Rendezvous mit seiner angebeteten Rechtsmedizinerin als erhofft. Und er könnte es nicht mal genießen, wenn sie ihn befummelte.

13

Amelie Brandt hatte sich mit Martin Jäger ein lauschiges Plätzchen in einem der teuren Restaurants in der Düsseldorfer Altstadt gesucht. Die Rechtsmedizinerin schwatzte unablässig und strich sich immer wieder in einer albernen Geste die Haare hinter die Ohren. Dabei blinzelte sie ihn wie ein verliebter Backfisch an.

Hatte er es zunächst für eine glückliche Fügung gehalten, dass die Ärztin sich als einer seiner Fans entpuppt hatte, wurde sie ihm inzwischen von Minute zu Minute lästiger. Sicher, es war nett von ihr gewesen, ihn zur Obduktion des Penners einzuladen, obwohl ihm ein wenig flau im Magen war. Das Arrangement beinhaltete jedoch kein Exklusivrecht auf seine Gesellschaft. Eigentlich war ihm gar nicht nach Essen zumute, er konnte nur hoffen, es bei sich zu behalten. Doch sie hatte darauf bestanden, ihn in dieses mondäne Etablissement zu entführen.

»Damit Sie sich revanchieren können«, hatte sie gesagt und vergnügt gekichert.

Damit war klargestellt, wer für ihr Drei-Gänge-Menü bezahlen durfte. Während sie gierig die Jakobsmuscheln in sich hineinschaufelte, kippte er einen Schnaps hinunter. Hoffentlich besänftigte der Alkohol seinen Magen etwas.

»Wirklich zu schade, dass ich Ihre Lesung gestern Abend verpasst habe«, meinte sie zwischen zwei Muscheln.

Er prostete ihr mit seinem leeren Glas zu, um ihr zu signalisieren, dass er es ihr nicht übelnahm. Er fühlte sich leicht beschwipst. Alkohol auf nüchternen Magen nach einer Autopsie war wohl doch keine Patentlösung. Eher im Gegenteil.

»Aufgeschoben ist nicht aufgehoben. Ist ja nicht die einzige Lesung, die ich in der Umgebung halte«, erwiderte er mit dem letzten bisschen Charme, zu dem er sich in seinem Zustand aufraffen konnte.

»Ja, aber die Location hätte ich äußerst anregend gefunden. Eine Krimibuchhandlung. Insbesondere, wenn man bedenkt, was dort anschließend geschehen ist. Die Besitzerin ist die Schwester von Kantner, habe ich gehört?«

Oha, daher wehte der Wind. Die dicke Amelie war eine von Carsten ›Arschloch‹ Kantners Verehrerinnen. Ihm war der ölige Blick, den sie dem Hauptkommissar heute Vormittag vor der Mördergrube zugeworfen hatte, nicht entgangen. Martin versuchte sich auszumalen, wie Sophies Bruder mit der wenig reizvollen Rechtsmedizinerin durch die Laken tollte, aber dazu reichte selbst seine Vorstellungskraft nicht aus. Doch allein der Gedanke entlockte ihm ein Lächeln.

»Ja«, bestätigte er. »Ich war mal mit Sophie zusammen.«

»War er denn auch bei der Lesung?«, wollte Amelie wissen. Offenbar interessierte sie sein Liebesleben nicht, sofern es sie nicht mit einbezog.

»Hab ihn nicht gesehen«, meinte Martin, »aber es war natürlich ziemlich voll. Ausverkauft.«

Irgendwie hatte er das Gefühl, die Ärztin beeindrucken zu müssen. Und das nur, weil sie auf Carsten stand. Wie bescheuert war das bitte? Da entfachte er einen imaginären Konkurrenzkampf um eine Frau, die er gar nicht wollte, nur um Kantner eins auszuwischen, dem die ganze Sache mit an Sicherheit grenzender Wahrscheinlichkeit haarscharf am Allerwertesten vorbeiging. Aber er konnte nicht anders. Es war sein Naturell, immer und überall die Nummer eins sein zu wollen. Der Zweite war der erste Verlierer. Und ein Verlierer wollte Martin nie wieder sein. Wenn das im Umkehrschluss bedeutete, mit dieser Amelie in die Kiste hüpfen zu müssen, so würde er auch das tun. Er konnte dabei ja an Sophie denken, selbst wenn die glatt zweimal in die Rechtsmedizinerin hineinpassen würde.

Seine ehemalige Freundin musste er auch noch irgendwie von sich überzeugen. Sie war ein wunder Punkt auf seiner To-do-Liste. Einen, den er wesentlich lieber abarbeiten würde, als hier zu sitzen und dabei zuzusehen, wie die dicke

Amelie ein Gericht inhalierte, für dessen Bezahlung er mindestens hundert Bücher verkaufen musste.

Die Rechtsmedizinerin hatte ihre Muscheln inzwischen verputzt und nippte an einem Glas Weißwein. Selbstverständlich hatte sie die teuerste Flasche auf der Menükarte ausgewählt. Wollte sie ihn ärgern oder glaubte sie tatsächlich, als Krimiautor scheffelte man Millionen? Schön wäre es. Er würde sich für den Rest des Monats von Nudeln mit Ketchup ernähren müssen. Oder sich in der Restaurantküche als Spüljunge verdingen.

Amelie tupfte sich mit einer Serviette den Mund ab. »Der Mord war ja ein ziemlicher Glücksfall für Sie«, dröhnte sie mit ihrer durchdringenden Stimme durch das Lokal und schreckte ihn aus seinen Gedanken.

Nicht nur ihn, denn einige Gäste reckten neugierig die Hälse in ihre Richtung. Martin bemühte sich, möglichst unauffällig in seinem Stuhl zusammenzusinken. Es war schon peinlich genug, überhaupt mit ihr gesehen zu werden, da erschien es ihm unnötig, ihn obendrein mit einem Mord in Verbindung zu bringen. Publicity hin oder her. Er hätte sich lieber an Carstens Fersen heften sollen. Ein paar Fußtritte waren allemal besser als die Gesellschaft dieser Dame.

»Was meinen Sie damit?«, fragte er und senkte absichtlich die Stimme, in der Hoffnung, sie würde das Signal verstehen.

Pustekuchen. »Na, ich bitte Sie«, brüllte sie ungeniert weiter. »Ein Besucher Ihrer Lesung wird in derselben Nacht in der Buchhandlung brutal ermordet. Wenn das keine Schlagzeile ist.«

Jetzt war es auf jeden Fall eine. Vonseiten der anderen Tische trafen ihn vorwurfsvolle Blicke. Wahrscheinlich dachten die Restaurantgäste, er hätte höchstpersönlich für diese

Schlagzeile gesorgt. ›Krimiautor killt Clochard‹, er sah die fette Überschrift der Bild-Zeitung förmlich vor sich. Auf diese Art von Aufmerksamkeit konnte er gut und gern verzichten. Es wäre für Carsten Kantner bestimmt ein Reibekuchenessen, ihn in Handschellen quer durch Wuppertal zu treiben. Auf eine solche Gelegenheit wartete der doch, seit Martin damals Sophie den Laufpass gegeben hatte. Wobei es dem großen Bruder schon ein Dorn im Auge gewesen war, dass er überhaupt mit ihr zusammen war. Vielleicht sollte er sich die Sache mit Sophie besser noch einmal überlegen, ansonsten würden Handschellen vermutlich sein geringstes Problem sein. Und Probleme hatte er wahrlich genug. Sein vordringlichstes war, möglichst unbeschadet aus dieser Verabredung herauszukommen. Er warf einen Blick auf seine Uhr.

»Oh je, schon so spät? Die Zeit mit Ihnen ist ja wie im Flug vergangen.« Er lächelte sie gewinnend an. »Leider habe ich heute Abend einen wichtigen Termin, den ich nicht absagen kann.«

»Ach.« Amelie sah enttäuscht auf ihren Teller. Offenbar hatte sie sich etwas mehr von diesem Treffen erhofft als ein kostenloses Essen.

»Ja, tut mir leid. Ich muss dann auch gleich los. Der Feierabendverkehr, Sie verstehen?«

Er sprang auf und eilte um den Tisch herum, um sie mit einem Kuss auf die Wange zu besänftigen. Im Gehen griff er nach seiner Jacke, die er über den Stuhl gehängt hatte, und eilte geschwind aus dem Lokal. Er hoffte, er würde weit genug weg sein, ehe ihr auffiel, dass er sie mit der Rechnung hatte sitzenlassen.

* * *

Mattuschek hatte Aylin telefonisch von dem Gespräch mit Sophie Liebermann unterrichtet und sie gebeten, kurz im Fernsehstudio vorbeizuschauen, ehe sie sich wieder im Präsidium einfand. Sie hoffte, man würde sie nicht dazu zwingen, sich für ein Interview zur Verfügung zu stellen. Sie wäre vor Lampenfieber gestorben. Abgesehen davon sah sie nach ihrer vergeblichen Verfolgungsjagd vermutlich ziemlich derangiert aus. Darüber hinaus wusste sie nicht, welche Informationen sie preisgeben durfte und welche nicht. Am liebsten hätte sie die Presse gänzlich aus dem Fall herausgehalten. Das jedoch war in Anbetracht der Nähe des lokalen Studios zum Tatort nahezu unmöglich. Der Leiter des WDR-Studios blickte betroffen drein, nachdem die Kommissarin ihm die notwendigen Fakten mitgeteilt hatte.

»Der arme Mann«, meinte er.

»Mir wurde gesagt, Sie hätten kürzlich einen Bericht über diesen Professor ausgestrahlt«, kam Aylin auf den Punkt ihres Anliegens zu sprechen.

Ihr Gesprächspartner ging kurz in sich. »Richtig«, bestätigte er dann. »Einer unserer freien Mitarbeiter hat eine Reihe zum Thema ›Skurrile Persönlichkeiten in Wuppertal‹ gedreht. Der Professor ist … war hier im Luisenviertel ja bekannt wie ein bunter Hund, wenn Sie mir die Bemerkung erlauben.«

Verbieten konnte sie es ihm schlecht, warum sollte sie auch. »Sie können mir nicht zufällig den Namen des Professors nennen?«, fragte sie hoffnungsvoll.

Der Studioleiter hob bedauernd die Hände. »Tut mir leid. Den wollte er partout nicht verraten. Er war ohnehin sehr zurückhaltend, was seine Zeit vor der Obdachlosigkeit betraf. Ich kann Ihnen gern eine Kopie des Berichts machen lassen. Und ich schreibe Ihnen den Namen und die Nummer des Mitarbeiters auf, vielleicht hat er ihm ja unter dem

Siegel der Verschwiegenheit mehr verraten. Auch wenn ich nicht daran glaube. Der Professor war nicht der Typ, der anderen vertraute.«

»Dann kannten Sie ihn also auch?«, fragte Aylin erstaunt.

Der Mann nickte. »Sicher. Jeder hier kannte ihn. Wenigstens so gut, wie er wollte, dass man ihn kennt. Ein außergewöhnlich interessanter Mensch.«

»Inwiefern?«

»Nun, er kam mir sehr belesen, beinahe schon philosophisch vor. Es gab kaum etwas, das er nicht wusste. Und die Tatsache, dass er aus seiner Vergangenheit so ein Geheimnis machte, ließ ihn in den Augen eines Journalisten natürlich umso interessanter erscheinen.«

Nicht nur in den Augen eines Journalisten. »Aber Sie haben das Geheimnis nie aufdecken können?«, hakte Aylin vorsichtshalber nach.

Der Studioleiter schüttelte den Kopf. »Leider nicht.«

»Wie schade«, bedauerte die Kommissarin.

»Ja, wirklich. Aber ich werde mich auf jeden Fall umhören.«

Ihr Gesprächspartner griff zum Telefon und wählte eine interne Nummer, um die versprochene Kopie des Berichts in Auftrag zu geben.

»Dauert nur ein paar Minuten. Dürfen wir denn heute Abend über die Sache berichten?«, fragte er höflich, nachdem er aufgelegt hatte.

Aylin nickte ergeben. »Unsere Sprecherin wird in Kürze eine Mitteilung herausgeben«, erwiderte sie rasch, um der Frage nach einem Interview zuvorzukommen. »Vielleicht könnten Sie ein Bild des Mannes veröffentlichen, eventuell erkennt ihn jemand.« Sie hoffte, damit nicht über das Ziel hinauszuschießen, doch solange sie die Identität des Toten nicht kannten, drehten sie sich bei ihren Ermittlungen im Kreis, also konnte ein wenig Mithilfe vonseiten der Bevölkerung nicht schaden.

»Ist bestimmt schwierig zu ermitteln, wenn man die Identität des Opfers nicht kennt«, meinte der Studioleiter mitfühlend, als hätte er ihre Gedanken gelesen.

»Wem sagen Sie das?«

14

Sophie legte mit zitternder Hand das Mobilteil ihres Festnetztelefons neben sich auf die Couch. Gerade hatte sie mit Robert gesprochen. Seine zu erwartende Schimpftirade begann mit »Ich habs dir ja gleich gesagt« und endete in einem Hustenanfall. Fast hatte sie befürchtet, er würde ersticken. Wenigstens hätte ihr Roberts Ableben seinen Wutausbruch erspart. Doch irgendwann war er wieder so weit zu Atem gekommen, dass er ihr alles entgegenschleudern konnte, was ihm gerade in den Sinn kam. Am Schlimmsten war für Robert, die Nachricht von ›diesem dicken, schlecht gekleideten Polizisten‹ erfahren zu müssen, statt von Sophie.

Sie hatte seinen Ausbruch stumm über sich ergehen lassen. Einerseits, weil sie aus Erfahrung wusste, dass jedes Wort, das sie zu ihrer Verteidigung vorbrachte, ihn nur wütender machen würde, andererseits, weil er recht hatte. Sie hätten dem Professor niemals gestatten dürfen, in der Mördergrube zu übernachten. Leider machte diese Erkenntnis den alten Mann nicht wieder lebendig. Aber war er nun getötet worden, weil er sich in ihrem Laden aufgehalten hatte oder trotzdem? Ein Unterschied, den es zu ergründen galt.

Das erneute Klingeln des Telefons ließ sie zusammenfahren.

»Hallo?«, meldete sie sich atemlos.

»Ich bins noch mal.«

Robert. Na toll. Hatte er irgendein Schimpfwort vergessen, das er ihr noch vor den Latz knallen wollte?

»Hör mal, tut mir leid wegen gerade«, meinte er zu Sophies Überraschung. »Ich hätte ja auch Nein sagen können. Hab ich aber nicht. Außerdem wäre der Professor wahrscheinlich so oder so ermordet worden.«

»Ja, nur hätten wir dann nicht den Ärger an der Backe«, gab Sophie pflichtschuldig zu bedenken.

Robert seufzte. »Das ist wohl so. Na ja, eingemischt hättest du dich auf jeden Fall, egal, wo es passiert wäre. Und da ist der Ärger dann nicht mehr weit.«

»Ich habe gar nicht vor, mich da einzumischen«, entgegnete Sophie entrüstet.

»Na klar. Wer's glaubt, wird selig.«

Robert kicherte. Es klang ein wenig gehässig, aber immerhin kicherte er schon wieder. Sie interpretierte es als gutes Zeichen.

»Nein, ehrlich«, beteuerte Sophie. »Ich hab Carsten nach dem letzten Mal versprochen, nie wieder in seinen Fällen herumzupfuschen.«

»Soweit ich weiß, ist es ja gar nicht sein Fall«, entgegnete ihr Freund spitzfindig.

Dem konnte sie nicht widersprechen. Paul Mattuschek hatte die Leitung der Ermittlungen übernommen. Und der war nicht gerade ein Ausbund an Diensteifer. Ein ermordeter Penner rangierte bei der Polizei wahrscheinlich ohnehin nicht an erster Stelle. Für so einen verschwendete man keine Ressourcen. Ein Problem weniger auf der Straße. Es sei denn, ihr Bruder wäre der leitende Kommissar. Der machte da keinen Unterschied. Für ihn war jedes Opfer eins zu viel. Carsten würde nicht eher ruhen, bis er den Mörder geschnappt hatte. Bei Mattes war sich Sophie nicht so sicher.

Sie mochte den Kollegen ihres Bruders wirklich gern, aber manchmal hatte sie den Eindruck, sein Hauptziel bei einer Mordermittlung war die Rechtsmedizin. Oder genauer gesagt, die Rechtsmedizinerin. Und die hatte, wenn Sophie es richtig verstanden hatte, ein Auge auf Martin Jäger geworfen. Du meine Güte, dachte sie, das konnte ja nichts geben. Das war ja wie in einer schlechten Seifenoper.

»Bist du noch dran?«, fragte Robert am anderen Ende der Leitung.

»Äh, ja«, meinte sie geistesabwesend. »Ich glaube, du hast recht. Ich bin es dem Professor schuldig, seinen Mörder zu finden.«

»So habe ich das nicht gemeint«, wehrte Robert ab.

Das hatte sich Sophie fast gedacht. Robert war schon im letzten Jahr, als sie versucht hatte, den Mörder von Bens Boss zu schnappen, beinahe ausgeflippt. Ebenso wie Carsten. Aber war es in diesem Fall nicht ihre Pflicht, sich einzumischen? Immerhin war der Professor ihr Freund und obendrein in ihrem Laden ermordet worden. Wenn sie da die Jagd nach dem Mörder dem eher behäbigen Paul Mattuschek überließe, konnten sie die Mördergrube auch gleich dichtmachen. Je schneller der Schuldige hinter Gittern saß, desto eher würde der Tatort wieder freigegeben werden.

Der Tatort – Sophie schauderte bei dem Gedanken daran, was sich gestern Nacht in ihrer geliebten Buchhandlung abgespielt hatte. Der arme Professor. Was mochte er angestellt haben, um ein solches Ende zu verdienen? Ihr wollte beim besten Willen nichts einfallen. Der alte Mann war immer freundlich gewesen und hatte sich nie etwas zuschulden kommen lassen. Jedenfalls nicht, seit sie ihn kannte. Lag

118

das Motiv für den Mord tatsächlich in der Vergangenheit, wie sie vermutete? Natürlich glaubte sie nicht wirklich an diesen Spionage-Quatsch, aber was bewog einen Menschen, sich über sein früheres Leben derart auszuschweigen? Irgendetwas Schlimmes musste doch vorgefallen sein. Nur was? Es würde ziemlich schwierig werden, einen Ansatzpunkt zu finden, der sie weiterbringen würde.

»Weißt du eigentlich irgendwas über den Professor?«, fragte sie Robert.

»Was sollte ich über ihn wissen, das du nicht weißt? Du hattest den besseren Draht zu ihm. Er lebte auf der Straße und jeder mochte ihn.«

»Einer mochte ihn ganz offensichtlich nicht«, entgegnete sie.

»Vielleicht war es jemand, der in unseren Laden einbrechen wollte, und der Professor hat ihn überrascht. Ein Zufallsopfer.«

Sophie schüttelte langsam den Kopf. »Das glaube ich nicht. Und die Polizei auch nicht. Schließlich gab es keine Einbruchsspuren. Nein, ich glaube, der Mörder war schon gestern Abend bei der Lesung und hat sich anschließend zusammen mit dem Professor einschließen lassen. Er hat sich versteckt, bis wir weg waren, dann hat er ihn erstochen und ist verschwunden.«

»Wie kommst du darauf?«, wollte Robert wissen.

»Man hat im Abstellraum Spuren gefunden. Ein Sektglas oder so. Von uns war keiner da drin, um sich einen hinter die Binde zu kippen.«

»Hat der Mörder sich vorher Mut angetrunken, oder wie?«

»Kann doch sein.«

»Und wie willst du herausfinden, wer es gewesen ist?«

Sophie seufzte. »Keine Ahnung. Wir müssen mehr über den Professor in Erfahrung bringen.«

»Lass mich da raus. Wie willst du das überhaupt anstellen?«

Sophie dachte nach. Ob es Sinn machte, die anderen Obdachlosen zu befragen? Irgendeiner von denen wusste bestimmt mehr über den Professor. Aber ob derjenige sich ausgerechnet ihr anvertrauen würde? Einen Versuch war es auf jeden Fall wert. Außerdem könnte sie Martin Jäger anrufen. Der hatte sich doch zur Obduktion einladen lassen. Vielleicht würde er ihr das eine oder andere über die Ergebnisse verraten, das Mattes oder Carsten ihr vorenthalten würden.

»Mir wird schon was einfallen«, sagte sie ausweichend.

»Lass dich nur nicht von Carsten erwischen.«

Himmel, nur das nicht. Wenn ihr Bruder herausfand, dass sie ihre Nase mal wieder in einen Mordfall steckte, würde er Hackfleisch aus ihr machen.

Sie hörte, wie sich ein Schlüssel im Schloss drehte. *Oh je, Ben,* dachte sie. Den hatte sie über die Ereignisse des heutigen Tages gar nicht informiert. Im Geiste sah sie das nächste Donnerwetter über sich hinwegziehen.

»Meine Güte, was für ein Tag«, brummte Ben, noch bevor er den Kopf zur Tür reinsteckte. »Kann es schlimmer kommen?«

Ja, dachte sie. *Kann es.*

* * *

Die Beamten, die zur Mordkommission des Falls ›Mördergrube‹ gehörten, hatten sich zur vorfeierabendlichen Besprechung in einem der Konferenzräume des Polizeipräsidiums eingefunden. Carsten, der offiziell nicht zum Ermittlerteam gehörte, saß ein wenig abseits. Seine Kollegen wirkten allesamt erschöpft und frustriert, wie eigentlich immer nach dem ersten Tag. Es gab viel zu tun, und man hatte trotz aller Emsigkeit das Gefühl, zu wenig erreicht zu haben.

Mattes stand am Kopfende der Tischreihe neben dem noch unbeschriebenen Whiteboard und klatschte in die Hände, woraufhin einige seiner Kollegen, die vor sich hin dösten, den Kopf in die Hände gestützt, erschrocken auffuhren.

»So, Leute, dann lasst uns mal zusammentragen, was wir bislang herausgefunden haben«, sagte er munterer, als er aussah.

»Wir haben etliche Spuren gesichert, aber angesichts der Tatsache, dass gestern in dem Laden eine Veranstaltung stattgefunden hat, besteht nicht viel Hoffnung, etwas Brauchbares zu finden«, erwiderte einer der Beamten der KTU, um jeden aufblitzenden Enthusiasmus sofort im Keim zu ersticken.

»War irgendetwas Interessantes unter den Habseligkeiten des Opfers?«

»Bei der Schlafstätte des Mannes im Deweerthschen Garten war nur eine Matratze, die mit einer Plane abgedeckt war«, erwiderte ein Mitarbeiter der KTU. »Den Rest seines Besitzes trug er im Rucksack mit sich herum. Etwas Kleidung zum Wechseln, einen Kulturbeutel mit Waschzeug. Einen Schlafsack hatte er auch dabei. Ob er die Sachen immer mit sich trug, damit sie nicht geklaut werden, oder ob er von Anfang an vorhatte, die Besitzer der Buchhandlung zu bitten, ihn im Laden übernachten zu lassen, kann ich nicht sagen. Wir werden alles auf etwaige Spuren untersuchen, glaube aber nicht, dass wir da fündig werden.«

»Okay. Was ist mit dem Sektglas, das ihr in der Besenkammer gefunden habt?«, wollte Mattes wissen.

»Die Fingerabdrücke darauf waren zu verwischt, damit

werden wir nichts anfangen können. Wir versuchen noch, DNA-Spuren daran zu sichern. Ansonsten, wie gesagt, viele Spuren verderben den Brei. Oder so.«

Mattes schnaubte unwillig. »Habt ihr die DNA und Fingerabdrücke des Opfers ins Labor geschickt?«

Der Beamte nickte. »Sie versuchen, sich zu beeilen. Aber vor Donnerstag ist wohl nicht mit Resultaten zu rechnen. Und wenn der Knabe nicht im System erfasst ist, nutzen uns die Ergebnisse sowieso nichts.«

»Na, das läuft ja alles wie am Schnürchen«, stellte Mattes sarkastisch fest und drückte sich frustriert die Handballen auf die Augen, um das Brennen darin zu vertreiben. »Kollegin Öner? Sie haben einen ersten Verdächtigen ermitteln können?«

Aylin wurde rot, als sie die ungeteilte Aufmerksamkeit der Kollegen spürte. Dabei hatte sie gar nichts erreicht. Der Bursche war ihr durch die Lappen gegangen. Wie eine Anfängerin hatte sie sich abhängen lassen.

»Einer der Obdachlosen, Gernot, hat ausgesagt, dass sich in letzter Zeit im Luisenviertel so eine Art Drogenumschlagplatz entwickelt hat«, informierte sie die anderen Beamten. »Das ging ihnen ziemlich gegen den Strich. Gernot erwähnte einen jungen Mann namens Freddie, der der Beschreibung nach wohl selbst sein bester Kunde sein muss. Ziemlich abgewrackt, halblange, fettige dunkle Haare, durchschnittlich groß, extrem dünn. Ich hab den Knaben fast am Schlafittchen gehabt, aber leider ist er mir am Ölberg entwischt. Die Fahndung läuft bereits, bislang allerdings ergebnislos.«

»Wieso kommt der Knabe als Verdächtiger infrage?«, wollte Mattes wissen.

»Viel konnte oder wollte Gernot mir nicht sagen, nur dass

der Professor sich um den Jungen kümmern wollte«, sagte Aylin.

»Inwiefern?«

Sie zuckte mit den Schultern. »Mit dem Burschen reden, nehme ich an.«

»Und? Hat er mit ihm geredet?«

»Das wusste Gernot nicht.«

»Vielleicht hat er es ja gestern Nacht getan«, mutmaßte der uniformierte Kollege Gerd Schröder. »Und es ist ihm nicht gut bekommen.«

»Ein Anwohner hat tatsächlich in der Nacht einen Mann aus dem Laden kommen sehen«, vermeldete Mattes. »Er behauptete, es handle sich um den Ladenbesitzer, Robert Werbeck. Allerdings glaube ich, dass der alte Herr ein ziemlicher Wichtigtuer ist und den Mann in Wahrheit gar nicht erkannt hat. Und die Beschreibung dieses Freddies ähnelt der von dem jungen Mann, der, laut Frau Dr. Siebert, kurz vor Beginn der Lesung gegen die Ladentür gehämmert hat.«

»Vielleicht handelte es sich tatsächlich um Freddie«, meinte Aylin.

»Falls unser Opfer dem jungen Mann bei seinen Drogengeschäften in die Quere gekommen ist, könnte der Knabe beschlossen haben, ihn aus dem Weg zu räumen«, stimmte Mattes ihr zu und machte einige Vermerke auf dem Whiteboard. »Ist Dr. Brandt schon mit der Autopsie durch?«

»Ja«, erwiderte sein Kollege Schröder und grinste. »Die hat daraus ein richtiges Happening gemacht, weil doch dieser Autor dabei war. So was hab ich noch nicht erlebt. Die hat fast einen Balztanz aufgeführt. Natürlich hat sie mal wieder nicht gewartet, bis einer von uns da war.«

Mattes grunzte bei dem Gedanken an seine Angebetete, wie sie für diesen geschniegelten Autorenaffen eine Obduktion zu einem erotischen Highlight umfunktionierte. Für ihn hatte sie das noch nie gemacht. Für Carsten allerdings auch nicht, fiel ihm dann ein, und er war halbwegs versöhnt. Jäger war in ein paar Tagen aus Amelie Brandts Blickfeld verschwunden. Dann würde sie sich gewiss wieder ... Carsten zuwenden. Es war zum Heulen.

»Und was ist dabei herausgekommen?«, fragte er genervt.

Schröder blätterte in seinen Notizen. »Also, wie es aussieht, wurde der alte Knabe von seinem Angreifer überrascht. Zumindest gab es keine Abwehrverletzungen. Der erste Stich ging ins Herz und war nahezu sofort tödlich. Es gab sechs weitere Stichwunden. Klarer Fall von Übertötung, meinte sie.« Schröder ging zum Whiteboard und heftete ein paar Nahaufnahmen der Verletzungen daran.

»Also gab es keinen Kampf«, stellte Mattes fest. »Das Opfer hat nicht mit einer Messerattacke gerechnet.«

Schröder nickte. »Scheint fast so. Stellt sich aber nach wie vor die Frage, wie der Mörder in die Buchhandlung gelangt ist. Falls es der dealende Junkie war, den der Professor hereingelassen hat, um ihm ins Gewissen zu reden oder was auch immer, wird er doch bestimmt auf der Hut gewesen sein.«

»Es sei denn, der Bursche hat sich nach der Lesung unauffällig unter die Gäste gemischt«, warf ein weiterer Beamter ein.

Mattes wiegte nachdenklich den Kopf hin und her. »Das wäre denkbar. Im Anschluss an die Veranstaltung gab es einen Umtrunk und eine Signierstunde, und die Tür war für die Raucher geöffnet.«

»Vermutlich hat er sich in der Besenkammer versteckt, mit einem Gläschen Sekt, um sich die Wartezeit zu versüßen«, meinte Schröder.

»Dann ist es besonders wichtig, die DNA-Spuren, die hoffentlich daran zu finden sind, schnellstmöglich zu analysieren.«

»Nicht vor Donnerstag«, erinnerte ihn der Kollege von der KTU.

Mattes rollte mit den Augen. »Ja, ist ja gut. Die uniformierten Kollegen werden auf jeden Fall heute Nacht verstärkt Streife im Luisenviertel und der Umgebung fahren und die Augen nach dem Jungen offenhalten. Da wir im Moment sowieso nicht weiterkommen, würde ich sagen, wir machen Schluss für heute«, verkündete Mattes. »Vielleicht fällt uns ja morgen mehr ein. Wir treffen uns dann um halb acht wieder hier und besprechen das weitere Vorgehen.«

Die Beamten erhoben sich unter Gemurmel, packten ihre Sachen zusammen und verließen in kleinen Gruppen den Besprechungsraum.

15

Freddie lief, die Hände in den Hosentaschen vergraben und die Kapuze tief in die Stirn gezogen, mit gesenktem Kopf eiligen Schrittes die Friedrich-Ebert-Straße entlang. Immer wieder blickte er verstohlen zur Seite, in der Angst, aus dem Hinterhalt von einem Bullen in Zivil oder einer Streife aufgegriffen zu werden. Seine Lederjacke hatte er sicherheitshalber in seiner Behausung gelassen, denn die Polizistin hatte ihren Kollegen gewiss eine Beschreibung von ihm mit auf den Weg gegeben. Ihm war lausig kalt, auch wenn er, was das anging, viel gewohnt war. Eigentlich wusste er gar nicht mehr, wie es sich anfühlte, wenn einem warm war.

Vor dem Haus stieß er beinahe mit Edgar Bräutigam zusammen, der eben im Begriff war, seine Ladentür abzuschließen.

»Was willst du denn hier?«, fuhr Immo-Eddie ihn mit wütend gesenkter Stimme an und sah sich hastig um.

»Ich muss mit dir reden«, erwiderte Freddie.

»Aber nicht hier!«, beharrte Edgar.

»Wir können gern in eine Kneipe gehen«, schlug der Junge mit gehässigem Unterton vor. Eher würde die Hölle zufrieren, als dass Immo-Eddie sich mit ihm in der Öffentlichkeit zeigte.

Bräutigam seufzte und schloss die Tür wieder auf. Mit einer ungeduldigen Geste bedeutete er Freddie, möglichst flott nach drinnen zu verschwinden. Der Immobilienmakler zog die Lamellenvorhänge zu und schaltete das Licht wieder ein.

»Nach hinten«, zischte er, als bestünde die Gefahr, jemand könnte sie beobachten oder gar belauschen.

Er versetzte Freddie mit beiden Händen einen Stoß in den Rücken, und der Junge stapfte mehr oder weniger gehorsam in den hinteren Bereich des großzügigen Büroraums. Er warf einen sehnsüchtigen, wenn auch kurzen Blick auf die gemütliche Sofaecke. Keine Chance, dass sie ihr Gespräch in dieser heimeligen Atmosphäre führen würden. Vermutlich konnte Freddie von Glück reden, wenn Immo-Eddie ihn nicht aufs Klo scheuchte. Wenigstens war es hier angenehm warm.

Als sie außer Sichtweite der ohnehin verhängten Fenster waren, lehnte Bräutigam sich widerwillig gegen einen der Schreibtische, um seinem ungebetenen Gast deutlich zu machen, dass das Gespräch nur von kürzestmöglicher Dauer sein würde und es sich deshalb nicht lohnte, Platz zu nehmen.

»Also, was willst du?«, fragte der ältere Mann noch einmal.

»Was wollte die Bullenschlampe heute Nachmittag von dir?«, fiel Freddie mit der Tür ins Haus.

Bräutigam zog kurz die Augenbrauen zusammen, um sich ins Gedächtnis zu rufen, von wem in aller Welt der Junge redete. »Ach die Kommissarin«, meinte er dann, als ihm die Erkenntnis kam. »Die hatte nur ein paar Fragen. Und es ist ziemlich unhöflich, sie als Bullenschlampe zu bezeichnen.«

»Oh, Verzeihung!« Freddie hob in gespieltem Bedauern die Hände. »Wusste nichts von deinem empfindsamen Gemüt.«

»Zumindest hatte ich eine ordentliche Kinderstube«, meinte Edgar.

Freddie schnaubte verächtlich. Er war nicht hier, um mit dem alten Knacker über Erziehungsfragen zu diskutieren. Dafür war es ohnehin zu spät. »Und was wollte die … Dame von der Polizei nun?«

Bräutigam zuckte mit den Achseln. »Sie hatte nur ein paar Fragen bezüglich des Toten in der Buchhandlung«, antwortete er.

»Der olle Penner, den sie abgestochen haben?«

»Du hast also davon gehört?«

»War heute das Gesprächsthema. Kam man gar nicht drumherum.«

»Kanntest du ihn?«

»Wer kannte ihn nicht?«

»Ich kannte ihn nicht.«

Freddie lachte auf. »Ja klar. So einen guckst du nicht zweimal an. Dafür bist du dir ja zu fein.«

»Für dich bin ich mir doch auch nicht zu fein«, entgegnete Edgar.

»Darum willst du auch auf gar keinen Fall mit mir zusammen gesehen werden. Oder interpretier ich da was falsch?

Hast du der Bu ... Polizistin was über mich erzählt?«

»Weswegen hätte ich das tun sollen?«, fragte Edgar gleichgültig.

»Weiß nicht. Aber weswegen hat sie sich dann an meine Fersen geheftet, kaum dass sie aus deinem Laden spaziert ist?«

»Vielleicht wollte sie dich kennenlernen«, schlug Edgar vor.

»Verarschen kann ich mich selber.«

»Das freut mich für dich. Ich habe dich jedenfalls mit keinem Sterbenswort erwähnt. Weshalb auch?«

»Um mich loszuwerden vielleicht?«

»Netter Gedanke. Aber nein. Bist du nun zufrieden? Dann kannst du ja wieder gehen.«

»Hast du noch 'ne Verabredung oder was? Oder wartet deine Olle mit dem Abendessen? Apropos ... ich könnte ein bisschen Kohle gebrauchen.« Er streckte fordernd die Hand aus.

Edgars Gesicht nahm einen lauernden Ausdruck an. »Ach daher weht der Wind. Was ist denn mit den zweihundert, die ich dir letzte Woche gegeben habe?«

»Hey, ich bin Geschäftsmann. Ich hab Ausgaben. Und die sind manchmal höher als die Einnahmen.«

»Dann würde ich mir mal Gedanken über meinen Geschäftsplan machen, du Superhirn.« Entnervt griff Edgar in seine hintere Hosentasche und zog seine Geldbörse heraus. Er entnahm ihr ein paar Scheine und warf sie auf den Schreibtisch. »Reicht das, der Herr?«

Freddie nahm das Geld und zählte nach. »So gerade eben.«

»Dann sieh zu, dass du Land gewinnst.«

»Eins noch«, meinte Freddie.

Edgar verdrehte die Augen. »Was denn?«

»Kann ich mal aufs Klo?«

»Wenn's denn sein muss.« Er machte eine großzügige Geste in Richtung Toilette und Freddie verschwand eilig hinter der Tür.

Edgar trommelte ungeduldig mit den Fingern auf seinem Schreibtisch herum. Der Junge war ihm ein gewaltiger Dorn im Auge. Lieber heute als morgen würde er ihn loswerden. Doch leider war das nicht so einfach. Die Angst, der Bursche könnte irgendwann die Bombe hochgehen lassen, zehrte gewaltig an seinen Nerven. Freddie hatte ihn in der Hand. Nicht auszudenken, was passierte, wenn er sein Geheimnis mit dem Rest der Welt teilte.

»Na endlich«, sagte Edgar, als der Junge wieder ins Büro zurückkam. »Musstest du kacken, oder was?«

»Hätte ich dir ein Beweisstück mitbringen sollen?«

Edgar grummelte etwas Unverständliches, packte Freddie beim Arm und zog ihn in Richtung Ausgang. Er schloss die Tür auf und steckte vorsichtig den Kopf hindurch, um zu sehen, ob die Luft rein war. »Jetzt mach schon«, meinte er und schob den Jungen hinaus auf die Straße.

* * *

Thomas befürchtete, einen großen Fehler zu begehen, schon als er den ersten Schritt in die Kneipe machte. ›Beim Jupp‹, der Name allein sollte einem zu denken geben. Zahllose Altmänner-Köpfe flogen ihm entgegen und beäugten sein Erscheinen mit unverhohlenem Misstrauen. Was musste er auch auf die Empfehlung des Besitzers der schmierigen Pension hören, in der er seine Zelte aufgeschlagen hatte?

»Da gibbet lecker Bier un Frikadellen zu ganz zivilen Preisen«, hatte der getönt.

Wahrscheinlich gehörte diese Bude einem seiner Verwandten. Egal, jetzt war er einmal hier, da würde er sich nicht von ein paar blöd glotzenden alten Säcken vergraulen lassen. Das wäre ja noch schöner. Er setzte sich demonstrativ an einen wackligen Tisch in der Mitte des Raums. Wenn schon Präsentierteller, dann richtig. Es roch nach schalem Bier, und der Zigarettenqualm trieb ihm die Tränen in die Augen. Offenbar hatte der Wirt, ein schmerbäuchiger Kerl mit speckiger Schürze, das Rauchverbot umgangen, indem er einen dieser ominösen Raucherclubs gegründet hatte. Irgendeine Gesetzeslücke gab es immer. Hier würde sich kaum jemand beschweren, denn sämtliche anderen Biertrinker pafften fröhlich vor sich hin. Wahrscheinlich handelte es sich bei ihnen ausnahmslos um Stammgäste.

Der Wirt brüllte einem trübsinnig wirkenden Gast, der am Tresen saß, launig etwas entgegen, während er den Zapfhahn bediente. Thomas gab ihm mit der Hand ein Zeichen, um ihm zu signalisieren, dass er etwas bestellen wollte. Der Mann nickte ihm zu und zapfte ein weiteres Glas, das er kurz darauf an den Tisch brachte. Thomas hatte nicht vorgehabt, ein Bier zu bestellen, aber er wagte nicht, sich zu beschweren.

»Prost!«, wünschte der Wirt nicht unfreundlich und blieb neben Thomas stehen.

»Prost«, murmelte Thomas und fühlte sich verpflichtet, einen Schluck zu nehmen.

Er bemühte sich, seine Gesichtszüge nicht allzu sehr entgleiten zu lassen, und stellte das Glas auf dem feuchten Pappdeckel ab. Puh, das war die mit Abstand schlimmste Plörre, die ihm je die Kehle hinuntergelaufen war. So viel zum Thema ›da gibbet lecker Bier‹. Zwar trank er äußerst selten Bier, aber er meinte sich zu erinnern, dass zumindest ein Anflug von Kohlensäure darin enthalten sein sollte. Thomas beschloss, die angepriesenen Frikadellen lieber erst gar nicht zu probieren.

»Du bis nich von hier«, stellte der Wirt nun fest, als würde er jeden Einwohner Wuppertals persönlich kennen.

»Doch«, widersprach Thomas, »ich war nur noch nie hier.« Gemeint war in dem Fall die Kneipe.

»Sach ich doch«, erwiderte der Wirt zufrieden. Wahrscheinlich endete die Welt für ihn an der Tür zur Straße.

Thomas sagte nichts, sondern blickte scheinbar interessiert in Richtung des in die Jahre gekommenen Röhrenfernsehers, in dem gerade eine Nachrichtensendung lief. Das erstaunte ihn, ehrlich gesagt. In einem Etablissement wie diesem hätte er eher mit einem Sportsender gerechnet.

»Hasse von dem Mochd gehört?«, wollte der Wirt nun wissen.

Thomas, in Gedanken immer noch beim Sportsender, sah den Mann einigermaßen verwirrt an. »Was für ein Mord?«

Der Wirt hob tadelnd eine Augenbraue. »Na, an dem Penner inne Buchhandlung. Dat läuft doch inne Nachrichten rauf un runter. Also, im Radio, mein ich. Die Tagesschau interessiert sich natürlich nich dafür. Vorhin um sechs haben set aber kuchz inne Lokalzeit gebracht.«

»Aha«, meinte Thomas nur. Er wollte sich seinen Schreck nicht anmerken lassen. Ein Penner in einer Buchhandlung?

»Gleich kommt noch'n langen Bericht drübber, haben se angekündicht.«

Deshalb also waren die Nachrichten eingeschaltet. Man durfte nie die menschliche Sensationslust außer Acht lassen.

»Die wissen nämmich nich, wie der Tote eigentlich hieß«, informierte der Wirt.

»Ich weiß es auch nicht«, beeilte Thomas sich zu sagen.

»Ah, getz kommdet!« Der Wirt deutete aufgeregt mit seinem Wurstfinger auf den Fernseher. »Mach ma lauter Kalleinz!«

Der angesprochene Karlheinz beugte sich artig über den Tresen, um nach der Fernbedienung zu greifen, und hämmerte mit dem Zeigefinger auf den Knopf für die Lautstärke.

»Ein grausamer Mord hat heute die Bewohner des Luisenviertels in Wuppertal erschüttert«, begann die Moderatorin mit betroffener Stimme. »Die Besitzerin einer Buchhandlung machte am frühen Morgen in ihrem Laden eine schaurige Entdeckung. Im Hinterzimmer lag die Leiche eines Mannes. Der Mann wurde vermutlich mit mehreren Messerstichen getötet. Unser Reporter war vor Ort, um mit den Anwohnern über diese fürchterliche Tat zu sprechen.«

Es folgte ein Film, in dem bekümmert dreinblickende Bürger ihre Erschütterung kundtaten. Thomas und der Wirt schauten gebannt zu, wie mehrere in Einwegoveralls gekleidete Gestalten ein Geschäft betraten. ›Mördergrube‹ stand in großen Buchstaben über dem Schaufenster. Thomas musste schlucken. Dort war er erst gestern Abend gewesen. Und heute Morgen. Das also hatte es mit dem Polizeiaufgebot auf sich gehabt. Er hätte es sich denken können. Hätte er? Die Kamera schwenkte auf die andere Seite, hinüber zu den zahlreichen Schaulustigen, die sich um das Absperrband drängten. Fast befürchtete er, sich selbst dort zu entdecken, aber offenbar hatte er sich rechtzeitig aus dem Staub gemacht.

Nun kam die Sprecherin der Polizei ins Bild.

»Bei dem Opfer handelt es sich um einen Obdachlosen, der im Luisenviertel bekannt war. Die Besitzer der Buchhandlung ließen ihn wegen des kalten Wetters in ihrem Geschäft übernachten. Wie es dem Täter gelungen ist, sich Zutritt zu der Buchhandlung zu verschaffen, ist bislang nicht bekannt.«

Der Bericht war zu Ende und die Moderatorin erschien wieder im Bild.

»Sie haben es gehört, bei dem Opfer handelt es sich um einen Obdachlosen. Wie unser Reporter erfahren hat, konnte der Name des Mannes bislang nicht in Erfahrung gebracht werden. Im Luisenviertel kannte man ihn als ›Professor‹. Wir haben erst vor einigen Wochen über den kauzigen, aber liebenswerten älteren Herrn berichtet, der es sich zur Aufgabe gemacht hat, in seinem Viertel nach dem Rechten zu sehen.«

Es folgte eine Wiederholung des Berichts, den die Moderatorin gerade angesprochen hatte. Thomas starrte auf den Fernseher und griff wie in Trance nach seinem Glas. Die Situation war schlimmer, als er befürchtet hatte. War er sich gestern Abend nicht sicher gewesen, als er den alten Mann gesehen hatte, musste er nun der Wahrheit ins Auge blicken und seine Aussage von vorhin revidieren. Er wusste, wie der Mann hieß.

16

Friedrich Mai sah verblüfft auf den Fernseher, wo soeben ein Bericht über den Toten in der Buchhandlung lief. Der Mord, mit dem sein geschwätziger Kollege ihm das Mittagessen verdorben hatte. Der Mord an einem Obdachlosen ohne Namen. Natürlich hatte er einen Namen, aber niemand kannte ihn. Oder erkannte ihn. Niemand außer Friedrich. Er war selbst ziemlich überrascht darüber, ausgerechnet einen Penner zu kennen, aber es ließ sich nicht leugnen. Damals war der Mann jedoch kein Penner gewesen. Eigentlich verwunderlich, dass der dicke, ältere Polizeibeamte, der im Hintergrund ein paar Mal durch das Bild huschte, ihn nicht ebenfalls erkannt hatte. Schließlich war Berthold Wesseling in Polizeikreisen bestens bekannt gewesen. Dieser Hauptkommissar musste alt genug sein, um sich an ihn zu erinnern. Friedrich war es jedenfalls.

Er hatte Wesseling seit vielen Jahren weder gesehen noch einen Gedanken an ihn verschwendet. Er hatte dieses Kapitel aus seinem Leben gelöscht. Wie so manches andere. Zum Beispiel wie er Wesseling hintergangen hatte. Das plötzliche Verschwinden des Mannes hatte zunächst hohe Wellen geschlagen. Man tuschelte hinter vorgehaltener Hand, er habe gewiss Selbstmord begangen. Friedrich hatte sich beinahe gewünscht, es wäre so gewesen. Wesseling war einfach zu einem unkalkulierbaren Risiko geworden.

Er hatte nie verstanden, weshalb der Mann diese enormen Schuldgefühle mit sich herumschleppte. Es war doch alles in bester Ordnung gewesen. Zumindest bis zu jenem Tag, an dem die Jungen bei Wesseling aufkreuzten. Er hatte sie abgewimmelt, wollte sich aber partout nicht davon abbringen lassen, einen schwerwiegenden Fehler begangen zu haben. Der Vorfall in der Hütte kurz darauf gab ihm den Rest, obwohl niemals einwandfrei geklärt werden konnte, was sich dort tatsächlich zugetragen hatte. Friedrich hatte mit Engelszungen auf Wesseling eingeredet, die Sache auf sich beruhen zu lassen. Sollten jemals Beweise existiert haben, so waren sie in jener Nacht in Rauch aufgegangen. Doch Wesseling wollte keine Ruhe geben. Und so war Friedrich keine andere Wahl geblieben. Ein Kopf musste rollen, und es sollte nicht sein eigener sein. Danach war Wesseling abgetaucht. Spurlos verschwunden. Friedrich hatte ihn und die unglückselige Geschichte irgendwann vergessen. Aus den Augen, aus dem Sinn.

Dabei war Wesseling die ganze Zeit über in der Nähe geblieben. Und trotzdem unsichtbar. Nicht unsichtbar genug, denn am Ende hatte ihn jemand aufgestöbert, um ihm den Garaus zu machen. Aber hatte seine Ermordung tatsächlich mit der Sache von damals zu tun? Kaum denkbar, aber nicht unmöglich.

Er würde die Polizei über alles informieren müssen. Was ihn unweigerlich in den Fokus der Ermittlungen rücken würde. Genau das hatte ihm noch gefehlt. Er biss missmutig in sein lieblos belegtes Butterbrot und kaute angestrengt. Das Brot schmeckte pappig. Er hatte das Gefühl, ein Stück Karton zwischen den Zähnen zu haben. Besonders lecker war das nicht. Doch der Hunger trieb es wie immer hinein. Er würde seiner Haushaltshilfe einen Zettel hinlegen, mit der Bitte, morgen frisches Brot für ihn zu besorgen.

Er würgte an dem letzten Stück herum, das sich beim besten Willen nicht hinunterschlucken lassen wollte, und spülte mit einem kräftigen Schluck Bier nach. Das Brot war endlich weich genug, um den Weg durch die Speiseröhre nach unten anzutreten. Mai nahm den leeren Teller und trug ihn in die Küche, wo in der Spüle bereits das schmutzige Geschirr vom Wochenende darauf wartete, in die Maschine geräumt zu werden. Auf einen Tag mehr kam es nun auch nicht an, dachte er und stellte den Teller dazu. Ums Saubermachen würde sich Frau Fischer morgen kümmern. Er hatte im Moment Wichtigeres zu tun. Er riss sich nicht darum, aber es stand außer Frage, dass die Sache mit Wesseling keinen weiteren Aufschub duldete, auch wenn er sich am liebsten davor gedrückt hätte. Ein Gläschen Wein würde er sich aber noch gönnen dürfen, ehe er die Polizei benachrichtigte. Mut antrinken und so. Darüber nachdenken, wie viel er der Polizei verraten konnte, ohne seinen eigenen Kopf in die Schlinge zu legen.

Er öffnete die Tür des Oberschranks über der Spüle, um ein Weinglas herauszuholen. Es war das letzte. Dann wurde es wirklich Zeit für einen Spülgang. Er löschte das Licht in der Küche und kehrte ins Wohnzimmer zurück. Er stapfte zur Anrichte neben dem Weinregal und goss sich aus der Karaffe, in der er am Vorabend den himmlischen Rotwein dekantiert hatte, ein großzügiges Glas ein. Er nahm sich die Zeit, die Flüssigkeit genießerisch im Glas zu schwenken, ehe er es an die Lippen setzte. Das Läuten an der Tür ließ ihn zusammenfahren und einige Tropfen Wein ergossen sich auf sein weißes Hemd.

»Verdammt!«, fluchte er.

Bestimmt war das wieder ein Zeuge Jehovas oder irgendein Vertreter, der ihm etwas andrehen wollte, das er nicht brauchte. Er beschloss, den abendlichen Besucher zu ignorieren, was sich jedoch als nicht einfach erwies, denn der klingelte munter weiter. Die Leute wurden immer dreister. Mai fluchte ein weiteres Mal und lief in den Flur, um demjenigen ordentlich die Meinung zu geigen.

»Es hat sich schon mal einer tot geklingelt«, schimpfte er, als er die Tür aufriss.

»Wie lustig, dass Sie das sagen«, lächelte der Mann, der draußen stand.

Thomas lag auf dem Bett, die Arme hinter dem Kopf verschränkt, und starrte nachdenklich an die Decke des kleinen Pensionszimmers. Er war früh erwacht – wenn er überhaupt geschlafen hatte. Angesichts der fürchterlichen Dinge, die in seinem Kopf herumschwirrten, konnte er allenfalls in einen unruhigen Dämmerzustand gefallen sein. Seine Gedanken stoben wild durcheinander, ergaben mal Sinn und kamen ihm wenige Augenblicke später völlig abwegig vor. Irgendwann hatte er aufgegeben, die altersschwache Funzel auf dem Nachttisch neben seinem Bett angeknipst und damit begonnen, die Gedanken zu sortieren.

Was hatte Wesseling in die Obdachlosigkeit getrieben? An welchem Punkt in seinem Leben war er gescheitert? Oder gab es andere Gründe, die ihn auf die Straße verschlagen hatten? War es am Ende nur eine Tarnung? Vielleicht war Thomas nicht der Einzige, der versuchte, sich vor der Welt zu verstecken. Vielleicht verbarg Wesseling sich hinter der Maske des Obdachlosen. Niemand sah einen Penner länger als unbedingt notwendig an, das wusste Thomas aus eigener Erfahrung. Und selbst wenn, sah man eben nur einen Penner und nicht den Menschen, der dahintersteckte. Es interessierte niemanden, welches Schicksal diesem Menschen widerfahren war. Das Einzige, das zählte, war, demjenigen so weit wie möglich aus dem Weg zu gehen, um nicht von dessen Scheitern infiziert zu werden. Als wäre Obdachlosigkeit eine ansteckende Krankheit.

Trotz allem stellte sich die Frage, weshalb Wesseling es als notwendig ansah, sich unsichtbar zu machen. War auch er, wie Thomas selbst, auf der Flucht? Aber vor wem? Und warum? Am Ende hatte das Versteckspiel – wenn es denn ein solches gewesen war – nichts genutzt. Der alte Mann war tot.

War Wesseling der Geschichte von damals nach all den Jahren zum Opfer gefallen? Thomas hatte von Anfang an befürchtet, der alte Mann könnte die Zusammenhänge erkennen, und angstvoll darauf gewartet, dass die Bullen an ihre Tür klopften. Nach wenigen Tagen hatte er es unter dem Damoklesschwert nicht mehr ausgehalten und sich heimlich davongestohlen. Sollte sein Freund Patrick, dem er gestern so unvermutet wie ungewollt gegenübergestanden hatte, sauer sein und ihn wegen seiner Feigheit verfluchen. Allemal besser, als im Knast zu vermodern.

Eine Zeit lang war er ziellos umhergewandert und hatte sich mit Gelegenheitsjobs über Wasser gehalten. Einen festen Wohnsitz hatte er nicht. Die Angst, Patrick oder die Polizei könnten ihn am Ende aufstöbern, saß zu tief. Eigentlich gefiel ihm das Vagabundenleben. Keine Beziehungen, keine Verpflichtungen, er war nur sich selbst gegenüber Rechenschaft schuldig. Die Nächte, die er im Freien verbringen musste, waren selten. Und auch das machte ihm nichts aus. Es war schön, den Sternenhimmel zu beobachten. Natürlich nur, wenn es draußen nicht zu kalt war. Thomas sorgte immer dafür, genug Geld beiseite zu legen, um im Winter zur Not auch ohne Arbeit über die Runden zu kommen. Oder sich Länder auszusuchen, in denen es auch im Winter warm war.

In den ersten Monaten seiner Flucht war er jedes Mal, wenn man ihn ansprach oder auch nur komisch ansah, panisch zusammengezuckt. War er aufgeflogen? Hatte ihn jemand erkannt und verraten? Je mehr Zeit jedoch ins Land zog, ohne dass er entdeckt wurde, umso mehr rückte das Gefühl der Angst in den Hintergrund und wich einer gesunden Vorsicht. Nur ein Mal, ein einziges Mal, hatte er mehr preisgegeben, als ihm guttat. Es war schön gewesen, jemandem zu begegnen, der offenbar Ähnliches durchgemacht hatte wie er selbst, und so hatte er sich hinreißen lassen. Ein großer Fehler, wie sich im Nachhinein herausstellen sollte. Danach hatte er sich geschworen, nie wieder so töricht zu sein. Trotzdem war er hierher zurückgekehrt. Zu den Geistern der Vergangenheit. Im Nachhinein betrachtet das Dümmste, was er je getan hatte. Er hätte fortbleiben sollen. Wenn die Bullen erst herausgefunden hatten, wer der unbekannte Obdachlose tatsächlich war, würden sie unweigerlich auch die Verbindung zwischen ihm und Wesseling aufdecken. Ebenso wie seine Anwesenheit in der Buchhandlung am Sonntagabend. Natürlich war sein Motiv, den alten Mann zu töten, mehr als dünn, doch es waren schon Menschen wegen weniger verurteilt worden. Wer wusste das besser als er selbst?

Dabei war Thomas an diesem Abend nicht der Einzige gewesen, dem man mörderische Absichten unterstellen konnte. Er zweifelte nicht daran, dass Patrick zu einer solchen Tat fähig war. Dazu kannte er ihn zu gut. Doch warum sah sein ehemaliger Freund sich nach all den Jahren gezwungen, Wesseling zu töten? Hatte der Mann ihn erkannt und damit gedroht, die Geschichte von damals doch noch publik zu machen? Oder war alles nichts als ein dummer Zufall? War Wesseling lediglich einem einfachen Einbrecher zum Opfer gefallen? Das wäre die bequemste aller Lösungen. Dennoch konnte es Thomas den Kopf kosten, sollte die Polizei im Zuge ihrer Ermittlung Details aus Wesselings und seiner gemeinsamen Vergangenheit entdecken.

Er sollte sich einfach wieder davonmachen. So wie er es schon einmal getan hatte. Scheiß auf die Verabredung mit

Patrick am Nachmittag. Er hatte ohnehin nur eingewilligt, weil ihm kein Grund eingefallen war, das Treffen abzulehnen. Aber wenn er ehrlich zu sich selbst sein wollte, war er es leid, immer wegzulaufen und sich zu verstecken. Allem und jedem gegenüber misstrauisch zu sein, niemanden an sich heranzulassen. Er war es leid, immer allein zu sein. Auf der Flucht – vor allem vor sich selbst.

Außerdem wollte er unbedingt wissen, was mit Wesseling in jener Nacht tatsächlich geschehen war. Und es gab nur einen Weg, das herauszufinden. Auch wenn dieser Weg ihn zurück in eine Vergangenheit führte, die er lieber vergessen würde.

* * *

Der Wecker klingelte wie beinahe jeden Morgen um halb fünf. Es hätte keines Weckrufs bedurft, er hatte ohnehin die ganze Nacht kein Auge zugetan. Eigentlich hatte er geglaubt, wie ein Baby schlafen zu können, jetzt, da die ersten Schritte getan waren. Das Gegenteil war eingetreten. Nicht etwa, weil ihn plötzlich Zweifel überkamen oder er die Konsequenzen fürchtete. Seine größte Angst war, nicht alles zu schaffen, was er sich vorgenommen hatte. Zumal Thomas nun so plötzlich wieder auf der Bildfläche erschienen war und seine sorgsam ausgetüftelten Pläne über den Haufen werfen konnte. Die halbe Nacht hatte er damit zugebracht, sich den Kopf darüber zu zerbrechen, weshalb sein Freund ausgerechnet jetzt den Weg zurück nach Wuppertal gefunden haben mochte. War es nur ein dummer Zufall? Oder wollte er am Ende reinen Tisch machen? Nach so langer Zeit?

Schon seit dem Desaster in der Hütte und Thomas' Verschwinden kurz darauf lebte Patrick in ständiger Angst, sein Freund könnte seinem Gewissen irgendwann nachgeben und alles gestehen. Er hatte sich beinahe übergeben, als wenige Tage nach dem Vorfall die Polizei plötzlich vor seiner Tür stand. Doch sie hatten nur einige belanglose Fragen gestellt und waren nicht wiedergekommen. Niemand schöpfte Verdacht. Zumindest niemand, der nicht selbst bis zum Hals in der Sache drinsteckte.

Ob das auch dann der Fall sein würde, wenn Thomas anfing, eins und eins zusammenzuzählen, war mehr als fraglich. Hätte er ihn nur schon bei dieser verdammten Lesung am Sonntagabend erkannt. Doch sein Freund hatte sich verändert, sah beinahe verwegen aus, in seinen leicht abgerissenen Klamotten, den zu langen Haaren und dem Dreitagebart. Von den dreißig Kilo, die Thomas abgespeckt haben musste, ganz zu schweigen. Erst an der Narbe auf der rechten Wange hatte er ihn identifiziert, als sie am Montagmorgen zusammengeprallt waren. Die war ihm im schummrigen Licht der Buchhandlung entgangen. Außerdem hatte Patrick an jenem Abend nur Augen für Wesseling gehabt. Auch der hatte sich verändert, seit er ihn zuletzt gesehen hatte. Doch dessen väterlich-tadelnde Stimme hatte sich für den Rest seines Lebens in Patricks Ohr gebrannt. Ob es Thomas ebenso ergangen war? Und warum hatte sein Freund sich ihm gegenüber nicht zu erkennen gegeben? Weil er ein Zusammentreffen unter allen Umständen vermeiden wollte?

Hätte er seinen in aller Eile zusammengeschusterten Plan geändert, wenn er von Thomas' Anwesenheit gewusst hätte? Diese Frage konnte Patrick nicht guten Gewissens mit Ja beantworten. Eine solche Gelegenheit durfte man nicht ungenutzt verstreichen lassen. Am Ende verschwand Wesseling wieder im Nirgendwo. Er hatte zu lange nach dem alten Mann gesucht, um ihn unverrichteter Dinge seiner Wege ziehen zu lassen. Es war ihm wie eine glückliche Fügung des Schicksals erschienen, dass Wesseling an jenem Abend quasi über ihn gestolpert war. Ein Wink von ganz oben, der ihm zeigte, dass er auf dem richtigen Weg war. Doch Thomas konnte zu einem unberechenbaren Faktor für Patricks weiteres Vorhaben werden. Er musste ihm begreiflich machen, warum er keine andere Wahl hatte. Wenn sein Freund erst die ganze Geschichte kannte, würde er verstehen.

Aber was sollte er tun, wenn Thomas es nicht verstand? Dann mussten andere Maßnahmen ergriffen werden, flüsterte eine Stimme in seinem Kopf. Patrick scheuchte sie schnell in einen möglichst weit entlegenen Winkel seines Gehirns. Darüber wollte er nicht einmal im Ansatz nachdenken. Vielleicht machte er sich unnötig Sorgen, weil Thomas sich längst wieder aus dem Staub gemacht hatte. Im Weglaufen war er schließlich Weltmeister. Diese Möglichkeit war nicht auszuschließen, und es wäre mit Sicherheit die beste Lösung. Für Patrick selbst und für seinen Freund auch. Nur bestand dann nach wie vor die Gefahr, dass Thomas ihn irgendwann verraten würde. Aber war das nicht im Grunde gleichgültig? Er brauchte nur noch wenige Tage. Was danach kam, war ihm egal. Sein Leben war ohnehin vorbei. Das war es schon, ehe es richtig begonnen hatte.

Genug gehadert, beschloss er. Es brachte nichts, sich den Kopf über Dinge zu zerbrechen, die noch gar nicht eingetreten waren. Er musste bis zum Nachmittag warten, wenn Thomas bei ihm auftauchte. Falls er auftauchte. Dann würde er weitersehen. Jetzt wurde es Zeit aufzustehen und sich fertig zu machen. Noch hieß es, unauffällig zu bleiben, unter dem Radar zu fliegen. Nur noch wenige Tage …

Patrick knipste die Lampe auf seinem Nachttisch an, blinzelte einige Male, bis sich seine Augen an das Licht gewöhnt hatten, und richtete sich in seinem Bett auf. Er reckte sich, um den Rest Müdigkeit aus seinen Gliedern zu vertreiben, und gelangte zu der Erkenntnis, dass es dazu wohl etwas mehr bedurfte als ein paar halbherziger Dehnübungen. Ein Riesenpott Kaffee konnte hilfreich sein, aber selbst dessen war er nicht sicher. Falls er überhaupt Kaffee im Haus hatte. Nun, das würde er kaum herausfinden, wenn er weiter im Bett ausharrte und jammerte.

Entschlossen warf er die Decke zur Seite. Im Zimmer war es eisig kalt. Kein Wunder, die Heizung litt an akuter Altersschwäche und machte es bestimmt nicht mehr lange. Sie war schon alt gewesen, als seine Großmutter noch hier lebte, und das war ewig her. Als einzige noch lebende Angehörige hatten er und sein jüngerer Bruder Michael das kleine Häuschen am Waldrand geerbt. Er war dankbar dafür. So musste er sich um die Miete keine Sorgen machen. Es war eher nicht damit zu rechnen, dass Michi etwas zum Lebensunterhalt beitragen würde. Er war im Leben nie klargekommen. Also musste Patrick ihn wohl oder übel mit durchziehen. Doch das machte ihm nichts aus. Er hatte sich immer um seinen Bruder gekümmert. Es gab ja sonst niemanden, der das übernommen hätte. Niemanden, dem er Michi guten Gewissens anvertraut hätte.

Das Haus war inzwischen ziemlich renovierungsbedürftig, aber das störte ihn nicht. Er war ein Mann, ob da helle Stellen an den Wänden verrieten, wo einst Bilder hingen, oder die Badewanne vom jahrelangen Schrubben mit scharfen Reinigern verkratzt war, erschien ihm unerheblich. Hauptsache, sie hatten ein Dach über dem Kopf. Obendrein eins, für das sie keine Miete zahlen mussten. Da konnte man getrost einige Abstriche in Kauf nehmen. Große Sprünge konnte er mit seinem Gehalt nicht machen, zumal es für zwei reichen musste. Verschönerungsarbeiten am Haus waren da einfach nicht drin. Nur um die Heizung würde er sich baldmöglichst kümmern müssen. Andererseits ... wozu sich die Mühe machen?

Er schlurfte vom Schlafzimmer hinunter in die Küche, um erfreut festzustellen, dass die Kaffeedose zur Hälfte gefüllt war. Er schaufelte eine große Menge Pulver in die Kaffeemaschine, die – wie so ziemlich alles im Haus – noch aus Omas Zeiten stammte, und ließ Wasser in die Kanne laufen. Er setzte das Gerät in Gang und zog sich auf die winzige Toilette im Erdgeschoss zurück. Hier war gerade mal Platz für die Kloschüssel, aber was brauchte man mehr? Okay, Klopapier wäre schön gewesen, aber er hatte offenbar vergessen, die leere Rolle durch eine neue zu ersetzen. Obwohl er kein Macho war, ging ihm durch den Kopf, dass einer Frau so etwas nicht passiert wäre.

Zurück in der Küche goss er sich einen Becher Kaffee ein, verbrannte sich beim ersten Schluck die Zunge und kippte sich vor Schreck einen Schwall heiße Flüssigkeit über die nackten Füße. Na, das würde bestimmt ein toller Tag werden. Vielleicht sollte er doch lieber zurück ins Bett kriechen und sich die Decke über den Kopf ziehen. Leider war die Zeit dazu zu knapp. Er musste sich an den Plan halten. Je schneller er die Sache durchzog, umso größer war die Wahrscheinlichkeit, dass er sein Vorhaben zu Ende bringen würde.

18

Carsten stand unter der Dusche, als die ersten Töne der signifikanten Tatort-Hymne in sein eingeseiftes Ohr drangen. Wer guckte denn am frühen Morgen in dieser Lautstärke Fernsehen? Dann fiel ihm ein, dass er die Melodie der Krimi-Serie als Dienst-Klingelton für sein Handy gewählt hatte. Er war sich unglaublich kreativ vorgekommen, bis er feststellte, dass ungefähr neunzig Prozent seiner Kollegen die gleiche Idee gehabt hatten und alle gleichzeitig in ihre Jackentaschen griffen, sobald die ersten Takte erklangen. Ein Anruf vor Dienstbeginn verhieß auf jeden Fall selten etwas Gutes.

Beim Versuch, mit einem eleganten Sprung aus der Dusche zu hechten, glitt er auf den nassen Fliesen aus und hätte sich beinahe auf den Hosenboden gesetzt. Er taumelte aus dem Badezimmer in den Flur seiner Zwei-Zimmer-Wohnung, wo das Mobiltelefon auf der kleinen Kommode, angeregt durch den Vibrationsalarm, wild kreiselte.

»Kantner?«, meldete er sich hastig.

»Na, ausm Bett gefallen?«, fragte eine viel zu gut gelaunte Stimme am anderen Ende der Leitung. »Zieh dich mal wacker an und fahr zu Friedrich Mai.«

Für einen kurzen Moment befürchtete Carsten, sein Kollege besäße den Röntgenblick und könnte ihn pudelnackt im Flur stehen sehen. Er brauchte einige weitere Sekunden, um zu ergründen, warum ihm der Name Friedrich Mai bekannt vorkam.

»Wieso? Hab ich heute einen Termin bei dem?«, fragte er, als der Groschen gefallen war. Friedrich Mai, der Staatsanwalt.

»Nee«, erwiderte der Kollege, offensichtlich der Meinung, Carsten würde ihn an der Stimme erkennen. »Er ist dein neuer Fall.«

Carsten wartete auf weitere Informationen, doch die Stimme am anderen Ende hüllte sich in Schweigen. Sollte das jetzt die Spannung erhöhen oder was? Offensichtlich. Dieses wichtigtuerische Verstummen um des anschließenden großen Auftritts willen konnte er leiden wie einen Darmverschluss. Seinetwegen konnte der namenlose Kollege am

Telefon warten, bis sein Ohr mit dem Hörer verwuchs, Carsten würde unter Garantie nicht nachhaken.

»Friedrich Mai ist tot in seinem Haus aufgefunden worden. Von seiner Putzfrau«, bequemte sein Kollege sich irgendwann, ihm weitere Auskünfte zu erteilen.

Carsten brauchte einen Augenblick, bis er die Nachricht verdaut hatte. »Na dann hoffe ich mal, sie hat ihn gefunden, bevor sie sämtliche Spuren weggeputzt hat«, versuchte er zu scherzen.

»Ach, ich weiß nicht mal, ob es da viel wegzuputzen gibt«, erwiderte der Kollege. »Es handelt sich vielleicht um Selbstmord.«

»Hat er sich die Rübe weggeballert oder was?« Obwohl, dann gäbe es eine Menge wegzuputzen.

»Nein, offenbar ist er an einer Überdosis von irgendwas verendet.«

Eine Überdosis von irgendwas? Welch erschöpfende Auskunft. Auf der anderen Seite war er natürlich dafür zuständig, herauszufinden, was geschehen war.

»Ist die Putzfrau nebenbei noch Ärztin, oder woher will sie das mit der Überdosis wissen?«, fragte er.

»Nein, sie hat den Arzt, der nebenan wohnt, aus dem Bett geklingelt«, erwiderte sein Kollege. »Ist wohl gleichzeitig Mais Hausarzt. Er konnte allerdings nur noch den Tod feststellen. Außerdem hat er eine Einstichstelle an Mais Hals entdeckt. Und uns daraufhin benachrichtigt.«

Oh, wie schön, dachte Carsten, gleich zwei Leute, die den Tatort kontaminiert hatten. Falls es sich überhaupt um einen solchen handelte. Er würde es schwerlich herausfinden, wenn er weiter nackt und nass in seinem Flur stand und auf den Holzboden tropfte. Er versicherte seinem Kollegen, sich so schnell wie möglich bei der Adresse einzufinden, wo eine arme Putzfrau den Schock ihres Lebens erlitten hatte.

* * *

Aylin konnte sich nicht erinnern, sich jemals so schnell gewaschen, die Zähne geputzt und angezogen zu haben. Die Haarwäsche musste zu ihrem Missfallen heute ausfallen, Kantner hatte zur Eile gedrängt. Wann hatte der es jemals nicht eilig? Sie band sich die Haare zu einem Zopf. Nicht schick, aber es musste reichen. Sie versuchte kurz, ihren Pony dazu zu bewegen, wenigstens einigermaßen ansehnlich zu fallen, gab aber nach kurzer Zeit auf. Kantner würde damit leben müssen, dass ihr die Haare leicht strähnig ins Gesicht hingen, wenn er sie so hetzte.

Sie griff sich ihre Jacke und ihre Tasche und verließ die Wohnung. Im Hausflur zog sie ihre Schuhe an und eilte im Laufschritt die Treppe hinunter. Obwohl sie kaum mehr als zehn Minuten gebraucht haben konnte, stand der Wagen des Hauptkommissars bereits vor ihrer Haustür. Entweder war Kantner die Strecke vom Ölberg bis zum Hahnerberg geflogen, oder er hatte bereits vor ihrem Haus gewartet, als er sie vorhin angerufen hatte. Sie öffnete die Beifahrertür und ließ sich in den Sitz fallen.

»Mann, das hat ja gedauert«, meinte Kantner statt einer Begrüßung.

Aylin lag eine spitze Bemerkung auf der Zunge. Sie warf ihrem Kollegen einen Seitenblick zu und sah, wie er sie angrinste. Bei ihm konnte man wirklich nie sicher sein, wann er einen Scherz machte und wann nicht.

»Ich kann noch mal hochgehen und mir die Haare waschen«, schlug sie vor.

»Ach was, sieht doch gut aus«, meinte er und startete den Motor.

Das war jetzt bestimmt ein Scherz. Oder er wollte höflich sein, auch wenn Höflichkeit, wie sie in den letzten Wochen festgestellt hatte, nicht zu seinem Standardrepertoire gehörte. Aylin verkniff sich einen Kommentar. Kantner wendete den Wagen, fuhr die Straße zurück und bog auf Höhe der Tankstelle links ab.

»Jetzt sagen Sie nicht, das Opfer wurde in der Müllverbrennungsanlage gefunden«, sagte Aylin und schluckte unbehaglich. Den Anblick wollte sie sich erst gar nicht vorstellen.

»Wie kommen Sie denn darauf?« Kantner ließ die Anlage links liegen und fuhr auf die L418. »Es geht zum Toelleturm.«

»Eine Leiche am Toelleturm?«, fragte sie.

»Nicht direkt. Unser Opfer besitzt dort ein Haus. Kannten Sie Friedrich Mai?«

Aylin schüttelte den Kopf. »Nur dem Namen nach. Persönlich hatte ich nie mit ihm zu tun. Und Sie?«

»Auch nicht. Wie ich hörte, hat er in den letzten Jahren hauptsächlich Verkehrsdelikte bearbeitet. Seine Frau ist, wenn ich mich recht entsinne, bei einem Autounfall ums Leben gekommen.«

»Der Ärmste«, meinte sie mitfühlend.

»Ja«, war alles, was Carsten dazu einfiel. *Der Ärmste.* Jetzt hatte es ihn selbst erwischt.

Schweigend kämpften sie sich durch den morgendlichen Berufsverkehr. Die Wetterlage hatte sich seit gestern nicht wesentlich verbessert, und sie kamen nur langsam voran. Die Stadtwerke klagten bereits darüber, dass ihnen allmählich das Streusalz ausging und der Streusalzmarkt weltweit quasi leergefegt war. Sollte es tatsächlich so weit sein, käme der Wuppertaler Autoverkehr in Nullkommanichts zum

Erliegen. Das tat er normalerweise schon bei drei Schnee-flocken.

Am Lichtscheider Kreisel standen sich die Autos an der Ampel die Reifen in den Bauch. Kurz entschlossen ent-schied Carsten sich für den Schleichweg an der ehemaligen Kaserne vorbei – wie viele andere auch, wie er hinter der Kurve feststellte. Da die Nebenstrecke weder geräumt noch gestreut war, dauerte es unendlich lange, bis sie sich zur Kreuzung vorgearbeitet hatten. Natürlich sahen die Fahrer auf der Oberen Lichtenplatzer Straße, die sich ordnungs-gemäß über die Ampelanlage bis hierher gequält hatten, es überhaupt nicht ein, Carstens alten Ford Escort hereinzu-lassen.

»Bis wir da sind, sind wir alt und grau«, merkte Aylin an.

»Das bin ich jetzt schon«, seufzte Carsten und konnte sich gerade noch zurückhalten, vor Wut ins Lenkrad zu beißen.

»Na ja, so grau sind Sie doch gar nicht«, meinte sie mit Blick auf seinen blonden Haarschopf.

Aber alt, oder was?, schmollte er innerlich.

Nach einer gefühlten Ewigkeit tat sich endlich eine Lücke auf, und er schlingerte um die Kurve auf die Hauptstraße. Eine weitere Viertelstunde später waren sie endlich am Toelleturm angekommen. Neben dem Briller Viertel und dem Zooviertel galt die Gegend um den Ende des 19. Jahr-hunderts erbauten Aussichtsturm als eine der bevorzugtes-ten Wohngegenden Wuppertals. Als Staatsanwalt verdiente man offensichtlich gut genug, um sich hier ein Haus leisten zu können. Davon konnte Carsten mit seinem Polizisten-gehalt nur träumen. Dabei war er derjenige, der im Zwei-fel in der Schusslinie stand und sein Leben für das Wohl der Allgemeinheit riskierte. Andererseits war es nicht sein

Ableben, das es zu untersuchen galt, da sollte er nicht jammern. Nicht mal gedanklich.

»Da vorne rechts muss es sein«, meinte Kollegin Öner und deutete auf eine Menschentraube, die sich um ein rot-weißes Absperrband tummelte.

Natürlich hatten sich die üblichen Verdächtigen bereits am Tatort eingefunden. Wenn die sich mal vor einem Mord so zahlreich versammeln und ihn damit verhindern würden, hätte die Polizei wesentlich weniger zu tun. Dabei war nicht mal erwiesen, ob es sich um einen Mord handelte. Doch Absperrbänder wirkten auf Menschen wie Magneten auf Metall. Oder umgekehrt. Auf jeden Fall anziehend. Carsten seufzte und hielt Ausschau nach einem Parkplatz. Da die Einfamilienhäuser in dieser Gegend allesamt über Garagen verfügten, war wenigstens das kein Problem. Er manövrierte den Wagen in eine Parklücke, während Kommissarin Öner, ein wenig übereifrig, ihren Gurt schon gelöst hatte und heraussprang. Die hatte es aber eilig.

»Nun hetzen Sie mal nicht so, der Tote wird schon nicht weglaufen«, meinte Carsten gutmütig.

»Das sagt der Richtige«, murmelte seine Kollegin und zerrte ihren Dienstausweis aus der Jackentasche.

Was wollte sie ihm denn damit sagen?, fragte sich der Hauptkommissar und folgte ihr. Die beiden bahnten sich mit erhobenen Ausweisen einen Weg durch die Menge der Schaulustigen und standen schließlich vor einer gepflegten Villa. Die Eingangstür stand offen, und sie sahen einige Beamte in weißen Overalls, die bereits mit der Spurensicherung begonnen hatten. Die waren aber fix vor Ort. Wenn ein Staatsanwalt tot in seinem Haus liegt, musste man sich wohl etwas mehr als üblich ins Zeug legen.

»Hallo, dürfen wir rein?«, fragte Carsten einen der Kollegen.

»Wenn es sein muss«, erwiderte der und reichte den beiden jeweils ein Päckchen mit Tatort-Dienstkleidung.

Carsten quetschte sich widerwillig in den Anzug, streifte ein Paar blaue Plastiküberzieher über seine Schuhe und folgte Kollegin Öner, die, schon fertig verpackt, vorangestürmt war.

»Kapuze auf!«, brüllte der Kollege der Spurensicherung ihm hinterher. »Die ist nicht dafür da, wenn's regnet.«

* * *

Sophie und Ben saßen am Frühstückstisch in ihrer Küche. Ben war verstimmt, weil seine Frau es am Vortag nicht für nötig erachtet hatte, ihn über den Mord in der Mördergrube zu informieren. Offenbar benötigte sie seine moralische Unterstützung nicht. Er hatte sie damals sofort angerufen, nachdem er Karls Leiche im Amtszimmer entdeckt hatte. Er ersparte sich jedoch einen Vorwurf, da Sophie ohnehin schon an ihrem schlechten Gewissen zu knabbern hatte. Nicht ihrem schlechten Gewissen ihm gegenüber, sondern weil sie sich schuldig fühlte am Tod des Professors. Da musste er sie nicht zusätzlich mit Vorhaltungen quälen. Trotzdem war er enttäuscht und traurig.

»Was machst du denn heute?«, wollte er wissen. »Ich meine, in den Laden kannst du doch noch nicht wieder, oder?«

Sophie seufzte und schüttelte den Kopf. »Nein, sie haben das Ladenlokal noch nicht freigegeben.«

»Ja, als Karl ermordet wurde, hat es fast zwei Wochen gedauert, bis alles wieder in der Reihe war.«

Sophie schluckte bei dem Gedanken daran, was es bedeutete, die Buchhandlung für zwei Wochen schließen zu müssen. Es ging dabei nicht nur um den Verdienstausfall, der heftig genug ausfallen würde. Aber würden die Kunden den Laden überhaupt jemals wieder betreten, nachdem dort ein Mann gewaltsam ums Leben gekommen war? Einige Sensationslüsterne bestimmt, andere würden es wohl eher vermeiden, einen Ort aufzusuchen, an dem man seines Lebens nicht sicher war. Natürlich war der Professor nachts getötet worden, als er mutterseelenallein in der Mördergrube gewesen war. Na ja, nicht ganz allein, wenn man es recht bedachte. Aber wenn die Gerüchteküche erst mal brodelte, wurde aus einem Mord schneller ein Amoklauf, als einem lieb sein konnte. Und ob sie selbst die Teeküche jemals wieder würde betreten können, hielt sie im Moment für äußerst unwahrscheinlich.

»Du hast aber nichts vor, was du später bereuen könntest, oder?«, hakte Ben vorsichtig nach.

Er kannte seine Frau nur allzu gut. Wenn Sophie der Ansicht war, der Fall würde mit ihrer tatkräftigen Unterstützung schneller gelöst werden, war sie durch nichts mehr zu bremsen.

Sie hob abwehrend die Hände. »Ich doch nicht«, beteuerte sie. »Ich bereue es ja schon zutiefst, dem Professor erlaubt zu haben, im Laden zu übernachten. Da reite ich mich nicht noch tiefer in die Scheiße. Mach dir mal keine Gedanken.«

Ben sah sie forschend an, und sie schlug die Augen nieder. Ein sicheres Zeichen, dass sie log. Er hatte es geahnt, sie plante irgendetwas. Etwas, mit dem er ganz und gar nicht einverstanden sein würde. Hatte es ihr nicht gereicht, im letzten Jahr beinahe das Opfer eines skrupellosen Mörders geworden zu sein? Zweimal? Musste sie sich jetzt schon wieder in die Ermittlungen der Polizei einschalten? Und diesmal wäre kein Professor zur Stelle, um sie im letzten Moment zu retten.

»Dir ist echt nicht mehr zu helfen«, murmelte er.

»Was denn?«, fuhr sie auf. »Ich hab doch gesagt, ich mach nix.«

»Wer's glaubt, wird selig«, meinte er.

Sophie hob feierlich die rechte Hand. »Ich schwöre, ich werde nichts tun, was mich in irgendeiner Art und Weise in Gefahr bringt«, erklärte sie.

»Versprich nichts, was du nicht halten kannst.«

Er stand auf, riss sein Frühstücksgeschirr vom Tisch und räumte es unter lautem Getöse in die Spülmaschine. Seine Frau wusste genau, wenn er so polterte, war er ernsthaft erzürnt. Ohne ein weiteres Wort ging er durchs Wohnzimmer in den Flur und zerrte seine Jacke vom Garderobenhaken. Sophie folgte ihm und blickte ihn an wie ein unsicheres Schulmädchen.

»Bist du sauer auf mich?«, fragte sie vorsichtig.

»Nein«, brummte er, weil er im Moment weder die Zeit noch die Lust zu diskutieren hatte.

Er raffte seine Sachen zusammen und drückte ihr einen flüchtigen Kuss auf die Stirn.

»Bis heute Nachmittag«, verabschiedete er sich und öffnete die Wohnungstür.

19

Eine brauchbare Information aus der Zugehfrau von Friedrich Mai herauszubekommen, gestaltete sich schwieriger als vermutet. Die Dame machte ihrem Berufsstand alle Ehre und putzte sich im Minutentakt intensiv die Nase. Irgendwann würde sie anfangen, sie auch noch zu polieren. Von einem Selbstmord ging mittlerweile niemand mehr aus. Zum einen, weil es völlig unlogisch erschien, dass jemand, der sich eine Überdosis von was auch immer spritzen wollte, den Hals als bevorzugte Stelle für die Injektion wählte, zum anderen war bislang keine Spritze gefunden worden. Außerdem hatte die Terrassentür offengestanden, was für sich genommen kein hinreichender Beweis war, denn Mai selbst könnte sie geöffnet haben. Dennoch legte es den Schluss nahe, dass der mutmaßliche Täter durch den Garten geflüchtet war. Oder die Tür geöffnet hatte, um sie in die Irre zu führen.

»Der Herr Mai war so ein angenehmer Mensch«, berichtete die Putzfrau den beiden Kommissaren zwischen zwei Taschentüchern. »Ich hab so gern für ihn geputzt. Was wird denn jetzt aus mir?«

Dazu fiel weder Carsten noch Aylin auf die Schnelle eine Lösung ein. Höchstwahrscheinlich musste sie sich nach einer neuen Stelle umsehen.

»Er hat mir immer eine Kleinigkeit zum Geburtstag und zu Weihnachten geschenkt. Hat er nie vergessen«, schniefte sie.

»Wie lange haben Sie denn für Herrn Mai gearbeitet?«, wollte Carsten wissen.

Sie saßen in Friedrich Mais Küche am Esstisch. Aylin hatte eine Kanne Tee gekocht, damit die Putzfrau, Helga Fischer, langsam zur Ruhe kommen konnte. Der Schock, den sie erlitten hatte, als sie am frühen Morgen die Leiche ihres Arbeitgebers in dessen Wohnzimmer entdeckt hatte, hatte sich tief in das Gesicht der älteren Dame eingegraben. Ihre Augen waren vom Weinen gerötet und auf ihren Wangen bildeten sich hektische Flecken. Zu ihren zahlreichen Runzeln, die sie vermutlich intensiven Sonnenbädern verdankte, hatten sich ein paar Kummerfalten gesellt. Ihre grauen Locken hingen schlaff und traurig auf ihrem Kopf. Sie nestelte nervös an den Knöpfen ihres Arbeitskittels.

»Beinahe drei Jahre bin ich jetzt hier«, erwiderte sie auf Carstens Frage. »Seit die arme Frau Mai, Gott hab sie selig, ums Leben gekommen ist.« Sie schnäuzte sich wieder die Nase im Gedenken an die verblichene Ehefrau des Staatsanwalts, obwohl sie sie gar nicht gekannt hatte. »Und nun der arme Herr Mai. Ermordet in seinem eigenen Haus. In was für einer Welt leben wir eigentlich?«

Frau Fischer blickte die beiden Polizisten eindringlich an, in der Hoffnung, von ihnen eine zufriedenstellende Antwort zu erhalten. Aylin drückte mitfühlend ihre Hand. *In einer Welt, in der jeder nur auf seinen eigenen Vorteil bedacht ist, und sich den, wenn nötig, auch mit Gewalt verschafft,* dachte sie, sprach diesen Gedanken jedoch nicht laut aus. Es war nicht das, was die Frau hören wollte.

»Wir werden alles in unserer Macht Stehende tun, um denjenigen zu finden, der Herrn Mai das angetan hat«, antwortete Carsten.

Die übliche, abgedroschene Phrase, die jeder Polizist für solche Gelegenheiten in seinem Floskelrepertoire bereithielt. Er konnte sie selbst nicht mehr hören. Geschweige denn, daran glauben. Zu viele Verbrecher kamen heutzutage ungeschoren davon, teils weil der Polizei die Leute fehlten, um anständig ermitteln zu können, teils weil überlastete Staatsanwälte Fehler machten, oder sich die Arbeit, ein Verfahren einzuleiten, gleich ganz sparten. Da riss man sich als Polizist den Arsch auf, um Verbrecher dingfest zu machen, und die Damen und Herren Staatsanwälte hatten nichts Besseres zu tun, als sie wieder laufen zu lassen, damit die Täter an der nächsten Straßenecke eine weitere Omi um ihre Handtasche erleichtern konnten. Na toll, jetzt hatte er sich mal wieder so richtig schön in Rage gedacht. Es war nicht hilfreich, wenn man einen Groll gegen das Mordopfer hegte. Dabei hatte Mai ihm persönlich nichts getan. Weder privat noch beruflich war er jemals mit ihm in Kontakt gekommen. Im Prinzip wusste er gar nicht, in welche Kategorie Staatsanwalt der Mann gehörte.

»Wie gut kannten Sie Ihren Arbeitgeber?«, wollte er wissen.

Frau Fischer hob abwehrend die Hände. »Ich hab nur für ihn geputzt, sonst nix«, entgegnete sie nachdrücklich.

Etwas anderes hatte Carsten auch nicht angenommen, geschweige denn andeuten wollen. »Natürlich nicht, Frau Fischer«, beruhigte er sie. »Ich meine, wissen Sie, ob er sich in letzter Zeit bedroht fühlte? Oder ob ihm etwas Sorgen bereitete?«

»Ach so.« Helga Fischer legte den Kopf ein wenig schief und dachte einen Moment nach. »Also, mir ist nichts bekannt, er redete nicht sehr viel. Schon gar nicht über seine Probleme. In der Post war auch nichts, was irgendwie eigenartig aussah. Jedenfalls nicht, wenn ich hier war. Ich komm ja nur zweimal die Woche. Also ich öffne die Post natürlich nicht, ich leg sie nur auf die Kommode im Flur. Aber da sah kein Brief aus, als wären da Morddrohungen drin oder so, wissen Sie?«

Carsten hatte keine Vorstellung davon, wie Briefumschläge, die Morddrohungen enthielten, aussehen sollten. Bestenfalls unauffällig, damit der Adressat sie arglos öffnete, um dann den Schock seines Lebens zu erleiden. Aber Frau Fischer lebte offenbar in einer Welt, in der alles, was harmlos aussah, auch harmlos sein musste.

»Na ja, ich seh den Herrn Mai natürlich nicht so oft, weil, wenn ich komme, ist er ja meistens schon bei Gericht«, fuhr sie fort. »Heute war ich recht früh dran, weil ich die Fenster putzen wollte. Die habens mal wieder nötig. Aber jetzt ist es wohl auch egal.«

Sie verstummte und steckte ihre Nase wieder in ein Taschentuch. Sie hatte recht, es würde niemanden mehr interessieren, wie die Fenster aussahen.

»War er in den letzten Tagen oder Wochen anders als gewöhnlich?«, fragte Carsten, nachdem er der Frau einige Minuten Zeit gegeben hatte, sich zu sammeln. Der Stapel gebrauchter Papiertaschentücher wuchs nahezu sekündlich.

Helga Fischer ging einen Moment in sich und schüttelte dann den Kopf. »Nein, er war wie immer. Also mir ist zumindest nichts aufgefallen. Aber, wie gesagt, ich seh ihn nicht so häufig.«

»Als Sie heute Morgen ankamen, ist Ihnen da etwas aufgefallen?«, mischte sich Aylin ein.

»Abgesehen von …?« Frau Fischer sprach den Satz nicht zu Ende.

Aylin nickte. Abgesehen von der Leiche im Wohnzimmer. »Kam Ihnen irgendwas komisch vor? Als Sie die Tür aufgeschlossen haben, zum Beispiel«, half sie der Putzfrau auf die Sprünge.

»Ja, die Haustür war nicht abgeschlossen. Und auf dem Boden vor der Treppe lagen Scherben«, erzählte Helga Fischer. »Na ja, ich hab mir erst nichts dabei gedacht. Der Herr Mai trank abends schon mal gern das eine oder andere Gläschen Wein. Ich dachte, ihm sei vielleicht eins runtergefallen, als er ins Bett wollte. Ich glaube, er nimmt … nahm … gern einen Schlummertrunk mit ans Bett.«

»Haben Sie sich nicht gewundert, dass er die Scherben nicht weggeräumt hat?«, fragte Aylin.

Frau Fischer zuckte mit den Schultern. »Eigentlich nicht. Wenn er betrunken war … ich meine … also, ich will damit nicht sagen, er wäre häufig betrunken gewesen, das weiß ich ja auch nicht, aber ich … nun ja, ich muss immer viele Flaschen zum Container tragen. Weinflaschen meine ich. Und mit dem Aufräumen hatte er es ohnehin nicht so ...« Sie brach ab und vergrub ihr Gesicht in ein frisches Taschentuch.

Aylin dachte sich ihren Teil, sagte aber nichts dazu. Sie wollte die arme Frau nicht noch mehr in Verlegenheit bringen. Es schien Frau Fischer unangenehm genug, einräumen zu müssen, dass ihr Arbeitgeber offenbar Alkoholiker gewesen war. Als sei es ihre Schuld. Doch Aylin ahnte, was in Frau Fischer vorging. Sie wollte nicht schlecht über den Toten sprechen. Das wollten die Wenigsten. Leider war es in einem Mordfall unumgänglich, auch die schlechten Seiten des Opfers hervorzukehren.

Frau Fischer hatte sich so weit gesammelt, um weitersprechen zu können. »Weil die Haustür nicht abgeschlossen war, dachte ich, er sei noch zu Hause. Ich hab nach ihm gerufen. Damit er sich nicht erschreckt, wenn ich plötzlich vor ihm stehe. Oder nackig aus dem Bad kommt.« Sie errötete bei der Vorstellung. »Ich war ja früher dran als sonst. Wegen der Fenster ... Er hat aber nicht geantwortet. In der Spüle stapelte sich das Geschirr, aber das ist nicht ungewöhnlich.« Ein verstohlener Blick in Richtung Spülbecken. »Er hatte es, wie gesagt, nicht so mit der Hausarbeit. Ich hab gedacht, er hat vielleicht verschlafen, und bin nach oben, um nachzusehen, aber er war nicht im Schlafzimmer und das Bett war schon gemacht. Das war äußerst ungewöhnlich. Weil es normalerweise nicht gemacht ist. Männer halt.«

Sie bedachte Carsten mit einem schüchternen Seitenblick, doch der fühlte sich nicht angesprochen. Er machte sein Bett ordnungsgemäß jeden Morgen. Na gut, heute Morgen nicht, dazu war keine Zeit mehr gewesen. Aber sonst immer. Fast immer. Meistens.

»Ich hab an die Badezimmertür geklopft, aber keine Antwort bekommen. Na ja, ich bin dann wieder runter. Ich dachte, vielleicht ist er doch schon gegangen und hat nur vergessen, zuzusperren. Im Wohnzimmer hab ich ihn dann gefunden. Auf der Couch lag er. Ich hab noch gedacht, er wäre vielleicht am Abend zuvor dort eingenickt, aber als ich ihn wachrütteln wollte, hab ich gemerkt, dass er ganz kalt war. Und sich nicht wecken ließ. Nebenan wohnt der Doktor, den hab ich gleich zu Hilfe gerufen«, erklärte sie.

»Und der hat dann festgestellt, dass Herrn Mai offenbar etwas injiziert worden ist«, stellte Carsten fest.

Sie nickte. »Ja, richtig. Er hat die Einstichstelle sofort entdeckt. Am Hals.« Sie deutete auf die Stelle an ihrem eigenen Hals.

»Und Sie schließen aus, dass es sich um Selbstmord handeln könnte?«, fragte er – nur um wirklich sicherzugehen.

Frau Fischer rang die Hände. »Ich wüsste nicht, weshalb«, jammerte sie.

Tja, weshalb brachte sich ein Mensch um? Weil er die Einsamkeit nicht mehr ertrug? Eine niederschmetternde Nachricht erhalten hatte? Carsten überließ die Zugehfrau Aylins fähigen Händen und machte sich auf den Weg ins Wohnzimmer des Opfers, um in Erfahrung zu bringen, was die Kollegen der KTU bislang zutage gefördert hatten. Auf dem Sofa lag Friedrich Mai und wartete auf die Ankunft von Dr. Brandt oder irgendeinem anderen Mitarbeiter des rechtsmedizinischen Instituts. Natürlich war ein Selbstmord trotz der fehlenden Spritze eine nicht auszuschließende Möglichkeit, aber sie kam Carsten doch mehr als unwahrscheinlich vor. Weshalb hätte Mai sich ein Mittel injizieren und die Spritze anschließend entsorgen sollen? Und einen Abschiedsbrief hatte der Staatsanwalt offenbar auch nicht hinterlassen. Was nicht zwingend etwas bedeuten musste, denn wen hätte der Staatsanwalt über sein freiwilliges Dahinscheiden informieren wollen? Frau Fischer vielleicht? Frei nach dem Motto: »Wischen Sie mich einfach weg, danach benötige ich Ihre Dienste nicht mehr.« Mehr ein Kündigungsschreiben als ein Abschiedsbrief. Doch wer hatte einen Grund, ihn zu töten?

Zwei mysteriöse Todesfälle in zwei Tagen. Beide Opfer einsame ältere Männer, der eine obdachlos, der andere ein gut situierter Staatsanwalt. Der eine erstochen, dem anderen eine tödliche Injektion verpasst. Und weit und breit kein Hinweis in Sicht, der ihnen einen Ansatz für die Ermittlungen bieten könnte. Das würde heiter werden.

20

Marga Plenske ließ die Ausgabe der Westdeutschen Zeitung, die ihre Nachbarin ihr nach dem Lesen immer freundlicherweise auf die Fußmatte legte, auf den Küchentisch sinken. ›Krimilesung mit tödlichem Ausgang‹ lautete die plakative Schlagzeile auf der ersten Seite des Lokalteils, und darunter: ›Die Mördergrube wird zur Mordfalle‹. *Es wird immer schlimmer in der Welt*, dachte Marga, *wenn man nicht mal mehr in einer Buchhandlung sicher ist*. Sie stand kopfschüttelnd auf, ging zum Fenster und beobachtete die Schneeflocken, die wild durcheinander kreiselnd zu Boden fielen. Sie musste sich langsam anziehen, wollte sie es noch rechtzeitig zum Friedhof schaffen. Vermutlich musste sie zu Fuß gehen, denn die Busse stellten den Dienst normalerweise schon ein, wenn es auch nur entfernt nach Schnee roch. So weit war der Weg von ihrer Wohnung bis zum Norrenberg nicht, aber erst den einen Berg hinunter und den nächsten wieder rauf stiefeln zu müssen, war in ihrem fortgeschrittenen Alter kein Pappenstiel. Bei dem Wetter erst recht nicht. Da war ein Oberschenkelhalsbruch fast schon vorprogrammiert.

Eigentlich hatte sie gar keine Lust rauszugehen, aber einfach faul zu Hause zu bleiben kam natürlich nicht in Frage. Was erledigt werden musste, musste erledigt werden. Da hielt selbst ein drohender Oberschenkelhalsbruch nicht als Ausrede her.

Dabei war sie nicht einmal sicher, ob Werner es überhaupt bemerkte, wenn sie den täglichen Besuch bei ihm schwänzte. Sie schüttelte den Kopf über ihre eigene Dummheit. Natürlich würde er es nicht bemerken, er war tot. Deshalb lag er ja auf dem Friedhof. Bauchspeicheldrüsenkrebs. Es hatte ihn schneller dahingerafft, als er die Diagnose verarbeiten konnte. Sie war bei ihm gewesen, als er seinen letzten Weg angetreten hatte. Etwas anderes wäre nicht infrage gekommen. Sie hatte stets an seiner Seite zu sein. In guten wie in schlechten Tagen. Wobei sie sich an gute Tage nicht erinnern konnte. Und auch wenn er für immer aus ihrem Leben verschwunden war, hatte sie das unbestimmte Gefühl, er verfolgte nach wie vor jeden ihrer Schritte. Immer auf der Lauer liegend, sie bei einem Fehltritt zu erwischen. Sie konnte sich noch so sehr einreden, dass dies unmöglich war, die Angst vor ihm saß viel zu tief. Kein Wunder, mehr als vierzig Jahre unter der Knute eines Mannes wie Werner steckte man nicht einfach so weg. Sie war zu sehr daran gewöhnt, ohne Widerworte zu tun, was er von ihr verlangte. Oder was sie glaubte, das er von ihr verlangte, denn inzwischen verlangte er nichts mehr von ihr. Wie sollte er auch? An Geister glaubte Marga nicht. Nicht einmal an böse. Trotzdem konnte sie nicht aus ihrer Haut. Also würde sie auch heute – wie jeden Tag in den letzten Wochen – an seinem Grab stehen, als sei sie die trauernde Witwe, für die alle sie hielten.

Ihre Schwestern hatten sie damals vor Werner gewarnt. Er sei ein Despot, genau wie ihr Vater, hatten sie gemeint. Marga hatte die Warnungen in den Wind geschlagen, in der festen Überzeugung, die beiden seien nur neidisch, weil sie jemanden gefunden hatte, der sie aus ihrem Elternhaus befreite. Ihr Ritter in schimmernder Rüstung. Doch ihre Schwestern besaßen offenbar die bessere Menschenkenntnis. Den Kontakt zu ihnen hatte sie schon vor Jahrzehnten abgebrochen. Abbrechen müssen. Werner hatte es so gewollt. Ihre Schwestern hätten einen schlechten Einfluss auf sie. Sie wusste nicht einmal, wo die beiden jetzt lebten. Ob sie überhaupt noch lebten. Sie hatte im Telefonbuch nachgeschlagen, jedoch vergeblich. Vermutlich hatten sie ebenfalls geheiratet und ihre Nachnamen geändert. Marga hatte keine Ahnung, wie sie sie aufspüren konnte. Ob sie ihre Schwestern überhaupt aufspüren wollte. Denn dann würde sie einräumen müssen, dass sie recht gehabt hatten. Es war schwer genug, sich das eigene Scheitern selbst einzugestehen. Es vor anderen zu tun, erschien ihr ungleich schlimmer. So weit war sie noch nicht.

Lustlos schlurfte sie ins Schlafzimmer, um sich umzuziehen. Ihr Blick fiel auf das Foto ihres verstorbenen Mannes, das ordnungsgemäß auf dem Nachttisch neben ihrem Bett stand. Sie hatte nicht gewagt, es fortzuräumen. Dabei würde sie es am liebsten verbrennen, wie alles andere, das an ihn erinnerte. Werners Augen beobachteten sie misstrauisch. Oder bildete sie sich das nur ein? Er lächelte nicht auf dem Bild. Wenn sie recht darüber nachdachte, hatte er nie gelächelt. Nicht einmal bei ihrer Hochzeit. Sie war nicht sicher, ob er überhaupt gewusst hatte, wie das ging mit dem

Lächeln. Ein höhnisches Grinsen war alles, was er hinbekommen hatte.

Sie zog die dicksten Wollstrumpfhosen an, die sie finden konnte, und schlüpfte in einen ihrer Winterröcke. Sie besaß acht Röcke, für jede Jahreszeit zwei. Mehr wäre Verschwendung. Und Röcke mussten es auf jeden Fall sein. Oder Kleider. Werner mochte keine Hosen an Frauen. Frauen mit Hosen waren Mannweiber. Feministische Lesben, wie er abfällig meinte. Marga selbst hätte es praktischer gefunden, doch sie hatte sich wie stets gefügt. Und fügte sich nach wie vor. Manch einer hätte ihr wahrscheinlich gesagt, sie solle froh sein, das Martyrium endlich hinter sich zu haben, und einen Schlussstrich ziehen. Doch sie hatte Schwierigkeiten, etwas mit ihrer neugewonnenen Freiheit anzufangen. Nur vor sich selbst Rechenschaft ablegen zu müssen. Es war erstaunlich, wie sehr man bestimmte Verhaltensmuster verinnerlichte und Regeln einhielt, die man im Grunde seines Herzens ablehnte. Selbst wenn es niemanden mehr gab, der auf ihre Einhaltung pochte. Vielleicht würde sich ihre Haltung irgendwann ändern. Sie war erst Anfang sechzig, da hatte sie noch ein wenig Zeit, sich in ihrem neuen Leben zurechtzufinden, hoffte sie. Vielleicht würde es ihr eines Tages gelingen, es zu genießen. Schön wäre es. Sie hatte nicht mal den Hauch einer Ahnung davon, wie man sein Leben genoss.

* * *

»Sie sind doch die mit der Buchhandlung, oder? Da, wo der Professor abgemurkst worden is.«

Sophie schluckte. So würde sie also im Gedächtnis der Anwohner des Luisenviertels bleiben. Als die Frau mit der Buchhandlung, wo der Professor abgemurkst worden ist. Nicht gerade verheißungsvoll. Nun ja, An*wohner* traf es in diesem Fall nicht richtig, denn außer einem Pappkarton bewohnte der arme Kerl, den sie gerade angesprochen hatte, gar nichts.

Sie war mit der Schwebebahn nach Elberfeld gefahren und mit pochendem Herzen und schweißnassen Händen zu ihrem Laden gegangen. Der Anblick des Blumenmeers vor ihrem Schaufenster hatte sie zum Heulen gebracht. Sie vermisste den Professor jetzt schon. Es war in den letzten Jahren kaum ein Tag vergangen, an dem er nicht zumindest den Kopf durch die Tür gesteckt und ihr zugewunken hatte. Meistens war er auf ein paar Minuten hereingekommen, um sich aufzuwärmen oder abzukühlen, je nach Jahreszeit. Nun würde er nie wieder auftauchen. Er hatte den Laden gestern zum letzten Mal verlassen.

»Is alles okay mit Ihnen?«, fragte der Obdachlose und nahm mitfühlend ihre Hand.

»Äh, ja, klar«, erwiderte sie. »Ja, ich bin die Besitzerin der Mördergrube. Sophie Liebermann.«

»Angenehm«, meinte der Mann und ließ ihre Hand wieder los. »Gernot. Meinen Nachnamen hab ich vergessen. Den braucht man auf der Straße nich.« Er grinste und entblößte dabei einige Zahnlücken. »Geiler Name übrigens. Mördergrube, mein ich.«

»Ja.« Im Augenblick, fand sie, konnte es keinen fürchterlicheren Namen geben.

»Hat wohl jemand etwas zu wörtlich genommen«, bestätigte Gernot ihre trüben Gedanken. »Der arme Professor.« Er senkte den Kopf, um seinem verstorbenen Freund die letzte Ehre zu erweisen.

Sophie nickte. »Ja, es tut mir schrecklich leid, was passiert ist.«

Der Mann sah sie mit einer Mischung aus Erstaunen und

Mitleid an. »Können Sie doch nichts für. Sie haben ihn doch nich ...«

»Nein«, beeilte sie sich zu versichern. »Trotzdem. Ich fühle mich irgendwie schuldig.«

Gernot winkte ab. »Brauchen Se nich. War doch voll nett von Ihnen, dass Se einen von uns bei sich haben schlafen lassen. Macht nich jeder. Können Se mir glauben.«

Sicher, voll nett. Und was hatte der arme Mann davon gehabt? Er war nicht etwa erfroren oder an einer Alkoholvergiftung oder einer Überdosis gestorben, sondern hatte sich sieben Messerstiche eingefangen. In ihrem Laden. Sophie wollte lieber nicht weiter darüber nachdenken, sonst würde sie die Mördergrube vermutlich nie wieder betreten.

»Haben Sie den Professor gut gekannt?«, fragte sie.

Gernot schob die Finger unter seine schmutzige Wollmütze und kratzte sich nachdenklich am Hinterkopf. »Ja, schon ... eigentlich. Obwohl ...«

Er verstummte und kratzte weiter. Sophie verspürte ebenfalls einen Juckreiz. Ihre Mutter meinte, das hätte was mit Empathie zu tun, die bei Sophie außerordentlich ausgeprägt sei. Darauf konnte sie getrost verzichten. Diese blöde Empathie brachte nichts als Ärger.

»Obwohl was?«, hakte sie nach.

»Ich hab da viel drübber nachgedacht seit gestern. Wir haben zwar oft miteinander geredet, aber immer nur über mich. Nie über ihn. Ich weiß so gut wie gar nix von ihm. Er war weniger wie einer von uns, sondern mehr wie ein Streetworker, wissen Se? Einer, der einem hilft, mit dem Leben klarzukommen. Hat mir immer viel gebracht. Mit ihm zu reden, mein ich. Der wusste verdammt gut über alles Bescheid. Über das Leben und auch sonz über alles. Dumm war der nich.«

So viel wusste Sophie selbst über den Verstorbenen. Sie hatte gehofft, etwas Neues über ihn zu erfahren. Doch seine Geheimniskrämerei hatte sich offenbar sogar auf seine Kameraden erstreckt.

»Warum lebte er auf der Straße?«

Gernot zuckte mit den Schultern. »Hat halt Pech gehabt. Wie wir alle. Ich glaub, er hat früher gesoffen. Dat hadder mal angedeutet. Und, dat dat fast sein Untergang gewesen wär. Darum hadder auch aufgehört. Und versucht, jeden von uns davon abzubringen. Nich immer erfolgreich. Manchmal is die Flasche halt dein bester Kumpel. Und dein einziger Trost.«

Sophie nickte, als wüsste sie, wovon Gernot sprach. »Hatte er Familie? Hat er dazu mal was gesagt?«

Er schüttelte den Kopf. »Nee, hadder nich. Also, wat dazu gesagt, mein ich. Keine Ahnung. Kam mir nich so vor. Wann is denn eigentlich die Beerdigung? Wir würden da gern hin, wissen Se.«

Sophie hatte keine Ahnung, ob und wann man die Leiche des Professors für ein Begräbnis freigeben würde. Wer kam überhaupt dafür auf? Vermutlich das Sozialamt oder, schlimmer noch, das Ordnungsamt. Wie die Bestattung dann aussehen würde, mochte sie sich lieber nicht ausmalen. Aber ihr kam eine Idee, auch wenn die schon wieder was mit Empathie zu tun hatte. Man konnte eben nicht so einfach aus seiner Haut schlüpfen, wie man wollte. Selbst wenn man sehenden Auges in sein Unglück rannte.

21

Edgar Bräutigam stand am Schaufenster seines Immobilienbüros und blickte nachdenklich auf die Friedrich-Ebert-Straße. Von der gestrigen Aufregung war nicht viel übriggeblieben. Das Leben ging schneller weiter, als eine Leiche kalt wurde. Vor der Buchhandlung hatten einige mitfühlende Bürger immerhin Blumen und Kerzen niedergelegt, um dem Verstorbenen Respekt zu zollen, wie er vor einer Stunde im Vorbeigehen feststellen durfte. Für die anderen war der Tote einfach ein Penner weniger, der das Straßenbild verunzierte. Edgar selbst zählte zu letzterer Kategorie. Sorgen oder gar Gewissensbisse bereitete ihm das nicht und erst recht keine schlaflosen Nächte. Zu oft hatte einer dieser Obdachlosen in seinen Hauseingang gepinkelt oder Flaschen vor dem Schaufenster zerdeppert, als dass er sich noch Gedanken um das Wohlbefinden dieser Leute machte. Wer auf der Straße landete, war selbst Schuld an seinem Schicksal. Basta! Aber derjenige sollte gefälligst die rechtschaffenen Bürger der Stadt in Ruhe lassen.

Zum Glück war der Penner nicht in seinem Laden ermordet worden. Das wäre natürlich nicht möglich gewesen, denn Edgar hätte ihm kaum Zutritt gewährt und ihn zu allem Überfluss hier allein gelassen. Was hatte sich die süße Frau Liebermann nur dabei gedacht? Viel zu weichherzig war sie. Jetzt hatte sie den Salat. Ihre Buchhandlung konnte sie wahrscheinlich dichtmachen. Das kam davon, wenn man solch ein Gesindel in seinem Laden campieren ließ. Zu schade, er hatte ihr immer gern einen Besuch abgestattet.

Er wandte sich ab und ging zu seinem Schreibtisch. Seiner Mitarbeiterin Christina hatte er heute freigegeben. Sie war ziemlich geschockt gewesen, nachdem sie erfahren hatte, was sich Sonntagnacht im Luisenviertel abgespielt hatte. Als stünde deswegen ihr eigenes Ableben unmittelbar bevor. Egal, es stand heute ohnehin nicht viel an. Aber er vermisste den Ausblick, den sie ihm bot, wenn sie sich in ihren kurzen Röcken nach irgendwelchen Dingen bückte und ihm freie Sicht auf ihre kaum verhüllte Kehrseite präsentierte. Einmal war sie sogar unten ganz ohne gewesen. Er hatte sich kaum bremsen können, sich nicht die Hose herunterzuzerren und sie über den Kopierer zu werfen, um es ihr mal so richtig von hinten zu besorgen. Das war es doch, was sie mit ihren Auftritten bezweckte. Es konnte kein Zufall sein, dass ihr immer irgendwelche Sachen herunterfielen.

Edgar massierte sich den Schritt bei dem Gedanken an seine scharfe Büromaus. Er schielte vorsichtig in Richtung Tür. Da tat sich nichts. Gut so. Bei ihm tat sich umso mehr. Er zog den Reißverschluss seiner Hose auf und schob seine Hand durch den Schlitz seiner Unterhose. Genussvoll begann er zu rubbeln und stellte sich vor, wie seine geile Mitarbeiterin gerade Hand an ihn legte. In seinen Gedanken verschwamm ihr Gesicht und verwandelte sich in das der reizenden Buchhändlerin, die langsam den Kopf in Richtung seines Schoßes senkte. Ein Stöhnen entfuhr seiner Kehle.

»Hallo? Ist da jemand?«

* * *

Sophie hörte ein Poltern und einen unterdrückten Fluch. Kurz darauf kam ein Mann mit hochrotem Kopf hinter einer großen Pflanze zum Vorschein. Machte der sich gerade den Hosenstall zu? War wohl Pinkeln gewesen, der Gute. Obwohl, in Anbetracht seiner roten Rübe hatte es sich eher um ein größeres Geschäft gehandelt.

»Ich hoffe, ich habe Sie nicht bei irgendwas gestört«, meinte sie und lief ebenfalls rot an.

»Nein, nein«, versicherte der Mann hastig und eilte mit großen Schritten auf sie zu.

Nicht nur seine Schritte waren groß, stellte Sophie mit

Blick auf seine Körpermitte fest, wo sich in seiner Hose eine deutliche Beule abzeichnete. Oh je, sie war wohl in ein kleines Stelldichein im Büro geplatzt. Wie unangenehm. Wieso fühlte sie sich jetzt eigentlich peinlich berührt? Sollte der Typ doch seine Tür abschließen, bevor er sich zum Vögeln zurückzog. Empathie eben, da kam man nicht gegen an. Wenigstens war sie nicht über seine Leiche gestolpert, das war schon mal positiv zu bewerten. Sie versuchte, einen Blick auf den hinteren Bereich des Büroraums zu erhaschen, wo seine Geschlechtspartnerin vermutlich gerade damit beschäftigt war, sich wieder vorzeigbar herzurichten.

»Was kann ich Gutes für Sie tun?«, fragte der Immobilienmakler ein wenig atemlos und streckte ihr die Hand entgegen.

Der glaubte doch nicht allen Ernstes, sie würde ihm die Hand schütteln, mit der er gerade wer weiß wo herumgewühlt hatte. Am liebsten würde sie auf dem Absatz kehrtmachen und aus dem Laden flüchten. Sie wusste ohnehin nicht so recht, was sie sich von einem Besuch hier versprach. Der Mann wusste sicherlich nichts über den Mordfall zu berichten, was sie nicht auch schon wusste. Er war zwar häufiger in der Mördergrube – weniger wegen der Bücher als wegen ihr, vermutete sie – am Sonntagabend war er jedoch nicht unter den Gästen gewesen. Aber Sophie war verzweifelt genug, um nach jedem Strohhalm zu greifen.

»Ja, äh, also … Sie haben sicherlich gehört, was vorletzte Nacht in meinem Laden geschehen ist«, begann sie zögerlich.

Der Makler senkte bedrückt den Kopf und verschränkte die Hände ineinander. »Ja, das ist wirklich furchtbar«, meinte er. »Ich mag mir gar nicht ausmalen, wie es gewesen sein muss, eine Leiche zu finden.«

»Beschissen«, fasste Sophie es in einem Wort zusammen.

Edgar Bräutigam lächelte. »Kann ich mir vorstellen. Wie kann ich Ihnen helfen? Suchen Sie ein neues Ladenlokal?«

Vielleicht keine so schlechte Idee. »Erst mal nicht. Ich versuche gerade, mehr über das Opfer herauszufinden. Den Professor. Sie kannten ihn doch bestimmt auch.«

Bräutigam nickte. »Wer in dieser Gegend kannte ihn nicht.« Ein wenig Bedauern über diesen Umstand schwang in seiner Stimme mit.

»Wie lange, äh, lebte er denn schon hier?«

»Oh, schon etliche Jahre«, erwiderte der Makler. »Genau weiß ich es nicht. Irgendwann war er einfach da. Ich habe dieses Ladenlokal hier vor etwa zehn Jahren gemietet. Die meiste Zeit davon habe ich ihn hier herumlungern sehen. Mehr weiß ich allerdings nicht über ihn. Tut mir leid, wenn Sie sich extra deswegen hierher bemüht haben.«

»Na ja, ich hätte da noch ein anderes Anliegen«, druckste Sophie herum.

Er lächelte sie aufmunternd an. »Nur raus damit. Bei mir müssen Sie nicht schüchtern sein.«

Das konnte sie sich lebhaft vorstellen. Wollte sie aber nicht. »Also, ich hab mir überlegt, ob wir, äh, Luisenviertler nicht zusammenlegen sollten, damit der Professor ein anständiges Begräbnis bekommt. Oder wenigstens eine Trauerfeier, um uns angemessen von ihm verabschieden zu können.«

Sophie sah dem Mann an, was er von dieser Idee hielt. Nichts. Es schien ihm jedoch unangenehm, ihr das direkt ins Gesicht zu sagen. Er suchte fieberhaft nach einer Ausrede, sein sauer verdientes Geld nicht in die Beerdigung eines Penners investieren zu müssen.

»Entschuldigen Sie mich kurz«, meinte Bräutigam, als

ihm keine adäquate Notlüge einfallen wollte. »Ich will nur eben nach hinten, meine Geldbörse holen.«

Hoffentlich stolpert er nicht versehentlich über seine Ge-spielin, dachte Sophie gehässig. Ein Telefon begann zu läuten. Bräutigam hob ab und meldete sich mit einem jovialen »Immo Bräutigam, was kann ich für Sie tun?«.

Sie spitzte die Ohren, um etwas von dem Gespräch mitzubekommen, und schob sich langsam ein Stück vorwärts. Sie würde zu gern einen Blick auf Bräutigams Freundin werfen. Doch außer dem Immobilienmakler war im hinteren Teil des Büros niemand zu sehen. Die Dame hatte sich offensichtlich in den Waschraum zurückgezogen. Wie schade. Bräutigam hatte ihr den Rücken zugewandt.

»Ach du Scheiße«, sagte er gerade. »Wie ist das denn passiert?«

Er verstummte und lauschte, was sein Gesprächspartner ihm zu berichten hatte. Scheinbar hatte der keine guten Nachrichten; Bräutigam trat unruhig von einem Bein aufs andere und fuhr sich mit der freien Hand durchs pomadige Haar. Hoffentlich blieb er nicht darin stecken.

»Jesses«, entfuhr es ihm. »Was ist nur los diese Woche? Am Sonntag ist bei mir um die Ecke ein Penner abgemurkst worden und jetzt der alte Mai? Weiß man schon Genaueres?«

Sophie erstarrte. Noch ein Mord? Wieso wusste sie nichts davon? Warum hatte ihr Bruder sie nicht informiert? Na gut, es ging sie im Grunde genommen nichts an, und einen alten Mai kannte sie auch nicht. Trotzdem ... Bräutigam hatte das Telefonat mittlerweile beendet und kratzte sich nachdenklich am leicht derangierten Hinterkopf.

»Schlechte Neuigkeiten?«, fragte Sophie scheinheilig.

Der Makler fuhr erschrocken herum. Offensichtlich hatte

er ihre Anwesenheit völlig vergessen. Er hob die Schultern und atmete tief durch.

»Nicht direkt«, erwiderte er ausweichend. »Ein alter Freund hat mich gerade angerufen. Man hat heute Morgen seinen Kollegen tot in seinem Haus gefunden.«

»Tut mir leid«, meinte Sophie.

Bräutigam machte eine wegwerfende Handbewegung, die im krassen Gegensatz zu seinem schockierten Gesichtsausdruck stand. »Ach, ich kannte den Mann im Grunde kaum. Ich hatte vor vielen Jahren mal beruflich mit ihm zu tun, mehr nicht. Wusste gar nicht, dass er überhaupt noch lebt. Lebte. Aber so schnell kanns gehen. Machst dem Falschen die Tür auf und bums, bist du hinüber.«

Ja, so konnte es wohl gehen. Ob es dem Professor in ihrem Laden genauso ergangen war? Doch Sophie konnte sich immer noch nicht vorstellen, dass der alte Herr jemanden hereingelassen hatte. Sie hatte ihn nie als unzuverlässig empfunden. Andererseits, was wusste sie schon über ihn? Wer wusste überhaupt etwas über ihn?

»Ich muss dann auch mal wieder«, meinte sie.

Bräutigam nickte abwesend. Das plötzliche Ableben seines alten Bekannten nahm ihn mehr mit, als er zugeben wollte, das sah sie ihm deutlich an. Aber er konnte sich ja gleich von seiner Was-auch-Immer trösten lassen, die sich im Bad versteckt hielt.

»Man sieht sich«, sagte sie.

»Ja, hoffentlich können Sie ihren Laden bald wieder öffnen.«

»Ja, hoffentlich.«

»Und sollten Sie neue Geschäftsräume benötigen, wissen Sie, wo Sie mich finden.«

Ja, unter deinem Schreibtisch, mit heruntergelassenen

Hosen. Sie machte sich auf den Weg nach draußen. Kurz überlegte sie, ob sie ihrer Omma Lotte einen Besuch abstatten sollte, als die ersten Takte des Ultravox-Hits Vienna einen Anruf verkündeten. Sie wühlte in ihrer Handtasche und fand das Handy gerade noch rechtzeitig, um ranzugehen, bevor die Mailbox ansprang.

»Ja?«, meldete sie sich.

»Hi, hier ist Martin«, erklang eine gutgelaunte Stimme am anderen Ende.

»Hi«, erwiderte sie und wusste nicht recht, ob sie sich über seinen Anruf freuen sollte. Sein grußloses Verschwinden am Sonntag hatte sie ziemlich verärgert. Ganz zu schweigen von seinem gönnerhaften Benehmen.

»Ich dachte, du hast heute bestimmt nichts Besseres vor, als mit mir zu Mittag zu essen.«

Charmant wie eh und je, der Gute. Doch leider hatte er recht. Da sie, was die Arbeit anging, bis auf Weiteres ausgebremst war, hatte sie tatsächlich nichts vor. Obwohl sie sich durchaus Angenehmeres vorstellen konnte, als mit diesem arroganten Fatzke zu Mittag zu essen. Andererseits war ein Gespräch mit ihm vielleicht aufschlussreich. Möglicherweise war ihm während der Lesung etwas aufgefallen. Und zu der Obduktion wollte sie ihm ja auch einige Fragen stellen.

Martin schlug vor, sich in einer halben Stunde im Scarpati zu treffen. Natürlich ein Nobelschuppen, darunter machte der Herr Starautor es wohl nicht mehr. Wahrscheinlich war Monsieur dort Stammgast, denn er wohnte in der Nähe. Hoffentlich plante Martin, sie einzuladen, anderenfalls würde sie sich höchstens eine Tomatensuppe leisten können. Ob sie ihr kleines Auto angesichts des Schneegestöbers überzeugen konnte, den weiten Weg nach Vohwinkel anzutreten, blieb abzuwarten. Dann fiel ihr jedoch ein, dass ihr

Wagen treu und eingeschneit vor ihrer Haustür stand. Das war beinahe noch blöder, denn wie sollte sie gänzlich ohne fahrbaren Untersatz zum Restaurant kommen? Sie dachte einige Sekunden scharf nach und griff erneut zu ihrem Handy, in der Hoffnung, zwei Fliegen mit einer Klappe schlagen zu können.

22

Lotte Kantner machte sich auf ihren täglichen Rundgang über den Flur der vierten Etage des Altenheims, in dem sie seit einigen Jahren lebte. Irgendwie musste man sich fit halten. Den Rollator, den man sie seit einiger Zeit zu benutzen zwang, fand sie mehr als lästig, er war aber zugegebenermaßen zu einem notwendigen Übel geworden. Inzwischen war sie recht wacklig auf den Beinen, so dass sie auf eine Gehhilfe angewiesen war. Es hätte schlimmer kommen können. Einige ihrer Mitbewohner konnten sich nur im Rollstuhl fortbewegen, andere überhaupt nicht mehr. Die vegetierten in ihren Betten vor sich hin und warteten auf das Unvermeidliche. Sie hoffte, nicht so enden zu müssen. Lieber einfach umkippen und fertig. Oder am besten morgens erst gar nicht aufwachen. Wenn der Tod sich nur so einfach überlisten ließe. Leider tat er das in den seltensten Fällen. In ihrem Alter – Lotte hatte gerade ihren neunzigsten Geburtstag gefeiert – konnte sie von Glück reden, noch einigermaßen mobil und vor allem klar in der Birne zu sein. Das konnte hier auch nicht jeder von sich sagen.

Lotte fragte sich häufig, ob manche der Heimbewohner tatsächlich so vergesslich waren, wie es den Anschein erweckte, oder ob sie nur so dusselig taten, um ihre Mitmenschen zu ärgern. Vorzugsweise sie, wie sie nicht leid wurde, immer wieder zu erwähnen. Ihre Enkelin Sophie hatte ihr zwar erklärt, diese Leute litten unter einer Krankheit namens Demenz und konnten nichts dafür, wenn sie nachts die Zimmer verwechselten, doch genau das bezweifelte Lotte. Krankheiten, von denen sie noch nie gehört hatte, gab es auch nicht. Demenz, pah! Pure Berechnung war das, und von dieser Meinung ließ sie sich nicht abbringen. Altersstarrsinnig nannte Sophie sie daraufhin. Bitte, sollte man es starrsinnig nennen, wenn sie als einzige ihre Mitbewohner durchschaute. Dahinter steckte System. Man wollte sie gezielt in den Wahnsinn treiben. So sah es aus. Zimmer verwechseln schön und gut, das konnte im Dunkeln vielleicht passieren, doch warum standen sie nachts grundsätzlich und ständig an Lottes Bett und erschreckten sie fast zu Tode? Ihr Zimmer lag so weit abseits, dass man es kaum fand, wenn man nicht gezielt danach suchte. Da war eine Verwechslung nahezu ausgeschlossen. Und sie bekam den Ärger, wenn sie sich gegen diese dreisten Übergriffe wehrte. So fest hatte sie nun auch wieder nicht zugeschlagen. Sie hatte schließlich eine Fliegenklatsche benutzt, keine Peitsche. Sie besaß ja keine Peitsche. Zu ärgerlich.

Lotte schlurfte auf unsicheren Füßen den Gang entlang in Richtung Aufenthaltsraum. Dort hielt sie sich nur selten auf. Wenn sie die alten Fratzen sah, die sich dort tummelten, fühlte sie sich ebenfalls alt. Alt sein war schlimm genug, wenn man sich auch noch alt fühlte, war der Ofen ganz aus. In ihrem Zimmer hatte sie alles, was sie brauchte. Einen Esstisch, an dem sie die Mahlzeiten einnehmen konnte, ohne in die Mischmaschinen der alten Fratzen starren zu müssen, einen großen Fernseher und einen gemütlichen Sessel. Und vor allem hatte sie dort ihre Ruhe. Von den ungebetenen nächtlichen Besuchern einmal abgesehen. Nach dem Fliegenklatschen-Eklat hatte sie es sich angewöhnt, ihr Bett jeden Abend vor die Tür zu ziehen, denn einen eigenen Schlüssel wollte man ihr nach wie vor nicht anvertrauen. Als sei sie ein Kleinkind, das sich versehentlich einschließen würde und dann nicht mehr in der Lage war, den Schlüssel in die richtige Richtung zu drehen. Die Tür mit ihrem Bett zu verbarrikadieren verbot man ihr nach einigen Tagen auch, weil die Nachtwache so auf ihren Rundgängen nicht überprüfen konnten, ob Lotte noch lebte. Die sollten lieber auf die anderen Bewohner Acht geben, statt sie auch noch mit ihrer Anwesenheit zu behelligen. Wie sollte man dabei schlafen? Wenn man endlich eingenickt war, wurde die Deckenbeleuchtung eingeschaltet und das besorgte Gesicht der Nachtschwester glotzte einem entgegen und erschreckte einen zu Tode. Meine Güte, sie würde schon Bescheid geben, wenn sie im Sterben lag. Nicht mal in Ruhe abkratzen durfte man.

Entgegen ihrer Gewohnheit bog sie nun doch in den Aufenthaltsraum ab, um einen Moment zu verschnaufen. Lange konnte es mit ihr nicht mehr dauern, sie kam ja kaum zehn Meter weit, ohne aus der Puste zu geraten. Ächzend ließ sie sich in einen dunkelbraunen Kunstledersessel plumpsen. Sie konnte sich schon denken, warum hier alle Sitzgelegenheiten dunkelbraun waren. Gern wäre sie bei der Erkenntnis wieder aufgesprungen, wenn sie denn dazu noch in der Lage wäre. Die Zeiten waren leider schon lange vorbei. Manchmal brauchte sie fünf Minuten, um sich aus ihrem Sessel hochzuhieven. Und das war ein Sessel mit Hochhiev-Hilfe oder wie das hieß. Der sollte einen normalerweise wie ein Geschoss vor den nächsten Kleiderschrank katapultieren. Nur in ihrem Fall funktionierte das natürlich nicht. Altwerden war scheiße, da hatte Blacky Fuchsberger ganz recht. Ein schöner Mann war er gewesen.

Erst jetzt bemerkte sie die hutzelige Gestalt, die im Sessel neben ihr saß und wie gebannt auf den ausgeschalteten Fernseher starrte. Ein alter Mann – natürlich war er alt – mit wirren weißen Haaren und im Schlafanzug. Kein Anblick, der Lotte vom Hocker riss. Ja ja, es konnte sie ohnehin nichts mehr vom Hocker reißen. Erst recht kein oller Sack. Der Alte begann zu kichern, als hätte er gerade etwas Lustiges gesehen oder gehört. Noch so einer von der Sorte. Lotte versuchte, mit ihrem Sessel zu verschmelzen, damit er sie nicht bemerkte. Leider mit mäßigem Erfolg.

»Heidi Kabel ist immer noch die Beste, was Traudel?«, sagte er und tätschelte ihr Knie.

»Ja«, meinte Lotte einsilbig und verbot sich die Frage, wer zum Teufel Traudel war. Unauffällig bleiben. Einfach mitspielen. Noch hatte sie nicht genügend Kräfte gesammelt, um sich wieder aus dem Sessel stemmen zu können, nahm aber sicherheitshalber schon einmal Anlauf. Immer schön mit dem Oberkörper vor und zurück wippen. Ihre Hände umklammerten die Griffe ihres Rollators.

Vom Gang her ertönten eilige Schritte. Kurz darauf erschien eine Frau.

»Ach hier bist du, Papa«, rief sie erleichtert.

Der alte Mann blinzelte die Frau im Türrahmen unsicher an. »Traudel?«, fragte er und blickte dann stirnrunzelnd zu Lotte, die sich eben dreist als Traudel ausgegeben hatte.

»Er guckt gerade Ohnsorg-Theater«, informierte Lotte die in ihren Augen junge Frau, die die Fünfzig sicherlich auch schon um etliche Jahre überschritten hatte, und deutete auf den schwarzen Bildschirm an der Wand gegenüber.

Die Frau lächelte milde, eine Mischung aus Belustigung

und Traurigkeit, und nickte dann. »Das hat er immer gern gesehen. In den Siebzigern. Zusammen mit meiner Mutter«, erklärte sie.

Lotte erinnerte sich daran, wie sie mit ihren Enkeln Sophie und Carsten früher samstagabends wie gebannt vor dem Fernseher gesessen hatte. Damals gab es nur drei Programme, die Auswahl war nicht sonderlich groß, da gehörten Sendungen wie Ohnsorg- oder Millowitsch-Theater zu den Höhepunkten der Woche. Oder ›Auf los geht's los‹ mit Blacky Fuchsberger. Ein schöner Mann. Früher war alles besser.

»Marianne Kramer«, stellte sich die Frau nun vor und streckte Lotte die Hand hin.

»Ich dachte, Sie heißen Traudel«, meinte Lotte leicht verwirrt. Eigentlich besaß sie ein gutes Gedächtnis für Namen.

»Traudel war meine Mutter«, meinte Frau Kramer. »Waltraud. Mein Vater verwechselt mich inzwischen immer häufiger mit ihr. Er hat Alzheimer.«

Noch so eine Krankheit, die es in Lottes Welt nicht gab. Die Leute gaben sich einfach nicht genug Mühe. Sie waren schlicht und ergreifend zu faul zum Denken. *Das* war Altersstarrsinn, nicht das, was Sophie ihr vorwarf. Lotte war höchstens altersscharfsinnig.

»Er hat kaum noch klare Momente«, fügte Frau Kramer hinzu. »Dabei war er früher sogar bei der Kriminalpolizei. Ich hab als Kind immer Angst um ihn gehabt. Dass er erschossen wird oder so. Aber mit so was«, sie machte eine allumfassende Geste, »hätte ich nie gerechnet. Er war immer so fit im Kopf. Aber danach fragt eine Krankheit wohl nicht.«

»Mein Enkel ist auch Polizist«, erwähnte Lotte. »Verbrecher jagen und so.«

Sie rümpfte die Nase. Wenn sie an die Polizei dachte, kam ihr auch nach Jahrzehnten als Erstes die Gestapo in den Sinn. Das waren selbst die größten Verbrecher gewesen. So alt wie der Knabe neben ihr war, hatte er bestimmt noch zu diesem Verein gehört. Und damit er sich nicht mit seiner Schuld auseinandersetzen musste, tat er einfach so, als habe er alles vergessen. Obwohl – Sophie hatte ihr erklärt, dass Menschen, die dieses Alzheimer hatten, sich an Begebenheiten, die lange zurücklagen, oftmals bestens erinnern konnten. Vielleicht gab es die Krankheit doch, und sie war die gerechte Strafe für frühere Sünden. Aber eigentlich war Lotte nicht gläubig genug, um so etwas in Erwägung zu ziehen. Außerdem schien der alte Mann ja im Ohnsorg-Theater festzustecken und nicht im Zweiten Weltkrieg.

Frau Kramer hatte sich inzwischen einen Stuhl herangezogen und sich zu den beiden alten Leuten gesetzt.

»Haben Sie eigentlich was von dem Mord im Luisenviertel am Sonntag mitbekommen?«, fragte sie.

Lotte seufzte. Ihr war so gar nicht nach einer Unterhaltung zumute. Vor allem nicht, wenn es um Mord und Totschlag ging. Davon lief im Fernsehen schon genug. Natürlich war ihr der Fall nicht entgangen, sie hatten in der Lokalzeit ausgiebig darüber berichtet. Auch über das Opfer. Der arme Berti, er hatte ein solches Ende nicht verdient. Darüber reden wollte Lotte trotzdem nicht, schon gar nicht mit jemandem, den sie nicht kannte. Vielleicht wollte diese Frau Kramer ihr geheime Informationen entlocken, die sie dann gegen sie verwenden konnte.

»Das war bestimmt furchtbar für die arme Buchhändlerin, die die Leiche gefunden hat«, fuhr Frau Kramer fort.

Vielleicht suchte sie aber einfach nur dringend jemanden, mit dem sie plaudern konnte. Was fast noch schlimmer war. Lotte sah sich hektisch nach allen Seiten um. Wo waren eigentlich die Pfleger, wenn man sie brauchte? Saßen bestimmt wieder in ihrem Kabuff und tranken Kaffee. Nein, das war ungerecht, angesichts des dürftigen Personalstands taten sie ihr Bestes. Doch so langsam musste sie sich etwas einfallen lassen, ihre Blase meldete sich mal wieder.

»Junge Frau, würden Sie mir wohl kurz hoch helfen?«, fragte sie Frau Kramer. Ob es nun ungehobelt erscheinen mochte oder nicht, war Lotte im Grunde genommen egal. Sie war neunzig, da kam es auf eine Unhöflichkeit mehr oder weniger nicht an. Vor allem nicht, wenn einem das Wasser bis zum Hals stand. »Ich muss mal Pipi.« Damit war ihrer Meinung nach alles Wesentliche gesagt.

»Oh, natürlich, Entschuldigung«, meinte Frau Kramer erschrocken, als habe sie die Dringlichkeit von Lottes Blasenproblem verursacht.

Sie sprang auf und griff Lottes Arm, um sie aus dem Sessel emporzuziehen. Die alte Dame verkniff sich die Bemerkung, dass sie ihr den Arm nicht gleich zu brechen brauchte, und stützte sich auf ihrem Rollator ab. Ihre Knochen neigten ohnehin nicht dazu, leicht zu brechen. So häufig wie sie hinfiel, konnte man da wohl von Glück sagen. So ein Oberschenkelhalsbruch war gewiss nicht lustig und brachte sie in ihrem Alter dem Friedhof näher, als ihr lieb sein konnte.

»Danke. Wie gesagt, es ist dringend«, verabschiedete sie sich und eilte mit kleinen Trippelschritten, so schnell es ihr möglich war, aus dem Raum.

* * *

»Dat die Menschen immer im Winter abkratzen müssen«, fluchte Erwin Smolek, während er eine Schaufel voll Erde in das Loch vor ihm schippte. »Dat is doch die reinste Schikane.«

Pietät war nie das Ding des Totengräbers gewesen. Wozu auch? Er kannte den Mann, den er und sein Kollege Christian gerade einbuddelten, schließlich nicht. Freunde oder gar eine Familie schien er nicht gehabt zu haben, jedenfalls keine, die sich zu seiner Beerdigung hatten aufraffen können. Er und Christian waren die Einzigen, die dem Verstorbenen die letzte Ehre erwiesen. Und das nicht freiwillig, doch als Totengräber waren sie dafür zuständig, die Dahingeschiedenen ordentlich unter die Erde zu bringen. Erwin stieß einen weiteren Fluch aus, dessen Inhalt alles andere als jugendfrei war.

Christian warf ihm einen warnenden Blick zu und deutete mit dem Kopf in Richtung der Frau, die vor einem Grab zwei Reihen weiter oben stand und in ein Gespräch mit sich selbst oder dem Verstorbenen, der dort vor sich hin moderte, vertieft schien. Der Typ, der da unter der Erde lag, war auch noch nicht ganz kalt. Erwin konnte sich gut an die Beerdigung vor einigen Wochen erinnern. Er erinnerte sich an jeden, den er eingebuddelt hatte.

Das Begräbnis des Mannes – Werner Plenske, der Name war ihm aus unerfindlichen Gründen im Gedächtnis geblieben – war ein Trauerspiel gewesen. Das hatten Begräbnisse zwar naturgemäß an sich, aber dieses war eins von der ganz üblen Sorte. Außer der Frau war nur der Pastor anwesend gewesen. Sie hatte die ganze Zeit in ihr Taschentuch geschluchzt, während der Geistliche vergeblich versucht hatte, tröstende Worte zu finden. Seitdem fand sich die Alte jeden Tag zur selben Zeit auf dem Friedhof ein, um ihrem Mann – jedenfalls vermutete Erwin, dass es sich um ihren Mann gehandelt hatte – von irgendwelchen Ereignissen zu berichten, an denen er in fleischlicher Gestalt nun nicht mehr teilhaben konnte. Total verrückt war die Frau. So viel Hingabe für einen Menschen, den es auf Erden nicht mehr gab, war Erwin völlig fremd. Er hatte zu viele Gräber geschaufelt, um an ein Leben nach dem Tod zu glauben. Er schüttelte den Kopf und arbeitete stumm weiter.

Der Mann, dessen Urne sie in diesem Moment beisetzten, schien eine Beerdigung vom Sozialamt spendiert bekommen zu haben. Die Urne war das Billigste vom Billigen. Weniger war auf dem Markt nicht zu erwerben, es sei denn, man nahm einen Plastikbeutel. Was natürlich nicht erlaubt war. Aber mehr war der Tod nicht wert. Und dass die Leute es sich angewöhnt hatten, immer im Winter zu sterben, stimmte auch. Sie hatten kaum das Loch ausheben können, weil die Erde gefroren war. Danach fragte keiner. Interessierte sowieso niemanden. Erwin dachte an den Bericht in der Lokalzeit, den er gestern in seiner Stammkneipe ›Beim Jupp‹ gesehen hatte. Der heimtückische Mord an einem Obdachlosen war anschließend das alles beherrschende Gesprächsthema gewesen. Noch einer, der im Winter abgekratzt war. Natürlich war der Mann nicht freiwillig aus dem Leben geschieden, das taten – abgesehen von Selbstmördern – die Wenigsten. Aber hätte der Kerl nicht ein bisschen besser auf sich Acht geben können? Wahrscheinlich würde Erwin den auch wieder einbuddeln dürfen. Ein weiteres Begräbnis, an dem niemand teilnahm. Gesponsert vom Sozialamt.

Es war an der Zeit für ein Päuschen, beschloss Erwin. Er rammte die Schaufel in die Erde, stützte sich mit dem linken Arm auf den Griff und schob mit der rechten Hand seine speckige Kappe nach hinten. Am liebsten würde er jetzt die Zigarette rauchen, die hinter seinem Ohr steckte, aber da die einsame Friedhofsbesucherin ihn beobachten könnte, traute er sich nicht. So viel Pietät steckte gerade noch in ihm, vor Trauernden nicht zu qualmen. Wenn er ehrlich sein wollte, war es eher die Angst vor einer weiteren Abmahnung, die ihn davon abhielt. In seinem Alter konnte er es sich nicht leisten, seinen Job zu verlieren, egal wie sehr er ihn verabscheute. Etwas anderes als Löcher buddeln konnte er nicht.

Er zog seine Arbeitshandschuhe aus und blies sich in die steif gefrorenen Hände. Die letzten Tage hatte es beinahe ohne Unterlass geschneit, und der Schnee lag wie eine dicke Daunendecke auf den einzelnen Gräbern. Die Wege hatte Erwin zusammen mit seinen Kollegen gefühlte einhundert Mal freigeschaufelt. Damit die Friedhofsbesucher nicht durch einen unglücklichen Sturz zu Friedhofsbewohnern wurden. Als hätte er nicht schon genug Arbeit.

»Ey, Ährwin, bisse festgefroren?«, rief sein Kollege Christian. »Soll ich hier etwa alleine schuften?«

Erwin löste sich widerwillig aus seiner Position, zog seine Handschuhe wieder an und griff sich die Schaufel. Aus den Augenwinkeln bemerkte er, wie sich die Frau zwei Reihen über ihnen auf den Weg zum Ausgang machte. War es schon wieder zwölf? Er warf einen verstohlenen Blick auf seine Armbanduhr. Das war unnötig, denn in dieser Sekunde kündigten die Kirchenglocken die Mittagsstunde an. Pünktlich wie ein Uhrwerk war die Frau. Kam jeden Tag um elf und ging um zwölf. Egal welcher Wochentag war, ob es regnete, stürmte oder schneite, sie kam und führte ihre Selbstgespräche.

»Komische Alte«, murmelte Erwin.

»Wat meinze?«, fragte Christian.

»Ach nix. Lass uns zusehen, dat wir den armen Kerl hier zugedeckt kriegen, nich, dat er sich noch wat wegholt.«

»Dem wirdet im Krematorium schon lecker warm geworden sein«, erwiderte Christian. »Wenn der immer noch friert, is dem auch nich mehr zu helfen.«

Ja, das mit der Pietät war so eine Sache.

23

Carsten hatte sich nach dem Besuch bei Mais Hausarzt mit einigen Kollegen auf den Weg zur Staatsanwaltschaft gemacht, um die Mitarbeiter einer ersten Befragung zu unterziehen. Der Arzt hatte ihm nicht wesentlich weiterhelfen können. Mai sei – abgesehen von seinem hohen Alkoholkonsum – kerngesund gewesen. Medikamente habe er nicht genommen und auch keine schwerwiegenden psychischen Probleme gehabt. Wenn man von der Trauer um seine Frau absah, doch auch in dieser Hinsicht schien es Mai langsam besserzugehen.

In der hauseigenen Kantine der Staatsanwaltschaft herrschte emsige Betriebsamkeit. Jeder, der keinen dringenden Termin hatte, fand sich nach dem Erhalt der Nachricht über die Ermordung Friedrich Mais dort ein, in der Hoffnung, etwas Neues aufzuschnappen. Der junge Staatsanwalt, der Carsten gegenübersaß, machte ein betroffenes Gesicht.

»Ich hab doch gestern noch mit ihm gesprochen«, meinte er, als sei dieser Umstand eine Garantie dafür, den nächsten Tag zu erleben. Wenn es nur so einfach wäre.

»Worüber haben Sie gesprochen, wenn ich fragen darf?«, forschte Carsten.

»Ja, sicher, ist ja kein Geheimnis. Über den Mord. Also den Mord in der Buchhandlung meine ich«, erwiderte der Mann. »Untersuchen Sie den Fall auch?«

»Nein, dafür ist Hauptkommissar Mattuschek zuständig.«

»Kenne ich nicht.«

»Dann sind Sie wohl noch nicht lange hier beschäftigt«, stellte Carsten fest. Jeder bei der Staatsanwaltschaft kannte Mattes. Und umgekehrt. Sein Kollege war schließlich schon seit gefühlten hundert Jahren Polizist.

»Ein paar Monate«, gab der Staatsanwalt bekümmert zu.

»Sie haben also über den Mord in der Buchhandlung geredet?«

»Richtig. War ja'n ganz schönes Ding.«

»Mhm. Und was meinte Herr Mai zu diesem Thema?«

Der junge Mann überlegte einen Moment. »Eigentlich nichts«, gab er dann zu. »Er hat, glaube ich, gar nichts gesagt. Genau genommen wirkte er eher desinteressiert.«

Carsten nickte. Wie er bereits von Mais anderen Kollegen erfahren hatte, hatte der Staatsanwalt nicht einmal an seinen eigenen Fällen ein gesteigertes Interesse gezeigt. Desillusioniert und müde habe er in den letzten Monaten gewirkt. Da hatte ihm der Mord an einem Obdachlosen vermutlich nur ein Gähnen entlockt. Für die Ermittlungen nutzte es dem Hauptkommissar leider herzlich wenig, wenn das, was er ohnehin schon wusste, lediglich bestätigt wurde. Was er brauchte, waren neue Informationen, die ihn auf die richtige Fährte brachten. Ein Mordmotiv wäre schick.

»Wissen Sie, woran er zuletzt gearbeitet hat?«, fragte er seinen Gesprächspartner.

Der schüttelte den Kopf. »Nein, tut mir leid. Ich hatte kaum mit ihm zu tun.«

Der Flurfunk funktionierte in der Staatsanwaltschaft offenbar nicht besonders gut. Im Präsidium hingegen schien immer jeder zu wissen, was der andere gerade trieb. Und wenn nicht, kannte man garantiert jemanden, der es wusste.

»Wer könnte mir denn da weiterhelfen?«, erkundigte sich der Hauptkommissar.

Der Mann überlegte einige Sekunden. »Vermutlich Frau Hellerkamp. Die weiß so ziemlich alles, was es zu wissen gibt. Sie arbeitet als Protokollführerin und ist schon so lange hier, dass das Gerücht umgeht, man hätte das Landgericht seinerzeit um sie herum erbaut.«

»Wo finde ich sie?«

Der junge Staatsanwalt zeigte in Richtung Essensausgabe. »Da steht sie. Sie lässt sich kein Mittagessen entgehen.«

Carstens Augen folgten der Geste des Mannes und erblickten eine imposante Erscheinung, die soeben einen Teller, voll beladen mit einem Schnitzel, das anderswo auch als Bodenkissen durchgegangen wäre, und einem Berg Pommes, auf ihrem Tablett abstellte. Beim Anblick der Pommes musste Carsten unwillkürlich an den Wachtposten in der Uni-Mensa denken, der mit Argusaugen darauf achtete, dass die Studierenden sich nicht mehr als das erlaubte eine Schälchen Pommes aus dem Rondell nahmen. Ob Frau Hellerkamp sich das hätte gefallen lassen? So wie sie aussah, eher nicht. Wahrscheinlich hätte sich die Pommes-Polizei erst gar nicht getraut, sie darauf hinzuweisen. Er bedankte sich bei seinem Gesprächspartner und machte sich auf den Weg in Richtung Theke.

Er wartete, bis Frau Hellerkamp bezahlt hatte, kramte seinen Dienstausweis aus der Jackentasche und sprach sie an.

»Kommen Sie wegen dem Essen oder wegen dem Toten?«, wollte sie wissen.

»Wegen dem, … äh des Toten«, erwiderte Carsten.

»Hab ich mir schon gedacht. Dann kommen Sie mal mit.«

Sie balancierte ihr Tablett mit unerwarteter Eleganz in Richtung eines freien Tischs und stellte es schwungvoll darauf ab. Einige Kartoffelstäbchen purzelten vom Teller. Sie nahm Platz und bedeutete Carsten mit einer Geste, es ihr gleichzutun.

»Guten Hunger«, meinte sie, während sie unter einiger Kraftanstrengung versuchte, ein Stück aus dem Schnitzel herauszuschneiden. »Mein Gott, das ist ja 'ne Schuhsohle. Was wollen Sie denn wissen?«

»Wer Mai ermordet hat«, brachte Carsten es auf den Punkt.

Frau Hellerkamp warf den Kopf in den Nacken und lachte lauthals los.

»Das glaube ich Ihnen gerne«, meinte sie, als sie sich wieder beruhigt hatte. »Da kann ich Ihnen aber leider nicht weiterhelfen.«

»Komisch, man sagte mir gerade eben, es gäbe nichts, was Sie nicht wüssten.«

Sie winkte ab. »Maßlos übertrieben, wenn Sie mich fragen. Aber es stimmt schon, ich krieg 'ne ganze Menge mit. Die meisten der ehrenwerten Damen und Herren nehmen mich gar nicht wahr. Jedenfalls nicht als Person.«

»Das kann ich nur schwer glauben«, meinte Carsten. Diese Dame war wahrlich kaum zu übersehen.

Frau Hellerkamp lachte wieder dröhnend. »Da mögen Sie recht haben. Wie auch immer, auf jeden Fall scheinen sie der Ansicht zu sein, dass ich keine Ohren habe, oder zumindest kein Gehirn, um sie zu benutzen. Was die manchmal in meiner Gegenwart vom Stapel lassen … da könnte ich ganze Bücher drüber schreiben. Oder Erpresserbriefe. Je nachdem, was einträglicher ist.«

»Und was haben Sie so über Friedrich Mai gehört?«

»Jetzt holen Sie sich erst mal was zu essen.« Sie pikte mit dem Messer energisch in ihr Schuhsohlen-Schnitzel. »Ich hör Ihren Magen bis hierhin knurren.«

Entgegen seiner Gewohnheit hatte Carsten sich für einen Salatteller entschieden und war zu Frau Hellerkamp zurückgekehrt, die immer noch mit ihrem widerspenstigen Schnitzel kämpfte.

»Davon wird ein Kerl wie Sie doch nicht satt«, meinte Frau Hellerkamp kauend und deutete mit ihrer Gabel auf seinen Teller.

Da konnte der Hauptkommissar ihr nur zustimmen. Das Raubtier namens Hunger, das gerade in ihm tobte, würde sich kaum durch ein bisschen Grünzeug besänftigen lassen, aber ein Stück Schuhsohle läge ihm nur schwer im Magen. Mit schwerem Magen konnte er nicht denken. Also Augen zu, Mund auf und rein damit. Missmutig schaufelte er den Salat in sich hinein.

»Das Kauen nicht vergessen«, mahnte Frau Hellerkamp mütterlich. »Warum müsst ihr jungen Leute immer so schlingen? Ist nicht gut für die Verdauung.«

»Ja, Mama«, murmelte Carsten und zermalmte artig ein labbriges Salatblatt zwischen seinen Zähnen.

Frau Hellerkamp stieß wieder ihr dröhnendes Lachen aus. »So ists recht, Jungchen. Also, Sie wollten was über Friedrich Mai wissen.«

Carsten legte die Gabel beiseite und wischte sich mit der Serviette den Mund ab. Richtig, er war nicht zum Vergnügen hier. Auch wenn er den Verzehr eines Salattellers kaum als Vergnügen betrachtete, aber das war ein anderes Thema. »Dann legen Sie mal los.«

Frau Hellerkamp beugte sich verschwörerisch über die Tischplatte. Ihr imposanter Vorbau näherte sich dabei gefährlich nah ihrem Teller. »Der Mai, das war ein ganz harter Hund«, erzählte sie. »Dem konnte man als Angeklagter nicht auf die Mitleidstour kommen. Zugeschüttet hat der sich mit Arbeit. Ehrgeizig bis zum Gehtnichtmehr. Hat ausschließlich Kapitaldelikte bearbeitet und fast immer eine Verurteilung erzielt. Wirklich ein guter Mann. Ja, und dann ist seine Frau ums Leben gekommen. Autounfall.«

»Ich hörte davon«, meinte Carsten.

»Ein besoffener Geisterfahrer kam ihr auf der Autobahn entgegen. Sie hatte keine Chance. Der Unfallverursacher kam mit leichten Verletzungen davon, ist ja immer so. Und wissen Sie, was man dem gegeben hat?« Frau Hellerkamps Gesicht wurde rot vor Empörung. »Zwei Jahre auf Bewährung, wegen verminderter Schuldfähigkeit, weil er ja besoffen war. Da kann man den Glauben in unser Rechtssystem schon verlieren. Ich finde, wer sich betrunken hinters Steuer setzt, sollte die doppelte Strafe kriegen. Dann überlegt er es sich beim nächsten Mal vielleicht anders.«

»Ja«, stimmte Carsten höflich zu.

»Na ja, jedenfalls wechselte Mai danach zum Verkehrsrecht. Der war wahrscheinlich derselben Meinung wie ich und wollte für mehr Gerechtigkeit in unserem System sorgen.«

»Und, hat er dahingehend etwas erreicht?«, wollte Carsten wissen.

Frau Hellerkamp schnaubte verächtlich. »Natürlich nicht. Als Staatsanwalt entscheidet er ja letztendlich nicht über das Strafmaß. Nach einer Weile schien er ziemlich desillusioniert und gab den Kampf gegen die Windmühlen der Justiz auf. Er war ohnehin nicht mehr mit dem Herzen dabei.«

Carsten konnte gut nachempfinden, wie der Staatsanwalt sich gefühlt haben musste, es ging ihm in seinem Job manchmal genauso. Darüber hatte er erst heute Morgen sinniert.

Offenbar dachten einige Staatsanwälte ähnlich. Vielleicht sollte er seine Wut in Zukunft auf die Richter lenken. Oder die Politiker, die es Straftätern mit ihren schwammig formulierten Gesetzen leicht machten, Schlupflöcher auszunutzen. Oder am besten auf diejenigen, die Straftaten begingen, das war in seinem Job die beste Lösung.

»Hat er sich in letzter Zeit anders benommen als sonst? War er verstört oder ängstlich?«, versuchte Carsten sich wieder auf das eigentliche Thema – Mais Ermordung – zu konzentrieren.

Sie dachte einen Moment lang nach. »Eigentlich nicht. Mir ist zumindest nichts aufgefallen. Vielleicht fragen Sie da besser seine Kollegen, die sehen ihn häufiger als ich. Aber ob die mehr wissen? Mai war sehr in sich gekehrt, nachdem das mit seiner Frau passiert ist. Er war zwar auch vorher kein Partylöwe, aber nach ihrem Tod wurde er noch zurückhaltender. Sie glauben doch nicht etwa, seine Ermordung könnte etwas mit einem seiner aktuellen Fälle zu tun haben?«

Carsten zuckte vage mit den Schultern. Zu diesem frühen Zeitpunkt der Ermittlungen durfte man nichts ausschließen.

»Na, so hoch sind die Strafen für Verkehrsdelikte ja nicht. Ob es sich lohnt, jemanden deswegen zu ermorden, wage ich zu bezweifeln«, sagte Frau Hellerkamp.

Hast du 'ne Ahnung, dachte Carsten.

»Ein wenig gewundert hat es mich doch«, meinte Frau Hellerkamp unvermittelt.

»Was?«, fragte Carsten.

»Na ja, dass er den Tod seiner Frau so schwer genommen hat. Besonders glücklich schien die Ehe nicht gewesen zu sein.«

»Wie kommen Sie darauf?«

»Ach, nun ja«, druckste sie herum. »Die Frau Mai, das war so eine ganz Verhuschte, wissen Sie? Hat kaum den Mund aufgemacht. Er hat sie natürlich zu Weihnachtsfeiern und ähnlichen Gelegenheiten mitgebracht. Sie hat meist nur stumm in der Ecke gesessen und darauf gewartet, wieder gehen zu dürfen. Und er hat sich kaum um sie gekümmert. Außerdem gab es da mal Gerüchte …« Sie beugte sich wieder vor und senkte die Stimme. »Angeblich gab es eine andere Frau in Mais Leben.«

»Ach.«

Sie winkte ab. »Aber das ist schon ewig her. Irgendjemand hat ihn wohl mal mit ihr in einem Hotel gesehen. Soll wesentlich jünger und ziemlich anspruchsvoll ausgesehen haben. Wie gesagt, es war nur ein Gerücht. So richtig vorstellen kann ich es mir eigentlich nicht. Der Mai war immer ziemlich steif.«

»Mhm«, machte Carsten und konnte sich ein anzügliches Grinsen nicht verkneifen.

»Nicht was Sie jetzt denken«, meinte Frau Hellerkamp kopfschüttelnd. »Ich meine …«

»Ich weiß, was Sie meinen«, versicherte Carsten. »Sie wissen nicht zufällig den Namen der angeblichen Dame?«

»Natürlich nicht.« Gespielte Empörung.

»Und wer will die beiden zusammen gesehen haben?«

»Aber das ist doch ewig her. Ich weiß es, ehrlich gesagt, nicht. Hab es auch nur aus zweiter Hand. Oder dritter.«

»Schade. Apropos Hand. War Herr Mai eigentlich Linkshänder?«, fragte Carsten.

»Nein. Wieso fragen Sie?«

Weil ein Rechtshänder sich kaum eine Spritze in die linke Halsseite injiziert hätte. Ein weiterer Grund, die Selbstmordtheorie endgültig ad acta zu legen. Er bedankte sich bei Frau Hellerkamp, dass sie ihre Mittagspause für ihn geopfert hatte. Sie winkte mit den Worten ab, mit einer solch charmanten Erscheinung den Lunch einnehmen zu dürfen, sei schwerlich ein Opfer, und versprach, sich weiterhin Gedanken darüber zu machen, wer Friedrich Mai möglicherweise ans Leder gewollt haben könnte.

24

Edgar Bräutigam saß in einem der Sessel der Sitzgruppe in seinem Geschäft und blätterte in einem der Exposés, ohne wirklich etwas wahrzunehmen. Der alte Mai, ermordet. Das war ja mal ein Ding. Der Mann war ihm nicht wie jemand erschienen, der sich in Gefahr begab und darin umkam. Doch dem einen oder anderen war er mit Sicherheit auf die Füße getreten. Das blieb in dem Job nicht aus.

Aus gutem Grund hatte er Frau Liebermann nicht die ganze Wahrheit gesagt. Er hatte Friedrich Mai sehr wohl erst vor kurzem gesehen. Als er einen Deal für den unsäglichen Freddie aushandeln musste, den man wegen wiederholter Drogendelikte einbuchten wollte. Eigentlich hatte Edgar nicht vorgehabt, ihm aus der Klemme zu helfen, doch Freddies Drohung, ihre Beziehung auffliegen zu lassen, hatte ihn letzten Endes überzeugt, sich der Angelegenheit anzunehmen. Natürlich war der Fall eigentlich nicht in Mais Ressort gefallen, aber Edgars Freund bei der Staatsanwaltschaft hatte Urlaub gehabt, und Mai war der einzige gewesen, den er dort noch kannte und dem daran gelegen war, es sich mit Edgar nicht zu verscherzen. Manchmal erwies es sich als Vorteil, etwas über seine Mitmenschen zu wissen, von dem sie nicht wollten, dass es ans Licht der Öffentlichkeit kommt. Wesentlich besser als umgekehrt. Ein guter Ruf war in Mais Job extrem wichtig. Auch wenn die Affäre schon etliche Jahre zurücklag. Und in Edgars Augen eher für als gegen den unscheinbaren Staatsanwalt sprach. Aber das war nur seine ganz persönliche Meinung.

So war Freddie mal wieder mit einem blauen Auge davongekommen. Und, hatte er etwas daraus gelernt und riss sich am Riemen? Natürlich nicht. Wenn sie ihn das nächste Mal einkassierten, würde er ihn im Knast schmoren lassen. Wahrscheinlich war es das, was der Knabe brauchte, um endlich zur Vernunft zu kommen und sein Leben in den Griff zu kriegen. Außerdem könnte er dann nicht mehr unvermutet hier auftauchen und ihm das Leben schwermachen. Edgar hatte zu hart für den Erfolg gearbeitet, um sich von einem Junkie wie Freddie in die Suppe spucken zu lassen.

Als ein Schulfreund ihm vor etlichen Jahren angeboten hatte, in sein Immobilienbüro einzusteigen, war Edgar zunächst skeptisch gewesen. Er hatte sich eigentlich nie als Verkäufer gesehen. Und von Immobilien hatte er keinen blassen Schimmer, außer der Erkenntnis, dass er sich eine schicke Villa mit seinem mickrigen Gehalt niemals würde leisten können. Aber mit dem Verkauf von Häusern konnte man ordentlich Kohle machen, wenn man es richtig anstellte, hatte sein Freund gepriesen und Edgar letztendlich weichgeklopft. An dem Job, den er bis dahin hatte, hing er ohnehin nicht sonderlich. Und reich wurde er damit auch nicht. Jedenfalls nicht auf legale Weise. Und für illegale Geschäfte hatte er auf Dauer nicht die Nerven. Von gelegentlichen Erpressungen einmal abgesehen, doch das war etwas anderes. Mehr die Einforderung eines Gefallens.

Er hatte sein Geld investiert und war in die Firma seines Freundes eingestiegen. In den folgenden Monaten hatte er sich alles Wissenswerte von ihm beibringen lassen, bevor er ihn ausgebootet und mit einem ansehnlichen Kundenstamm sein eigenes Geschäft aufgezogen hatte. Mit juristischen Tricks und Kniffen kannte er sich aus. Natürlich war sein Freund inzwischen nicht mehr sein Freund, aber auf Einzelschicksale konnte man in der Branche wirklich keine Rücksicht nehmen. Immerhin war Edgar so freundlich gewesen, nicht nur die Kunden, sondern auch die Frau seines Freundes zu übernehmen. Auf sie war er von Anfang an scharf gewesen. Inzwischen war er seit vierzehn Jahren mit ihr verheiratet. Gut, die große Leidenschaft war vorbei. Er war lieber auf der Jagd, als zu Hause vor dem Kamin zu sitzen. Auf der Jagd nach Geld und auf der Jagd nach Frauen.

Letzteres gestaltete sich seit längerem als immer anstrengender. Auch wenn er sich immer noch für durchaus vorzeigbar hielt, schienen die Ansprüche der jungen Damen heutzutage gewaltig gestiegen zu sein. Eine schnelle Nummer mit einem attraktiven, reichen Kerl reichte ihnen nicht mehr. Immer häufiger blitzte er in den einschlägigen Bars und Clubs ab. Sicher, er könnte sich in einem der zahlreichen Internetportale anmelden, da gab es sogar spezielle Seiten, wo man sich zu einem unverbindlichen Fick verabreden konnte. Aber das hatte nichts mit Jagen zu tun. Das war, als würde man auf einen Hirsch schießen, der sich einem in selbstmörderischer Absicht vor die Füße warf. Das machte keinen Spaß. Er hatte es ausprobiert. Nur Wild, das man selbst erlegt hatte, schmeckte besonders gut, alles andere war Einheitsbrei. Supermarktfraß. Er stand mehr auf Feinkost.

Die kleine Buchhändlerin war vorhin peinlicherweise in sein Stelldichein mit sich selbst geplatzt, aber diese Beute würde er schon noch erlegen. Im Moment war sie verwundbar, nach dem, was in ihrem Laden geschehen war. Er ärgerte sich, dass er die Gunst der Stunde vorhin nicht genutzt und sie unverrichteter Dinge wieder hatte ziehen lassen, aber sie hatte ihn irgendwie auf dem falschen Fuß erwischt. Die Nachricht von Mais gewaltsamem Ableben hatte ein Übriges dazu beigetragen. Er würde einfach in den nächsten Tagen bei ihr vorbeischauen und ihr eine Schulter zum Ausweinen anbieten. Natürlich nur, wenn ihr grummeliger Kompagnon nicht da war. Falls sie ihr Geschäft jemals wiedereröffnen würde.

Das Telefon schreckte ihn aus seinen Gedanken. Hoffentlich keine weitere Hiobsbotschaft.

»Immo Bräutigam, was kann ich für Sie tun?«, säuselte er in den Hörer.

»Ja, Hilbert am Apparat. Thomas Hilbert. Ich habe im Internet eines Ihrer Angebote gesehen und würde gern einen Besichtigungstermin vereinbaren«, meldete sich eine nervös klingende Stimme am anderen Ende der Leitung.

»Gern, Herr Hilbert, um welche Immobilie handelt es sich denn?«

Der Anrufer nannte die Angebotsnummer, die auf der Internetseite angegeben war, und Edgar pfiff innerlich durch die Zähne. Eines seiner teuersten Objekte. Dieser Abschluss würde ihm eine hohe Courtage garantieren. Wenn sich der Anrufer das Haus denn auch leisten konnte. In den letzten Jahren gab es immer mehr dieser Besichtigungstouristen. Die schauten sich Häuser und Wohnungen an, nicht etwa weil sie sie erwerben wollten, sondern weil sie einfach zu viel Zeit und Spaß daran hatten, sich leerstehende Häuser anzuschauen, die sie sich niemals würden leisten können. Die Stimme am Telefon klang recht jung. Na ja, vielleicht war er ein reicher Erbe. Man sollte nicht zu misstrauisch sein. Er konnte seine Kunden ja schlecht vor dem ersten Termin nach ihren finanziellen Verhältnissen ausfragen, auch wenn ihm das manchmal viel Zeit sparen würde.

»Wenn Sie heute Abend noch Zeit hätten, wäre das ganz prima«, meinte Herr Hilbert. »Tagsüber schaffe ich es terminlich leider nicht.«

»Wenn es Sie nicht stört, das Haus im Dunkeln zu besichtigen?«, erwiderte Edgar.

Auch das war schon vorgekommen. Die Kunden hatten nur nach Feierabend Zeit und beschwerten sich dann darüber, den Garten nicht gescheit inspizieren zu können, weil, oh Wunder, die Sonne bereits untergegangen war. Edgar machte vieles möglich, aber die Sonne anknipsen konnte er nicht.

»Ach, das ist schon in Ordnung«, meinte Herr Hilbert.

»Ja, dann, ist Ihnen zwanzig Uhr recht?«

»Das passt ganz hervorragend. Sie führen die Besichtigung doch persönlich durch?«

»Sicher, wenn Sie das wünschen.«

Er würde ganz bestimmt nicht seine Mitarbeiterin für Überstunden bezahlen. Sie weigerte sich ohnehin, späte Besichtigungstermine allein durchzuführen, weil sie immer befürchtete, von einem Sittenstrolch angefallen zu werden. Außerdem konnte er so die Courtage allein einstreichen, und die würde in diesem Fall ziemlich üppig ausfallen.

»Dann treffen wir uns um acht vor dem Haus«, schlug er vor. »Die Adresse haben Sie ja sicherlich schon dem Exposé entnommen.«

»Wunderbar! Ich freue mich«, sagte Herr Hilbert überschwänglich und verabschiedete sich.

Edgar legte das Telefon zurück auf die Ladestation. Hilbert, überlegte er, der Name sagte ihm etwas. Er kramte einige Sekunden in seinem Gedächtnis, bis es ihm wieder einfiel. Richtig: Luise Hilbert. Keine seiner Ruhmestaten. Aber eine, die sehr einträglich gewesen war. Ob dieser Thomas Hilbert ein Verwandter war? Wenig wahrscheinlich, die Geschichte lag fast siebzehn Jahre zurück. Und Luise Hilbert war schon genauso lange tot.

* * *

Freddie hockte zusammengekauert auf seiner fleckigen Matratze, die Arme um den Oberkörper geschlungen, und zitterte am ganzen Leib. Nicht vor Kälte, obwohl die ihm auch mehr und mehr zusetzte. Die Tatsache, dass er dringend eine neue Dosis benötigte, wog wesentlich schwerer. Leider hatte er alles, was er noch besaß, fortgeschafft. Er hätte etwas für seinen eigenen Bedarf aufbewahren sollen, doch er war so erpicht gewesen, das Zeug möglichst schnell loszuwerden, dass er daran keinen Gedanken verschwendet hatte. Nun war es zu spät. Seine Hand glitt in die Hosentasche seiner Jeans, in der Hoffnung, dort eine übersehene Tablette zu finden, doch er ertastete lediglich die Geldscheine, die Immo-Eddie ihm gestern in einem Anflug unfreiwilliger Großzügigkeit so freundlich zugeworfen hatte. Eigentlich hatte er das Geld für etwas anderes verwenden wollen, ein Busticket nach Timbuktu zum Beispiel, aber jetzt würde er es wohl oder übel in frisches Dope investieren müssen. Nur wie sollte er seinem Boss erklären, dass er schon wieder Nachschub brauchte, und zudem keine Kohle besaß, um ihn zu bezahlen? Zumindest keine nennenswerte. Mit läppischen hundertfünfzig Euro brauchte er gar nicht erst beim Boss aufzutauchen. Der Mann war nicht für seine Geduld und sein Verständnis für abgebrannte Mitarbeiter bekannt, und ohne Bares gab es schon mal gar nichts. Er könnte sich an seinen alten Dealer Kretsche wenden, doch die Gefahr, von ihm verpetzt zu werden, war einfach zu groß. Kretsche war ganz dicke mit dem Boss, und wenn der einen erst mal auf dem Kieker hatte, konnte es schnell unangenehm werden.

Er musste nachdenken und sich etwas einfallen lassen. Nur war das mit dem Nachdenken nicht so einfach, wenn einem der kalte Schweiß auf der Stirn stand und die Entzugserscheinungen einen vor Schmerzen um den Verstand brachten. Mal ganz abgesehen von dem, was ihm blühte, wenn die Polizei ihn aufspürte. Die würden ihn garantiert wegen Mordes an dem alten Mann einbuchten. Die anderen Penner wussten um den Streit, den er mit ihm gehabt hatte. Einer von denen würde garantiert reden, die waren diesem sogenannten Professor ja beinahe hörig gewesen. Und den Bullen war es egal, ob sie mit Freddie den Richtigen hinter Schloss und Riegel brachten oder nicht. Hauptsache, der Fall war abgeschlossen. Aber weshalb war er so sicher, der Falsche zu sein?

An allzu viel von dem, was er am Sonntag getrieben hatte, konnte er sich immer noch nicht entsinnen, so sehr er sich in den letzten vierundzwanzig Stunden auch das Gehirn zermartert hatte. Er erinnerte sich inzwischen wieder, dem Professor bis zu einem Laden gefolgt zu sein. Und dass er beschlossen hatte zu warten, bis der Kerl wieder herauskam. Aber hatte er tatsächlich gewartet? Und wenn ja, was war anschließend geschehen? Freddie kramte in seinem Gedächtnis, gab jedoch schnell auf, denn das Denken bescherte ihm nur Übelkeit. Außerdem war es mit seinem Erinnerungsvermögen nie weit her gewesen, schon bevor das mit den Drogen angefangen hatte. Damit war er bereits in der Schule unangenehm aufgefallen. Wie zum Teufel sollte man sich das ganze Zeug merken, das die Lehrer einem um die Ohren hauten?

Seine Gedanken kreisten ohnehin nur um ein Thema: Wo kriege ich die nächste Dosis her? Von Immo-Eddie, sicher, doch der würde ihn garantiert nicht ein weiteres Mal freiwillig in seinen Laden lassen. Außerdem bestand dort die Gefahr, der Bullentante in die Arme zu laufen. Vielleicht konnte er nach Geschäftsschluss einbrechen. Das hieße aber, noch den ganzen Nachmittag zu warten. Freddie glaubte nicht, es so lange aushalten zu können. Außerdem war er nicht gerade ein Einbrecherkönig, erst recht nicht in seinem derzeitigen Zustand. Also doch beim Boss zu Kreuze kriechen?

Apropos kriechen, irgendetwas kroch gerade aus seinem Magen die Speiseröhre nach oben. Ehe er es verhindern konnte, würgte er einen Schwall Mageninhalt hervor und erbrach sich auf die Matratze. Schöne Scheiße, dachte er, dann kroch noch etwas anderes ihn ihm hoch. Angst. Denn bei der roten Flüssigkeit, die langsam in der Matratze versickerte, handelte es sich bestimmt nicht um Kirschsaft. Er ließ sich kraftlos zurücksinken, rollte sich zu einer Kugel zusammen und begann, bitterlich zu weinen.

»Mama«, flüsterte er, »ich will zu meiner Mama.«

25

Marga Plenske schleppte ihre Einkäufe schwerfällig die Stufen zur vierten Etage empor und blieb einen Augenblick atemlos vor ihrer Wohnungstür stehen, bevor sie die Kraft fand, aufzuschließen. In der Küche angekommen, stellte sie die Tüten auf der Arbeitsplatte ab und ließ sich erschöpft auf einen der Stühle fallen. Vier Etagen ohne Aufzug, das war nichts, was man einer Frau in ihrem Alter zumuten sollte. Doch die Zwei-Zimmer-Wohnung in dem in die Jahre gekommenen Altbau war günstig und alles, was sie sich leisten konnte.

Sie und Werner waren damals gezwungen gewesen, ihr Haus zu verkaufen und hierher zu ziehen, nachdem man ihn in Zwangspension geschickt hatte. Zwar waren die Anschuldigungen, die man gegen ihn vorgebracht hatte, fallengelassen worden, nachdem Marga für ihn ausgesagt hatte. Trotzdem hatten seine Vorgesetzten ihm nahegelegt, in den vorzeitigen Ruhestand zu gehen. Es sei die einzige Möglichkeit, die ihm blieb, um sein Gesicht zu wahren. Mit dem, was ihm vorgeworfen wurde, ob wahr oder nicht, sei er in seiner Position nicht mehr tragbar. In Wahrheit hatten sie nur Angst gehabt, dass ihre eigene Reputation den Bach runterging, wenn sie sich vor ihren ins Gerede gekommenen Mitarbeiter stellten.

Werner hatte vor Wut geschäumt, sich aber in sein Schicksal gefügt. So blieb ihnen wenigstens noch die winzige Pension, die ihm zustand. Um sie einigermaßen über Wasser zu halten, ging Marga zusätzlich noch putzen. Auch Jahre danach regte ihr Mann sich über die Ungerechtigkeit auf, die ihm widerfahren war. Dabei hatte er Glück gehabt, mit einem blauen Auge davongekommen zu sein. Marga musste ob des Vergleichs beinahe lachen, denn sie war selten nur mit einem blauen Auge davongekommen. Manchmal fragte sie sich, ob Werner möglicherweise dem Wahnsinn anheimgefallen war, oder ob er der Wahrheit tatsächlich nicht ins Auge – ob nun blau oder nicht – sehen konnte. Wahrscheinlich eine Mischung aus beidem. Die Sache hätte wesentlich schlimmer für ihn ausgehen können. Dann nämlich, wenn sie sich entschlossen hätte, auszupacken. Wenn sie zugegeben hätte, dass alles stimmte, was man ihm vorwarf. Doch sie hatte geschwiegen. Und wie hatte er ihr ihre Loyalität gedankt? Indem er sie noch schlechter behandelte als zuvor. Als sei sie an allem schuld.

Wie hatte er immer so schön gesagt, jeder bekommt im Leben, was er verdient. Dann war Gott offenbar der Meinung, Werner habe einen qualvollen Tod verdient, und hatte ihm den Bauchspeicheldrüsenkrebs geschickt. Warum der Herr da oben glaubte, Marga habe einen Mann wie Werner verdient, wusste sie allerdings nicht. Sie hatte nie etwas Böses getan. Jedenfalls nicht vor ihrer Hochzeit. Oder konnte Gott in die Zukunft sehen? Sie war zu lange nicht in der Kirche gewesen, um diese Frage beantworten zu können. Die Friedhofskapelle zählte sie nicht mit. Der Pfarrer, der Werner unter die Erde gebracht hatte, war redlich bemüht gewesen, ein Loblied auf ihren verstorbenen Mann zu singen. Doch da er sich dabei nur auf ihre Erzählungen stützen konnte, war nicht allzu viel dabei herausgekommen. Außer ihr war ohnehin niemand da gewesen, also hatte er sich auf das Nötigste beschränkt und sie pflichtschuldig in ihr Taschentuch geschluchzt.

Die Sargträger hatten sie mitleidig angeblickt, so wie es jetzt dieser Friedhofsgärtner oder Totengräber oder was immer er war, machte. Er strengte sich zwar an, sie nicht zu offensichtlich anzustarren, doch sie merkte trotzdem, wie er sie beobachtete. Wahrscheinlich fragte er sich, was sie ihrem verstorbenen Mann Tag für Tag erzählte. Nun, sie erzählte Werner das, was sie ihm schon zu Lebzeiten ins Gesicht hätte schleudern sollen. Was für ein widerlicher Tyrann er war. Wie sehr sie ihn verabscheute. Wie sehr sie sich selbst verabscheute, weil sie all die Jahre vor ihm gekuscht hatte, statt ihm einmal die Stirn zu bieten. Vielleicht wäre ihr Leben anders verlaufen, wenn sie es gewagt hätte.

Vielleicht hätte er sie aber auch ins Leichenschauhaus geschlagen.

* * *

Aylin liebte ihren Job als Polizistin, dass der aber auch die Anwesenheit bei Autopsien mit einschloss, behagte ihr gar nicht. Kein Wunder, dass Kantner diese Aufgabe gern auf andere abwälzte. Ihr Kollege Paul Mattuschek hingegen konnte gar nicht genug davon bekommen, allerdings ging es ihm dabei mehr um die Rechtsmedizinerin als um die Leichenschau. Aylin konnte sich nicht entscheiden, was von beidem sie schlimmer finden sollte. Diese Doktor Brandt war einfach furchtbar. Laut, gezwungen witzig und völlig pietätlos den Verstorbenen gegenüber. Vielleicht schottete sie ihre Seele auf diese Weise vor dem Grauen ab, dem sie tagtäglich in ihrem Beruf ausgesetzt war. Oder sie hatte sich diesen Beruf ausgesucht, gerade weil sie ohne jede Empathie war. Was auch immer es war, Aylin konnte Mattuscheks Begeisterung für die Ärztin weder teilen noch verstehen.

Natürlich mokierte sich Doktor Brandt als Erstes lautstark darüber, warum Kantner nicht erschienen war, um ihr über die kalte Schulter zu gucken. Offenbar ein weiterer Grund, weshalb ihr Kollege eine Begegnung mit der reizenden Rechtsmedizinerin tunlichst vermied. Der Sektionsassistent, der der Kommissarin als Lars vorgestellt worden war, rollte hinter dem Rücken seiner Chefin mit den Augen und zwinkerte Aylin gleichzeitig zu. Das musste man erst mal hinbekommen. Der junge Mann gehörte wohl auch nicht zu Dr. Brandts Fanclub.

»Das war ja ziemliches Glück, dass der Arzt, der den Tod des Opfers festgestellt hat, die Einstichstelle entdeckt hat«, meinte Lars nun.

»Warum?«, wollte Aylin wissen.

»Na, wenn er Herzversagen als Todesursache angegeben hätte, wäre der Täter wohl mit dem Mord davongekommen.«

Amelie Brandt schüttelte heftig mit dem Kopf. »Kein Arzt trägt heutzutage Herzversagen als Todesursache ein. Es sei denn, das Opfer war hundertzwanzig Jahre alt oder schon vorher wegen seines schwachen Herzens aufgefallen. Letzten Endes stirbt jeder, weil sein Herz versagt. Man muss der Ursache, warum es versagt hat, auf den Grund gehen, und dazu bin ich da. Da das Opfer keine Vorerkrankungen hatte, wäre es in jedem Fall auf meinem Tisch gelandet.«

»Aber was ist, wenn Mai ein Mittel injiziert wurde, das nach einigen Stunden nicht mehr nachweisbar ist?«, erkundigte sich Aylin.

»So etwas gibt es natürlich«, gab Dr. Brandt zu, »allerdings seltener, als es den Anschein hat. Und mein lieber Lars ist sehr akribisch, was die erste Leichenschau angeht, dem entgeht auch eine versteckte Einstichstelle nicht.«

Der Gelobte lächelte geschmeichelt. Männer! Kaum hielt man ihnen ein Stückchen Wurst vor die Nase, wedelten sie mit dem ... Egal.

»Und was wäre, wenn man ihm das Mittel oral verabreicht hätte?«, insistierte die Kommissarin.

»Hat man aber offensichtlich nicht«, erwiderte die Rechtsmedizinerin gutmütig. »Machen Sie den Fall doch nicht komplizierter, als er ist.«

»Warum der Täter so blöd war, eine derart offensichtliche Stelle für die Injektion zu wählen, will mir allerdings nicht einleuchten«, schlug Lars sich auf die Seite der Kommissarin.

»Ich glaube, er war gar nicht so blöd«, entgegnete Aylin. »Es sieht so aus, als habe er an der Tür geklingelt. Als Mai ihm öffnete, rammte er ihm kurzerhand die Spritze in den Hals. Rein, raus, das wars. So schnell konnte Mai gar nicht gucken. Der Täter konnte ihn ja auch schlecht darum bitten, sich die Schuhe auszuziehen, damit er die Injektion zwischen den Zehen platzieren kann.«

»Jetzt müssen wir nur noch herausfinden, was Mai verabreicht worden ist.« Amelie Brandt rieb sich voller Tatendrang die Hände. »Lars, Skalpell!«

Die Obduktion verlief ohne nennenswerte Zwischenfälle und für Dr. Brandts Verhältnisse einigermaßen professionell. Aylin wusste auch nicht, was sie eigentlich erwartet hatte. Eine Rechtsmedizinerin, die mit den Organen des Opfers Rugby spielte? Allein der Gedanke ließ ihren Magen revoltieren. Was Dr. Brandt gerade aus Mai herausholte, war allerdings kein Magen.

»Ui«, meinte Lars. »Das sieht mir aber nach einer schweren Leberzirrhose aus. Von wegen, keine Vorerkrankungen.«

Amelie Brandt nickte zustimmend und schnüffelte. »Ich wette, wenn wir den Mageninhalt untersuchen, finden wir dort ein gutes Fläschchen Bordeaux«, meinte sie. »Ganz ehrlich: So eine Leber hätte ich eher bei unserem gestrigen Patienten vermutet. Da sieht man mal wieder, wie sehr man sich von seinen Vorurteilen leiten lässt. Unser unbekannter Obdachloser war körperlich in wesentlich besserer Verfassung als der hier.«

Dass Mai offenbar Alkoholiker gewesen war, wusste Aylin bereits von dessen Putzfrau. Sie interessierte sich wesentlich mehr dafür, was den Tod des Staatsanwalts verursacht hatte. »Haben Sie schon eine Vermutung?«, fragte sie die Rechtsmedizinerin.

»Vielleicht ein Chateau Cambon la Pelouse?«, schlug Dr. Brandt vor.

»Ist das ein anerkanntes Mittel, jemanden ins Jenseits zu befördern?«

»Kommt auf die Menge an. Aber wenn Sie wissen wollen, was ihm injiziert worden ist, tippe ich spontan auf Morphium.«

26

Sophie war nicht nur mit einiger Verspätung im Restaurant erschienen, sondern auch mit ihrer Freundin Cordula. Ersteres war nicht allein der Wetterlage zuzuschreiben. Martin sollte sich bloß nicht einbilden, sie fiebere einem Treffen mit ihm entgegen, und ein wenig weibliche Schützenhilfe konnte in dem Fall auch nicht schaden. Beinahe hoffte sie, Martin wäre bereits wieder gegangen, doch dann sah sie ihn an einem Tisch beim Fenster sitzen. Er erhob sich von seinem Platz und winkte die Frauen zu sich heran. Er rückte ihnen die Stühle zurecht und versorgte sie mit den bereits eroberten Speisekarten. Offenbar hatte er in den letzten Jahren, was Manieren anging, das ein oder andere dazugelernt. Wilhelm, Sophies Vater, hatte heute noch ein Trauma von dem Tag, als er von der Arbeit nach Hause gekommen war und einen fremden jungen Mann breitbeinig in seinem Sessel – die Betonung lag hierbei auf *seinem* Sessel – sitzend vorgefunden hatte, eine Zigarette lässig in den Mundwinkel geschoben. Martins zwischen zwei Qualmwolken hervor gehustetes »Hi, du bist bestimmt der Alte von Soph.« hatte Wilhelm den Rest gegeben. Man musste nicht extra erwähnen, dass dies der erste und letzte Auftritt von Martin Jäger im Hause Kantner gewesen war. Wie auch der jeglicher weiterer junger Männer, die es wagten, Sophie den Hof zu machen. Wilhelm war in dieser Hinsicht sehr rigoros. Erst Ben war es gelungen, das empörte Vaterherz wieder milde zu stimmen.

»Hast du dir Verstärkung mitgebracht?«, fragte Martin, nachdem alle Platz genommen hatten.

»Dachte, es kann nicht schaden«, meinte Sophie nur.

»Angst, meinem Charme zu erliegen?«

»Etwas in der Art.« Sollte er ruhig daran glauben, wenn es ihn glücklich machte.

Martin lächelte zufrieden. »Na ja, ein flotter Dreier ist auch nicht zu verachten, nicht wahr, Cördelchen?«

Cördelchen schnaubte verächtlich, und Sophie kam zu dem Schluss, dass es wohl doch nicht so ganz hingehauen hatte mit den guten Manieren.

»Wie wars eigentlich gestern bei der Autopsie?«, fragte sie. Besser, sie kam gleich zum Thema ihres eigentlichen Interesses, ehe Martin noch auf die Idee verfiel, hier ein Zimmer zu reservieren.

Eine Kellnerin trat an ihren Tisch und brachte Martins amouröse Hirngespinste vollends zum Erliegen »Haben Sie schon gewählt?«, fragte sie freundlich.

»Äh, ja, ein Wasser und eine Tomatensuppe bitte«, meinte Sophie.

»Für mich auch«, stimmte Cordula zu.

»Zweimal Wasser und das Tomatenschaumsüppchen. Und für den Herrn?«

»Ich nehme das Menü.«

»Einen passenden Wein dazu?«

Er lächelte überheblich. »Sehr gern. Überraschen Sie mich.«

Die Kellnerin machte sich eine Notiz und überließ die drei wieder ihrem Gespräch.

»Also«, meinte Sophie. »Wie war die Obduktion?«

Martin legte den beiden Damen – kurz unterbrochen von einem dienstbeflissenen jungen Mann, der die Getränke an den Tisch brachte – akribisch jedes blutige Detail seines gestrigen Erlebnisses dar. Wenn er hoffte, Sophie und Cordula damit zu schockieren, war er bei ihnen natürlich an die falsche Adresse geraten, auch wenn zumindest Sophie den Umstand ausblenden musste, dass es sich bei dem Patienten um den Professor handelte.

»Und als ich hörte, dass das Opfer mit sieben Messerstichen getötet worden ist, kam mir natürlich gleich der Gedanke, es könnte sich um eine Art Symbolik handeln«, erklärte er wichtigtuerisch.

»Was meinte die Rechtsmedizinerin dazu?«, wollte Cordula wissen.

»Sie war ganz angetan von der Idee, glaube ich. Was sagst du dazu, Soph?«

Sie hasste den Spitznamen, den er ihr damals verpasst hatte. Er sollte wohl besonders cool klingen, war aber einfach nur albern. Für die Idee mit der Symbolik konnte sie sich schon mehr erwärmen, doch hieße das nicht im Umkehrschluss, der Mord war geplant gewesen? Dass jemand die Lesung absichtlich genutzt hatte, um sich dem Professor zu nähern? Doch dazu hätte derjenige erstens wissen müssen, dass sie den Obdachlosen eingeladen hatte und der Professor zweitens geplant hatte, im Laden zu übernachten. Das erschien ihr ziemlich weit hergeholt. Logischer erschien ihr die Möglichkeit eines fatalen Zufalls, der Opfer und Mörder in der Buchhandlung zusammengeführt hatte. Und wofür sollte die Zahl Sieben stehen? Sieben Zwerge? Die sieben Geißlein?

»Die sieben Todsünden«, erläuterte Martin. Richtig, die gab es ja auch noch. »Vielleicht tötet der Mörder Menschen, die sich seiner Meinung nach einer dieser Sünden schuldig gemacht haben.«

»Den Film gibts doch schon«, warf Cordula genervt ein.

»Weswegen sonst sollte jemand einen harmlosen Penner ermorden?«, fragte Martin.

»Der Professor war kein Penner«, sagte Sophie scharf.

»Was denn sonst?«

»Er war mein Freund.«

Die Kellnerin kehrte mit den Tomatenschaumsüppchen und Martins Vorspeise an den Tisch zurück. Das Essen zog sich etwas zäh dahin, was nicht an dem wirklich ausgezeichneten Tomatenschaumsüppchen lag. Das beste Süppchen, das Sophie je gegessen hatte. Und vermutlich auch das teuerste. Eine richtige Unterhaltung wollte nicht mehr in Gang kommen, und als Sophie Martin fragte, ob er nicht eine kleine Summe für die Beerdigung des Professors beisteuern wollte, verabschiedete sich der Autor hastig mit den Worten, er habe noch eine wichtige Verabredung.

»Den siehst du so schnell nicht wieder«, meinte Cordula, nachdem er gegangen war.

Sophie nickte. »Das wird wohl so sein. Allzu viel Wert lege ich allerdings auch nicht darauf. Ist nicht immer gut, alte Freundschaften aufzuwärmen.«

»Ich hoffe, du sprichst dabei nicht von uns.«

Sophie sah sie verblüfft an. »Natürlich nicht. Mir war auch nicht bewusst, dass unsere Freundschaft je auf Eis gelegen hat.«

Cordula lächelte. »Das nicht. Vielleicht nur ein bisschen eingeschlafen.«

Sophie winkte ab. »Das ist doch ewig her.«

»Stimmt. Du hast meinen Mann nie leiden können, oder?«

Cordula lebte seit einigen Monaten in Scheidung, nachdem sie ihren Mann in flagranti mit einer der Sprechstundenhilfen ihrer gemeinsamen Praxis erwischt hatte. Sophie war von dem zwanzig Jahre älteren Arzt, der das Herz ihrer Freundin quasi im Sturm erobert hatte, nicht sonderlich angetan gewesen. Zu arrogant, zu selbstverliebt war er ihr vorgekommen. Im Nachhinein betrachtet hätte Cordula lieber auf sie hören sollen. Jetzt stand sie nicht nur vor den Trümmern ihrer Ehe, sondern auch vor denen ihrer Existenz, denn ihr Noch-Ehemann weigerte sich beharrlich, ihr einen Anteil aus der Praxis auszuzahlen. Schließlich hatte sie nichts in das Geschäft investiert. Nichts außer jahrelanger Arbeit. Das Gericht würde in Kürze klären, wie viel ihr tatsächlich zustand, und dann konnte sie endlich einen Schlussstrich unter die elende Geschichte ziehen und nach vorn blicken. Neu anfangen. Cordula war mehr als bereit dazu. Ein kleines, aber nicht unwesentliches Detail wäre da aber noch zu klären. Ein Detail, für das sie dringend die Zustimmung ihrer besten Freundin benötigte. Nicht unbedingt, weil Sophie ein Mitspracherecht in der Angelegenheit zustand, sondern für Cordulas Seelenheil. Vielleicht war gerade ein guter Zeitpunkt, sie darauf anzusprechen. Vielleicht aber auch genau der falsche. Einen perfekten Zeitpunkt gab es vermutlich nie. Wenn man zu lange unschlüssig am Bahnsteig stand, fuhr der Zug irgendwann ohne einen ab.

»Ich weiß, ich bin noch nicht geschieden und so«, druckste sie herum.

»Ist doch nur eine Frage der Zeit, oder?«, meinte Sophie.

»Ja sicher. Aber ich hab da ein Problem.«

»Bist du etwa schwanger?« Sophie warf einen neugierigen Blick auf den Bauch ihrer Freundin. Man sah zwar nichts, aber das musste ja nichts bedeuten.

»Nein. Ich bin verliebt.«

»Echt? Ist doch toll. Also, ich hoffe, es ist toll. Du sprichst doch nicht etwa von deinem Ex?«

Cordula schüttelte entschieden den Kopf. »Im Leben nicht. Nein, es ist jemand anderes.«

»Du machst es aber geheimnisvoll. Kenne ich ihn?«

»Ja.«

Es dauerte einige Sekunden, bis der Groschen endlich fiel. »Du bist in Carsten verliebt.«

Cordula senkte den Kopf. Tränen stiegen ihr in die Augen.

»Weswegen heulst du denn jetzt?«, wollte ihre Freundin erstaunt wissen.

»Na ja, ich weiß ja, dass du dagegen bist, wenn ich was mit ihm anfange«, schniefte sie und fummelte in ihrer Hosentasche nach einem Tempo.

»Wer behauptet, ich hätte was dagegen?«

»Na du.«

»Ich?«

»Ja, letztes Jahr, als ich dir erzählt habe, dass Carsten und ich … na, dass wir uns geküsst haben.«

Jetzt schoss eine wahre Sturmflut aus Cordulas Augen. Sophie blickte sich vorsichtig um. Vermutlich glaubten die anderen Gäste, Martin habe eben mit Cordula Schluss gemacht und sie heulte sich jetzt bei ihr aus. Sie war ein wenig beschämt. Nicht wegen der peinlichen Szene, so etwas war in ihren Teenagerzeiten beinahe täglich vorgekommen, sondern weil sie sich erinnerte, ihrer Freundin tatsächlich Vorhaltungen gemacht zu haben, als die ihr von der Fast-Liebesnacht mit Carsten erzählt hatte. Sophie war nicht erbaut von dem Gedanken einer Beziehung zwischen den beiden, denn wem sollte sie beistehen, wenn sie sich wieder trennten. Aber wer sagte, dass sie sich trennen würden?

Und wie egoistisch war es, dem Liebesglück ihrer besten Freundin und ihres einzigen Bruders im Wege zu stehen? Ihre Abwehr vor einigen Monaten war eine spontane Reaktion gewesen, die sie schon kurz darauf bereute. Aber weder Cordula noch Carsten hatten das Thema je wieder erwähnt, und so hatte Sophie sich eingeredet, es habe sich um einen einmaligen Ausrutscher gehandelt, der den beiden im Nachhinein selbst unangenehm war. Eigentlich hätte sie merken müssen, dass dem ganz und gar nicht so war, allein schon wegen der schmachtend sehnsüchtigen Blicke, die die beiden sich bei ihren gemeinsamen Treffen immer wieder zuwarfen.

»Nu hör mal auf zu heulen«, beruhigte sie ihre Freundin und reichte ihr ein frisches Taschentuch. »Du hast mich damals vielleicht ein bisschen mit der Sache überrumpelt. Natürlich hab ich nichts dagegen, wenn du und Carsten ...«

»Nein?« Cordula hörte auf zu schniefen und sah ihre Freundin mit tränenverschleiertem Blick an.

Sophie nahm sie in den Arm. »Nein, wirklich nicht. Wenn du ihn haben willst, dann schnapp ihn dir. Aber ich will keine Details aus eurem Liebesleben hören.«

»Geht klar.« Cordula betupfte ihre Augen, konnte aber schon wieder lächeln.

Die Kellnerin trat an ihren Tisch, um abzuräumen. »Hat es nicht geschmeckt?«, fragte sie besorgt.

»Doch, sehr gut, danke«, meinte Sophie und Cordula nickte.

»Haben Sie noch einen Wunsch?«

»Nein, danke. Ich glaube, wir sollten uns auf den Weg machen.«

»Dann bringe ich Ihnen die Rechnung«, sagte die Kellnerin.

»Die … äh?«

»Ich glaube, dein reizender Exfreund hat uns auf der Zeche sitzenlassen«, meinte Cordula.

* * *

Nach Jahren stand Thomas zum ersten Mal wieder vor
dem Tor des Hauses, das er für kurze Zeit gemeinsam mit
Patrick und Michael bewohnt hatte. Beinahe hätte er die
Abzweigung verpasst, in letzter Sekunde war er nach rechts
ausgeschert und den schmalen Weg entlang gerumpelt. Die
Stoßdämpfer des Wagens, den er sich geliehen hatte, waren
nicht mehr die Besten. Die Schlaglöcher, durch die er ihn
lenkte, verbesserten diesen Zustand wahrscheinlich nicht.

Viel hatte sich nicht verändert, seit er fortgegangen war.
Wenigstens nicht zum Guten. Offenbar hatten seine Freunde weder Zeit noch Geld investiert, um den alten Kasten auf
Vordermann zu bringen. Thomas hatte nie nachvollziehen
können, warum sie das Haus nicht verkauft hatten. An ihrer
Stelle hätte er es nicht schnell genug loswerden können.
Aber es war ihre Entscheidung, nicht seine. Vor allem Patricks Entscheidung. Er liebte dieses Haus, auch wenn die
Jahre des Leerstands ihm nicht gutgetan hatten. Trotzdem
war es einiges wert, allein schon wegen seiner Vergangenheit. Die Leute mochten Häuser mit Vergangenheit.

Thomas nicht. Er hatte sich hier nie wohlgefühlt. Es war
nicht nur das Wissen darum, was hier geschehen war,
und das wäre schon ausreichend gewesen. Für seinen Geschmack lag das Haus viel zu weit ab vom Schuss. Für
einen jungen Mann, der etwas anderes erleben wollte, als
die Stille der Natur zu genießen, eher kein Ort, an dem man
den Rest seines Lebens verbringen wollte. Kaum jemand
verirrte sich hierher. Gut, damit wahrscheinlich auch keine

Einbrecher, doch hier gab es ohnehin nichts, das sich zu stehlen lohnte. Das musste beim Blick auf die bröckelnde Fassade selbst dem dümmsten Dieb einleuchten. Und das Schild mit der Warnung vor dem Hund schreckte natürlich jeden unliebsamen Besucher ab. Thomas grinste. Hier hatte es nie einen Hund gegeben.

Er drückte den rostigen Klingelknopf neben dem Tor und wartete. In der Einfahrt stand kein Wagen. War Patrick aufgehalten worden? Oder besaß er am Ende kein Auto? Aber mit öffentlichen Verkehrsmitteln war es eine halbe Weltreise bis hierhin. Und die andere Hälfte ging für den Fußmarsch von der Bushaltestelle drauf. Er klingelte noch einmal, doch nichts rührte sich. Wenigstens Michael sollte zu Hause sein. Thomas konnte sich nur schwer vorstellen, dass der einer geregelten Arbeit nachging. Michi war schon als Kind ein Meister darin gewesen, sich allzu sehr auf seinen großen Bruder zu verlassen. Und Patrick hatte bestimmt nichts getan, um an diesem Zustand etwas zu ändern. Ihm hatte die Abhängigkeit seines Bruders immer gefallen. Der große Anführer und Beschützer. Erst als Thomas dem Dunstkreis seines Freundes entkommen war, fiel ihm auf, wie sehr auch er sich von ihm hatte manipulieren lassen. Und wie viel Ärger es ihm im Laufe der Jahre eingebracht hatte. Er fuhr mit den Fingern über die Narbe unterhalb seines rechten Auges.

Er klingelte ein drittes Mal und beschloss dann, einfach über das Tor zu klettern. Das hatte er früher schon gemacht, wenn es mal wieder klemmte oder er seinen Schlüssel vergessen hatte, also sollte es jetzt, mit dreißig Kilo weniger auf den Rippen, auch kein Problem sein. Behände wie ein Kunstturner zog er sich an der oberen Querstange hoch, schwang die Beine salopp darüber und ließ sich fallen. Dann lief er den Kiesweg entlang zur Eingangstür. Er klopfte und rief einige Male Michaels Namen, jedoch ohne Erfolg. Hatte Patrick ihn am Ende hierher beordert, um sich einen blöden Scherz mit ihm zu erlauben? Als kindische Rache, weil Thomas ihn einst vermeintlich im Stich gelassen hatte? Und die beiden standen hinter der Tür und feixten darüber, dass er wie bestellt und nicht abgeholt davor stand? An diese Möglichkeit hatte er nicht gedacht. Zu blöd. Aber nun war er einmal hier, da verspürte er keine Lust, unverrichteter Dinge wieder abzuziehen. Ob Patrick immer noch einen Ersatzschlüssel im Kopf des alten Gartenzwergs neben der verwitterten Bank unter dem Fenster versteckte? Der Gartenzwerg war tatsächlich derselbe wie damals, ein hässliches Ding, dessen Farben schon lange verblasst waren. Thomas drehte vorsichtig den Kopf des Keramik-Männleins und hielt ihn kurz darauf in der Hand. Ein Blick hinein offenbarte ihm, dass seine Hoffnung nicht enttäuscht wurde; ein Schlüssel war mit einem Streifen Tesa an der Zipfelmütze befestigt. Er zog ihn ab, steckte den Kopf wieder auf den Körper und ging zurück zur Tür, um sie aufzuschließen.

»Hallo?«, rief er in den dunklen Flur hinein. Keine Antwort. Das Haus machte einen verlassenen Eindruck. Wohnten Patrick und Michi vielleicht gar nicht mehr hier? Also doch ein schlechter Scherz?

Langsam bewegte er sich nach links in Richtung Küche. Hier sah es genauso aus wie an jenem Tag, als sie an dem weißen Esstisch, einem Relikt der Siebzigerjahre, gesessen und Pläne geschmiedet hatten. Einige benutzte Teller lagen in der Spüle und freuten sich auf ein heißes Bad, das wohl nicht so bald kommen würde. Also war das Haus doch nicht so unbewohnt, wie es zunächst den Anschein machte. Es roch unangenehm nach alten Essensresten und kaltem Zigarettenrauch. Wann hatte Patrick angefangen zu rauchen? Thomas konnte sich kaum vorstellen, dass sein Freund aus Kindertagen viele Freunde empfing. Genau genommen hatte Patrick, abgesehen von ihm, nie Freunde gehabt. Was, wenn er das Haus an jemanden vermietet hatte? Derjenige würde es wahrscheinlich nicht besonders lustig finden, wenn Thomas in seinem Heim herumschnüffelte. Er sollte besser wieder von hier verschwinden, ehe man ihn ertappte und der Polizei auslieferte. Doch er konnte seine Neugier nicht zähmen. Das war schon immer sein Problem gewesen.

Er verließ die Küche, um in das einzige andere Zimmer im Erdgeschoss des Hauses zu gehen. Auch im Wohnzimmer hatte sich nichts verändert. Dieselbe alte Schrankwand aus massivem Eichenholz, der dazu passende Couchtisch und das zerschlissene Ledersofa standen an denselben Stellen wie damals. Der Rauputz an den Wänden hatte mit den Jahren einen Grauschleier bekommen, etliche helle Stellen deuteten an, wo früher einmal Bilder gehangen hatten. Auf seinen zahlreichen Reisen ohne bestimmtes Ziel hatte Thomas in vielen Kaschemmen gehaust, doch keine von ihnen hatte diesen Grad der Verwahrlosung erreicht. Nicht einmal die schäbige Pension, in der er im Moment wohnte, konnte da mithalten. Hierfür würde sicherlich niemand Miete zahlen.

Er musste all seinen Mut zusammennehmen, um die Treppe hinauf in den ersten Stock zu steigen. Die Tür zum großen Schlafzimmer auf der rechten Seite des Flurs stand offen. Patrick und sein Bruder hatten es sich damals geteilt, weil Michi nicht allein schlafen wollte. Fast erwartete er, den Jungen mit seinem kindlichen Strahlen auf dem Bett sitzend vorzufinden, doch das war nicht der Fall. Ein Junge war er schon längst nicht mehr. Doch es gab auch keine

Spur von einem erwachsenen Michi. Das Bett war zerwühlt, im Raum roch es muffig, als habe man längere Zeit versäumt, ihn zu lüften. Das ganze Haus wirkte, als hätte es die Hoffnung auf bessere Zeiten aufgegeben und sich in sein trostloses Schicksal gefügt. Ob Patrick sich ebenfalls in sein Schicksal gefügt hatte? Schwer vorstellbar. Er hatte sich nie fügen können, selbst dann nicht, wenn es sinnvoll gewesen wäre.

Seufzend verließ Thomas den Raum, um in das gegenüberliegende Zimmer zu gehen, das er selbst bewohnt hatte, wenn auch nur für kurze Zeit. Das Bett stand an derselben Stelle wie damals, gegenüber der windschiefe Kleiderschrank, nur noch zusammengehalten von den zahllosen Fußballbildchen aus einem alten WM-Sammelalbum. An der Wand neben dem Fenster, wo einst ein wackliger Kinderschreibtisch gestanden hatte, hingen dicht beschriebene Blätter und einige Fotografien. Das war neu. Thomas trat näher heran, um die Aufzeichnungen entziffern zu können. Irgendwo knarzte ein Balken. Das Holz war in die Jahre gekommen und arbeitete, wie es auch früher schon der Fall gewesen war. Wie die Gelenke eines von Arthritis geplagten alten Mannes, dem die kalte Jahreszeit zu schaffen machte.

Er verspürte einen stechenden Schmerz im Nacken. *Eine Mücke um diese Jahreszeit?*, war das Letzte, das er sich fragen konnte, bevor alles in Dunkelheit versank.

27

Aylin hatte sich breitschlagen lassen, die Rechtsmedizinerin im Anschluss an die Obduktion in die Cafeteria des Krankenhauses zu begleiten. Appetit hatte sie eigentlich nicht, nachdem sie den Vormittag damit verbracht hatte, zuzusehen, wie man einen menschlichen Körper auseinander pflückte und wieder zusammensetzte. Im Gegensatz zu Amelie Brandt, die gerade einen Teller Dosengulasch mit Nudeln verputzte.

»Der Martin hat sich gestern vielleicht was erlaubt«, meinte sie zwischen zwei Bissen, als müsste Aylin erstens wissen, von wem die Ärztin sprach, und als wäre sie zweitens ihre beste Freundin. Keins von beidem traf auch nur annähernd zu.

Die Kommissarin verspürte nicht die geringste Lust, nachzufragen, also nickte sie einfach und nippte an ihrem Früchtetee. Man hätte meinen können, in einer Krankenhauscafeteria gäbe es eine größere Auswahl an Teesorten, aber da war sie offensichtlich einem Irrtum aufgesessen. Es hieß schließlich nicht umsonst *Kranken*haus. Um die Gesundheit ging es hier nicht.

»Lässt mich in diesem teuren Restaurant einfach auf der Rechnung sitzen. Ich hab das erst gar nicht geschnallt, als er sich so plötzlich vom Acker gemacht hat.«

Aylin schnallte im Moment auch nichts, die Worte der Ärztin rauschten unverarbeitet von einem Ohr zum anderen durch ihren Kopf. Wenigstens fiel ihr ein, von welchem Martin die Brandt redete. Dieser Autor, der die Lesung in der Buchhandlung von Kantners Schwester gehalten und es dank Dr. Brandt am Morgen nach dem Mord bis in die Mördergrube geschafft hatte. Kantner und Mattuschek waren ziemlich bedient gewesen. An deren Stelle hätte Aylin der Rechtsmedizinerin ein paar passende Worte mit auf den Weg gegeben, doch die beiden Memmen hatten die Aktion kommentarlos hingenommen. Auch wenn der eine in sie verknallt war und der andere lieber gar nicht mit ihr reden wollte, mussten sie sich von dieser Frau noch lange nicht auf der Nase herumtanzen lassen.

»Können Sie schon was zur Identität des ersten Opfers sagen?«, wechselte Aylin das Thema, ehe sie Gefahr lief, ihre Gedanken in die Tat umzusetzen. Sie war auch nicht mutiger als ihre Kollegen.

»Dem Obdachlosen?« Dr. Brandt hob erstaunt eine Augenbraue. »Wie sollte ich das wohl anstellen? Durch Handauflegen?«

»Komisch, die Pathologen in den Fernsehserien finden es immer heraus«, erwiderte Aylin gehässig.

Die Ärztin machte eine wegwerfende Handbewegung. »Ach die. Sie wissen doch, wie realitätsfern diese ganzen Serien sind.«

»Wissen Sie denn *irgendwas*?«

»Das, was ich weiß, habe ich bereits an Hauptkommissar Mattuschek geschickt«, erwiderte die Ärztin reserviert. »Der ist übrigens wesentlich netter als Sie.«

»Dann sollten Sie vielleicht mit ihm essen gehen«, schlug Aylin vor.

»Vielleicht mache ich das tatsächlich mal«, überlegte Amelie Brandt.

So, Mattuschek, jetzt schulden Sie mir aber einen Riesengefallen, dachte Aylin und kam sich wie eine Kupplerin vor.

»Wenn Sie mit ihrer Vermutung richtigliegen, und Mai tatsächlich eine Überdosis Morphium verabreicht wurde …«, begann sie.

»Ich liege richtig, vertrauen Sie mir.«

»Wie kommt man an so etwas?«

»Das herauszufinden, obliegt Ihnen.« Offenbar war Amelie Brandt ernsthaft verstimmt.

»Kommen Sie schon«, meinte Aylin kameradschaftlich. »Irgendwas fällt Ihnen doch bestimmt ein.«

»Er könnte natürlich Mediziner sein oder Apotheker. Zur Not kann man sich aber alles nur Erdenkliche auf dem Schwarzmarkt beschaffen. Oder im Darknet, wie es heute so schön heißt. Ein Klick, schon ist man drin. Oder man bricht in eine medizinische Einrichtung ein.«

»Das müsste doch zu überprüfen sein«, meinte Aylin nachdenklich.

»Sicher. Falls es gemeldet wird. Manchmal genieren die sich, weil sie die Medikamente nicht ordnungsgemäß aufbewahrt haben. Aber wenn derjenige legalen Zugang zu dem Mittel hatte, wird es ziemlich schwierig.«

»Wenn wir wenigstens ein Motiv für die Tat hätten«, meinte Aylin und blies sich frustriert eine widerspenstige Haarsträhne aus dem Gesicht. »Herr Mai hat seit dem Tod seiner Frau ziemlich zurückgezogen gelebt. Keine Freunde oder Verwandten.«

»Was ist mit der Putzfrau?«, wollte Amelie Brandt wissen.

»Ich glaube kaum, dass die einen Grund hatte, ihn zu töten. Außerdem schien sie aufrichtig zerknirscht zu sein.«

»Na ja, sie sah mir auch nicht gerade wie jemand aus, mit dem es sich lohnt, eine Affäre anzufangen.«

»Sie denken aber auch nur an das Eine.« Aylin musste wider Willen grinsen.

»Na, Frau muss schließlich sehen, wo sie bleibt. Meinen Sie, ich sollte mich bei Martin Jäger melden?«

Aylin zuckte mit den Schultern. Sie war auf diesem Gebiet nicht gerade eine Expertin. Davon abgesehen war es ihr relativ egal. »Ich würds nicht machen, aber das müssen Sie selbst wissen. Vielleicht hat er Sie ja auch sitzenlassen, weil er die Rechnung nicht bezahlen konnte und sich schämte, es zuzugeben.«

Amelie Brandt verzog nachdenklich das Gesicht. »Das könnte natürlich sein.«

»Und was ist mit Paul Mattuschek?«

Aylin konnte selbst nicht glauben, dass sie hier mit einer Frau saß, die sie im Grunde nicht besonders mochte, und mit ihr über deren Liebesleben philosophierte. Und auch noch versuchte, sie mit einem Kollegen zu verkuppeln, der in ihren Augen viel zu schade für die Ärztin war. Frauengespräche waren wahrlich nicht ihr Ding.

»Na ja, der ist nicht gerade ein optisches Highlight«, merkte Amelie Brandt an.

Du auch nicht, dachte die Kommissarin. »Aber ein sehr netter Mann.«

Die Ärztin machte eine unwirsche Handbewegung. »Weiß ich doch. Ich kenne ihn schließlich schon ein paar Jahre länger als Sie. Aber Nettigkeit allein ist nicht alles.«

»Aber ein guter Anfang.«

»Vielleicht.«

»Jedenfalls würde er sie bestimmt nicht im Restaurant auf der Rechnung sitzenlassen«, beharrte Aylin.

»So wie Sie sich für Ihren Kollegen ins Zeug legen, sollten Sie vielleicht mit ihm ausgehen.«

Ja, dachte Aylin, *vielleicht sollte ich das tun.*

* * *

Mattes ließ das pappige Brötchen zurück auf den Teller fallen. Er hatte keinen Hunger, was selten vorkam, aber es gab Tage, an denen ihm einfach der Appetit verging. Heute war so ein Tag. Er war mit den Ermittlungen im Fall ›Mördergrube‹ noch keinen Schritt weitergekommen. Wie sollte er auch, bei dem Nichts an Informationen, das ihm zur Verfügung stand? Viele Besucher der Lesung waren zwar der

Aufforderung in der Presse gefolgt und hatten sich bei der Polizei gemeldet, doch neue Erkenntnisse waren aus den Aussagen nicht erwachsen. Natürlich war der Professor in der Mördergrube am Sonntagabend aufgefallen wie ein Elefant in der Schwebebahn, trotzdem hatten die meisten kaum auf ihn geachtet, gehörte er doch schon seit Jahren zum Straßenbild des Luisenviertels. Er habe sich mit den Besitzern der Buchhandlung unterhalten und mit der Blondine, die den Sekt ausgeschenkt habe. Mehr hatten sie nicht bemerkt.

Auch die Befragungen der Obdachlosen sowie der Anwohner hatten wenig bis gar nichts ergeben. Adlerauge Franzen, der alte Mann, der den mutmaßlichen Täter beim Verlassen der Buchhandlung beobachtet hatte, war geradezu erpicht darauf gewesen, sich mit einem Phantombild-Zeichner zusammenzusetzen. Dabei herausgekommen war das Portrait eines Mannes, der Jedermann sein konnte, von King Kong bis Micky Maus. Von wegen, er hatte Robert Werbeck eindeutig wiedererkannt. Der Olle würde den Buchhändler außerhalb seines Ladens vermutlich nicht mal dann identifizieren können, wenn der mit einem Namensschild in der Hand vor ihm stand. Und weder King Kong noch Micky Maus tauchten auf der Liste der Verdächtigen auf. Auf dieser Liste stand bislang ... ein junger Mann, der etwas zu energisch an die Tür geklopft hatte, und bei dem es sich mutmaßlich um einen Kleinkriminellen namens Freddie handelte. Mit Betonung auf mutmaßlich. Es war zum Haareraufen.

Wenigstens Freddies vollen Namen – Kevin Müller, was auch sonst – hatte die Datenbank ausgespuckt. Der Junge war den Uniformierten schon mehrfach ins Netz gegangen und einer der Kollegen hatte sich aufgrund der

Beschreibung von Aylin Öner an ihn erinnert. Eigentlich hätte der Knabe längst im Knast sitzen sollen, doch irgendwie war er immer wieder durch die Maschen geschlüpft. Wie er zu dem Spitznamen Freddie gekommen war, würde Mattes interessieren, ihn aber bei den Ermittlungen wahrscheinlich nicht wesentlich weiterbringen.

Amelie Brandt hatte den vorläufigen Obduktionsbericht des Professors per E-Mail geschickt. Die Ergebnisse der toxikologischen Untersuchung standen noch aus, doch es hatte nicht den Anschein, als habe das Opfer irgendwelche illegalen Substanzen im Körper gehabt. Selbst wenn es der Fall wäre, was würde diese Erkenntnis ihnen nutzen? Es würde nur weitere Fragen aufwerfen. Was er aber dringend brauchte, waren ein paar Antworten.

Zum Beispiel die Antwort auf die Frage, wer dieser Professor eigentlich war. Er hatte den Bericht in der Lokalzeit gestern Abend verfolgt. Es waren einige gute Bilder des Obdachlosen dabei gewesen. Doch leider hatte sich bislang niemand gemeldet, der glaubte, den Mann zu kennen, weder bei der Polizei noch beim Sender. Vielleicht stammte der Mann ursprünglich gar nicht aus Wuppertal oder der Umgebung, vielleicht sollten sie die Suche nach Verwandten oder Bekannten landesweit ausdehnen. Falls er denn welche hatte. Mattes war die Datenbank für Vermisste durchgegangen, doch auch dort kam niemand infrage. Niemand sah dem Professor ähnlich genug. Wäre er der Protagonist einer amerikanischen Krimiserie, könnte er das Bild des Mannes durch die Gesichtserkennungssoftware jagen, und ein Computer würde innerhalb von Sekunden dessen Namen ausspucken und den Fall quasi im Alleingang lösen. Leider war er nur ein kleiner deutscher Kripobeamter, was bedeutete, dass ihm aus Datenschutzgründen die Hände meist auf den Rücken gebunden waren und es auf den Straßen ohnehin nicht genügend Kameras gab, die ein ordentliches Ergebnis ermöglichten.

Er fragte bei der KTU nach, ob die Auswertung der Spuren etwas Neues erbracht hatte, und wurde auch hier enttäuscht. Außer den verschmierten Fingerabdrücken seien auf dem in der Besenkammer sichergestellten Sektglas keine weiteren Spuren gefunden worden. Es sah ganz danach aus, als habe niemand aus dem Glas getrunken. Mit den Ergebnissen der weiteren Analysen sei nicht vor Donnerstag zu rechnen. Mattes rammte den Hörer zurück auf die Gabel. Es gab Fälle, in denen einfach nichts lief, wie man es sich wünschte. Dies war so ein Fall.

28

Als er erwachte, wusste Thomas zunächst nicht, was geschehen war. Um ihn herum war es dunkel. Sein Schädel brummte fürchterlich. Er versuchte, sich an den Kopf zu fassen, konnte aber zu seinem Entsetzen die Arme nicht bewegen. Für einen kurzen, panischen Moment glaubte er, gar keine Arme mehr zu haben, bis er merkte, dass seine Handgelenke hinter dem Rücken zusammengebunden waren. Wann war das denn passiert? Er bemühte sich, den pochenden Schmerz in seinem Gehirn durch einen vernünftigen Gedanken zu ersetzen, doch im Augenblick war da nur eine wabernde Wolke, die ihm die Sicht auf das Geschehene versperrte.

Also konzentrierte er sich auf seinen jetzigen Zustand. Er lag auf etwas Weichem. Eine Matratze vielleicht? Er drehte den Kopf zur Seite, um sich zu orientieren. Ein Stöhnen entfuhr seiner Kehle, die trocken war, als hätte er eine Ladung Sand verschluckt. Er schluckte einige Male und musste einen Hustenreiz unterdrücken.

»Hallo?«, wisperte er in die Dunkelheit. Zumindest hätte er gern gewispert, doch als seien seine außer Gefecht gesetzten Arme noch nicht übel genug, hinderte ein Klebeband seinen Mund daran, sich zu öffnen.

Panisch sog er Luft durch die Nase, in der Angst, jeden Augenblick zu ersticken. Jetzt nur nicht anfangen zu heulen, dann würde die Nase von Rotz verstopft werden. Das war in seiner derzeitigen Situation kontraproduktiv. Wie auf Kommando füllten sich seine Augen mit Tränen und die Schleimhäute in seiner Nase machten sich zur Produktion bereit. *Warum machte sein Körper eigentlich nie das, was er von ihm wollte?*, fragte sich Thomas.

Du musst dich beruhigen, mahnte er sich – und vor allem seinen Körper. Der reagierte prompt, indem er eine Welle der Übelkeit losschickte. Wenn er jetzt auch noch kotzen musste, konnte er sich auch gleich sein Grab schaufeln – wenn er in der Lage wäre zu schaufeln. Er würde an seiner eigenen Kotze ersticken. Kein besonders schöner Tod. Thomas würgte ein paar Mal, doch es gelang ihm, den Brechreiz zu unterdrücken. Sein Herz raste, und er schnaufte, als habe er soeben einen Marathonlauf hinter sich gebracht. Wieder entsandte er beruhigende Worte an sein Innerstes und langsam zeigten sie Wirkung. Herzschlag und Atmung normalisierten sich allmählich. Er musste endlich dahinterkommen, wo er war und wie er in diese missliche Lage geraten konnte.

Er erinnerte sich, dass Martin ihm am Vormittag gönnerhaft seinen Wagen überlassen hatte, weil er einen alten Freund besuchen wollte, wie er dem Autor vage erklärt hatte. Richtig, er war zu Patricks Haus gefahren und hatte sich, als niemand öffnete, mit dem Ersatzschlüssel Zugang verschafft. Hätte er es mal lieber gelassen. Wäre er doch stattdessen in den entferntesten Winkel gefahren, den die Erde anzubieten hatte.

Als er die Wand mit den Fotos und den wild verteilten Zetteln in dem kleinen Zimmer – seinem alten Zimmer – entdeckt hatte, hatte ihm die Erkenntnis einen Schlag versetzt. Oder war es ein echter Schlag gewesen? Nein, irgendetwas hatte ihn im Nacken gestochen. Thomas hätte die Stelle gern abgetastet, doch seine Hände waren nicht nur, zur Nutzlosigkeit verdammt, zusammengebunden, sondern fühlten sich inzwischen auch seltsam abgestorben an. Ebenso wie seine Füße, denen das gleiche Schicksal widerfahren war.

Immerhin hatten sich seine Augen an die Dunkelheit gewöhnt, und er konnte die Umrisse des Raums wahrnehmen, in dem man ihn, so musste er sich leidvoll eingestehen, gefangen hielt. Einer seiner Freunde – ob Patrick oder Michael vermochte er nicht zu sagen – musste ihn mit einer Droge außer Gefecht gesetzt haben. Warum taten sie ihm das an? Er hatte doch all die Jahre den Mund gehalten. Hatte nie jemandem etwas erzählt. Na ja, fast niemandem. Doch davon wussten weder Patrick noch Michael etwas. Selbst wenn Patrick es sich irgendwie zusammengereimt hatte, war das kein Grund, ihn zu betäuben und anschließend wie einen Rollbraten zu verschnüren. Oder war es von Anfang an Patricks Plan gewesen? Hatte er ihm dieses Treffen nur vorgeschlagen, um ihn außer Gefecht zu setzen? Aus dem Weg zu räumen? Wahrscheinlich.

Thomas ärgerte sich über seine eigene Dummheit. Wie eine dösige Maus war er geradewegs in die für ihn ausgelegte Falle getappt, und es war nicht mal ein Stückchen Käse dazu nötig gewesen. Die Fotos, die er an der Wand hinter sich gesehen hatte, kamen ihm wieder in den Sinn.

Er kannte die Menschen darauf. Er kannte sie alle. War dies der eigentliche Grund, weshalb er hier war? Wollten Patrick und Michael ihn daran hindern, zur Polizei zu gehen? Was hatten sie mit den Leuten vor? Wollten sie sie etwa alle töten, wie den alten Wesseling? Es hatte fast den Anschein, als ginge es seinen Freunden genau darum, doch es ergab für ihn einfach keinen Sinn. Wenn er selbst Rachefantasien gegen diese Menschen gehegt hätte, wäre das vielleicht einigermaßen verständlich gewesen. Patrick und Michael jedoch hatten sie nie etwas Böses getan. Schon die Aktion in der Hütte damals war ihm nicht richtig vorgekommen, aber da hatte er noch geglaubt, Patrick wolle ihm einen falsch verstandenen Freundschaftsdienst erweisen. Auch wenn Thomas entschieden dagegen gewesen war, hatte er sich Patricks abstrusem Plan gefügt. Es würde ja nicht wirklich jemand zu Schaden kommen, hatte sein Freund behauptet. Im Gegenteil, sie würden einen Schwerverbrecher dingfest machen. Das war gründlich in die Hose gegangen.

Und nun Wesseling. Hatte Patrick ihn wirklich getötet? Der Mann war der Einzige gewesen, der von der Geschichte gewusst hatte. Zumindest so viel gewusst hatte, um die Jungen damit in Verbindung zu bringen. Doch auch er hatte geschwiegen. Weswegen fühlte Patrick sich dann nach all der Zeit gezwungen, etwas gegen ihn zu unternehmen? Hatte der alte Mann ihm tatsächlich gedroht? Und was hatten die anderen Personen auf den Fotos damit zu tun? Hatte Wesseling sie eingeweiht? Waren sie alle zu einem unkalkulierbaren Risiko geworden?

Seine Gedanken drehten sich im Kreis. Er würde kaum Antworten bekommen, wenn er immer wieder dieselben Fragen stellte. Vor allem würde er keine Antworten bekommen, wenn er die Fragen nur an sich selbst richtete. Aber außer ihm war niemand da, dem er sie hätte stellen können. Er lauschte in die Dunkelheit. Es war totenstill bis auf das gelegentliche Knacken der Holzbalken, das ihm schon früher Unbehagen bereitet hatte. Keine Schritte, keine Stimmen. Sollte er tatsächlich allein im Haus sein? Es schien fast so. Hoffnung keimte in ihm auf. Vielleicht, wenn es ihm gelänge, die Fesseln zu lösen, könnte er fliehen, ehe Patrick oder Michael zurückkamen.

Mühsam rollte er sich auf die Seite und rutschte auf dem Bett nach hinten, bis er die Wand in seinem Rücken spürte. Unter Aufbringung all seiner verbliebenen Kräfte bewegte er die Arme vor und zurück, so gut es eben ging, in dem Bestreben, das Seil an der rauen Wand durchzuscheuern. Schweißperlen traten ihm auf die Stirn und liefen ihm in die Augen. Es brannte höllisch, und er blinzelte einige Male. Das verschlimmerte die Lage eher, als dass es half. Es kam ihm auch nicht vor, als würden seine Bemühungen von Erfolg gekrönt. Das Einzige, das er durchscheuerte, waren seine Hände und Unterarme. Erschöpft gab er auf. Er taugte nicht zum Helden. Hatte er noch nie. Er war einfach nur ein armes Würstchen, das sich irgendwie durchs Leben schlug und versuchte, nicht weiter aufzufallen. Seine einzige Hoffnung war Martin, der seinen Wagen möglichst bald vermisste und ihn als gestohlen meldete. Leider hatte Thomas ihm nicht verraten, wohin er fahren wollte oder zu wem. Dass sein Leben einmal von Martin Jäger abhing, hätte er sich nicht träumen lassen. Da konnte er sich eigentlich gleich eine Kugel in den Kopf jagen. Wenn er denn eine Waffe hätte, oder Hände, sie zu benutzen. Wenn er nur irgendwie aus dieser Misere herauskäme. Hektisch scheuerte er mit dem Seil an der Wand entlang.

Patrick saß am Küchentisch, den Kopf in den Händen vergraben. So war das Ganze nicht geplant gewesen. Die Sache mit Thomas war völlig aus dem Ruder gelaufen. Natürlich hatte er sich Gedanken darüber gemacht, wie er ihm alles erklären sollte und wie er reagieren würde, wenn sein Freund kein Verständnis zeigte. Aber er wollte ihm niemals ernsthaft wehtun. Und dennoch lag Thomas gefesselt und geknebelt oben in der Kammer. Außer Gefecht gesetzt von ihm, seinem einstmals besten Kumpel. Das würde Thomas ihm niemals verzeihen. Die Hoffnung, sein Freund würde Verständnis für sein Handeln aufbringen, wenn er erst die ganze Geschichte kannte, konnte er getrost neben all den Hoffnungen, die er je für sein Leben gehabt hatte, begraben.

Das Betäubungsmittel, das er Thomas verabreicht hatte, musste mittlerweile verflogen sein. Patrick hörte, wie es im Raum über ihm rumorte. Die Gefahr, dass irgendjemand anderes als er selbst auf die seltsam scharrenden Geräusche aufmerksam wurde, bestand nicht. Hierher verirrten sich nur wenige Menschen, erst recht im Winter. Höchstens der Briefträger, doch der ging auch nur bis zum Tor, und Patrick erhielt zudem äußerst selten Post. Im Sommer kamen des Öfteren Wanderer auf dem Weg zur Herbringhauser Talsperre vorbei, doch auch die scheuten den Weg zu seinem Haus. Das schmiedeeiserne Tor und ein Schild, das vor dem Hund warnte, hielten sie davon ab, den alten verwunschen gelegenen Kotten näher in Augenschein zu nehmen. Natürlich gab es keinen Hund, doch das wussten die Leute ja nicht.

Früher, als seine Großmutter noch lebte, war das Haus allgemein als Hexenhaus bekannt, und das nicht nur wegen seiner Vergangenheit als Knochenmühle. Oma tat ein Übriges hinzu, indem sie sich der Kräuter- und Heilkunde verschrieb. Und sich die Haare feuerrot färbte. Eine Hexe, wie sie im Buche stand. Viele Leute kamen zu ihr, um sich von ihren diversen Zipperlein heilen zu lassen, wenn die Schulmedizin wieder einmal versagt hatte, und manchmal auch, um sich alberne Liebestränke zubereiten zu lassen. Oma selbst glaubte nicht an diesen Hokuspokus, aber solange ihre Kunden bezahlten, braute sie zusammen, was verlangt wurde. Natürlich kamen die Leute nur heimlich und sahen sich nach allen Seiten um, ehe sie es wagten, das Grundstück der Hexe zu betreten und sie um Hilfe zu bitten. Ansonsten wurde sie gemieden, als sei sie das personifizierte Böse. Ihr war es recht, sie war nie eine gesellige Frau gewesen. Sie war lieber in der Natur und unterhielt sich mit Tieren und Pflanzen. Oder mit ihren Enkeln, die sie nach dem Tod ihrer einzigen Tochter gezwungen gewesen war, bei sich aufzunehmen. Einen Mann gab es nicht in ihrem Leben, und Patrick war nie auf die Idee gekommen, sie nach seinem Großvater zu fragen. Heute wusste er, es hatte sehr wohl einen Mann gegeben. Warum auch nicht, denn obwohl sie zwei Enkel hatte, war sie noch recht jung gewesen. Doch um diesen Mann hätte sie lieber einen weiten Bogen gemacht.

Er und Michael wurden von den Kindern in der Umgebung spöttisch Hänsel und Gretel gerufen, was bei seinem Bruder zu einem mittelschweren Heulkrampf geführt hatte. Auf keinen Fall wollte er Gretel sein. Schließlich war sie ein Mädchen, wenn auch nur ein fiktives. Patrick war es egal. Seinetwegen konnte er gern Gretel sein, sie war ohnehin die klügere der beiden Geschwister. Sollte Michael ruhig den tumben Hänsel geben. Diese Rolle war ihm auf den Leib geschneidert. Patrick liebte seinen kleinen Bruder innig, doch manchmal meinte er, sein Leben damit zu verbringen,

Michael immer wieder aus der Scheiße zu holen. Michi zog das Unglück irgendwie magisch an. Nein, er war das Unglück. Zumindest hielt er sich selbst dafür und verhielt sich dementsprechend. Darum war Patrick froh gewesen, Thomas an seiner Seite zu haben. So konnte die Last – ja, Michi war alles in allem eine Last – auf ihrer beider Schultern verteilt werden. Wenigstens eine Zeit lang. Und nun hatte er den einzigen Freund, den er auf dieser Welt jemals gehabt hatte, schändlich verraten. Das lastete schwerer auf seiner Seele als die Morde, die er bereits begangen hatte.

Wäre Thomas doch einfach geblieben, wohin auch immer er sich verkrochen hatte. Aber das war er nun einmal nicht, und jetzt musste Patrick das Beste aus dieser vertrackten Situation machen. Nein, er plante nicht, Thomas für den Rest seines Lebens gefangen zu halten. Nur so lange, bis seine selbst auferlegte Mission erfüllt war. Dann würde er ihn wieder freilassen. Sollte Thomas daraufhin zur Polizei gehen, war das in Ordnung. Patrick wäre dann längst fort. Sie würden ihn nicht in den Knast werfen.

Er stand auf und füllte den Wasserkessel, um sich einen Tee aufzubrühen. Eigentlich mochte er keinen Tee, aber die Aufgabe lenkte ihn von seinen finsteren Gedanken ab. Also legte er einen Beutel in den Becher, goss das heiße Wasser darüber und beobachtete, wie die Flüssigkeit eine rote Farbe annahm. Sah ein bisschen aus wie zu dünn geratenes Blut. So einfach ließen sich finstere Gedanken wohl nicht vertreiben.

Patrick ärgerte sich maßlos darüber, Thomas ausgerechnet hierher bestellt zu haben. Sie hätten sich genauso gut in einem Café oder einer Kneipe treffen können. Doch das, was er ihm sagen wollte, duldete keine neugierigen Zuhörer. Und wäre nicht ein Notfall auf der Arbeit dazwischengekommen, hätte er es rechtzeitig nach Hause geschafft, um seinen Freund daran zu hindern, in sein altes Zimmer zu gehen. An den Ersatzschlüssel, der seit ewigen Zeiten in dem alten Gartenzwerg verrostete, hatte er gar nicht mehr gedacht. Dabei hatte er ihn damals extra für Thomas dort versteckt, der ständig seinen Schlüssel vergaß. Nun war es zu spät, mit dem Schicksal zu hadern.

Von oben hörte er wieder das Scharren. Was trieb Thomas da nur? Er sollte besser nachsehen, fand aber nicht die Kraft, seinem Freund gegenüberzutreten. Jetzt noch nicht. Außerdem hatte er einen Termin, der seine volle Konzentration erforderte und keinen Aufschub duldete. Er warf einen Blick auf die große Wanduhr, deren Zeiger im Sekundentakt vorrückte, als wolle er ihn verhöhnen. Tick – deine Zeit wird knapp – tack – du musst dich beeilen. Er musste sich tatsächlich sputen, wenn er es rechtzeitig schaffen wollte. Er durfte nicht schon wieder zu spät kommen.

29

Carsten und Aylin hatten sich zu einer kurzen Dienstbesprechung in ihrem gemeinsamen Büro getroffen. Aylin machte ihrem Unmut über Dr. Brandt und Martin Jäger Luft.

Carsten zuckte bedauernd mit den Schultern. »Ich habs aufgegeben, mich über die Brandt zu ärgern«, erklärte er. »Die macht doch, was sie will.«

»Kann man sich nicht an höherer Stelle über sie beschweren?«, fragte Aylin.

Carsten winkte ab. »Rechtsmediziner gibt es leider nicht wie Sand am Meer. Und Dr. Brandt ist eine der besten. Darum müssen wir wohl oder übel mit ihren Eigenheiten klarkommen.«

Aylin sah nicht aus, als sei sie bereit, sich so schnell geschlagen zu geben. Vielleicht sollte Carsten ein Zusammentreffen der beiden Damen in Zukunft verhindern. Doch das würde bedeuten, sich selbst auf den Weg nach Düsseldorf machen und die Gesellschaft der Ärztin ertragen zu müssen. Er korrigierte sich: Er musste nicht verhindern, dass die beiden zusammentrafen, sondern lediglich, dabei zu sein.

»Haben wir mehr über das Privatleben unseres zweiten Opfers in Erfahrung bringen können?«, fragte Aylin nun.

»Angeblich hat er vor Jahren mal eine Affäre gehabt. Wer die Glückliche war, ist leider nicht überliefert«, antwortete Carsten. »Seine Ehe soll nicht besonders glücklich gewesen sein. Beziehungsweise seine Frau schien nicht besonders glücklich gewesen zu sein. Seit ihrem Unfalltod hat Mai sich sehr zurückgezogen, sowohl beruflich als auch privat. Nur die Putzfrau besaß einen Schlüssel zu seinem Haus. An der Haustür wurden keine Einbruchsspuren gefunden, also liegt der Verdacht nahe, dass Mai seinem Mörder selbst aufgemacht hat.«

»Was bedeuten kann, dass er seinen Mörder gekannt hat«, überlegte Aylin. »Vielleicht war es jemand, den Mai ins Gefängnis gebracht hatte. Oder ein Angehöriger.«

»Möglich. Aber würden Sie so jemandem die Tür öffnen?« Carsten war da eher skeptisch.

»Ehe derjenige seine peinlichen Anschuldigungen durch die ganze Nachbarschaft brüllt«, gab Aylin zu bedenken.

»Auch wieder wahr. Gab es bei der Autopsie irgendwas, das uns weiterhelfen könnte?«

»Mai wurde aller Wahrscheinlichkeit nach mit einer Überdosis Morphium getötet«, informierte Aylin mit Blick auf die Notizen, die sie sich im rechtsmedizinischen Institut gemacht hatte. »Da kommt man nicht so leicht ran. Wir müssen die Apotheken und Krankenhäuser überprüfen, ob was abhanden gekommen ist.«

Carsten warf einen Blick auf seine Uhr und erhob sich von seinem Schreibtischstuhl. »Dafür ist es jetzt wahrscheinlich zu spät. Das erledigen wir morgen früh als Erstes. Ich glaube, wir machen für heute Schluss.«

Es klopfte einmal kurz, dann wurde die Tür aufgerissen und Paul Mattuschek steckte den Kopf hindurch. So viel zum Thema Feierabend.

»Ich hab da noch ein kleines Schmankerl«, verkündete Mattes mit breitem Grinsen.

»Das da wäre?«, fragte Carsten und setzte sich wieder.

Mattes durchquerte den Raum und knallte triumphierend eine Akte auf den Tisch.

»Kevin Müller, genannt Freddie«, warf er in die kleine Runde.

»Kevin, genannt Freddie?«, fragte Aylin und zog die Augenbrauen hoch.

»Fragt mich nicht. Auf jeden Fall handelt es sich bei ihm mit an Sicherheit grenzender Wahrscheinlichkeit um den Knaben, der am Sonntagabend hinter unserem ersten Opfer her war.«

»Der Junge, von dem Gernot mir erzählt hat?«, vergewisserte sich die Kommissarin.

»Eben derselbe. Das kam vorhin rein.« Er deutete auf die Akte. »Ein ganz schönes Früchtchen. Nicht mal achtzehn und ein Vorstrafenregister wie Al Capone.«

»Al Capone hatte kein Vorstrafenregister«, meinte Carsten.

»Egal. Kevin-Freddie hat jedenfalls einiges auf dem Kerbholz. Ein Wunder, dass er noch nicht eingebuchtet wurde.«

»Bei unserem Rechtssystem wundert mich gar nichts mehr«, warf Carsten ein und dachte an sein Gespräch mit Frau Hellerkamp. »Wie kommst du jetzt gerade auf den?«

»Eins nach dem anderen«, gab Mattes sich geheimnisvoll. »Also, der Bursche hat ein ordentliches Vorstrafenregister.«

»Das erwähntest du schon.« Man musste den Feierabend nun wahrlich nicht künstlich hinauszögern, nur weil einem zu Hause langweilig war.

»Ja. Ladendiebstahl, Drogendelikte, Körperverletzung, die ganze Palette. Bislang ist er immer mit Sozialstunden davongekommen. Von wegen zweite Chance und so. Ich frag mich ja, wie viele zweite Chancen er noch braucht, um endlich dazuzulernen.«

»Wenn er zu Mord übergegangen ist, gar keine mehr«, sagte Aylin.

Mattes nickte zustimmend. »Die Fingerabdrücke, die die Kollegen an der Außenseite des Schaufensters der Mördergrube genommen haben, stimmen mit denen in der Akte überein.«

»Sind die Laborergebnisse etwa schon da?«, fragte Carsten überrascht.

»Nein, stell dir vor, ich hab sie höchstpersönlich verglichen. Mit der Lupe. Ich hab das nämlich noch gelernt. Im Gegensatz zu euch Babys, die ihr ohne Computer nicht mehr atmen könnt.«

»Wenn wir dich nicht hätten.«

»So sieht es aus.«

»Nur weil seine Fingerabdrücke draußen am Schaufenster waren, bedeutet das nicht automatisch, dass er auch den Professor erstochen hat«, sagte Carsten. »Nur, dass er irgendwann mal an die Scheibe getatscht hat.«

»Meine Güte, jetzt sei doch nicht gleich wieder so negativ«, erwiderte Mattes. »Das ist ja noch nicht alles, was ich herausgefunden habe. Vor einigen Wochen hatten die Kollegen den Burschen mal wieder am Wickel. Wegen Drogenbesitzes. Und ihr ahnt nicht, welcher Staatsanwalt ihn da rausgehauen hat.«

Er machte eine bedeutungsschwangere Pause.

»Friedrich Mai«, riet Aylin.

Mattes deutete, enthusiastisch wie ein Quizmaster, auf seine Kollegin. »Die Kandidatin erhält hundert Punkte. Ist für meinen Geschmack ein bisschen viel Zufall, dass Kevin-Freddie gleich beide Opfer gekannt hat. Findet ihr nicht?«

Carsten zuckte mit den Schultern. »Wieso sollte er Mai töten, wenn der ihm geholfen hat?«

»Mann, du bist ein oller Miesepeter«, grummelte Mattes.

»Nur Realist«, verbesserte Carsten. »Wenn wir dem Jungen irgendwas nachweisen wollen, brauchen wir zumindest ein Motiv.«

»Bei unserem ersten Opfer scheint es klar zu sein«, überlegte Aylin. »Der Professor wollte ihm wegen seiner Drogengeschäfte ans Bein pinkeln.«

»Und Mai?«

»Na ja, vielleicht war er der Meinung, einen Fehler begangen zu haben, als er Kevin-Freddie – was ein blöder Name – das letzte Mal laufen ließ. Und diesen Fehler wollte er korrigieren.«

»Trotzdem will mir diese Theorie nicht so recht gefallen«, blieb Carsten standhaft.

»Hast du eine bessere, Schwarzseher?«, wollte Mattes wissen.

»Nein«, gab Carsten zu. »Also schön, es ist immerhin ein erster Ansatzpunkt.«

»Und das gleich in beiden Fällen«, erinnerte sein Kollege nicht ohne Stolz. »Ich werde direkt mal das Whiteboard auffüllen. Und was habt ihr beiden Hübschen heute Abend noch vor?«

»Nix«, log Carsten. Er würde seinen Kollegen nicht auf die Nase binden, dass er heute Abend eine Verabredung hatte. Eine, auf die er schon lange wartete.

»Familienessen, wie jeden Dienstag«, seufzte Aylin. »Meine Mama meint, dann kriege ich wenigstens einmal in der Woche was Gescheites zu essen. Als könnte ich nicht kochen.«

»Und? Können Sie kochen?«

Sie grinste. »Nur, wenn es sich nicht vermeiden lässt.«

* * *

»Ährwin, wat guckse so belämmert? Is dir ne Laus übber de Leber gelaufen?«

Jupp, der schmerbäuchige Besitzer der Kneipe, die seinen Namen trug, betrachtete Erwin Smolek mit einer Mischung aus Besorgnis und Belustigung. Sein Stammgast saß, wie beinahe jeden Abend, auf einem Barhocker am Tresen. Normalerweise gab es immer irgendetwas, über das er meckerte. Seinen Job auf dem Friedhof, die Kollegen, das Wetter. Heute jedoch starrte er nur schwermütig in sein halb ausgetrunkenes Glas.

Erwin gab ein undefinierbares Grunzen von sich. Das konnte alles bedeuten. *Nö, ich hab nix.* Oder: *Ich ertränke meinen Kummer in billigem Bier aus der Flasche, will aber nicht drüber reden.* Erwin wusste selbst nicht genau, in welchem der beiden Gemütszustände er sich gerade befand. Seit mehr als vierzig Jahren arbeitete er auf dem Norrenberger Friedhof, da sollte er sich allmählich an Tod und

236

Trauer gewöhnt haben. Für gewöhnlich hatte er das auch. Es machte ihm nichts aus, tote Körper ein- und bei seltenen Gelegenheiten sogar wieder auszubuddeln. Einer musste die Arbeit ja erledigen. Und der Anblick der trauernden Hinterbliebenen löste bei ihm eher einen Brechreiz denn Mitleid aus. Vor dem Grab vor Kummer fast zusammenbrechen und eine halbe Stunde später bei Kaffee und Kuchen Urlaubspläne schmieden, um sich zu guter Letzt um das Erbe zu kloppen. So sah es im Allgemeinen aus.

Aber heute war irgendetwas anders als sonst. Lag es an dieser Sozialamtsbeerdigung vom Vormittag? Sein Kollege und er als letztes und einziges Geleit eines Verstorbenen, um den sich sonst niemand scherte? Auch das hatte er in seiner beruflichen Laufbahn mehr als einmal erlebt, das sollte ihn nicht dermaßen aus der Bahn werfen. Oder lag es an der alten Frau, die Tag für Tag bei Wind und Wetter zur selben Stunde am Grab ihres Mannes stand und trauerte? Doch diesen Akt der Hingabe beobachtete er nun schon seit Wochen. Vielleicht war es die Kombination aus beidem, die sein sonst eher abgestumpftes Gemüt ins Wanken gebracht hatte.

Er begann, über seine eigene Sterblichkeit nachzudenken. Wer würde ihn auf seinem letzten Weg begleiten? Abgesehen von seinen Kollegen. Jupp, der Wirt seiner Stammkneipe? Der hatte sich inzwischen dem weniger trübsinnigen Karlheinz zugewandt und ereiferte sich über den unfähigen Vorstand des WSV. Wenn Erwin eines Tages nicht mehr auftauchte, fiele es Jupp wahrscheinlich erst auf, wenn er den unbezahlten Deckel seines langjährigen Gastes in die Finger bekam.

An Erwins Grab würde niemand weinen. Erst recht keine Frau. Er hatte nie geheiratet, die Weiber rissen sich nicht um einen wie ihn. Um Totengräber machten sie lieber einen großen Bogen, die hatten den Tod an den Fingern kleben. Kinder hatte er keine. Zumindest keine, von denen er wusste. Dass seine Saufkumpane sich nach seinem Ableben um ihn kümmern würden, erschien ihm eher unwahrscheinlich. Die würden die Beerdigung auslassen und sofort zum Leichenschmaus übergehen. Natürlich mit Frikadellen und Rentnergedeck anstelle von Kaffee und Kuchen. Beim Jupp.

Erwin starrte wieder missmutig in sein Bier, das mittlerweile schal geworden war. Schal *geworden* war nicht ganz richtig ausgedrückt, denn es war der Normalzustand der Biersorte, die Jupp seinen Gästen kredenzte. Alt und abgestanden, wie er selbst sich fühlte. Wenn er darüber nachdachte, erschien ihm die Idee, seinen Körper der Wissenschaft zu spenden, durchaus verlockend. Immer noch besser, als in einer Billig-Urne verscharrt zu werden. Dann hätte sein Leben wenigstens nach dem Tod einen Sinn.

Seine Gedanken wanderten zurück zu der komischen Alten, wie er sie insgeheim getauft hatte. An seinem Grab würde sie nicht jeden Morgen pünktlich um elf auftauchen. Manchmal stellte er sich vor, wie sie vor dem Eingangstor stand und die Sekunden herunterzählte, bevor sie hindurchging. Als würde etwas unvorstellbar Schreckliches geschehen, wenn sie eine Minute früher oder später erschien. Nicht selten fragte er sich, was für eine Ehe sie wohl geführt haben mochte. Ihr Mann war gewiss Beamter oder etwas in der Art gewesen, der Unpünktlichkeit für eine Todsünde hielt, und es war ihr einfach in Fleisch und Blut übergegangen, sich nach ihm zu richten. Selbst über den Tod hinaus. Er hätte sie gern danach gefragt, wagte es aber nicht, sie anzusprechen. Etwas Unnahbares ging von ihr aus. Sie war keine jener Witwen, mit der man einfach so ein Schwätzchen hielt. Außerdem war er mit den Jahren aus der Übung, was den Umgang mit dem anderen Geschlecht anging. Falls er jemals Übung darin gehabt hatte. Er konnte sich nicht erinnern.

Erwin gab sich einen Ruck und trank sein Glas in einem Zug leer. Das Bier hatte den Zenit der Schalheit inzwischen überschritten und ließ ihn erschaudern. Nur Katzenpisse schmeckte schlimmer. Trotzdem hielt er das leere Glas hoch, um Jupp zu signalisieren, dass er Nachschub benötigte. Sich den Trübsinn aus dem Kopf trinken wollte. Eine komische Alte sollte seine Gedanken nicht derart in Beschlag nehmen. Interessierte ihn doch gar nicht, was sie so trieb.

»Na, Ährwin, bisse widder anwesend?«, fragte Jupp grinsend und knallte ein neues Glas Export vor ihn auf den Tresen. Ein Teil der Flüssigkeit schwappte über und gesellte sich zu den klebrigen Rückständen, die sich im Laufe der Jahre in das Holz eingegraben hatten.

»Jau!«, meinte Erwin entschlossen, prostete Jupp zu, setzte das Glas an und kippte sich den Inhalt in die Kehle.

30

Lotte schüttelte ihr Kopfkissen auf, bevor sie ins Bett kroch. Es war zwar noch Zeit bis zum Schlafengehen, doch es war ihr zur lieben Gewohnheit geworden, sich nach dem Abendessen bettfein zu machen, um den Tag gemütlich ausklingen zu lassen. Viel war davon ohnehin nicht mehr übrig. Draußen war es bereits dunkel, auch wenn das zu dieser Jahreszeit nicht bedeutete, dass es auch spät war. Doch sie war nie eine Nachteule gewesen und mit neunzig schon gleich gar nicht. Sie war niemand, der die wenigen Tage, die ihr noch blieben, bis ins Letzte auskosten musste. So etwas Albernes. Sie brauchte ihren Schönheitsschlaf. Lotte grinste. Den brauchte sie wohl kaum mehr, und für schön hatte sie sich auch früher nicht gehalten. Aber die ganzen Medikamente, die sie gegen ihre diversen Zipperlein einnehmen musste, machten sie schläfrig. Manchmal glaubte sie, ihr Körper wurde nur noch von Pillen zusammengehalten. Wenn man erst mal damit anfing ... Tablette Nummer eins hatte diverse Nebenwirkungen, die man durch das Einnehmen von Tablette zwei unterdrückte, gegen dessen Nebenwirkungen man ein drittes Medikament bekam und so weiter und so weiter. Mittlerweile brauchten die Kapseln und Dragees mehr Platz auf ihrem Teller als das Frühstück.

Lotte griff nach der Fernbedienung auf dem Nachttisch und schaltete den Fernseher ein. Sie zappte ein wenig durch die Kanäle, als sich die Tür zu ihrem Zimmer öffnete und ein alter Mann herein schlurfte. Er beachtete Lotte nicht, sondern steuerte zielstrebig, als sei es das Normalste der Welt, auf ihren Sessel zu und ließ sich hineinplumpsen.

»Äh«, meinte Lotte, der es ansonsten die Sprache verschlagen hatte.

Ihr war schon einiges an Dreistigkeit untergekommen, seit sie hier wohnte, doch dies war der bisherige Höhepunkt. Sich ungefragt in ihren Sessel zu setzen. Der Alte starrte wie gebannt auf den Fernseher, also drückte Lotte kurzerhand den Knopf zum Ausschalten. Keine Reaktion. Der Mann starrte weiter und ließ sich sogar zu einem amüsierten ›Na so was‹ hinreißen. Klar, heute Morgen hatte er sich ja auch schon eine imaginäre Aufführung des Ohnsorg-Theaters angeschaut. Lotte war versucht, den Klingelknopf zu drücken, um eine Pflegerin herbeizurufen, aber sie würde der Klingel nicht die nötige Energie mit auf den Weg geben können, um ihrer Empörung Ausdruck zu verleihen. Sie überlegte, dem alten Mann ihr Kissen an den Kopf zu werfen, doch sie war nicht sicher, ob das die gewünschte Wirkung erzielen und ihn vertreiben würde. Außerdem müsste sie dann wieder aufstehen, um ihr Kissen zurückzuholen.

»Wären Sie wohl so freundlich, mein Zimmer zu verlassen?«, fragte sie weniger zaghaft, als ihre freundlichen Worte vermuten ließen. Ein unausgesprochenes ›Sonst setzt es was, aber gewaltig.‹ schwang mit.

Der Mann, dessen Namen sie immer noch nicht wusste, wandte ihr den Kopf zu und glotzte sie dämlich an. Immerhin eine Reaktion, wenn auch nicht die von ihr gewünschte.

»Wat machse denn schon im Bett, Traudel?«, fragte er verständnislos.

Natürlich, die Traudel-Nummer wieder. Lotte schnalzte mit der Zunge. »Ja, Traudel ist schon im Bett und würde jetzt gern schlafen. Wenn Sie also Ihr Ohnsorg-Theater woanders gucken könnten, wäre Traudel Ihnen sehr dankbar.«

»Wirst du immer noch so schnell müde? Hat die Behandlung denn gar nicht angeschlagen?«

Behandlung? »Nein«, erwiderte ›Traudel‹ trotzig.

»Ich versteh das nicht. Der Prof hat gesagt, damit wärst du im Handumdrehen wieder auf den Beinen.«

»Bin ich aber nicht.«

Wenn der Kerl sich nicht bald vom Acker machte, würde sie die Fliegenklatsche rausholen, Alzheimer hin oder her. Irgendwann war auch ihre Geduld erschöpft.

»Ich hab meinen Job riskiert, um dir die Behandlung zu ermöglichen«, meinte er vorwurfsvoll.

»Hab ich nicht verlangt«, sagte Lotte.

»Vielleicht sollte ich noch mal mit dem Prof reden«, schlug er vor.

»Hervorragende Idee, mach es am besten gleich«, ermunterte Lotte ihren aufgezwungenen Ehemann.

Der alte Mann erhob sich ächzend. Lotte war versucht, ihn darauf hinzuweisen, dass der Sessel eine Aufstehhilfe besaß, unterließ es aber. Am Ende würde sie selbst aufstehen und ihm zeigen müssen, wie die funktionierte. Und ihr Bett verfügte nicht über irgendwelche Aufstehhilfen. Davon abgesehen, schien das Aufstehen nicht sein vorrangiges Problem zu sein. Das saß in seinem Kopf. Er schlurfte zurück zur Tür.

»Ich bin gleich wieder da«, versprach er.

Alles, nur das nicht. Hoffentlich hatte er sein Vorhaben vergessen, wenn er erst die Türschwelle passierte. Ansonsten würde sie mit der Heimleitung ein ernstes Wort darüber wechseln müssen, weshalb man ihr immer noch keinen Schlüssel anvertrauen wollte. Irgendwann würde ihr jemand mit einem Brotmesser die Kehle durchschneiden. Oder sie jemandem. Im Knast hätte sie wenigstens ihre Ruhe, da wurde nachts abgeschlossen.

* * *

»Dann hast du Cordula und Carsten also endlich deinen Segen gegeben? Wurde auch Zeit«, meinte Ben.

Er und Sophie waren in der Küche beim Abendessen. Ben hatte darauf bestanden zu kochen. Was seine Frau auf den Tisch brachte, war meist ungenießbar. Eigentlich war es gar nicht schlecht, dass sie eine eher unbegabte Köchin war, denn er stand gern am Herd. Es entspannte ihn irgendwie, sich dort kreativ auszutoben.

»Meine Güte«, sagte Sophie, »ihr tut gerade so, als sei ich die böse Königin in einem Märchen. Die beiden haben ja nie was gesagt.«

»Mhm«, murmelte Ben, der sich an einen gewissen Abend im November des letzten Jahres erinnerte.

»Ja ja, schon gut, ich bin die böse Königin«, seufzte Sophie. »Aber jetzt wird alles gut, und sie leben glücklich bis ans Ende ihrer Tage.«

Sie legte ihre Gabel beiseite.

»Schon satt? Oder schmeckt es nicht?«

»Hab keinen richtigen Hunger«, gab sie zu.

»Die Sache ist dir auf den Magen geschlagen, was?« Ben langte über den Tisch und drückte ihre Hand.

»Die Sache mit Cordula und Carsten?«, fragte Sophie erstaunt. »Nicht wirklich.«

»Nein, ich meine den … Mord.«

»Die Morde«, verbesserte sie. »Mittlerweile sind es schon zwei.«

»Ja, aber den anderen Mann kanntest du nicht.«

»Trotzdem. Es tut mir übrigens leid, dass ich dich gestern Morgen nicht angerufen habe, als ich den Professor gefunden hab.«

»Schon okay.« Nein, war es nicht. Aber Ben war kein nachtragender Mensch.

»Es ging alles so schnell«, rechtfertigte sich Sophie. »Ich hab Carsten informiert, und dann stand Cordula auch schon im Türrahmen. Dann kam die Polizei, ich wurde in den Lindwurm verfrachtet, und der Rest des Tages ist irgendwie an mir vorbeigerauscht.«

»Ich hab doch gesagt, es ist okay«, beruhigte er sie. »Hauptsache, dir ist nichts passiert.«

»Ja. Ich frage mich nur, was in Zukunft aus der Mördergrube wird.«

»Das fügt sich schon«, meinte er zuversichtlich.

»Hoffentlich. Sonst wird es mehr als eine Lesung von

Martin Jäger brauchen, um den Laden wieder ans Laufen zu bringen.«

»Na, den Jäger wirst du ja hoffentlich so schnell nicht wiedersehen«, meinte Ben und frohlockte innerlich.

»Der soll mir noch mal unter die Augen kommen«, knurrte Sophie. »Weißt du, wie viel 'ne Tomatensuppe in dem Laden kostet? Entschuldigung, ein *Tomatenschaumsüppchen*. Und sein Essen durften wir auch noch bezahlen. Ganz zu schweigen von der Flasche Wein, die er sich hinter die Binde gekippt hat.«

»Kannst es ja als Geschäftsessen von der Steuer absetzen«, schlug er vor. »Aber ich kann nicht behaupten, traurig darüber zu sein, wenn er aus deinem Leben wieder verschwindet, selbst wenn es ein Vermögen kostet. Ich war ein wenig besorgt.«

»Weswegen?«, wollte Sophie wissen.

»Na, immerhin war er deine erste große Liebe und so.«

Sie lachte. »Du liest zu viele Frauenzeitschriften. Außerdem bist du meine erste große Liebe. Und meine einzige. Das mit Martin war nur Kleinmädchenkram.«

»Na ja, ich bin aber nicht gerade Hugh Jackman«, beharrte Ben und sah an sich herunter.

Sophie stand auf, ging um den Tisch herum und setzte sich auf Bens Schoß. »Für mich bist du der schönste, klügste und tapferste Mann der Welt«, flüsterte sie, während sie gleichzeitig an seinem Ohrläppchen knabberte und das T-Shirt aus seiner Hose zog.

»Oh, kommt jetzt die Sexszene?«, fragte Ben und legte die Arme um sie.

»Ja«, hauchte Sophie. »Jetzt kommt die Sexszene. In jeden guten Krimi gehört eine Sexszene.«

»Wie schön«, meinte Ben und seine Hände wanderten an

Sophies Rücken herab, um sich in den Bund ihrer Hose zu schieben. »Obwohl ich mich ja immer frage, weshalb das so ist.«

»Ich habe keine Ahnung. Irgendjemand hat behauptet, das muss so sein. Also ziehen wir das jetzt durch.«

»Gleich hier?«

»Warum nicht?«

»Okay.«

Sie zog ihm das Shirt über den Kopf und warf es zu Boden. Nach und nach folgten die restlichen Kleidungsstücke.

»Sophie?«, murmelte Ben zwischen zwei Küssen.

»Hm?«

»Ich kann das nicht, wenn ich weiß, dass die Leute uns zugucken.«

»Ach je. Was machen wir denn nun?«

»Weiß ich nicht.«

»Ich habe eine Idee«, meinte Sophie. »Wir beenden jetzt dieses Kapitel.«

»Ja, geht das denn so einfach?«

Sophie nickte. »Sicher. Das ist schließlich unser Fall.«

»Und das nächste Mal ist Carsten dran mit der Sexszene.«

»Ich werds ihm ausrichten. Und jetzt halt den Mund.«

* * *

Carsten war näher dran, Bens Forderung nachzukommen, als der ahnte und Carsten selbst zu hoffen gewagt hatte. Nach Monaten des Hinhaltens hatte Cordula sich am Nachmittag bei ihm gemeldet, um sich mit ihm zu treffen. Allein zu treffen. Gemeinsam mit Sophie und Ben hatten sie hin und wieder etwas unternommen, wobei Cordula stets darauf achtete, den Abstand zu Carsten so groß wie möglich zu halten, ohne es zu auffällig wirken zu lassen. Ihm war es dennoch aufgefallen. Unangenehm aufgefallen. Er hatte schon überlegt, sein After Shave zu wechseln, doch er glaubte nicht, dass ihre abwehrende Haltung ihm gegenüber in seinem Geruch begründet lag. Er duftete durchaus angenehm, fand er, und bislang hatte sich keiner bei ihm darüber beschwert. Also war er zu dem Schluss gelangt, dass sie sich deswegen von ihm fernhielt, weil sie ihm eigentlich nahe sein wollte, ihren Wunsch aber Sophie zuliebe unterdrückte. Das war ein Gedanke, mit dem er sich zumindest ansatzweise anfreunden konnte, besagte er doch, dass Cordula Gefühle für ihn hegte. Dummerweise überwog ihre Loyalität Sophie gegenüber. Würde er nicht so inniglich an seiner kleinen Schwester hängen, könnte er glatt eifersüchtig werden. Und wütend.

Das war die Krux mit kleinen Schwestern; man erwartete stets von einem, Rücksicht auf sie zu nehmen. Und Sophie war nicht nur die Jüngere, sondern zu allem Überfluss auch noch extrem klein und zart, so dass man in doppelter Hinsicht auf sie Acht geben musste. Obwohl sie weniger zerbrechlich war, als man auf den ersten Blick vermutete. Aber irgendwie hatte er es sich in den vergangenen Jahrzehnten angewöhnt, alles Böse von ihr fernhalten zu wollen. Was ihm nicht immer gelungen war, doch das war eine andere Geschichte. Wenn es für Sophies Seelenfrieden bedeutete, auf Cordula verzichten zu müssen, würde er auch das tun. Andererseits fragte er sich schon seit geraumer Zeit, wo genau eigentlich Sophies Problem lag. Aber vielleicht war es gar nicht das Problem seiner Schwester, sondern Cordulas. Vielleicht vermutete sie einfach nur, Sophie hätte ein Problem damit. Was die Sache wiederum zu seinem Problem machte. Vertrackte Situation.

Doch nun gab es einen Silberstreif am Horizont. Sie saßen an ›ihrem‹ Tisch im Katzengold, wo sie sich vor einigen

Monaten so unvermutet nach vielen Jahren erstmals wiedergesehen hatten. Cordula gab gerade die höchst amüsante Anekdote ihres Treffens mit Sophie und Martin Jäger zum Besten.

»Und er hat euch echt auf der Rechnung sitzenlassen?«, fragte er ungläubig.

»Allerdings. Weißt du, was ein Menü in dem Schuppen kostet? Söpchen und ich mussten unsere letzten Kröten zusammenkratzen. Der soll mir noch mal unter die Augen kommen.«

»Ich könnte ihn verhaften«, schlug Carsten großzügig vor.

»Lass mal, das ist es nicht wert.«

Langsam fiel der Stress des Tages von ihm ab. Er lehnte sich in seinem Stuhl zurück und atmete einmal tief durch. Cordula interpretierte diese Geste der wohligen Entspannung falsch.

»Viel Arbeit?«, fragte sie und legte teilnahmsvoll eine Hand auf Carstens Unterarm.

»Geht so«, erwiderte er. Eigentlich hatte er nicht vor, mit ihr über die Arbeit zu reden. Nicht, weil er der Meinung war, es ginge sie nichts an, aber er wollte sich das seltene Vergnügen eines Treffens mit Cordula nicht durch Diskussionen über seinen aktuellen Fall vermiesen lassen.

»Hab schon gehört. Es hat einen weiteren Mord gegeben«, sagte sie.

Na toll! Offenbar war sie, was die Gesprächsthemen des heutigen Abends anging, anderer Ansicht als er. Erst Jäger, jetzt die Morde. Gab es nichts Wichtigeres?

»Woher weißt du das denn nun schon wieder?«, wollte er wissen und klang dabei unfreundlicher als beabsichtigt.

Doch Cordula, die seine manchmal etwas ruppige Art gewöhnt war, überhörte den patzigen Unterton und antwortete wahrheitsgemäß: »Von Sophie.«

Und woher zum Teufel wusste seine Schwester es? Von ihm jedenfalls nicht. Dabei fiel ihm auf, dass er sich heute kein einziges Mal bei ihr gemeldet hatte, um sich nach ihrem Befinden zu erkundigen. Ein richtiger Rabenbruder war er. So viel zum Thema Beschützerinstinkt.

»Sie hat es von irgendeinem Makler gehört«, beantwortete Cordula die nicht gestellte Frage.

»Ach so«, war alles, was Carsten dazu einfiel.

»Gibt es einen Zusammenhang zwischen den beiden Morden?«, fragte Cordula.

»Nicht alle Verbrechen, die in derselben Stadt begangen werden, hängen zwangsläufig zusammen«, erwiderte Carsten bissig.

»Herrje, ich frag doch nur.« Cordula hob beschwichtigend die Hände. Eine ruppige Antwort konnte sie durchgehen lassen, zwei waren wohl eindeutig zu viel.

Klasse, jetzt hatte er sie verärgert. Das verlief ja genau nach Plan. Erst schön essen gehen, dabei tiefschürfende Gespräche führen, anschließend auf einen Absacker zu ihm nach Hause, und dann … rief wahrscheinlich wieder irgendein depperter Kollege an, um ihm einen weiteren Mordfall aufs Auge zu drücken. Wie beim letzten Mal. Oder er versaute die Sache eben selbst. Die Kunst beherrschte er meisterlich. Wahrscheinlich war er einfach dazu bestimmt, als einsamer Wolf zu enden.

»Lass uns nicht streiten«, meinte Cordula versöhnlich und griff über den Tisch nach seiner Hand.

»Tut mir leid«, brummte er. »Ich muss nur schon den ganzen Tag über die Arbeit reden, da steht mir nach Feierabend einfach nicht mehr der Sinn danach.«

»Verstehe ich«, sagte sie. »Ich hasse es auch, wenn die

Leute mir auf Partys oder beim Essen ihre offenen Wunden unter die Nase halten und fragen, was man dagegen machen kann.«

Er grinste. »Ach, Frau Doktor, ich hab da so ein Zwicken im Rücken. Ob Sie sich das wohl mal ansehen könnten?«

Cordula lächelte und blickte ihm unter ihren langen Wimpern tief in die Augen. »Jetzt gleich, Herr Hauptkommissar?«, fragte sie kokett.

»Vielleicht bei mir?«, fragte er hoffnungsvoll zurück.

»Vielleicht …«, erwiderte sie vielsagend.

Vielleicht würde der Wolf doch nicht einsam enden.

31

Edgar Bräutigam warf einen Blick auf seine gefälschte Rolex-Armbanduhr. Ein paar Minuten hatte er noch, bis sein Kunde eintraf. Er öffnete die Suchmaschine auf seinem Tablet und rief die Seite der lokalen Tageszeitung auf. Ob es schon etwas Neues bezüglich des Mordes an Friedrich Mai gab? Leider stand dort nichts, was er nicht schon wusste. Ein Staatsanwalt, der am Morgen von seiner Putzfrau tot aufgefunden worden war. Die Untersuchungen liefen, ein Gewaltverbrechen konnte nicht ausgeschlossen werden. Edgar beschloss, seinen Freund bei der Staatsanwaltschaft anzurufen, vielleicht konnte der ihm mehr berichten. Ehe er zum Handy greifen konnte, klingelte es an der Tür.

Er lief in den Eingangsbereich, um zu öffnen.

Ein unscheinbarer junger Mann im grauen Anzug und schwarzen Wollmantel betrat den Raum. Die Kleidung sah unmodern aus, als habe er sie von einem wesentlich älteren Bruder geerbt. Er nickte kurz und vermied es dabei, dem Makler in die Augen zu sehen. Sein Blick ging an ihm vorbei ins Innere des Hauses.

»Guten Abend, Herr Hilbert«, begrüßte Edgar ihn höflich.
»Kommen Sie doch herein.«

Er versuchte, das Gesicht einzuordnen, eine eventuelle Ähnlichkeit zwischen ihm und Luise Hilbert herzustellen, doch da war nichts. Edgar erinnerte sich daran, dass sie ein Kind gehabt hatte, das jetzt etwa im Alter des Mannes sein musste, wusste aber nicht mehr, ob es sich um einen Jungen oder ein Mädchen gehandelt hatte. Sie mussten ja auch nicht zwingend miteinander verwandt sein, nur weil sie denselben Nachnamen trugen.

Thomas Hilbert huschte an dem Immobilienmakler vorbei ins Innere. Seine Hände hatte er in den Manteltaschen vergraben. Er hielt wohl nichts von Höflichkeitsfloskeln. Jeder, wie er wollte. Edgar hatte es schon lange aufgegeben, sich über Kunden mit seltsamem Benehmen zu wundern. Je reicher, desto verschrobener.

»Das Haus ist noch nicht lange auf dem Markt«, erklärte er. »Ein richtiges Schnäppchen, wenn ich das so salopp formulieren darf.« Er war jetzt ganz in seinem Element. »Es wurde erst vor zwei Jahren frisch saniert. Alles tipptopp. Ich habe hier die Unterlagen.«

Sein Kunde nickte desinteressiert und begab sich auf einen Rundgang. Der Immobilienmakler folgte ihm geschäftig. Eigentlich schätzte er es gar nicht, wenn er die Führung aus der Hand geben musste, aber meistens fügte er sich den Wünschen seiner Klientel. Der junge Mann war so gar nicht nach seinem Geschmack. Nicht nur, weil er stumm war wie ein Fisch, sondern weil er nicht so aussah, als könne er sich ein Objekt wie dieses leisten. Aber man sollte die Menschen nie nach dem äußeren Erscheinungsbild beurteilen, hatte Bräutigam in den letzten Jahren festgestellt. Manche liefen herum wie der letzte Penner und hatten Millionen auf dem Konto, andere kamen gestriegelt und geschniegelt daher und saßen auf einem Berg Schulden, weil sie alles nur auf Pump kauften. Der junge Mann gehörte hoffentlich zur ersten Sorte.

Hilbert war inzwischen im großen Wohnbereich angekommen und sah interessiert aus einem der bodentiefen Fenster.

»Wie Sie sehen«, setzte Bräutigam an, »haben Sie einen unverbauten Blick. Keine störenden Nachbarn, die Ihnen beim Frühstück auf den Teller gucken können.«

Hilbert nickte zufrieden und ging um die große Essgruppe herum in Richtung Küche. Edgar folgte ihm.

»Die Einbauküche ist natürlich im Preis inbegriffen«, erklärte er. »Sie wurde im Zuge der Umbaumaßnahmen auch erneuert und speziell für diesen Raum konzipiert. Entspräche sie denn den Vorstellungen Ihrer Frau?«

»Meiner Frau?« Der Mann drehte sich überrascht um. Er konnte ja doch sprechen. »Ach so, ja, ich denke doch.«

»Hatte Ihre Gemahlin heute keine Zeit?«, fragte Edgar. Er mochte es nicht, wenn er ein Haus zigmal zeigen musste, weil die Kunden ihre Terminplanung nicht auf die Reihe kriegten.

»Äh, doch, aber unsere Tochter ist leider krank geworden, und sie wollte sie nicht allein lassen.«

Hilbert zog lustlos eine Schublade auf und schloss sie wieder. Der Makler wurde allmählich ungeduldig. Er hatte das untrügliche Gefühl, dass Hilbert gar nicht an dem Haus interessiert war. Warum sagte er nicht einfach, wenn es ihm nicht zusagte, dann könnten sie sich die weitere Besichtigung sparen. Dachte er vielleicht, Edgar hätte nichts Besseres zu tun? Den Abend mit seiner Frau und seinen Kindern zu verbringen, etwa. Sie hatten zwar keine Kinder, aber es könnte immerhin sein.

Sein Kunde umrundete gerade den Küchenblock in der Mitte, um den Einbauherd näher in Augenschein zu nehmen.

»Funktioniert der?«, fragte er.

»Natürlich funktioniert der«, erwiderte Edgar ein wenig patzig und gesellte sich zu ihm.

Hilbert trat zur Seite, damit der Makler ihm die Funktionen des Herds demonstrieren konnte. Edgar war zwar keine Leuchte im Küchenbereich, aber einen Herd ein- und auszuschalten, würde er wohl hinbekommen. Sein Kunde sah ihm neugierig über die Schulter.

»Natürlich gibt es eine Abschaltautomatik«, erläuterte Edgar und hoffte, dass es auch stimmte. »Steht kein Topf auf dem Herd, schaltet sich die Platte ab. Ziemlich praktisch, vor allem, wenn Kinder mit im Haus …«

Weiter kam er nicht. Er sah gerade noch, wie ein Draht über seinen Kopf geschwungen wurde und sich um seinen Hals legte. Dann wurde der Draht mit unglaublicher Gewalt zugezogen. Edgar rang augenblicklich nach Luft, der kalte Schweiß brach ihm aus. Panisch versuchte er, die linke Hand zwischen Draht und Hals zu schieben, während die rechte Hand verzweifelt nach einem Gegenstand tastete, mit dem er sich zur Wehr setzen konnte. Doch da war nichts. Kein Topf, der dekorativ auf dem Herd stand, kein Messerblock, nichts. Hilbert zog die Schlinge weiter zusammen und zerrte den Makler rückwärts mit sich. Edgar taumelte, verzweifelt darum bemüht, sich von dem Draht zu befreien, der ihm nicht nur die Luft abschnürte, sondern auch immer tiefer in seine Haut und die darunterliegenden Schichten schnitt. Die Erleuchtung, dass es sich bei Luise Hilberts Kind um einen Jungen gehandelt hatte, kam zu spät.

Thomas erwachte aus einem unruhigen Dämmerschlaf. Um ihn herum war es dunkel. Er vermochte nicht zu sagen, wie spät es war oder wie lange er inzwischen in dieser unbequemen Haltung auf dem Bett dahinvegetierte. Dem Knurren seines Magens nach zu urteilen, mussten mehr als nur wenige Stunden vergangen sein, seit er das erste Mal in diesem Raum aufgewacht war. Seine Blase drückte so heftig, dass es schon wehtat. Lange würde er es nicht mehr aushalten und dem Druck nachgeben müssen. Sein Kopf schmerzte fürchterlich, wahrscheinlich eine Folge des Medikaments, das man – Patrick? – ihm gespritzt hatte. Außerdem hatte er schrecklichen Durst. Seine Hände spürte er inzwischen gar nicht mehr. Thomas befürchtete, sie nie wieder benutzen zu können. Wie lange konnten Extremitäten ohne Blutzufuhr auskommen, bevor sie amputiert werden mussten? Einen Tag? Oder zwei? Von seinen Füßen ganz zu schweigen, auch die waren mit einem Seil unangenehm eng zusammengebunden.

Irgendwann – vor ein paar Minuten? Stunden? – hatte Thomas geglaubt zu hören, wie die Haustür ins Schloss fiel. Wie ein Verrückter hatte er danach das Seil um seine Handgelenke an der rauen Wand gerieben, in der Hoffnung, die Fesseln auf diese Weise endlich loszuwerden. Vergeblich. Das Einzige, das er losgeworden war, war die Haut an seinen Unterarmen. Durch seinen Knebel hindurch hatte er wie am Spieß gebrüllt, bis sein Hals schmerzte. Niemand hatte ihn gehört. Es würde ihn nie jemand hören. Jedenfalls keiner, der zu seiner Rettung herbeieilte. Er wimmerte leise vor sich hin, teils aus Kummer über die ausweglose Situation, in die er sich selbst gebracht hatte, teils vor Schmerzen.

Ein Schlüssel drehte sich im Schloss und die Tür wurde langsam geöffnet. Durch den Flur drang das Licht einer Deckenlampe ins Zimmer. Thomas musste blinzeln, bis seine Augen sich nach der langen Zeit im Dunkeln an die Helligkeit gewöhnten. Im Türrahmen erkannte er eine noch gesichtslose Gestalt, die ein Tablett balancierte.

»Ich bring dir Frühstück«, sagte Patrick munter, als sei Thomas ein lieber Übernachtungsgast, der verwöhnt werden wollte.

Thomas warf ihm durch das Klebeband hindurch ein paar unflätige Wörter an den Kopf, die sein Freund natürlich nicht verstand.

»Warte einen Augenblick.«

Patrick stellte das Tablett, auf dem eine Tasse mit dampfender Flüssigkeit und ein Teller mit einem Marmeladenbrot standen, auf dem Tischchen neben dem Bett ab, knipste die kleine Lampe, die darauf stand, an und setzte sich zu Thomas auf die Bettkante. Er packte mit Daumen und Zeigefinger eine Ecke des Klebebands und zog es mit einem schnellen Ruck herunter.

»Au!«, entfuhr es Thomas. Toll, jetzt hatte er nicht nur keine Hände mehr, seine Lippen hingen vermutlich am Klebeband.

»Tut mir leid«, sagte Patrick und klang, als meinte er es tatsächlich so. »Aber es ist besser, man bringt es schnell hinter sich. Es langsam abzuziehen, ist viel schmerzhafter.«

Noch schmerzhafter? Das konnte Thomas sich kaum vorstellen.

»Du hast bestimmt Hunger«, meinte Patrick.

»Und wie soll ich essen? Ohne Hände?«, flüsterte Thomas heiser. Er hätte noch eine ganze Menge anderer Fragen gehabt, doch dies schien ihm im Augenblick sein vordringlichstes Problem zu sein. Neben dem seiner Blase.

Patrick zögerte einen Moment. »Ja, sicher«, meinte er dann und beugte sich vorsichtig über seinen unfreiwilligen Gast, um das Seil zu lösen. »Aber mach keine Dummheiten.«

Als könnte Thomas in seinem derzeitigen Zustand auch nur daran denken, Patrick niederzuschlagen, das Seil an den Füßen zu lösen und die Flucht zu ergreifen. Seine Hände hingen wie nutzlose Klumpen nur noch der Form halber an seinen Armen. Er schüttelte die Arme, um seine Hände wider besseren Wissens doch wieder zum Leben zu erwecken, und sah dabei aus wie einer der Hauptdarsteller in Müllers Marionettentheater. Patrick nahm Thomas' Hände in seine und massierte sie vorsichtig. Langsam, ganz langsam spürte Thomas das unangenehme Kribbeln, das sich in Kürze in ein Nest voller Ameisen verwandeln würde. Er beäugte misstrauisch das Tablett neben sich. Was, wenn es wieder eine Falle war? Wenn Patrick ihm Rattengift aufs Brot geschmiert hatte? Aber sein Magen hatte sich inzwischen zu einem wütend pulsierenden Knoten zusammengezogen, dem es egal war, was er bekam, Hauptsache, es kam überhaupt etwas.

»Du wirst mich füttern müssen«, sagte er, während er versuchte, das Ameisenvolk in seinen Händen ohnmächtig zu schütteln.

»Kein Problem«, meinte Patrick und nahm den Teller.

Er hielt Thomas das Brot an den Mund. Thomas nahm einen Bissen und stellte erleichtert fest, dass sich seine Lippen doch noch an ihrem angestammten Platz befanden. Er kaute und kaute und kaute. Sein Mund war ausgetrocknet, es wollte sich partout kein Speichelfluss einstellen. Er verschluckte sich und hustete. Patrick klopfte ihm sachte auf den Rücken und gab ihm dann einen Schluck zu trinken.

»Heiß!«, beschwerte sich Thomas. Jetzt waren seine Lippen nicht nur zerfetzt, sondern überdies verbrüht. Genau wie seine Zunge. Und sein Gaumen. Der Rachen ebenso.

»Wird gleich besser«, versicherte Patrick.

»Ich muss auf Klo.«

»Wird gleich erledigt. Immer eins nach dem anderen.«

Wenn es dann mal nicht zu spät war.

»Warum hast du das getan?«, fragte Thomas leise.

»Dich hier eingesperrt, meinst du?«, fragte Patrick zurück.

»Das und ... einfach alles. Hast du Wesseling getötet?« Als wüsste er die Antwort nicht längst.

»Ja«, erwiderte Patrick schlicht.

»Warum?«

»Weil er es verdient hat. Genau wie die anderen.«

»Du meinst die anderen auf den Fotos?«

Im Halbdunkel sah Thomas, wie Patrick nickte.

»Warum haben sie es verdient? Was haben sie dir getan?«

»Das verstehst du nicht.«

»Dann erklärs mir.«

»Das mache ich«, versprach Patrick, »aber nicht jetzt.«

»Wann dann?«

»Später. Jetzt iss erst mal auf. Dann gehen wir auf Klo.«

»Was ist mit Michi? Weiß er von der Sache?«

»Später.«

33

Aylin schaltete ihren Wecker mit einem gezielten Faustschlag aus und drehte sich auf die andere Seite. *Nur noch fünf Minuten,* versprach sie, kuschelte sich in ihre Decke und schloss die Augen.

Sie war gestern erst spät nach Hause gekommen. Viel später, als sie geplant hatte. Hätte sie geahnt, was auf sie zukommt, hätte sie den wöchentlichen Besuch bei ihren Eltern geschwänzt. Ihr schwante schon an der Wohnungstür Böses, als sie aus der Küche das lautstarke Wehklagen ihrer Tante Gizem vernahm. Aylins Vater rollte nur mit den Augen und ließ seine Tochter eintreten. Tante Gizem, die Schwester ihrer Mutter, thronte am Kopfende des Tischs in der Küche, vor sich angehäuft einen Berg Papiertaschentücher. Aylin musste unwillkürlich an Friedrich Mais Putzfrau denken. Zum gefühlten einhundertfünfzigsten Mal – diesmal aber wirklich endgültig – hatte Gizem ihren Mann verlassen. Das Drama in drei Akten lief immer nach demselben Schema ab. Ihre Tante stand unvermittelt mit ihrem Koffer und dem Käfig mit Wellensittich Günni darin vor der Tür der Öners, heulte sich die Augen aus dem Kopf und ließ sich in den folgenden Wochen von ihrer Schwester verwöhnen und aufpäppeln. Irgendwann tauchte ebenso unvermittelt Gizems Mann auf, es folgte eine tränenreiche Versöhnung, und Gizem zog mit Günni ohne ein Wort des Dankes wieder von dannen. Als Kind hatte Aylin sich oft gefragt, warum ihr Onkel sich nie früher blicken ließ. Mittlerweile ahnte sie die Antwort. Er genoss die Zeit ohne seine Gattin, für die der Begriff Drama-Queen eigens erfunden worden war. Wenn ihm die saubere Wäsche ausging, machte er sich auf den Weg, Gizem zurückzuholen. Und das Theater begann von Neuem. Die halbe Nacht hatte sie gemeinsam mit ihrer Mutter damit zugebracht, die völlig aufgelöste Tante Gizem zu beruhigen, ehe Aylins Vater ein Einsehen mit seiner Tochter hatte und sie nach Hause fuhr. Manchmal wünschte sie sich, sie hätte es wie ihr Bruder gemacht, der vor einigen Jahren nach Hamburg gezogen war. Sie hatte es nur bis nach Cronenberg geschafft. Nicht weit genug entfernt, um sich aus dem immer wiederkehrenden Familiendrama guten Gewissens herauszuhalten.

Aus den fünf Minuten war inzwischen eine Viertelstunde geworden, und Aylin musste sich in das unausweichliche Schicksal fügen, aufzustehen und ins Bad zu tapsen. Sie duschte eiskalt, in der Hoffnung, dadurch ihre Lebensgeister zu wecken. Die waren von der Idee nur mäßig begeistert und kreischten innerlich. Aylin kreischte mit und hüpfte in der Dusche herum, um dem Wasserstrahl zu entkommen. Wenigstens war sie jetzt wach genug und konnte über die Morde nachdenken.

Hatte sie Mattuscheks Vermutung, Kevin ›Freddie‹ Müller könne in beide Fälle verwickelt sein, gestern noch für nachvollziehbar gehalten, kam ihr der Gedanke nach einer Mütze Schlaf doch recht abwegig vor. Nur weil der Junge beide Opfer gekannt hatte, war das kein hinreichender Beweis dafür, dass er sie auch ermordet hatte. Da lag Kantner ganz richtig. Und Freddies Motiv für den Mord an Friedrich Mai erschien ihr im Nachhinein ziemlich konstruiert. Selbst wenn der Staatsanwalt den Jungen nun doch belangen wollte, wie sollte Freddie davon erfahren haben? Und weder Mai noch der Professor hätten ihm freiwillig die Tür geöffnet. Aylin konnte sich zudem nicht vorstellen, wie Freddie sich im Anschluss an die Lesung unauffällig unter das Publikum gemischt haben sollte. Wenn Cordula Siebert ihn schon nicht wiedererkannt hätte, der Professor hätte es garantiert und Alarm geschlagen. Natürlich schien Freddie als Täter im Moment die einfachste Lösung zu sein, aber leider war die einfachste Lösung nicht immer die richtige. Trotzdem durfte man den Jungen nicht vom Haken lassen. Es blieb zu hoffen, dass er den Kollegen möglichst bald ins Netz ging.

Vielleicht hingen die beiden Morde letztlich gar nicht zusammen und sie ruderten in die völlig falsche Richtung, wenn sie einen Zusammenhang vermuteten. Obwohl die Taten zeitlich verhältnismäßig nah beieinander lagen, bedeutete dies nicht automatisch, dass sie von ein und demselben Täter verübt worden waren. Die beiden Opfer hatten auf den ersten Blick nichts gemeinsam. Darüber hinaus war der Modus operandi ein völlig anderer, was ebenfalls darauf hindeutete, dass sie es mit zwei unterschiedlichen Tätern zu tun hatten. Wenn sie nur endlich die Identität dieses Professor ermitteln konnten, dann würde einiges vielleicht klarer werden.

* * *

Lotte Kantner saß, frisch gewaschen und angekleidet, an ihrem Esstisch und wartete freudig auf ihr Frühstück. Im Gegensatz zu vielen älteren Menschen aß sie immer noch gern und viel. Sie betrachtete kritisch ihr rundes Bäuchlein. Ziemlich moppelig war sie geworden. Vielleicht sollte sie einige Tage Diät halten. Doch sie verwarf diesen abstrusen Gedanken gleich wieder. Wen interessierte es schon, ob sie ein paar Pfunde mehr oder weniger auf den Rippen hatte? Außerdem hatte sie auf diese Weise etwas zuzusetzen, falls sie ernstlich krank werden sollte. Zum Skelett würde sie früh genug abmagern.

Wo sie gedanklich gerade beim Thema Abmagern war: Wo blieb eigentlich das Frühstück? Sie warf einen Blick auf die Wanduhr mit den extra großen Ziffern. Schon fast halb acht. Die kamen auch immer später. Da Lotte eine ausgesprochene Frühaufsteherin war, knurrte ihr Magen bereits seit mehr als zwei Stunden. Das Kilo Kekse, das ihre Schwiegertochter ihr für den Notfall mitgebracht hatte, war längst verputzt. Sie trommelte ungeduldig mit den Fingern auf die Tischplatte. Noch ein paar Minuten länger und sie war verhungert. Zumindest genauso ausgemergelt wie ihr ungebetener Besucher gestern Abend. Ob der immer schon so dünn gewesen war? Oder ließ dieses Alzheimer einen auch das Essen vergessen? Das wäre ja furchtbar.

Überhaupt fand sie die Vorstellung schrecklich, nicht mehr zu wissen, wer oder wo man war. Wenn man die eigene Tochter für die Ehefrau hielt. Oder eine wildfremde Frau, die zufällig im Sessel neben einem saß. Wenigstens konnte Traudels Mann sich so der Illusion hingeben, seine Frau wäre noch lebendig. Das war eigentlich ein schöner Gedanke, fand sie. Dann fiel ihr ein, dass sie ganz froh darüber war, ihren Ollen, wie sie ihren Mann wenig liebevoll nicht nur heimlich nannte, schon vor mehr als zwanzig Jahren unter die Erde gebracht zu haben. Nicht persönlich natürlich, er war an Krebs gestorben, aber ihre Ehe war alles andere als glücklich gewesen, und sie hatte die Jahre ohne ihn mehr als genossen. Wenn sie nun eine Krankheit zwang zu denken, er sei noch am Leben, grenzte das schon fast an Folter. Vielleicht war dieses Alzheimer doch so eine Art Strafe, wie sie bereits vermutet hatte. Man steckte irgendwo in der Vergangenheit fest und fand nicht wieder raus. Und wenn die Vergangenheit, in der man steckte, Scheiße war, saß man ganz schön in derselben. Die beste Krankheit taugt nix, hatte ihr Vater immer gesagt. Recht hatte er. Wenn es dieses Alzheimer tatsächlich gab, was Lotte nach wie vor anzweifelte.

Von draußen hörte sie das Scheppern des Geschirrwagens. Na endlich, das wurde auch Zeit. Wenn man sich dem Hungerkoma näherte, gingen einem die merkwürdigsten Dinge durch den Kopf. Es klopfte zweimal und auf Lottes energisches »Herein!« öffnete sich die Tür. Ein Pfleger der

Morgenschicht trug ein Tablett durch den Raum und stellte es schwungvoll vor Lotte auf den Tisch.

»Guten Morgen!«, wünschte er fröhlich.

»Morgen!«, murmelte Lotte abwesend, während ihre Augen inspizierten, was alles auf dem Tablett stand. »Kein Ei heute?« Es klang genauso entsetzt und anklagend, wie es gemeint war.

»Leider nicht«, bedauerte er. »Die Lieferung ist nicht gekommen.«

»Unverschämtheit!« Vorwurfsvolle Entrüstung, Lottes Spezialität.

»Ja, so sieht es aus«, meinte der Pfleger gutmütig. Er kannte Lotte Kantner seit Jahren. ›Unverschämtheit‹ gehörte zu ihren Lieblingsvokabeln. Ebenso wie ›Dreistigkeit‹ und ›Frechheit‹. Doch ansonsten war sie eine überaus reizende Person. Wenn sie wollte. »Haben Sie denn gut geschlafen?«

»Geht so«, brummte sie, verstimmt über das fehlende Ei. »Wenigstens stand letzte Nacht ausnahmsweise keiner vor meinem Bett.«

»Na, das ist doch schon mal was.«

»Ja. Dafür hatte ich gestern Abend Herrenbesuch.«

»Oh wie schön. War er nett, der Herr?«

Lotte rümpfte die Nase. »Vor allem war er alt. Und verwirrt. Er hielt mich für seine Frau. Aber die ist schon seit Jahren tot. Traudel.«

»Aha.«

»Wissen Sie, wer das ist?«

»Traudel? Nein.«

»Nein, der Mann.«

Er zuckte mit den Schultern. »Vielleicht Herr Kunze«, mutmaßte er.

»Seine Tochter heißt Marianne Kramer«, informierte Lotte.

»Dann war es Herr Kunze. Er ist schon seit vielen Jahren hier.«

»Wegen ...?« Lottes Zeigefinger kreiste um ihre Schläfe.

Er nickte betrübt. »Ja, Alzheimer ist echt 'ne furchtbare Krankheit.«

»Hab ich auch so gedacht«, räumte Lotte ein.

»Na ja, Sie sind ja noch frisch wie ein junger Backfisch.«

»Ja sicher. Und wissen Sie, woran das liegt?« Sie winkte ihn verschwörerisch zu sich heran.

Er schmunzelte und beugte sich zu ihr hinunter. »Verraten Sie es mir.«

Ihr ausgestreckter Zeigefinger berührte beinahe seine Nase. »Weil ich jeden Tag ein hartgekochtes Ei esse.«

34

Christina Schmidt schloss die Tür zum Immobilienbüro ›Immo Bräutigam‹ auf, in dem sie seit etwas mehr als einem Jahr arbeitete. Ihr war nicht wohl bei dem Gedanken, den ganzen Tag in der Nähe eines Mordschauplatzes verbringen zu müssen. Doch Edgar war bereits gestern so nett gewesen, ihr freizugeben, und sie wollte seine Großzügigkeit nicht über Gebühr ausnutzen. Irgendwann würde sie sich ihren Ängsten stellen müssen, warum also nicht so schnell wie möglich. Edgar war offensichtlich noch nicht da, was ihr Unwohlsein geradezu ins Unermessliche steigerte. Gern wäre sie auf der Stelle umgekehrt, kam sich jedoch gleichzeitig albern vor mit ihrer diffusen Angst vor dem großen Unbekannten.

Entschlossen marschierte sie zu ihrem Schreibtisch und legte ihre Handtasche darauf ab. Sie schaltete ihren PC ein und ging in die kleine Kochküche, um den Kaffeevollauto-

maten in Betrieb zu nehmen. Edgars Abwesenheit überraschte sie. Er war ein richtiges Arbeitstier und immer sehr
zeitig hier, um alles vorzubereiten. Vielleicht hatte er einen
frühen Termin, von dem sie nichts wusste. Manchmal kam
es vor, dass Kunden unbedingt ein Objekt besichtigen wollten, ehe sie sich auf den Weg zu ihrer eigenen Arbeitsstel-
le machten. Das war der Nachteil am Maklerjob. Meistens
musste man arbeiten, wenn die anderen Feierabend hatten.
Es war das Erste gewesen, das Edgar ihr klargemacht hatte,
als sie sich auf die Stelle beworben hatte. Es gab keine geregelten Arbeitszeiten. Sie kam ursprünglich nicht aus der
Immobilienbranche, hatte aber nach ihrer Ausbildung zur
Bürokauffrau schnell gemerkt, wie langweilig es war, den
ganzen Tag hinter dem Schreibtisch zu hocken. Sie wollte
lieber unter Leute. Der Job als Maklerin war in dieser Hinsicht für sie genau das Richtige, und Edgar hatte ihr in dem
Jahr, in dem sie für ihn arbeitete, eine Menge beigebracht.

Überhaupt war er ein ziemlicher angenehmer Chef. Ein
wenig notgeil vielleicht, aber das machte ihr nichts aus. Im
Gegenteil, sie fand es lustig, wie ihm der Geifer aus dem
Mund lief, wenn sie mal wieder mehr oder weniger subtil
in ihren kurzen Röcken eine Show abzog. Angerührt hatte
er sie bislang nicht, und Christina konnte sich nicht entscheiden, ob sie darüber erleichtert oder beleidigt sein sollte, denn dass er es mit der ehelichen Treue nicht so genau
nahm, war ihr nicht entgangen. Vielleicht war es am Ende
besser, sich nicht mit ihm einzulassen. Seine Affären waren
nie von langer Dauer, und sie war unsicher, wie sich ein
Verhältnis auf ihre Zusammenarbeit auswirken würde. Vor
allem, wenn er ihrer überdrüssig wurde. Gefeuert werden
wollte sie auf keinen Fall, war er doch überaus großzügig,
was die Bezahlung anging. Sie bekam, zusätzlich zu ihrem

Grundgehalt, einen Anteil von der Provision der Objekte, die sie verkaufte oder vermietete. Das sollte man nicht für ein kurzes Abenteuer aufs Spiel setzen. Andererseits war Edgar ziemlich attraktiv, auch wenn er mit seinen zweiundfünfzig Jahren in Christinas Augen steinalt war. Und bestimmt ein guter Liebhaber, erfahren wie er sein musste.

Sie bereitete sich einen Cappuccino zu, setzte sich an ihren Schreibtisch und ging den Terminkalender für den heutigen Tag durch. Für sie selbst waren keine Besichtigungen eingetragen, vermutlich weil Edgar nicht wusste, ob sie schon wieder einsatzbereit war. Auch für ihn konnte sie keinen Termin entdecken. Sollte er tatsächlich noch zu Hause sein? Vielleicht war er krank oder hatte verschlafen, so ungewöhnlich das in ihren Ohren klingen mochte. Sie griff zum Telefon und drückte die Kurzwahltaste für Edgars Handynummer. Sie lauschte dem Tuten, bis die Mailbox anging, und hinterließ die Bitte, sich bei ihr zu melden, sobald er die Nachricht abhörte. Dann wählte sie die Nummer seines Festnetzanschlusses zu Hause, etwas, das sie nur im äußersten Notfall und höchst ungern machte. Irgendwie hatte sie Frau Bräutigam gegenüber ein schlechtes Gewissen, auch wenn zwischen ihr und ihrem Boss nichts lief. Außer in ihren Gedanken. Und vermutlich in seinen. Doch die Gedanken waren bekanntlich frei.

Nach einer halben Ewigkeit meldete sich die müde Stimme von Simone Bräutigam, die der Anruf offenbar aus dem Bett geworfen hatte.

»Guten Morgen, hier ist Christina Schmidt«, meldete sie sich. »Die Mitarbeiterin Ihres Mannes. Ich frage mich, wo Edgar bleibt.«

»Ist er denn nicht im Büro?« Frau Bräutigam klang ernsthaft verwundert und noch immer schlaftrunken.

Sonst würde ich ja nicht anrufen, du Nuss, dachte Christina. »Nein, leider nicht«, erwiderte sie mit aufgesetzt fröhlicher Stimme. »Wissen Sie, ob er heute Morgen einen Termin hat?«

Frau Bräutigam erklärte, nichts dergleichen zu wissen. »Muss ich mir Sorgen machen?«, fragte sie.

»Ach was, er hat sicher nur vergessen, den Termin einzutragen«, beruhigte Christina sowohl Simone Bräutigam als auch sich selbst.

»Na gut.« Edgars Frau legte auf, ohne sich zu verabschieden.

Christina stellte das Telefon zurück auf die Ladestation. Die Bräutigam war ziemlich seltsam. Manchmal fragte sie sich, warum Edgar noch mit ihr zusammen war. Am Sex lag es wohl nicht, wenn er ständig fremdgehen musste, und Christina war nicht alt genug, um sich vorstellen zu können, dass es in einer langjährigen Beziehung um mehr ging als körperliche Anziehungskraft.

Da ihre Gedanken gerade ohnehin um das Eine kreisten, sah sie nach, ob Edgar für den Vorabend einen Termin vermerkt hatte. Er nutzte hin und wieder ein möbliertes Objekt aus seinem Bestand für romantische Zwecke. Sie entdeckte tatsächlich einen Eintrag und notierte sich die Adresse. Bevor sie sich auf den Weg machte, versuchte sie ein weiteres Mal, Edgar auf dem Mobiltelefon zu erreichen, landete jedoch wieder auf der Mailbox. Sie schnappte sich ihre Handtasche und ließ den Cappuccino unberührt auf ihrem Schreibtisch stehen.

* * *

Carsten saß an seinem Schreibtisch und starrte auf den Computerbildschirm, ohne etwas wahrzunehmen. Das Grinsen in seinem Gesicht war bestenfalls als debil zu bezeichnen. Ihm war gar nicht bewusst gewesen, wie sehr er es vermisst hatte, neben einer Frau aufzuwachen. Nicht das verschämte Davonstehlen im Morgengrauen nach einem One-Night-Stand, sondern wenn echte Gefühle im Spiel waren. Cordula das erste Mal ganz nah bei sich zu spüren, hatte Empfindungen bei ihm ausgelöst, von denen er nicht mehr wusste, dass er sie besaß. Und er meinte jetzt nicht nur den Sex, sondern das ganze Programm drumherum. Zusammen einschlafen, das gemeinsame Frühstück. Der Abschiedskuss an der Haustür. Er fühlte sich seit langer Zeit wieder richtig glücklich. Und entspannt. Das Zwicken im Rücken war verschwunden.

Die Tür öffnete sich und eine sichtlich angeschlagene Aylin Öner huschte herein. Bei ihr zwickte offenbar auch so einiges.

»Guten Morgen«, begrüßte er sie enthusiastisch.

»Morgen«, nuschelte sie, schlurfte zu ihrem Schreibtisch und ließ sich mit einem tiefen Seufzer auf den Stuhl fallen. Sie machte sich nicht einmal die Mühe, ihre Jacke auszuziehen und die Handtasche abzulegen.

»Sie sehen aber fertig aus«, meinte Carsten und biss sich augenblicklich auf die Zunge. Solche Aussagen bekamen Frauen gern mal in den falschen Hals.

Aylin jedoch schien sich nicht daran zu stören. »Die liebe Familie«, stöhnte sie und legte den Kopf auf den Schreibtisch.

Carsten nickte verständnisvoll. »Kenn ich.«

Sie richtete sich wieder auf. »Im Moment wahrscheinlich mehr als Ihnen lieb ist«, stellte sie fest. »Wie geht es Ihrer Schwester?«

Erst in diesem Moment fiel ihm auf, dass er sich immer noch nicht bei Sophie gemeldet hatte. Du meine Güte, sie würde bestimmt nie wieder ein Wort mit ihm reden. »Ganz gut«, log er, um nicht zugeben zu müssen, völlig ahnungslos zu sein.

»Sie scheint ein sehr mitfühlender Mensch zu sein«, sagte Aylin.

Ja leider, wollte Carsten erwidern, doch das klang selbst in seinen Ohren ein bisschen zu negativ. »Sie war schon immer so«, sagte er stattdessen.

»Damit macht man sich das Leben manchmal ganz schön schwer«, meinte seine Kollegin und sprach genau das aus, was Carsten dachte.

»Ja, aber ganz ehrlich: Ich würde sie nicht anders haben wollen.« Und das meinte er aus tiefstem Herzen.

»Dann sollten wir alles daransetzen, den Mörder des Professors so schnell wie möglich dingfest zu machen.«

»Und den von Friedrich Mai«, erinnerte Carsten.

»Den auch«, stimmte Aylin zu. »Glauben Sie eigentlich an diese Freddie-Theorie?«

Carsten zuckte unbestimmt mit den Schultern. »Eine bessere haben wir bislang nicht. Aber wenn ich ehrlich sein soll, eher nicht. Trotzdem denke ich, ein kleiner Plausch mit dem Jungen könnte aufschlussreich sein.«

»Wenn wir ihn endlich finden.«

»Ja, das ist das Problem. Zwei uniformierte Kollegen waren gestern Abend bei ihm zu Hause. Also bei seiner Mutter, meine ich.«

»Und?«

»Nichts. Er war nicht da. Seine Mutter sei eine ziemliche Schnapsdrossel, meinten die Kollegen. Sie behauptet, nichts über seinen derzeitigen Aufenthaltsort zu wissen. Er sei vor einigen Wochen von zu Hause abgehauen.«

»Und sie hat ihn nicht als vermisst gemeldet? Er ist doch

noch nicht volljährig.« Aylin war ernsthaft schockiert.

»Tja, sie machte den Eindruck, als sei sie ganz froh, ihn los zu sein.«

»Und der Vater?«

»Den gibt es nicht. Oder nicht mehr. Keine Ahnung.«

»Freddie scheint mir ein ziemlich armes Würstchen zu sein«, meinte Aylin mitleidig. »Kein Wunder, dass er auf die schiefe Bahn geraten ist.«

»Sie sind auch nicht besser als meine Schwester«, grinste Carsten.

»Ich weiß«, seufzte sie und dachte an Tante Gizem. »Was machen wir heute?«

Carsten deutete auf zwei große Kartons, die die einzige freie Ecke ihres ohnehin zu kleinen Büros einnahmen.

»Die sind vorhin von der Staatsanwaltschaft gekommen. Die Fälle von Friedrich Mai der letzten zwei Jahre.«

»Himmel, damit sind wir ja die nächsten zwei Jahre beschäftigt.«

»Dann fangen wir am besten sofort mit der Arbeit an.«

35

»Mann, siehst du Kacke aus«, ertönte eine Stimme von irgendwoher.

Freddie öffnete vorsichtig ein Auge. Er lag auf seiner dreckigen Matratze, die in den letzten vierundzwanzig Stunden noch etliche Flecken hinzugewonnen hatte. Er roch Schweiß und seine eigene Kotze und musste gleich wieder würgen.

»Seit wann hast du nichts mehr genommen?«, fragte die Stimme.

Freddie brachte nur ein Schulterzucken zustande. Er versuchte, sich aufzurichten, scheiterte aber kläglich. Jemand griff ihn unter den Armen und zerrte ihn in eine aufrechte Position.

»Boah, du stinkst wie ein Iltis!«

Frettchen, dachte Freddie, den Rücken gegen die feuchte Wand gelehnt. *Ich bin ein Frettchen.* Er unterdrückte mühsam den Brechreiz und öffnete auch das zweite Auge. Es dauerte einige Zeit, bis er klar genug sehen konnte, um seinen Kumpel Kretsche zu erkennen, der sich mehr oder weniger besorgt über ihn beugte. Kretsche, sein ehemaliger Dealer, der Freddie damals den Vorschlag mit dem Drogenverkauf unterbreitet hatte. Der ihn überhaupt erst mit Drogen in Kontakt gebracht hatte, damals auf dieser ominösen Party, an die Freddie sich allenfalls bruchstückhaft erinnerte. Kretsche war der Einzige, dem er von seinem Unterschlupf hier erzählt hatte. Und das auch nur, weil er eine eigene Bude besaß und deshalb nicht auf die Idee kam, in dieser Baracke ebenfalls Quartier zu beziehen und Freddie auf den Sack zu gehen. Doch was verschlug ihn hierher?

»Du hast mich angerufen«, beantwortete Kretsche die nicht gestellte Frage.

»Echt?« Freddie konnte sich nicht erinnern. Wie so häufig. Die Tage, an denen er keinen Filmriss hatte, wurden immer seltener. Sein Blick fiel auf das alte Klapphandy neben der Matratze. Es hatte einige Kotzespritzer abbekommen.

»Ja. Du klangst echt fertig. Biste ja auch.«

»Ich brauch was«, wimmerte Freddie und hielt sich den Bauch.

»Was is denn mit deinem eigenen Zeug?«

»Weg.«

»Wie, weg? Haste alles verkauft und nix für dich behalten, du Doof?«

Freddie schüttelte den Kopf. Ihm fehlte die Energie,

Kretsche zu erklären, was er mit den Drogen gemacht hatte. »Hast du was dabei?«

Kretsche grinste und klopfte mit der flachen Hand auf seine Jackentasche. »Klar hab ich. Aber hast du auch Kohle?«

Freddie deutete matt auf seine Hose, die am Fuße der Matratze lag. Kretsche griff sie mit spitzen Fingern und durchsuchte die Hosentaschen. Er zog die drei Fünfzig-Euro-Scheine heraus, die Edgar Bräutigam Freddie am Montagabend gegeben hatte. Freddie seufzte. Da ging es hin, sein Fluchtkapital für das Busticket nach Timbuktu, aber wenn er nicht bald seine Tabletten bekam, würde er krepieren. Man musste Prioritäten setzen im Leben. Welches Leben überhaupt?

Kretsche steckte die Scheine zufrieden in die Gesäßtasche seiner eigenen Hose und warf Freddie einen durchsichtigen Beutel zu. Viel war nicht darin, aber es musste fürs Erste reichen.

»Mehr gibts nicht für hundertfünfzig?«, wagte Freddie dennoch einzuwerfen.

Kretsche hob abwehrend die Hände. »Hey, die Lieferung is nich frei Haus«, sagte er. »Musste extra den Bus nehmen.«

»Du fährst doch eh schwarz«, merkte Freddie matt an.

»Ja, aber das Risiko, erwischt zu werden, musst du in die Kalkulation einberechnen. Wenn's dir nich passt, kann ich das Zeug auch wieder mitnehmen. Dann kannste dir deine Kröten einrahmen. Abzüglich meiner Gefahrenzulage, versteht sich.« Kretsche lachte wiehernd.

»Nee, is schon gut«, sagte Freddie leise und schnappte sich den Beutel, ehe Kretsche es sich anders überlegen konnte.

»Ich will ja nix sagen«, meinte Kretsche. »Aber du solltest vielleicht mal langsam runterkommen von dem Zeug.

Verkaufen is ja okay, aber selber nehmen is echt Scheiße. Jedenfalls, wenn man's nich unter Kontrolle hat, so wie du. Irgendwann kauft dir keiner mehr was ab. Das is voll geschäftsschädigend, wie du aussiehst.«

Dieser Gedanke war Freddie selbst schon gekommen. Ihn aus Kretsches Mund zu hören, entbehrte nicht einer gewissen Ironie. Doch sein Freund und Drogendealer hatte nicht unrecht mit dem, was er sagte. Lange konnte Freddie nicht mehr so weitermachen, irgendwann musste er damit aufhören. Oder es wenigstens einschränken. Aber nicht heute. Oder morgen. Nächste Woche vielleicht, wenn er Zeit hatte. Mal sehen. Gierig riss er den Beutel auf und zog mit zitternden Fingern eine Tablette heraus.

»Dir is echt nich mehr zu helfen«, meinte Kretsche verächtlich und verließ das Zimmer.

* * *

Der Aufzug kroch die vier Stockwerke im Schneckentempo empor. Sophie starrte ungeduldig auf die Anzeige, die ihr mitteilte, wo sie sich befand. *Du meine Güte,* dachte sie, *da wäre ich ja zu Fuß schneller gewesen.* Leider war sie zu faul, die Treppe zu benutzen. Warum fuhr dieser Aufzug nur so langsam? Befürchtete man, die Bewohner des Altenheims bekämen sonst Schwindelanfälle?

Nachdem sie den gestrigen Tag mehr oder weniger erfolgreich damit verbracht hatte, Licht ins Dunkel um die Identität des Professors zu bringen, dachte sie, es sei mal wieder an der Zeit, ihrer Omma Lotte einen Besuch abzustatten. Meistens kam sie ein-, zweimal in der Woche vorbei, um ein Schwätzchen mit Omma zu halten. Auch wenn die alte Dame inzwischen neunzig war, war sie geistig immer noch fit wie ein junges Mädchen. Und manchmal genauso albern.

Aber leider stocktaub. Obwohl Sophie hin und wieder den Verdacht hegte, Omma hörte einfach nur das, was sie hören wollte, und ignorierte den unangenehmen Rest.

Der Aufzug hatte es inzwischen geschafft, sie an ihr Ziel zu bringen. Sophie stieg aus, lief bis zur zweiten Abzweigung und bog rechts ab. Sie ging den langen Gang entlang, vorbei am Schwesternzimmer und grüßte einen alten Herrn, der apathisch im Rollstuhl saß und von einem Pfleger in Richtung Aufenthaltsraum geschoben wurde. Der alte Mann starrte sie mit leeren Augen an, als fragte er sich, woher er dieses junge Ding kannte, das ihm gerade fröhlich einen guten Tag wünschte.

Bei Ommas Tür am Ende des Flurs angekommen, hämmerte Sophie mit der Faust kräftig dagegen.

»Ja?«, rief Omma von drinnen.

Sophie öffnete die Tür und trat ein. Omma saß in ihrem Sessel und blickte die unangekündigte Besucherin finster an. Als sie ihre Enkelin erkannte, hellte sich ihr Gesicht auf.

»Ströppken, du bist das«, meinte sie und lächelte.

Seit Sophie denken konnte, benutzte ihre Omma diesen Kosenamen, der die Niedlichkeit eines kleinen Kindes hervorheben sollte, für sie. Daran konnte auch die Tatsache, dass ihre Enkelin inzwischen seit etlichen Jahren erwachsen war, nichts ändern. Aber da Sophie kaum mehr als einen Meter sechzig maß und damit, zumindest was die Größe anging, noch immer in die kindliche Kategorie fiel, passte der Name nach wie vor perfekt.

»Hallo Omma!«

Omma Lotte wedelte ungeduldig mit der Hand. »Nu komm schon rein und mach die Tür zu. Es zieht.«

Sophie tat pflichtschuldig, wie ihr aufgetragen wurde, und rückte sich einen Stuhl zurecht.

»Na, Ströppken, wie isset?«

»Ganz gut«, log Sophie. Sie würde Omma sicherlich nicht mit ihren derzeitigen Sorgen belasten.

»Ja? Das ist schön. Musst du denn heute nicht arbeiten?«

»Nö«, erwiderte sie ausweichend.

»Na, du hasts gut. Dat Jüngelchen könnte sich auch mal wieder blicken lassen«, meinte Omma vorwurfsvoll und meinte damit Carsten.

»Der hat viel zu tun.«

Allerdings nicht so viel, um nicht wenigstens ab und an mal bei seiner Großmutter vorbeizuschauen. Doch irgendwie hatte Carsten zu Alten- und Pflegeheimen ein gespaltenes Verhältnis. Auch Sophie fand die Atmosphäre in solchen Einrichtungen nicht unbedingt heimelig, aber Omma hatte sich vor einigen Jahren nun einmal dazu entschieden, hierherzuziehen, da sie weder ihrem Sohn noch ihren Enkelkindern zur Last fallen wollte, wie sie energisch erklärte. Carsten ließ sich höchstens einmal im Monat hier blicken und das nur dann, wenn Sophie ihn mit der Peitsche vor sich hertrieb. Dabei wohnte er gar nicht weit von hier entfernt.

»Muss er wieder Mörder jagen?«, fragte Omma Lotte und schüttelte den Kopf.

Sie war mit der Berufswahl ihres Enkels überhaupt nicht einverstanden. Immer nur Verbrechern hinterherzuhetzen, das war doch auf Dauer nichts. Vielleicht ein weiterer Grund, weshalb Carsten sie so ungern besuchte, wenn er sich jedes Mal anhören musste, er solle sich mal langsam einen gescheiten Job suchen. Oder wahlweise Heimbewohner verhaften, die Omma übel mitgespielt hatten. Irgendwie konnte man ihr einfach nicht klarmachen, dass die meisten ihrer Mitbewohner dement waren und nichts für das konnten, was sie taten. Doch da Lotte Kantner nicht unter Gedächtnisverlust litt, konnte das bei anderen Menschen ihres Alters auch nicht vorkommen. Basta! So war Omma eben. Altersstarrsinn in seiner reinsten Form.

»Ja, das Verbrechen ruht leider nicht«, meinte Sophie.

»Hast du eigentlich den Bericht über den Berti in der Lokalzeit gesehen?«, wechselte Omma abrupt das Thema.

Auch so ein Phänomen des Alters. Wenn einem das Thema nicht behagte, sprach man einfach von was anderem. Und das dann meist in Rätseln. Von einem Berti hatte Sophie jedenfalls noch nie etwas gehört, doch Omma setzte wie immer ein nicht existierendes Vorwissen voraus.

»Was denn für ein Berti?«, fragte Sophie pflichtschuldig.

»Na, der Berti Wesseling.«

Omma sagte das so, als müsste Sophie den Mann kennen.

»Kenn ich nicht«, sagte sie.

»Ja, sicher kennst du den. Der hat doch mit seinen Eltern jahrelang neben uns gewohnt, als dein Vater in der Volksschule war.«

Aber anderen ihre Demenzerkrankung absprechen. »Omma, als mein Vater zur Schule gegangen ist, war ich wohl kaum auf der Welt.«

»Da hast du recht«, gab Omma unumwunden zu. Immerhin. »Jedenfalls haben sie am Montagabend und dann noch mal gestern Morgen einen Bericht über ihn gebracht. Obwohl die in der Sendung morgens immer einfach dasselbe zeigen wie am Abend vorher. Die meinen wohl, ich wäre verkalkt und würde das nicht merken.«

»Wie schön«, meinte Sophie desinteressiert und sparte sich die Erklärung, dass die morgendliche Lokalzeit eine Wiederholung vom Vorabend war. Würde Omma ohnehin nicht interessieren. »Und was macht der so Spannendes?«

Ommas Augen blitzten auf. »Ja, stell dir vor, der ist er-mordet worden. In einem Laden im Luisenviertel. Wo gibts denn so was?«

Sophie klappte die Kinnlade herunter. Das war nicht Ommas Ernst. »Du meinst den Obdachlosen?«, hakte sie nach.

»Nein«, widersprach Omma. »Den Berti. Aber alt sah der aus. Na ja, der muss ja auch schon an die siebzig gewesen sein. War ein paar Jahre älter als dein Vater. Ich hab ihn trotzdem sofort erkannt. An den Augen.«

»Die haben seine Augen gezeigt?«

»Nicht als er schon tot war«, erwiderte Omma zu Sophies Erleichterung. »Die hatten vor ein paar Monaten schon mal was über den gedreht. Und die Polizei weiß gar nicht, wer er ist.«

»Ja, aber du weißt es.«

»Ich bin nicht die Polizei«, sagte Omma weise.

»Aber Carsten ist die Polizei. Warum hast du ihm denn nicht Bescheid gesagt?«

»Wenn der sich nie blicken lässt.« Omma verschränkte trotzig die Arme vor der Brust. Altersstarrsinn.

Sophie deutete auf das Telefon, das vor Lotte Kantner auf dem Tisch stand. »Wie wärs mit anrufen?«

»Ach, ich verwähl mich doch immer«, redete Omma sich heraus.

Sophie vergrub das Gesicht in den Händen. Da suchte die Polizei verzweifelt nach Hinweisen auf die Identität des Mannes, und die Omma eines Hauptkommissars wusste, wer er war, hielt es aber nicht für nötig, ihren Enkel davon in Kenntnis zu setzen. Altersstarrsinn hin oder her, das ging entschieden zu weit.

»Also, Berti Wesseling hieß der Mann?«, fragte Sophie sicherheitshalber nach.

»Ja, sag ich doch. Eigentlich Berthold, aber so hat ihn nie jemand genannt. Na ja, seine Mutter, wenn er was ausge-fressen hatte.«

»Weißt du, was aus ihm geworden ist?«

Omma grinste. »Na, offensichtlich ein Mordopfer.«

»Och, Omma!«

36

Edgars Wagen stand in der Einfahrt der Villa, als Christina dort ankam. Er war also tatsächlich über Nacht hier gewesen. Musste eine tolle Frau sein, die er abgeschleppt hatte, wenn er gleich die ganze Nacht mit ihr verbrachte. Normalerweise fuhr er nach einem Tête-à-Tête nach Hause, damit seine Frau nichts von seinen amourösen Abenteuern mitbekam, obwohl Christina es sich kaum vorstellen konn-te, dass sie nicht zumindest eine Vermutung hegte. So vie-le Termine, die bis spät in die Nacht dauerten, konnte ein Makler gar nicht haben. Oft genug hatte sie selbst ihm ein Alibi gegeben. Wahrscheinlich glaubte Simone Bräutigam, ihr Mann habe eine Affäre mit seiner Mitarbeiterin, was Christina überhaupt nicht behagte, da es nicht der Wahr-heit entsprach. Sie befürchtete immer, Edgars Frau würde irgendwann im Büro auftauchen, um ihnen eine Szene zu machen oder sie in flagranti zu erwischen, doch bislang war es nicht geschehen. Es hätte ja auch nicht viel zu erwischen gegeben. Vielleicht war es Frau Bräutigam aber ganz einfach egal oder sie war froh, wenn Edgar sie mit seinen Gelüsten in Ruhe ließ.

Christina stellte ihren eigenen Wagen neben Edgars ab und stieg aus. Sie sammelte sich kurz und ging zur Ein-gangstür. Bevor sie klingelte, zögerte sie. Das konnte sich zu einer verdammt peinlichen Situation entwickeln. Beinahe kam sie sich selbst wie die betrogene Ehefrau vor, die ihrem Mann hinterherspionierte. Vermutlich war es besser, wenn sie einen Zettel unter der Tür durchschob und sich wieder verdrückte. Oder sie hinterließ gar keine Nachricht und tat einfach so, als wäre sie nie hier gewesen. Aber aus einem unbestimmten Grund machte sie sich inzwischen ernsthaft Sorgen um Edgar. Diese Unzuverlässigkeit passte nicht zu ihm. Außerdem war sie neugierig auf die Frau, die ihn jede Vorsicht vergessen ließ. Also gab sie sich einen Ruck und drückte auf den Klingelknopf.

Einmal.

Noch einmal.

Ein drittes Mal.

Sie hörte den melodischen Klang der Türglocke, doch drinnen regte sich nichts. Sie läutete ein weiteres Mal, bevor sie den Kopf an die Tür legte, um zu lauschen. Die Tür war nur angelehnt und gab unter dem sanften Druck nach. Es musste ziemlich stürmisch zugegangen sein letzte Nacht, wenn Edgar und seine Gespielin es im Liebestaumel nicht einmal geschafft hatten, die Tür ordentlich zu schließen.

Christina steckte den Kopf hindurch und rief erst leise, dann etwas lauter Edgars Namen. Immer noch keine Reaktion.

»Ich komme jetzt rein, ihr solltet euch lieber schnell etwas anziehen«, verkündete sie energisch und betrat das Haus.

Sie sah sich in der Eingangshalle um, die, bescheiden formuliert, ziemlich imposant war. Die Provision für den Verkauf dieses Anwesens würde ziemlich hoch ausfallen; kein Wunder, dass Edgar ihr dieses Objekt nicht überlassen hatte. Sie ging zunächst in die obere Etage, wo sie die Schlafzimmer vermutete, fand dort aber weder Edgar noch seine derzeitige Eroberung. Es gab vier Schlafzimmer, luxuriös eingerichtet, doch keins der Betten wirkte, als sei es in letzter Zeit benutzt worden. Vielleicht hatten sie es sich unten vor dem Kamin auf einem Bärenfell gemütlich gemacht. In diesem Haus gab es gewiss einen Kamin. Bei dem Bärenfell war sie sich nicht sicher.

Sie ging die Treppe wieder hinunter. Eigentlich erschien es ihr zu kalt, als dass ein Kaminfeuer in der Nacht gelodert haben konnte. Vielleicht hatte das Feuer der Leidenschaft den beiden zum Einheizen gereicht. Sie betrat das Wohnzimmer und staunte ob der Prächtigkeit des Anwesens. Der strahlend weiße Marmorboden ließ einen beinahe erblinden, die hohen Wände und Decken waren mit goldenem Stuck verziert. Es gab tatsächlich einen Kamin, und der allein war fast so groß wie ihre gesamte Wohnung. Doch sie sah weder ein ineinander verschlungenes Liebespaar, das die Welt um sich herum vergessen hatte, noch ein Bärenfell. Sie durchquerte einigermaßen ratlos den Raum, vorbei an der riesigen Fensterfront, die den Blick auf einen parkähnlichen Garten freigab, und bog nach rechts in den Essbereich ab. Der Tisch, der Platz für mindestens ein Dutzend Personen bot, war verwaist. Verdammt, Edgar musste doch hier irgendwo sein, schließlich parkte sein Wagen vor der Tür. Blieb noch die Küche. Und der Keller. Vielleicht gab es dort einen Raum für Sado-Maso-Spielchen oder Ähnliches. Vielleicht hing Edgar gefesselt in einer Liebesschaukel und konnte sich nicht rühren. Diese Vorstellung entlockte Christina ein Kichern, während sie zunächst in die Richtung marschierte, in der sie die Küche vermutete. Bevor sie sich dem Anblick von Edgar in Lack und Leder aussetzte, wollte sie erst alle anderen Möglichkeiten ausgeschlossen haben. Wahrscheinlich war es ziemlich unbequem in so einer Liebesschaukel.

Die Küche war nicht weniger eindrucksvoll als der Rest des Gebäudes, die ließe so manchen Vier-Sterne-Koch vor Neid erblassen. In der Mitte prangte das Herzstück des Raums, ein riesiger Küchenblock mit Induktionsherd, Grillplatte und einer marmornen Arbeitsfläche. Hinter dem Küchenblock blickte ein einsamer Schuh hervor. Ihr Herz setzte für einen Moment aus, als sie erkannte, dass ein Fuß darin steckte. Hatte Edgar einen Herzinfarkt erlitten? Zögernd trat sie näher heran. Sie begann zu zittern, als sie den leblosen Körper erblickte, der in halb aufrechter Position am Kühlschrank lehnte, und wünschte sich die Liebesschaukel herbei. Alles wäre besser, als das, was sie gerade vor sich sah. Das Gesicht des Mannes war aufgedunsen und beinahe lila angelaufen, ein Draht war um seinen Hals gewickelt. Einige Sekunden stand sie einfach nur da, unfähig sich zu bewegen oder auch nur zu denken. Dann kehrte das Leben mit einem gewaltigen Blitzschlag zurück in ihren Körper, und sie rannte schreiend aus dem Haus.

* * *

Marga Plenske setzte vorsichtig einen Fuß vor den anderen, als sie sich ihren Weg an den Schneehaufen vorbei zu Werners Grab bahnte. Die Wege waren mehr schlecht als recht geräumt, sie musste darauf achten, auf dem plattgewalzten, zu Eis gefrorenen Schnee nicht auszurutschen. Gestreut worden war ganz offensichtlich nicht. Kein Wunder, dachte sie und warf einen Blick in Richtung des älteren Mannes, der gerade seine Schubkarre abstellte und sich mit einem großen karierten Tuch über die Stirn wischte. Der hatte das Arbeiten nicht erfunden. Sie war häufig genug hier, um das beurteilen zu können. Meistens stand er nur herum und starrte Löcher in die Luft. Die Toten konnten sich ja nicht über ihn beschweren. Sie leider auch nicht, denn am Eingang des Friedhofs hatte man ein Schild aufgestellt, das die Besucher darauf hinwies, dass das Betreten des Geländes auf eigene Gefahr erfolgte. Wenn sie sich also langlegte, war das allein ihr Problem. Die Friedhofsverwaltung machte es sich wirklich einfach.

»Hallo Werner«, begrüßte sie das Grab ihres Mannes. »Bin ein bisschen spät dran.«

Eine Minute zu spät, um genau zu sein, aber Werner war in Bezug auf Pünktlichkeit immer äußerst pingelig gewesen.

»Die Wege sind nicht gestreut«, erklärte sie, obwohl sie wusste, dass Werner das als Entschuldigung nicht gelten lassen würde. Hätte sie halt früher losgehen müssen, wäre seine Entgegnung gewesen. Dass sie Glück gehabt hatte, überhaupt einen Bus zu erwischen, der angesichts der Wetterlage seinen Dienst nicht eingestellt hatte, hätte ihn nicht interessiert. Er hätte sich lediglich darüber mokiert, dass sie Geld für ein Busticket verschleudert hatte. Und das für eine Strecke, die sie bequem zu Fuß hätte zurücklegen können. Sie zupfte lustlos einige matschig gewordene Blätter aus den Büschen rund um den Grabstein.

»Entschuldigen Sie?«

Sie fuhr erschrocken zusammen, als sie den Mann bemerkte, der neben sie getreten war. Der faule Friedhofsmitarbeiter hatte sich auf leisen Sohlen an sie herangeschlichen. Bislang hatte er sie immer nur aus der Ferne beobachtet, in dem Glauben, sie würde es nicht bemerken. Warum sprach er sie jetzt auf einmal an? Er nahm seine speckige Kappe vom Kopf und drehte sie in seinen Händen. Dabei sah er sie schüchtern von der Seite an. Offenbar hatte er allen Mut zusammengerafft, den er irgendwie auftreiben konnte. Das rührte sie eigentümlicherweise.

»Warum machen Sie das?«, fragte er.

»Was?«, fragte sie verwirrt zurück und betrachtete die Blätter in ihrer Hand.

Er deutete mit der Kappe auf das Grab. »Na, immer mit ihm reden. Glauben Sie wirklich, er hört Sie?«

Ihre Rührung verwandelte sich von einer Sekunde zur anderen in Ärger. Sie wollte ihn empört anschnauzen, dass es ihn einen feuchten Kehricht anging, was sie tat und was nicht, hielt aber im letzten Moment nachdenklich inne. Ja, warum tat sie das eigentlich? Sie hatte Werner mehr verabscheut als sonst einen Menschen in ihrem Leben. Mehr noch als ihren Vater. Jeder andere hätte in einer Live-Performance auf sein Grab gepinkelt oder dem Friedhof nach der Beerdigung den Rücken gekehrt und sich nie wieder hier blicken lassen. Sie hatte geglaubt, es würde ihr besser gehen, wenn sie ihrem verstorbenen Mann all das an den Kopf warf, das sie zu seinen Lebzeiten nicht zu sagen gewagt hatte. Aber es ging ihr nicht besser. Im Gegenteil. An einen Toten gekettet zu sein, fühlte sich beinahe so an, als sei sie lebendig begraben. Der Ärger wich Resignation.

»Na ja«, sagte sie schließlich. »Ich hab sonst niemanden.«

Der Mann nickte verständnisvoll. »Ich auch nicht«, gab er zu.

»Sie haben doch Ihre Kollegen.«

Sie deutete mit dem Kopf vage in eine unbestimmte Richtung. Er sah sich um, konnte aber keinen seiner Kollegen entdecken.

»Ist nicht dasselbe«, sagte er dann.

»Ist Ihre Frau auch gestorben?«, fragte sie mitleidig.

Er schüttelte den Kopf. »War nie verheiratet. Totengräber ist nicht gerade ein Job, mit dem man Frauen beeindrucken kann. Aber einer muss ihn ja machen.«

Gestorben wurde immer.

»Wie lange arbeiten Sie denn schon hier?«, wollte Marga interessiert wissen.

»Über vierzig Jahre. Aber in drei Jahren ist Schluss, da geh ich in Rente.«

»Das ist aber wirklich lange«, meinte sie. »Haben Sie sich nie überlegt, was Anderes zu machen? Ich meine, ich will nicht sagen, Ihr Job sei nicht gut genug, aber Sie scheinen ihn nicht besonders gern zu machen.« Vor allem, wenn man bedachte, mit welchem Feuereifer er bei der Sache war, aber das sagte sie lieber nicht.

Er zuckte mit den Schultern. »Ich hab immer von einer eigenen Gärtnerei geträumt. Hat sich aber nie ergeben.«

»Wie schade.«

»Ja. Da hätt ich Spaß dran gehabt. Hab ich ja auch gelernt. Gärtner.«

Er verstummte und drehte die Kappe in seinen Händen. Die beiden standen einige Augenblicke schweigend nebeneinander, jeder in seine eigene Gedankenwelt versunken. Sie dachten über verpasste Chancen nach, über geplatzte Träume und das, was ihnen vom Leben geblieben war. Der Mann löste sich als Erster aus der Erstarrung und räusperte sich.

»Ich glaub, ich muss dann mal wieder«, erklärte er. »Will Sie nicht länger stören.«

Er setzte seine Kappe wieder auf, legte zum Gruß die Finger an den Schirm und wandte sich zum Gehen. Marga packte ihn am Jackenärmel und hielt ihn zurück.

»Warten Sie. Haben Sie nicht Lust … ich meine, vielleicht können wir ja mal zusammen einen Kaffee trinken gehen.«

Sie erschrak fast über ihren eigenen Mut, einen völlig

Fremden um eine Verabredung zu bitten. Noch dazu am Grab ihres Mannes. Und ausgerechnet diesen Friedhofsmitarbeiter, den sie noch vor wenigen Minuten für einen Faulpelz gehalten hatte. Aber er schien eine ebenso verlorene Seele zu sein wie sie. Und vielleicht war es jetzt endlich an der Zeit, nach vorn zu schauen. Vielleicht hatte es nur einen Anstoß gebraucht, der sie in die richtige Richtung stupste. Jemanden, der sie aus dem Dornröschenschlaf weckte. Obwohl sie ihr Dasein bislang eher als Aschenputtel gefristet hatte. Der Mann lächelte erfreut und gleichzeitig verlegen.

»Ja, gerne.«

»Wie heißen Sie eigentlich?«

Er zog sich die Kappe hastig wieder vom Kopf. »Oh Entschuldigung, wie unhöflich. Erwin heiß ich. Erwin Smolek.«

Sie hielt ihm die Hand hin. »Plenske. Margarethe. Marga.«

37

Aylin telefonierte gerade sämtliche Apotheken, Arztpraxen und Krankenhäuser Wuppertals ab, um sich nach eventuell abhandengekommenen Morphiumvorräten zu erkundigen, während Carsten in den Akten zu Friedrich Mais aktuellen Fällen blätterte. Es klopfte kurz und Paul Mattuschek steckte den Kopf zur Tür herein. Sein Grinsen war etwa so breit wie der Türrahmen. Aylin sah ihn irritiert an.

»Das macht der immer so«, erklärte Carsten, dem Aylins Blick nicht entgangen war. »Normalerweise hat er noch jemanden im Gepäck.«

»Sag deiner Omma, ich schulde ihr ein großes Stück Sahnetorte«, verkündete Mattes.

»Erstens mag meine Omma keine Sahnetorte und zweitens: Wieso solltest du ihr irgendwas schulden?«, fragte

Carsten. »Und woher kennst du meine Omma überhaupt?«

»Ich kenne sie gar nicht, aber deine Schwester.«

Mattes nickte triumphierend. Carsten stützte die Ellenbogen auf dem Tisch ab und legte sein Kinn in die Hände. Wenn Mattes eine großartige Neuigkeit zu verkünden hatte, machte er immer ein Brimborium, als sei er David Copperfield.

»Und was hat Sophie mit der Sahnetorte zu tun?«, wollte er wissen.

Mattes Copperfield trat einen Schritt beiseite und schob mit großer Geste Sophie ins Büro. Die bezaubernde Assistentin des großen Magiers. Carsten stöhnte auf.

»Was, um Himmels willen, machst du denn hier?«, wollte er wissen. Hatte Sophie etwa schon wieder vor, sich in seine Ermittlungen einzumischen? Hatte sie seit dem letzten Mal nichts dazugelernt?

»Ich kann nix dafür«, wehrte Sophie, die seine Gedanken erraten haben musste, ab. »Ich hab nur unsere Omma besucht. Ohne Hintergedanken. Wenn du dich mal bei ihr blicken lassen würdest ...« Sie ließ den Rest des Satzes ungesagt zur weiteren Interpretation im Raum stehen.

Carsten bedeutete ihr mit einer ungeduldigen Geste, fortzufahren. »Was ist denn nun mit Omma? Und der Sahnetorte?«

»Omma kannte den Professor«, platzte Sophie mit ihrer Neuigkeit heraus.

Mattes wedelte zur dramatischen Untermalung dieser Information mit ein paar Blättern, die er hinter seinem Rücken hervorzauberte. David Copperfield war ein Waisenknabe gegen seinen Kollegen.

»Und wer war dieser Professor nun?«, fragte Carsten artig, um Mattes und Sophie ihren grandiosen Auftritt nicht zu versauen.

Mattes Copperfield beschwor einen Stuhl herbei und nahm gegenüber von Carsten Platz, während seine bezaubernde Assistentin unschlüssig stehenblieb. Carsten sah ihr an, wie wenig es ihr in den Kram passte, seinem Kollegen die Show zu überlassen. Bevor Mattes loslegte, sah er noch einmal sorgfältig die Blätter in seiner Hand durch. Carsten trommelte ungeduldig mit den Fingern auf den Tisch.

»Berthold Wesseling, geboren am 25.4.1943 in Wuppertal-Barmen, wo er auch aufwuchs. Sein letzter bekannter Wohnort war in Wermelskirchen, er hat aber in Wuppertal gearbeitet. Jetzt ratet mal, wo.« Mattes' Blick wanderte erwartungsvoll von Carsten zu Aylin.

»Was weiß denn ich?«, meinte Carsten ungeduldig. Er hasste Ratespiele ebenso sehr wie zaubernde Polizisten. »An der Uni«, ließ er sich dann zu einer Antwort herab, damit sie endlich weiterkamen. Mattes würde doch nicht eher Ruhe geben.

»Falsch!« Mattes lehnte sich zufrieden in seinem Stuhl zurück und Carsten hätte ihm am liebsten eine reingehauen.

»Er war vor etlichen Jahren Richter hier am Landgericht«, stahl Sophie dem Hauptkommissar die Pointe.

Mattes bedachte sie mit einem finsteren Blick, schließlich war er derjenige, der diese Information aufgetan hatte. Sophie hatte ihm lediglich den Namen geliefert.

»Aha, und?« Carsten verstand nicht, was an dieser Nachricht so spektakulär sein sollte, abgesehen von der Frage, wie aus einem Richter ein Obdachloser wurde. Schwarze Magie, wahrscheinlich.

»Das ist alles, was dir dazu einfällt?« Mattes war enttäuscht. »Sonntagnacht wird ein ehemaliger Richter ermordet, gestern ein Staatsanwalt. Meinst du etwa, das ist Zufall?«

»Du klingst schon wie meine Schwester«, meckerte Carsten. »Die sieht auch immer und überall Zusammenhänge.«

»Dann hat sie anscheinend die bessere Spürnase in eurer Familie«, gab Mattes zurück.

»Hallo, ich bin noch im Raum«, erinnerte Sophie.

»Das ist mir nicht entgangen«, sagte Carsten. »Aber worin sollte der Zusammenhang bestehen? Immerhin gehörte Wesseling offenbar schon seit Jahren nicht mehr zu dem Verein. Wie landet man als Richter überhaupt auf der Straße?«

»Keine Ahnung«, gab Mattes zu. »Irgendwann war er einfach weg.«

»Und taucht Jahre später in Sophies Laden auf, um sich ermorden zu lassen.«

Sophie gab ein leises Stöhnen von sich.

Das Telefon klingelte. Aylin, die amüsiert dem Schlagabtausch gelauscht hatte, nahm ab und hörte einige Sekunden zu. Sie legte die Hand über die Sprechmuschel und wandte sich an ihre beiden Kollegen.

»Jungs, tut mir leid euch unterbrechen zu müssen, aber wir haben einen weiteren Mord.«

* * *

Während sich Aylin und Carsten zum Tatort des jüngsten Mordes begaben, fuhr Mattes zum Landgericht. Vielleicht ließ sich dort jemand auftreiben, der sich an Berthold Wesseling erinnerte. Es wurmte ihn gewaltig, den Mann nicht selbst erkannt zu haben, doch so gut hatte er Wesseling früher nicht gekannt. Und sich den Professor offenbar weniger genau angesehen, als es seine Pflicht als leitender Ermittler gewesen wäre.

Sophie wollte sich partout nicht abschütteln lassen, und zum ersten Mal verspürte Mattes eine Ahnung dessen, was

Kollege Kantner mit seiner Schwester durchmachte. Sie war der Ansicht, den Ermittlungen zum entscheidenden Durchbruch verholfen und sich damit das Recht erworben zu haben, weiterhin mitmischen zu dürfen. Carsten hatte Mattes, frei nach dem Motto ›Die Geister, die ich rief‹, angegrinst und war mit Aylin Öner davongeeilt. Nun hatte er also Sophie an der Backe. Nicht, dass es ihm unangenehm wäre, eine hübsche junge Frau an seiner Seite zu haben, aber wie bitte schön sollte er den Richtern und Staatsanwälten erklären, was sie hier tat?

»Sag doch einfach, ich wäre eine Praktikantin oder so«, schlug Sophie vor, als er ihr sein Dilemma vorsichtig unterbreitete, in der Hoffnung, sie hätte ein Einsehen und würde sich aus der Sache heraushalten.

Damit war der Fall für sie erledigt, und Mattes fügte sich widerwillig in sein Schicksal. Er lenkte den Wagen auf den Parkplatz vor dem Gebäude und fuhr schwungvoll in eine freie Lücke.

»Aber ich stelle die Fragen, das ist dir hoffentlich klar?«, erkundigte er sich vorsichtshalber.

»Klar«, meinte Sophie gönnerhaft. »Du bist der Boss.«

Schön wäre es, dachte er, während er, gemeinsam mit seiner bezaubernden Praktikantin, das Gebäude betrat.

»Eigentlich hatte ich ja gar nicht unrecht mit meiner Theorie, dass der Professor Geheimagent gewesen ist«, plapperte Sophie, während Mattes dem Wachtmeister seinen Dienstausweis unter die Nase hielt. »Immerhin war er ein Staatsbediensteter.«

»Von wem spricht das Mädchen?«, erkundigte sich der Wachtmeister, der ganz offensichtlich mehr Interesse an Sophie als an Mattes' Dienstausweis hatte.

»Berthold Wesseling«, antwortete das Mädchen, ehe der

Hauptkommissar es verhindern konnte. So viel zum Thema, er stellte die Fragen. Obwohl es sich in diesem Fall streng genommen um eine Antwort handelte.

»Ach, lebt der noch?«

»Deswegen sind wir hier«, erwiderte Mattes hastig, ehe Sophie dem Mann die Geschichte von Wesselings Ermordung auftischen konnte.

»Weil er noch lebt?«

»Äh, nein. Wissen Sie, wann Sie Richter Wesseling zuletzt gesehen haben?«

Der Wachtmeister blies die Luft aus seinen Wangen und starrte angestrengt an die Decke. »Oh Mann, das muss einige Jahre her sein«, meinte er schließlich. »Kann mich gar nicht mehr erinnern.«

Er schüttelte bedauernd den Kopf, bemühte sich aber sichtlich, weiter nachzudenken. Plötzlich hellte sich sein Gesicht auf.

»Doch, jetzt weiß ich's wieder«, rief er und deutete mit dem Zeigefinger in Richtung Sophie, die vorsichtig über ihre Schulter blickte, ob jemand hinter ihr stand, der dem Mann seine Eingebung übermittelt hatte. »Das war, bevor meine Frau und ich unsere Hochzeitsreise gemacht haben. Silberhochzeit, meine ich. Er hat mir gratuliert und einen schönen Urlaub gewünscht.«

»Wann war das?«, wollte Mattes wissen.

»Ja, das wird dann im August 2004 gewesen sein. Als ich zurückkam, war er nicht mehr da. Hat die Brocken hingeworfen, haben sie gesagt. Von heute auf morgen.«

»Wissen Sie, warum?«, fragte Sophie. »Au, wieso trittst du mir auf den Fuß?« Sie funkelte Mattes wütend an. Als ob er irgendeine andere Frage gestellt hätte.

Der Mann hob bedauernd die Arme. »Nee, keine Ahnung.«

»Die Gerüchteküche hat doch bestimmt gebrodelt«, mutmaßte Mattes.

»Bestimmt«, meinte der Wachtmeister. »Aber mir ist nix zu Ohren gekommen. Der Duft aus der Gerüchteküche zieht selten in meine Richtung.«

»Wer könnte uns denn da weiterhelfen?«, erkundigte sich Sophie und kassierte einen weiteren Fußtritt von Mattes.

»Da wenden Sie sich am besten an Frau Hellerkamp. Wenn jemand etwas weiß, dann sie.«

38

Aylin hielt mitfühlend Christina Schmidts Hand. Sie saßen auf einer Gartenbank auf der überdachten Terrasse des Hauses, in dem Frau Schmidt vor einer Stunde die Leiche ihres Chefs gefunden hatte. Neben der jungen Maklerin türmte sich ein Haufen gebrauchter Papiertaschentücher. Es schien Aylins Schicksal dieser Tage zu sein, heulenden Frauen Trost und Taschentücher zu spenden. Sie musste daran denken, wie sie erst vor zwei Tagen mit dem Opfer in dessen Büro gesprochen hatte. Hatte Bräutigam ihr etwas verschwiegen? Hatte er Berthold Wesseling doch besser gekannt, als er ihr gegenüber behauptet hatte? Aber was hatten ein Obdachloser und ein Immobilienmakler gemeinsam? Abgesehen von der Tatsache, dass Bräutigams Arbeitsräume in dem Viertel lagen, in dem Wesseling die letzten Jahre auf der Straße gelebt hatte. Und Friedrich Mai musste sie in der Geschichte auch noch irgendwo unterbringen.

Christina, die in der vergangenen halben Stunde eine ganze Sintflut von Tränen vergossen hatte, schien sich inzwischen so weit beruhigt zu haben, um Aylins Fragen beantworten zu können.

»Sie haben meinem Kollegen gesagt, dass Herr Bräutigam

gestern Abend in diesem Haus einen Besichtigungstermin hatte«, begann sie mit ihrer Befragung.

Die Maklerin nickte. »Das stand zumindest im Kalender«, erklärte sie. »Aber manchmal, da hat er … also, ich meine … hat er sich mit Frauen getroffen.«

Das konnte Aylin sich lebhaft vorstellen. Doch was sie vorhin in der Küche gesehen hatte, sah nicht nach einem missglückten Liebesspiel aus. Jedenfalls kein Liebesspiel, das Aylin sich bildlich vorstellen mochte.

»Was stand denn genau im Kalender?«, fragte sie.

»Nur die Uhrzeit, die Adresse und der Name des Klienten«, erwiderte Christina.

Das war doch ein Anfang. »Wie lautete der Name?«

Die junge Frau dachte einige Sekunden nach. »Hilbert«, meinte sie dann. »Nur der Nachname.«

Aylin ließ Christinas Hand los und machte sich eine Notiz in ihr Heft. Hilbert. Wenn der Name stimmte, war das eine erste heiße Spur.

»Fühlte ihr Chef sich in letzter Zeit bedroht? Hatte er vor irgendetwas oder jemandem Angst?«

Christina schniefte ein paar Mal. »Nein. Er war wie immer. Gestern habe ich ihn allerdings nicht gesehen. Es ging mir nicht so gut, wegen dem Toten in der Buchhandlung. Meinen Sie, es war derselbe Täter?«

Aylin zuckte mit den Schultern, einerseits, weil sie der Maklerin darauf keine Antwort geben durfte, andererseits, weil sie die Antwort selbst nicht kannte.

»Kannten Sie denn den Mann, also den Obdachlosen?«, fragte sie nun.

Christina nickte eifrig. »Den Professor. Klar, den kannte jeder im Luisenviertel. Er kam manchmal rein, wenn mein Chef nicht da war.« Sie senkte die Stimme zu einem verschwörerischen Flüstern. »Da darf Edgar natürlich nichts von wissen.«

Ich werde es ihm nicht verraten, dachte Aylin.

»Er war echt nett. Der Professor, meine ich. Und ziemlich klug. Wirkte gar nicht wie ein Penner.« Sie schlug die Hände vor den Mund. »Entschuldigung! Wie ein Obdachloser.«

»Hat er was über sich erzählt?«, wollte Aylin wissen.

»Nein, nie. Aber ich glaube, er hat mal ziemlichen Bockmist gebaut.«

»Inwiefern?«

»Keine Ahnung. Er sprach nur davon, er habe eine Schuld abzutragen. Aber was genau er damit meinte, wollte er mir nicht verraten.«

»Sagen Ihnen die Namen Berthold Wesseling und Friedrich Mai etwas?«

Christina schüttelte den Kopf. »Gar nichts, tut mir leid.«

»Muss es nicht. Vielleicht sehen Sie sich mal diese Fotografien an.«

Sie zeigte der jungen Frau nacheinander zwei Porträtaufnahmen von Wesseling und Mai, die sie auf ihrem Smartphone gespeichert hatte. Beide Bilder waren älteren Datums. Christina Schmidt nahm das Handy, wischte mit ihrem Zeigefinger einige Male über das Display und studierte die Fotos eingehend.

»Ich kenne die beiden nicht«, meinte sie dann.

»Wirklich nicht?« Aylin deutete auf ihr Smartphone, auf dem das Foto von Wesseling zu sehen war. »Das ist der Professor.«

»Echt jetzt?« Die Maklerin betrachtete das Bild erneut und schüttelte dann den Kopf. Sie reichte der Kommissarin das Smartphone. »Den hätte ich im Leben nicht erkannt. Wie sehr sich ein Mensch verändern kann.«

Da hatte sie wohl recht. Umso erstaunlicher, dass Kantners Großmutter den Mann identifiziert hatte, obwohl sie ihn zuletzt als Kind gesehen hatte. Offenbar nahmen alte Menschen ihre Umwelt wesentlich intensiver wahr als junge. Die Identität musste natürlich noch offiziell bestätigt werden. Doch das schien eine reine Formalität zu sein.

»Ich danke Ihnen vorerst.« Aylin reichte der Maklerin ihre Visitenkarte. »Falls Ihnen noch etwas einfällt, können Sie mich jederzeit anrufen. Soll Sie ein Kollege nach Hause bringen?«

»Nein danke, ich bin ja mit dem Wagen da«, erwiderte Christina. »Was wird denn jetzt eigentlich mit dem Büro?«

»Das weiß ich nicht. Vielleicht nehmen Sie in den nächsten Tagen Kontakt zu Frau Bräutigam auf. Sie wird ja vermutlich alles erben«, meinte Aylin.

»Ja … vermutlich.«

Ein Kollege der Spurensicherung trat zu ihnen auf die Terrasse. »Der Rechtsmediziner ist jetzt da«, verkündete er.

Aylin verabschiedete sich von Christina Schmidt, die von einem Beamten zu ihrem Auto begleitet wurde, und machte sich auf den Weg in die Küche, um Amelie Brandt zu begrüßen. Zu ihrer großen Überraschung erblickte sie statt der Ärztin einen Mann in weißer Tatortkleidung, der optisch das genaue Gegenteil von Dr. Brandt war. Er war riesig, noch größer als Carsten Kantner, und dünn wie eine Bohnenstange. Sein Gesichtsausdruck war bestenfalls als sauertöpfisch zu bezeichnen.

»Hallo«, begrüßte Aylin ihn irritiert. »KK Öner. Wo ist denn Dr. Brandt?«

»Hat sich krankgemeldet«, erwiderte der Arzt kurz angebunden.

Krank war ihr die Rechtsmedizinerin gestern nicht vorgekommen. Vermutlich litt sie unter Liebeskummer. Oder wollte es vermeiden, Paul Mattuschek in die Arme zu laufen.

»Das ist das Opfer?« Er deutete auf den Leichnam.

Wer sonst?, war die Kommissarin versucht zu sagen, nickte aber stattdessen. »Edgar Bräutigam. Seine Mitarbeiterin hat ihn gefunden.«

»Aha. Na, dann sehe ich ihn mir wohl mal an.«

»Gute Idee.«

Der Arzt ging in die Hocke und unterzog die Leiche zunächst einer optischen Prüfung.

»Und?«, wollte Aylin ungeduldig wissen.

»Tot«, erwiderte er. Pathologenhumor. »Offenbar stranguliert mit einer Garotte. Sieht aus wie selbstgebastelt.«

Er deutete auf den Draht um Bräutigams Hals, der sich tief in die Haut gegraben hatte, und an dessen Enden jeweils ein Holzstück befestigt war.

»Wie fies«, entfuhr es ihr.

Er nickte sachlich. »Ganz gewiss. Normalerweise wird einem Opfer bei der Strangulation die Halsschlagader abgedrückt, und der Tod tritt gnädigerweise rasch ein. Oder zumindest eine Ohnmacht. Bei einer Garotte wird jedoch die Luftröhre zusammengepresst, so dass das Opfer langsam und qualvoll erstickt.«

Er dozierte noch eine Weile über die Unterschiede zwischen Erhängen, Erwürgen, Strangulieren und Ersticken, doch Aylin hörte höchstens mit einem halben Ohr hin. Sie fand keine der genannten Todesarten erstrebenswert. Aber man konnte es sich nicht aussuchen. Als der Rechtsmediziner mit seinem Vortrag endlich fertig war, griff sie zu ihrem Handy, um ihren Kollegen Kantner, der auf dem Weg zu

Edgar Bräutigams Ehefrau war, über die neuen Informationen in Kenntnis zu setzen.

* * *

»Ich habe kein Interesse an einem Zeitungsabo«, erklärte Frau Bräutigam Carsten durch die geschlossene Tür.

Der Hauptkommissar hatte sich beinahe die Finger wund geklingelt, ehe die Dame des Hauses sich aufraffen konnte, ihren ungebetenen Besucher zumindest abwimmeln zu wollen. Er hielt seinen Dienstausweis vor die kleine Glasscheibe, die im oberen Bereich der Tür angebracht war und durch die ihn Frau Bräutigam gerade unfreundlich anstarrte.

»Kriminalhauptkommissar Kantner«, rief er ihr zu. »Würden Sie mich wohl einen Moment hereinlassen? Es ist wichtig.«

Der misstrauische Gesichtsausdruck wich Entsetzen, und Edgar Bräutigams Frau öffnete hastig die Tür.

»Ist etwas passiert?«, fragte sie augenblicklich. »Mit Edgar?«

Carsten senkte den Kopf, um sich einen Moment zu sammeln. Er hasste es nach wie vor, Menschen die schlechte Nachricht vom Tod eines Angehörigen zu überbringen, auch wenn er es schon so oft hatte tun müssen, dass er aufgehört hatte zu zählen. Trotzdem war ihm bislang keine Methode eingefallen, es möglichst schonend und mitfühlend über die Bühne zu bringen. Wie sollte man das auch bewerkstelligen? Dafür gab es weder ein Patentrezept noch ein Heilmittel. Man musste die Leute schonungslos mit der Wahrheit konfrontieren, den Tod konnte man nicht schönreden. Erst recht nicht im Falle eines Mordes.

»Es tut mir leid«, begann er daher, »Ihnen mitteilen zu müssen, dass Ihr Mann heute Morgen tot aufgefunden wurde.«

Simone Bräutigam wich, trotz ihrer ungewöhnlichen

294

Blässe, auch der letzte Rest Farbe aus dem Gesicht. Sie taumelte einige Schritte zurück und klammerte sich an die antike Kommode zu ihrer Rechten.

»Wie?«, hauchte sie mit piepsiger Stimme und räusperte sich. »Was ist passiert?«

Carsten nahm die Frau beim Arm und führte sie behutsam in das geräumige Wohnzimmer der alten Kaufmannsvilla, wo er sie auf die Ledercouch bugsierte. Sie deutete schwach auf einen großen Globus, der beim Fenster stand und in dessen Inneren sich, wie er feststellte, eine Bar befand. Er goss ihr einen großzügigen Whisky ein und reichte ihr das Glas. Sie trank in kleinen Schlucken. Langsam kehrte das bisschen Farbe, das sie besaß, zurück in ihr Gesicht. Ihre Wangen röteten sich leicht. Offenbar war ihr das Getränk sofort zu Kopf gestiegen. Kein Wunder, es war ja erst Mittag. Carsten setzte sich in den Sessel ihr gegenüber und berichtete, was geschehen war. Die unschönen Details ließ er aus.

»Hat es Sie nicht gewundert, als Ihr Mann letzte Nacht nicht nach Hause gekommen ist?«, wollte er anschließend wissen.

Frau Bräutigam stellte das Glas auf dem Couchtisch ab und schüttelte den Kopf. »Ich habe es gar nicht bemerkt. Wir haben getrennte Schlafzimmer, weil Edgar schnarcht. Schnarchte«, verbesserte sie sich, und ihre Augen füllten sich mit Tränen. Carsten reichte ihr ein Taschentuch. »Entschuldigen Sie. Ich bin früh zu Bett gegangen, weil ich Kopfschmerzen hatte. Als er heute Morgen nicht da war, dachte ich, er sei bereits wieder im Büro oder zu einem frühen Termin. Seine Mitarbeiterin rief an, um sich nach ihm zu erkundigen, aber ich konnte ihr nicht weiterhelfen. Ich wusste nur, dass er gestern am frühen Abend einen Besichtigungstermin hatte.« Sie wurde mit einem Mal aufgeregt.

»Hat dieser Mann ihn ermordet? Der, mit dem er den Termin hatte?«

»Hat Ihr Mann gesagt, dass es ein Mann war, mit dem er den Termin hatte?«

Bräutigams Mitarbeiterin war von einer Frau ausgegangen, allerdings in der irrigen Annahme, er sei zu einem Stelldichein verabredet. Doch eine solche Verabredung hätte er kaum im Bürokalender vermerkt.

Simone Bräutigam dachte einen Moment nach. »Ja, ich bin sicher, er sprach von einem Kunden, nicht von einer Kundin. Er hätte es mir aber kaum unter die Nase gerieben, wenn es sich um eine Frau gehandelt hätte.«

Sie bedachte Carsten mit einem Blick, der ihm verriet, dass sie über die außerehelichen Eskapaden ihres Mannes bestens Bescheid wusste.

»Hat dieser Mann nun etwas mit Edgars … Ermordung zu tun?«, fragte sie erneut.

»Zum jetzigen Zeitpunkt können wir das weder bestätigen noch ausschließen«, erwiderte Carsten wahrheitsgemäß. »Bislang haben wir nur einen Nachnamen. Hilbert. Sagt Ihnen der Name etwas?«

Wieder schüttelte sie den Kopf. »Mit dem Geschäft habe ich nichts zu tun«, sagte sie. »Ich habe diesen Namen noch nie gehört. Aber der Mann müsste doch zu finden sein.« Sie blickte ihn hoffnungsvoll an.

Wenn es denn sein richtiger Name war, was Carsten stark bezweifelte, sollte es sich bei diesem oder dieser Hilbert tatsächlich um den Täter handeln.

»Wir fahnden nach der Person«, versuchte er die Ehefrau des Opfers zu beruhigen. »Auch wenn Ihnen der Name nichts sagt, gibt es jemanden im Umfeld Ihres Mannes, der einen Grund gehabt hätte ihn zu … töten?«

Sie schluchzte auf und ihre Lippen bebten. »Nein, niemand. Ich meine, er war Immobilienmakler. Wer tötet schon einen Immobilienmakler?«

Dazu äußerte Carsten sich lieber nicht. »Und in seinem privaten Umfeld?«

»Meinen sie mich?«, fragte sie schockiert.

»Nein, natürlich nicht«, beeilte er sich zu versichern, obwohl man den Lebenspartner eines Opfers keineswegs ausschließen konnte. Im Gegenteil, normalerweise zählten sie zu den Hauptverdächtigen. Und waren in den meisten Fällen der Täter.

Sie schien halbwegs zufrieden mit seiner Antwort. »Auch da wüsste ich keinen. Er ist niemandem auf den Schlips getreten.«

»Sagen Ihnen die Namen Berthold Wesseling oder Friedrich Mai etwas?«, wollte Carsten nun wissen.

Sie kramte einige Sekunden in ihrem Gedächtnis. »Friedrich Mai. Ist das nicht der Staatsanwalt, der ermordet wurde?«

Carsten nickte. Es wäre für die Ermittlungen wesentlich einfacher, wenn die drei Morde miteinander in Zusammenhang standen. Wenigstens müssten sie dann nur nach einem Täter suchen. Und einem Motiv. Was schon kompliziert genug erschien.

Frau Bräutigam kicherte unvermittelt. »Edgar meinte, der hätte einen Stock im Arsch. Entschuldigung.«

»Ihr Mann kannte ihn?«

»Er hatte mal beruflich mit ihm zu tun«, sagte sie. »Hin und wieder hatten sie noch Kontakt.«

»Hat er ihm ein Haus verkauft?«

»Nein, vor seiner Zeit als Makler. Edgar war ursprünglich Anwalt.«

Carsten versuchte, sich seine Überraschung nicht anmerken zu lassen. Mattes schien recht zu behalten. Das konnte kein Zufall mehr sein. Ein ehemaliger Richter, ein Staatsanwalt und ein früherer Anwalt waren innerhalb weniger Tage einem Gewaltverbrechen zum Opfer gefallen. Er hoffte, diese Erkenntnis würde ihnen endlich zum Durchbruch verhelfen.

39

Mattes hatte sich mit Sophie in die Kantine der Staatsanwaltschaft zurückgezogen, da Frau Hellerkamp noch im Gerichtssaal war. Man versicherte ihnen aber, dass der erste Weg in der Mittagspause sie geradewegs in Richtung Essen führen würde. Mattes hatte seine aufgezwungene Begleitung großzügig zu einer Portion Spaghetti Bolognese eingeladen.

»Wer ist eigentlich der Tote, den man heute Morgen gefunden hat?«, fragte Sophie neugierig.

»Daffiff meheim«, nuschelte Mattes kauend.

»Häh?«

»Wie bitte heißt das«, verbesserte Mattes.

»Das sagt der Richtige. Also: Wie bitte?«

»Das. Ist. Geheim«, betonte der Hauptkommissar jedes einzelne Wort.

»Quatsch. Ich bin doch deine Praktikantin.«

»Überspann den Bogen nicht, Frollein«, drohte er scherzhaft.

Eine matronenhafte Gestalt füllte den Türrahmen und man hatte augenblicklich das Gefühl, der Raum verdunkelte sich ein wenig.

»Da ist sie«, informierte Mattes seine Praktikantin, und hob den Arm, um Frau Hellerkamp zu sich zu winken.

»Ach, der Herr Mattuschek«, dröhnte Frau Hellerkamps

Stimme quer durch den Raum, als sie ihn bemerkte. Sie tänzelte erstaunlich leichtfüßig zu ihnen. »Sie hab ich ja schon ewig nicht gesehen. Haben Sie auf mich gewartet?«

»Hab ich. Nehmen Sie Platz«, bot Mattes an.

»Kann ich mir vorher noch was zu Essen holen?«

»Sicher, sicher«, meinte der Hauptkommissar großzügig, obwohl er lieber gleich zur Sache gekommen wäre.

Frau Hellerkamp verschwand und reihte sich in die Schlange an der Essensausgabe. Sophie und Mattes warteten mehr oder weniger geduldig, bis die Justizangestellte mit einem Tablett an den Tisch zurückkehrte. Sophie räumte ihren Stuhl und setzte sich neben Mattes, damit Frau Hellerkamp ihnen gegenüber Platz nehmen konnte.

»So, da wär ich wieder«, meinte sie, falls ihre Tischnachbarn diesen Umstand nicht bemerkt haben sollten. »Was führt Sie denn zu mir?«

»Berthold Wesseling«, platzte Sophie heraus und erntete den nächsten Fußtritt von Mattes.

»Und Sie sind?«, wollte Frau Hellerkamp wissen.

»Das ist … äh«, druckste Mattes herum.

»Sophie«, stellte Sophie sich vor. »Ich bin die Praktikantin.«

Frau Hellerkamp beäugte sie neugierig. »Sind Sie nicht'n bisschen alt für eine Praktikantin?«

»Ich bin auf der Suche nach neuen Herausforderungen«, erklärte Sophie leicht beleidigt. »Und so alt bin ich nun auch wieder nicht. In der Disko fragt man mich manchmal sogar noch nach meinem Ausweis.«

»Da ist es ja auch dunkel«, konterte Frau Hellerkamp nicht eben charmant.

»Berthold Wesseling«, kam Mattes auf den Grund ihres Auftauchens zurück.

»Ja. Was ist mit dem?« Sie wickelte die Hälfte der Spaghetti auf ihre Gabel und schob sie sich in den Mund.

»Sie haben sicherlich von dem Mord an dem Obdachlosen in der Buchhandlung gehört«, begann Mattes.

Sie nickte und schluckte. »Sicher, wer hat das nicht? Hat Wesseling ihn etwa getötet?« Die nächste Ladung Spaghetti folgte.

»Nein, er war der Obdachlose«, erklärte Sophie. Fußtritt.

Frau Hellerkamp klappte die Kinnlade herunter und gab den Blick auf halb zerkaute Nudeln frei. »Sagen Sie bloß. Das gibts ja nicht.«

»Wieso sind Sie der Meinung, Wesseling könnte einen Obdachlosen getötet haben?«, fragte Mattes.

Sie legte ihre Gabel beiseite und griff nach dem Dessertlöffel, um ihren Pudding zu inhalieren. »Ich bin doch gar nicht der Meinung. Sie kommen hierher, erkundigen sich nach Wesseling und sagen, jemand sei ermordet worden. Kann ich ja nicht ahnen, dass er das Opfer war. Wundert mich ohnehin, dass der nicht schon längst tot war.«

»Warum?«

»Na, weil er vor einigen Jahren von heute auf morgen verschwunden ist. Ich dachte immer, er habe Selbstmord begangen. Sich von der Berliner Brücke gestürzt oder so. Obwohl, dann hätte man ja eine Leiche gefunden.«

»Weshalb hätte er sich umbringen sollen?« fragte Mattes.

Sie zuckte mit den Schultern. »Na ja, weil man ihn doch damals quasi rausgeschmissen hat. Also, zumindest hat ihm ein Disziplinarverfahren gedroht.«

»Das müssen Sie mir näher erklären«, sagte Mattes gespannt.

Sie beugte sich vertraulich über den Tisch. »Jemand hatte ihn angeschwärzt. Wegen seiner Trinkerei. Hat behauptet, er würde besoffen im Gerichtssaal sitzen.«

»Wer hat ihn angeschwärzt?«

»Soweit ich weiß, war es ein anonymer Hinweis.«

»Und, war etwas dran an dem Vorwurf?«

Sie seufzte. »Leider ja. Er roch schon manchmal verdächtig nach Alkohol. Ich hab ihn da mal dezent drauf hingewiesen, aber ... na ja, geändert hat sich nichts.«

»Weshalb hat er denn getrunken?«, erkundigte sich Sophie.

»Keine Ahnung, da fragen Sie am besten Friedrich ... ach Gott, das geht ja gar nicht, der ist ja auch tot.« Frau Hellerkamp rang betrübt die Hände.

»Friedrich Mai?«, hakte Mattes nach. »Waren die beiden miteinander befreundet?«

Frau Hellerkamp wiegte unschlüssig den Kopf hin und her. »Zumindest haben sie sich gut verstanden. Mit Mai befreundet zu sein, war ziemlich schwierig, glaube ich. Der hatte fast ausschließlich seine Arbeit im Kopf. Damals wenigstens. Nach dem Tod seiner Frau hat sich das geändert. Da hatte er gar nichts mehr im Kopf.«

»Mhm«, meinte Mattes. Carsten hatte ihm von der Geschichte bereits erzählt. »Können Sie sich an Fälle erinnern, an denen beide gearbeitet haben?«

»Puh, das sind wahrscheinlich ganz schön viele«, erwiderte sie. »Die zwei haben gern zusammengearbeitet. Und waren beide ganz schön lange hier. Da werden Sie sich durch ziemlich viele Akten wühlen müssen. Ist es denn wirklich sicher, dass dieser Obdachlose Wesseling war?«

»Ja, schon«, sagte Mattes ausweichend. »Vielleicht sehen Sie sich mal dieses Foto an.«

Er reichte Frau Hellerkamp verstohlen ein Foto des Professors, das vor der Autopsie aufgenommen worden war, über den Tisch. Sie setzte eine goldgerandete Brille auf und studierte es mehrere Minuten lang. Dann setzte sie die Brille wieder ab, schob das Bild ein wenig von sich und lehnte sich in ihrem Stuhl zurück.

»Er ist es«, sagte sie und leichtes Bedauern schwang in ihrer Stimme mit. »Wenn man sich den Bart und die wirren Haare wegdenkt.«

»Das dachte ich auch«, bestätigte Mattes. »Zur Sicherheit werden wir noch die Fingerabdrücke und die DNA abgleichen. Verwandte hatte der Mann nicht?«

»Nein. Er war nie verheiratet. Seine Eltern sind schon lange tot und Geschwister hatte er auch keine.«

»Deine Hose vibriert«, informierte Sophie und deutete auf Mattes' Körpermitte.

»Wo du so hinguckst«, grinste Mattes und zog sein Handy aus der Hosentasche. »Entschuldigt mich einen Augenblick.«

Er stand auf und entfernte sich einige Meter von den beiden Damen, um den Anruf entgegenzunehmen.

»Sagen Sie mal«, meinte Frau Hellerkamp und unterzog Sophie einer weiteren optischen Überprüfung. »Sind Sie zufällig mit Hauptkommissar Kantner verwandt?«

»Ich?«, fragte Sophie mit einem Anflug von Panik. »Nö. Wieso?«

»Sie sehen ihm irgendwie ähnlich.« Frau Hellerkamp kniff ein Auge zu und musterte ihr Gegenüber von oben bis unten.

Man hatte Sophie schon vieles nachgesagt. Sie ähnele einem kleinen Äffchen, ihrer Mutter, ihrem Vater, Omma Lotte, Audrey Hepburn, Belle aus ›Die Schöne und das Biest‹. Ihr Bruder war in dieser Aufzählung niemals erwähnt worden. Im Gegenteil, die meisten Leute behaupteten, einer

von ihnen müsse adoptiert worden sein. Allein der Größen-
unterschied von fast einem halben Meter ließ die beiden
Geschwister wie schlecht zusammengestellte Schauspieler
einer Sitcom erscheinen. Offenbar sah Frau Hellerkamp etwas an ihnen, das nie zuvor jemandem aufgefallen war.

Mattes kehrte zurück und rettete Sophie gerade noch
rechtzeitig vor der Enttarnung.

»Edgar Bräutigam«, sagte er.

Frau Hellerkamp stemmte die Hände in die Hüften. »Jetzt
sagen Sie nicht, der wurde auch ermordet.«

»Doch. Sage ich.«

»Echt?«, fragte Sophie erschrocken. »Das ist doch der Immobilienmakler. Mit dem hab ich gestern erst gesprochen.
Er ist der Tote von heute Morgen?«

»Wenn du mit Friedrich Mai vor dessen Tod ebenfalls ein
Pläuschchen gehalten hast, werde ich dich auf der Stelle
verhaften«, brummte Mattes.

»Nö, den kannte ich nicht«, beeilte sie sich zu versichern.

»Dein Glück. Also, wie ich sehe, sagt Ihnen der Name etwas«, wandte er sich wieder an Frau Hellerkamp.

»Sicher«, sagte sie. »Aber nicht, dass Sie mich jetzt deswegen verhaften.«

»Nein, keine Sorge. Wie ich gerade erfahren habe, war
Bräutigam vor seiner Maklerkarriere als Anwalt tätig.«

»Ich weiß. Allerdings nicht sehr lange. Und auch nicht
sehr erfolgreich, wenn ich das mal so sagen darf. Hatte kein
großes Interesse an seinen Mandanten. Dementsprechend
schlecht vorbereitet war er auch vor Gericht. Immobilienmakler ist er jetzt also?«

»Jetzt nicht mehr«, stellte Mattes klar. »Kannte Bräutigam
die beiden anderen Opfer?«

»Wird er wohl. Hier kennt jeder jeden.«

»Aber niemand hat Berthold Wesseling in dem Fernseh-bericht wiedererkannt«, warf Sophie ein. Das musste auch mal gesagt werden.

»Offenbar nicht«, gab Frau Hellerkamp zu. »Bei Obdach-losen schaut man wohl nicht so genau hin. Ist leider so.«

»Es sei denn, sie werden ermordet«, meinte Sophie grim-mig.

»Anscheinend nicht mal dann.«

»Haben die drei mal einen gemeinsamen Fall gehabt?«, fragte Mattes. »Wesseling, Mai und Bräutigam?«

»Also da muss ich nicht lange nachdenken«, erwiderte Frau Hellerkamp triumphierend. »Da Bräutigam, wie ge-sagt, nicht sehr lange dabei war, gab es tatsächlich nur einen Fall. Und der war ziemlich spektakulär.«

* * *

»Muss das wirklich sein?«, fragte Christina Schmidt und trat unbehaglich von einem Bein auf das andere.

»Sie wollen doch auch wissen, wer Ihren Boss getötet hat«, entgegnete Aylin.

»Ja, sicher. Aber er wurde schließlich nicht hier ermordet. Wozu müssen Sie dann das Büro durchsuchen?«

»Vielleicht findet sich irgendwo hier ein Hinweis, der auf den Täter hindeutet«, erklärte Aylin freundlich.

Sie konnte die junge Frau verstehen. Ihr wäre es auch nicht recht, wenn man ihres und Kantners Büro durchwüh-len würde. Aber es handelte sich nun einmal um eine Mord-untersuchung, da konnte man auf Einzelschicksale keine Rücksicht nehmen. Aylin war mit einigen Kollegen der Spurensicherung und einem Durchsuchungsbeschluss zu Bräutigams Geschäftsräumen in die Friedrich-Ebert-Straße gefahren. Sie schloss die Ladentür und ließ sämtliche Jalousien an den Fenstern herunter. Christina stand mitten im Raum und zupfte nervös an ihrem zu kurz geratenen Rock herum. *Dadurch wird er auch nicht länger,* dachte die Kommissarin und fröstelte allein schon beim Anblick.

»Das ist mein PC«, rief die Maklerin plötzlich, lief zu ihrem Schreibtisch und stürzte sich quer darüber, um den Beamten davon abzuhalten, ihren Computertower einzupacken.

Der Anblick ihres Stringtangas, der mehr preisgab als verhüllte, veranlasste einige von Aylins Kollegen, sich gegenseitig anzustoßen, um einander auf die verlockenden Einblicke aufmerksam zu machen. Aylin konnte sich lebhaft vorstellen, was die junge Frau bei ihrem Boss mit Auftritten dieser Art ausgelöst hatte. Und dass es Auftritte dieser Art gegeben hatte, bezweifelte sie keine Sekunde. Ob die beiden mehr miteinander verband als nur die berufliche Zusammenarbeit?

»Tut mir leid, wir haben Anweisung, alles, was von Relevanz sein kann, mitzunehmen«, erklärte der Beamte ungerührt und kabelte den Computer ab.

»Aber da sind private Dokumente von mir drauf«, warf die junge Frau ein, richtete sich zum Bedauern der männlichen Beamten im Raum wieder auf und fummelte ihren Rock zurecht. Panik schwang in ihrer Stimme mit.

Aylin hoffte, Christina hatte keine Sexvideos auf ihrem Bürocomputer gespeichert, konnte die Möglichkeit aber nicht ausschließen. Ihren Kollegen sah sie an, dass sie denselben Gedanken hegten und sich schon auf die Auswertung freuten.

»Keine Sorge, es wird alles vertraulich behandelt«, versicherte sie. »Aber leider ist es unumgänglich.«

»Na schön.« Christina verschränkte die Arme vor der Brust und zog einen Schmollmund.

»Huch, was haben wir denn da?«, rief ein Beamter, der sich die sanitären Räumlichkeiten vorgenommen hatte.

Er kehrte in den Büroraum zurück und schwenkte dabei eine durchsichtige, prall gefüllte Tüte.

»Was ist das?«, fragte Christina überrascht.

Der Polizist hielt sich die Tüte vor die Nase und meinte: »Sieht mir schwer nach Ecstasy und Crystal Meth aus«, vermutete er. »War im Spülkasten der Toilette. Das übliche Versteck.«

»Gehört das Ihnen?«, wollte Aylin wissen.

»Mir? Nein, bestimmt nicht.« Christina Schmidt schüttelte energisch den Kopf. »Ich rühr so'n Zeug nicht an.«

Aylin glaubte ihr. »Und ihr Boss?«

»Edgar?« Wieder schüttelte sie den Kopf. »Kann ich mir kaum vorstellen. Jedenfalls ist mir nie etwas aufgefallen. Also Viagra könnt ich mir ja denken, aber das?« Sie deutete auf den Beutel.

Aylin dachte nach. Auch sie hatte am Montag nichts bemerkt, was darauf schließen ließ, dass Bräutigam Drogen nahm. Was nichts heißen musste, wenn der Mann sich und seinen Konsum unter Kontrolle hatte. Der Menge nach zu urteilen, die sich in dem Beutel befand, handelte es sich hierbei aber schwerlich um Eigenbedarf. Und wie es der Zufall wollte, kannte sie jemanden, der in dieser Gegend mit Rauschmitteln dealte.

»Kennen Sie einen Kevin Müller? Er nennt sich auch Freddie«, wandte sie sich an Christina.

Die Maklerin ließ den Namen durch ihr Gedächtnis laufen. »Nein, sagt mir nichts. Wer soll das sein?«

Aylin zog das Smartphone aus der Innentasche ihrer Jacke

und zeigte Christina ein Bild des jungen Mannes, das sie aus Freddies Akte abfotografiert hatte.

»Ja, doch, der kommt mir bekannt vor«, meinte die junge Frau spontan.

Aylins Herz machte einen Satz. »Wirklich?«

»Ja, der lungerte hier häufiger herum. Edgar hat ihn ein paar Mal verjagt.«

»Hatten Sie den Eindruck, dass sie einander kannten?«

Christina zuckte mit den Schultern. »Schwer zu sagen. Edgar wirkte immer genervt, wenn dieser Kerl mal wieder durchs Fenster glotzte. Aber er ist bei solchen Typen immer schnell auf Hundertachtzig. Einmal haben die beiden draußen diskutiert. Ich hab noch gedacht, gleich haut Edgar ihm eine rein, aber dann hat er sein Portemonnaie gezückt und ihm Geld in die Hand gedrückt.«

Interessante Entwicklung, fand Aylin. Das war schon das dritte Mordopfer, das in irgendeiner Weise mit Freddie in Verbindung stand. War Bräutigam ein Kunde des jungen Mannes? Oder betrieb der Makler nebenher noch einen schwunghaften Drogenhandel und Freddie war einer seiner Mitarbeiter?

40

Als Freddie die Menschentraube rund um das Maklerbüro bemerkte, war sein erster Impuls, den sofortigen Rückzug anzutreten. Doch die Pillen, die er vor einigen Stunden eingeworfen hatte, verliehen ihm neuen Mut und setzten das logische Denken außer Gefecht. Wenigstens zum Teil, denn er musste nach wie vor auf der Hut sein. Trotzdem wollte er wissen, was der Auflauf zu bedeuten hatte. Unter den Schaulustigen entdeckte er ein bekanntes Gesicht. Keins, das er mochte, aber der Mann würde einem wie ihm vermutlich noch am ehesten Auskunft geben.

»Was ist los?«, fragte er und bemühte sich, seiner Stimme einen festen, nicht allzu Drogen geschwängerten Klang zu verleihen.

Gernot sah ihn von der Seite an. »Du?«, fragte der Obdachlose erstaunt. »Die suchen dich.« Er zeigte auf den Einsatzwagen, der vor dem Gebäude parkte.

»Ich weiß«, sagte Freddie leichthin. »Ich hab mich schon bei denen gemeldet.«

»Und die haben dich wieder laufenlassen?«, fragte Gernot zweifelnd.

»Jepp!«, log Freddie.

Besser der Penner glaubte, er habe bereits mit der Polizei gesprochen. Anderenfalls war er nicht sicher, ob Gernot ihn nicht festhalten und den Bullen ausliefern würde. Wenigstens wusste er jetzt, wer ihn verpfiffen hatte.

»Also, was ist los?«, fragte er noch einmal.

»Ich glaub, die haben den Besitzer von dem Laden abgemurkst«, erwiderte Gernot und bedachte Freddie wieder mit einem misstrauischen Seitenblick. »Den kanntest du doch auch, oder?«

Freddie schluckte. Er hatte Eddie besser gekannt, als ihm lieb war. Und bestimmt besser, als Eddie selbst lieb war. Gewesen war. Freddie konnte kaum fassen, dass der Mann wirklich tot war. Wie oft hatte er sich gewünscht, es wäre so. Sich vorgestellt, ihm eigenhändig das selbstgefällige Grinsen aus der Visage zu prügeln. Und jetzt, da sein Wunsch tatsächlich in Erfüllung gegangen war, fühlte er nichts als eine seltsame Leere. Keine Erleichterung, keine Genugtuung, einfach – gar nichts.

»Hat man ihn in seinem Laden … abgemurkst?«, fragte er, als er die Sprache wiedergefunden hatte.

»Weiß nich. Glaub nich. Sonst hätte das Mädchen mit den kurzen Röcken bestimmt gekreischt. Die is kurz vor denen reingegangen.«

Die geile Christina. Die Hauptdarstellerin in Freddies feuchten Träumen. Bestimmt war Eddie, der alte Bock, schon über sie drüber gerutscht. Der ließ nichts aus, was nicht bei drei auf den Bäumen war. Aber warum wurden die Büroräume durchsucht, wenn er dort nicht umgekommen war? Gehörte das zur Routine? Oder hatten die Bullen einen Verdacht, dem sie nachgehen wollten? Freddie wusste, was sie dort finden würden. Adieu, du schönes Geld. Hätte er den Beutel doch einfach behalten, anstatt ihn am Montag kopflos auf Eddies Klo zu deponieren. War sowieso eine schwachsinnige Idee gewesen, mit einem Sack voller Drogen quer durchs Luisenviertel zu stiefeln, wo ihn jederzeit eine Streife hätte hopps nehmen können. In seiner eigenen Behausung wäre der Stoff wesentlich sicherer aufbewahrt gewesen. Dort gab es so viele Verstecke, da wäre der Beutel niemals entdeckt worden. Und er wäre jederzeit rangekommen. Jetzt würde das ganze schöne Dope in der Asservatenkammer der Polizei vergammeln. Oder die Bullen vertickten das Zeug selbst. Und er hatte wieder einmal das Nachsehen. Er war völlig abgebrannt. Kretsche hatte ihm die letzten Kröten, die er noch besaß, abgeknöpft. Zu seinem Boss konnte er nicht gehen. Der würde erst Kohle sehen wollen, bevor es neue Ware gab. Kohle, die Freddie nicht hatte. Dank seiner eigenen Dummheit. Wäre er nur am Montag nicht so panisch darauf bedacht gewesen, das Zeug loszuwerden.

»Mann, Mann, erst wird der Professor erstochen, jetzt dieser Immobilienheini. Wenn das so weitergeht, werde ich mir ein neues Plätzchen suchen«, murmelte Gernot.

Stimmt, der Professor, fiel Freddie wieder ein. Den hatte er glatt verdrängt. Kein Wunder, hatte er doch in den letzten Tagen andere Sorgen gehabt. Aber der Alte war der Grund, weshalb er die Bullen am Hals hatte. Wenn sie ihn darüber hinaus mit Eddie in Zusammenhang brachten, würde er nicht mehr mit einer Bewährungsstrafe davonkommen. Er schlenderte, betont lässig, die Straße hinunter in Richtung Buchhandlung. Besser er machte sich langsam aus dem Staub, ehe die Bullen auf ihn aufmerksam wurden und ihn einkassierten.

Bei der Mördergrube angekommen, verlangsamten sich seine Schritte. Vor dem Schaufenster lagen Blumen und Stofftiere, ein paar Grablichter flackerten tapfer gegen den Wind an. Die Tür war mit einem polizeilichen Siegel versehen, das den Zutritt untersagte. Freddie warf einen Blick durch das Schaufenster. Das letzte Mal war er Sonntagabend hier gewesen und hatte, genau wie jetzt, hereingeschaut. Falsch, er war später wieder zurückgekehrt. Er kniff die Augen zusammen, um sich die Szene ins Gedächtnis zu rufen. Es war wie so häufig, die Erinnerungen kehrten mit einem Donnerschlag wieder und katapultierten einen geradewegs zurück in das Erlebte. Als wäre man noch einmal live dabei. Flashback nannte man das, glaubte er. Meistens traten sie dann auf, wenn man es am wenigsten gebrauchen konnte. Diesmal jedoch schienen sie ein wahrer Glücksfall zu sein. Einer, der ihm zu viel Kohle verhelfen würde.

* * *

Marga stand in ihrem Schlafzimmer und betrachtete sich selbst im Spiegel. Der Besuch beim Friseur hatte sich gelohnt. Was sie erblickte, war nicht mehr die alte, verhärmte Frau mit strähnig-grauem Fusselhaar, die wie eine verschrumpelte Schildkröte in einem aus der Mode gekommenen Panzer aussah. Sie hatte sich einen flotten Kurhaarschnitt verpassen lassen, der ihre hohen Wangenknochen betonte. Das behauptete zumindest Jérôme, der Friseur. Er hatte sich ihr mit einer Begeisterung gewidmet, als sei sie Kandidatin in einer dieser Vorher-Nachher-Sendungen. Sogar geschminkt hatte er sie, ohne dafür etwas zu berechnen. Das Ergebnis konnte sich sehen lassen. Sie sah beinahe zehn Jahre jünger aus. Und fühlte sich glatt zwanzig Jahre jünger.

Bislang hatte sie sich nie Gedanken um ihr äußeres Erscheinungsbild gemacht. Wozu auch? Werner interessierte sich nicht dafür, wie sie herumlief, Hauptsache, sie tat, was er von ihr verlangte. Ob sie es als Schildkröte tat oder als Marilyn Monroe, war ihm egal. Für Eitelkeiten war in ihrem Leben kein Platz. Doch seit der Begegnung mit Erwin heute Vormittag hatte sich ihre Sicht auf sich selbst ein wenig verschoben. Sie spürte, dass sein Interesse an ihr über ein harmloses Geplänkel am Grab hinausging. Und auch wenn es ihr auf eine Art schmeichelte, die sie so noch nicht kannte, verunsicherte es sie gleichzeitig. Was fand er an ihr? Was sah er, das sie nicht sah?

Marga war nie schön gewesen, hatte nie viele Verehrer gehabt. Deshalb hatte sie ja den Erstbesten genommen, der ihr den Hof machte. Aus heutiger Sicht war ihr klar, dass Werner nur eine billige und vor allem willige Putzkraft gesucht hatte, an der er als Bonus auch noch seine Launen auslassen konnte. Ein verhuschtes kleines Mädchen, das sich nicht wehren würde. Er hätte eine bessere Partie machen können als sie, denn er war in jungen Jahren stattlich gewesen und konnte durchaus charmant sein, wenn es seinen Zwecken dienlich war. Doch mit einer selbstbewussten

Frau konnte er nichts anfangen, er brauchte jemanden, den er kleinhalten konnte. Jemanden wie sie, der ihm das Gefühl der Allmacht gab. Das perfekte Opfer. Dabei war Werner selbst nicht mehr als ein armes Würstchen. Stark fühlte er sich nur, wenn er sich an Schwächeren vergreifen konnte. Sich mit seinesgleichen anzulegen, hätte er nie gewagt. Hätte sie bloß früher erkannt, was für ein armseliger Wurm er im Grunde genommen war.

Sie öffnete die Türen ihres Kleiderschranks und betrachtete die Kleidungsstücke, die dort ordentlich aufgereiht hingen. Praktisch waren sie, ja, und bequem auch, aber schön? Auf so etwas hatte sie beim Kauf nie geachtet. Billig mussten sie vor allem sein, Werner duldete keine unnötigen Ausgaben, selbst nicht zu Zeiten, da er gut verdient hatte. Ein weiteres Attribut, das die Kleidung, die sie trug, erfüllen musste, waren lange Ärmel. Damit man die blauen Flecken nicht sah. Marga konnte sich an keine Zeit ihres Lebens erinnern, zu der sie ohne blaue Flecke war. Erst war es ihr Vater gewesen, der sie geschlagen hatte, später Werner.

Sie hatte sich mit gerade mal achtzehn in die Ehe mit einem zehn Jahre älteren Mann geflüchtet, in der Hoffnung, ihrem brutalen Vater dadurch zu entkommen. Entkommen war sie ihm zwar, aber Werner war nicht weniger grausam. Doch sie war derartige Übergriffe gewöhnt, also nahm sie es stumm hin, vom Regen in die Traufe geraten zu sein. Vermutlich hatte sie nichts Besseres verdient. Jeder bekam, was er verdiente.

Allmählich erkannte sie, dass nicht Werner oder ihr Vater, sondern sie selbst jahrelang ihr größter Feind gewesen war. Niemals hatte sie sich zur Wehr gesetzt, weder gegen ihren Vater noch gegen ihren Mann. Stets hatte sie sich eingeredet, alles geschehe nur zu ihrem Besten oder sie selbst trage

Schuld an dem, was ihr widerfuhr. Und so war sie langsam aber sicher zu einem Schatten geworden. Nun, da Werner, ihr ärgster Peiniger, selbst ins Reich der Schatten gegangen war, sehnte sie sich nach der Welt der Lebenden. Eine Welt, die sie bisher nie betreten hatte. Aber jetzt wollte sie sie kennenlernen, sie ergründen und genießen. Sie verdiente etwas Glück im Leben.

Entschlossen warf sie die Türen des Kleiderschranks zu. Ihr Schattendasein war vorbei. Nach und nach würde sie die Lumpen, die sie bislang trug, durch neue, schickere Kleidung ersetzen. Bunt sollte ihre Garderobe sein. Und Hosen wollte sie tragen, nie wieder kratzige Wollröcke. Am liebsten hätte sie all ihre Klamotten von der Kleiderstange gerissen, in einen blauen Müllsack gestopft und zum Altkleidercontainer getragen. Doch leider besaß sie nicht genug Geld, um alles auf einmal zu ersetzen. Sie würde sich gedulden müssen. Auch nicht schlimm, so hatte sie etwas, auf das sie sich freuen konnte. Und ein ausgedehnter Stadtbummel würde sie ohnehin überfordern. Sie hatte sich schon am Nachmittag kaum für die Hose mit dem Blumenmuster und den farblich dazu passenden Pullover entscheiden können, obwohl die Verkäuferin sich wirklich viel Mühe gegeben hatte. Hoffentlich erkannte Erwin sie überhaupt in ihrem neuen Ich.

Sie hatten sich für den Abend in seiner Stammkneipe verabredet, nachdem sie festgestellt hatten, dass sie beide nicht weit voneinander entfernt in der Nähe des Friedhofs wohnten. Marga war aufgeregt und gespannt. Sie war noch nie in einer Kneipe gewesen. Selbst ihre Hochzeit wurde im kleinen Kreis in der engen Wohnung ihrer Schwiegereltern gefeiert. Nur nicht unnötig Geld verschleudern für überflüssige Dinge wie eine Hochzeitsfeier.

Während sie ihre neuen Errungenschaften anzog, überfiel Marga mit einem Mal die Angst vor der eigenen Courage. Nach Jahrzehnten in Gefangenschaft konnte sie endlich tun und lassen, was sie wollte. Wollte sie sich da gleich in die nächste Abhängigkeit stürzen? Mit diesem Erwin? Sie kannte ihn kaum, vielleicht war er genauso ein Despot wie ihr Vater und Werner. Vom Regen in die Traufe in die … was kam nach der Traufe? Das Fegefeuer? Nein, dahin wollte sie nicht. Sie wollte das Leben endlich auskosten. Das bisschen, das ihr noch blieb. Und sie wollte geliebt werden; einen Menschen finden, der zu ihr hielt und sie gut behandelte. Es konnten doch nicht alle Männer auf der Welt schlecht sein.

41

Carsten saß mit Aylin, Mattes und Sophie in einem kleinen Konferenzraum und fragte sich gerade, wer die grandiose Idee gehabt hatte, seine Schwester zu dieser Besprechung einzuladen.

»Ich finde, Sophie hat manchmal wirklich brauchbare Ideen«, verkündete Mattes. »Und wir können eine weitere Spürnase in diesem Fall gut gebrauchen.«

Schön, dann wäre diese Frage also auch geklärt. Die Wuppertaler Kripo kam ohne den geschätzten Rat von Sophie Liebermann nicht mehr aus. Demnächst bekam sie womöglich noch ein Beratungshonorar. Oder gleich eine Polizeimarke. Carsten lehnte sich in seinem Stuhl zurück, streckte die Beine unter dem Tisch aus und verschränkte die Hände hinter seinem Kopf. Aylin berichtete, was die Durchsuchung von Bräutigams Büroräumen gebracht hatte.

»Die Schlinge um Freddies Hals scheint sich immer weiter zuzuziehen«, räumte Carsten ein.

»Erinnern Sie mich bloß nicht an Schlingen um Hälse«, stöhnte Aylin.

»Entschuldigung, der Kommentar war unpassend«, gab er zu.

»Hast du Bräutigams Frau Freddies Bild gezeigt?«, fragte Mattes.

Carsten nickte. »Sie hat ihn noch nie gesehen, sagt sie. Und der Name sagte ihr auch nichts. Weder Freddie noch Kevin Müller.«

»Glaubst du ihr?«

»Eigentlich schon. Ich würde meiner Frau auch nichts von meiner Beziehung zu einem Drogendealer erzählen. Die Durchsuchung von Bräutigams Privathaus ist im Gang. Bislang ohne Resultate. Ich hoffe, wir werden nicht noch sämtliche Objekte in seinem Bestand durchforsten müssen.«

»Aber mit dem Fall, von dem Frau Hellerkamp Mattes und mir erzählt hat, kann dieser Freddie nichts zu tun haben«, merkte Sophie an. »Dazu ist er zu jung.«

»Dann erzähl doch mal«, meinte Carsten und sah dabei demonstrativ Mattes an. »Du hast es am Telefon ja richtig spannend gemacht.«

»Also«, begann Mattes und dehnte das Wort, so weit es möglich war, um die Spannung ins Unermessliche zu steigern, »vor etwa siebzehn Jahren wurde einer Krankenschwester der Prozess gemacht. Sie war angeklagt, mindestens drei Patienten der privaten Krebsklinik, in der sie arbeitete, mit einer Überdosis Morphium ins Jenseits befördert zu haben. Wahrscheinlich lag die Zahl der Opfer wesentlich höher, doch das ließ sich im Nachhinein nicht mehr feststellen.«

»Morphium!«, meinte Aylin, die an Friedrich Mai denken musste.

»Morphium«, bestätigte Mattes um des Effekts willen.

»Staatsanwalt in diesem Fall war unser Opfer Friedrich Mai.« Bedeutungsschwangere Pause.

»Der Richter war Berthold Wesseling, uns bekannt als Professor, und der Anwalt der Krankenschwester war der heutige Immobilienmakler Edgar Bräutigam«, vollendete Sophie Mattes' Rede, damit sie endlich vorankamen. »Und wehe, du trittst mich wieder.«

Mattes seufzte. »Richtig. Die Frau wurde zu lebenslanger Haft verurteilt.«

»Was in unserem System bedeutet, dass sie bei guter Führung nach spätestens fünfzehn Jahren wieder auf freiem Fuß ist«, warf Carsten ein.

»Ja, aber Frau Hellerkamp glaubt, gehört zu haben, dass die Frau im Gefängnis Selbstmord begangen hat. Kurz nach der Urteilsverkündung.«

»Ich erinnere mich an den Fall«, meinte Aylin nun.

»Sie waren doch damals noch ein Baby«, meinte Mattes.

Sie lächelte. »Nicht ganz. Ich war fünfzehn. Jahre, nicht Monate. Nein, es hat in den Medien ziemlich hohe Wellen geschlagen, und es gab eine heftige Diskussion über Sterbehilfe. Viele fanden das Urteil ungerecht, weil sie der Meinung waren, die Krankenschwester hätte den Patienten nur Leid ersparen wollen. Wir haben das im Religionsunterricht diskutiert.«

»Sie haben am Religionsunterricht in der Schule teilgenommen?«, fragte Carsten überrascht.

»Warum denn nicht? Ich war ein vielseitig interessiertes Kind. Außerdem glauben wir eh alle an denselben Gott.«

»Ja, dann hätten wir das jetzt auch geklärt. Zurück zum Fall«, forderte Mattes die Anwesenden auf.

»Hatte die Krankenschwester einen Namen?«, erkundigte sich Carsten.

»Wird sie wohl. Leider konnte sich Frau Hellerkamp ausgerechnet an den nicht erinnern. Ein Kollege hat während
des Prozesses Protokoll geführt. Der ist aber mittlerweile in
Rente und lebt auf Ibiza.«

»Oder Mallorca«, warf Sophie ein. »Das wusste Frau Hellerkamp auch nicht mehr.«

»Ja. Danke für die überaus wichtige Info. Immerhin erinnerte sie sich noch an den leitenden Ermittler der Kripo.
Hartmut Kunze.«

»Sagt mir nichts«, meinte Carsten.

»Das war vor deiner Zeit, du Küken. Der ist schon lange in
Pension. Und davor war er viele Monate beurlaubt.«

»Hat er was angestellt?«

Mattes schüttelte den Kopf. »Nein, seine Frau war schwer
krank. Ich glaube, er hat sie gepflegt. Nachdem sie gestorben
war, hat er sich dann pensionieren lassen.«

»Lebt er noch?«

»Ich glaube ja. Hab jedenfalls nichts Gegenteiliges gehört.«

»Meinst du, wir sollten ihn unter Polizeischutz stellen?«,
fragte Carsten.

»Du meinst, jemand will sich wegen der Geschichte von
damals rächen und tötet alle, die mit dem Fall betraut waren?«, fragte Sophie.

Carsten zuckte unschlüssig mit den Schultern. »Kann
doch sein.«

»Aber was hat derjenige davon?«, wollte sie wissen.
»Nach all den Jahren.«

»Du bist doch sonst diejenige mit den abstrusen Theorien«, erinnerte Carsten sie. »Vielleicht ist es ein Angehöriger eines Patienten, dem das Urteil zu milde erschien.«

»Und noch mal: Nach all den Jahren? Außerdem ist die

Krankenschwester lange tot.«

»Vielleicht ist es ein Angehöriger der Krankenschwester«, schlug Aylin vor. »Dem das Urteil zu hart erschien. Vielleicht ein Sohn oder eine Tochter. Der oder die damals noch ein Kind war.«

»Dazu müssten wir erst mal den Namen der Frau kennen«, sagte Carsten.

»Frau Hellerkamp will die Akte schnellstmöglich auftreiben und uns zukommen lassen«, sagte Mattes.

»Damit ist Freddie vorerst vom Haken?«, erkundigte sich Aylin.

»Na, wir lassen die Fahndung mal weiterlaufen. Kann ja nicht schaden, ein paar Worte mit dem Burschen zu wechseln«, erwiderte Mattes.

»Was ist denn mit dieser Privatklinik, in der die Frau gearbeitet hat?«, wollte Carsten wissen.

»Die hat den Skandal nicht überlebt und musste schließen.«

»Dann bleibt uns einstweilen nur der Kunde namens Hilbert, um den wir uns kümmern sollten«, konstatierte Carsten.

»Hilbert?«, hakte Sophie nach.

»Ja. Sag nicht, du kennst den?«

»Ein Thomas Hilbert war Sonntagabend in der Mördergrube.«

»Was?« Carsten griff sich die Listen mit den Besuchern der Lesung, die Sophie und Robert Werbeck unabhängig voneinander zusammengestellt hatten. »Hier steht kein Thomas Hilbert«, meinte er vorwurfsvoll.

Sophie nickte schuldbewusst. »Nein, den hab ich völlig vergessen. Ich hab nur diejenigen aufgeschrieben, denen ich eine Karte verkauft hatte. Da war er nicht dabei. Und Robert kannte ihn, glaube ich, auch nicht.«

»Wie ist er dann reingekommen?«

»Er ist ein Freund von Martin.«

»Jäger?«

»Ja.«

»Dann werde ich mich mit dem wohl mal unterhalten müssen«, meinte Carsten und freute sich schon auf die Konfrontation.

* * *

Thomas hob den Kopf, als sich die Tür öffnete. *Auftritt des Kerkermeisters,* dachte er bitter. Er konnte nur vermuten, wie viel Zeit vergangen war, seit Patrick ihn am frühen Morgen zurückgelassen hatte. Nachdem Thomas mit dem Frühstück fertig war, auf die Toilette und sich notdürftig waschen durfte, hatte sein ehemaliger Freund ihn wieder verschnürt – diesmal mit Kabelbinder – und ihm ein frisches Klebeband verpasst. Wenigstens hatte er dieses Mal das Licht angelassen, so dass Thomas den Tag nicht auch noch im Dunkeln verbringen musste. Es hatte seine Lage nicht verbessert, aber immerhin hatte er sich seine Umgebung genauestens einprägen können.

Kurz nachdem Patrick ihn in der Kammer alleingelassen hatte, hörte Thomas, wie die Haustür zuschlug und wenige Sekunden später ein Motor gestartet wurde. Falls Patrick zur Arbeit gefahren war, blieben ihm einige Stunden Zeit, an seiner Befreiung zu arbeiten. Thomas scheuerte sich die Hände erneut am Rauputz der Wand wund, ohne einen nennenswerten Erfolg zu erzielen. Selbst wenn es ihm gelingen sollte, sich von den Fesseln um seine Handgelenke zu befreien, blieb immer noch der Kabelbinder, der seine Füße zusammenhielt. Eine Schere oder gar ein Messer standen ihm nicht zur Verfügung. Und wenn er zur Tür hüpfte, wie sollte er sie öffnen? Er hatte gehört, wie Patrick

319

abgeschlossen hatte. Sich dagegen zu werfen, wie die Helden es in den Filmen machten, ergab keinen Sinn, denn erstens hinderten die Fußfesseln ihn daran, Anlauf zu nehmen, und zweitens ging die Tür nach innen auf. Sich gegen sie zu werfen würde ihm also außer einer schmerzenden Schulter nicht viel bringen. Und Schmerzen hatte er wahrlich schon mehr als genug.

»Tut mir leid, dass ich dich so lange alleinlassen musste«, entschuldigte Patrick sich mal wieder.

Er stellte ein Tablett – diesmal mit einem Teller undefinierbarer Suppe und einer Flasche Wasser – auf dem Tischchen beim Bett ab. Anschließend zog er Thomas das Klebeband vom Mund.

»Du bist doch echt der größte Arsch, der auf Erden wandelt«, schimpfte Thomas, dessen Angst allmählich in Wut übergegangen war. »Ich dachte, du wärst mein Freund.«

»Das dachte ich auch von dir, bis du dich einfach vom Acker gemacht und mich in der ganzen Scheiße sitzengelassen hast«, sagte Patrick nicht weniger vorwurfsvoll.

»Ich hatte Schiss«, erwiderte Thomas.

»Meinst du, ich hätte kein Schiss gehabt? Doch ich konnte mich nicht einfach verdrücken. Ich musste hierbleiben und den Laden irgendwie am Laufen halten, während du dir auf Jamaika oder den Bahamas oder sonst wo die Sonne auf den Pelz hast scheinen lassen.«

»Glaubst du etwa, ich würde ein Schickimicki-Leben führen? Wovon denn? An manchen Tagen weiß ich nicht mal, ob ich mir eine anständige Mahlzeit leisten kann. Oder ein Dach über dem Kopf.«

»Du hast deine Wahl getroffen, also hör auf zu jammern.«

»Wer hat denn mit dem Jammern angefangen?« Thomas war ernsthaft sauer. Ja, er war fortgegangen. Ja, er hatte

Patrick und Michael im Stich gelassen, allerdings war das, was geschehen war, nicht seine Schuld gewesen. Die ganze bescheuerte Idee war von Patrick gekommen.

»Ich hab das damals alles nur für dich getan«, sagte Patrick, als hätte er Thomas' Gedanken gelesen.

»Das hab ich nicht von dir verlangt«, erinnerte Thomas.

»Richtig, du hättest den Kerl davonkommen lassen. Aus reiner Bequemlichkeit und Feigheit. Der Mann war ein kaltblütiger Mörder.«

»Und wir drei Kinder. Wir waren doch nicht die verdammten drei Fragezeichen.«

»Es ist ja nicht so, als hätten wir nicht versucht, uns an die Obrigkeit zu wenden. Du weißt ebenso gut wie ich, was Wesseling gesagt hat.«

»Ja ja. Solange wir keine Beweise hätten, könne die Polizei nichts machen.«

»Also mussten wir versuchen, Beweise zu beschaffen, oder sehe ich das schon wieder falsch?«

»Hat auch echt super geklappt.«

»Wenigstens haben wir es probiert und nicht untätig die Hände in den Schoß gelegt.«

»Und was ist dabei herausgekommen?«, fuhr Thomas auf. »Die ganze Sache hat unser Leben ruiniert. Das bisschen, was noch übrig war.«

»Und du bist der Meinung, das sei meine Schuld«, stellte Patrick fest.

»Wenn du es unbedingt hören willst: Ja! Und jetzt mach die Scheißkabelbinder ab.«

Patrick legte den Kopf schief. »Weiß nicht«, meinte er. »So wie du drauf bist, könnte das gefährlich für mich werden.«

»Meine Hände sind eh abgestorben, damit werd ich dich kaum erwürgen können.«

»Auch wieder wahr.«

Patrick zog ein Messer aus seinem Hosenbund und schnitt das Plastik um Thomas' Handgelenke durch.

»Hast du das etwa immer noch?«, fragte Thomas und deutete mit schlaffen Fingern auf die Waffe.

»Klar. Weshalb auch nicht?«

»Hast du Wesseling damit ...?« Er vollendete den Satz nicht.

»Iss jetzt!«, befahl Patrick.

»Du bist mir noch eine Erklärung schuldig, weshalb du diese Leute getötet hast. Töten willst ... wie auch immer«, meinte er, während er sich vergeblich bemühte, den Löffel zu greifen.

»Stimmt«, meinte Patrick.

»Und?«

»Erst habe ich eine Frage.«

»Die da wäre?«

»Was hast du diesem Martin Jäger über uns erzählt?«

42

Carsten legte den Telefonhörer auf. »Das war das Labor«, informierte er seine Kollegin. »Die Identität des Professors ist eindeutig bestätigt. Es war Berthold Wesseling.«

»Wie haben sie das herausgefunden? Waren seine DNA und Fingerabdrücke irgendwo gespeichert?«

Er nickte. »In der Datenbank für Knochenmarkspenden«, sagte er. »Er war wohl dort schon seit etlichen Jahren registriert.«

»Darauf muss man erst mal kommen«, meinte sie anerkennend. »Haben wir denn Zugriff auf diese Datenbank?«

»Mit einem Beschluss haben wir auf alles Zugriff. Wo wir beim Thema sind: Haben wir eigentlich schon die Adresse von Thomas Hilbert?«, fragte er.

Sie schüttelte den Kopf. »Bislang nicht. In Wuppertal wohnt er auf jeden Fall nicht. Also, er ist zumindest nicht hier gemeldet. Er hat Ihrer Schwester ja auch erzählt, er sei viel auf Reisen. Ich habe eben eine landesweite Anfrage gestellt. Aber so was kann dauern.«

»Ich weiß«, seufzte Carsten. »Aber er muss sich ja noch in der Nähe aufhalten. Wenn er unser Täter ist, meine ich.«

»Stimmt. Vielleicht ist er bei seinem Kumpel Martin Jäger untergeschlüpft. Haben Sie den schon erreicht?«

»Nein, er hat sein Handy ausgeschaltet. Und in seiner Wohnung ist er auch nicht. Die Kollegen haben bei ihm geklingelt, aber nur den Nachbarn von nebenan aufgeschreckt. Der meinte, Jäger sei gestern am frühen Abend von jemandem abgeholt worden. Seitdem hat er ihn nicht mehr gesehen.«

»Ob Hilbert ihn abgeholt hat?«, sinnierte Aylin.

»Möglich.«

»Vielleicht machen sie gemeinsame Sache.«

»Als Recherche für Jägers neuen Roman?«

»Gruselige Vorstellung. Apropos, haben Sie den alten gelesen?«, wollte Aylin wissen. »Den, aus dem er am Sonntag vorgelesen hat.«

»Gott bewahre. Sie?«

»Ich lese keine Krimis. Aber vielleicht gewinnen wir dadurch ja neue Erkenntnisse.«

»Wie sollte das wohl gehen?«

»Weiß ich auch nicht. War nur so ein Gedanke.«

»Mal was anderes. Thomas Hilbert muss doch irgendwo untergebracht worden sein, nachdem man seine Mutter verurteilt hat.«

Sie blätterte in der Akte, die Frau Hellerkamp ihnen vor

einer halben Stunde freundlicherweise persönlich vorbeigebracht hatte.

»Hier steht nichts«, meinte sie nach einer Weile. »Nur, dass sie alleinstehend war.«

»Was ist mit dem Vater des Jungen?«

»Keine Ahnung. Luise Hilbert war offenbar nie verheiratet.«

»Hm, das Jugendamt müsste eigentlich wissen, was mit dem Jungen geschehen ist.«

»Kann gut sein.« Sie warf einen Blick auf die Uhr. »Aber da werden wir heute niemanden mehr erreichen.«

»So ein Mist. Haben die keinen Notdienst?«

»Ich weiß nicht, ob unsere Anfrage als Notfall durchgeht«, sagte Aylin zweifelnd.

»Probieren kann man's ja mal. Gefahr im Verzug und so.«

»Klar.«

Aylin griff zum Telefon und rief auf der Wache des Präsidiums im Erdgeschoss an, um sich mit dem Notdienst des Jugendamts verbinden zu lassen. Sie musste eine gefühlte Ewigkeit warten, bis jemand am anderen Ende der Leitung abhob. Sie schilderte ihr Anliegen und wies auf die Dringlichkeit der Sache hin.

»Natürlich ist das ein Notfall«, insistierte sie. »Der Mann hat bereits drei Morde begangen. Wollen Sie, dass der nächste Mord auf Ihre Kappe geht, weil Sie zu faul waren, eine Akte für mich herauszusuchen?«

Sie lauschte einige Sekunden und knallte dann das Telefon auf die Ladestation.

»Wir tun, was wir können, Zaubern gehört leider nicht zu unseren Aufgaben«, äffte sie ihre Gesprächspartnerin nach.

»Dafür haben wir ja Mattes Copperfield«, merkte Carsten grinsend an.

Es klopfte kurz und Paul Mattuschek steckte den Kopf zur Tür herein.

»Simsalabim«, sagte Aylin.

»Was, Simsalabim?«, wollte Mattes wissen. »Ich wollte euch nur mitteilen, dass ich rausgefunden hab, wo KHK a. D. Hartmut Kunze steckt. Er lebt schon seit Jahren in einem Altenheim. Natürlich wollten die da oben«, er deutete mit dem Daumen gen Decke, »keinen Polizeischutz für ihn gewähren, aber Gerd Schröder hat sich freiwillig bereiterklärt, auf ihn aufzupassen. Er wird sich quasi undercover unter das Pflegepersonal mischen. Mit der Heimleitung ist alles abgeklärt. Wenn unser Täter es also auch auf Kunze abgesehen hat, werden wir ihn in flagranti erwischen.«

»Gut«, meinte Carsten und rollte mit seinem Schreibtischstuhl nach hinten. »Dann hätten wir ja für heute alles geklärt, was es zu klären gibt. Ich schlage vor, wir machen Feierabend.«

»Hast du noch was vor?«, fragte Mattes.

»Ich dachte, ich lese mal einen spannenden Krimi.«

* * *

Erwin wusste in dem Moment, als Marga zur Tür hereinkam, dass es eine ganz schlechte Idee war, sich mit ihr in seiner Stammkneipe ›Beim Jupp‹ zu treffen. Beinahe hätte er sie nicht erkannt. Hatte sie sich etwa für ihn so aufgebrezelt? Das wäre nicht nötig gewesen, doch sie sah gut aus. Die Hose war vielleicht ein wenig arg bunt, ansonsten aber konnte sie sich wirklich sehen lassen. Es machte ihn ein bisschen stolz, dass sie sich eigens für ihn herausgeputzt hatte. Falls das ihre Absicht gewesen war. Vielleicht hatte sie aber auch etwas anderes erwartet als diese Kaschemme.

Eine ganz schlechte Idee war das gewesen. Was sollte sie von ihm denken?

Sie sah sich unsicher im Raum um, der Tatsache wohl bewusst, von sämtlichen Gästen und Jupp angestarrt zu werden wie ein Mondkalb, und steuerte dann auf den Tisch zu, an dem Erwin saß. Normalerweise hockte er immer am Tresen, und bereits der Umstand, dass er sich diesmal einen Platz an einem Tisch gesucht hatte, führte bei seinen Kumpeln zu wilden Spekulationen. Als sich jetzt auch noch eine Frau, die aussah, als sei sie einem Mode-Katalog für reifere Damen entsprungen, zu ihm setzte, gab es kein Halten mehr. Es wurde gejohlt, gepfiffen, und anzügliche Witze machten die Runde. Erwin wäre gern in einem Loch versunken, das er sich sogar selbst graben würde.

»Tut mir leid«, begrüßte er Marga schüchtern und sein Gesicht lief zu allem Überfluss rot an.

»Das macht doch nichts«, versicherte sie und errötete ebenfalls.

Zu spät fiel ihm ein, dass er hätte aufstehen sollen. Man stand doch immer höflich auf, wenn man eine Dame begrüßte. Hastig sprang er auf und warf dabei seinen Stuhl um. Lautes Gelächter seitens der Stammgäste. Jupp, der Wirt, klatschte wie ein Lehrer in die Hände.

»Kinder, getz seid doch ma leise. So ein Theater, bloß weil de Ährwin Damenbesuch hat«, feixte er und watschelte hinter seinem Tresen hervor, um die Bestellung der beiden entgegenzunehmen.

»Wat kann ich euch Tuchteltauben denn bringen? Bierchen? Frikadellchen?«

Einen großen Sack, den ich mir über den Kopf ziehen kann, dachte Erwin, während er umständlich seinen Stuhl aufhob und sich wieder hinsetzte.

»Haben Sie auch Wasser?«, fragte Marga leise.

»Wieso? Woll'n Se sich waschen?« Jupp lachte dröhnend über seinen eigenen Scherz. »Spaß beiseite. Klar habbich auch Wasser. Irgendwo. Also ein Wasser für die Dame. Un du, Ährwin? Wie immer?«

»Äh, ja«, bestätigte Erwin.

»Ach, dann nehm ich das, was er nimmt«, entschloss sich Marga.

»Na, Sie sind mir ja 'ne ganz Verwegene«, grinste Jupp und trollte sich.

»Wären Sie mal lieber bei Wasser geblieben, das Bier schmeckt hier nämlich sch … scheußlich«, raunte Erwin ihr zu.

»Warum trinken Sie es dann?«, wollte Marga verwundert wissen.

»Ja, äh, das weiß ich ehrlich gesagt auch nicht«, gab er zu. »Aus Gewohnheit vielleicht.«

»Ja«, nickte sie, »man macht so vieles, weil man es schon immer gemacht hat, ohne den Grund oder den Sinn dahinter zu erkennen.«

»Wie zum Beispiel jeden Tag zur selben Zeit auf den Friedhof zu gehen«, warf Erwin mutig ein.

Sie lächelte traurig. »Zum Beispiel. Aber auch noch viele andere Dinge.«

»Wissen Sie«, sagte Erwin, »ich frag mich schon lange, ob Ihr Mann Beamter war oder so. Wegen der Pünktlichkeit.«

»Sie scheinen eine gute Menschenkenntnis zu besitzen«, erwiderte sie. »Er war tatsächlich Beamter.«

»Ja, nach vierzig Jahren auf dem Friedhof kann man in den Gesichtern der Menschen lesen«, erklärte er stolz. »Ich erkenne, ob jemand aufrichtig trauert oder nur ein Heuchler ist.«

»Und in welche Kategorie haben Sie mich eingeordnet?«

»In keine der beiden. Ich glaube, Sie trauern nicht wirklich, aber traurig sind Sie trotzdem.«

»Sag ich ja, Sie besitzen eine gute Menschenkenntnis.«

Jupp kam zurück und knallte zwei Gläser auf den Tisch. »So, frisch gezapft«, tönte er.

»Seit wann nennt man das Öffnen von Flaschen zapfen?«, fragte Erwin.

»Nu werd mal nich frech, Freundchen. Nur, weile hier einen auf Rosenkavalier machs.«

Rosen? Oh Gott, hätte er etwa Blumen besorgen sollen? Erwin brach der Schweiß aus. Er zog ein zerknittertes Stofftaschentuch aus seiner Hosentasche und wischte sich über die Stirn.

»Wohl bekomms«, wünschte Jupp.

Unter den argwöhnischen Augen des Wirts hoben Erwin und Marga ihre Gläser und prosteten sich zu. Erwin nahm einen großen Schluck, während Marga nur nippte und anschließend das Gesicht verzog.

»Puh das schmeckt ja wirklich sch … schaumig«, meinte sie und schüttelte sich.

»Nix Gutes gewohnt, wa?«, meinte Jupp.

»Offenbar nicht.«

»Hömma, Jupp, willse da Wuchzeln schlagen?«, rief einer der anderen Gäste. »Komma mit wat Frischem rübber.«

Jupp kehrte widerwillig hinter seinen Tresen zurück.

»Na, wo der was Frisches herkriegen will, ist mir ein Rätsel«, sagte Marga.

Erwin grinste, wurde aber sogleich wieder ernst. »Warum sind Sie so traurig, wenn es nicht wegen ihrem Mann ist?«

»Oh, das ist eine lange Geschichte«, meinte sie. »Und keine besonders schöne.«

»Das denke ich mir. Wollen Sie sie mir erzählen? Ich bin ein guter Zuhörer.«

»Ich weiß nicht«, zögerte sie. »Das hier ist nicht das richtige Ambiente dafür.«

»Das richtige … was?«

»Die richtige Umgebung.«

Er blickte sich um. Diese Kneipe war für nichts die richtige Umgebung. Man konnte nicht mal seinen Kummer gescheit ertränken, weil man vorher an der billigen Plörre krepierte. »Na ja, stimmt wohl. Aber ich komm schon seit Jahren hierhin.«

»Alte Gewohnheit?«, fragte sie.

»Alte Gewohnheit«, bestätigte er.

Sie erhob ihr Glas. »Dann auf alte Gewohnheiten.«

Er stieß mit ihr an. »Und auf neue Herausforderungen.«

* * *

»Weißt du, woran ich gerade denken muss?«, fragte Carsten und drückte Cordula einen Kuss aufs Haar.

»Nein, woran?«, hauchte sie und kuschelte sich enger an ihn.

Auf dem Weg nach Hause hatte er spontan entschieden, den Krimi Krimi sein zu lassen und Cordula angerufen. Sie hatten sich eine Pizza kommen lassen, sie nicht gegessen, sondern sich stattdessen geliebt. Mehrmals. Jetzt lagen sie engumschlungen in Carstens Bett, zu erschöpft, um sich zu irgendetwas aufraffen zu können.

»Ich dachte gerade daran, wie du und Sophie damals eure eigene Detektei gegründet habt.«

»Also, was dir so für Sachen durch den Kopf gehen«, meinte sie tadelnd. »Wir haben wohl als Kinder zu viele Drei-Fragezeichen-Kassetten gehört.«

»Ja, die liefen bei euch rauf und runter«, bestätigte er.

»Tun sie immer noch«, gab sie zu.

»Echt jetzt?«

»Klar.«

»Ich frag mich ja, was aus dem alten Mann geworden ist, den ihr damals auf dem Kieker hattet. Der, der die verdächtigen Steinplatten in einer Schubkarre von A nach B befördert hat.«

»Daran erinnerst du dich noch? Meine Güte. Das ist doch fast fünfundzwanzig Jahre her. Der war da ja schon steinalt, also wird er inzwischen vermutlich tot sein.«

»Vermutlich. Habt ihr jemals rausgefunden, was er mit den Platten gemacht hat?«

Sie gähnte. »Keine Ahnung. Wahrscheinlich den Weg zu seinem Gartenhäuschen gepflastert. Was macht eigentlich Martins Buch auf deinem Nachttisch?«, fragte sie.

»Das?« Carsten nahm es und drehte es unschlüssig in den Händen. »Sophie hat es mir letzte Woche gegeben. Wahrscheinlich war sie dem Irrglauben erlegen, es könnte mich dazu animieren, zu Martins Lesung zu gehen.«

»Hat ja gut geklappt«, stellte Cordula fest.

»Hast du es gelesen?«, fragte er.

»Ja, hab ich.«

»Und, wie wars?«

»Och, gar nicht mal so übel«, gab sie zu.

»Worum gehts denn da?«

Sie richtete sich auf und bot ihm einen verlockenden Ausblick auf ihre Brüste. Leider war er noch nicht wieder einsatzbereit.

»Na ja«, meinte sie. »Lass mich nachdenken. Also, da ist dieser Serienkiller …«

»Wie einfallsreich«, sagte Carsten. »Damit man sich nicht

um ein Motiv kümmern muss. Das wird sozusagen frei Haus mitgeliefert. Der Killer tötet aus Mordlust.«

»Ja, aber der Typ muss die Mutter seines Freundes töten, die ihn durchschaut hat. Leider hat er nicht damit gerechnet, dass ausgerechnet in dieser Nacht ihr Enkel zu Besuch ist, der den Mord beobachtet. Der Junge kann den Mörder aber nicht identifizieren, weil dieser ein Nachtsichtgerät trug.«

»Wozu das?«

Sie dachte einen Moment nach. »Keine Ahnung. Damit er im Dunkeln besser sieht? Jedenfalls fiel der Verdacht auf den Vater des Jungen, der dann wegen Mordes in den Knast wanderte. Der Junge wuchs in einem Heim auf.«

»Was war mit seiner Mutter?«

»Weiß nicht«, gab sie zu. »Ich glaube, es steht nirgend-wo, dass sie tot ist. Eigentlich lebten sie und ihr Mann nur getrennt. Vielleicht hab ich's ja nur überlesen. Egal. Der Roman macht dann einen Zeitsprung von dreißig Jahren. Der Junge ist inzwischen Kommissar bei der Mordkommission geworden, weil er unbedingt die Unschuld seines Vaters beweisen will, und muss sich mit einem mutmaßlichen Serienmörder herumschlagen.«

»Oha, jetzt kommen wir zur Verknüpfung«, meinte Carsten. »Der Mörder von damals ist identisch mit dem aktuellen Täter. Und was hat er in den dreißig Jahren gemacht? Schafe gehütet?«

»Nein, er hat im Ausland gelebt. Und dort weiter gemordet. Immer, wenn er drohte, aufzufliegen, zog er um und kam dann irgendwann nach Deutschland zurück.«

»Wie alt war der denn mittlerweile?«

»Sein Alter wird nicht verraten. So an die sechzig, schätze ich mal. Soll ich weitererzählen? Oder willst du es doch lieber selbst lesen?«

»Nein. Weißt du, was ich jetzt gern machen würde?«

Er legte das Buch zur Seite und zog Cordula zu sich heran. Seine Hände glitten über ihren Rücken.

»Noch mal?«, fragte sie.

»Irgendwelche Einwände?« Er ließ seine Zunge an ihrem Hals entlang immer tiefer wandern.

»Ach was«, meinte sie seufzend. »Ich fürchte nur, uns gehen langsam die Kondome aus.«

43

Verdammt, er hatte nicht damit gerechnet, dass die Bullen so schnell schalten würden. Er dachte, er hätte wenigstens noch zwei Tage Zeit. So kurz vor dem Ziel ausgebremst zu werden, war nicht eingeplant. Thomas' Namen bei Bräutigam zu verwenden, war eine blöde Idee gewesen. Doch er wollte wissen, ob der Kerl sich erinnerte. Und verstand, weshalb er sterben musste. Wahrscheinlich hatte er den Namen irgendwo notiert und die Bullen hatten ausnahmsweise einmal die richtigen Schlussfolgerungen gezogen. Gut für sie, schlecht für ihn. Jetzt musste er umdisponieren. Irgendwie musste er den Polizisten, den sie zum Schutz des alten Mannes abgestellt hatten, austricksen. Der Bulle hatte sich als Pfleger getarnt. Der hielt sich wohl für ganz besonders schlau. Doch so leicht war Patrick nicht zu übertölpeln.

Er fluchte leise, als er das Pflegeheim durch die Hintertür verließ. Eine Gestalt schälte sich aus der Dunkelheit. Offenbar hatte jemand auf ihn gewartet. Waren sie ihm etwa so dicht auf den Fersen? Hatten sie einen weiteren Mann draußen postiert? Er wollte eben zu einem Spurt ansetzen, als er den Mann erkannte, der auf ihn zukam. Kein Mann, ein Junge. Freddie, das Frettchen. Was zur Hölle machte er hier? Hatte er ihm nicht schon vor Wochen gesagt, er solle sich verpissen und sich nie wieder blicken lassen? Mit einem debilen Grinsen im Gesicht kam Freddie auf ihn zu. Patrick war versucht, den Jungen einfach zu ignorieren, aber so leicht würde das Frettchen sich wahrscheinlich nicht abwimmeln lassen. Der Bursche hatte eindeutig etwas vor. Und das konnte erfahrungsgemäß nichts Gutes bedeuten.

»Spionierst du mir nach?«, fragte Patrick ungehalten.

»Ich brauch Kohle«, sagte Freddie.

»Und da kommst du zu mir?«, fragte Patrick. »Vertick dein Zeug an jemand anderes, ich brauch nichts mehr.«

»Ich will dir nichts verkaufen«, entgegnete Freddie und grinste wieder feist. »Du gibst mir das Geld einfach so.«

»Ach so. Und weshalb sollte ich das tun?«

»Damit ich meinen Mund halte.«

Patrick schüttelte den Kopf. »Du spinnst doch. Geh und nerv jemand anderen.«

Freddie trat näher an ihn heran. Er roch nach Kotze und anderen Exkrementen. Gott, ein Bad würde dem Jungen nicht schaden. »Wenn du meinst. Aber dann erzähl ich den Bullen, was du Sonntagnacht gemacht hast.«

Patrick fuhr der Schreck in die Glieder. Was sollte das jetzt, zum Henker? »Und was genau habe ich, deiner geschätzten Meinung nach, Sonntagnacht gemacht?«, forschte er und versuchte, sich den Schreck nicht anmerken zu lassen.

»Ich hab gesehen, wie du aus der Buchhandlung gekommen bist. Und am nächsten Morgen lag da der tote Penner.« Das Frettchen nickte triumphierend.

»Du bist vollkommen verrückt.«

Patrick ließ den Jungen stehen und marschierte forschen Schrittes die Straße entlang. In seinem Kopf purzelten die Gedanken wild durcheinander. *Freddie weiß es. Was, wenn er wirklich zur Polizei geht? Die werden ihm doch nicht glauben. Er ist ein Junkie. Noch dazu einer, der die Drogen nicht nur selbst konsumiert, sondern auch noch an andere verkauft. Ein Dealer. Der würde alles behaupten, um seine eigene Haut zu retten.* Und wenn sie ihm doch glaubten? Freddie kannte seinen Namen. Und irgendjemand würde sich bestimmt daran erinnern, dass er am Sonntag tatsächlich in der Buchhandlung gewesen war.

Der Junkie war ihm gefolgt. »Ich erzähl denen auch, dass ich dich immer mit Drogen beliefert hab. Warum kommste eigentlich nicht mehr? Biste clean oder was?«

Patrick fuhr herum, packte Freddie mit beiden Händen am Kragen und zerrte ihn in den Hauseingang einer Firma. »Weil ich die Drogen nicht für mich gekauft habe, du Superhirn«, fauchte er leise. »Und weil derjenige, für den ich sie gekauft hab, keine Drogen mehr braucht.«

»Hey, Mann, ist ja gut.« Freddie hob beschwichtigend die Hände.

»Nichts ist gut«, sagte Patrick, bemüht nicht zu schreien, um keine unnötige Aufmerksamkeit auf sie zu lenken, auch wenn sich in die dunkle Gasse nachts kaum Fußgänger verirrten. Doch das Kneipenviertel lag nicht weit entfernt, und das fröhliche Stimmengewirr drang bis hierher. »Er braucht es nicht mehr, weil er an deinem Scheißzeug verreckt ist. Und weißt du was? Heute bezahlst du dafür. Ich bin gerade in der richtigen Stimmung.«

Mit der linken Hand drückte er Freddie gegen die Hauswand, während er mit der rechten das Messer aus seiner Jackentasche zog. Freddies Augen weiteten sich vor Entsetzen.

»H...hey, Mann, a...alles gut«, stammelte er. »Ich verrat keinem was. L...lass mich einfach gehen und ich k...komm dir nie w...wieder unter die Augen. Ich hab doch sowieso nix gesehen.«

Freddie versuchte, sich aus dem Griff seines Angreifers zu lösen und sich unter ihm hindurch zu winden. Vor lauter Angst nahm er kaum wahr, wie das Messer wieder und wieder in seinen Bauch fuhr. Er nässte sich ein, dann schwanden ihm nach und nach die Sinne. Er fühlte sich mit einem Mal ganz leicht, als würde er schweben. Es war wie bei seinem allerersten Trip. Ihm war, als würde er neben sich stehen und seinen Körper dabei beobachten, wie er langsam an der Wand entlang nach unten rutschte und auf dem Treppenabsatz in sich zusammensackte. Der Mann starrte den leblosen Körper schwer atmend an und wandte sich dann ab. Wortlos ging er fort, das Messer in der Hand. Freddie blieb noch eine Weile und sah zu, wie das Leben nach und nach aus dem Körper wich, den er gar nicht mehr als seinen eigenen wahrnahm. Er war am Ende des Wegs angelangt. Von hier gab es kein Zurück. Kein weißes Licht, das einen einsog und mit sich nahm an einen besseren Ort. Die einzige Möglichkeit, die ihm blieb, war, den Schritt ins Leere zu wagen. Freddie schloss die Augen und sprang in den Abgrund.

Gernot tappte müde die Straße entlang. Er konnte nicht schlafen. Wie so oft. Es war einfach zu kalt. Er hätte in eine der Notunterkünfte gehen sollen. Dieses Wetter war schlecht für die Knochen. Hatte der Professor auch immer gesagt. Der Professor ... Gernot schniefte und kämpfte mit den Tränen, was nicht nur dem schneidenden, eiskalten Wind geschuldet war, der an ihm zerrte. Er vermisste den alten Knaben mehr, als er sich eingestehen mochte. Er fragte sich, ob die Polizei wohl schon weitergekommen war mit ihren Ermittlungen. Gehört hatte er nichts mehr. Außer, dass zwei weitere Morde verübt worden waren. Eins der Opfer war dieser arrogante Knilch aus dem Immobilienbüro in der Friedrich-Ebert-Straße. Um den war es nicht schade, der behandelte Gernot und seinesgleichen immer wie Abschaum.

Die Durchsuchung des Immobilienbüros gestern hatte einige Zeit in Anspruch genommen. Ob es die Bullen weitergebracht hatte? Gernot hatte unter den Beamten die hübsche dunkelhaarige Polizistin erkannt, die ihn am Montag wegen des Professors befragt hatte. Am Ende des Gesprächs hatte sie ihm sogar ihre Visitenkarte in die Hand gedrückt. Falls ihm noch etwas einfallen sollte, oder er irgendwie Hilfe brauchte. Nett gemeint von ihr, doch wie stellte sie sich vor, sollte er Kontakt mit ihr aufnehmen? Ein Handy besaß er nicht und Telefonzellen waren rar geworden im Stadtbild. Die wenigen, von deren Existenz er wusste, waren ständig kaputt. Und das Polizeipräsidium würde er bestimmt nicht freiwillig betreten. Aber ihm war sowieso nicht mehr eingefallen, als das, was er ihr schon berichtet hatte, wozu sich also Gedanken darüber machen, wie er sie erreichen konnte.

Dass sie diesen Freddie unverrichteter Dinge wieder hatten abziehen lassen, erstaunte ihn ziemlich, angesichts der Tatsache, was der alles auf dem Kerbholz hatte. Na ja, der versuchte auch nur, irgendwie über die Runden zu kommen. Der hatte es nicht leicht, dieser Freddie. Eigentlich war er viel zu jung, um sich auf der Straße durchschlagen zu müssen, aber Gernot hatte in den Jahren seiner eigenen Obdachlosigkeit Kinder getroffen, die jünger waren als Freddie. Kinder, die lieber auf der Straße lebten als bei ihren gewalttätigen oder desinteressierten Eltern. Oder im Heim. Traurige Schicksale allesamt, doch er konnte ihnen nicht helfen. Er war selbst nur ein armer Tropf, dem das Schicksal übel mitgespielt hatte. Der Professor hingegen hatte immer wieder versucht, die Kinder davon zu überzeugen, Hilfe anzunehmen. Bei einigen war es ihm sogar gelungen. Bei Freddie nicht. Bei dem war er auf taube Ohren gestoßen. Wenn einen die Sucht erst mal in ihren Klauen hatte, hörte man nichts außer dem Lockruf der Droge und folgte ihm so lange, bis man in den unvermeidlichen Abgrund stürzte.

Gernot schlurfte die Gasse hinter dem Altenheim entlang. Hier befanden sich hauptsächlich die Hintereingänge einiger Bars und Firmen. Früher hatte er die Nächte im Eingang des Heims verbracht, bis er die Kamera in der Ecke bemerkt hatte. Er konnte nicht sagen, ob sie tatsächlich aufzeichnete oder nur der Abschreckung diente, wollte jedoch das Risiko nicht eingehen, von einem zornigen Wachmann erwischt und angezeigt zu werden. Also hatte er sich ein anderes Plätzchen zum Übernachten gesucht.

Er war so in seine Gedanken vertieft, dass er beinahe das zusammengerollte Bündel Mensch übersehen hätte, das auf der Treppe einer Firma lag. Hier war es doch viel zu zugig zum Schlafen. Besorgt trat er näher, um denjenigen zu

wecken. Es waren schon genug Obdachlose in kalten Näch-
ten im Schlaf erfroren. Wenn der Tod einen in seinen eiskalten Klauen hatte, gab es kein Entrinnen. Man bemerkte ihn
nicht einmal, so leise kam er, um einen zu holen. Er stieß
mit seinem Fuß sachte gegen das Bein des Schlafenden.

»Hallo, aufwachen!«, sagte er. Keine Reaktion.

Gernot seufzte und bückte sich, um denjenigen an der
Schulter zu rütteln. Wieder nichts. Er legte die Finger-
spitzen unter das Kinn des Schlafenden und hob dessen
Kopf an, um ihn mit ein paar Klapsen gegen die Wangen zu
wecken. Sie waren eiskalt. Mit zitternden Fingern befühlte
der Obdachlose den Hals nach einem Puls. Nichts. Es war
zu spät, Gevatter Tod war schon hier gewesen. Was sollte
er jetzt tun? Einfach weitergehen und so tun, als habe er
nichts bemerkt? Als ginge es ihn nichts an? Das war nicht
Gernots Art. Er brachte den Mann in eine sitzende Position.
Erst jetzt erkannte er, wen er vor sich hatte. Freddie. Die
Augen des Jungen waren trüb und blickten ins Leere. Dann
sah Gernot die dunkle Verfärbung auf dem grauen Pullover
des Jungen. Er zuckte zurück und hätte fast das Gleichgewicht verloren. Das war Blut. So viel Blut. Der Junge war
abgestochen worden. Genau wie der Professor.

* * *

Aylin blinzelte einige Male orientierungslos und richtete sich in ihrem Bett auf. Das Display ihres Smartphones,
das auf dem Nachttisch lag, war erleuchtet. Jetzt erst
nahm sie das Klingeln wahr. Obwohl, wahrscheinlich
war es das Klingeln gewesen, das sie geweckt hatte. Sie
warf einen kurzen Blick auf ihren Radiowecker. Vier Uhr
dreiunddreißig. Das konnte nichts Gutes bedeuten. Sie
fluchte, als sie beim Griff nach ihrem Handy das Wasser-

glas vom Nachttisch fegte. Hektisch nahm sie den Anruf entgegen.

»Hallo?«, rief sie.

»Äh, hallo. Is da die Kommissarin?«

»Ja. Mit wem spreche ich?«

»Gernot. Der ... äh ... Penner. Vom Montag.«

Mit einem Mal war sie hellwach. »Herr ... Gernot. Ich erinnere mich. Was gibts?«

»Ja, also, ich hab ihn gefunden«, blieb Gernot vage.

»Gefunden? Wen?«

»Ach so, ja, den Freddie mein ich.«

»Oh. Wo?«

»In 'nem Hauseingang in der kleinen Straße hinterm Altenheim. Da, wo auch der Hinterausgang von Willi Müller und Söhne is. Der Spielzeugladen. Er is tot. Der Freddie, mein ich.«

»Wie bitte?« Mit einem Satz war Aylin aus dem Bett und raffte hektisch ihre Klamotten zusammen, die sie am Abend einfach auf den Boden hatte fallenlassen. »Was ist passiert?«

»Den hat jemand erwischt. Bestimmt derselbe, der auch den Professor aufm Gewissen hat.«

»Wie kommen Sie darauf?« Das Smartphone zwischen Kopf und Schulter geklemmt, hüpfte sie auf einem Bein durch das Schlafzimmer, in dem Versuch, in ihre Hose zu steigen. »Verflucht!«

»Wat is?«, fragte Gernot besorgt.

»Nichts. Bin umgefallen. Sind Sie noch dort?«

»Beim Freddie? Ja, ich bin noch da.«

»Können Sie dort warten, bis wir kommen?«

»Hab sonz nix vor. Ich werd auf den Jungen aufpassen«, versprach Gernot. »Eine Schande is dat. Er war doch noch'n halbes Kind. Egal, wat er gemacht hat.«

»Ja«, war das Einzige, das Aylin im Augenblick dazu einfiel. »Ich komme, so schnell es geht.«

»Der Freddie wird nich mehr weglaufen. Eine Schande
is dat.«

45

Aylin hatte, neben den Kollegen der Spurensicherung,
auch Kantner und Mattuschek aus dem Bett geklingelt und
war zum Tatort geeilt. Gemeinsam mit den beiden Kollegen
und Gernot stand sie vor dem Hauseingang und betrachtete
den toten Freddie.

»In dem Altenheim an der Ecke wohnt Hartmut Kunze«,
informierte Mattes seine beiden Kollegen.

»Nicht nur er«, sagte Carsten. »Meine Omma auch.«

»Ist nicht wahr«, meinte Mattes.

»Doch.«

»Nee.«

»Ich werd doch wohl noch wissen, wo meine Omma
wohnt.«

»Ob es tatsächlich derselbe Täter war, der auch die anderen auf dem Gewissen hat? Hilbert?«, unterbrach Aylin
das wichtige Männergespräch. »Vielleicht wollte er sich
Kunze vorknöpfen und Freddie ist ihm in die Quere gekommen.«

»Die Frage wird uns die Rechtsmedizin hoffentlich beantworten können«, meinte Carsten.

»Dr. Brandt hat sich gestern krankgemeldet«, informierte
sie.

Carsten hob erstaunt die Brauen. »Ernsthaft? Das ist ja
noch nie vorgekommen. Jedenfalls nicht, solange ich beim
Morddezernat bin.«

»Der andere Typ war auch nicht besser«, meinte die Kommissarin. »Erst war er total wortkarg, und dann hat er mir einen Vortrag über die Vor- und Nachteile einer Garotte gehalten.«

»Eine Garotte?«, fragte Gernot und schluckte. »Hat man so etwa den Immobilienmakler ...?«

Aylin biss sich auf die Lippen. Es war nicht gerade professionell, sich im Beisein eines Zeugen über irgendwelche Mordmethoden auszulassen.

»Wann genau haben Sie den Toten gefunden?«, wollte Carsten von Gernot wissen.

»Weiß nich«, erwiderte der, »hab keine Uhr. Hab aber nich lang danach die Frau Kommissarin angerufen.«

»Das war um genau vier Uhr dreiunddreißig«, sagte Aylin. »Ich hab auf die Uhr gesehen.«

»Okay. Und das Handy haben Sie ...?«

Gernot druckste etwas unsicher herum. »Aus der Jackentasche vom Freddie. Äh, dem Opfer. Tut mir leid, ich hätte sonz nich gewusst, wie ich Sie erreichen soll. Un ich wollte den hier nich so alleine rumliegen lassen, um 'ne Zelle zu suchen. Telefonzelle, mein ich.«

Das leuchtete sogar Carsten ein. »Woher hatten Sie denn die PIN-Nummer, um das Handy zu entsperren?«

»Die wat? Ach so, die Zahlen, die man vorher eingeben muss. Die standen hinten drauf, seh'n Se?« Er hielt Carsten das Handy hin und deutete auf die Zahlen, die auf einem Aufkleber standen.

»Warum haben Sie nicht die 110 gewählt?«

»Ich ruf doch nich bei de Polizei an«, entgegnete Gernot entrüstet. »Außerdem, wenn dat derselbe Kerl war, der den Professor kaltgemacht hat, dann is dat doch sowieso euer Fall.«

»Sie haben alles richtig gemacht«, versicherte Aylin.

Ein schwarzer Mercedes bretterte mit überhöhter Geschwindigkeit in die schmale Straße und kam mit quietschenden Reifen neben den Beamten zum Stehen.

»Sie haben einen Arzt gerufen?«, dröhnte eine Stimme aus dem Inneren des Fahrzeugs.

»Ach, Dr. Brandt. Wieder gesund?«, fragte Carsten ein bisschen hämisch und beugte sich hinunter, um ins Wageninnere zu blicken. »Was zum ...?«

»... Henker ich hier mache?«, feixte Martin Jäger, der auf dem Beifahrersitz saß.

»So was in der Art«, brummte Carsten.

Amelie Brandt löste ihren Gurt und bedeutete dem Hauptkommissar mit einer Geste, beiseite zu treten, damit sie aussteigen konnte. Auch der Autor quälte sich nach draußen.

»Meine Fresse ist das kalt«, maulte er. »Da jagt man ja keinen Hund raus.«

»Dann setz dich halt wieder ins Auto, du Päppken«, schlug Carsten vor.

»Dann verpass ich ja alles.«

»Ich verpass dir auch gleich was«, sagte der Hauptkommissar so leise, dass Jäger es gerade eben hören konnte.

»Er war zufällig bei mir, als ich den Anruf erhielt«, informierte Dr. Brandt die Anwesenden und überließ alles Weitere der Fantasie.

»So viel zum Thema Krankheit«, murmelte Aylin und schielte unauffällig zu ihrem Kollegen Mattuschek hinüber. Der zog einen Flunsch, sparte sich jedoch einen Kommentar.

Carsten fragte sich unterdessen, ob er Sophie vielleicht ebenfalls herbitten sollte, damit sie ihren Senf dazugeben konnte. Aber sie war immer ziemlich übellaunig, wenn sie unausgeschlafen war. Und kalt war ihr auch ständig. Er dachte an Cordula, die mollig warm in seinem Bett lag. Das Telefon hatte sie nicht aufgeweckt. Er hatte sich so leise wie möglich angezogen und ihr einen Zettel aufs Kopfkissen gelegt, daneben seinen Zweitschlüssel. Und die Plastikrose, die er letztes Jahr auf der Kirmes geschossen hatte. Ein bisschen Romantik konnte nicht schaden, wenn er sich schon heimlich davonstahl.

»Also, was haben wir?«, fragte die Rechtsmedizinerin, während sie ihre Körpermassen in einen Einwegoverall zwängte.

Aylin erläuterte ihr kurz den Sachverhalt, und die Ärztin nickte aufmerksam.

»Schön«, meinte sie anschließend. »Dann sehen wir uns den Schlamassel mal an.«

»Warum rufst du eigentlich nicht zurück?«, fragte Carsten an Martin gewandt.

»Wieso? Hast du versucht, mich zu erreichen?«

»Allerdings.«

»Ich war schwer beschäftigt«, erklärte der Autor.

»Ich will gar nicht wissen, womit«, meinte Carsten.

»Eifersüchtig?«

»Und wie!«

»Was willst du denn von mir?«, wollte Martin wissen.

»Wir sind auf der Suche nach deinem Kumpel. Thomas Hilbert.«

»Ach, wie praktisch. Wenn ihr ihn gefunden habt, sagt ihm, ich will mal langsam mein Auto zurückhaben.«

»Du hast ihm dein Auto überlassen?«

»Geliehen«, verbesserte Martin. »Für einen Tag.« Er hielt Carsten seinen ausgestreckten Zeigefinger unter die Nase, um seine Worte mit dieser dramatischen Geste zu unterstreichen. »Das war am Dienstag. Ziemlich langer Tag, was?«

»Wozu brauchte er es?«

Martin zuckte mit den Schultern. »Keine Ahnung. Einen Freund besuchen oder so. Warum sucht ihr überhaupt nach ihm?«

»Wir wollen ihm einige Fragen stellen«, wich Carsten aus. »Hast du versucht, ihn zu erreichen?«

»Ja sicher hab ich das«, fuhr Martin erbost auf. »Sein Handy ist ausgeschaltet.«

»Weißt du, wo er wohnt?«

Der Autor zuckte mit den Schultern. »In irgendeiner Pension, glaub ich.«

»Warum nicht bei dir?«, fragte Carsten und machte sich im Hinterkopf eine Notiz. *Hotels und Pensionen überprüfen.*

»Ich steh nicht so auf Übernachtungsbesuch. Jedenfalls nicht auf männlichen.«

»Wo lebt er denn ansonsten? Er scheint nirgendwo gemeldet zu sein.«

»Mal hier, mal da. Er hat keinen festen Wohnsitz.«

»Aha. Es wäre schön, wenn du dich im Laufe des Tages zur Befragung im Präsidium einfinden könntest.«

»Sicher. Wenn ich euch weiterhelfen kann.«

Sonderlich hilfreich war Jäger bislang nicht gewesen. Er wusste ja nicht mal, wo sein angeblicher Freund in Wuppertal untergekommen war. Große Sorgen schien er sich auch nicht um Hilbert zu machen, sonst hätte er ihn als vermisst gemeldet.

»So, ich wär so weit«, verkündete Amelie Brandt.

»Und?«, fragte Aylin.

»Was und? Sie müssen Ihre Fragen schon ein bisschen präziser formulieren, mein Kind. Der Tod trat zwischen Mitternacht und ein Uhr morgens ein. Ist aber nur eine erste

Einschätzung. Todesursache war vermutlich ein erheblicher Blutverlust infolge mehrerer Stichverletzungen.«

»Können Sie beurteilen, ob es dieselbe Waffe war, die bei Berthold Wesseling verwendet wurde?«, fragte Mattes.

»Wer ist denn jetzt schon wieder Berthold Wesseling?«, wollte die Ärztin wissen.

»Der Tote in der Buchhandlung.«

»Ach, der hat inzwischen also einen Namen. Da ist man mal einen Tag nicht da, und schon verpasst man die Hälfte. Nee, zur Tatwaffe kann ich noch gar nichts sagen. Bin keine Hellseherin. Es könnte sich um dasselbe Messer handeln«, räumte sie ein. »Muss es aber nicht. Alles Weitere kläre ich dann bei der Obduktion. Martin, bist du wieder dabei?«

Er schüttelte bedauernd den Kopf. »Tut mir leid, aber Kriminalhauptkommissar Kantner benötigt meine Mitarbeit.«

»Im Laufe des Tages«, erinnerte Carsten.

»Ach, es macht doch keinen Sinn, erst nach Düsseldorf zu fahren und dann wieder zurück«, erklärte Martin.

»Und das ohne Auto«, grinste der Hauptkommissar gehässig.

»Das kommt erschwerend hinzu. Da bleib ich lieber gleich hier und hau mich noch ein paar Stündchen aufs Ohr. Hab 'ne Mütze Schlaf nachzuholen.«

»Martin, ich wills echt nicht wissen.«

»Ähm, brauchen Se mich noch?«, fragte Gernot schüchtern.

»Ich glaube nicht«, meinte Carsten. »Es wäre aber nett, wenn Sie Ihre Aussage zu Protokoll geben könnten.«

Der Obdachlose sackte in sich zusammen. »Im Präsidium? Muss dat sein? Wie soll ich denn dahin kommen?«

»Wir könnten Ihnen einen Streifenwagen schicken«, schlug Carsten freundlich vor.

Gernot stemmte entrüstet die Hände in die Hüften. »Wie sieht dat denn aus? Als würden Se mich verhaften.«

Aylin drückte ihm einen Fünf-Euro-Schein in die Hand. »Nehmen Sie die Schwebebahn«, meinte sie. »Bis zur Völklinger Straße. Aber kommen Sie auch wirklich.«

»Ach, wenn Sie da sind, komm ich gerne«, strahlte Gernot. »Wat ich übrigens noch sagen wollte. In dem Eingang von dem Heim haben se 'ne Überwachungskamera. Vielleicht hat die ja wat aufgezeichnet.«

»Oh danke, da werden wir uns erkundigen«, sagte die Kommissarin. »Dann also bis später im Präsidium.«

»Ja, bis dann.« Gernot winkte ihnen zu und ging dann langsam die Straße entlang in Richtung Luisenviertel.

»Aber nicht vergessen«, rief Aylin ihm sicherheitshalber nach.

»Nee, nee.« Er winkte wieder, ohne sich umzudrehen.

»Na, ich glaube, da haben Sie einen Verehrer«, sagte Amelie Brandt, die hinter Aylin getreten war, und legte ihr eine Hand auf die Schulter.

* * *

Als Patrick die Kammer an diesem Morgen betrat, schlief Thomas tief und fest. Das Schlafmittel, das er ihm am Vorabend unter die Erbsensuppe gemischt hatte, wirkte offenbar noch. Auf die Kabelbinder und den Knebel hatte er verzichtet, er wollte seinen Freund nicht mehr quälen als unbedingt nötig. Er war kein Unmensch, auch wenn man das, angesichts der Tatsache, was er in den vergangenen Tagen getan hatte, kaum glauben mochte. Doch es tat ihm nicht leid.

Auch um Freddie nicht. Der war dem Tod ohnehin näher gewesen als dem Leben. Und er hatte sich ebenso schuldig gemacht wie die anderen. Um den alten Kunze würde er sich ein anderes Mal kümmern müssen. Das würde nicht einfach werden, sollte der Mann nun unter ständiger Beobachtung stehen. Die Pflegebediensteten hinters Licht zu führen war eine Sache, ein Bulle war sicherlich aufmerksamer. Er musste sich etwas einfallen lassen, um ihn von Kunze wegzulotsen.

Thomas zuckte im Schlaf. *Es ist bald vorbei, mein Freund,* dachte Patrick, während er ihn betrachtete. Er plante nicht, Thomas zu töten, er war unschuldig an dem, was geschehen war. Nicht ganz unschuldig, denn vielleicht wäre alles anders gekommen, hätte er Patrick und Michael damals nicht im Stich gelassen. Eigentlich Grund genug für Patrick, ihn ebenfalls auf die Liste zu setzen, doch er wusste genau, er würde es nicht übers Herz bringen. Nicht, wenn es nicht unbedingt notwendig war. Selbst wenn man den Umstand mit einbezog, dass Thomas seinem Kumpel Martin Jäger gegenüber etwas zu redselig geworden war.

Er stellte das Tablett leise auf dem Nachttisch ab und verließ auf Zehenspitzen den Raum. War er vor einigen Tagen völlig erpicht darauf gewesen, Thomas die ganze Geschichte zu erzählen, zögerte er den Moment der Wahrheit nun immer länger hinaus. Thomas würde unweigerlich Fragen nach Michael stellen. Fragen, die Patrick nicht beantworten wollte. Jedenfalls noch nicht. Es war zu schmerzhaft, auch nur daran zu denken.

Er ging hinunter in die Küche und goss sich eine Tasse Kaffee ein. Auf dem Küchentisch lag eine schlichte Kladde, auf deren Einband jemand in ungelenker Handschrift das Wort ›Tagebuch‹ gekritzelt hatte. Patrick hatte es kaum glauben können, als er es vor einigen Wochen entdeckt hatte, versteckt unter der Matratze, auf der er nun seit beinahe sieben Jahren schlief. Das Tagebuch seiner Großmutter!

Mit einer dünnen Nylonschnur daran befestigt war ein ledernes Notizbuch. Er hatte sich die Frage gestellt, weshalb seine Großmutter glaubte, die Bücher verstecken zu müssen. Bis er anfing, darin zu lesen. Die Erkenntnis traf ihn wie ein Schlag mitten ins Gesicht. Er hielt den Beweis in Händen, den sie vor so vielen Jahren vergeblich gesucht hatten. Und er hatte die ganze Zeit quasi darauf gelegen. Diese Tatsache könnte einen zum Lachen bringen, wenn es nicht so bitter wäre. Statt der alten Hütte neben dem Maisfeld hätten sie nur ihr eigenes Haus durchsuchen müssen und alles wäre gut gewesen. Sie wären zu Helden geworden und nicht zu tragischen Figuren in ihrem eigenen Horrorfilm. Doch das ahnten sie damals natürlich nicht. Jetzt, da er den Beweis endlich schwarz auf weiß in Händen hielt, war er nutzlos geworden. Das Papier nicht wert, auf dem er geschrieben stand. Das ganze beschissene Leben war nutzlos geworden.

Er lauschte, ob sich im Zimmer über der Küche etwas regte. Wenn Thomas erwachte, würde er sich hoffentlich auf das Essen und den Kaffee in der Thermoskanne stürzen, der natürlich wieder mit einem Schlafmittel präpariert war. Besser, er verschlief alles. Patrick wollte ihn nicht wieder fesseln müssen. Er war kein Unmensch. Das musste er sich nur häufig genug einreden, vielleicht glaubte er am Ende selbst daran. Er ging wieder nach oben und überprüfte, ob er die Tür auch wirklich abgeschlossen hatte. Als zusätzliche Sicherheit klemmte er noch einen Stuhl unter die Klinke. Falls Thomas, argwöhnisch geworden, die Sachen auf dem Tablett doch nicht anrühren sollte. Er horchte an der Tür, doch drinnen tat sich nichts. Unten in der Diele nahm er seinen Rucksack vom Schuhregal und machte sich auf den Weg zur Arbeit. Lange würde er das nicht mehr durchstehen, die vielen Nächte ohne richtigen Schlaf. Aber es war fast geschafft. Danach konnte er für den Rest seines Lebens schlafen.

46

Carsten, Aylin und Mattes machten sich nicht die Mühe, noch einmal nach Hause zu fahren, sondern begaben sich sofort ins Polizeipräsidium. Auch wenn Carsten Cordula gern kurz gesehen hätte, sie konnten sich keinen Aufschub leisten. Vier Morde in vier Tagen. Und wer wusste, wie viele Menschen noch auf der Liste des Mörders standen. Also schickte er ihr nur eine Nachricht, in der er sich für den heimlichen Aufbruch entschuldigte und versprach, sich im Laufe des Tages bei ihr zu melden. Die drei Kommissare hockten sich grübelnd vor das Whiteboard, auf dem Mattes die neuesten Erkenntnisse notierte. Erkenntnisse, die mehr Fragen aufwarfen als beantworteten.

»Ob es wirklich derselbe Täter war?«, fragte Aylin zweifelnd. »Es könnte doch auch ein Drogengeschäft gewesen sein, das schiefgelaufen ist.«

»Schon möglich«, sagte Carsten, obwohl er nicht daran glaubte. »Allerdings wurde in Freddies Hosentasche ein Tütchen mit Tabletten gefunden. Wenn es ein geplatzter Deal war, hätte der Täter es doch mitgenommen.«

»Nicht, wenn er selbst erschrocken war über seine Tat«, warf Mattes ein. »Freddie und ein Kunde geraten in Streit, der zückt ein Messer und sticht zu. Erst hinterher wird ihm bewusst, was er getan hat, und er macht sich schleunigst vom Acker.«

»Trotzdem können wir die Tatsache nicht außer Acht lassen, dass Freddie alle drei Opfer gekannt hat. Und sich zudem in der Nacht des ersten Mordes in der Nähe des Tatorts aufgehalten hat«, erinnerte Carsten.

»Keine Kunst, wenn das Luisenviertel sein Drogenumschlagplatz ist«, meinte Mattes.

»Warten wir die Obduktion ab«, schlug Aylin vor. »Vielleicht kann Dr. Brandt uns dann mehr zur Tatwaffe sagen. Ob es sich tatsächlich um dasselbe Messer handelt, das bei Wesseling zum Einsatz kam, oder nicht.«

»Gute Idee«, fand Carsten. »Mattes, fährst du nachher dorthin?«

»Ich? Nö danke, keine Lust.« Mattes verschränkte trotzig die Arme vor der Brust.

»Das ist ja mal ganz was Neues«, wunderte sich Carsten.

»Tja, ich stecke halt voller Überraschungen.« Mattuschek klang eingeschnappt. Vermutlich hing ihm die Affäre zwischen seiner Angebeteten und Martin Jäger nach. Er schien es ernster mit Amelie Brandt zu meinen, als es auf den ersten Blick den Anschein hatte.

»Ist schon okay«, sagte Aylin rasch, um dem älteren Kollegen die Peinlichkeit zu ersparen, sich rechtfertigen zu müssen. »Ich kann das machen.«

»Auch gut. Vorher sollten wir aber Freddies Mutter einen Besuch abstatten«, meinte Carsten.

Aylin verzog das Gesicht. »Puh, davor graut es mir. Einer Mutter sagen zu müssen, dass ihr einziges Kind ermordet wurde.«

»Ja, das gehört zu den unangenehmen Seiten unseres Berufs«, stimmte Carsten ihr zu.

»Wusste nicht, dass unser Beruf auch angenehme Seiten hat.« Mattes war wirklich extrem schlechter Stimmung.

»Was hast du für heute so geplant?«

»Och, ich dachte, ich leg einen Wellness-Tag ein. Vielleicht 'ne Massage, Gesichtspeeling, Maniküre.«

»Gesichtspeeling, ist klar. Als ob das noch was bringen würde.«

Mattes seufzte. »Na gut, ich denke, ich fahr ins Altenheim.«

»Warum? Willst du dir da ein Zimmer reservieren?«

»Pass schön auf, Bürschchen! Nein, ich versuche mal, einen Plausch mit unserem ehemaligen Kollegen Kunze zu halten. Schließlich ist er der einzige Überlebende von damals, der mir was über den Fall Hilbert erzählen kann. Außerdem will ich mich um die Überwachungskamera kümmern, die Gernot erwähnt hat. Und dann kann ich deiner Omma auch noch das versprochene Stück Sahnetorte vorbeibringen.«

»Schenk ihr lieber ein Glas Rollmöpse, die liebt sie.«

Das Telefon klingelte und Aylin nahm ab.

»KK Öner?«

»Lisa Häuser vom Jugendamt. Sie hatten eine Anfrage gestellt, bezüglich eines Thomas Hilbert«, meldete sich eine ziemlich jung klingende Stimme am anderen Ende.

»Ja, richtig.« Sie schaltete den Lautsprecher an, damit ihre beiden Kollegen mithören konnten.

»Also, ich habe hier die Akte des Falls vorliegen. Thomas Hilbert kam am 23.5.1994 in unsere Obhut. Da er keine weiteren Verwandten hatte, wurde er zunächst in einem Heim untergebracht. Einige Wochen später kam er zu Pflegeeltern, bei denen er lebte, bis er achtzehn war.«

»Und danach?«

»Danach? Fiel er nicht mehr in unsere Zuständigkeit.«

»Aha. Und wie heißen die Pflegeeltern?«

»Moment …« Papier raschelte. »Werner und Margarethe Plenske.«

»Okay, danke. Können Sie uns die Akte zuschicken?«

»Ich kann sie Ihnen gleich faxen. Das Original müssen wir leider hierbehalten.«

»Auch gut.« Aylin nannte der Frau die Faxnummer und verabschiedete sich dann. »Margarethe und Werner Plenske.«

Carsten saß schon am PC und suchte nach der Adresse und Telefonnummer des Ehepaars. »Hab sie! Sie wohnen in Heckinghausen. Ich ruf gleich mal an und vereinbare einen Termin.«

»Vielleicht fährst du lieber unangemeldet bei ihnen vorbei. Falls Hilbert sich bei ihnen versteckt«, mahnte Mattes.

»Auch wieder wahr. Dann machen wir uns sofort auf den Weg. Kommen Sie Aylin?«

47

Das Ehepaar Plenske war nicht zu Hause. Von einer Nachbarin erfuhren Carsten und Aylin, dass Werner Plenske vor wenigen Wochen verstorben war und seine Frau sich jeden Vormittag um diese Zeit auf den Weg zum Norrenberger Friedhof machte. Die Frage, ob seit kurzem ein junger Mann bei Frau Plenske zu Besuch sei, verneinte sie vehement. Das wäre ihr aufgefallen, versicherte sie.

»Dann schauen wir am Nachmittag noch mal vorbei«, beschloss Carsten. »Fahren wir erst mal zu Freddies Mutter.«

Das Mietshaus, in dem Rita Müller wohnte, war ein heruntergekommener Altbau in einer weniger schönen Ecke von Wichlinghausen. Aylin war in diesem Stadtteil aufgewachsen, allerdings auf der anderen Seite der Hauptstraße. Ihre Eltern lebten immer noch hier und würden sich durch nichts auf der Welt vertreiben lassen.

Rita Müller war eine verlebt aussehende Frau Anfang vierzig. Ihre Haare waren ein wenig zu blond, der Ausschnitt ihres T-Shirts zu tief, die Hose im Leopardenmuster zu eng. Alles an ihr war irgendwie ›zu‹. Sie schien weder überrascht noch erschüttert, als zwei Beamte vor ihrer Tür standen, um ihr die traurige Nachricht vom Tod ihres Sohnes zu überbringen.

»War klar, dass der mal so endet«, war ihr lapidarer Kommentar zu diesem Thema.

Sie ging zurück in ihre Wohnung und ließ die Kommissare im Hausflur stehen. Aylin und Carsten sahen einander irritiert an. Schließlich interpretierten sie die offenstehende Tür als Einladung, der Hausherrin zu folgen. Sie fanden Rita Müller im Wohnzimmer, wo sie es sich auf einem alten Sofa bequem gemacht und sich eine Zigarette angezündet hatte. Auf dem Tisch vor ihr standen mehrere Flaschen Wein und eine Flasche Korn, die zur Hälfte geleert war.

»Bin nie mit ihm fertig geworden«, murmelte sie mehr zu sich selbst als zu ihren Besuchern. »Dem fehlte eine harte Hand. Sein Vater hat sich ja schon vor Kevins Geburt aus dem Staub gemacht. Der Arsch. Gezahlt hat er zwar, hat das Gericht ihn zu verdonnert, aber gekümmert hat er sich nie um meinen Kevin.« Jetzt flossen doch die Tränen. Beinahe trotzig wischte Frau Müller sich mit dem Handrücken über die Wangen und zog die Nase hoch.

»Sagen Ihnen die Namen Berthold Wesseling, Friedrich Mai und Edgar Bräutigam etwas?«, wollte Aylin wissen.

»Edgar?« Rita Müllers Gesicht nahm einen überraschten Ausdruck an.

»Ja, Edgar Bräutigam«, wiederholte die Kommissarin. »Sie kennen ihn?«

»Ja, klar kenn ich ihn.« Sie schnaubte verächtlich. »Er ist Kevins Vater. Der Arsch. Hat mich einfach sitzenlassen.«

Die beiden Polizisten bemühten sich, ihre Gesichtszüge nicht allzu sehr entgleiten zu lassen.

»Was ist mit Edgar?«, fragte Frau Müller. »Und den anderen?«

»Sie sind ebenfalls tot«, sagte Carsten.

Ritas Hand fuhr erschrocken zu ihrem Mund. »Auch ermordet? Edgar? Von wem?«

»Das wissen wir leider noch nicht«, bedauerte er.

»Und derjenige hat auch meinen Kevin ...?«

»Das versuchen wir, herauszufinden. Wo könnte Freddie, Entschuldigung, Kevin denn hingegangen sein, nachdem er hier ... abgehauen ist?«

»Ich weiß nicht. Vielleicht ist er zu seinem Kumpel, diesem Kretsche.« Sie rümpfte die Nase. »Weiß nicht, wie er richtig heißt. Er hat meinen Kevin drogenabhängig gemacht. Den hätte man ermorden sollen, nicht meinen Kevin. Von innen war mein Kevin gut. Ihm fehlte der Vater.«

Sie weinte leise. Carsten reichte ihr ein Taschentuch.

»Wo finden wir diesen Kretsche?«

»Wahrscheinlich am Berliner Platz. Da lungert er meistens rum.«

»Wir danken Ihnen einstweilen, Frau Müller. Gibt es jemanden, den wir verständigen können? Der Ihnen beistehen kann?«

Ihr Blick wanderte zu der halbvollen Flasche Korn auf dem Couchtisch. »Danke«, meinte sie, »ich komm schon zurecht. Versprechen Sie mir nur, den Kerl zu finden, der meinem Kevin das angetan hat.«

»Wir tun unser Möglichstes«, versprach Carsten.

»Was meinen Sie?«, fragte Aylin, als sie wieder draußen waren. »Ob die Tatsache, dass Edgar Bräutigam Freddies Vater war, etwas mit der Ermordung des Jungen zu tun hat?«

»Schwer zu sagen«, erwiderte Carsten. »Ich muss die

Nachricht erst mal verdauen. Wir sollten zunächst versuchen, diesen Kretsche aufzutreiben.«

»Na dann, auf zum Berliner Platz. Ist ja nicht so weit.«

* * *

Mattes stieg mit einem unbehaglichen Gefühl und einem Glas Rollmöpse in der Hand aus dem Aufzug des Pflegeheims. Er konnte sehr gut nachvollziehen, weshalb Carsten sich so schwertat, seine Oma häufiger zu besuchen. Es roch unangenehm nach körperlichen Ausscheidungen und chemischen Reinigungsmitteln. Der Flur teilte sich in zwei Gänge, und Mattes war unsicher, für welchen der beiden er sich entscheiden sollte. Kollege Schröder hatte ihm zwar gesagt, das Zimmer von Hartmut Kunze befände sich gleich gegenüber dem Schwesternzimmer, doch das hätte Mattes nur weitergeholfen, wenn er gewusst hätte, wo dieser Raum war. Er schwenkte nach rechts und folgte dem Weg. An den Wänden waren Handläufe angebracht, die den Bewohnern Halt bieten sollten. Die Türen zu den meisten Zimmern standen weit offen und boten einen ungehinderten Blick auf die Bewohner, die entweder teilnahmslos in ihren Sesseln saßen oder noch teilnahmsloser im Bett lagen. Einige von ihnen konnten sich gerade noch dazu aufraffen, unartikulierte Laute von sich zu geben. Mattes betete inständig, dass ihm ein solches Schicksal erspart bliebe. Er dachte an Luise Hilbert, die Krankenschwester, die in den Gazetten als Todesengel bezeichnet wurde. Hatte sie nicht einfach nur versucht, den Patienten, die sie getötet hatte, ein menschenunwürdiges Dasein zu ersparen? Wenn er sich hier so umsah, hoffte er, eines fernen Tages würde jemand für ihn die gleiche Entscheidung treffen. Aber das war nur seine ganz persönliche Ansicht.

Er war fast am Ende des Flurs angelangt und hatte das richtige Zimmer immer noch nicht gefunden, geschweige denn, den Aufenthaltsraum für die Pfleger. Der Flur machte einen Linksknick und Mattes fand sich auf der anderen Seite des Gangs wieder, den er am Anfang seiner Odyssee verschmäht hatte. Er legte fast den gesamten Weg wieder zurück, als er auf der rechten Seite endlich das Schwesternzimmer entdeckte. Die Tür zum Zimmer seines alten Kollegen Hartmut Kunze gegenüber war nur angelehnt. Mattes erinnerte sich vage an ihn. Der Polizist hatte sich, kurz nachdem er selbst beim Dezernat für Kapitaldelikte angefangen hatte, beurlauben lassen und war wenige Monate später in Pension gegangen. Das lag fast sechzehn Jahre zurück. Wie alt mochte Kunze jetzt sein? Bestimmt schon an die achtzig. Er straffte die Schultern und klopfte.

»Ja bitte?«, klang es leise und brüchig aus dem Inneren des Raums.

Mattes öffnete die Tür und trat ein. Sein Blick fiel auf das Bett, das an der Wand gegenüber stand. Die vergitterten Seitenteile waren heruntergeklappt, das Bettzeug zerwühlt.

»Er wird gerade geduscht.«

Erst jetzt bemerkte er die Frau, die kraftlos in einem alten Fernsehsessel saß. Sie wirkte unendlich müde. Aus dem Badezimmer hörte er Wasserrauschen und eine männliche Stimme.

»Warum?«, fragte Mattes.

Die Frau sah ihn erstaunt an. »Äh, weil er eine Dusche braucht?«, erwiderte sie.

»Ach so, ja klar«, sagte er lahm.

Die Frau, die etwa in Mattes Alter war, stand auf und reichte dem Hauptkommissar beinahe entschuldigend die Hand.

»Marianne Kramer. Ich bin die Tochter«, stellte sie sich vor.

Er stellte hastig das Glas Rollmöpse für Lotte Kantner auf dem Tisch ab. »Paul Mattuschek. Ich war ein Kollege Ihres Vaters.«

»Tatsächlich? Ich meine, er bekommt hin und wieder Besuch von alten Weggefährten. Aber Sie hab ich noch nie gesehen.«

»Äh, nein, das stimmt«, erwiderte Mattes schuldbewusst, obwohl er nicht wusste, warum eigentlich. Er hatte den alten Mann so gut wie gar nicht gekannt. Trotzdem fühlte er sich auf einmal schlecht.

»Ich will ihm einige Fragen zu einem seiner früheren Fälle stellen«, erklärte er.

»Viel Glück dabei«, erwiderte sie.

»Warum? Redet er nicht gern von früher?«

»Doch schon. Er lebt quasi in der Vergangenheit. Leider ergibt das, was er so erzählt, nur noch selten Sinn. Er leidet an Alzheimer. Praktisch im Endstadium. Mich hält er meistens für meine Mutter. Die schon seit Jahren tot ist. Über seine Arbeit redet er allerdings fast nie. Um welchen Fall geht es denn?«

Mattes erzählte es ihr. Sie hörte aufmerksam zu, zog hin und wieder die Brauen nach oben und nickte dann.

»Ich erinnere mich daran«, meinte sie. »Meinen Vater hat die Sache damals ziemlich mitgenommen. Er hatte ein gewisses Verständnis für die Krankenschwester. Wissen Sie, ich wünschte, ich hätte die Kraft und den Mut, dem Leiden meines Vaters ein Ende zu bereiten. Leider kann ich es nicht.«

Sie senkte den Kopf und knetete ihre Hände. Mattes konnte sie nur zu gut verstehen, war ihm doch erst vor wenigen Minuten Ähnliches durch den Kopf gegangen. Für ihn war Sterbehilfe ein Akt der Nächstenliebe und kein Mord. Von Maschinen am Leben gehalten zu werden, war kein Zustand, den er für erstrebenswert oder gar ethisch gerechtfertigt hielt. Manchmal verfluchte er die moderne Medizin, die es einem unmöglich machen konnte, zur vorgesehenen Zeit die Welt zu verlassen. Auf der anderen Seite hatte eine Krankenschwester nicht darüber zu entscheiden, ob ein Patient diese Welt verlassen durfte und ob er sie überhaupt verlassen wollte.

»Hat Ihr Vater eventuell Unterlagen aufbewahrt? Notizbücher? Persönliche Aufzeichnungen?«

»Tut mir leid, die hab ich damals alle weggeworfen, als er ins Heim kam.«

»Sie sagten, Ihren Vater habe der Fall damals sehr mitgenommen. Hat er mit Ihnen darüber gesprochen?«

»Nicht viel«, gab sie zu. »Ich lebte ja schon lange nicht mehr bei meinen Eltern. Meine Mutter war zu der Zeit schwer krank und oft im Krankenhaus. Wahrscheinlich war es die Kombination aus beidem, die ihn so fertiggemacht hat. Meine Mutter hat sich auch viele Gedanken über Sterbehilfe gemacht. Sie litt unter starken Schmerzen und hätte ihrem Leben gern ein Ende gesetzt.«

»Ich weiß, dass Ihr Vater sich später hat beurlauben lassen, um sie zu pflegen«, sagte Mattes.

»Das stimmt. Er hat alles für sie getan. Nur den einen Wunsch, sie gehen zu lassen, konnte und wollte er ihr nicht erfüllen. Gott sei Dank.«

»Weshalb Gott sei Dank?«

»Na ja, weil die neue Behandlung dann doch anschlug«, meinte Marianne Kramer. »Genau wie Professor Fischbach prophezeit hatte.«

»Professor Fischbach?«

»Der Onkologe. Er war der festen Überzeugung, das neue Medikament würde helfen. Und er hatte recht. Auch wenn die Krankenkasse nicht dafür bezahlen wollte.«

»War das nicht sehr kostspielig?«, wollte Mattes wissen.

»Meine Eltern hatten einiges gespart.«

»Dann wurde Ihre Mutter also wieder gesund?«

»Na ja, wenigstens für einige Zeit«, gab sie zu. »Dann hatten sich Metastasen gebildet, und es ging ganz schnell.«

»Das tut mir leid.«

Sie winkte ab. »Ist schon lange her. Aber sagen Sie mal: Hat dieser Fall etwas mit der … Bewachung meines Vaters zu tun? Die Stationsleiterin erwähnte, ein Polizist sei über Nacht hier gewesen.«

»Wir wissen es noch nicht«, wich Mattes aus. »Es handelt sich um eine reine Vorsichtsmaßnahme.«

»Und die anderen Morde?«, fragte sie. »Hängen die auch damit zusammen?«

Die Tür des Badezimmers öffnete sich und ersparte Mattes weitere Ausflüchte. Ein Pfleger schob einen nackten alten Mann im Rollstuhl ins Zimmer. »Oh, Besuch«, sagte er. »Und wir sind gar nicht angekleidet.«

Hartmut Kunze war es egal. Er starrte teilnahmslos auf den Boden. Mattes jedoch war mehr als peinlich berührt.

»Äh, ich wollte sowieso gerade gehen«, verkündete er und verließ fluchtartig den Raum. Das Glas Rollmöpse ließ er auf dem Tisch stehen.

Er fuhr mit dem Fahrstuhl hinunter zum Empfangsbüro im Eingangsbereich, um sich nach der Überwachungskamera zu erkundigen.

»Ja, die haben wir irgendwann angeschafft, weil sich an den Nebeneingängen immer häufiger Drogensüchtige eingefunden haben, die sich dort ihre Spritzen setzten«, informierte ihn die diensthabende Dame, nachdem er sein Anliegen vorgetragen hatte.

»Könnte ich die Aufzeichnungen vom hinteren Eingang wohl mal sehen?«, fragte Mattes.

»Sicher, kommen Sie mit.«

Sie ging voraus und führte ihn in einen kleinen Technikraum. Sie setzte sich auf den Drehstuhl und drückte einige Knöpfe der Anlage.

»Da haben wir es«, meinte sie.

Gemeinsam starrten sie auf den Bildschirm. Das Auge der Kamera erfasste lediglich den Eingangsbereich und einen kleinen Teil der davor liegenden Straße. Die Empfangsdame drückte die Taste für den Schnellvorlauf und ließ das Band erst wieder mit normaler Geschwindigkeit laufen, als einige Personen miteinander schwatzend das Gebäude verließen. Die Zeitleiste zeigte zweiundzwanzig Uhr fünfzehn an.

»Das ist die Spätschicht«, sagte sie. »Nach zweiundzwanzig Uhr sind nur noch zwei Pflegekräfte im Gebäude.«

»Zwei? Für alle Stationen?«

Sie hob bedauernd die Hände. »Im Pflegebereich herrscht akuter Personalmangel«, erklärte sie. »Wir können schon froh sein, tagsüber einigermaßen gut besetzt über die Runden zu kommen. Aber unsere Bewohner sind trotzdem bestens versorgt. Auch nachts.«

Sie schaltete wieder auf dreifache Geschwindigkeit um, nachdem die Personen auf dem Band den Erfassungsbereich der Kamera passiert hatten. Eine Weile geschah nichts.

»Stoppen Sie mal«, rief Mattes plötzlich.

Sie drückte die entsprechende Taste und das Bild fror ein. Die Zeitangabe zeigte dreiundzwanzig Uhr zwölf. Sie spulte einige Sekunden zurück. »Was ist das?«, fragte sie.

Mattes legte den Kopf schief. »Sieht aus wie eine Spraydose. Lassen sie langsam weiterlaufen.«

Sie beobachteten, wie sich die Spraydose in Zeitlupe der Kameralinse näherte. Dann wurde der Bildschirm nach und nach schwarz.

»Jemand muss sich im toten Winkel aufgehalten haben«, meinte die Empfangsdame.

»Da brat mir doch einer einen Storch«, murmelte Mattes.

48

Dem Freund von Freddie einige harmlose Fragen zu stellen, gestaltete sich komplizierter, als zunächst angenommen. Eine Gruppe Jugendlicher stand auf dem Platz vor dem Oberbarmer Bahnhof, jeder eine Flasche Bier lässig in der Hand haltend. Schuleschwänzen und Saufen am Morgen gehörten offenbar zu den unvermeidlichen Attributen, die einen coolen Teenager ausmachten. Ebenso wie die obligatorisch kreisenden Joints. Der Wind wehte den süßlichen Duft von Haschisch über den Platz.

Aylin und Carsten schlenderten betont unauffällig in ihre Richtung und bemühten sich, wie ein Paar auszusehen, das auf dem Weg zur Schwebebahn war. Leider waren die Jungen und Mädchen geübt im Erkennen von Beamten in Zivil.

»Achtung, die Bullen«, zischte einer.

Zigaretten wurden fallengelassen und ausgetreten. Aylin und Carsten waren jedoch nicht gekommen, um sie wegen Drogendelikten aufzumischen.

»Keine Panik«, meinte Carsten und hob beschwichtigend die Hand. »Wir haben nur eine Frage.«

»Ja klar«, schnaubte eins der Mädchen höhnisch.

»Nein wirklich«, beteuerte Aylin. »Wir sind auf der Suche nach einem gewissen Kretsche.«

»Kennen wir nicht«, meinte das Mädchen, doch der kurze

Blick, den sie einem der Jungen zuwarf, strafte ihre Worte Lügen.

»Bist du Kretsche?«, fragte die Kommissarin an den Jungen gewandt.

Der machte sich gar nicht erst die Mühe zu antworten, sondern nahm sofort die Beine in die Hand und lief in Richtung Hauptstraße davon. Ohne auf die herannahenden Autos zu achten, rannte er über die mehrspurige Fahrbahn. Empörtes Hupen und Reifenquietschen ertönte. Dann ein lautes Krachen, als eines der hinteren Autos auf den Vordermann auffuhr.

»Mann, du Wichser, geh über die Ampel«, brüllte einer der Fahrer durch die heruntergelassene Scheibe.

Aylin und Carsten nutzten das momentane Verkehrschaos, um ebenfalls im Laufschritt die Straße zu überqueren.

»Der will doch jetzt nicht ernsthaft die Schwarzbach hoch«, sagte Aylin und ihre Stimme drückte ebenso Ungläubigkeit wie Verzweiflung aus.

»Fürchte doch«, brummte Carsten.

Das war der Nachteil an Wuppertal; irgendwann musste man immer einen Berg erklimmen. Die beiden Beamten fügten sich in das unausweichliche Schicksal und nahmen die Verfolgung auf. Nach wenigen Metern hatte Carsten seine Kollegin, deren Beine mindestens zwanzig Zentimeter kürzer waren als seine, abgehängt. Kretsche hatte immer noch einen guten Vorsprung. Der Junge wandte sich wiederholt um, um nach seinen Verfolgern Ausschau zu halten, und stolperte mehr, als dass er lief. Um seine Kondition war es weit weniger gut bestellt als um die der Polizisten. Auf Höhe der ehemaligen Seifenfabrik hatte Carsten ihn eingeholt und packte ihn von hinten am Kragen seiner Jacke.

»Jetzt bleib endlich stehen, Junge«, keuchte er.

Kretsche versuchte, sich aus seiner Jacke zu winden, und schlug panisch um sich. Carsten hielt ihn auf eine Armlänge Abstand, um nicht versehentlich einen Schwinger zu kassieren. Irgendwann gab der Junge erschöpft auf.

»Wir haben nur eine Frage an dich, kein Grund, hier so'ne Panik zu schieben.«

»Ich weiß nix«, meinte Kretsche trotzig.

»Ich hab doch noch gar nichts gefragt.«

»Ich weiß trotzdem nix.«

Inzwischen war auch Aylin zu ihnen gestoßen. Sie stemmte die Hände auf ihre Oberschenkel und pustete tief durch.

»Scheiße, ist der Berg steil«, japste sie. »Ich hasse Verfolgungsjagden.«

»Es gibt wesentlich steilere Berge in Wuppertal«, meinte Carsten mitleidlos.

Aylin sparte sich einen Kommentar, es fehlte ihr ohnehin die Luft, irgendetwas Bissiges von sich zu geben.

»Wie heißt du, Junge?«, fragte Carsten, während seine Kollegin versuchte, zu Atem zu kommen.

»Ich hab nix gemacht.«

»Das hab ich nicht gefragt. Deinen Namen will ich wissen.«

»Warum?«, gab sich Kretsche bockig.

»Weil ich dich höflich bitte, ihn mir zu verraten. Zwing mich nicht, deine Taschen nach einem Ausweis zu durchsuchen.«

»Das ist Polizeigewalt«, begehrte der Junge auf.

»Nicht, wenn du mir deinen Namen verrätst. Und sag jetzt nicht Kretsche.«

Kretsche seufzte. »Kretschmann. Justin. Was wollen Sie denn von mir? Ich hab nix gemacht«, beteuerte er wieder, dieses Mal ein wenig panischer als zuvor.

»Kevin Müller«, warf Carsten dem Jungen als Brocken hin.

»Nie gehört.«

»Vielleicht kennst du ihn unter dem Namen Freddie«, schlug der Hauptkommissar vor.

»Nö!« Kretsche blickte zur Seite.

»Er wurde gestern Nacht ermordet.«

Dem Jungen wich im Bruchteil einer Sekunde sämtliche Farbe aus dem Gesicht. »Da…das war ich nicht, ich sch… schwör«, stammelte er.

»Das glauben wir dir«, versicherte Aylin. Andererseits …

»Freddies Mutter hat uns gesagt, du wüsstest, wo ihr Sohn untergekommen ist, nachdem er von zu Hause abgehauen ist«, warf Carsten dem Jungen einen weiteren Brocken hin.

»Abgehauen«, schnaubte Kretsche verächtlich. »Rausgeschmissen hat seine Alte ihn. Die Schnapsdrossel.«

»Wie auch immer«, meinte Carsten, der längst geahnt hatte, dass Freddie das traute Heim nicht freiwillig verlassen hatte. »Weißt du, wo er seitdem wohnte?«

Kretsche kratzte sich am Hinterkopf. »Ja schon«, gab er zu. »In so'nem Abbruchhaus in der Nordstadt, oberhalb vom Ölberg. In Elberfeld.«

Davon gab es leider einige in dem Gebiet. Häuser, die, von ihren Besitzern aufgegeben, vor sich hin gammelten. Einige von ihnen schon so lange, dass sie inzwischen einsturzgefährdet waren.

»Weißt du, wo genau das Haus steht?«

Kretsche beschrieb es ihnen. »Da war früher, glaub ich, mal'n Elektroladen drin.«

Aylin notierte sich die Angaben und gab sie anschließend per Handy an die Kollegen weiter. Vielleicht fand sich in

Freddies Domizil ein Hinweis auf ein Motiv oder gar den Täter.

»Hatte Freddie irgendwelche Schwierigkeiten? Abgesehen von den offensichtlichen? Hatte er Streit mit jemandem? Wurde er bedroht?«, fragte Carsten.

Kretsche zuckte mit den Schultern. »Weiß nich. Glaub nich. Er war eher'n kleines Licht. Aber wir hatten nich mehr so viel miteinander zu tun. Jeder hat sein eigenes Leben.«

Und seinen eigenen Verkaufsstandort, dachte Carsten. »Okay, alles klar.«

»Kann ich jetzt gehen?«, wollte Kretsche wissen.

»Sicher«, meinte Carsten. »Nur noch ein gut gemeinter Rat.«

Kretsche rollte mit den Augen. »Ja?«

»Mach mal ein bisschen Lauftraining.«

»Ha ha!«

Der Junge eilte davon, so schnell es sein konditionelles Vermögen zuließ, ehe die beiden Polizisten es sich anders überlegten und ihn doch noch in eine Zelle warfen.

* * *

Wie lange hatte er geschlafen? Thomas fuhr sich verwirrt mit der Hand über die Augen, um im selben Moment verblüfft festzustellen, dass er nicht mehr gefesselt war. Er befühlte vorsichtig seinen Mund. Kein Klebeband. Was hatte das zu bedeuten? Er tastete im Dunkeln nach der Nachttischlampe neben dem Bett und knipste sie an. Als seine Augen sich an den dämmrigen Lichtschein gewöhnt hatten, sah er das Tablett, das auf dem Tisch stand. Ein Teller mit einem Käsebrot, dessen Belag sich an den Seiten schon ein wenig wellte, eine Thermoskanne und ein Becher standen darauf. Patrick musste hier gewesen sein, während er schlief. Und Thomas musste ziemlich weggetreten gewesen sein, dass er es nicht einmal bemerkt hatte.

Seine Zunge klebte wie eine tote Maus an seinem Gaumen. In seinem Schädel pochte es dumpf, und er hatte schrecklichen Durst. Hatte Patrick ihm gestern ein Betäubungsmittel unter das Essen gemischt? Anzunehmen, wenn er wie ein Toter geschlafen hatte. Darum hatte sein Freund es wohl nicht für nötig erachtet, ihn wie einen Rollmops zusammenzuschnüren. Ob er dem Frühstück auch etwas beigemengt hatte? Thomas beschloss, es nicht anzurühren, obwohl sein Magen bedrohlich knurrte und er für einen Schluck Kaffee beinahe alles tun würde. Doch er musste die Gunst der Stunde nutzen und versuchen, aus seinem Gefängnis herauszukommen.

Entschlossen sprang er aus dem Bett und ließ sich sofort wieder hineinfallen. Nachdem er tagelang nutzlos herumgelegen hatte, war sein Kreislauf auf ein Minimum heruntergefahren. Er kämpfte einige Minuten gegen das Schwindelgefühl an, bevor er einen erneuten Versuch wagte. Mit tapsigen Schritten wankte er zur Tür und rüttelte an der Klinke. Sie ließ sich nicht herunterdrücken. Er zog und zerrte an der Tür, in dem verzweifelten Versuch, sie irgendwie aus der Zarge zu reißen, musste aber kapitulieren. Er hämmerte dagegen und rief Michaels Namen. Keine Antwort. Patrick war Thomas' Fragen nach seinem Bruder bislang ausgewichen, und so langsam beschlich ihn das unbestimmte Gefühl, dass Michael, genau wie er selbst, in diesem Haus gefangen gehalten wurde. Falls Patrick ihm nichts Schlimmeres angetan hatte. Noch vor wenigen Tagen wäre dieser Gedanke für ihn unvorstellbar gewesen, doch nach allem, was er in der Zwischenzeit erfahren hatte, würde er Patrick auch das zutrauen. Die Antwort, weshalb all diese Menschen sterben mussten, war er Thomas ebenfalls schuldig geblieben. Immer wieder vertröstete er ihn mit fadenscheinigen Ausflüchten oder Schuldzuweisungen. Als sei Thomas dafür verantwortlich, dass Fischbach damals in der alten Hütte aufgetaucht war. Mitten in der Nacht. Bewaffnet.

Er verscheuchte die unliebsamen Erinnerungen aus seinem Kopf. Sie waren nicht hilfreich. Er musste sich auf seine Flucht konzentrieren. Und wenn er hier rauskam, würde er schnurstracks zur Polizei gehen, egal, welche Konsequenzen es nach sich zog. Das Morden musste ein Ende haben. Er konnte nicht zulassen, dass noch mehr Menschen starben.

Durch die Tür kam er nicht hinaus, also ging er zum Fenster und ließ das Rollo nach oben schnellen. Draußen war es hell, wenigstens so hell, wie es für einen trüben Februartag möglich war. Welcher Tag war eigentlich heute? Donnerstag? Oder schon Freitag? War Patrick in der Nacht wieder seinen mörderischen Absichten gefolgt, gab es einen weiteren Toten? Er öffnete das Fenster und rüttelte am Gitter, das Patricks Großmutter einst hatte anbringen lassen, damit ihre Enkel nicht versehentlich hinausfallen konnten. Auch wenn es schon Jahrzehnte alt war, saß es erstaunlich fest in seiner Verankerung. Da hatte der Handwerker ganze Arbeit geleistet. Thomas konnte es drehen und wenden, wie er wollte, er würde aus diesem Zimmer nicht hinauskommen. Nicht, solange er nicht durch Wände gehen konnte. Vielleicht kam er nie wieder hier raus. Vielleicht würde er genauso enden wie die Menschen auf den Fotos an der Wand. Wie viele von ihnen waren inzwischen tot? Wäre er der Nächste? Er schrie sich die Kehle heiser, doch keiner eilte zu seiner Rettung herbei. Aus der

Ferne hörte er den Straßenverkehr. Das Schreien verwandelte sich in unkontrolliertes Schluchzen. Seine Lage war hoffnungslos; niemand würde ihn hier hören.

Thomas schleppte sich zurück zum Bett und sank auf die Matratze. Er goss sich einen Becher Kaffee ein. War jetzt auch egal.

49

»Also ich geh da nicht rein«, sagte Sophie bestimmt und meinte damit das Hinterzimmer ihrer Buchhandlung.

Sie blickte Robert auffordernd an. Der sah aber gar nicht ein, weshalb er derjenige sein sollte, der sich um die Bescherung in der kleinen Teeküche zu kümmern hatte.

»Herrgott noch mal, seid ihr fimschig«, schimpfte Cordula. »Dann mach ich es eben.«

Sie ließ die beiden Trotzköpfe stehen und marschierte entschlossen durch den Vorhang nach hinten. Robert zuckte unschlüssig mit den Achseln.

»Na ja, sie ist ja auch Ärztin«, meinte er.

Damit hatte Cordula sich das unumstößliche Recht erworben, Blutlachen aufwischen zu dürfen. Carsten hatte Sophie vor einer Stunde angerufen, um ihr mitzuteilen, dass die Mördergrube für die weiteren Ermittlungen nicht mehr vonnöten sei, und sie den Laden ab sofort wieder betreten durften. Nun standen sie und Robert also in ihrer Buchhandlung, etwas ratlos, wo sie beginnen sollten. Im vorderen Bereich sah alles noch so aus, wie sie es am späten Sonntagabend zurückgelassen hatten, wenn man einmal von den Hütchen und den Zahlenkarten absah, die die Spurensicherung der Polizei zur Beweisaufnahme verwendet hatte. Sophie konnte an den markierten Stellen nichts von Belang entdecken, doch die Beamten der KTU hatten mehr Erfahrung darin zu erkennen, was wichtig war und was nicht. Da der Tatort freigegeben war, begann sie damit, die Hütchen und Kärtchen einzusammeln. Ob die Polizei sie wiederhaben wollte? Als Deko würden sie sich nicht schlecht machen. Sie beschloss, Carsten danach zu fragen.

»Vielleicht solltet ihr einen Tatortreiniger engagieren«, rief Cordula von hinten.

»Sieht es so schlimm aus?«, fragte Sophie unbehaglich.

»Es geht. Aber der hat die besseren Putzmittel. Da sieht man hinterher nix mehr. Ich fang einfach mal an und schau, wie es klappt.«

»Himmel, Arsch und Zwirn!«, rief Robert unvermittelt und griff sich an die Brust.

»Was ist los?«, fragte Sophie erschrocken. »Hast du'n Herzinfarkt?«

»Fast.«

Er deutete in Richtung Schaufenster. Draußen stand ein Mann mit blauer Wollmütze, die in fingerlosen Handschuhen steckenden Hände wie einen Schirm über die Augen gelegt, und glotzte in den Laden.

»Ach, das ist doch nur Gernot«, informierte Sophie ihren Partner.

»Wer zum Teufel ist jetzt schon wieder Gernot?«

»Ein Freund des Professors.«

»Ein Freund des …? Du meinst einer von den Obdachlosen?«

»Genau«, sagte Sophie und lief zur Tür, um aufzuschließen.

»Willst du ihn etwa reinlassen?«

»Weshalb denn nicht?«

Robert seufzte. Weil es schon das letzte Mal zu einem Desaster geführt hat. Aber Sophie schien diesbezüglich unbelehrbar zu sein.

»Aber er wird hier nicht übernachten«, warnte er sicherheitshalber.

»Nein, natürlich nicht«, beruhigte ihn Sophie.

Robert war keineswegs beruhigt. Er sah seinen Laden schon als Übernachtungsstation für sämtliche Obdachlose der Gegend. Sophie war in dieser Hinsicht alles zuzutrauen.

»Hallo«, begrüßte Sophie Gernot, als er zögernd die Mördergrube betrat.

Er sah sich neugierig um. »Schön hier«, meinte er anerkennend. »War ja noch nie hier drin.«

»Stimmt.«

»Hmm. Dürfen Sie denn schon wieder aufmachen?«

»Ja, die Polizei hat sämtliche Spuren gesichert. Wir putzen gerade«, erklärte Sophie.

»Wir?«, tönte es vorwurfsvoll aus dem Hinterzimmer.

»Was können wir für Sie tun Herr ... Gernot?«, fragte Robert argwöhnisch.

Gernot zog sich die Mütze vom Kopf und drehte sie unschlüssig in den Händen. »Ach, ich wollt nur mal nachfragen wegen der Beerdigung vom Professor. Wissen Sie da schon was? Ich mein, wenn der Laden freigegeben wurde, dann doch bestimmt auch die ... der Professor.«

»Oh, tut mir leid, da wissen wir auch nichts Näheres. Ich werde aber mal nachfragen«, sagte Sophie.

»Und getz haben se auch noch den Freddie kaltgemacht«, murmelte Gernot.

»Was? Freddie ist tot?« Sophie musste sich an einem Regal abstützen.

»Kennen Se den?«

»Äh, nein, eigentlich nicht. Ich weiß, dass die Polizei nach ihm sucht. Wegen des Professors.«

»Getz haben se'n gefunden. Na ja, eigentlich hab ich ihn gefunden.« Gernot scharrte mit dem Fuß unschlüssig über den Holzboden.

Cordula kehrte, mit Gummihandschuhen und Putzlappen bewaffnet, von ihrem Einsatzort zurück. »Deswegen musste Carsten mitten in der Nacht zu einem Einsatz«, entfuhr es ihr.

»Häh? Woher weißt du das denn?«, fragte Sophie erstaunt.

»Och, äh …« Cordula tat es Gernot gleich und scharrte mit der Fußspitze über den Boden. Ihr Gesicht lief dunkelrot an.

»Oh Gott, erspar mir die Details«, rief Sophie. »Nein, erspar sie mir nicht, aber das bereden wir später, wenn wir unter uns sind.«

»Tut euch keinen Zwang an«, meinte Robert.

»Äh, ja, also der Freddie«, kam Gernot schüchtern auf das eigentliche Thema zurück.

»Genau, der Freddie«, sagte Cordula erleichtert. »Was war denn nun los letzte Nacht?«

Gernot erzählte den dreien, was er in den frühen Morgenstunden erlebt hatte.

»Gleich drei Kommissare sind wegen dem gekommen«, schloss er seinen Bericht. »Die Frau Öner, dat is ne ganz Nette, ein Älterer mit Walross-Schnauzbart und ein riesiger Blonder mit Vollbart. So'n richtiger Kleiderschrank. Dem möcht ich nich im Dunkeln begegnen. Na, genau genommen bin ich ihm ja schon im Dunkeln begegnet, heute Morgen.«

Sophie und Cordula äußerten sich lieber nicht dazu. Sie fragten sich, weshalb Carsten immer diesen negativen ersten Eindruck hinterließ, wo er doch eigentlich ein netter, umgänglicher Typ war. Na gut, umgänglich war vielleicht übertrieben. Wahrscheinlich lag es an seiner furchteinflö-ßenden Statur. Und dem finsteren Blick, den er manchmal draufhatte. Tatortgesicht nannte Sophie es gern.

»Eigentlich war der abber ganz nett«, sinnierte Gernot. »Hat mir'n paar Fragen gestellt. Musser ja auch. Ich hatte schon befürchtet, die wollten mir das mit dem Freddie an-hängen. Deswegen hab ich ja auch die Frau Öner angerufen und nich 110. Die kennt mich ja, die weiß, ich würde so wat nich tun. Dat war bestimmt derselbe, der den Professor …« Sein Blick wanderte in Richtung Hinterzimmer.

»Meinen Sie?«, fragte Robert skeptisch.

»Na ja, ich weiß et natürlich nich genau, abber wer sollte dat sonz gewesen sein? Hoffentlich hat der et nich auf uns alle abgesehen. Auf uns Penner, mein ich.«

Die nächste Frage wäre bestimmt, ob er vorerst bei ihnen Unterschlupf suchen durfte, dessen war sich Robert sicher. Und wie er Sophie kannte, würde sie sich dazu breitschla-gen lassen. Und wie er sich selbst kannte, würde er sich wie immer von ihr überrumpeln lassen. Doch zu seiner Über-raschung kam die Frage nicht. Gernot setzte sich die Mütze wieder auf und zuckte mit den Schultern.

»Ich muss dann mal wieder«, sagte er. »Muss zum Prä-sidium, meine Aussage zu Protokoll geben. Sie sagen mir Bescheid, wegen der Beerdigung?«

»Mach ich«, versicherte Sophie und begleitete ihn zur Tür.

Gernot ging hinaus und winkte ihnen durch das Schau-fenster noch einmal zu. Sophie schloss die Tür wieder ab.

»Ob Freddie wirklich von demselben Täter ermordet wur-de, der den Professor getötet hat?«, fragte Cordula, um ein wenig Zeit zu gewinnen, ehe Sophie und Robert sie wegen ihrer aufblühenden Beziehung zu Carsten in die Mangel nahmen.

»Na ja, ein komischer Zufall ist es schon«, merkte Sophie an. »Das ist bereits der dritte Mord im Luisenviertel innerhalb weniger Tage.«

»Der Immobilienmakler ist nicht hier getötet worden«, erinnerte Robert. »Und dieser Staatsanwalt auch nicht.«

»Aber Freddie kannte die drei anderen Opfer.«

»War er nicht sogar der Hauptverdächtige?«, fiel Cordula ein.

Sophie nickte. »Ja, aber inzwischen deutet alles auf jemand anderen hin.« Sie erzählte ihren Freunden, was sie gestern im Polizeipräsidium erfahren hatte. »Aber das hat Carsten dir sicherlich schon erzählt«, fügte sie grinsend hinzu.

»Wir haben nicht so viel geredet«, meinte Cordula.

»Oh nein, jetzt hab ich Bilder im Kopf«, stöhnte Sophie.

»Selbst schuld, was fängst du auch davon an«, tadelte ihre Freundin sie. »Ich erinnere mich gar nicht an diesen Thomas Hilbert. Und nein, Carsten hat ihn nicht erwähnt.«

»Ich hab ihn am Sonntag auch nur ganz kurz kennengelernt«, erwiderte Sophie. »Hilbert, meine ich. Schien etwas schüchtern und nicht sehr gesprächig zu sein. Aber er kam mir nicht wie jemand vor, der plant, nur wenig später einen Mord zu begehen.«

»Na, das würde ich an seiner Stelle auch nicht raushängen lassen«, meinte Robert, der Experte in Sachen Mordplanung.

»Er wirkte schon leicht nervös«, gab Sophie zu. »Aber ich erkenne einen Mörder, wenn er vor mir steht.«

»Mhm, so wie beim letzten Mal«, sagten Robert und Cordula unisono und schlugen dann triumphierend die Fäuste gegeneinander.

Sophie rümpfte die Nase. »Schon gut. Aber seitdem erkenne ich einen Mörder. Und dieser Thomas sah mir nicht so aus, als sei er dazu in der Lage.«

»Was sollte er auch mit Freddie zu schaffen haben?«, sprang Cordula ihrer Freundin bei. »Er scheint ja nicht in Wuppertal zu leben.«

»Na ja«, überlegte Robert. »Wenn Freddie hinter unserem Professor her war, könnte er beschlossen haben, ihm nach der Lesung aufzulauern. Was, wenn er den Mörder beobachtet hat, wie er den Laden verließ?«

Sophie kaute unschlüssig auf ihrem Daumennagel herum. »Klingt logisch. Dann könnte er versucht haben, ihn zu erpressen. Aber wie ist er an Hilbert rangekommen? Falls Hilbert der Mörder ist.«

Robert zuckte gleichgültig mit den Achseln. War nicht sein Problem, das herauszufinden.

»Vielleicht wars ja auch der Typ, den der Professor angerempelt hat, als er zu seinem Platz ging«, lachte Cordula. »Er hat ihn mit seinem Rucksack fast vom Platz gefegt. Ich sag euch, wenn Blicke töten könnten, wäre er da schon … ihr wisst, was ich meine.«

»Wie sah der denn aus?«, wollte Sophie, neugierig geworden, wissen.

Cordula legte ihrer Freundin eine Hand auf die Schulter. »Das war ein Scherz, Söphchen. Niemand bringt einen um, weil der ihn angerempelt hat.«

»Du fährst wohl nicht oft Schwebebahn«, meinte Sophie.

* * *

Marga verstaute ihre Einkäufe im Kühlschrank und summte leise vor sich hin. Sie fühlte sich glücklich wie schon seit Jahren nicht mehr. Eigentlich hatte sie sich noch nie so gefühlt. Sie war wie jeden Morgen zum Friedhof gegangen;

diesmal jedoch war nicht Werners Grab ihr Ziel, sondern Erwin. Er hatte sie auf einen Kaffee und ein Stück Kuchen in das Café eingeladen, das dort vor einigen Jahren anstelle der Gärtnerei errichtet worden war. Sie hatte all ihren Mut zusammengenommen und Erwin ihre Geschichte erzählt. Die ganze ungeschönte Wahrheit. Besser, er erfuhr es gleich, als irgendwann später. Sollte er sich daraufhin von ihr abwenden, würde es nicht so wehtun. Doch er hatte sich nicht von ihr abgewandt. Er hatte ihr zugehört, ohne sie zu unterbrechen, und anschließend seine Hand auf ihren Arm gelegt.

»Sie sind nicht schuld an dem, was passiert ist«, hatte er ihr versichert. »Es war die Angst vor Ihrem Mann, die Sie gelähmt hat. Sie müssen sich endlich vergeben und nach vorne schauen.«

Ja, genau das wollte sie tun. Nach vorn schauen. Sich selbst vergeben. Die Vergangenheit konnte sie nicht mehr ändern. Was geschehen war, war geschehen. Sicher, sie hatte Fehler gemacht, doch sie hatte niemals jemandem etwas Böses gewollt. Sie musste endlich damit abschließen, sonst würde sie niemals dauerhaft glücklich werden. Und sie wünschte sich doch nichts sehnlicher als ein bisschen Glück. Nur ein winziges Stück vom Kuchen. Mit einer Kerze namens Erwin darauf.

Jemand klingelte an der Tür. Sie sah auf die Uhr. Kurz nach eins. Wer konnte das sein, um diese Zeit? Sicher wieder die neugierige Nachbarin, die eine Etage unter ihr wohnte. Die läutete häufiger, um ›mal nach dem Rechten zu sehen‹. Na ja, sie meinte es wahrscheinlich nur gut. Wollte sie aufmuntern, von Witwe zu Witwe oder so. Marga lief in den Flur und legte die Kette vor, bevor sie die Tür öffnete. Es war nicht die neugierige Nachbarin, die dort stand.

»Ich kaufe nichts«, sagte sie und lugte argwöhnisch durch den Türspalt.

Der großgewachsene Mann mit dem Vollbart sah auf den ersten Blick nicht vertrauenerweckend aus. Er griff gerade in seine Jackentasche, um etwas daraus hervorzuziehen. Sie wich unwillkürlich einen Schritt zurück. Doch er hielt ihr lediglich eine Art Ausweis unter die Nase.

»Kriminalhauptkommissar Carsten Kantner von der Kripo Wuppertal«, stellte er sich vor.

Sie kniff die Augen zusammen und versuchte, die verschwommene Schrift auf dem Ausweis zu entziffern. Nach wenigen Sekunden gab sie auf und griff zu ihrer Lesebrille, die an einer Kette um ihren Hals baumelte. Der Mann auf dem Foto war identisch mit dem, der vor ihrer Tür stand, doch war der Ausweis auch echt? Man hörte schließlich immer wieder von Betrügern, die sich mit genau dieser Masche Zugang zu den Wohnungen älterer Menschen verschafften, um sie anschließend auszurauben. Bei ihr war zwar nicht viel zu holen, aber das bedeutete nicht, dass sie einen Verbrecher in ihr Heim lassen musste, der sie niederschlug oder ihr sonst irgendetwas antat.

»Einen Moment bitte.« Sie riss dem verdutzten Mann den Ausweis aus der Hand und schlug die Tür zu.

Sie eilte ins Wohnzimmer und rief bei der Polizei an, um sich die Identität des vermeintlichen Kommissars bestätigen zu lassen. Offensichtlich hatte der finster dreinblickende Mann tatsächlich die Wahrheit gesagt, denn der freundliche Beamte am anderen Ende der Leitung bestätigte, dass die von ihr vorgelesene Dienstnummer zu Kriminalhauptkommissar Kantner gehörte. Der klingelte gerade erneut und klopfte energisch gegen ihre Tür. Rasch legte sie auf und lief zurück in den Flur, um ihren ungebetenen

Besucher endlich hereinzulassen.

»Entschuldigen Sie«, meinte Marga, als sie den Polizisten in ihr akribisch aufgeräumtes Wohnzimmer führte, »aber man kann heutzutage niemandem mehr trauen.«

»Da haben Sie völlig recht, Frau Plenske«, stimmte der Hauptkommissar zu. »Sie haben ganz richtig gehandelt. Geradezu vorbildlich. Würde jeder so reagieren wie Sie, wäre ich bald arbeitslos.«

»Na, daran will ich aber nicht schuld sein«, erwiderte Marga lächelnd und bot ihm einen Platz auf der Couch an.

»Danke, das ist nett«, meinte er und ließ sich ächzend in das Polster sinken.

»Kann ich Ihnen einen Kaffee anbieten?«, erinnerte sie sich an ihre gute Kinderstube. Man musste einen Gast immer behandeln, als sei er willkommen, ob es nun der Wahrheit entsprach oder nicht, hatte ihr Vater seinen Töchtern immer wieder eingebläut. Werner war weniger gastfreundlich gewesen. Besucher machten nur Dreck und fraßen einem die Haare vom Kopf. Als hätte sich je einer freiwillig bei ihnen blicken lassen.

Der Hauptkommissar winkte ab. »Machen Sie sich keine Umstände. Ich störe Sie nicht lange. Ich habe nur einige Fragen.«

»Ich helfe gern, wüsste aber nicht, wobei«, sagte Marga und setzte sich in den Sessel ihm gegenüber. »Geht es um Trickbetrüger?« Um Werner konnte es nicht mehr gehen, die Sache musste längst verjährt sein. Außerdem war er tot.

Hauptkommissar Kantner zog einen Notizblock aus der Innentasche seiner Jacke. »Sie und Ihr Mann hatten vor einigen Jahren ein Pflegekind in Ihrer Obhut«, sagte er. »Thomas Hilbert.«

Sie nickte bestätigend und knetete nervös die schweiß-feuchten Hände in ihrem Schoß. Also ging es doch um die Sache. Versuchte Thomas etwa erneut, gegen Werner vorzu-gehen? Aber er war schon damals gescheitert, wieso glaubte er, jetzt mehr Erfolg zu haben?

»Thomas Hilbert, Frau Plenske?«

Marga schreckte aus ihren Gedanken auf und versuchte, sich zu konzentrieren. »Ja«, sagte sie hastig. »Ich erinnere mich an ihn. Ein lieber Junge. Sehr ruhig. Hat nicht viel Ärger gemacht.«

»Sie wissen nicht zufällig, wo er sich heute aufhält?«

Sie dachte einen Moment angestrengt nach und schüttelte dann bedauernd den Kopf. »Tut mir leid. Als er volljährig wurde, hat er uns verlassen. Er hat den Kontakt vollständig abgebrochen.«

»Weshalb?«

»Nun, mein Mann und er sind nicht so gut miteinander ausgekommen«, erwiderte sie ausweichend. »Was wollen Sie denn von Thomas?«

»Wir haben ein paar Fragen an ihn, bezüglich einer lau-fenden Ermittlung«, sagte der Hauptkommissar.

»Ach so.«

Sie fragte sich, ob es Sinn machte, nachzuhaken, doch der Polizist wirkte nicht sehr auskunftsfreudig. Die Polizei ver-riet einem nie mehr als nötig, das wusste sie aus Erfahrung. Also ließ sie es dabei bewenden.

»Hatte er irgendwelche Freunde, an die wir uns wenden könnten?«, fragte der Hauptkommissar.

Sie zuckte unschlüssig mit den Achseln. »Ich weiß nicht. Er war mehr ein Einzelgänger, wissen Sie. Tut mir leid, wenn ich Ihnen nicht helfen kann.«

»Nicht doch. Ich danke Ihnen, dass Sie sich die Zeit

genommen haben.«

Der Hauptkommissar schälte sich aus dem Sofa und überreichte ihr eine Visitenkarte. »Falls Ihnen noch etwas einfällt. Machen Sie sich keine Mühe«, meinte er, als sie sich ebenfalls erheben wollte, »ich finde allein raus.«

Sie blieb stumm sitzen und sah dem Hauptkommissar hinterher, der durch ihren Flur in Richtung Wohnungstür ging. Kurz darauf fiel die Tür ins Schloss. Warum hatte sie den Mann angelogen? Weil das Belügen der Polizei ihr dank Werner zur zweiten Natur geworden war. Aber wozu sollte sie die alten Geschichten wieder aufwärmen? Und weshalb sollte sie Patrick und Michael da mit reinziehen? Die Jungen hatten in der Vergangenheit genug durchgemacht, und ihre eigene Beteiligung daran würde ewig auf ihrer Seele lasten. Sie würde die Jungen nicht der Polizei ausliefern. Nie wieder.

50

»Ach, Frau Öner. Haben Sie sich eine Dauerkarte gekauft?«, begrüßte Dr. Brandt die Kommissarin.

»Sieht fast so aus«, erwiderte Aylin und verfluchte innerlich ihr gutes Herz.

Was scherten sie eigentlich Paul Mattuscheks Befindlichkeiten? Die Brandt hatte ihm nie irgendwelche Hoffnungen gemacht, weshalb benahm er sich wie ein betrogener Ehemann, wenn sie sich einem anderen zuwandte? Rein optisch konnte er Martin Jäger nicht annähernd das Wasser reichen, und genau darauf schien die Rechtsmedizinerin größten Wert zu legen. Alles in allem war die Frau es nicht wert, auch nur eine Träne wegen ihr zu vergießen. Leider mochte Aylin ihren Kollegen zu gern, um ihn der Tortur auszusetzen, einer Frau begegnen zu müssen, die ihn kaltblütig verschmähte. Jedenfalls vorerst. Ewig würde sie ihm die Fahrt nach Düsseldorf nicht abnehmen.

»Schade, das Beste haben Sie verpasst«, verkündete die Rechtsmedizinerin gutgelaunt.

»Sind Sie schon fertig mit der Autopsie?«, fragte Aylin ungläubig.

»Gucken Sie mal auf die Uhr. Meinen Sie, ich dreh hier Däumchen und warte, bis sich jemand von euch endlich hierher bequemt?«

»Ja, bin ein bisschen spät. Hatte noch 'ne Verfolgungsjagd«, sagte Aylin.

»Oh, wie spannend. Waren Sie erfolgreich?«

»Zumindest erfolgreicher als beim letzten Mal.« Was Kantner zu verdanken war, nicht ihr. Aber sie wollte nicht kleinlich mit sich sein. Außerdem ging es die Brandt nichts an. »Haben Sie bei der Obduktion was gefunden?«

»Fragen Sie mich lieber, was ich nicht gefunden habe. Der Junge war bis obenhin vollgepumpt mit Drogen. Ganz ehrlich, wenn er so weitergemacht hätte, wäre er spätestens in ein paar Monaten tot gewesen.«

»Der arme Junge«, meinte Aylin.

»Jeder ist seines Glückes Schmied«, erwiderte Amelie Brandt. »Es hat ihn niemand dazu gezwungen, sich das Zeug einzuwerfen.«

»Sie kennen seine Familiengeschichte nicht.«

»Nein. Will ich auch nicht. Würde mich nur runterziehen. Dabei bin ich gerade so gut drauf.«

»Wegen Martin Jäger?«

»Genau. Stellen Sie sich vor, er rief mich Dienstagnachmittag an, um sich wegen der Geschichte im Restaurant zu entschuldigen.«

»Wie nett.«

»Ja, und um es wiedergutzumachen, hat er mich zum Abendessen eingeladen.«

»Ich hoffe, dieses Mal hat er bezahlt.«

»Äh, nein, er hatte leider seine Geldbörse zu Hause vergessen«, gab die Rechtsmedizinerin zu und errötete.

»Was für ein Charmeur. Und sie mussten ihn ja auch noch von zu Hause abholen, weil er kein Auto hatte«, meinte die Kommissarin süffisant. Wie nötig konnte eine Frau es eigentlich haben, sich mit solch einem Hallodri einzulassen?

»Woher wissen Sie …? Mann, Sie scheinen ja wirklich eine Top-Ermittlerin zu sein.«

»Nee, ich hab nur gute Ohren. Er hat Kantner gesagt, dass er seinen Wagen verliehen hat.«

»Was soll ich sagen? Es hat sich gelohnt. Der Bursche ist nicht nur ein wahnsinnig guter Krimiautor.«

Dr. Brandt blickte sie vielsagend an. Was hatte Aylin auch gefragt? Aber ganz offensichtlich waren die sexuellen Fertigkeiten solcher Hallodris der Grund, weshalb Frauen sich auf sie einließen. Selbst Sophie Liebermann war irgendwann auf ihn reingefallen. Na ja, das war schon ewig her und konnte unter Jugendsünde verbucht werden.

»Also, was der mit seiner Zunge anstellt …«

»Dr. Brandt, der Tote. Kevin Müller«, erinnerte Aylin die Rechtsmedizinerin, ehe die ihr noch mehr Details aus ihrem Liebesleben verriet.

»Ja, was ist mit dem?«, wollte Amelie Brandt wissen.

Aylin seufzte entnervt. »Die Tatwaffe. Ist es dieselbe, die beim Mord an Berthold Wesseling verwendet wurde?«

»Sie interessiert nur der Job, was?«

»Im Moment ja. Bin im Dienst.«

Dr. Brandt seufzte verdrießlich. »Na schön. Also, ich kann

mit einer Wahrscheinlichkeit von neunzig Prozent sagen, dass bei beiden Morden die gleiche Waffe verwendet wurde. Wenn schon nicht dieselbe Waffe, so doch das gleiche Modell.«

»Das reicht mir«, meinte Aylin.

Freddie war also höchstwahrscheinlich demselben Täter zum Opfer gefallen wie die anderen Männer. Doch inwieweit half ihnen das weiter? Ob Kantner von Dr. Brandts neuestem Gespielen mehr erfahren würde?

* * *

Carsten betrat den Verhörraum und ging betont langsam zu seinem Stuhl, um Platz zu nehmen. Er legte ein Buch vor sich auf den Tisch und blätterte es sorgfältig durch, bevor er sich Martin Jäger zuwandte. Der Autor saß bereits seit einer geschlagenen Stunde im Präsidium und wartete auf Carsten. Natürlich war dem Hauptkommissar Bescheid gegeben worden, doch er hatte erst noch einen Abstecher zum Loher Grill gemacht. Sollte der Knabe ruhig ein wenig schmoren. Das Gyros mit der doppelten Portion Tzatziki war wie immer hervorragend gewesen.

»Kommst du auch noch mal?«, fragte Martin ungehalten.

Carsten bedachte ihn mit seinem legendären Haifischlächeln.

»So so, Amelie Brandt«, bemerkte er.

Martin zeigte sich unbeeindruckt. »Was dagegen?«, fragte er forsch.

»Mitnichten«, entgegnete der Hauptkommissar. »Ich wüsste aber lieber Näheres über deine Beziehung zu Thomas Hilbert.«

»Da gibts nicht viel zu wissen.«

»Dann wüsste ich gern das Wenige.«

Carsten lehnte sich in seinem Stuhl zurück und blickte sein Gegenüber auffordernd an. Er zog erwartungsvoll eine Augenbraue hoch und klopfte ungeduldig mit einem Kugelschreiber auf die Tischplatte. Martin seufzte theatralisch. Er würde sich von Carsten Kantner nicht einschüchtern lassen, das hatte Sophies Bruder nie geschafft, auch wenn er in diesem Fall am längeren Hebel saß. Der Autor wollte den Triumph, Informationen zu haben, an die der Herr Hauptkommissar unbedingt heranwollte, noch ein wenig auskosten. Er deutete auf seinen Roman, der vor Carsten auf dem Tisch lag.

»Möchtest du, dass ich das Buch signiere, oder warum hast du es mitgebracht?«

»Nein, aber du kannst später gern deine Aussage signieren, die du gleich zu Protokoll geben wirst.« Carsten schaltete das Aufnahmegerät ein. »Ich habe mir gestern Abend die Mühe gemacht, dein ... Werk zu lesen.« Das entsprach zwar nicht der Wahrheit, aber immerhin hatte er sich erzählen lassen, worum es darin ging. Damit war Martin Jäger weiter gekommen, als sämtliche andere Krimiautoren auf dem Markt. Er hielt das Buch in die Höhe, damit Martin auch wirklich wusste, wovon der Hauptkommissar sprach. »Sehr interessant, wirklich.«

Martin deutete mit dem Kopf eine Verbeugung an. »Dankeschön. Aber um mir das zu erzählen, hast du mich doch gewiss nicht hierher bestellt.«

»Nein. Wie gesagt, deine Beziehung zu Thomas Hilbert interessiert mich«, erwiderte Carsten. »Aber offenbar willst du damit so lange wie nur irgend möglich hinter dem Berg halten. Mach nur, ich hab Zeit. Notfalls die ganze Nacht. Dann hoffe ich allerdings, dass das, was du mir zu sagen hast, brisant genug ist, um die Warterei aufzuwiegen.«

Martin zuckte mit den Schultern. »Wir haben uns vor anderthalb Jahren oder so auf Mallorca kennengelernt«, erzählte er. »Er hat in dem Hotel gearbeitet, in dem ich abgestiegen bin.«

»Was hat er dort gemacht?«

»Er war für die Strandliegen zuständig. Und abends hat er beim Buffet geholfen. Speisen nachgelegt, leere Teller abgeräumt und so. Hilfsjobs halt.«

»Und da seid ihr euch nähergekommen?«

»So wie du das sagst, klingt es, als hätten wir eine Affäre gehabt.«

Carsten beugte sich vor. »Hattet ihr?«

»Boah, hast du Knoblauch gegessen?« Martin wedelte mit der Hand vor seinem Gesicht herum.

»Nur ein winziges bisschen. Wenn ich zu viel von dem Zeug esse, krieg ich Aufstoßen.« Was der Wahrheit entsprach. Es war nur eine Frage der Zeit. Ein Treffen mit Cordula sollte er heute lieber vermeiden. »Also, du und Hilbert hattet ein Techtelmechtel.«

»Quatsch!«, fuhr Martin auf. »Wir kamen irgendwann abends am Strand ins Gespräch, haben festgestellt, dass wir beide aus Wuppertal kommen und bei Pflegeeltern aufgewachsen sind. Und nach ein paar Eimern Sangria hat er mir dann seine Lebensgeschichte erzählt.«

»Dass seine Mutter im Gefängnis saß.«

»Häh? Wo hast du das denn her? Seine Mutter ist bei seiner Geburt gestorben«, korrigierte Martin. »Er ist bei seiner Oma aufgewachsen, bis sie auch starb. Sie wurde ermordet. Vor seinen Augen.«

»Das kommt mir jetzt aber sehr bekannt vor«, meinte Carsten und tippte auf das Buch.

Wieder ein Schulterzucken, das dieses Mal jedoch weniger gleichgültig als vielmehr trotzig geriet. »Kann schon sein«, erwiderte Martin. »Ich hielt es für einen guten Stoff, aus dem sich eine Geschichte entwickeln ließ. Aber wieso glaubst du, seine Mutter sei im Gefängnis gewesen?«

»Weil es so war.« Carsten legte den Kopf in den Nacken und tippte mit dem Zeigefinger auf seine Nasenspitze. »Und glaub mir, ich habe die zuverlässigeren Informationsquellen. Jetzt stellt sich für mich nur eine Frage: Hat Thomas dich angelogen, oder lügst du gerade?«

»Weshalb sollte ich dich bitte anlügen?«, fragte der Autor, ehrlich erstaunt.

Eine gute Frage, dachte Carsten, vielleicht weil Martin schon immer ein notorischer Lügner gewesen ist. Doch was hätte er in diesem Fall davon, nicht die Wahrheit zu sagen? Es sei denn, er war selbst in die Morde verstrickt, doch daran glaubte der Hauptkommissar eigentlich nicht. Auch wenn er diesen Mistkerl nur zu gern in das finsterste Verlies werfen würde, das sich auftreiben ließ. Aber das hatte persönliche Gründe, und die hatten in seinem Berufsalltag nichts verloren. Also hatte Thomas seinem neugewonnenen Freund diese Räuberpistole untergejubelt. Carsten konnte nachvollziehen, weshalb er nicht mit der Wahrheit über seine Mutter hausieren gegangen war, doch warum hatte er sich diese hanebüchene Geschichte ausgedacht? Um sich wichtig zu machen?

»Na schön, Thomas hat dir einen gewaltigen Bären aufgebunden, und du hast dir daraus einen Krimi gebastelt«, konstatierte Carsten. »Was ist mit dem Rest der Geschichte?«

Martin hob die Augenbrauen. »Was soll damit sein?«

»Du meine Güte, sei doch nicht so schwerfällig. Hast du dir den Rest deiner Story selbst ausgedacht oder stammt der auch von Thomas?«

»Na hör mal!«, sagte Martin entrüstet. »Ich brauche niemanden, der mir meine Geschichten vorkaut.«

»Also selbst ausgedacht?«

»Ja!« Der Autor verschränkte trotzig die Arme vor der Brust.

»Auch die Tatsache, dass der Junge als Erwachsener Jagd auf den Mörder macht?«

»Ja doch. Ich hab lediglich den Anfang von Thomas … *ausgeliehen.* Wieso fragst du so vehement danach?«

»Weil in den letzten Tagen ein Richter, ein Staatsanwalt und ein Anwalt getötet wurden, die vor rund siebzehn Jahren alle an ein und demselben Fall gearbeitet haben.«

Martin lächelte überheblich. »Lass mich raten: Es ging um Thomas' doch nicht bei der Geburt verstorbene Mutter.«

51

»Puh, ich hab schon befürchtet, du wärst tot«, sagte Patrick und ließ sich erleichtert auf den Stuhl zurücksinken, den er neben das Bett gestellt hatte.

»Wär doch auch egal gewesen«, murmelte Thomas verschlafen. »Das hattest du doch beabsichtigt.«

»Denkst du wirklich, ich will dich töten?«, fragte Patrick überrascht.

Thomas sparte sich eine Antwort. »Was willst du denn?«, fragte er stattdessen. »Mir wieder ein Schlafmittel unterjubeln?«

Patrick warf ihm statt einer Antwort ein kleines schwarzes Buch auf den Bauch. Thomas betrachtete es argwöhnisch, als könne ihn daraus unvermittelt ein Monster anspringen.

»Was ist das?«, wollte er wissen.

»Das, wonach wir gesucht haben«, erwiderte Patrick geheimnisvoll.

»Was?«

»Damals in der Hütte.«

Jetzt war Thomas überrascht. Der sagenumwobene Beweis, von dem Patrick überzeugt war, er würde existieren. Und der nirgendwo zu finden gewesen war. »Ach. Wo hast du es her?«

»Das ist eine lange Geschichte.«

»Ich hab Zeit.«

»Aber ich nicht«, erwiderte Patrick. »Hab was Dringendes zu tun.«

»Willst du wieder jemanden ermorden? Tolle Freizeitbeschäftigung.«

Patricks Blick fiel auf die Fotowand zu seiner Rechten. »Es haben noch nicht alle bezahlt«, sagte er.

»Bezahlt wofür? Erklärs mir endlich«, bat Thomas. »Seit Tagen hältst du mich hier gefangen und mordest dich munter quer durch Wuppertal, und ich hab keine Ahnung, warum. Jedes Mal, wenn ich dich frage, weichst du aus. Ich hab ein Recht darauf, es zu erfahren.« Immerhin war er derjenige, der seit Tagen in seinem eigenen Dreck lag.

Patrick deutete auf das Notizbuch. »Eigentlich dreht sich alles darum«, erklärte er. »Es beweist, dass Professor Fischbach, der Arzt, dem die Frauen vertrauen, zahlreiche Menschenleben auf dem Gewissen hat. Zumindest indirekt.«

Thomas schlug es auf und blätterte darin. »Namen und Daten und irgendwelche Zahlenkolonnen«, sagte er, nicht so recht wissend, was er damit anfangen sollte.

Patrick nickte. »Das sind die Namen der Patienten, die damals gestorben sind.«

»Die meine Mutter ermordet haben soll«, verbesserte Thomas. »Und die Zahlen? Was bedeuten die?«

»Genau weiß ich es nicht, aber es sieht aus, als handele

es sich um Medikamentendosen. Wie viel ihnen von einem bestimmten Medikament verabreicht wurde.«

Thomas runzelte die Stirn. »Soll das etwa bedeuten, Fischbach hat illegale Medikamententests an den Patienten vorgenommen?«

»Keine Tests«, verbesserte Patrick. »Er hat ihnen statt der richtigen Medikamente Placebos verabreicht.«

»Wieso das?«

»Das geht auch aus den Zahlen hervor. Fischbach hat diesen Patienten teure Medikamente verschrieben, die er dann bei deren Krankenkassen abgerechnet hat.«

»Nur haben die Patienten diese Medikamente nie bekommen«, kombinierte Thomas.

»Genau. Aber Fischbach kassierte das Geld dafür. Also, seine Klinik bekam das Geld. Aber das kommt auf dasselbe hinaus. Die Patienten kriegten irgendeine billige Kochsalzlösung, und er verdiente sich eine goldene Nase.«

»Und warum hat er sie dann mit einer Überdosis Morphium getötet? Sie wären doch vermutlich sowieso früher oder später gestorben. Es hätte doch nur unnötiges Aufsehen erregt, sie umzubringen. Hat Aufsehen erregt«, verbesserte er sich.

Patrick schlug die Augen nieder. »Ich glaube, er hat sie nicht getötet«, erwiderte er leise.

»Du meinst, meine Mutter hat es tatsächlich getan?«, fragte Thomas und fürchtete sich gleichzeitig vor der Antwort.

Patrick nickte. »Ich weiß, ich hab immer behauptet, sie sei unschuldig. Aber du hast recht, wenn du sagst, es bestand kein Grund für Fischbach, den Leuten eine Überdosis zu verabreichen.«

»Und das in zweierlei Hinsicht«, meinte Thomas. »Seine Geldquelle versiegte mit dem Ableben jedes Patienten, und als die Todesfälle sich häuften, hat man eine Untersuchung eingeleitet.«

Patrick nickte wieder.

»Aber warum hat man bei der Autopsie nicht herausgefunden, dass den Verstorbenen nur Placebos statt der verordneten Medikamente verabreicht wurden?«

»Leider waren die meisten von ihnen bereits verbrannt«, erklärte Patrick. »Außerdem liegt der Fall fast siebzehn Jahre zurück. Damals war die Gerichtsmedizin noch nicht so weit wie heute. Vielleicht waren aber ausgerechnet die Patienten, die auf dem Obduktionstisch gelandet sind, nicht in Fischbachs ›Placebo-Programm‹.«

»Aber sie stehen doch in dem Buch«, merkte Thomas an.

»Stimmt auch wieder. Keine Ahnung, ich kenne mich mit Autopsien nicht so gut aus. Man hat wahrscheinlich nur nach der Todesursache geforscht und sich zufriedengegeben, als man das Morphium gefunden hatte.«

Thomas richtete sich auf. »Und meine Mutter? War sie in Fischbachs Machenschaften eingeweiht?«

»Ich weiß es nicht, glaube es aber nicht. Ich glaube, sie hatte damals wirklich Mitleid mit den Sterbenden und hat sie deswegen von ihrem Leid erlöst.«

Thomas ließ sich erschüttert in das Kissen zurücksinken. Jahrelang war er überzeugt, seine Mutter sei unschuldig und nur Fischbachs Sündenbock gewesen. Weil Patrick ihm genau das erfolgreich eingeredet hatte. Er hatte ein schlechtes Gewissen gehabt, weil er sie zuvor für ihre Taten und die Folgen gehasst hatte. Woran sollte er nun glauben?

»Es erklärt aber immer noch nicht, warum du den Racheengel spielst und diese Leute tötest«, meinte er schließlich matt.

»Weil sie alle die Sache vertuscht haben«, sagte Patrick. »Und Fischbach so die Möglichkeit gegeben haben, einen weiteren Mord zu begehen.«

* * *

Als Sophie die Tür zu ihrer Dachgeschosswohnung aufschloss, empfing sie bereits im Flur der Duft ihres Leibgerichts. *Spaghetti Bolognese, genau, was ich jetzt brauche,* dachte sie, auch wenn sie das Gericht erst gestern in der Kantine der Staatsanwaltschaft gegessen hatte. Spaghetti Bolognese gingen immer. Ben war wirklich der beste Mann der Welt.

»Wir haben Besuch«, tönte die Stimme ihres Mannes missgelaunt aus der Küche.

So muffelig klang Ben eigentlich nur, wenn Carsten mal wieder rechtzeitig zum Abendessen unangemeldet bei ihnen auftauchte. Hatte ihr Bruder Neuigkeiten, die er ihr mitteilen wollte? Oder wollte er ihr die Sache mit Cordula schonend beibringen? Dazu war es zu spät, das wusste sie bereits. Sie zog Mantel und Stiefel aus und ging durch das Wohnzimmer in die angrenzende Küche. Zu ihrer Überraschung saß dort nicht Carsten am Tisch, sondern Martin Jäger. Auf ihrem Platz! Ben stand am Herd und rührte in einem Topf. Genau genommen rührte er nicht, er schlug mit dem Löffel auf die arme Bolognesesauce ein, die gepeinigt gegen die Wandfliesen spritzte. Sie gab ihrem Mann einen Kuss, der demonstrativ noch länger ausfiel als gewöhnlich.

»Wie war es?«, fragte Ben.

»Traurig. Aber trotzdem schön, wieder Herr über das eigene Geschäft zu sein.«

»Ich hab schon von deinem Mann gehört, dass ihr den Laden wieder öffnen dürft«, unterbrach Martin eifrig.

»Ja, am Samstag. Was machst du eigentlich hier?«, bequemte Sophie sich endlich, Notiz von ihrem ungebetenen Gast zu nehmen. »Willst du die Zeche zahlen, die du am Dienstag geprellt hast?«

Auf diesem Ohr schien Martin taub zu sein, jedenfalls ignorierte er ihre Frage geflissentlich. »Ich dachte, ich schau mal, wie's dir geht«, erwiderte er.

Das war ja mal ganz was Neues. Martin Jäger interessierte sich für das Befinden anderer. Das konnte er seiner Oma erzählen. »Und weshalb bist du wirklich hier?«

Martin druckste ein wenig herum. »Dein Bruder scheint sich auf die Idee versteift zu haben, mein Freund Thomas habe den Obdachlosen in deinem Laden getötet. Und die anderen Männer.«

»Die Ermittlungen deuten darauf hin«, sagte Sophie ausweichend. »Aber was willst du jetzt von mir?«

»Thomas ist kein Mörder.«

Stimmt, dachte sie, wollte Martin aber nicht zugestehen, mit ihm einer Meinung zu sein. »Wie gut kennst du ihn denn?«

»Gut genug, um zu wissen, dass er niemanden töten würde.«

»So was hab ich auch mal gedacht«, entgegnete Sophie. Ben brummte zustimmend.

Martin hob in einer hilflosen Geste die Hände. »Zugegeben, es klingt ein wenig dünn. Ich weiß, Thomas hat mir einen Haufen Lügen aufgetischt über seine Vergangenheit. Und trotzdem …«

»Was hat er dir denn erzählt?«

Martin wand sich ein wenig auf seinem Stuhl – Sophies Stuhl. »Na ja, die Story mit der ermordeten Oma und dem Enkel, der alles beobachtet hat …«, begann er.

»Der Prolog aus ›Das letzte Opfer‹«, konstatierte Sophie.

Martin senkte den Blick und nickte. »Thomas hat sie mir als seine Lebensgeschichte verkauft. Aber nach dem, was Carsten mir erzählt hat, ist Thomas gar nicht bei seiner Oma aufgewachsen. Und seine Mutter ist nicht bei seiner Geburt gestorben, sondern saß im Gefängnis. Die Polizei ist überzeugt, die Morde hängen irgendwie mit ihr zusammen. Näheres wollte Carsten mir aber nicht sagen.«

»Dafür wird er wohl seine Gründe haben«, meinte Sophie.

»Ja ja, ermittlungstaktische Gründe, blabla. Aber du weißt, worum es geht.«

Sophie lehnte sich an einen Küchenschrank und lächelte spöttisch. Was für eine Genugtuung, Martin am ausgestreckten Arm verhungern lassen zu können. Darauf wartete sie seit dem Tag, an dem er sie wegen dieser dauergewellten Tussi hatte sitzenlassen. Rache war tatsächlich ein Gericht, das auch kalt schmeckte. »Ja, aber ich werd dir nichts verraten.«

»Bleibt er zum Abendessen?«, warf Ben dazwischen, ohne den Blick vom Herd zu wenden.

»Ja, gern«, erwiderte Martin erfreut.

»Nein!«, sagte Sophie bestimmt.

»Dann warte ich mit den Spaghetti, bis er weg ist.«

»Komm schon, Soph«, bettelte Martin mit flehender Stimme. »Ich will Thomas wirklich nur helfen. Wenn ich Näheres weiß, kann ich anfangen zu recherchieren. Darin bin ich ziemlich gut.«

Das glaubte Sophie ihm gern. Was sie ihm nicht glaubte, war, dass es ihm tatsächlich darum ging, die Unschuld seines Freundes zu beweisen. Ihm ging es immer nur um sich selbst. Wenn sie ihm Einzelheiten über den Stand der

Ermittlungen verriet, würde er die Geschichte ausschlachten und für seinen nächsten Roman verwenden. Und wenn Carsten herausfand, wer dem Autor die Informationen verschafft hatte, konnte sie sich gleich auf den Mond begeben. Dahin würde ihr Bruder sie nämlich schießen, sollte sie die Dummheit begehen, Martin Jäger Polizeiinterna anzuvertrauen.

»Vergiss es«, sagte sie daher in einem Ton, der keinen Widerspruch duldete. »Ich wäre dir wirklich sehr verbunden, wenn du jetzt gehen würdest, ich hab Hunger.«

Ben war so freundlich, ihren quengelnden Gast zur Tür zu begleiten, den Kochlöffel zum Schlag bereit, sollte Gewalt vonnöten sein.

Sophie hörte, wie die Wohnungstür mit einem lauten Knall ins Schloss geworfen wurde, und nahm entspannt auf ihrem Stuhl Platz, den Martin netterweise für sie angewärmt hatte.

»Abgang Martin Jäger«, meinte ihr Mann erleichtert, als er in die Küche zurückkehrte.

»Wieso hast du ihn überhaupt reingelassen?«, fragte Sophie.

Ben zuckte mit den Achseln. »Weiß auch nicht. Vielleicht wollte ich ihm zeigen, wie schön wir es hier haben, und dass es dir bei mir gutgeht und er sich keine Hoffnungen zu machen braucht.«

»Also so'n Männerding«, meinte sie.

»Ja genau. Durch den Urwald trampeln und sich mit den Fäusten auf die Brust trommeln. Aber die Kohle für das Essen am Dienstag hast du immer noch nicht von ihm bekommen.«

»Nein«, bestätigte sie. »Aber weißt du was? Ich hab ihm sein Honorar für die Lesung bislang nicht überwiesen.«

»Oh, wie praktisch. Soll ich jetzt die Nudeln aufsetzen?«

»Bitte Tarzan. Ich sterbe vor Hunger.«

»Na, das kann ich als treusorgender Mann nicht verantworten.«

»Es hat übrigens noch einen Mord gegeben«, informierte Sophie, während Ben den Wasserkocher anstellte. »Dieser Freddie, von dem ich dir erzählt habe, wurde erstochen.«

»Der Drogendealer Freddie, den der Professor sich angeblich vorknöpfen wollte?«

»Genau der.«

»Was hat das zu bedeuten?«

»Wenn ich das wüsste. Im Moment schwirrt mir ohnehin der Kopf vor lauter Toten.« Sie stützte das Kinn auf die Hand und starrte ins Leere.

»Alles okay bei dir?«, fragte Ben besorgt.

Sie schreckte aus ihren Gedanken auf und blickte ihn an. »Ja, schon. Nur …«

»Nur, was?«

»Ich weiß nicht. Ich kann den Finger nicht so recht darauf legen. Irgendwas ist da. Cordula hat mich drauf gebracht.«

»Worauf?«

»Wenn ich das nur wüsste … meine grauen Zellen sind im Moment echt außer Form.«

»Vielleicht hilft ein Teller Spaghetti Bolognese«, schlug Ben vor.

»Bestimmt!«, erwiderte Sophie zuversichtlicher, als sie sich fühlte. »Übrigens hat Carsten Cordula endlich flachgelegt.«

»Wie romantisch du dich immer ausdrückst, holde Gattin.«

»Nicht wahr?«

52

Gerd Schröder hatte, wie schon am Abend zuvor, seinen
Posten im Schwesternzimmer in der vierten Etage des Altenheims bezogen. Von hier hatte er einen guten Blick auf
das Zimmer von Hartmut Kunze. Er gähnte laut und sah auf
die Uhr. Mittlerweile war es nach elf. Auf der Station war es
gespenstisch ruhig. Die Bewohner waren schon zu Bett gegangen und die Nachtschicht drehte ihre Runden. Es waren
gerade mal zwei Pflegerinnen, die für das gesamte Haus zuständig waren. Die Personaldecke war wohl ziemlich dünn.
Angesichts der schlechten Bezahlung im Pflegedienst kein
Wunder. Diesen Knochenjob tat sich keiner mehr freiwillig
an. Bei der Polizei sah es nicht anders aus. Zumal die Menschen ihnen gegenüber immer respektloser wurden. Als
Polizist war man heutzutage nur noch der Prügelknabe der
Nation. Da wurde lauthals ›Polizeigewalt‹ gebrüllt, wenn
einem Demonstranten bei der Verhaftung der Arm verdreht
wurde. Dass der aber vorher mit einem Baseballschläger auf
einen Beamten eingeschlagen hatte, verschwieg man tunlichst. Natürlich gab es unter den Polizisten auch schwarze
Schafe, wer wüsste das besser als Schröder, aber alle über
einen Kamm zu scheren, war ziemlich unfair. Die meisten
der Jungs und Mädels machten einen ausgezeichneten Job.
Und riskierten jeden Tag ihr Leben, um anderen zu helfen.
So wie er gerade seine Freizeit opferte, um auf einen alten Mann aufzupassen, der dazu selbst nicht mehr in der
Lage war. Auch nachdem feststand, dass die Kamera am
Hintereingang des Heims vorsätzlich außer Gefecht gesetzt
worden war, hatte man keinen offiziellen Polizeischutz
bewilligen wollen. Schließlich sei ein geplanter Anschlag
auf Kunze nicht einwandfrei erwiesen und die finanziellen Möglichkeiten der Polizei äußerst begrenzt. Es wurde

lediglich verstärkt Streife gefahren. Dabei war Kunze einer von ihnen gewesen.

Schröder kannte ihn von früher. Ein guter Mann. Immer korrekt. Die schlimme Sache mit seiner Frau war ihm und den anderen Kollegen sehr nahe gegangen. Ihr Siechtum hatte sich über mehrere Jahre hingezogen. Eine Zeit lang war es ihr besser gegangen, bevor aus heiterem Himmel der Rückschlag kam. In all den Jahren war Kunze nur ein Schatten seiner selbst gewesen. Und dann, wenige Monate nach ihrem Tod, bekam er die Diagnose Alzheimer. So viel zum Thema wohlverdienter Ruhestand. Das Leben war manchmal echt ein Arschloch. Und nun trachtete, wie es aussah, ein kaltblütiger Mörder dem armen Kerl nach dem Leben. Vielleicht wäre Kunze sogar froh, wenn jemand seinem Elend ein Ende bereiten würde, aber wer konnte das schon mit Sicherheit sagen? Er schien sich in seiner eigenen Welt ganz wohlzufühlen. Den Tod seiner geliebten Frau hatte er komplett verdrängt.

Schröder gähnte wieder ausgiebig. Auch er war nicht mehr der Jüngste. Zwei Tage ohne Schlaf steckte man in seinem Alter nicht mehr so leicht weg wie früher. In der nächsten Nacht würde sich jemand anderes um Kunzes Sicherheit kümmern müssen. Falls sie den Mörder, diesen Hilbert, bis dahin nicht gefasst hatten. Der Bursche konnte sich nicht ewig vor ihnen verstecken. Irgendwann würde er ihnen ins Netz gehen. Kaum zu glauben, wie jemand so von Rachegedanken beseelt sein konnte, dass er Menschen aus dem Weg räumte, die lediglich ihren Job gemacht hatten. Hilberts Mutter war im Gefängnis gelandet, weil sie mehrere Menschenleben auf dem Gewissen hatte. Natürlich war die heile Welt des Jungen damals aus den Fugen geraten, doch dafür konnten die Männer, die er getötet hatte, nichts.

Dafür war einzig und allein Luise Hilbert verantwortlich. Aber wer ahnte schon, was in einem kranken Hirn vor sich ging. Er goss sich einen Becher Tee aus der Thermoskanne ein. Vielleicht würde der ihn wachhalten.

Vom Ende des Flurs her vernahm er lautes Gepolter und ein Scheppern.

»Hilfe, Hilfe!«, brüllte eine verzweifelt klingende Stimme.

Das hörte sich nicht nach einem Albtraum an. Schröder stand auf und steckte den Kopf zur Tür hinaus, doch auf dem Gang war weit und breit keine der beiden Pflegerinnen zu sehen. Sie waren auf den anderen Etagen unterwegs.

»Hilfe, Hilfe!«, erklang es erneut.

Schröder sah sich noch einmal um und rannte dann kurz entschlossen den Stationsflur entlang. Die Schreie kamen aus dem letzten Zimmer ganz hinten in der Ecke. Er riss die Tür auf. Im Schein der Nachttischlampe erkannte er einen Mann und eine Frau. Sie drosch mit einer Fliegenklatsche auf ihn ein.

»Verdammt noch mal, ich bin es leid, dass Nacht für Nacht einer von euch Spinnern vor meinem Bett rumlungert«, schrie sie und zog dem armen Mann ihre Waffe über den Schädel.

»Ganz ruhig«, sagte Schröder beschwichtigend, wie er es im Deeskalationsseminar gelernt hatte.

»Halten Sie sich da raus!«, fauchte die Alte. »Wer sind Sie überhaupt? Sind Sie neu hier? Gibt das jetzt hier 'ne Versammlung oder was?«

»Nein, ich bin Polizist.«

Die Alte beäugte ihn argwöhnisch. »Da waren Sie aber mal verdammt fix«, meinte sie. Sie hielt die Fliegenklatsche hoch, bereit, den nächsten Schlag auszuführen, während der alte Mann schützend die Hände über seinen Kopf hielt.

»Dann verhaften Se den mal, Herr Wachtmeister. Der is hier unbefugt eingedrungen. In meine Privats … Privatsfä … in mein Zimmer. Das ist Hausfriedensbruch.«

»Das ist mein Zimmer!«, wagte der alte Mann einzuwerfen.

»Das hätten Sie wohl gern«, spottete die Frau.

Nun war Schröder etwas verunsichert, wen der beiden er denn aus dem Raum hinausbegleiten sollte. Die Frau bemerkte seinen Zwiespalt und rollte mit den Augen.

»Gucken Sie in den Kleiderschrank«, sagte sie entnervt.

Schröder wusste nicht, wozu das gut sein sollte, tat aber wie ihm geheißen. Als er die Türen öffnete, ging ihm ein Licht auf. Im Schrank hingen, achtlos über die Kleiderbügel geworfen, Blusen und Röcke, in den Regalfächern lagen Feinripp-Damenschlüpfer und geblümte Nachthemden. Eindeutig nichts, was ein Mann von Welt tragen würde. Nicht mal, wenn er sich in einer anderen Welt befand. Es sei denn, er bevorzugte Frauenkleider, aber das Thema würde jetzt eindeutig zu weit führen.

»So, dann kommen Sie mal, Herr …?«, meinte Schröder und streckte die Hand aus.

»Wer?«, fragte der alte Mann.

»Ja, Sie, Herr …?«

»Ich?«

Also, Altenpfleger wäre eindeutig kein Beruf für Schröder, stellte er soeben fest. »Ja, Sie.«

»Aber ich wohne hier«, sagte der Alte empört.

»Nein, gewiss nicht. Hier wohnt die junge Dame.« Er deutete auf die alte Frau im Blümchennachthemd.

»Ach so«, meinte der Mann, nun vollends verwirrt. »Und wo wohne ich?«

»Das werden wir gleich herausfinden.«

»Er wohnt gegenüber. Zimmer 431«, ließ die alte Frau sich herab, den beiden Männern zu helfen. Ansonsten würden sie morgen noch hier stehen und ratlose Gesichter machen. »Danke, Frau …?«, sagte Schröder.

Sie stemmte die Hände in die Hüften. »Liselotte.«

Schröder nickte der alten Dame zu und begleitete den Mann auf das richtige Zimmer, um ihn ins Bett zu bugsieren. Nachdem er sich versichert hatte, dass der Herr nicht gleich wieder aufsprang, wenn er ihm den Rücken kehrte, machte er sich auf den Weg zurück zu seinem Posten. Er sah bei Hartmut Kunze herein, doch der schlief tief und fest. Sein Atem ging ruhig und gleichmäßig. Schröder beschloss, den Rest der Nacht im Zimmer des alten Mannes zu verbringen. Sollte der Täter es tatsächlich auf ihn abgesehen haben, ginge er dem Polizisten so leichter ins Netz, als wenn er weiterhin gut sichtbar im Büro des Pflegepersonals hockte. Er ging zurück ins Schwesternzimmer, hinterließ eine kurze Notiz für die Pflegerinnen und nahm seinen Becher und die Thermoskanne mit. Wieder in Kunzes Zimmer, knipste er die kleine Lampe auf dem Sideboard an und ließ sich auf den unbequemen Stuhl beim Esstisch fallen. Hartmut Kunze drehte sich auf die andere Seite und begann zu schnarchen. Wie gern würde er es ihm gleichtun.

Schröder beobachtete den Schlafenden eine Zeit lang. Wie sehr eine Krankheit einen Menschen veränderte, kam es ihm in den Sinn. Der Kunze, den er von früher kannte, war in dem zusammengefallenen Häuflein Mensch kaum noch zu erkennen. Schröder trank einen Schluck vom dünnen Pfefferminztee, der inzwischen kalt geworden war. Wenige Minuten später war er eingeschlafen.

Thomas war es gestern Abend gelungen, Patrick davon zu überzeugen, ihm kein Schlafmittel zu verabreichen und auch auf die Fesseln zu verzichten. Er hatte seinem Freund Verständnis für sein Tun vorgegaukelt. Ihm versichert, dass er im umgekehrten Fall ebenso gehandelt hätte. Vielleicht konnte man in einer kranken Welt tatsächlich begreifen, weshalb Patrick all die Morde begangen hatte, doch Thomas lebte nicht in einer solchen Welt. Warum war es Patrick in all den Jahren nicht gelungen, mit der Vergangenheit abzuschließen und nach vorn zu schauen? Lag es daran, dass er mit Michael Tag für Tag, Jahr für Jahr das Unglück quasi direkt vor der Nase gehabt hatte? Es war mit Sicherheit keine leichte Aufgabe, sich um einen manisch-depressiven Bruder zu kümmern. Michael war ein weiterer Grund, weshalb Thomas damals das Weite gesucht hatte. Die Verantwortung, die mehr und mehr auch auf ihm lastete, war ihm einfach zu viel geworden. Und nach der verhängnisvollen Nacht in der Hütte wurde es mit Michi immer schlimmer. Er verkroch sich tagelang in seinem Zimmer, unfähig, auch nur einen klaren Gedanken zu fassen. Er gab sich die Schuld an dem Unglück, so wie er sich auch die Schuld für den Mord an seiner Großmutter und den Tod seiner Mutter gab. Der Junge hätte dringend psychologische Hilfe gebraucht, das war Thomas nicht erst seit heute klar. Doch Patrick hatte wie so oft alles allein regeln wollen. Außerdem war er aufs Peinlichste darauf bedacht gewesen, dass niemand sie mit dem Desaster in der Hütte in Zusammenhang brachte. Es hätte sie alle ins Gefängnis gebracht. Thomas' Einwand, ein Psychologe stehe unter Schweigepflicht, ließ er nicht gelten. Um nicht selbst in den Strudel gezogen zu werden, in dem Michi langsam aber sicher dem Untergang entgegensteuerte, war er lieber fortgegangen. Ein Umstand, den Patrick ihm vermutlich nie verzeihen würde. Thomas wusste, er schwebte in höchster Gefahr, wenn es ihm nicht bald gelang, von hier zu verschwinden.

Er überlegte, ob es schon früher Hinweise darauf gegeben hatte, dass Patrick dem Wahnsinn anheimgefallen war. Sicher, er war als Junge aufbrausend gewesen. Wer ihm in die Quere kam, bekam was in die Fresse. Thomas hatte es damals mit der Wut erklärt, die Patrick auf Gott und die Welt hatte. Er selbst war auch wütend gewesen, aber sein Zorn richtete sich gegen seine Mutter, die ihn vermeintlich im Stich gelassen hatte. Doch er hatte damit abgeschlossen. Es interessierte ihn nicht mehr. Sein zukünftiges Leben hing nicht davon ab, was sich in der Vergangenheit abgespielt hatte. Es hing davon ab, ob er hier rauskam oder nicht.

Als er gehört hatte, wie Patrick nach ihrem Gespräch wegfuhr – Thomas ahnte, wohin der Weg ihn führen würde – hatte er die Zeit mit dem Versuch zugebracht, irgendwie die Tür aufzubrechen. Leider fehlte ihm das geeignete Werkzeug dazu. Frustriert hatte er aufgegeben und begonnen, sich dem Gitter vor dem Fenster zu widmen. Mit viel Anstrengung kam er an die Schrauben heran, die es in der Verankerung hielten, doch sie waren mit den Jahren rostig geworden und ließen sich keinen Millimeter bewegen. Sein Multifunktions-Taschenmesser mit dem Schraubendreher hatte Patrick ihm abgenommen, nachdem er ihn am Dienstag betäubt hatte. Genau wie sein Handy. War das erst drei Tage her? Es kam ihm vor wie eine Ewigkeit. Er konnte die Zeit ohnehin nur an Patricks Besuchen festmachen, und selbst da konnte er nicht sicher sein, wusste er doch nicht, wie lange seine Dämmerzustände jeweils angedauert hatten.

Er sah, wie sich die Scheinwerfer eines Wagens dem Haus näherten, schloss rasch das Fenster und löschte das Licht. Dann hastete er zum Bett, griff sich die Nachttischlampe, riss das Kabel aus der Steckdose und lief zur Tür, um sich daneben zu postieren. Er hörte, wie die Motorengeräusche erstarben und kurz darauf die Haustür geöffnet wurde. Wenig später vernahm er das Knarzen der Stufen, als jemand die Treppe heraufkam. Er wagte kaum zu atmen, während er mit erhobener Lampe darauf wartete, dass Patrick sein Zimmer betrat. Die Schritte näherten sich der Tür, doch nichts geschah. Nach einigen Sekunden, die Thomas wie Stunden vorkamen, entfernten sie sich wieder. Scheinbar war sein Freund nach getaner ›Arbeit‹ zu müde, um Thomas seine Aufwartung zu machen. Oder zwei Morde in einer Nacht waren zu viel für sein zartes Gemüt.

Die Stunden vergingen. Stunden, in denen er verzweifelt gegen den Schlaf ankämpfte, um den richtigen Moment nicht zu verpassen. Als hätte er in jüngster Zeit nicht genug Schlaf für die nächsten Monate gehabt. Aber danach fragte das Sandmännchen wohl nicht, wenn es galt, einem Sand in die Augen zu streuen. Irgendwann hörte Thomas, wie nackte Füße den Flur entlanggingen. Wieder ging er in Position. Wieder geschah nichts. Er lauschte dem Rauschen der Dusche. Anschließend dem Knarzen der alten Stufen. Unten in der Küche begann es zu rumoren. Patrick, der das Frühstück zubereitete. Oder einen Todescocktail für seinen unfreiwilligen Gast mixte.

Nun konnte es nicht mehr lange dauern, bis Patrick hinaufkam, um ihm sein Frühstück zu bringen. Oder um ihn zu töten. Das letzte Opfer. Er dachte an Martin Jäger, der seinem Roman genau diesen Titel verpasst hatte. Wieso fiel ihm in den vermutlich letzten Minuten seines Lebens ausgerechnet Martin ein? Der Mann, der seine Geschichte geklaut und gewinnbringend vermarktet hatte? Okay, Thomas hatte die Geschichte selbst geklaut, aber das stand auf einem anderen Blatt. Sie war nicht dazu gedacht gewesen, der Öffentlichkeit präsentiert zu werden, doch was hatte er von einem Mann wie Martin eigentlich erwartet? Für eine gute Story ging der Kerl über Leichen. Der Protagonist aus Martins Roman kam ihm in den Sinn. Auch der war am Ende in eine schier aussichtslose Lage geraten. Ihm war es geglückt, seinem Peiniger zu entkommen. Thomas würde es auch gelingen. Hoffte er. Kampflos würde er sein Leben nicht hergeben.

* * *

Der Anruf kam gegen halb sechs Uhr morgens. Ein panisch klingender Gerd Schröder war am Apparat, um Mattes mitzuteilen, dass Hartmut Kunze vor wenigen Minuten tot aufgefunden worden war.

»Ich bin nur kurz eingenickt«, versicherte er.

Mattes murmelte im Halbschlaf ein paar tröstende Worte und legte dann auf, um Carsten zu informieren. Sie verabredeten sich vor dem Altenheim. Als er ankam, stand sein jüngerer Kollege schon dort und wartete ungeduldig. Natürlich, Carsten wohnte in der Nähe, er hatte einen Fußweg von kaum zehn Minuten. Sie gingen die wenigen Stufen zum Eingang hinauf und Mattes drückte auf den Schalter für die Automatiktüren. Nichts tat sich.

»Ich glaube, die Türen sind nachts abgeschlossen«, meinte Carsten.

»Klar!« Mattes schlug sich gegen die Stirn und drückte den Klingelknopf.

»Ja bitte?«, meldete sich eine atemlose Stimme über die Gegensprechanlage.

»Hauptkommissar Mattuschek. Unser Kollege hat uns angerufen.«

»Oh, sicher. Gut, dass Sie so schnell kommen konnten. Warten Sie, ich komme sofort, um aufzuschließen.«

Das Sofort zog sich endlos lange hin, bis schließlich eine nicht mehr ganz junge Frau aus dem Fahrstuhl trat und mit gezücktem Schlüssel auf die Tür zueilte.

»Tut mir leid. Der Aufzug braucht immer ewig«, entschuldigte sie sich und ließ die beiden Beamten eintreten.

»Kein Problem«, versicherte Mattes.

»Er liegt oben im vierten Stock«, informierte sie und sprach dabei höchstwahrscheinlich nicht von Gerd Schröder.

Der empfing sie vor dem Aufzug und war völlig außer sich.

»Ich kann es mir wirklich nicht erklären«, begrüßte er seine Kollegen.

Mattes legte ihm eine Hand auf die Schulter. »Jetzt beruhig dich erst mal. Was ist denn passiert?«

Schröder berichtete, dass er gegen halb zwölf Stellung in Kunzes Zimmer bezogen hatte. Da war der alte Mann definitiv noch am Leben gewesen.

»Ich hab mich an den Tisch gesetzt und einen Becher Tee getrunken. Dann muss ich irgendwie eingeschlafen sein. War total weggetreten.«

Das klang eher weniger nach ›nur kurz eingenickt‹. »Könnte es sein, dass dir irgendwer was in den Tee gekippt hat?«, fragte Mattes.

Schröder dachte einen Moment nach. »Das kann dann eigentlich nur in der Zeit passiert sein, als ich der alten Dame am Ende des Flurs geholfen hab, einen nächtlichen Besucher loszuwerden«, meinte er. »Die hat ihn glatt mit der Fliegenklatsche verdroschen.«

Carsten verschluckte sich und hustete.

»Das muss Frau Kantner gewesen sein«, informierte die Nachtschwester. »Ich weiß nicht wieso, aber aus irgendeinem Grund stehen die Männer nachts ständig in ihrem Zimmer.«

»Kantner?«, fragten Mattes und Schröder wie aus einem Mund und starrten Carsten an.

Der zuckte ein wenig verlegen mit den Achseln. »Omma«, flüsterte er.

»Wo waren Sie zu der Zeit?«, fragte Mattes an die Pflegerin gewandt.

»Meine Kollegin und ich waren im Haus unterwegs. Wir sind nachts nur zu zweit.«

»Für alle Etagen?«

»Ja. Ist normalerweise kein Problem. Wir drehen unsere Runde, und wenn wir fertig sind, fangen wir wieder von vorne an. So geht die Nacht wenigstens rum.«

»Wann werden die Türen unten abgeschlossen?«

»Gegen acht Uhr abends.«

»Und dann kommt niemand von draußen mehr herein?«

»Nicht, ohne zu klingeln.«

»Hmm ... kann es sein, dass sich jemand gestern Abend hier hat einschließen lassen, ohne bemerkt zu werden?«

Die Schwester konnte nicht ausschließen, dass es so gewesen sein könnte. Auch wenn es ihr wenig wahrscheinlich erschien.

»Eine ähnliche Aktion hat unser Täter in der Mördergrube ja schon einmal erfolgreich durchgeführt«, merkte Mattes an. »Er hat den richtigen Zeitpunkt abgepasst, dann Schröder etwas in den Tee getan und gewartet, bis er eingeschlafen ist.«

»Sie haben in der Nacht nicht noch einmal nach Herrn Kunze gesehen?«, mischte Carsten sich ein.

Die Nachtschwester schüttelte bedauernd den Kopf. »Herr Schröder hat uns einen Zettel hingelegt, dass er in Herrn Kunzes Zimmer Wache hält. Wir haben gedacht, wenn etwas sein sollte, wird er sich schon melden.«

»Wie wurde Kunze eigentlich getötet?«

»Ich weiß nicht«, erwiderte die Schwester. »Als ich kurz nach fünf nachgeschaut habe, habe ich bemerkt, dass Herr Schröder eingeschlafen war. Dann sah ich nach Herrn Kunze und stellte fest, dass er nicht mehr atmete. Er muss schon längere Zeit tot gewesen sein.«

»Keine Stichwunden? Strangulationsmerkmale am Hals?«

Die Augen der Pflegerin weiteten sich. »Nein, nichts dergleichen. Es sah fast aus, als sei er einfach im Schlaf gestorben.«

»Könnte es nicht so gewesen sein?«, fragte Schröder hoffnungsvoll.

»Ich habe bereits den Arzt verständigt«, sagte die Pflegerin. »Er müsste gleich hier sein.«

»Dann sehen wir uns die Sache mal an«, sagte Mattes.

Die Pflegerin begleitete die drei Polizisten zu Herrn Kunzes Zimmer und zog sich dann ins Büro zurück.

Carsten und Mattes traten ans Bett und nahmen den Leichnam in Augenschein.

»Sieht wirklich nicht so aus, als sei ihm Gewalt angetan worden«, bemerkte Mattes. »Vielleicht ist er tatsächlich eines natürlichen Todes gestorben.«

»Das wäre aber ein ziemlich merkwürdiger Zufall«, meinte Carsten zweifelnd.

»Aber nicht undenkbar. Er war schon ziemlich alt und seine Krankheit weit fortgeschritten.«

»Warten wir ab, was der Arzt dazu sagt.«

54

Der Arzt, der Hartmut Kunze einer ersten Untersuchung unterzog, fand in Nase und Rachen des Toten Fasern, die ihm verdächtig vorkamen.

»Sie könnten von einem Kissenbezug stammen«, sagte er.

»Also Tod durch Ersticken? Jemand hat ihm ein Kissen aufs Gesicht gedrückt?«, hakte Carsten nach.

»Vielleicht.«

Der Arzt wollte sich nicht genau festlegen, also wurde der Todesfall zumindest als verdächtig eingestuft und Spurensicherung und Rechtsmedizin hinzugezogen. Carsten rief Aylin Öner an, um sie über die neuen Entwicklungen zu informieren. Mittlerweile war es schon nach acht, sie würde sich wundern, wo ihre beiden Kollegen blieben.

»Du lieber Himmel«, sagte sie, als er sie auf den neuesten Stand gebracht hatte. »Es wird wirklich Zeit, dass wir diesen Hilbert schnappen.«

»Nehmen Sie sich am besten noch mal die Akten vom Jugendamt vor. Vielleicht finden Sie doch noch einen Hinweis darauf, bei wem er untergetaucht sein könnte.«

»Mach ich«, versprach sie. »Ach so, Kantner?«

»Ja?«

»Ich will bitte, bitte nicht schon wieder zur Obduktion.«

»Geht klar!« Carsten lächelte und legte auf.

Amelie Brandt traf gegen neun Uhr ein. »Vielleicht sollte ich mir einen Zweitwohnsitz in Wuppertal zulegen«, meinte sie wie üblich gutgelaunt. »Dann hab ich's nicht mehr so weit.«

»Sie können doch zu Martin Jäger ziehen«, schlug Carsten vor. »Wo ist er eigentlich? Er folgt Ihnen doch sonst auf Schritt und Tritt.«

»Jetzt übertreiben Sie aber maßlos. Ich hab ihm mal 'ne

Verschnaufpause gegönnt«, erwiderte Dr. Brandt und kicherte.

»Können wir uns vielleicht auf den Toten konzentrieren?«, brummte Mattes missmutig.

»Aber sicher.«

Amelie Brandt sah sich den Leichnam an, leuchtete mit einer kleinen Taschenlampe in Augen, Nase und Hals.

»Ich kann leichte Petechien in den Augen und an der Mundschleimhaut erkennen«, sagte sie. »Nicht sehr ausgeprägt. Aber sie könnten ein Hinweis auf einen Tod durch Ersticken sein. Ich schlage auf jeden Fall eine Obduktion vor, um sicherzugehen.«

»Gut.« Carsten reichte ihr einen Plastikbeutel mit dem Becher, aus dem Schröder seinen Tee getrunken hatte. »Können Sie feststellen, ob da jemand ein Medikament reingemischt hat?«

»Wie soll ich das machen? Durch Handauflegen? Im Teesatz lesen?«

»Vielleicht durch Proben entnehmen?«, schlug Carsten vor.

»Das können doch auch Ihre Leute machen.«

»Schon, aber bei Ihnen gehts schneller.« Carsten bedachte sie mit dem strahlendsten Lächeln, das er im Moment finden konnte.

»Na, wenn Sie mich so lieb bitten«, meinte Amelie Brandt und nahm die Tüte entgegen.

»Ich schulde Ihnen einen Gefallen.«

»Ich werde darauf zurückkommen.«

»Und Schröder schuldet *mir* einen verdammt dicken Gefallen«, raunte Carsten Mattes zu.

»Du willst die Tasse schnellstmöglich untersuchen lassen, damit er sich nicht mehr so schuldig fühlt«, konstatierte sein Kollege. Carsten nickte. »Na ja, das bist du ihm auch irgendwie schuldig, wo es doch deine Omma war, die ihn von seiner eigentlichen Aufgabe abgelenkt hat.«

»Blödmann. Aber vielleicht sollte ich Omma ein paar Fragen stellen.«

Mattes nahm das Glas Rollmöpse vom Tisch, das dort immer noch unangetastet stand. »Dann nimm ihr das mit. Zur Beruhigung.«

»Mattes, das ist Beweismaterial.«

»Quatsch, das hab ich doch gestern mitgebracht. Habs nur hier vergessen.«

»Na schön.«

Carsten schnappte sich das Glas und machte sich auf den Weg zu Omma Lotte. Fast kam es ihm vor wie der Gang nach Canossa.

* * *

Aylin ging zum wiederholten Mal die Akten zum Fall Luise Hilbert durch, in der Hoffnung, dort irgendeinen versteckten Hinweis zu entdecken, der ihnen bislang entgangen war und der ihr verriet, bei wem Thomas Hilbert untergekrochen sein konnte. Doch sie fand nichts.

Sie nahm sich das Wenige an Dokumenten vor, das das Jugendamt ihnen zugeschickt hatte. Der Name des Vaters war in der Geburtsurkunde nicht vermerkt. Thomas war zunächst auf die Grundschule in der Liegnitzer Straße gegangen, in deren Nähe er mit seiner Mutter gewohnt hatte. Was für ein Zufall, dort war sie auch gewesen, aber einige Zeit vor Hilberts Einschulung. Nachdem er dann zu Margarethe und Werner Plenske gekommen war, wechselte er zur Grundschule Beyenburg. Noch ein Zufall. War dort nicht Ben Liebermann Konrektor? Sie suchte die Telefonnummer der Schule heraus und griff zum Hörer.

»Grundschule Beyenburg, Liebermann.«

»Ja, hallo, Herr Liebermann. Mein Name ist Aylin Öner von der Kripo Wuppertal. Ich bin eine Kollegin Ihres Schwagers.«

»Ist was mit Sophie?«, fragte er erschrocken.

»Nein, keine Sorge«, versicherte sie. Wie kam er nur darauf? »Ich habe lediglich eine Frage.« Sie erklärte ihm ihr Anliegen. »Es gibt doch sicherlich Schülerakten, aus denen hervorgeht, wer damals die gleiche Klasse besucht hat oder wer die Klassenlehrerin war?«

Ben pustete einmal tief durch. »Sicher, gibt es die. Ich werde gleich mal nachschauen. Von welchem Jahrgang sprechen wir denn?«

Aylin kontrollierte noch einmal das Geburtsdatum von Thomas Hilbert. »Das müsste der Jahrgang 92/93 gewesen sein. Er stieß allerdings erst im dritten Schuljahr hinzu. Also 94/95«, fügte sie sicherheitshalber hinzu. »Ich hoffe, die Akten existieren noch.«

»Ja sicher. Wir müssen sie fünfundzwanzig Jahre aufbewahren. Ich such sie raus und faxe sie Ihnen zu, okay?«

»Das ist total nett.« Sie gab ihm die Faxnummer und ihre Durchwahl und legte auf.

Es dauerte kaum fünf Minuten, bis das Faxgerät ansprang und beinahe gleichzeitig ihr Telefon läutete. Ben Liebermann meldete sich.

»Ich faxe Ihnen gerade die Schülerakte von Thomas Hilbert und eine Klassenliste von damals«, erklärte er überflüssigerweise. »Die Klassenlehrerin damals war Frau Isenberg. Sie steht neben mir. Ich geb Sie gleich mal weiter.«

Aylin hörte Knistern und Gemurmel, dann meldete sich eine weibliche, leicht genervt klingende Stimme am anderen Ende.

»Elke Isenberg. Sie wollten mich sprechen?« Vorwurfsvoll. Aylin nahm sofort Haltung an. Manche Lehrer hatten so einen Effekt. Frau Isenberg gehörte eindeutig dazu.

»Ja, entschuldigen Sie die Störung und danke, dass Sie sich die Zeit nehmen«, beeilte die Kommissarin sich zu sagen. »Es geht um Ihren ehemaligen Schüler, Thomas Hilbert.« Sie erklärte erneut ihr Anliegen. »Sie erinnern sich hoffentlich an ihn.«

»Klar, ein solches Schicksal vergisst man nicht. Als Schüler war er eher unauffällig. Guter Durchschnitt.«

»Hatte er einen besonderen Freund in der Klasse?«, fragte Aylin hoffnungsvoll.

»Ja sicher. Seinen Pflegebruder, Patrick Specht. Sie waren von Anfang an unzertrennlich.«

»Moment. Sagten Sie Pflegebruder?«

»Ja, die beiden waren bei denselben Pflegeeltern untergebracht. Den Plenskes. Beziehungsweise die drei. Patrick hatte noch einen jüngeren Bruder. Den hatte ich dann im nächsten Durchgang in meiner Klasse. Ein hoffnungsloser Fall. War ein wenig zurückgeblieben. Es hatte wohl Komplikationen bei der Geburt gegeben. Die Mutter ist dabei gestorben. Und dann musste er noch den Mord an seiner Großmutter mit ansehen. War 'ne tragische Geschichte damals. Er war ja erst vier, als es passierte. Hat danach kaum gesprochen, der arme Kerl, auch in der Schule nicht.«

»Die Oma der Jungs wurde ermordet?«

»Ja, in ihrem eigenen Haus. War sehr mysteriös. Der Täter hat die Frau ermordet, die beiden Kinder aber in Ruhe gelassen.«

»Gott sei Dank«, merkte Aylin an.

»Ja, klar, trotzdem seltsam. Der Große, Patrick, hat die ganze Sache wohl verschlafen, der Kleine jedoch ...« Elke

Isenberg ließ den Satz unvollendet. »Na ja, damit der Große nicht auch noch die Schule wechseln musste, kamen sie ebenfalls zu den Plenskes. Patrick war ja schon bei uns, als seine Großmutter noch lebte. Und er hatte sich von Anfang an rührend um Thomas gekümmert, was eigentlich gar nicht seine Art war. Sonst war er eher ein Haudraufundschluss. Wir hatten die Hoffnung, wenn sie zusammenbleiben, hätte Thomas einen dauerhaft positiven Einfluss auf seinen Freund. Na ja, hat nicht wirklich funktioniert.«

»Wissen Sie, was aus den dreien geworden ist?«, fragte die Kommissarin.

»Nein, keine Ahnung, nach der Grundschulzeit hab ich sie aus den Augen verloren. Es gab aber etliche Jahre später einen kleinen Skandal um ihre Pflegeeltern.«

»Inwiefern?«

»Es waren natürlich nur Gerüchte.« Aber Frau Isenberg klang, als könne sie es kaum erwarten, Aylin diese Gerüchte mitzuteilen. »Die Jungs haben wohl Anzeige gegen den Pflegevater erstattet. Angeblich soll er sie misshandelt haben.«

»War etwas dran?«

»Mir ist nie was aufgefallen.«

»Das wundert mich nicht«, ertönte Ben Liebermanns Stimme im Hintergrund.

Elke Isenberg grunzte ungehalten. »Also, wie gesagt, mir ist nichts dergleichen aufgefallen. Herr Plenske war ein strenger Mann, das gebe ich zu, aber manche Kinder brauchen eben eine harte Hand.«

»Pah!« entfuhr es Ben.

»Patrick zum Beispiel«, fuhr die Lehrerin fort. »Wie ich schon sagte, er war ein richtiger Satansbraten. Wenn der seine dollen fünf Minuten hatte … dann gute Nacht, Marie.«

412

»Aha. Sie sagten, die Oma der beiden habe ein Haus gehabt?«

»Ja, da wo sie ermordet wurde. Ein ehemaliger Kotten an der Stadtgrenze zu Lüttringhausen, wenn ich mich recht entsinne. Die Adresse müsste in den Akten stehen. Herr Liebermann sucht sie gerade schon raus und faxt sie Ihnen ebenfalls zu.«

»Ich danke Ihnen für Ihre Zeit«, sagte Aylin erneut und verabschiedete sich dann von Frau Isenberg.

Ehe sie auflegen konnte, meldete sich Ben Liebermann noch einmal. Er hatte eine dringende Frage. »Sie erzählen Sophie nichts davon, oder?«

»Keine Angst, meine Lippen sind versiegelt. Ihrer Frau wird nichts geschehen«, beruhigte sie ihn.

* * *

Sophie saß am Küchentisch und starrte gebannt auf den Sekundenzeiger der Wanduhr. Sie hätte nie gedacht, dass sie sich ohne ihre Arbeit dermaßen langweilen würde. Wenn sie im Laden stand, sehnte sie sich oft danach, zu Hause auf dem Sofa sitzen zu können, anstatt sich die Anekdoten aus dem ereignisreichen Leben ihrer Stammkundin Frau Hamacher anhören zu müssen. Nun war sie seit fast einer Woche zur Untätigkeit verdammt, und das passte ihr noch viel weniger. Wie es das Leben machte, es war verkehrt. Sie hätten den Laden heute wieder öffnen sollen.

Auf der anderen Seite machte ihr schon seit gestern dieses Grummeln in der Magengegend zu schaffen. Hoffentlich hatte sie sich keinen Virus eingefangen, der sie die nächsten Tage ans Klo fesselte. Wäre zumindest eine Abwechslung. Wenn auch eine eher unangenehme. Dann doch lieber Frau Hamacher. Oder Langeweile. Wobei das fast auf dasselbe rauskam. Aber immer noch interessanter, als einem Sekundenzeiger beim Kriechen zuzugucken.

Also warum dieses Magengrummeln? Kein Wunder eigentlich, angesichts der Tatsache, dass sie in ihrem Laden eine Leiche gefunden hatte. Doch dann hätte das Grummeln schon am Montag einsetzen müssen, was nicht der Fall gewesen war. Nein, es war wegen der Geschichte, die Cordula ihr erzählt hatte. Über den Mann, den der Professor angerempelt hatte. Sie ging im Geiste die Gesichter der letzten Reihe durch und zerbrach sich einige Minuten den Kopf, bis der imaginäre Groschen endlich fiel. Ihre grauen Zellen waren wirklich nicht mehr intakt. Es hätte ihr viel früher auffallen müssen.

Hastig blätterte sie in der Kopie der Akte, die Mattes ihr freundlicherweise hinter Carstens Rücken zur Verfügung gestellt hatte. Wenigstens einer, der ihre lädierte Spürnase zu schätzen wusste. Und empfänglich für dramatisch platzierte Augenaufschläge war. Sie suchte die Listen mit den Gästen der Krimilesung von Sonntag heraus. Er stand auf keiner der beiden. Hätte er die Karte bei ihr gekauft, hätte sie sich auf jeden Fall daran erinnert. Wahrscheinlich war er bei Robert gewesen, und der kannte ihn nicht. Sie nahm sich die Liste mit den Namen derjenigen vor, die sich bei der Polizei gemeldet hatten. Auch dort entdeckte sie seinen Namen nicht. Vielleicht hatte er nichts von den Ereignissen der letzten Tage mitbekommen. Obwohl das kaum vorstellbar war. Selbst Omma Lotte hatte davon gehört, auch wenn die alte Dame den Zusammenhang zwischen den Morden und der Mördergrube nicht hergestellt hatte.

Oder er wollte nicht in eine Mordermittlung hineingezogen werden, solche Leute gab es zuhauf. Lieber nicht sagen, was man gesehen hatte, am Ende warf es ein schlech-

tes Licht auf einen selbst. Oder man musste vor Gericht als
Zeuge aussagen. Das war fast so, als wäre man selbst angeklagt. Doch so einfach würde sie den Knaben nicht davonkommen lassen. Sie lief ins Wohnzimmer und schnappte
sich das Telefon.

55

Erwin zog die verkratzte Taschenuhr aus seiner Stepp-
weste. Es war fast elf. Sein Herz schlug ein paar Takte
schneller, während er vor dem Urnengrab stand. Das hatte
schon etwas Bizarres an sich, fand er. Auf seine Angebetete
am Grab ihres Mannes zu warten. Er drehte nervös die Rose
in seinen Händen. Er hatte sie ordnungsgemäß in dem kleinen Blumenladen gegenüber dem Café erworben und nicht
etwa von einem Grab geklaut. Es war lange her, seit er so
viel für eine Frau empfunden hatte. Er konnte sich nicht
entsinnen, überhaupt jemals solch tiefe Gefühle gehabt zu
haben. Marga war in seinen Augen etwas ganz Besonderes.
Auch wenn er sie erst vor wenigen Tage getroffen hatte,
war es ihm, als würde er sie schon ewig kennen. Vielleicht
waren sie einander in einem früheren Leben begegnet, obwohl er an diesen esoterischen Kram nicht glaubte. Das Ge-
ständnis, das sie ihm gestern gemacht hatte, änderte nichts
daran. Ihre innere Zerrissenheit war beinahe mit Händen
greifbar gewesen. Sie fühlte sich schuldig an dem, was den
Kindern angetan worden war. Doch was hätte sie dagegen
unternehmen können? Sie war ihrem Mann in jeglicher
Hinsicht unterlegen gewesen. Dieser Plenske war derjenige, der sich Vorwürfe machen sollte. Wenn er noch leben
würde. Doch der Tod hatte ihn gnädigerweise frühzeitig
abgeholt – und hoffentlich geradewegs ins Fegefeuer geworfen.

Erwin war kurz davor, verächtlich auf Werner Plenskes Grab zu spucken. Nur die Angst, dabei von Marga ertappt zu werden, hielt ihn davon ab. Doch er würde es später nachholen, wenn er sicher sein konnte, dass ihn niemand beobachtete. Aus der Ferne hörte er die Glocke der Turmuhr. Er zupfte einen Fussel von seiner Weste und drehte sich erwartungsvoll in Richtung des Wegs, den Marga jeden Morgen nahm. Doch es war weit und breit nichts von ihr zu sehen.

Er runzelte die Stirn und beschloss, ihr ein Stück entgegenzugehen. Vielleicht war ihre Beichte gestern eine Art Startschuss gewesen, ihr Leben zu ändern, sich nicht mehr abhängig zu machen von einem Mann, der längst verrottete. Einem Mann, der eine Frau wie sie schon zu Lebzeiten nicht verdient hatte. Aber sie hatte gelächelt und genickt, als er sich gestern Mittag mit den Worten »Bis morgen um elf« verabschiedet hatte. Erwin eilte schneller den Weg entlang.

Beim Eingangstor angelangt, sah er die Straße hinunter, in der Hoffnung, ihre kleine Gestalt zu erblicken. Aber sie kam nicht. Die Enttäuschung saß ihm wie ein dicker Kloß im Hals, und er musste schlucken. Er kämpfte mit den Tränen und rieb sich mit dem Zeigefinger über die Nase. Sie hatte ihn versetzt. Oder war ihr etwas zugestoßen? Der Schreck fuhr ihm in die Glieder. Vielleicht war sie in ihrer Wohnung gestürzt und konnte sich allein nicht helfen. Er vergewisserte sich, ob sie nicht doch gerade um die Ecke bog und rannte, als dem nicht so war, die wenigen Meter zum Blumenladen auf dem Friedhofsgelände.

»Kann ich kurz telefonieren?«, fragte er atemlos.

Die Frau hinter der Theke zuckte gleichgültig mit den Achseln und wies mit einer Kopfbewegung in Richtung des

Telefons. Erwin legte die Rose, die ihren Kopf mittlerweile traurig hängen ließ, beiseite und zog hektisch den Zettel mit Margas Telefonnummer aus seiner Hosentasche. Genau wie er besaß sie kein Handy. Wozu auch? Es rief sie ohnehin nie jemand an. Er ließ es so lange läuten, bis er aus der Leitung geworfen wurde. Dann wählte er kurzentschlossen eine andere Nummer. Die kannte er auswendig, auch wenn er sie lange nicht gebraucht hatte. Dies war ein Notfall. Inzwischen war er sicher, Marga hatte ihn nicht versetzt. Er spürte es einfach in jeder Zelle seines Körpers, etwas Schlimmes war passiert. Doch er würde nicht zulassen, dass man ihm Marga wieder wegnahm, nachdem er sie gerade erst gefunden hatte.

* * *

Omma Lotte hatte Carstens Zeit länger in Anspruch genommen, als er geplant hatte. Nachdem sie ihn erst mit Vorwürfen über seine seltenen Besuche überhäuft und ihm anschließend das Glas mit den Rollmöpsen aus der Hand gerissen hatte, war es ihm gelungen, ihr einige Fragen bezüglich der gestrigen Nacht zu stellen.

»Da solltest du dich mal lieber drum kümmern«, meckerte sie, nachdem sie ihm die Geschichte in epischer Breite dargelegt hatte, und bohrte ihm ihren Zeigefinger in die Rippen. »Die kommen und gehen hier, wie es ihnen passt. Na ja, gehen tun sie eher nicht. Die bleiben ja immer. Wenn der nette Polizist nicht zufällig hier gewesen wär … Wieso war der eigentlich hier?«

Carsten hatte ihr vorsichtig erklärt, es habe in der Nacht einen Mord an einem ihrer Mitbewohner gegeben. »Hartmut Kunze.«

»Kunze? Der Polizist? Och …«

»Du kennst ihn?«

»Na ja, nicht wirklich. Er war auch mal hier. Hat mich mit seiner Frau verwechselt. Die ist auch schon tot.«

»Ich weiß.«

»Ja, ganz seltsam. Er sagte, er hätte seine Karriere aufs Spiel gesetzt wegen ihr.«

»Aha.«

»Dann hat er sich auf den Weg gemacht, um ihren Arzt aufzusuchen. Glaube ich. Er hat was von einem Prof gesagt.«

Nach dieser etwas mysteriösen Aussage überließ er Omma Lotte ihren Rollmöpsen und kehrte zu Mattes zurück. Sein Kollege steckte gerade sein Handy zurück in die Jackentasche.

»Das war mein Onkel Erwin«, erklärte Mattes, der Carstens fragenden Blick bemerkte. »Der kleine Bruder meiner Mutter. Ein Nachzügler. Er ist kaum fünf Jahre älter als ich.«

Carsten bedeutete seinem Kollegen mit einer Geste, dass er im Moment nicht allzu sehr an der Familiengeschichte der Mattuscheks interessiert war. »Was wollte er?«, fragte er dennoch.

»Er macht sich Sorgen. Offenbar ist ihm eine Friedhofsbesucherin abhanden gekommen.«

»Bitte was? Du machst Witze.«

»Nein, er klang ziemlich aufgeregt. Er arbeitet doch aufm Friedhof. Und da kommt seit Monaten jeden Morgen eine Frau. Er hat sich wohl mit ihr angefreundet. Jedenfalls ist sie heute Morgen das erste Mal nicht aufgetaucht.«

»Das ist nicht sein Ernst«, meinte Carsten. »Wegen so 'nem Scheiß ruft er die Polizei an?«

»Er macht sich wirklich Sorgen, und glaub mir, Erwin ist niemand, der übertrieben ängstlich ist. Er hat versucht, sie anzurufen, aber sie nimmt nicht ab.«

»Vielleicht will sie ihm aus dem Weg gehen. Mensch Mattes, für so was haben wir echt keine Zeit.«

»Ja, ich weiß. Hab ich ihm auch gesagt.«

Carstens Handy begann zu vibrieren. Kurz darauf ertönten die ersten Takte der Miss-Marple-Filmmelodie. Er drückte den Anruf weg. Im Moment hatte er auch keine Zeit für Sophie und ihre abstrusen Theorien.

So ganz war Mattes mit dem Thema der verschollenen Friedhofsbesucherin nicht durch. »Onkel Erwin sagte, die Dame käme jeden Morgen pünktlich um elf. Seit ihr Mann vor ein paar Wochen beerdigt wurde.«

»Was? Auf welchem Friedhof arbeitet dein Onkel?«, fragte Carsten.

»Am Norrenberg.«

»Scheiße. Wir müssen sofort los.«

»Warum?«

»Margarethe Plenske, die Pflegemutter von Thomas Hilbert.«

»Was ist mit der?«

»Ihre Nachbarin erwähnte gestern, sie ginge jeden Vormittag um elf zum Friedhof. Und sie wohnt in der Nähe vom Norrenberg.«

Carsten drehte sich auf dem Absatz um und wirbelte aus dem Raum. Mattes lief seinem Kollegen hinterher, der bereits die Tür zum Treppenhaus aufriss. Während Carsten die Stufen hinunter hetzte, benutzte Mattes den Fahrstuhl. Nicht dass der schneller gewesen wäre, aber auf jeden Fall bequemer.

Als sich die Fahrstuhltüren im Erdgeschoss öffneten, wartete Carsten bereits ungeduldig auf ihn. Er drückte genervt auf dem Display seines Handys herum, das schon wieder einen Anruf von Miss Marple ankündigte.

»Vielleicht solltest du lieber rangehen«, schlug Mattes vor.

»Nein, sollte ich nicht«, erwiderte Carsten knurrig.

»Wie du meinst. Aber sag hinterher nicht, ich hätte dich nicht gewarnt.«

Kurz nachdem die beiden das Gebäude verlassen hatten, schlurfte Lotte Kantner über den Flur. »Haben Sie meinen Enkel gesehen?«, fragte sie einen Pfleger, der damit beschäftigt war, das Frühstücksgeschirr abzuräumen.

»Wer ist denn ihr Enkel?«, fragte er freundlich.

»Der Polizist. Der Große mit dem Vollbart.«

»Der ist vor fünf Minuten mit seinem Kollegen zur Tür raus. Ist es was Wichtiges?«

»Nein, nein, schon okay«, versicherte Lotte und schlurfte zurück in ihr Zimmer. »Ich wollte ihm nur was sagen. Aber wenn er schon weg ist ...«

56

Sophie hatte die Einfahrt zu dem Kotten beim ersten Mal verpasst. Am Umspannwerk drehte sie den Wagen und bog links in den Feldweg ein. Ihr Navi könnte ruhig früher mit seinen Anweisungen herausrücken. Sie hatte die Adresse zunächst googeln müssen. Das Haus lag ziemlich einsam am Waldrand. Der nächste Nachbar war auf jeden Fall außer Sicht- und Hörweite. Wenn Sophie hier leben müsste, würde sie nachts vor lauter Angst vermutlich kein Auge zubekommen. Dafür gab es andererseits keine Nachbarn, die ihre Umgebung mit lautstarken Streitigkeiten nervten, und einem auf diesem Weg den Schlaf raubten. Jede Münze hatte zwei Seiten. An eine geruhsame Nacht war auf keiner der beiden zu denken.

Ein schmiedeeisernes Tor hinderte sie an der Weiterfahrt. Rechts schlängelte sich ein Wanderweg einen kleinen Berg hinauf. Ihr Navi verkündete stolz, sie habe ihr Ziel erreicht. *Stell dir vor, das habe ich auch schon bemerkt.* Sophie hielt den Wagen an und stieg aus. Sie warf einen Blick auf das Haus und das großzügige Grundstück, das sich jenseits des Tors erstreckte. Ein bisschen verwittert war das Anwesen vielleicht, aber wenn man ein wenig Zeit und Geld investierte, wäre es hier idyllisch schön. Bei dieser Gelegenheit fiel ihr auf, dass vor dem Haus kein Fahrzeug stand. Hoffentlich war er überhaupt zu Hause, sonst hätte sie den weiten Weg ganz umsonst gemacht. Das wäre ziemlich ärgerlich. Sie versuchte noch einmal, Carsten anzurufen, doch auf der Fahrt hatte sich der Akku ihres Smartphones wohl heimlich verabschiedet. Wie immer, wenn sie es dringend brauchte. Frustriert rammte sie das Handy in ihre Manteltasche.

Rechts vom Zaun, direkt unter dem Schild, das vor dem Hunde warnte, befand sich die Klingel. Sophie zögerte einen Moment, bevor sie den Knopf drückte.

* * *

Er erwachte von einem Glockengeläut in seinem Kopf und brauchte einige Sekunden, um sich zu orientieren. Er lag auf dem Boden neben der Tür und hatte fürchterliche Kopfschmerzen. Er betastete vorsichtig die Stelle neben seiner Schläfe, hinter der es ganz besonders heftig pochte, und versuchte sich zu erinnern, was geschehen war. Die Nachttischlampe! Sie lag neben ihm. Ein klassischer Knockout. Verdammt! Er richtete sich mühsam auf und zog sich an der Türklinke hoch. Die Tür war abgeschlossen. Er saß in der Falle.

Es klingelte wieder und dieses Mal realisierte er, dass es die Türglocke war. Er bewegte sich langsam auf das Fenster zu, um hinauszusehen. Vor dem Tor stand eine kleine Frau und blickte durch die Gitterstäbe hindurch. Mit einem Ruck riss er das Fenster auf.

»Hilfe!«

* * *

»Hilfe!«

Sophie sah sich irritiert um.

»Hier oben!«

Sie blickte an der Fassade empor und bemerkte ein vergittertes Fenster an der Seitenwand des Hauses. Eine Hand streckte sich durch die Gitterstäbe und winkte.

»Ich bin hier eingeschlossen«, rief die zur Hand gehörende Person.

Sie konnte das Gesicht nicht erkennen, war aber sicher, dass es ein Mann war, der da um Hilfe rief.

»Bitte!« Es klang flehentlich.

»Ich … äh … ich«, stotterte Sophie. Was sollte sie jetzt tun? Der Akku ihres Handys war leer, sie konnte niemanden anrufen. »Ich fahre los und hole jemanden«, rief sie ihm zu.

»Nein nein, ich weiß nicht, wann er zurückkommt. Sie müssen mich hier rausholen.«

»Wie soll ich das anstellen?«, fragte sie ratlos.

»Klettern Sie einfach über das Tor.«

Einfach über das Tor klettern. Und dann? »Hier hängt ein Schild«, warf sie ein.

»Es gibt keinen Hund«, versicherte er.

Na ja, er musste es wissen, wenn er sich hier hatte einschließen lassen. Aber wer hatte ihn eingeschlossen? Am Ende war der Typ ein Einbrecher, der sich hatte erwischen lassen, und der Hausbesitzer war auf dem Weg zur Polizei. Vielleicht war es aber der Hausbesitzer selbst, der überfallen worden war. Sie blieb ein paar Sekunden unschlüssig stehen.

»Bitte, ich bin verletzt«, rief er. »Mein Kopf …«

Er klang wirklich nicht gut. Sophie dachte nach. Das Tor war nicht allzu hoch, vielleicht zwei Meter. Wenn sie auf die Motorhaube ihres Wagens stieg, kam sie bestimmt an die obere Querstange heran. Ehe sie es sich anders überlegen konnte, kletterte sie auf ihren Wagen und hangelte sich an der Verstrebung empor. Klimmzüge waren nie ihr Ding gewesen, aber irgendwie schaffte sie es, sich rittlings auf die obere Stange zu setzen.

»Das machen Sie toll!«, lobte der Mann. »Jetzt einfach springen.«

Der Typ hatte gut reden. Das waren mindestens zehn Meter. Na gut, eigentlich waren es allenfalls zwei, aber Sophie war nun einmal nicht die Sportlichste unter der Sonne. Und litt zudem unter Höhenangst. Sie schwang ihr rechtes Bein über die Stange. Leider waren ihre untrainierten Ärmchen nicht kräftig genug, selbst ihr geringes Gewicht zu stemmen. Mit einem Ruck schnellte ihr Körper nach unten, und sie kugelte sich fast die Arme aus, ließ aber nicht los.

»Sie müssen loslassen!«, rief der Mann ihr zu.

Toller Rat! Sophie sah nach unten. Die Entfernung schien nicht wesentlich kürzer geworden zu sein, doch ewig konnte sie nicht hier herumhängen. Ihre Hände erleichterten ihr die Entscheidung, indem sie von der feuchten Stange abrutschten. Elegant wie eine Katze landete Sophie auf den Füßen. Ihre Knie gaben nach, und sie setzte sich auf den Hosenboden.

Sie rieb sich fluchend das schmerzende Hinterteil und marschierte den Kiesweg entlang auf das Haus zu. Von dieser Position aus konnte sie den Mann noch viel weniger sehen.

»Wie komme ich rein?«, rief sie an der Fassade empor.

»Äh, ich weiß nicht«, meinte der Mann unsicher.

Das war ja ganz klasse. Er war im Haus eingesperrt und sie auf dem Grundstück. Über das Tor würde sie mit Sicherheit nicht noch einmal klettern.

»Der Gartenzwerg, der Gartenzwerg«, rief er.

»Aha.« Sophie fühlte sich ein bisschen überfordert.

»Beeilen Sie sich«, drängte er. »Er kann jeden Moment zurückkommen.«

»Wer denn?«

»Mir ist schwindlig. Ich muss … mich setzen.«

»Hallo? Wer kommt zurück?«

Keine Antwort. War er ohnmächtig geworden? Hoffentlich war er nicht schwer verletzt. Sie musste unbedingt einen Weg hineinfinden. Drinnen gab es bestimmt ein Telefon, mit dem sie die Polizei verständigen konnte. Bevor *er* zurückkam. Wer auch immer *er* war, er führte vermutlich nichts Gutes im Schilde. Du liebe Güte, wo hatte sie sich da nur wieder hineinmanövriert? Carsten würde ihr den Kopf abreißen, wenn er dahinterkam. Selbst schuld, wenn er ihre Anrufe nicht entgegennahm.

Neben der Bank unter einem kleinen Fenster entdeckte sie einen ramponierten Gartenzwerg. Ob es der war, von dem der Mann gesprochen hatte? Vielleicht war ein Zweitschlüssel in seinem Inneren versteckt. Sie hob ihn vom Boden auf und schüttelte ihn sanft. Sie konnte keinen Schlüssel hören, aber der Kopf des Zwergs verabschiedete sich vom Körper und fiel zu Boden, wo er in mehrere

Stücke zerschellte. Uups, wie unangenehm. Na ja, das olle Ding war ohnehin potthässlich. Sie inspizierte das Innere des Zwergenkörpers, konnte aber keinen Schlüssel entdecken. Auch bei den Überresten des Kopfs auf dem Boden war nichts zu sehen. So ein Mist! Vielleicht hatte der Typ am Fenster aber auch einen anderen Gartenzwerg gemeint. Sophie umrundete das Haus, in der Hoffnung, irgendwo einen weiteren Gnom oder einen Zugang zu finden. Doch sie entdeckte weder das eine noch das andere. Alles war vorschriftsmäßig verriegelt, die Jalousien an den Fenstern heruntergelassen. Sie warf einen prüfenden Blick auf das kleine Fenster links neben der Eingangstür. Kein Gitter, keine Jalousie. Klein und dünn wie sie war, müsste sie da eigentlich durchpassen. Ehe sie der Mut verlassen konnte, kletterte sie auf die Holzbank, zog ihren Mantel aus, wickelte ihn um ihre rechte Hand und schlug die Scheibe ein. Sie entriegelte das Fenster, wischte vorsichtig ein paar Glasscherben beiseite und zog sich am Rahmen hoch, um sich kopfüber ins Innere des Hauses zu quetschen. Da sollte ihr noch mal jemand Unsportlichkeit vorwerfen. Erst ein meterhohes Tor, jetzt ein winziges Fenster. Sie stützte sich mit den Armen auf einer Toilettenschüssel ab, zog die Beine hinterher, verlor das Gleichgewicht und polterte über die Toilettenschüssel zu Boden. Wenigstens war der Klodeckel heruntergeklappt gewesen. Graziös hatte die Aktion wahrscheinlich nicht gewirkt, aber auch nicht unsportlich. Also, nicht allzu unsportlich. Ein bisschen vielleicht. Es hatte ja zum Glück niemand gesehen.

Sie rieb sich die schmerzende Schulter und verließ das stille Örtchen, in dem sie so unsanft gelandet war. Ihr Pullover hatte bei der akrobatischen Einlage einen stattlichen Riss davongetragen, aber hier war Gefahr im Verzug, da konnte auf das Schicksal von Kleidungsstücken keine Rücksicht genommen werden. Andererseits war es ihr Lieblingspulli, und das stimmte Sophie dann doch ein wenig traurig. *Wer geht denn bitte schön in seinen Lieblingsklamotten auf Verbrecherjagd?*, schalt sie sich selbst. Wobei sie, als sie sich auf den Weg gemacht hatte, noch gar nicht ahnen konnte, dass sich ihre Zeugenbefragung zur Verbrecherjagd auswachsen würde. Ein Telefon konnte sie auch nirgends entdecken. Leicht verstimmt ging sie den muffig riechenden Flur entlang, bis sie eine Treppe erreichte. Zögernd erklomm sie die Stufen. In der ersten Etage befanden sich drei Türen, zwei davon waren geschlossen. Sophie tippte darauf, dass der Mann sich hinter der Tür befand, deren Klinke durch die Lehne eines Stuhls verkeilt war. Nur so eine Vermutung.

Sie rückte den Stuhl beiseite und drückte die Klinke herunter. Abgeschlossen. Zu ihrem und dem Glück des Eingesperrten entdeckte sie einen Schlüssel auf der Kommode neben der Tür. Sophie steckte ihn ins Schloss und bewegte ihn vorsichtig nach rechts. Er ließ sich drehen, wie gut. Sie öffnete die Tür und betrat zögernd den Raum.

Ein Mann lag zusammengekrümmt vor dem Fenster. Er hatte offenbar nicht gelogen, als er behauptete verletzt zu sein. Lieber Himmel, hoffentlich war er nicht tot. Sophie eilte zu ihm und versuchte, ihn auf den Rücken zu drehen. Der Mann stöhnte leise. Gut, er war nicht tot. Sie brauchte ihre gesamte Kraft, um den Ohnmächtigen umzudrehen. Als sie in sein Gesicht sah, erstarrte sie. Eine etwa drei Zentimeter lange Narbe prangte auf seiner rechten Wange. Sie hatte schlimmstenfalls mit einem Einbrecher gerechnet. Doch dieser Mann war Thomas Hilbert! Was um alles in der Welt machte er hier? Und was um alles in der Welt machte sie hier? Brach in fremder Leute Häuser ein, um einem Mörder das Leben zu retten. Nur schnell weg, ehe er aufwachte und sie ebenfalls ins Jenseits beförderte. Sie sprang auf, wirbelte herum und rannte hinaus auf den Flur zur Treppe. Sie stolperte die Stufen hinunter, riss die Haustür auf – und blickte in den Lauf einer Pistole.

57

Carsten hatte bei der auskunftsfreudigen Nachbarin von Marga Plenske geklingelt, die die beiden Beamten ins Haus gelassen hatte.

»Vorhin hats bei der Frau Plenske mal heftig gebollert«, informierte sie die Polizisten. »Ich hab bei ihr geschellt. Hätte ja sein können, dass sie gefallen ist.«

»Und?«, fragte Carsten.

»Sie hat durch die Tür gerufen, es sei alles in Ordnung, ihr sei nur was runtergefallen.«

»Klang sie irgendwie nervös oder ängstlich?«

Die Frau dachte einen Moment nach. »Na ja, sie klingt immer etwas verhuscht. Ihr Mann war ein ziemlicher Tyrann, glaube ich. Hatte nicht viel zu lachen bei dem, die arme Frau.«

»Haben Sie einen Fremden im Hausflur bemerkt? Einen jungen Mann?«

»Vor einer Weile ist jemand nach oben gegangen. Ich weiß aber nicht, ob derjenige zu ihr wollte oder zu den Nachbarn. Obwohl … die sind im Moment gar nicht da. Und runtergekommen ist auch niemand.«

»Haben Sie zufällig einen Schlüssel zu Frau Plenskes Wohnung?«, fragte Carsten hoffnungsvoll.

Sie schüttelte den Kopf. »Nein, tut mir leid. Sie lebt sehr zurückgezogen. Hat nicht viel Kontakt zu den Nachbarn.«

»Okay, dann danke ich Ihnen einstweilen. Am besten, Sie gehen zurück in Ihre Wohnung und verschließen die Tür.«

Ihre Augen weiteten sich. »Ist Frau Plenske in Gefahr? Ist sie überfallen worden? Oh Gott, oh Gott.«

»Wir wissen es nicht«, gab Carsten zu. »Gehen Sie bitte in Ihre Wohnung. Wir sagen Bescheid, sobald wir Näheres wissen.«

Die ältere Dame huschte mit einigen weiteren ›oh Gott, oh Gotts‹ zurück in ihre Wohnung und verschloss energisch ihre Tür. Carsten und Mattes blickten sich ratlos an.

»Sollen wir Verstärkung anfordern?«, fragte Mattes.

»Vielleicht ist ihr wirklich nur was runtergefallen«, hoffte Carsten. »Aber wenn nicht, können wir hier nicht die Hände in den Schoß legen und warten, bis die Soko aufläuft. Falls es nicht schon zu spät ist.«

»Also, Verstärkung rufen und selbst stürmen«, konstatierte Mattes und griff zu seinem Handy.

Die beiden machten sich auf den Weg nach oben und lauschten an der Tür von Marga Plenske.

»Alles ruhig«, meinte Mattes. »Klingeln oder Tür eintreten?«

»Erst mal klingeln. Wir müssen uns ja nicht gleich als Polizei outen. Falls Hilbert sie als Geisel genommen hat, könnte er sonst ausflippen.«

»Okay.« Mattes drückte den Klingelknopf und klopfte an die Tür. »Marga? Hier ist … äh … Erwin. Du warst heute nicht aufm Friedhof. Ist alles okay bei dir?«

Totenstille.

»Sie muss drin sein«, flüsterte Carsten. »Sie hat doch vorhin noch mit ihrer Nachbarin gesprochen. Und die sagte, es sei anschließend niemand heruntergekommen.«

»Hörst du nicht auch einen leisen Hilferuf?« Mattes zog

seine Waffe aus dem Schulterhalfter und entsicherte sie.

Carsten spitzte die Ohren. »Nö, ich hör nix.«

Mattes seufzte. »Noch mal. Hörst du nicht auch einen leisen Hilferuf?«

Endlich verstand sein Kollege. Auch er zog seine Waffe. »Doch, jetzt, wo du's sagst.«

»Treten wir ein?«

»Wir treten ein. Tritt zur Seite, alter Mann!«

Mattes machte Platz, und Carsten trat mit aller Kraft gegen die Tür. Mit einem gewaltigen Krachen flog sie aus den Angeln.

»Respekt!«, raunte Mattes.

»Kannst mich ab sofort Chuck Norris nennen.«

Sich gegenseitig Deckung gebend, stürmten sie die Wohnung. Margarethe Plenske saß gefesselt auf einem Stuhl mitten im Wohnzimmer, ihr Mund war mit Klebeband verschlossen. Hinter ihr stand ein mittelgroßer, kräftig gebauter Mann und hielt ihr ein Messer an die Kehle.

»Messer runter, Hilbert«, rief Carsten.

Marga schüttelte tränenüberströmt den Kopf, und Mattes meinte erstaunt: »Ich kenne den. Der war mit Hartmut Kunze duschen.«

»Häh?«, fragte Carsten gehetzt und richtete seine Waffe weiter auf den Mann.

»Legen Sie die Waffen weg, oder ich schneid der Alten die Kehle durch«, drohte der Mann.

»Ganz ruhig. Lassen Sie uns reden. Die alte Dame hat Ihnen nichts getan.« Carsten ließ seine Pistole sinken, legte sie aber nicht weg. Mattes tat es ihm gleich. »Sagen Sie uns einfach, was Sie wollen.«

»Was ich will?«, schrie der Mann. »Ich will, dass sie stirbt. Genau wie die anderen.«

»Warum wollen Sie das denn?«, fragte Carsten mit betont ruhiger und leiser Stimme. Er musste unbedingt Zeit gewinnen, um sich eine Strategie zu überlegen, wie er den Mann von Marga Plenske weglocken konnte.

»Weil sie schuld sind an allem. Sie sind schuld, dass meine Großmutter ermordet wurde und daran, dass mein Bruder ...« Er sprach den Satz nicht zu Ende.

Marga saß stocksteif auf dem Stuhl und wagte nicht, sich zu rühren, aus Angst, er könne seine Drohung wahrmachen. Sie stand kurz vor einem Kollaps. Ihre Augen waren weit aufgerissen, und sie atmete schwer durch die Nase. Mattes machte einen Schritt auf sie zu, die Hand mit der Pistole zur Seite gestreckt, die andere beschwichtigend erhoben.

»Bleiben Sie stehen!«, brüllte der Mann.

Draußen ertönten Sirenen. Er zerrte Marga mitsamt dem Stuhl in Richtung Fenster und warf einen kurzen Blick hinaus. Das Messer kam der Kehle der Frau gefährlich nahe. Sie stöhnte auf und wimmerte.

»Sie haben keine Chance. Warum geben Sie nicht auf? Dann können Sie uns alles erzählen«, sagte Mattes.

»Ich hab schon vor Jahren alles erzählt«, schrie er und seine Stimme überschlug sich fast. »Da hats auch keinen interessiert.«

»Jetzt interessiert es uns«, versicherte Carsten.

»Ja, aber jetzt ist es zu spät«, höhnte er.

»Verraten Sie mir Ihren Namen?« Inzwischen war dem Hauptkommissar klar, dass es sich bei dem Geiselnehmer nicht um Thomas Hilbert handelte.

»Patrick Specht«, sagte Mattes, der einen kurzen Blick auf sein Handy geworfen hatte. »SMS von Aylin.«

»Okay, Patrick«, sagte Carsten. »Warum legen Sie das Messer nicht weg und wir reden über alles.«

»Hören Sie schlecht? Es ist zu spät.«

Vom Hausflur her hörten sie das Getrampel von mehreren Füßen, die in schweren Stiefeln steckten. Mattes ließ sich hastig mit dem Leiter des Sondereinsatzkommandos verbinden, um ihm die Lage zu schildern.

»Patrick, bitte. Geben Sie auf«, beschwor Carsten den jungen Mann eindringlich. »Lassen Sie die Frau gehen.«

Patrick schüttelte den Kopf und öffnete das Fenster. Er zwang Marga aufzustehen und kletterte auf den Stuhl. Er zerrte die Frau mit sich, als sei sie ein Fliegengewicht. Während er einen Schritt nach hinten auf den Fenstersims machte, kam Marga auf dem Stuhl zu stehen und diente ihm so als Schutzschild. Draußen schrien Menschen und riefen wild durcheinander.

»Alle müssen sterben!«, rief Patrick. »Alle, die den Tod meines Bruders zu verantworten haben.«

Er legte Marga die Arme um den Brustkorb und hob sie an wie eine Puppe. Dann ließ er sich nach hinten fallen.

* * *

»Das machen Sie aber auch nicht noch mal mit mir«, murmelte Sophie, den Kopf zwischen ihre Knie gepresst. Sie hatte das Gefühl, gleich zu hyperventilieren. »Sie haben mich zu Tode erschreckt.«

»Entschuldigung, dass ich ein wenig Vorsicht walten lasse, wenn ich einem mehrfachen Mörder auf der Spur bin«, entgegnete Aylin Öner mit unüberhörbarem Sarkasmus in der Stimme. »Ich konnte ja nicht ahnen, dass die Schwester meines Kollegen die gleiche Idee hatte.«

Sie hockten in der Küche des alten Kottens und warteten auf die Spurensicherung und den Krankenwagen. Nachdem Ben ihr die Akte von Patrick Specht zugefaxt hatte, hatte

Aylin sich zwei Streifenbeamte gekrallt und war gemeinsam mit ihnen zu dem kleinen Haus am Waldrand gefahren. Vor dem Tor parkte ein Auto. Aylin glaubte, eine Gestalt zu erkennen, die gerade durch eines der Fenster ins Haus einstieg. Sie gab den Kollegen ein Zeichen, und sie erklommen das Tor. Sie wollten soeben das Haus stürmen, als die Tür aufgerissen wurde. Aylin hob instinktiv die Waffe und schaute in das erschrockene Gesicht von Sophie Liebermann. So viel zum Thema ›Ihrer Frau passiert nichts, Herr Liebermann‹. Eigentlich hatte sie angenommen, Kantner neigte zur Übertreibung, wenn er von den Alleingängen seiner Schwester berichtete. Sie leistete ihm stumm Abbitte.

Thomas Hilbert war unterdessen aus seiner Ohnmacht erwacht und vorläufig festgenommen worden. Er sah ziemlich mitgenommen aus und beteuerte immer wieder seine Unschuld. Aylin war fast geneigt, ihm zu glauben, denn die Fesselungsspuren an seinen Hand- und Fußgelenken erschienen ihr zu tief, als dass er sie sich auf die Schnelle selbst hätte beibringen können. Die aufgeschürften Hände und Unterarme untermauerten seine Aussage, er habe in den letzten Tagen verzweifelt versucht, sich zu befreien. Als es ihm endlich gelungen war, sei er im Kampf von seinem Geiselnehmer niedergeschlagen worden. Die Beule an seinem Kopf war nicht zu übersehen, und er blutete aus der Nase. Trotzdem war Vorsicht geboten.

»Wie sind Sie eigentlich auf Patrick Specht gekommen?«, fragte Aylin Sophie Liebermann, deren Kopf immer noch zwischen den Knien steckte.

»Omma Lotte«, brabbelte sie.

»Wie?«

Sophie richtete sich auf. »Er ist Krankenpfleger im Heim, wo meine Omma lebt. Meine Freundin Cordula erwähnte

432

gestern, dass der Professor kurz vor Beginn der Lesung einen Mann fast mit seinem Rucksack vom Stuhl gefegt hat. Ich hab das nur am Rande mitgekriegt, weil ich so aufgeregt war. Ich musste ja Martin ankündigen, und so was liegt mir gar nicht. Egal. Ich hatte so ein komisches Gefühl in der Magengegend und hab mir im Geiste noch mal das Bild vor Augen geführt. Und dann ist mir eingefallen, wo ich den Mann schon mal gesehen habe. Im Pflegeheim.«

»Er taucht aber nicht auf Ihrer Gästeliste der Lesung auf«, meinte Aylin leicht vorwurfsvoll.

»Nein. Vermutlich hat er die Karte bei Robert gekauft. Als ich die Listen durchgegangen bin, habe ich bemerkt, dass er sich nicht bei Ihnen gemeldet hat. Ich habe Carsten angerufen, um ihn zu informieren, aber er hat mich immer weggedrückt. Na ja, und da dachte ich …« An dieser Stelle wurde Sophie etwas kleinlaut. »Ich dachte, ich frag ihn einfach selbst. Von Omma hab ich erfahren, dass er nicht bei der Arbeit war, aber zufälligerweise hat er ihr mal Fotos von seinem Haus gezeigt, und Omma wusste, dass es sich um diesen Kotten hier handelt.«

»Also haben Sie sich gedacht, Sie fahren einfach mal hier vorbei«, konstatierte Aylin kopfschüttelnd.

Sophie zog ein trotziges Schnütchen. »Konnte ja nicht ahnen, dass er einen Mörder versteckt. Oder gefangen hält. Oder selbst einer ist. Er war immer so nett zu meiner Omma.«

»Warum haben Sie nicht die Polizei angerufen, als Sie hier ankamen und merkten, dass etwas nicht stimmte?«

Sophie senkte den Blick. »Wollte ich, aber mein Akku war leer. Ich wollte losfahren und Hilfe holen, aber er meinte, ich müsse mich beeilen.«

»Und Sie sind zu keiner Zeit auf den Gedanken gekommen, es könnte sich um eine Falle handeln?«

»Nö«, gab Sophie zu. »Was hätte er denn davon, mich als Geisel zu nehmen?«

Dazu sagte die Kommissarin lieber nichts. Offenbar war Sophie so darauf erpicht, die Hobbydetektivin zu spielen, dass sie die Gefahr nicht mal dann erkannte, wenn sie ihr ins Gesicht sprang. Aylin war froh, dass die Sache glimpflich abgelaufen war und sie ihren Kollegen nicht vom gewaltsamen Ableben seiner Schwester unterrichten musste. Oder Ben Liebermann. Aber die beiden waren auf jeden Fall dafür zuständig, der umtriebigen Buchhändlerin ins Gewissen zu reden. Ihr Handy klingelte.

»Das ist Herr Mattuschek«, sagte sie mit Blick aufs Display und ging ran. »Haben Sie meine Nachricht bekommen? ... Oha! Und? ... Ach herrje. ... Ich bin gerade im Haus von Patrick Specht. Thomas Hilbert ist hier. Er behauptet, er wurde die letzten Tage hier gefangen gehalten. ... Ja, okay. Soll ich ihn wieder freilassen? ... Alles klar. Wir warten auf den Krankenwagen. Der arme Kerl ist ziemlich lädiert. Ich sag Bescheid, wo sie ihn hinbringen. Wahrscheinlich ins Sana-Klinikum nach Remscheid. ... Gut, bis dann!«

»Danke«, meinte Sophie.

»Wofür?«

»Dass Sie mich nicht verpetzt haben.«

»Ich glaube kaum, dass ich es Ihrem Bruder verheimlichen kann«, bedauerte Aylin. »Schließlich sind Sie eine wichtige Zeugin.«

»Ja, die Standpauke von Carsten hab ich mir wohl mal wieder verdient«, seufzte Sophie. »Jetzt stellt sich nur noch eine Frage.«

»Und die wäre?«

»Wie kriegen die Sanitäter Thomas Hilbert über das Tor?«

58

Marga saß zusammengesunken auf ihrem Sofa. Der Notarzt maß ihren Blutdruck.

»Hundertsechzig zu neunzig«, meinte er und warf ihr einen besorgten Blick zu. »Es wäre wirklich besser, wir würden Sie ins Krankenhaus fahren.«

Dieser Vorschlag katapultierte ihren Blutdruck noch mehr in die Höhe. »Nein, nein, nicht ins Krankenhaus«, keuchte sie. »Es geht gleich besser. Bestimmt.«

»Dann lassen Sie mich Ihnen etwas zur Beruhigung spritzen«, bat der Arzt. »Aber alleinlassen mag ich Sie nicht. Haben Sie jemanden, der sich um Sie kümmern kann?«

Sie senkte den Kopf. »Nein, niemanden«, sagte sie kaum hörbar.

»Ich hab meinen Onkel verständigt«, beeilte der ältere Polizist sich zu sagen. »Er ist auf dem Weg.«

Marga blickte auf. »Ist Ihr Onkel auch Polizist?«, fragte sie.

»Nein, Totengräber«, schmunzelte er. »Erwin Smolek. Ich glaube, Sie kennen ihn. Zumindest haben Sie bei ihm einen ganz schönen Eindruck hinterlassen.«

»Erwin?«, fragte sie ungläubig. »Ihr Onkel? Er ist doch kaum älter als Sie.«

»Hat sich gut gehalten, der alte Knabe. Immer an der frischen Luft und so. Er war es übrigens auch, der uns informiert hat. Er hat sich Sorgen gemacht, weil Sie heute nicht auf dem Friedhof waren.«

»Ja, ich gehe da jeden Tag hin«, sagte sie mehr zu sich selbst. Dann starrte sie in Richtung Fenster. »Ist er wirklich tot?« Gemeint war Patrick.

»Ja, leider«, bestätigte der Notarzt. »Wir konnten nichts mehr für ihn tun.«

Marga begann, still zu weinen. »Der arme Junge«, klagte sie. »Er hat so viel durchmachen müssen im Leben.«

»Er hat versucht, Sie umzubringen«, erinnerte sie der Notarzt.

»Ich weiß, ich weiß. Ich war dabei. Trotzdem tut er mir leid.«

Mit Schaudern dachte sie an die Minuten zurück, von denen sie dachte, es seien die letzten ihres Lebens. Wie Patrick sie hochgehoben hatte, um sich dann nach hinten aus dem geöffneten Fenster fallenzulassen. Beinahe gleichzeitig stürzten die beiden Polizisten auf sie zu. Der jüngere von ihnen bekam ihre Beine zu fassen und umklammerte sie. Durch das überraschende Gegengewicht wurde auch Patrick in den Raum zurückgezogen. Er ließ Marga los, die sich reflexartig nach vorn über die Schulter des Polizisten fallenließ. Der andere Polizist versuchte, Patrick festzuhalten. Kurz darauf hörten sie den Aufprall.

»Danke, dass Sie mir das Leben gerettet haben«, sagte sie leise.

»Keine Ursache«, meinte der pummelige Hauptkommissar, der Neffe von Erwin. »Ich wünschte nur, es wäre uns gelungen, auch Patrick vor dem Absturz zu bewahren.«

»Ja, das wünschte ich auch.«

»Als ich gestern hier war, erwähnten Sie nicht, dass Sie noch weitere Pflegekinder hatten«, sagte Hauptkommissar Kantner, und sie erkannte seine Bemühungen an, nicht vorwurfsvoll zu klingen.

»Ich wollte die Jungen nicht in Schwierigkeiten bringen«, gab sie zu. »Nicht nach all dem, was mein Mann ihnen angetan hat.«

»Was hat Ihr Mann ihnen denn angetan?«, wollte Mattuschek wissen.

»Werner war schon immer ein Schläger«, erklärte Marga Plenske den beiden Polizisten. »Man hätte ihm niemals Kinder anvertrauen dürfen.«

»Und trotzdem hat man es getan«, konstatierte Kantner.

»Na ja, nach außen hin konnte er sich gut verstellen.«

»Er war beim Jugendamt beschäftigt?«

»Ja. Er bekam meist die schwierigsten Fälle. Er habe einen Draht zu den Jugendlichen, sagten sie. Klar«, schnaubte sie, »wenn sie Kinder durch Drohung und Gewalt so weit einschüchtern, dass sie sich nicht mehr trauen, aufzumucken, ist das natürlich ein Erfolg.«

»Und das ist nie jemandem aufgefallen?«

Sie machte eine wegwerfende Handbewegung »Ach was. Die waren froh, wenn sie wieder einen Erfolg verbuchen konnten. Da wird dann nicht so genau hingesehen, wie der Erfolg zustande kam. Jedenfalls damals noch nicht. Es ist fast siebzehn Jahre her, müssen Sie bedenken. Zu der Zeit ging man noch anders mit Kindern um. Irgendjemand kam dann auf die Idee, uns auch noch Pflegekinder aufs Auge zu drücken. Werner fand das gut, auf diese Weise kam noch mehr Geld in die Kasse.«

»Thomas Hilbert war Ihr erstes Pflegekind?«

»Nein, es gab andere davor. Doch die blieben nie lange. Kamen entweder zurück zu den leiblichen Eltern oder wurden adoptiert. Bei Thomas, Patrick und Michael war das anders. Sie hatten keine lebenden Verwandten und waren für eine Adoption schon zu alt. Also sind sie bei uns geblieben. Thomas war eigentlich ein lieber kleiner Kerl. Ganz still. Kein Wunder, bei dem, was er alles durchgemacht hatte. Wenige Monate später kamen Patrick und Michael hinzu. Michi war schwer traumatisiert von dem, was er hatte mitansehen müssen.«

»Was musste er mitansehen?«, fragte Kantner.

»Na, den Mord an seiner Oma. Er hat danach monatelang kein Wort gesagt, hatte Angst, abends ins Bett zu gehen. Hat nachts eingenässt. Werner als Pflegevater zu haben, war in dem Fall natürlich wenig hilfreich.«

»Und Patrick?«

»Ja, Patrick«, sinnierte Marga und ihr Blick wanderte wieder zum Fenster. »Er war so voller Zorn auf alles und jeden. Ich weiß nicht, wie oft er mich aus heiterem Himmel angegriffen hat. Oder wie oft wir in die Schule mussten, weil er mal wieder einen Klassenkameraden verprügelt hatte.«

»Und Ihr Mann versuchte, ihn mit Schlägen zur Räson zu bringen.«

Sie schüttelte den Kopf. »Schlimmer. Er knöpfte sich Thomas und Michael vor. Patrick hatte vor den Prügelattacken meines Mannes keine Angst. Wenn Werner die beiden anderen schlug, tat es dem Jungen mehr weh. Trotzdem hatte Patrick seine Wutausbrüche nie unter Kontrolle.«

»Konnten die beiden anderen Jungs nicht auf ihn einwirken?«

»Nicht wirklich. Sie waren ihm irgendwie ... hörig, würde ich sagen. Sie taten immer das, was er sagte.«

»Hat Patrick die beiden auch geschlagen?«

»Nein! Nie!«, wehrte sie heftig ab. »Die beiden waren die einzigen, die er wirklich liebte. Er hat immer versucht, sie zu beschützen. Ich weiß, es klingt widersinnig, wenn man bedenkt, wie sie als Sündenbock für seine Taten herhalten mussten. Patrick hat einfach nicht kapiert, dass Werner ihn auf diese Weise kontrollieren wollte. Einmal hat mein Mann Thomas mit einem Bambusstock ins Gesicht geschlagen. Die Wunde musste genäht werden. Wir haben behauptet, die Jungen hätten ein Piratenspiel gespielt, das aus dem Ruder lief.«

»Wie lange lebten die Jungen bei Ihnen?«

»Fast zehn Jahre. Bis Patrick und Thomas achtzehn waren. Patrick hat dann die Vormundschaft für seinen Bruder übernommen. Michael war ja erst vierzehn.«

»Erstaunlich, dass man es ihm gestattet hat. Er war doch noch viel zu jung für so viel Verantwortung.«

»Na ja, die drei haben damals Anzeige bei der Polizei erstattet«, räumte Marga ein. »Wegen Kindesmissbrauchs. Werner hat getobt, als er davon hörte.«

»Was ist daraus geworden?«

Sie rang die Hände. »Nichts. Als die Polizei bei uns war, habe ich gelogen und ausgesagt, die drei seien bösartige kleine Monster, die meinen Mann in Misskredit bringen wollen.«

»Und das hat man Ihnen geglaubt?«

Sie zuckte die Achseln. »Sie konnten das Gegenteil nicht beweisen. Der Staatsanwalt meinte dann wohl, die Aussage dreier Halbstarker reiche nicht aus. Aber die Kollegen beim Jugendamt haben irgendwie Panik gekriegt, dass etwas an die Öffentlichkeit gelangt. Man legte Werner nahe, in Frühpension zu gehen, und neue Pflegekinder haben wir auch nicht gekriegt. Und damit die drei Jungen schön den Mund halten, bekam Patrick das Sorgerecht für seinen Bruder. Sie sind dann in das Häuschen gezogen, das Patrick und Michael von ihrer Großmutter geerbt hatten. Mich hätten da ja keine zehn Pferde wieder hingekriegt, wo doch die Oma dort ermordet worden ist.«

»Hat man den Täter damals eigentlich ermittelt?«, wollte Kantner wissen.

»Nein, leider nicht. Man fand im Haus keinen Hinweis. Kurz nachdem man es wieder freigegeben hatte, oder wie das heißt, ist dort eingebrochen worden. Alles war durchwühlt, aber nichts wurde gestohlen. Die Polizei ging davon aus, dass es irgendwelche Jugendlichen waren, die auf fette Beute hofften. Wie auch immer. Michael hat nach dem Mord monatelang nicht gesprochen und dann etwas von einer großen Maske erzählt.«

Das Gesicht von Kantner nahm einen nachdenklichen Ausdruck an. »Vielleicht ein Nachtsichtgerät?«

»Möglich, keine Ahnung. Nachdem sie ausgezogen waren, haben sie jeden Kontakt zu uns abgebrochen. Ich kann es ihnen nicht verdenken. Und wir mussten hierherziehen, nachdem auch noch das Pflegegeld wegfiel. Die Pension meines Mannes war nicht besonders hoch.«

Hauptkommissar Mattuschek nickte. »Können Sie sich einen Grund vorstellen, weshalb Patrick Sie und die anderen Opfer für den Tod seines Bruders verantwortlich gemacht hat? Und den seiner Großmutter?«

Marga schüttelte den Kopf. »Nein, ich weiß es nicht. Bei mir kann ich es noch nachvollziehen. Werner hat die Kinder gequält und ich hab nicht eingegriffen. Ich war zu schwach, um mich und die Kinder vor ihm zu schützen. Das bereue ich zutiefst. Aber die Männer, die er ermordet haben soll … Ich kann es mir wirklich nicht erklären. Auch nicht die Sache mit seiner Oma.«

»Wissen Sie, wie Michael Specht gestorben ist?«

Dieses Mal nickte sie. »Patrick hat es mir gesagt, kurz bevor … er über mich herfiel. Michi war schwer drogenabhängig. Er ist an einer Überdosis gestorben.«

* * *

Sie überließen Frau Plenske der fürsorglichen Obhut von Erwin Smolek, der wenig später eintraf. Während Mattes zurück ins Präsidium fuhr, machte Carsten sich auf den Weg nach Remscheid ins Sana-Klinikum, wo man Thomas Hilbert hingebracht hatte.

Der junge Mann war leicht dehydriert und hatte eine Gehirnerschütterung, bestand aber darauf, eine Aussage zu machen. Schon allein, um den immer noch schwelenden Verdacht seiner Beteiligung an der Mordserie auszuräumen. Gemeinsam mit Aylin Öner betrat er das Einzelzimmer, in dem man Thomas Hilbert untergebracht hatte. Der Patient lag in Gedanken versunken im Bett und schaute auf, als die beiden Polizisten hereinkamen. Carsten zog zwei Stühle für sich und Aylin heran.

»Wie geht es Ihnen?«, fragte Carsten und setzte sich.

»Geht schon«, murmelte Thomas. »Ist Patrick wirklich tot?«

Carsten nickte betrübt bei dem Gedanken daran, dass Patrick Specht keinen anderen Ausweg gesehen hatte, als sich in den Tod zu stürzen. »Ja. Es tut mir leid. Der Notarzt konnte nichts mehr für ihn tun.«

Hilbert blinzelte ein paar Tränen weg. »Vielleicht ist es besser so«, grübelte er. »Ich weiß, es war falsch, was Patrick getan hat. Aber er hat diese negativen Gefühle all die Jahre mit sich herumgeschleppt. Sie haben ihn von innen aufgefressen, bis nur noch Hass übrig war.«

Er seufzte und griff nach dem Becher, der auf dem ausklappbaren Nachttisch vor ihm stand. Aylin bemerkte, wie Hilberts Hände dabei zitterten, und half ihm. Die Kommissarin konnte den Mann gut verstehen. Er musste in den letzten Tagen Todesängste ausgestanden haben. Gefesselt in dieser Kammer zu liegen, einem Mörder auf Gedeih und Verderb ausgeliefert. Und dann noch die bittere Erkenntnis, dass sein ehemaliger bester Freund nicht davor zurückschreckte, ihn als Geisel zu halten, um ungestört seinen Mordgelüsten nachgehen zu können.

»Als Michael vor ein paar Wochen gestorben ist, muss es bei ihm ausgesetzt haben«, setzte Hilbert zu einer Erklärung an. »Er konnte nicht akzeptieren, dass sein Bruder nicht mehr da ist. Was seine Taten natürlich nicht entschuldigt.«

»Das ist richtig«, erwiderte Carsten. »Bevor er … gesprungen ist, rief er so was wie: ›Alle, die schuld sind am Tod meines Bruders, müssen sterben‹. Weshalb hielt er sie für schuldig?«

Thomas rieb sich mit der Hand erschöpft über sein Gesicht. »Er machte sie verantwortlich dafür, dass man seine Oma ermordet hat.«

»Wieso das?«, wollte Aylin wissen. »Weil man den Täter nicht ermitteln konnte? Das hätte seine Großmutter doch auch nicht wieder lebendig gemacht.«

»Nein, Patrick war überzeugt davon, wenn sie im Fall meiner Mutter damals richtig nachgeforscht hätten, wären sie drauf gekommen, dass mehr hinter der Sache steckte als eine mordlustige Krankenschwester«, erklärte er.

»Was hat die Verurteilung Ihrer Mutter mit dem Mord an Patricks Großmutter zu tun?«, fragte Carsten ratlos.

Thomas knetete seine Hände und rutschte unruhig auf seinem Bett herum. »Das ist eine lange Geschichte.«

»Wir haben heute nichts mehr vor.«

Thomas nickte bedächtig. »Patrick hat eine Ausbildung zum Krankenpfleger gemacht. In dem Heim im Luisenviertel, wo er wohl auch jetzt noch arbeitet. Arbeitete«, verbesserte er sich. »Dort lernte er einen früheren Polizisten kennen, der an Alzheimer erkrankt war.«

»Hartmut Kunze?«, fragte Aylin.

Thomas nickte wieder. »Ja. Der alte Mann hat ihm irgendwann gestanden, während eines Falls Beweise manipuliert zu haben. Dabei ging es um eine Krankenschwester, die wegen Mordes an ihren Patienten angeklagt war.«

»Ihre Mutter«, konstatierte Carsten.

»Das nahm Patrick an. Die Frau dieses Polizisten lag ebenfalls in der Klinik, wo die ... Morde passiert sind.«

»Die Onkologische Privatklinik.«

»Richtig. Sie war wohl schwer krank. Jedenfalls, so erzählte dieser Kunze, machte der Chef der Klinik ihm einen Vorschlag. Er wollte Kunzes Frau kostenlos einer besseren Behandlungsmethode unterziehen, wenn der im Gegenzug Beweise zurückhielt, die auf ihn als Täter hindeuten könnten. Offenbar hatte Kunze ihn zu dem Zeitpunkt im Verdacht.«

»Sie wollen damit sagen, der Chefarzt selbst hat die Patienten getötet?«, fragte Aylin ungläubig.

»Nicht direkt. Aber er hat bei einigen Patienten Schindluder bei der Abrechnung der Medikamente getrieben. Er hat den Leuten Placebos verabreicht und sich das Geld für die eigentlichen Medikamente in die eigene Tasche gesteckt. Aber das hat Patrick erst später herausgefunden.«

»Und das ist bei den Autopsien nicht entdeckt worden?«

Thomas zuckte mit den Schultern. »Scheinbar nicht. Oder Fischbach hat auch noch jemanden von der Rechtsmedizin geschmiert. Keine Ahnung.«

»Fischbach?«

Thomas biss sich auf die Lippen. »So hieß der Chef der Klinik. Professor Fischbach.«

»Warum ist Patrick damals nicht zur Polizei gegangen?«, wollte Carsten wissen.

»Wir haben befürchtet, die Bu ... die Polizei würde die Sache unter den Teppich kehren, weil doch ein ehemaliger Kollege da mit drin hing. Aber wir sind zu Richter Wesseling gegangen und haben ihm alles erzählt. Doch der meinte, es reiche nicht als Beweis aus, um den Fall neu aufzurollen, weil Kunze ja an Alzheimer litt.«

»Und was habt ihr dann gemacht?«

Thomas schlug die Augen nieder. »Nichts. Was hätten wir tun sollen? Mehr als Kunzes Aussage hatten wir nicht. Meine Mutter war tot.«

»Und Fischbach selbst?«

Er zuckte mit den Schultern und weigerte sich, den Kommissaren in die Augen zu sehen. »Keine Ahnung.«

Irgendwie glaubte Carsten dem jungen Mann nicht so recht. Etwas verbarg er vor ihnen. Er entschuldigte sich kurz und ging hinaus, um mit Mattes zu telefonieren. In kurzen Worten fasste er die Geschichte, die Hilbert ihm gerade erzählt hatte, zusammen und bat seinen Kollegen, Nachforschungen zu diesem Professor Fischbach anzustellen. Dann ging er zurück ins Zimmer und nahm wieder Platz. Aylin warf ihm einen fragenden Blick zu. Er schüttelte kurz den Kopf und formulierte ein stummes ›Später‹.

»Sie sagten eben, Patrick Specht habe das mit den Medikamentenversuchen erst später herausgefunden«, sagte er an Thomas Hilbert gewandt. »Wie?«

Jetzt hob Thomas doch wieder den Kopf. »Jetzt kommt Patricks Oma ins Spiel. Fischbach besaß eine kleine Hütte in der Nähe des Kottens von Frau Specht. Die beiden lernten sich im Wald oder so kennen und fingen ein Verhältnis an. Damit Patrick und Michi nichts mitbekamen, trafen sie sich immer in Fischbachs Hütte. Oder die Oma wollte nicht, dass Fischbach von ihren Enkeln erfährt. Sie war noch nicht so alt, also keine Oma eigentlich«, warf er hastig ein, als sei es älteren Menschen nicht erlaubt, sexuelle Gelüste auszuleben. »Jedenfalls hat sie in dieser Hütte wohl ein Notizbuch entdeckt, das Fischbach gehörte. Darin war alles Wesentliche vermerkt. Sie hatte ein paar medizinische Kenntnisse, da sie gelernte Krankenschwester war, und wusste ungefähr, was sie da vor sich hatte. Die Namen, die in dem Buch ebenfalls aufgeführt waren, kamen ihr bekannt vor. Sie nahm das Buch an sich und begann zu recherchieren.«

»Und stieß dabei auf die ermordeten Krebspatienten«, sagte Aylin.

»So muss es gewesen sein.«

»Woher wissen Sie das alles?«

»Patrick hat vor einigen Wochen zufällig das Tagebuch seiner Oma gefunden. Zusammen mit diesem Notizbuch. In dem Tagebuch stand alles drin. Auch, dass sie um ihr eigenes Leben fürchtete. Zu Recht, wie sich ja dann herausstellte.«

»Also ist Patrick zu der Überzeugung gelangt, Fischbach habe seine Großmutter getötet, um sie zum Schweigen zu bringen?«

»Ja, und um sich das Buch zurückzuholen«, bestätigte Thomas.

»Klingt nicht unlogisch«, meinte Aylin. »Er dringt in das Haus ein, ermordet die Frau und wird dabei von einer ihrer Enkel, von denen er nichts wusste, überrascht. Er muss unverrichteter Dinge abziehen und hoffen, dass die Polizei das Notizbuch nicht findet oder nichts damit anfangen kann.«

»Er hätte die Kinder auch umbringen können«, warf Carsten ein.

»Vielleicht hatte er Skrupel. Es waren immerhin Kinder. Er wartete einige Wochen, bis etwas Gras über die Sache gewachsen war, und startete dann einen erneuten Versuch. Jedoch erfolglos.«

»Wo hat Ihr Freund die Bücher denn gefunden?«, fragte Carsten.

»Unter einer Matratze oder einem Lattenrost, sagte er.«

»Und als nahezu zeitgleich sein Bruder starb, beschloss er, sich an denen zu rächen, die durch ihre Untätigkeit, oder wie auch immer man es nennen mag, sein Leben verpfuscht haben.«

»Nicht durch Untätigkeit«, entgegnete Thomas. »Sie wussten alle von dem Medikamentenbetrug.«

»Wie, sie wussten davon?«, fragte Carsten.

»Das steht auch in dem Notizbuch. Er hat sie alle geschmiert, nicht nur Kunze. Kein Wunder, dass Wesseling uns damals fortgeschickt hat.«

»Okay, die Männer haben verhindert, dass Fischbach zur Rechenschaft gezogen wird und ins Gefängnis wandert, weshalb er in der Lage war, Oma Specht zu töten«, fasste Aylin zusammen. »Und Margarethe Plenske ließ zu, dass sein Bruder misshandelt wird. Aber weshalb hat Patrick sich nicht auch diesen Fischbach vorgeknöpft? Den eigentlichen Mörder.«

»Ich weiß nicht«, antwortete Thomas leise. »Vielleicht kam er ja nicht mehr dazu.«

* * *

»Hast du etwas über Fischbach herausbekommen?«, fragte Carsten seinen Kollegen Mattes.

Die drei Kommissare saßen im kleinen Konferenzraum im Präsidium und tranken Kaffee.

»Und ob!«, erwiderte er. »Der gute Professor Fischbach tauchte tatsächlich in den Akten zum Fall Luise Hilbert auf, wurde aber als Verdächtiger von Hartmut Kunze schnell ausgeschlossen, da er für mehrere Tatzeiten angeblich ein

Alibi vorweisen konnte.«

»Na ja, er war ja auch nicht der Täter«, warf Aylin ein.

»Und wurde von Kunze und unseren anderen Opfern gedeckt.«

»Wenn es stimmt, was Hilbert euch erzählt hat. Das Interessanteste kommt aber noch. Fischbach kam vor etwa sieben Jahren bei einem Brand in seiner Hütte ums Leben.«

»In der Hütte, die Hilbert uns beschrieben hat?«

»In der Nähe der Herbringhauser Talsperre. Das Ganze passierte im Sommer 2004. Zum Glück hatte es die Wochen davor ziemlich geregnet, so dass keine akute Waldbrandgefahr bestand.«

»Was haben die Kollegen ermittelt?«, fragte Carsten.

»Also, man ging ziemlich sicher davon aus, dass das Feuer absichtlich gelegt worden war. Die Feuerwehr war zwar schnell vor Ort – ein Anwohner hatte den Rauch bemerkt – doch die Hütte war nicht mehr zu retten. War wohl nicht viel mehr als ein Bretterverschlag. Als die Brandspurenexperten schließlich rein durften, entdeckten sie eine verkohlte Leiche. Fischbach war da bereits von seinen Kollegen als vermisst gemeldet worden. Niemand wusste von dieser Hütte. Anhand seiner Zähne hat man ihn identifiziert. Aber das Feuer war nicht die Todesursache.«

»Meine Güte, machst du es wieder spannend«, meinte Carsten leicht genervt.

»Er starb an den Folgen eines Bauchschusses. Das Gewehr lag neben ihm.«

»Selbstmord?«

»Konnte nicht ausgeschlossen werden. Allerdings bliebe da noch die Tatsache, dass der Brand in der Hütte vorsätzlich gelegt wurde.«

»Er zündet erst die Hütte an und schießt sich dann in den Bauch?«, schlug Aylin vor. »Damit er auch ganz sicher nicht überlebt?«

»Fischbachs Freunden und Kollegen wollte kein Motiv für einen Selbstmord einfallen.«

»Vielleicht hat er mitbekommen, dass Kunze kurz zuvor geplaudert hatte«, meinte Carsten.

»Kann sein. Damals ging man jedoch eher davon aus, dass jemand den Mann erschossen hat und anschließend das Feuer legte, um Spuren zu verwischen.«

»Die drei Jungen wohnten zu der Zeit ganz in der Nähe«, warf Aylin in den Raum.

Mattes nickte. »Ja, und sie wurden auch befragt. Wenigstens Patrick Specht. Hilbert muss zu diesem Zeitpunkt schon das Weite gesucht haben, und der jüngere Bruder war angeblich im Krankenhaus. Patrick Specht sagte aus, sie hätten zum Zeitpunkt des Feuers geschlafen und seien erst von den Feuerwehrsirenen geweckt worden. Damals hatte man keinen Grund, ihm nicht zu glauben. Es gab ja keine Verbindung zu Fischbach.«

»Wir müssen noch mal mit Hilbert sprechen«, meinte Carsten und sprang auf. »Ich wusste gleich, dass der Bursche mir was verheimlicht.«

Er schnappte sich seine Jacke, die über einem Stuhl hing, und tippte gleichzeitig die Nummer des Sana-Krankenhauses in sein Handy. Er ließ sich mit der Station verbinden, auf der Thomas Hilbert lag.

»Kriminalhauptkommissar Kantner aus Wuppertal«, schrie er in den Hörer, als sei sein Gesprächsteilnehmer schwerhörig. Wenn der es bislang noch nicht war, dann auf jeden Fall jetzt. »Bitte sorgen Sie unter allen Umständen dafür, dass Thomas Hilbert sein Zimmer nicht verlässt. Wir schicken sofort eine ... Was sagen Sie? Ach, verdammt noch mal!« Er pfefferte sein Handy einmal quer durch den Raum. »Hilbert hat vor einer Stunde das Krankenhaus auf eigene Gefahr verlassen.«

Die Beerdigung von Berthold Wesseling glich einem Staatsbegräbnis. Fast alles, was in Wuppertal Rang und Namen hatte, fand sich auf dem Friedhof ein, um dem Obdachlosen die letzte Ehre zu erweisen. Die kleine Friedhofskapelle platzte aus allen Nähten.

Sie saßen in der letzten Reihe und lauschten den Worten des Pfarrers. Carsten hatte Omma Lotte aus dem Heim abgeholt, da auch sie sich von dem ›lieben Berti‹ verabschieden wollte. Sie saß zwischen ihren beiden Enkeln und wischte sich immer wieder mit einem Taschentuch – einem aus Stoff, nicht diese ekligen Papierdinger – verstohlen über die Augen. Sophie betrachtete die Angelegenheit mit gemischten Gefühlen. Sie war immer noch enttäuscht darüber, dass ausgerechnet der Professor sich als bestechlich herausgestellt hatte. Er hatte die Hand aufgehalten und im Gegenzug einen Verbrecher gedeckt. Einen Arzt, der mit der Gesundheit und dem Leben vieler Patienten gespielt hatte, die ihm blind vertrauten. Nach ersten Ermittlungen aber sah es zumindest so aus, als sei es Wesseling gewesen, der für die Schließung von Fischbachs Privatklinik gesorgt hatte. Nur ein kleiner Trost, aber immerhin. Auch die anderen Opfer – Mai, Bräutigam und Kunze – hatten sich von Fischbach für ihr Schweigen, beziehungsweise das Unterschlagen von Beweismitteln, bezahlen lassen. Das war aus Fischbachs Notizbuch, das Patrick im Haus seiner Großmutter gefunden hatte und dessen Echtheit inzwischen bestätigt war, hervorgegangen. Die Männer hatten ihre Strafe dafür erhalten, auch wenn sie in ihren Augen ein wenig zu drastisch ausgefallen war.

Der Schnee war in Regen übergegangen, als die Trauergemeinde den Sarg zu seiner letzten Ruhestätte geleitete. Es dauerte ewig, bis jeder sich persönlich von Berthold Wesseling verabschiedet hatte. Marga Plenske stand gemeinsam mit Erwin Smolek, der später die Ehre haben würde, das Grab mit Erde zu füllen, etwas abseits. Lotte Kantner warf, gestützt von ihren Enkeln, eine weiße Rose auf den Sarg.

»Wärt ihr so gut, mich nach Hause zu bringen?«, bat sie Sophie und Carsten. »Ich glaub, ich bin zu alt für so was.«

Sophie hatte ohnehin keine Lust auf den anschließenden Leichenschmaus. Sie ging hinüber zu Gernot, um ihn zu fragen, ob sie ihn ins Luisenviertel mitnehmen solle.

»Is nett gemeint, Frau Liebermann. Aber ich bleib noch ein bissken. Will mich ordentlich von ihm verabschieden. Ohne den ganzen Rummel«, meinte er mit Blick auf die anderen Trauergäste. »Dat ganze Brimborium hätte er gewiss nich gewollt.«

»Das glaube ich auch«, stimmte Sophie ihm zu.

Carsten verabschiedete sich kurz von Mattes und Aylin, die zurück ins Präsidium mussten, und verfrachtete Omma auf den Beifahrersitz seines altersschwachen Autos. Sophie und Cordula stiegen hinten ein.

»Robert hält die Stellung im Laden?«, fragte Cordula ihre Freundin.

»Ja. Im Moment können wir es uns nicht leisten, ihn schon wieder zu schließen.«

»Du hättest mir ruhig sagen können, dass der Berti in deinem Geschäft umgekommen ist«, meinte Omma leicht vorwurfsvoll und wandte sich zu ihrer Enkelin um. »Ich bin durchaus noch belastbar.«

»Wie läufts eigentlich in der Mördergrube?«, wollte Carsten wissen.

»Vor allem läuft der Sensationstourismus«, sagte Sophie und verzog das Gesicht. »Viele kommen nur, weil sie einen Blick in die Teeküche werfen wollen.«

»Ihr lasst sie doch nicht etwa gewähren?«

»Natürlich nicht«, erwiderte Sophie entrüstet.

»Vielleicht solltet ihr Eintritt verlangen«, schlug Omma geschäftstüchtig vor. »Die Ampel ist rot, Jüngelchen.«

»Ja, Omma, ich seh es.«

»Dann ras nicht so.«

»Ich rase doch ... egal.«

»Aber unsere Stammkunden sind total süß«, berichtete Sophie weiter. »Die kaufen uns aus lauter Angst, wir müssten schließen, die Bude leer.«

»Dann besteht also die Hoffnung, dass die Mördergrube den Mord überlebt«, stellte Carsten fest.

»Die Chancen stehen ganz gut.«

»Es ist grün, Jüngelchen.«

»Ja, Omma.«

* * *

Omma rührte nachdenklich in ihrem Kaffee, den sie immer schwarz trank. Es war schon ihre vierte Tasse. Hoffentlich konnte sie heute Nacht schlafen. Aber nach den Ereignissen der letzten Tage würde sie wahrscheinlich ohnehin kein Auge zumachen. Sie war immer noch zu erschüttert darüber, dass ausgerechnet ihr Lieblingspfleger sich als kaltblütiger Mörder entpuppt hatte.

»Kinder, ich kann das einfach nicht glauben«, meinte sie schließlich, als sie fertig gerührt hatte. »Der Patrick war so ein Netter.«

Sophie nickte verständnisvoll. Sie wusste, dass Omma ein besonders herzliches Verhältnis zu dem Pfleger gehabt hatte. Diese Enttäuschung hätte sie ihr gern erspart.

»Der Tod seines Bruders hat ihn wohl ziemlich aus der Bahn geworfen«, startete sie einen Erklärungsversuch. »Und dann noch die Entdeckung, dass der Mord an seiner Oma zu verhindern gewesen wäre.«

»Das ist keine Entschuldigung«, sagte Omma nachdrücklich. »Ich hab auch viel Schlimmes erlebt und bin trotzdem nicht zum Mörder geworden.«

Sophie musste an den Tag denken, an dem Omma ihr gebeichtet hatte, im Streit ein Messer nach Oppa geworfen zu haben. Als Lotte den entsetzten Blick ihrer Enkelin bemerkt hatte, fügte sie eilig hinzu, sie habe aber extra daneben gezielt. Das Verhältnis von Omma und Oppa war eben nie das Beste gewesen. Aber gewisse Umstände konnten auch den friedfertigsten Menschen zum Äußersten treiben.

»Tja, Omma, leider ist nicht jeder so vernünftig wie du«, erwiderte Carsten und musste ein Grinsen unterdrücken.

»Da brauchst du gar nicht so blöde zu grinsen«, sagte Omma und drohte ihrem Enkel mit dem Zeigefinger.

»Mach ich doch gar nicht«, widersprach Carsten entrüstet.

Omma warf ihm einen ihrer typischen Du-kannst-mir-viel-erzählen-Blicke zu. Egal wie alt sie war, ihre Enkel durchschaute sie noch immer. Nur den Patrick, den hatte sie nicht durchschaut. Lotte nahm sich vor, in Zukunft nicht mehr so mit ihrer Menschenkenntnis zu prahlen. Aber der Patrick war wirklich ein ganz Netter gewesen. Jeder Mensch hatte eben zwei Seiten.

»Er hat sich immer Zeit für einen genommen«, meinte sie nun und schüttelte den Kopf. »So ein lieber Junge.«

»Das sind die Schlimmsten«, berichtete Sophie aus ihrem langjährigen Erfahrungsschatz.

»Und obwohl du es hättest besser wissen müssen, hast

du dich mal wieder unnötig in Gefahr gebracht.« Carsten deutete anklagend auf seine Schwester.

»So kannst du das aber nicht sagen«, wich Sophie aus. Ihr Bruder hatte mal wieder diesen vorwurfsvollen Gesichtsausdruck aufgesetzt. »Als mir klarwurde, dass Patrick ebenfalls bei der Lesung gewesen ist, sich aber nicht bei euch gemeldet hat, hab ich dich sofort angerufen, um dich davon in Kenntnis zu setzen. Du warst derjenige, der mich immer weggedrückt hat.« Vorwurfsvoll gucken und mit dem Zeigefinger wedeln konnte Sophie auch. »Ich hab sogar Omma gesagt, sie soll dir Bescheid geben, als sie erwähnte, du seist kurz vor meinem Anruf bei ihr gewesen.« Mehr hatte sie nun wirklich nicht tun können, fand sie. Und außerdem hatten sie und ihr Bruder das Thema in den letzten Tagen bereits mehrfach durchgekaut. Irgendwann musste es auch mal gut sein.

»Und weil du mich nicht erreicht hast, dachtest du dir, du schaust selbst mal bei ihm zu Hause vorbei, um ein unverbindliches Pläuschchen mit ihm zu halten.« Zum vorwurfsvollen Gesichtsausdruck gesellte sich der dazu passende Tonfall.

»Meine Güte, schreib ein Buch drüber, ich verkaufs dann auch im Laden. Wird bestimmt ein Bestseller«, sagte Sophie genervt.

»Kinder, nu streitet euch nicht schon wieder«, ging Omma Lotte salbungsvoll zwischen den geschwisterlichen Zwist.

»Wir streiten doch gar nicht«, wehrte Carsten ab.

»Wohl streitest du«, maulte Sophie und zog ein beleidigtes Schnütchen.

»Nein!«

»Wohl!«

»Nein!«

»Jetzt ist aber Feierabend, Herrgott noch mal!«, sprach Omma Lotte ein Machtwort. »Ein Kindergarten ist 'ne Philosophenschule gegen euch zwei. Wie hältst du das nur mit den beiden aus, Cordula?«

»Jahrelanges Training, Frau Kantner«, erwiderte Cordula.

»Nenn mich ruhig Omma«, schlug Lotte vor. »Du gehörst doch eh schon zur Familie. Ich hoffe, dass mein nächster Ausflug in die große weite Welt zu einem freudigeren Anlass ist.« Sie zwinkerte Carsten zu.

»Nu hetz mal nicht«, meinte er gutmütig.

»Jüngelchen, so viel Zeit hab ich auch nicht mehr«, gab sie zu bedenken.

»Haben die weiteren Ermittlungen eigentlich etwas Neues ergeben?«, warf Cordula hastig ein, ehe Carsten sich genötigt sah, ihr auf der Stelle einen Heiratsantrag zu machen. Sie war noch nicht einmal geschieden. Das Letzte, woran sie im Moment denken wollte, war eine zweite Ehe. Sie war zudem gar nicht sicher, ob sie überhaupt jemals wieder heiraten wollte.

Carsten bedachte sie mit einem dankbaren Blick. »Ja, es hat sich herausgestellt, dass die Tochter von Hartmut Kunze, Marianne Kramer, wesentlich mehr über den Fall wusste, als sie Mattes gegenüber durchblicken ließ. Wie es aussieht, waren Kunze, Wesseling, Mai und Fischbach Doppelkopf-Brüder. Als man anfing, wegen der ungeklärten Todesfälle in der Klinik nachzuforschen, bat Fischbach seine Freunde um Hilfe. Und bedachte jeden von ihnen mit einer erklecklichen Summe, um seiner Bitte Nachdruck zu verleihen und sie so im Zweifel erpressbar zu machen. Kunze konnte seiner Frau eine bessere medizinische Versorgung ermöglichen und Mai seine kostspielige Geliebte bei Laune halten.«

»Ich kann nicht verstehen, weshalb der Professor sich auf diesen Deal eingelassen hat«, meinte Sophie. »Das passte überhaupt nicht zu ihm.«

»Söphchen, du musst bedenken, dass er sich mit den Jahren verändert hat. Nur weil er einmal einen Fehler gemacht hat, ist er noch lange kein schlechter Mensch«, erwiderte ihr Bruder.

»Und das aus deinem Munde«, sagte Cordula.

Carsten hob eine Augenbraue. »Was soll das denn heißen? Ich bin ja wohl die Nettigkeit in Person.«

»Musst nur fest dran glauben«, schmunzelte Omma.

»Ihr Weiber haltet doch immer zusammen. Aber wenn es dein Bild von Wesseling wieder geraderückt, Söphchen, kann ich dir sagen, dass er sich damals hauptsächlich Kunzes Frau zuliebe darauf eingelassen hat. Das hat er zumindest Frau Kramer gegenüber behauptet. Und das Geld, das er von Fischbach bekam, hat er an die Krebshilfe gespendet. Den Rest kennt ihr. Luise Hilbert wurde – völlig zu Recht übrigens – wegen Mordes verurteilt, und die Klinik musste ihre Pforten schließen. Dafür hat Wesseling im Hintergrund gesorgt.«

»Damit Fischbach keine Gelegenheit mehr bekommt, mit seinen krummen Geschäften auf Kosten der Patienten weiterzumachen«, nickte Cordula.

»Und dann ist den Männern die ganze Geschichte Jahre später um die Ohren geflogen«, sagte Sophie. »Als Kunze ausgerechnet gegenüber Patrick zu viel ausgeplaudert hat und die Jungen sich hilfesuchend an Wesseling gewandt haben.«

»Ja, den Männern muss ganz schön die Düse gegangen sein. Wesseling hat zwar versucht, den drei Jungen die Geschichte wieder auszureden, doch die ließen sich nicht beirren und suchten auf eigene Faust nach Beweisen. Leider kam ihnen Fischbach dabei in die Quere. Die ganzen Umstände haben dann vermutlich dazu geführt, dass Wesseling mit seiner Schuld nicht mehr leben konnte und reinen Tisch machen wollte. Was seinen Spießgesellen verständlicherweise nicht in den Kram passte. Es war Mai selbst, der fiese Gerüchte streute und dafür sorgte, dass man Wesseling ein Disziplinarverfahren androhte. Das hat Frau Hellerkamp in Erfahrung gebracht. Da er psychisch ohnehin schon stark angeknackst war, hat ihm das wohl den Rest gegeben.«

»Steht eigentlich fest, dass die drei Jungen für den Tod des Arztes und den Brand in der Hütte verantwortlich sind?«, fragte Sophie.

»Nein, das ist bislang reine Spekulation.«

»Dann habt ihr Thomas Hilbert also noch nicht aufgespürt?«

Carsten schüttelte den Kopf. »Der wird sich wohl ins Ausland abgesetzt haben. Damit kennt er sich schließlich aus. Martin Jägers Auto ist allerdings wieder aufgetaucht. Es stand auf einem Wanderparkplatz in der Nähe der Herbringhauser Talsperre. Offensichtlich hat Patrick Specht es dort abgestellt, nachdem er seinen Freund überwältigt hatte. Seine Fingerabdrücke waren auf dem Lenkrad.«

»Was ist denn eigentlich mit diesem Immobilienmakler?«, fragte Omma Lotte. »Was hatte der jetzt mit der ganzen Sache zu schaffen?«

»Ach ja, Edgar Bräutigam. Da konnte seine Frau Licht ins Dunkel bringen. Beziehungsweise ihr Exmann, dem es wohl ein persönliches Anliegen war, uns von den Machenschaften seines Nachfolgers zu unterrichten. Bräutigam war seinerzeit Fischbachs Anwalt für alle Fälle. Als man Luise

Hilbert verhaftete, versprach Fischbach ihr fürsorglich, sich um sie zu kümmern, und entsandte Bräutigam als ihren Rechtsbeistand.«

»Der dafür sorgte, dass Fischbachs eigene Rolle in dem Fall schön unter den Teppich gekehrt wurde«, sagte Sophie.

»Wahrscheinlich. Mit der Kohle, die er dafür erhalten hat, kaufte er sich in das Immobilienunternehmen seines Freundes ein, bootete ihn aus und angelte sich als Gipfel auch noch dessen Frau.«

»Ein wahrhaft sympathischer Zeitgenosse. Aber wusste die Krankenschwester jetzt von den kriminellen Machenschaften in der Klinik oder nicht?«

Carsten wiegte den Kopf hin und her. »Wir haben einige ehemalige Mitarbeiter aufgetan. Sie behaupten, allerhöchstens eine vage Ahnung gehabt zu haben. Genaueres wusste angeblich keiner von ihnen. Wahrscheinlich haben sie alle den Mund gehalten, um ihre Jobs nicht zu verlieren. Das Einzige, das sie wussten, war, dass Fischbach und Luise Hilbert über Jahre ein heimliches Techtelmechtel hatten. Es wurde sogar gemunkelt, Thomas sei Fischbachs Sohn.«

»Meine Güte, mir schwirrt der Kopf«, sagte Omma Lotte.

»Mir auch«, gab Carsten zu.

»Und was war mit Freddie? Weshalb musste er sterben?«, wollte Cordula wissen.

Carsten zuckte mit den Schultern. »Wahrscheinlich, weil er zu viel wusste. Und weil vermutlich er es war, der Patrick die Drogen verkauft hat, die seinen Bruder umgebracht haben. In Patricks Augen reichte das, um den Jungen ebenso zu töten.«

»Wahrscheinlich ist er auch deshalb aus dem Fenster gesprungen«, sinnierte Sophie.

»Weil er Freddie umgebracht hat?«, fragte Carsten verwirrt. Er konnte Sophies Gedankensprüngen nicht immer ganz folgen.

»Nein, weil er seinem Bruder die Drogen beschaffte. Patrick hat doch alle getötet, die er mehr oder weniger für das traurige Schicksal und den Tod seines Bruders verantwortlich machte. Da er es war, der ihn mit Nachschub versorgt hatte, trug auch er seinen Teil dazu bei. Vielleicht sollte es das große Finale sein. Er bringt seine Pflegemutter um und stürzt sich dann in den Tod. Das letzte Opfer.«

»Hör mir bloß damit auf. Aber du könntest recht haben«, meinte Carsten nachdenklich.

»Klar hab ich recht«, bestätigte Sophie ganz unbescheiden. »Dann bliebe eigentlich nur noch eine Frage.«

»Die da wäre?«

»Wie hat Patrick den perfekten Zeitpunkt abgepasst, um Gerd Schröder das Schlafmittel in den Tee zu tun?«

»Oh, ich glaube, die Frage kann ich dir beantworten«, sagte Omma stolz. »Der alte Mann von 431 hat es mir gesagt.«

»Ich dachte, der wäre nicht bei klarem Verstand.«

Omma machte eine wegwerfende Handbewegung. »Ach, der ist noch einer von den helleren. Wenn man ihn nicht gerade aus dem Tiefschlaf reißt. Er kam auf jeden Fall zu mir, um sich für den Zwischenfall zu entschuldigen, und erzählte dabei, einer der Pfleger habe ihn geweckt, sei mit ihm auf dem Flur ein paar Meter gegangen, habe ihn anschließend vor meine Zimmertür gestellt und behauptet, es sei seine. Und da Patrick wusste, wie ich auf nächtliche Besucher reagiere, konnte er sich ausmalen, dass es nicht lange dauern würde, bis es zum lautstarken Eklat kommt, der den Polizisten anlockt.« Sie hüstelte verlegen. »Dadurch hatte Patrick genug Zeit, den Tee zu vergiften.«

»Aber warum hat er Kunze nicht sofort getötet?«, fragte Sophie verwundert.

Omma schüttelte den Kopf. »Ach Ströppken, dann wäre die Leiche doch viel zu schnell entdeckt worden. Auf diese Weise konnte Patrick sichergehen, dass ein paar Stunden vergehen würden und er die Gelegenheit hat, unerkannt zu entkommen.«

»Omma, ich muss schon sagen, du bist fast so pfiffig wie Miss Marple.«

»Wer ist denn nun Miss Marple schon wieder? Eine Kollegin von dir, Jüngelchen?«

»Etwas in der Art«, erwiderte Carsten und zwinkerte Sophie über Ommas Kopf hinweg zu.

Aussichten eines Kauzes

Juli 2004

Dem Kauz klingelten immer noch die Ohren, als er zurück zur Hütte flatterte. Einer der vier Menschen musste die Knallstange benutzt haben, so viel war sicher. Er überflog das Maisfeld und ließ sich wieder auf dem Sims des Fensters nieder.

In der Hütte war das Chaos ausgebrochen. Der Jäger lag am Boden und rührte sich nicht. Rote Flüssigkeit lief aus seinem Bauch heraus. Es war Blut, das wusste der Kauz. Er wusste auch, es konnte nicht gut sein, wenn es in solchen Mengen aus einem herausfloss. Der kräftigste der drei Jungen lief schimpfend auf und ab und warf dabei die Hände in die Luft. Half das gegen Blutverlust? Der Kauz bezweifelte es. Der dicke Junge stand einfach nur da und glotzte auf die immer größer werdende rote Lache zu seinen Füßen, als versuchte er, das Blut zurück in den Körper des Mannes zu starren. Der Kleine hielt die Knallstange in den Händen und heulte. Der Kräftige schnauzte ihn an. Der Kauz verstand nicht, was der Junge sagte, aber es waren gewiss keine freundlichen Worte. Der Kleine heulte noch lauter. Der Dicke löste sich aus seiner Starre und ging auf seinen Freund zu, um ihm die Knallstange aus der Hand zu nehmen. Der Große sagte wieder etwas und der Dicke begann, mit seinem T-Shirt über die Waffe zu reiben. Als er fertig war, legte er dem Mann die Knallstange in die Hand. Hofften sie, ihn auf diese Weise wieder zum Leben zu erwecken? Denn dass der Jäger tot war, hatte auch der Kauz mittlerweile erkannt. Der Kräftige hatte in der Ecke der Hütte etwas entdeckt. Er griff sich einen Behälter und schraubte den Deckel ab. Dann übergoss er die Leiche des Mannes und den Boden ringsum mit der Flüssigkeit, die sich in dem Behälter befand. Ein Wiedererweckungsritual?

Die Flüssigkeit stank entsetzlich, der Kauz konnte es selbst hier draußen riechen. Besäße er eine ordentliche Nase, er hätte sie gerümpft. Der Kräftige riss seinem dicken Kumpel etwas aus der Hand und scheuchte die beiden anderen fort. Der Kleine heulte immer noch und wurde vom Dicken hinausgeführt. Der Kräftige goss den Rest der Flüssigkeit in einem dünnen Rinnsal bis zur Tür und hielt den Gegenstand, den er seinem Freund entrissen hatte, daran. Dann brach die Hölle los. Die Flüssigkeit stand sofort in Flammen. Die drei Jungen wichen zurück und rannten den Weg zum Wald hinunter, als sei der Teufel hinter ihnen her.

Der Kauz flatterte aufgeregt mit den Flügeln und kreischte entsetzt auf. Dann flog auch er in den Wald, um die anderen Tiere zu warnen, doch die hatten den Geruch des Feuers längst gewittert und stoben in alle Richtungen davon. Nur nicht der Dackel, das dämliche Vieh. Er steuerte geradewegs auf die Hütte zu. Kurz davor blieb er plötzlich stehen und bellte sich die Seele aus dem Leib. Es klang wie Wehklagen. Die drei Jungen rannten den Weg hinunter, über den sie gekommen waren. Der Kauz folgte ihnen, wütend darüber, was sie angerichtet hatten. Wenige hundert Meter weiter verschwanden sie in einem Haus.

Aus der Ferne hörte er weiteres Heulen, das rasch näherkam. Große rote Autos rumpelten den Weg auf der anderen Seite entlang. Auf ihren Dächern blaue Lichter, die sich drehten. Der Kauz flatterte zurück in Richtung Hütte. Viele Menschen stiegen aus den Autos, in dicke Kleidungsschichten gehüllt und mit komischen Eimern auf dem Kopf, und das trotz der Hitze. Sie zerrten an langen Schlangen, die an den Seiten der Fahrzeuge aufgewickelt waren. Dann hielten sie die Münder der Schlangen in die Flammen. Wasser schoss aus den Mündern, und das wunderte den Kauz nun schon wieder. Wie konnten Schlangen solche Wassermengen aufnehmen? Und wie brachte man sie dazu, es auszuspucken? Gern hätte er diese Fragen geklärt, doch der Qualm machte ihm immer mehr zu schaffen, und er bekam kaum noch Luft. Er konnte nur hoffen, dass es den Menschen gelingen würde, das Feuer mit ihren wasserspeienden Schlangen erfolgreich zu bekämpfen. Sonst würde er sich nach einem neuen Revier umsehen müssen. Vielleicht sollte er das sowieso tun. Hier liefen ihm zu viele Menschen herum. Und Menschen waren böse. Hatte seine Mutter gesagt. Sie musste es wissen, sie war von einer dieser Knallstangen erwischt worden. Wenn die einen erwischten, war man tot. Wie der Mann in der Hütte.

Danksagung

Als erstes möchte ich Ihnen, liebe Leserin/lieber Leser, dafür danken, dass Sie dieses Buch gekauft haben. Ich hoffe, es hat Ihnen gefallen.

Mein ganz großer Dank gilt meinen beiden fleißigen Testlesern, die sich ganz tapfer jede Überarbeitung zu Gemüte geführt haben und mir immer mit Rat und Tat, Lob und Kritik zur Seite stehen: Holger, der beste Ehemann von allen, und meine herzensgute Freundin Silke Brück. Ihr seid die Größten!

Ein dickes Dankeschön an folgende Personen, die ein unerschöpflicher Quell an Inspiration und Information waren und sind: die weltbeste Mama, der weltbeste Papa, meine unschlagbare Omma Doris, Robin, Hermi, Peter, Silke, Steffi, Lars, Katja, Andreas, Florian, Silas, Jona, Rosi, Klaus, Gisela, Micha, Jackie und Wolf-Tilman Baumert.

Vielen Dank an den Bergischen Verlag, der auch meinem zweiten Krimi eine Heimstatt bietet und ihm ein schickes Kleidchen verpasst hat.

Last but not least ein Riesendank an meine einzigartige Lektorin Katrin Adam, aka Die Textmamsell, die, nur mit einem Schäufelchen bewaffnet, unermüdlich lange verschollene Grammatikregeln aus meinen Gehirnwindungen buddelt und immer ein offenes Ohr und eine rettende Idee parat hat.